BERND PERPLIE

Im Schatten des Mondk

BERND PERPLIES

IM SCHATTEN DES MONDKAISERS

Roman

LYX
EGMONT

Originalausgabe März 2013 bei LYX
Verlegt durch EGMONT Verlagsgesellschaften mbH,
Gertrudenstr. 30–36, 50667 Köln

1. Auflage
Lektorat: Sara Riffel
Vorsatzillustration & Vignette: Max Meinzold
Satz: Greiner & Reichel, Köln
Printed in Germany (671575)
ISBN 978-3-8025-8638-5

www.egmont-lyx.de

Kapitel 1

Es war noch früh am Morgen, als sie das Dorf der Mutanten verließen. Der Himmel wölbte sich klar und weit über ihren Köpfen, und die am Horizont aufgehende Sonne färbte ihn in fahlen Gelb- und Orangetönen. Ein weiterer sengend heißer Tag kündigte sich an.

Sie waren zu dritt: Carya, Jonan und der Mutant Mablo, der ihnen in der Wildnis den Weg wies. Trockenes Gras knisterte unter ihren Füßen, und dornige Büsche strichen ihnen um die Beine. Carya war froh, dass sie die feste Hose trug, die eine der Dorfbewohnerinnen ihr geschenkt hatte. Für jemanden, der normalerweise Röcke gewohnt war, mochte sie ein wenig eng und unbequem sein, aber die Alternative wäre gewesen, sich gehörig die Waden zu zerkratzen.

Ihr Weg führte sie querfeldein durch die Wiesen. Einen Pfad gab es nicht. Doch ihr Ziel lag auch nicht in der Zivilisation, sondern in der hügeligen, dicht bewaldeten Einöde östlich der Siedlung der Ausgestoßenen. Wobei sie eigentlich gar kein festes Ziel hatten. Carya und die beiden Männer waren auf der Jagd.

Ursprünglich hatte Mablo Carya gar nicht mitnehmen wollen. Jagen sei nichts für die Tochter des Himmels, hatte er gesagt, als er mit Jonan gestern Abend diese Unternehmung geplant hatte. Und ein Teil von Carya gab ihm sogar recht, wenngleich aus anderen Gründen. Sie hegte kein besonderes Bedürfnis, irgendwelche Tiere mit Pfeil und Bogen zu erlegen. In den letzten Wochen hatte sie mehr Tod gesehen, als ein Mädchen von sechzehneinhalb Jahren kennen sollte.

Den ersten kaltblütigen Mord hatte sie in der Richtkammer im Keller des Tribunalpalasts im Herzen von Arcadion miterleben müssen, als Inquisitor Loraldi auf Befehl von Großinquisitor Aidalon den angeklagten Invitro Mondo Laura mit einer Art Hammer exekutiert hatte. Nach der grausamen Folter, die der Mann zuvor hatte durchleiden müssen, war sein Tod beinahe ein Gnadenakt gewesen.

Wenig später hatte Carya selbst ihren ersten Menschen getötet, Tobyn, den Invitro-Geliebten ihrer besten Freundin Rajael, der nach Mondo Laura vor die Richter geführt worden war. Eigentlich hätte Rajael, die sich mit Caryas Hilfe bei dem nur für ausgewähltes Publikum zugänglichen Prozess eingeschlichen hatte, den Todesschuss abfeuern sollen. Schließlich war sie es auch gewesen, die die Waffe ohne Caryas Wissen in den Tribunalpalast eingeschmuggelt hatte. Doch kurz vor dem Abdrücken hatte sie der Mut verlassen, und so war es an Carya gewesen, Tobyn diesen außergewöhnlichen Liebesdienst zu erweisen.

Und damit hatte die Spirale des Leids erst begonnen, sich zu drehen. Kurz darauf war Rajael selbst in den Freitod gegangen. Dann waren die Inquisitoren und ihre Schwarzen Templer gekommen und hatten Caryas Eltern festgenommen, und bei dem Versuch, sie zu befreien, hatte Carya höchstwahrscheinlich einen jungen Wachsoldaten umgebracht. Wie viele Menschen gestorben waren, als die Inquisition Jonan, Pitlit und sie nach ihrer gemeinsamen Flucht aus Arcadion hier in der Wildnis bei den Mutanten aufgespürt hatte, wagte Carya sich gar nicht auszumalen. Die Häscher des Lux Dei hatten mithilfe einer angeheuerten Motorradgang ein schreckliches Blutbad unter den Männern, Frauen und Kindern angerichtet, die Carya und ihren Gefährten eine zeitweilige Bleibe geboten hatten.

Und schließlich wäre sie beinahe selbst gestorben. Von den Schwarzen Templern verschleppt und gemeinsam mit ihren Eltern der Gerichtsbarkeit von Großinquisitor Aidalon unterworfen, hatte man sie zum Tod durch den Strang verurteilt. Erst in letzter Sekunde, als Carya bereits auf dem Quirinalsplatz vom Galgen baumelte und qualvoll erstickte, war Jonan gekommen und hatte sie alle gerettet.

Auch hierbei waren Menschen gestorben, schuldige und unschuldige. Nur der eine, der Urheber für all das Leid, hatte überlebt: Aidalon! Carya hatte ihn in ihrer Gewalt gehabt. Der Lauf ihrer Pistole, einem toten Wachmann aus der kalt werdenden Hand gerungen, hatte bereits an seiner Schläfe gelegen, und der Großinquisitor, eingeklemmt unter dem schweren, gepanzerten Leib eines seiner Templergardisten, war vollkommen wehrlos gewesen.

Doch sie hatte nicht abgedrückt. Vielleicht hatte Jonan sie davon abgehalten, der plötzlich hinter ihr aufgetaucht war und beschwörend auf sie eingeredet hatte. Vielleicht war es aber auch der Teil ihres Inneren gewesen, der kein besonderes Bedürfnis hegte, irgendwelche Tiere mit Pfeil und Bogen zu erlegen.

Ihr zweites Ich, ihre Kämpfernatur, die an dem Abend, als sie Tobyn den Gnadenschuss gab und anschließend auf seine Richter feuerte, erstmals zum Vorschein gekommen war und sie seitdem immer häufiger übermannte, bedauerte diese Entscheidung noch immer. Einen Mann wie Aidalon beschämte man nicht dermaßen und ließ ihn danach am Leben. Früher oder später würde er kommen, um sich an Jonan und ihr zu rächen. Mit Blut auf den Lippen hatte er es ihnen versprochen.

Diese Kämpfernatur war es auch, die Carya dazu bewogen hatte, darauf zu bestehen, Mablo und Jonan bei der Jagd begleiten zu dürfen. »Wir sind jetzt nicht mehr in Arcadion«, hatte sie zu den beiden gesagt. »Wir befinden uns in der Wildnis. Und, Jonan, wir haben keine Ahnung, was uns noch bevorsteht. Ich muss lernen, zurechtzukommen, zu überleben. Dazu gehört auch, hier draußen Nahrung zu finden. Beeren von Sträuchern und Äpfel von Bäumen pflücken, das kann ich. Aber wie man jagt, das weiß ich nicht.«

Widerstrebend hatten die Männer nachgegeben. Und nun waren sie zu dritt unterwegs durch das wilde Land abseits aller schützenden Mauern und Handelsstraßen. Sie liefen den Hang eines Hügels hinunter, durchquerten ein schmales Tal und tauchten dann in den Schatten schlanker, doch vielfach verästelter und eng beisammenstehender Bäume ein. Zwischen den Stämmen wuchs das Buschwerk so dicht, dass es stellenweise kaum ein Durchkommen gab. Carya konnte sich nicht vorstellen, dass hier Tiere lebten, die größer waren als Hasen oder Wildhunde.

Als sie noch innerhalb der Mauern Arcadions das Leben einer behüteten Städterin geführt hatte, war ihr die Welt jenseits des Aureuswalls stets wie eine unwirtliche, lebensfeindliche Wüstenei erschienen – daran hatte selbst der Ausflug ans Meer, den Carya vor ein paar Jahren mit der Templerjugend unternommen hatte, wenig geändert, so aufregend er auch gewesen war. Natürlich färbte der Ausblick, den man von den Mauern der Stadt aus hatte, die Sicht der Bürger auf die Dinge. Ruinen erstreckten sich, so weit das Auge reichte, um Arcadion herum – die verfallenen Zeugen einer Zivilisation, die es seit dem Sternenfall und den Dunklen Jahren nicht mehr gab.

Nur Verbrecher, Glücksritter und Mutanten lebten dort draußen, hatte man sie gelehrt. Und Leben konnte man das eigentlich auch nicht nennen. Sie schliefen auf Müll, ernährten sich von dem wenigen, was sie dem Land und sich gegenseitig rauben konnten, und töteten einander selbst für ein Paar Stiefel, einen Mantel oder einen Kanister mit unverdorbenem Wasser. Diese und ähnliche Lügen waren ihr an der Akademie des Lichts eingetrichtert worden.

Nun gehörte Carya selbst zu diesem Menschenschlag von Flüchtlingen und Ausgestoßenen, und obwohl sie – gerade im Trümmergürtel rund um die Stadt – Leben in tiefster Armut und schnell kommenden Tod kennengelernt hatte, war nicht alles schlecht in der Wildnis.

Die Mutantengemeinschaft beispielsweise, der auch Mablo angehörte, hatte Jonan, Pitlit und sie freundlich aufgenommen. Wie viel der empfangenen Gastfreundschaft und Ehrerbietung dem Umstand geschuldet war, dass man Carya hier für eine Art Prophetin hielt, die alles Leid, das mit dem Sternenfall gekommen war, wiedergutmachen würde, vermochte sie nicht zu sagen. Sicher spielte es eine Rolle, dass sie die Frau war, der die silbrig weiße Kapsel gehörte, die vor zehn Jahren in der Wildnis abgestürzt von den Mutanten gefunden worden war und seitdem als eine Art Heiligtum verehrt wurde. Aber die Ausgestoßenen den herabwürdigenden Begriff *Mutant* mochte Carya eigentlich gar nicht mehr verwenden – entsprachen auch sonst so gar nicht dem Bild der barbarischen, Menschen fressenden Schrecken, als die sie die Propaganda des Lux Dei darstellte.

Und genauso wie das Bild der Bürger von Arcadion über die Wildnisbewohner verzerrt war, entsprach auch ihre Vorstellung von der Wildnis selbst nur ansatzweise der Wahrheit. Die Todeszonen, in denen Strahlung und Gifte jedes Leben nach wie vor unmöglich machten, existierten tatsächlich. Carya hatte die gelbbraune Einöde in der Ferne gesehen – das versehrte Land, das sich von den Ereignissen der Dunklen Jahre niemals erholt hatte. Aber es gab auch ganz andere Landstriche, in denen die Natur, weitgehend unberührt von Menschenhand, blühte und gedieh, wie im Fall dieses Waldes, dem etwas regelrecht Urtümliches anhaftete.

Sie erklommen einen weiteren Hügel. Jenseits des Kamms erstreckte sich eine weite Senke, an deren Grund ein kleiner Tümpel lag, der von einem Bach, eigentlich nur einem Rinnsal, gespeist wurde.

Mablo hob die Hand und ging in die Hocke. Er legte seinen Speer neben sich auf den Boden und zog seinen Bogen und den Köcher mit Pfeilen vom Rücken. »Hier bleiben wir.«

Carya verstand. Statt dem Wild Kilometer um Kilometer nachzulaufen, es zu suchen und womöglich im dichten Wald doch nicht zu finden, war es zweifellos klüger, an Orten auf der Lauer zu liegen, an denen die Tiere höchstwahrscheinlich auftauchen würden: etwa in den frühen Morgenstunden an einem Wasserloch.

Gemeinsam mit Jonan ließ Carya sich neben Mablo nieder. Auch sie holte ihren Bogen und die Pfeile hervor. Jetzt erst fiel ihr auf, dass die Waffe eindeutig nicht von den Ausgestoßenen hergestellt worden war. Der Bogen fühlte sich zu glatt, zu perfekt an und schien aus einem Material gefertigt, das fester und zugleich biegsamer war als Holz. Carya konnte nur vermuten, dass die

Waffe noch aus der Zeit vor dem Sternenfall stammte. Vielleicht handelte es sich um ein Familienerbstück. Damit wäre der Bogen eigentlich viel zu wertvoll gewesen, um ihn einer Anfängerin wie ihr zu überlassen. *Andererseits bin ich die Tochter des Himmels*, dachte sie nicht ohne einen Anflug von Zynismus. *In den Augen dieser Menschen ist das Beste gerade gut genug für mich.*

Die Pfeile dagegen bestanden aus gewöhnlichem Holz. Sie waren mit Vogelfedern befiedert und wiesen eine flache, geschmiedete Metallspitze mit scharfen Kanten auf, dazu gedacht, möglichst glatt Haut und Fleisch zu durchschneiden und dem Tier bei einem Treffer ins Herz oder in die Halsschlagader einen schmerzlosen, schnellen Tod zu bringen. So hatte Mablo es ihr zumindest erklärt, als er ihr das Jagdgerät übergeben hatte.

Der Anblick der messerscharfen Pfeilspitzen weckte einige unangenehme Erinnerungen in Carya, Erinnerungen an ein Skalpell in der Hand eines sadistischen Mannes, das vor nicht allzu langer Zeit in ihr eigenes Fleisch geschnitten hatte. Inquisitor Loraldi hatte sie in irgendeinem Kellerloch tief unter dem Tribunalpalast unter Drogen gesetzt und gefoltert, um sie dazu zu bringen, mehr über sich, ihre Herkunft und ihre Ziele preiszugeben. Was genau sie ihm verraten hatte, wusste Carya nicht. Viel konnte es nicht gewesen sein. Außer einer Zahlenkombination, die für Koordinaten stehen mochte, und der flüchtigen Vision eines Labors, durch dessen Fenster man die Erdkugel sehen konnte, war ihr über die Zeit vor ihrer Ankunft in Arcadion praktisch nichts bekannt. Sie hoffte, dass sie dem Lux Dei selbst diese wenigen Informationen vorenthalten hatte.

»He, Carya, pass auf«, sagte Jonan zu ihrer Rechten und holte sie damit aus ihren Gedanken.

Verwirrt blickte sie ihn an. »Hm?«

Er deutete mit einem Nicken auf den Pfeil in ihrer Hand. »Diese Dinger sind scharf.«

Sie senkte den Blick und stellte überrascht fest, dass sie sich am linken Daumen geschnitten hatte. Es war ihr gar nicht aufgefallen. Rasch löste sie die Hand von der Pfeilspitze und steckte den schwach blutenden Daumen in den Mund. »Du hast recht«, nuschelte sie.

Jonan runzelte die Stirn. »Alles in Ordnung mit dir?«, fragte er.

Carya nickte. »Ich war nur einen Moment lang in Gedanken.«

»Nicht gut«, zischte Mablo. Er deutete mit zwei Fingern seiner linken Hand auf seine Augen. »Ihr müsst wach sein, wenn Ihr auf die Jagd geht, Tochter des Himmels. Aufmerksam. Oft habt Ihr nur einen Schuss. Verschlaft Ihr ihn, geht Ihr ohne Beute nach Hause.«

»Tut mir leid«, erwiderte Carya schuldbewusst. »Ab jetzt passe ich besser auf und …«

Mablo, der seinen Blick bereits wieder dem Tümpel zugewandt hatte, gebot ihr mit einer Geste, still zu sein. Wortlos deutete er nach vorne.

Aus dem Unterholz war ein Reh an die Wasserstelle getreten. Scheu sah es nach links und rechts, um sich zu vergewissern, dass keine Gefahr drohte. Dann stakste es langbeinig näher, bis es den Rand des Tümpels erreicht hatte. Es senkte den schlanken Hals und begann zu trinken.

Der Ausgestoßene deutete auf Caryas Bogen und auf das Tier. Die Aufforderung war eindeutig. Sie sollte ihre Fähigkeiten beweisen. *Er hat mich keinen einzigen Probeschuss abfeuern lassen*, dachte Carya. *Wie kommt er auf den Gedanken, dass ich das überhaupt kann?* Die Antwort auf diese Frage war so einfach wie fehlgeleitet: Sie war die Tochter des Himmels. Man musste ihr nichts beibringen, auch wenn sie ausdrücklich gesagt hatte, dass sie vom Jagen wenig verstand.

Vorsichtig legte sie einen Pfeil auf die Sehne. Dann hob sie den Bogen, zog die Sehne bis zur Wange durch und zielte. Das Reh befand sich direkt in ihrer Schussbahn. Arglos labte es sich am kühlen braunen Wasser des Tümpels.

Es war ein so hübsches Tier. Sein haselnussbraunes Fell glänzte und war ohne Makel, die auf frühere Verletzungen oder Krankheiten hingewiesen hätten. Nicht wenige Tiere, so hatte Mablo ihnen verraten, trugen Spuren von Aufenthalten in den Todeszonen. Diese durfte man nicht jagen, denn sie brachten nur noch mehr Krankheiten über die bereits vom Schicksal geschlagenen Ausgestoßenen. Aber dieses Reh wirkte jung und gesund, mit wachen Augen und anmutigen Bewegungen.

Wie kann ich ein so schönes Geschöpf töten?, fragte sich Carya. *Welches Recht habe ich dazu, ihm das Leben zu nehmen?*

Hatte sie das Recht, nur weil sie stärker war und in der Natur schon seit jeher der Stärkere den Schwächeren tötete? War ihr eigenes Leben mehr wert als das dieses Rehs? Und mal ganz abgesehen davon: Hing ihr eigenes Leben überhaupt vom Leben dieses Rehs ab? Oder konnte sie nicht einfach kehrtmachen und auf dem Weg nach Hause ein paar Beeren und Äpfel sammeln? Sie hatte in den letzten Tagen so viel Tod gesehen, so viele Unschuldige, die durch jene umgekommen waren, die sich für besser und stärker hielten und sich daher das Recht herausnahmen, zu morden.

Caryas Hand, die den Bogen hielt, begann zu zittern. Es mochte die Anstrengung sein, die Sehne so lange gespannt zu halten, oder eine Folge ihres inneren Haderns.

»Carya?«, fragte Jonan leise.

»Still«, flüsterte sie. Eine unnatürliche Ruhe bemächtigte sich ihrer. Die Stimme des Zweifels verstummte und wurde durch eine andere Präsenz ersetzt, die mit kühler Klarheit das Zittern ihrer Hand beendete und ihr Augenmaß schärfte. *Du bist hier in der Wildnis. Schwäche kannst du dir nicht leisten. Wenn du nicht schwach werden willst, musst du Fleisch essen, gesundes Fleisch, wie das dieses Tieres. Sein Tod ist notwendig.*

Bedächtig entließ sie die vor Anspannung angehaltene Luft aus ihren Lungen. Dann gab sie den Pfeil frei. Mit einem kaum hörbaren Zischen schoss er seinem Opfer entgegen und traf es direkt in den Hals.

Das Reh zuckte zusammen und gab einen erstickten Laut von sich. Blut trat in pulsierenden Stößen aus der zerschnittenen Halsschlagader. Das Tier machte noch zwei schwankende Schritte, bevor es neben dem Tümpel zusammenbrach. Binnen weniger Augenblicke war es tot.

»Ein perfekter Schuss«, staunte Mablo. Er ließ seinen eigenen Bogen sinken und nickte Jonan zu. »Komm. Wir müssen das Tier vom Wasserloch wegziehen und hier oben ausweiden. Danach bringen wir es ins Dorf. Heute Abend wird es gutes Essen geben.«

Während die Männer loseilten, um ihre Beute zu bergen, ließ Carya ihren Bogen fallen und sackte in sich zusammen. Mit großen Augen starrte sie auf den Kadaver, und ein Teil von ihr konnte nicht fassen, was sie soeben getan hatte. Es war nicht das erste Mal, dass sie mit gnadenloser Präzision getötet hatte. Doch sowohl in der Richtkammer des Tribunalpalasts als auch während des Kampfes um die Gefängniskutsche in den Straßen Arcadions oder beim Angriff der Motorradgang auf das Dorf der Ausgestoßenen, hatte sie mehr oder minder in Notwehr gehandelt, aus einer Stresssituation heraus.

Diesmal war es anders gewesen. Diesmal hatte sie völlig ruhig aus dem Hinterhalt heraus einem unschuldigen Wesen den Tod gebracht.

Ein Schauer lief ihr über den Rücken. Zum ersten Mal in ihrem Leben fürchtete Carya sich davor, was ihr neues Leben aus ihr machen könnte. *Wer bin ich?*, fragte sie sich unwillkürlich. *Und wer werde ich sein, wenn all dies hier vorüber ist?*

Kapitel 2

Als sie mit ihrer Jagdbeute ins Dorf der Ausgestoßenen zurückkehrten, herrschte dort große Aufregung. Allerdings war nicht das prächtige Reh, das sie erlegt hatten, der Grund dafür. Irgendetwas war während ihrer Abwesenheit vorgefallen. »Was ist denn hier los?«, fragte Carya den Erstbesten, der ihnen über den Weg lief.

Der Jugendliche, dessen braune Haut von rotem Ausschlag übersät war, blickte sie mit weit aufgerissenen Augen an. »Sie haben einen Mann gefunden. Er hat das Dorf beobachtet. Es soll ein Soldat aus Arcadion sein.«

»Ein Soldat?« Carya spürte, wie sich ihr Magen schmerzhaft zusammenzog. Sie wechselte einen besorgten Blick mit Jonan. Wenn das stimmte, hatten sie ein Problem. Dann hatte sich der Lux Dei von Jonans Angriff auf die Innenstadt von Arcadion vor einer Woche anscheinend so weit erholt, dass Großinquisitor Aidalon seine Klauen bereits wieder nach ihnen ausstreckte.

Er hatte ihnen hasserfüllt versprochen, dass sie sich wiedersehen würden, als sie ihn, eingeklemmt unter der Rüstung eines seiner Templersoldaten, auf dem Quirinalsplatz zurückgelassen hatten. So bald hätte Carya seine Männer jedoch nicht erwartet. Aber welchen Grund sollte es sonst für einen Soldaten aus Arcadion geben, das Dorf der Ausgestoßenen zu belauern, wenn nicht die Frage, ob sich Jonan und sie noch immer dort aufhielten?

»Los, das schauen wir uns an«, sagte Jonan, dessen Gedanken sich offenbar in eine ähnliche Richtung bewegten. »Mablo, kannst du das Reh alleine abliefern?«

Dieser nickte knapp.

»Wo ist der Gefangene jetzt?«, wollte Carya von dem Jugendlichen wissen.

»Sie sind alle in Orduns Haus.«

»Danke.«

Gemeinsam liefen Carya und Jonan die Dorfstraße hinunter bis zum Haus des Priesters und Stammesführers. Es handelte sich um ein zweistöckiges Gebäude, das aussah, als sei es früher, bevor die ursprünglichen Dorfbewohner verschwunden waren und die Ausgestoßenen sich hier angesiedelt hatten, das Rathaus gewesen.

Ein kleiner Menschenauflauf hatte sich vor dem Eingang gebildet. Carya sah Pitlit und seine neue Freundin, die zierliche Suri mit dem lichten Haar. Auch die Frau des Dorfarztes Nessuno, der Carya, Jonan und Pitlit bei ihrer Ankunft im Dorf so freundlich aufgenommen hatte, stand dort. In den Armen hielt sie einen Korb mit Pilzen, und ihr Blick war sorgenvoll auf die offene Tür des Hauses gerichtet, vor der einer der Jäger der Gemeinschaft Wache stand.

»Verzeihung. Dürfen wir mal durch?« Mit sanfter Gewalt bahnte Jonan ihnen einen Weg durch die Menge.

Als Pitlit sie bemerkte, drängte er sich zu ihnen herüber. »Habt ihr das mitgekriegt?«, rief er aufgeregt. »Die haben drüben auf dem Hügelkamm einen Spion des Lux Dei überrascht.«

»Wissen wir sicher, dass es sich um einen Mann aus dem Orden handelt?«, wollte Jonan wissen.

Der Straßenjunge aus Arcadion, der sich ihnen auf ihrer Flucht vor der Inquisition angeschlossen hatte, zuckte mit den Schultern. »Na ja, er behauptet natürlich, ein harmloser Reisender zu sein, der zufällig hier vorbeigekommen ist und nur mal schauen wollte, was im Dorf so passiert. Normale Leute lassen sich schließlich nicht einfach so mit Mutanten ein. Nicht nach allem, was man sich über sie erzählt. Aber wenn ihr mich fragt, lügt er.«

»Wie kommst du darauf?«, fragte Carya.

»Bauchgefühl.« Pitlit tippte auf seinen Magen. »Ich kann Leute gut einschätzen. Das musste ich auf den Straßen von Arcadion lernen. Und dieser Kerl hat etwas in seinem Blick, das mir nicht gefällt.«

»Wir werden sehen«, sagte Jonan.

»Ich komme mit«, erklärte Pitlit.

»Nein, Pitlit. Sei so gut und warte hier draußen. Es ist sicher schon voll genug dort drinnen. Wir berichten dir nachher, was vorgefallen ist.«

Der Straßenjunge machte ein missmutiges Gesicht. »Toll«, brummte er leise.

»Warum hast du ihn nicht mitgehen lassen?«, fragte Carya leise, während sie die Stufen zu dem Wachmann hinaufstiegen.

»Weil ich jede Wette eingehen würde, dass dieser Spion gerade gründlich von Ordun befragt wird – und das ist sicher kein schöner Anblick.«

Carya erschrak, auch wenn sie eigentlich damit hätte rechnen müssen. »Du meinst, sie foltern ihn?«

Jonan bedachte sie mit einem seltsamen Seitenblick. »Sicher nicht so, wie die Inquisition des Lux Dei ihre Opfer foltert – aber ja.«

Der Jäger am oberen Ende der Treppe neigte den Kopf und trat zur Seite, um sie durchzulassen. Für die Tochter des Himmels und ihren Begleiter gab es in der Gemeinschaft der Ausgestoßenen keine verschlossenen Türen.

Drinnen wurden sie von Petas, einem weiteren Krieger der Gemeinschaft, empfangen. »Was macht Ihr hier, Tochter des Himmels?«, flüsterte er eindringlich. »Ihr solltet nicht hier sein.«

»Wir wollen den Gefangenen sehen«, antwortete Jonan an Caryas Stelle. »Kommt er wirklich aus Arcadion?«

»Wir wissen es nicht genau … noch nicht. Er wurde ja eben erst entdeckt.« Der Mann warf einen Blick über die Schulter.

Am anderen Ende des Eingangsbereichs stand eine Tür offen. Durch diese sah man den Rücken eines Mannes, der bis auf die Unterwäsche entkleidet worden war und nun gefesselt auf einem Stuhl saß. Ordun, der eindrucksvolle, glatzköpfige Anführer der Ausgestoßenen, und zwei Begleiter, deren Krankheiten ihnen besonders schlimme Entstellungen beschert hatten und die daher ausgesprochen furchteinflößend wirkten, ragten vor ihm auf.

»Verstehen Sie doch: Ich habe nichts getan«, vernahm Carya die Stimme des Mannes. Die Angst verlieh ihm einen schrillen Tonfall. »Ich bin einfach nur ein Wanderer, der zufällig auf diese Siedlung gestoßen ist.«

Ordun packte ihn an den Schultern und schüttelte ihn kräftig durch. »Sprich die Wahrheit!«, forderte er. Seine Stimme klang dunkel und grollend, und auf seiner Miene lag ein Ausdruck von Gewaltbereitschaft, der Carya erschreckte. Entweder spielte der Stammesführer den bösen Wilden sehr gut oder es gab eine Seite an ihm, die ihr bislang noch nicht aufgefallen war.

»Aber ich sage die Wahrheit«, behauptete sein Gegenüber.

»Niemand wandert einfach so durch die Wildnis. Wo ist deine Ausrüstung? Wie überlebst du ohne sie?«

»Ich … sie wurde mir geraubt.«

»Wer hat sie dir geraubt? Und wo?«

»Ich weiß es nicht«, jammerte der Mann. »Ich habe mich verirrt. Es war weiter südlich, glaube ich. Wilde … ich meine, Banditen auf Motorrädern haben mich überfallen.«

»Also auf der Handelsstraße?«

»Ja, ja, auf der Handelsstraße.«

»Warum bist du nicht dort geblieben? Wenn man Hilfe braucht, läuft man nicht in die Wildnis.«

»Ich … ich musste vor den Banditen fliehen. Querfeldein durch die Wiesen. Sonst hätten sie mich getötet. Und dann habe ich mich verlaufen.«

»Ich glaube dir nicht«, erklärte Ordun. »Die Handelsstraße ist riesig. Man sieht sie von überall. Außerdem hat dich keiner unserer Späher kommen sehen. Du hast dich angeschlichen und wusstest genau, wo das Dorf liegt!«

Als der Gefesselte daraufhin schwieg, schlug Ordun ihm mit der Faust ins Gesicht. »Wer hat dich geschickt? Wie lautet dein Auftrag? Wollt ihr uns wieder überfallen? Habt ihr noch nicht genug von uns getötet?« Er verpasste ihm einen weiteren Faustschlag.

»Ich sage euch gar nichts«, keuchte der Mann. »Ihr seid doch alle nur Barbaren.«

»Richtig«, bestätigte Ordun. »Und da du uns so gut kennst, weißt du sicher auch, was wir mit Gefangenen wie dir machen. Wir quälen sie. Weil es uns Spaß macht. Ah …« Der Stammesführer riss die dunklen Augen auf, wie ein Verrückter, der soeben eine großartige Idee gehabt hatte. Er drehte sich zu einem seiner Leute um. »Gebt mir den Skorpion.«

»Was hat er vor?«, fragte Carya Petas im Flüsterton. Sie spürte eine zunehmende Unruhe in sich aufsteigen. Ganz gleich, was

Jonan sagte: Das Geschehen in dem Hinterzimmer erinnerte sie auf erschreckende Art und Weise an die Verhörmethoden der Inquisition.

Petas zuckte mit den Schultern. »Antworten erzwingen.«

Einer der Männer in dem Raum reichte Ordun ein ehemals durchsichtiges, aber mittlerweile furchtbar verkratztes Gefäß von der Größe eines kleinen Blumentopfs. Ein schwarzes Insekt, kaum handtellergroß, aber mit kräftigem, gedrungenem Körper und zwei großen Scherenarmen krabbelte darin herum.

Langsam näherte Ordun das Gefäß dem Gesicht des Mannes. Noch war es durch einen Deckel verschlossen. Doch der ließ sich jederzeit aufklappen. »Es heißt, früher waren Skorpione in unserem Land ungefährlich. Ihr Stich schmerzte, aber man starb nicht.« Er tippte mit einem Finger an die Wand des Gefäßes, und das schwarze Tier richtete drohend Schwanz und Scheren auf. »Aber der hier kommt aus den Todeszonen. Er ist voller Gift und unsichtbarem Tod. Ein Ungeheuer, sage ich dir. Er und seine Brüder brachten fünf unserer Männer und Frauen um, bevor wir lernten, sie zu meiden.« Ordun klappte den Deckel auf. »Ich denke, du wirst reden. Oder ich stecke dir den hier in dein Unterhemd. Ein Stich – und ein qualvoller Tod ist dir gewiss.«

Sein Begleiter reichte dem Stammesführer eine kleine Zange, und dieser holte den Skorpion aus dem Behälter hervor. Das Tier wand sich und zappelte mit seinen acht Beinen in der Luft. Es hatte offensichtlich Angst – und würde sicher zustechen, wenn es Gelegenheit dazu bekam.

»Aufhören!«, rief Carya und machte einen Schritt nach vorne. Petas wollte sie am Arm zurückhalten, aber sie schüttelte ihn ab. Sie betrat den Raum und baute sich vor Ordun auf. Ein Anflug von Unwillen huschte über das Gesicht des Stammesführers.

Gleichzeitig wandte der Gefangene überrascht den Kopf. Es handelte sich um einen Mann mit schmalem Gesicht und brauner, wettergegerbter Haut. Auf seiner Stirn glitzerten Schweißtropfen, und seine Lippen waren aufgeplatzt und bluteten.

»Was machst du hier?«, fragte Ordun unwirsch, während er den Skorpion rasch wieder in das halb durchsichtige Gefäß steckte und dieses verschloss.

»Ich war neugierig«, antwortete Carya. »Und wie es aussieht, bin ich genau zum richtigen Zeitpunkt gekommen. Das da …«, sie deutete auf den Skorpion, »… geht zu weit. Ich dachte, wir sind besser als die Inquisitoren in Arcadion.«

»Erzähl mir nicht, wie ich mit Menschen umgehen darf, die mein Volk bedrohen«, knurrte Ordun. Carya fiel auf, dass er auf jede Höflichkeitsform in der Anrede verzichtete. Er musste ganz schön ungehalten über die Störung sein.

»Das will sie auch gar nicht«, mischte sich nun auch Jonan ein. »Aber sie hat recht. Folter ist keine Lösung. Und sie ist auch vollkommen unnötig. Der Mann lügt eindeutig. Darin sind wir uns alle einig. Das kann nur bedeuten, er verheimlicht uns etwas. Und was könnte das wohl sein? Die Identität seiner Auftraggeber. Womit wir sie im Grunde bereits kennen, ohne dass er ein Wort gesagt hat. Dass der Lux Dei und allen voran Großinquisitor Aidalon unser Feind ist, wissen wir. Also werden entweder der Orden oder der Herr des Tribunalpalasts diesen Mann geschickt haben. Ist es nicht so?«

Jonan trat vor, packte den Gefangenen am Kinn und zwang ihn, ihm in die Augen zu blicken. Carya sah, dass der Mann ihn trotzig anstarrte. Von seiner Fassade als armer, ausgeraubter Wanderer war nicht viel übrig geblieben. Pitlits Bauchgefühl besaß Carya zwar nicht, aber auch wenn keine Arglist im Blick des

Fremden lag, so blitzte doch etwas anderes auf, das ihr zu denken gab: Erkennen. Es kam ihr so vor, als habe der Mann Jonan und sie schon einmal gesehen.

Das ist allerdings kaum ein Beweis seiner Schuld, schränkte sie nüchtern ein. *Unsere Steckbriefe hingen überall in Arcadion und auch in den Räumlichkeiten der Herbergen an der Handelsstraße.*

Jonan schien sich seiner Sache sicherer zu sein als sie. Grimmig ließ er von dem Mann ab. »Er gehört dem Templerorden an. Da besteht für mich kein Zweifel. Ich kenne seinen Namen nicht, aber ich will verdammt sein, wenn ich ihn nicht schon einmal in der Kaserne gesehen habe.«

»So kommt die Wahrheit doch ans Licht«, knurrte Ordun. »Und was treibt ihn hierher?«

»Ich befürchte: Carya und ich«, antwortete Jonan. »Es würde mich wundern, wenn sich die Ordensoberen des Lux Dei oder die Templer plötzlich für Ausgestoßene wie diese Dorfgemeinschaft interessieren. Wären die hohen Herren in Arcadion auf Rache für den Angriff mit dem *Leviathan*-Panzer aus, hätten sie einen Trupp motorisierter Soldaten geschickt und einfach das Dorf niedergemetzelt.«

»Könnte er nicht ein Kundschafter eines solchen Trupps sein?«, fragte Carya.

Einer der anderen Krieger schüttelte den Kopf. »Wir kennen die Wildnis in der Umgebung besser als jeder Stadtmensch. Ein Trupp Soldaten könnte sich, mitten am Tag, niemals unbemerkt an uns anschleichen. Nicht seit dem letzten Angriff auf das Dorf. Wir haben überall Spähposten. Dass dieser hier es bis auf den Hügelkamm geschafft hat, grenzt an Hexerei.«

»Was dafür spricht, dass er extra ausgewählt wurde, um sich heimlich anzupirschen, das Dorf zu beobachten und sich dann wieder zurückzuziehen, um seinen Vorgesetzten Bericht zu erstatten«, sagte Jonan. »Sicherlich will Aidalon wissen, ob Carya und ich einmal mehr eure Gäste sind. Und wahrscheinlich sucht er auch nach der Flugkapsel, die wir ihm wieder weggenommen haben. Er schien sehr interessiert daran zu sein. Genauso wie an Carya.«

»Hm«, brummte der Stammesführer. Er wandte sich an den Gefangenen. »Hast du dazu noch etwas zu sagen?«

»Was *soll* ich denn sagen?«, entgegnete dieser. »Ihr habt euch alles wunderschön zusammengereimt. Jedes weitere Wort ist überflüssig. Mir glaubt ja doch niemand.« Regelrecht mürrisch blickte er in die Runde. »Und jetzt? Was geschieht mit mir?«

Ordun zog sein Messer und hielt es dem Gefesselten unmittelbar vor die Nase. Seine Miene war so finster wie eine Gewitternacht. »Eigentlich sollten wir dir hiermit das Fleisch vom Leib ziehen, und es vor deinen Augen überm offenen Feuer grillen, um es danach zu verspeisen. Das erwartet ihr doch von uns Mutanten, oder? Aber ich verrate dir ein Geheimnis …« Er beugte sich noch näher heran und umfasste den Kopf des Mannes mit einer seiner riesigen Pranken. »Wir sind nicht die Ungeheuer, für die ihr uns haltet. Und deshalb …« Unvermittelt rammte er dem Mann das Messer in die Brust, direkt ins Herz.

Der Fremde riss die Augen auf und zuckte heftig zusammen.

Carya sog erschrocken die Luft ein, und ihre Hand krallte sich in Jonans Arm.

»… mache ich es so schmerzlos wie möglich für dich«, fuhr Ordun düster fort. Sein Griff verstärkte sich einige schreckliche Augenblicke lang, während der Mann in seinem Arm zuckte, bis er das Bewusstsein verlor. »Obwohl ihr Diener des Lux Dei einen leichten Tod gar nicht verdient habt.«

Beim Anblick des Blutes, das den Stoff des Unterhemds des Mannes binnen Sekunden vollkommen rot färbte, wurde Carya schwindelig. Mit einem so kaltblütigen Mord hatte sie nicht gerechnet, und der Schock hätte ihr beinahe das Bewusstsein geraubt. Aber sie biss die Zähne zusammen und wandte den Blick nicht ab.

Der Stammesführer ließ den Mann los, der auf dem Stuhl zusammensackte. Mit dunklen Augen blickte er Carya und Jonan an. »Es musste sein«, sagte er leise, so als sei ihm die Ungeheuerlichkeit seiner Tat sehr wohl bewusst. »Hätten wir ihn gehen lassen, hätte er uns verraten.«

»Seine Vorgesetzten hätten ihn nicht geschickt, wenn sie nicht ohnehin das Gefühl gehabt hätten, dass es sich lohnen könnte, euer Dorf noch einmal in Augenschein zu nehmen«, gab Jonan zu bedenken. Auch er wirkte erschüttert. »Der Tod dieses Mannes wird sie kaum aufhalten, weitere Schritte einzuleiten. Wenn er nicht zurückkehrt, denken die sich ihren Teil schon. Ich fürchte, wir sind hier nicht mehr sicher.«

Seufzend fuhr sich Ordun mit der Hand über den kahlen Schädel. »Das fürchte ich auch.« Er wandte sich an seine Männer. »Cassio, lass alle wissen, dass es heute Abend eine Versammlung gibt. Wir müssen eine schwere Entscheidung treffen.«

Gegen Nachmittag kehrten die Männer und Frauen des Dorfes zurück, die zum Jagen und Sammeln morgens in die Wildnis ausgezogen waren. Wie alle anderen wurden auch sie sofort davon unterrichtet, dass am Abend eine Versammlung auf dem Dorfplatz stattfinden sollte. Und so fand sich, als die Sonne den Hügelkuppen am westlichen Horizont entgegensank, die gesamte Gemeinschaft der Ausgestoßenen vor dem provisorischen

Tempel der Tochter des Himmels ein, in dem nun wieder Caryas Kapsel untergebracht war.

Carya traf, in Begleitung von Jonan, als eine der Letzten ein. Im Vorbeigehen nickte sie Nessuno und Petas zu und schenkte jenen, die ihr ehrfürchtige Blicke zuwarfen, ein freundliches Lächeln. Dann gesellte sie sich zu ihren Eltern, die am Rand der Versammlung unweit der Stufen des Tempels standen. Pitlit und Suri hielten sich nur wenige Schritte entfernt auf und winkten, als sie Carya und Jonan sahen.

Schon seit ihrer Rettung aus den Händen der Inquisition war Carya aufgefallen, dass der Straßenjunge fast seine ganze Zeit mit dem Mädchen verbrachte. Dabei schien die Freundschaft zwischen den beiden mit jedem Tag enger zu werden, auch wenn Pitlit alle Hinweise in dieser Richtung mit der Entschiedenheit eines Ertappten von sich wies. Nach den Moralvorstellungen der Bürger Arcadions mochte eine derartige Beziehung zwischen einem frühreifen Dreizehnjährigen und einem vielleicht zwei oder drei Jahre älteren Mädchen fragwürdig sein.

Aber in der Wildnis, und insbesondere unter den Ausgestoßenen, die an vielerlei namenlosen Krankheiten litten, kam der Tod oft verfrüht und mit erschreckender Plötzlichkeit. Für die Leute hier war jeder Tag ihres Lebens ein Geschenk. Dieses Geschenk zu verschwenden, indem man wartete, bis man im gesellschaftlich angemessenen Alter war, um etwa einen Gefährten oder eine Gefährtin zu wählen, und mochte es auch nur für ein paar Wochen oder Monate sein, galt als Frevel.

Diese Art von Denken verstand Carya, und deshalb sagte sie auch nichts, wenn sie Pitlit und Suri zusammen sah, auch wenn sich ein Teil von ihr fragte, ob der vorlaute Straßenjunge überhaupt schon wusste, was Liebe eigentlich war. Die Lebenseinstellung der Ausgestoßenen sorgte auch dafür, dass sie selbst keinen Hehl daraus machte, dass Jonan mehr für sie war als nur ein Beschützer oder Begleiter. Ihre Eltern hatten diesen Umstand eigentlich ganz gut aufgenommen, womöglich weil Carya nun wirklich fast im heiratsfähigen Alter war und weil Jonan eigentlich alles hatte, was man von einem guten Mann erwartete. Er war treu und furchtlos, und er behandelte Carya nicht von oben herab, obwohl er gute sechs Jahre älter war als sie.

Caryas Mutter freute sich jedenfalls für ihre Tochter. Das sah Carya ihr an, wenn die Blicke von Andetta Diodato auf ihr und Jonan ruhten. Ihr Vater hatte zu ihrer Beziehung zu einem flüchtigen Templersoldaten noch nichts gesagt. Aber dass Jonan sie alle buchstäblich vom Galgen gerettet hatte, musste es auch dem einst eher konservativ eingestellten Edoardo Diodato schwer machen, ablehnende Gefühle für ihn zu empfinden.

»Da seid ihr ja«, sagte Caryas Vater. »Es geht gleich los. Der Priester ist im Inneren des Tempels. Er sagte, sobald du eintriffst, Carya, sollst du zu ihm kommen.«

»Ich?«, wunderte sich Carya.

»So sagte er es.«

Carya wechselte einen fragenden Blick mit Jonan.

Der zuckte mit den Schultern. »Geh ruhig. Vielleicht benötigt er deine Unterstützung als Tochter des Himmels, um seinen Leuten die bevorstehende Entscheidung leichter zu machen.«

»Das mag es sein.«

Ratlos stieg Carya die drei steinernen Stufen zu dem scheunentorgroßen Portal des tempelartigen Bauwerks hinauf. Ein Wächter öffnete das Portal gerade so weit, dass sie hindurchschlüpfen konnte. Im Halbdunkel, das sie dahinter empfing, stand Ordun alleine vor dem zweieinhalb Meter hohen, weißsilbrigen

Zylinder der Kapsel. Er hatte die Hände gefaltet und den Kopf gesenkt. Es sah aus, als sei er ins Gebet oder zumindest in tiefe Kontemplation versenkt.

Als er Carya nahen hörte, wandte er sich zu ihr um. »Tochter des Himmels …«

Carya seufzte leise. »Wann werden Sie endlich aufhören, mich so zu nennen?«

»Wenn die Gemeinschaft Euch nicht mehr braucht.«

»Aber sie braucht mich doch gar nicht«, wandte Carya ein. »Es war immer nur eine Idee, zu der Sie gebetet haben. Um mich ging es dabei gar nicht. Und ich kann auch gar nichts für diese Menschen tun. Eigentlich bin ich nur eine Gefahr für sie. Das haben wir doch erlebt. Solange Jonan und ich bei Ihnen sind, wird der Lux Dei Soldaten schicken, um uns zu holen. Es wäre besser, wenn Sie uns ziehen ließen.«

»Ich weiß … Carya«, gestand Ordun. »Aber bevor du gehst, musst du mir helfen. Unsere Gemeinschaft lebt seit vielen Jahren in diesem Dorf. Meinen Leuten wird es nicht leicht fallen, es zu verlassen. Sie brauchen ein Licht, dem sie folgen können. Dieses Licht musst du ihnen bieten.«

Unwillkürlich runzelte Carya die Stirn. »Aber wie soll ich das anstellen?«

»Ich werde es dir sagen …«

Kapitel 3

Wenige Augenblicke später traten sie aus dem Dunkel des kleinen Tempels hinaus auf die Stufen. An dieser Stelle hatte der Stammesführer und Priester Carya, Jonan und Pitlit vor nicht einmal zwei Wochen willkommen geheißen. Nun mussten sie wieder Abschied nehmen, und dazu auf eine Art und Weise, die Carya Bauchschmerzen verursachte.

Auf dem Dorfplatz wurde es still, und alle Augen richteten sich auf Ordun und sie. Carya klopfte das Herz bis zum Hals. Sie kam sich vor wie bei einer Theateraufführung zum Schuljahresabschluss in der Akademie des Lichts. Sogar dass ihre Eltern in der ersten Reihe standen, passte dazu. Allerdings ging es in diesem Moment nicht um die Belustigung des Publikums, sondern darum, es vor eine unerfreuliche Wahl zu stellen, die eigentlich gar keine war.

»Danke, dass ihr alle gekommen seid«, hob Ordun zu sprechen an. »Die meisten von euch wissen es sicher bereits: Heute Morgen wurde ein Spion unserer Feinde oben in den Hügeln entdeckt. Er hat unser Dorf beobachtet und wollte sein Wissen an seine Herren in der großen Stadt weitergeben. Wir haben ihn daran gehindert. Er ist tot und stellt keine Bedrohung mehr für uns dar.«

Der Stammesführer ließ seinen Blick über die Männer, Frauen und Kinder schweifen. Ein tiefer Ernst lag auf seinen Zügen. »Aber das heißt nicht, dass wir außer Gefahr sind. Die Stadtmenschen sind voller Niedertracht. Sie haben uns ein Mal überfallen, und ich fürchte, dass sie uns wieder angreifen werden. Unser Leben ist nicht mehr sicher. Daher sage ich euch: Wir ernten alles, was es noch zu ernten gibt, sammeln alles, was es noch zu sammeln gibt. Und dann packen wir das, was wir brauchen werden, und das, woran unser Herz hängt, ein und verlassen diesen Ort. Wir ziehen hinaus in die Wildnis.«

Bei diesen Worten entstand merkliche Unruhe unter den Ausgestoßenen. Carya sah in erschrocken geweitete Augen und ungläubige Gesichter. Einige wandten sich ihrem Nachbarn zu, als wollten sie ihn bitten, sie zu zwicken, nur um sicherzugehen, dass das alles nicht ein böser Traum war. Andere fingen an, aufgeregt miteinander zu reden. Auch Caryas Eltern wechselten unsichere Blicke. Sie schienen sich zu fragen, wie es mit ihnen, die nur Gäste waren, weitergehen würde. Bei einem Zug durch eine fremde Wildnis war es noch schwieriger, zusätzliche Personen zu verpflegen, als hier.

Ordun hob beschwichtigend die Arme. »Ich kann mir vorstellen, dass euch das Angst macht. Wir wissen nicht, was uns da draußen erwartet. Eins aber wissen wir: Wenn wir bleiben, wird uns ein Unheil ereilen, gegen das wir nichts ausrichten können.«

»Wenn die Stadtmenschen kommen wollen, sollen sie doch!«, rief jemand aus der Menge. Es handelte sich um Mablo, der im Kreise einiger Männer stand. »Wir haben ihnen schon einmal mit einem dieser Kriegsgeräte aus der Halle unter dem Berg auf die Nase gehauen. Machen wir es wieder so. In der Halle stehen noch ganz viele Kriegsgeräte. Ich sage, wir reparieren sie und kämpfen.«

»Wie willst du das anstellen?«, fragte Jonan und stieg auf die erste Stufe der Tempeltreppe, um besser gesehen zu werden. »Petas und du, ihr wart dabei, als wir uns dort unten umgesehen haben. Die meisten Fahrzeuge sind nur noch Schrott. Und die, die wir vielleicht flottbekommen könnten, haben keinen Treibstoff und keine Munition mehr. Und selbst wenn wir noch Vorräte fänden – hier gibt es niemanden, der das technische Verständnis hat, um so eine Reparatur durchzuführen. Du hast es doch erlebt. Wir brauchten Enzo, den Invitro-Soldaten, um den *Leviathan*-Panzer in Gang zu kriegen. Aber Enzo ist nicht mehr bei uns.«

»Wo ist er denn?«

»Er befindet sich in Arcadion und kämpft dort im Geheimen gegen den Lux Dei.«

»Können wir ihn nicht holen?«

»Er versteckt sich. Wir wissen nicht, wo er sich aufhält.«

Das stimmte zwar, aber wie Carya wusste, unterschlug Jonan dabei, dass Enzo sich Professor Adara angeschlossen hatte, dem Kopf der Dissidentengruppe namens Ascherose. Dessen geheime Wohnung war ihnen bekannt. Und selbst wenn er sie nicht mehr nutzte, konnten sie immer noch bei Gamilia im *Caffé Speranza* nachfragen, ob diese etwas von den Männern gehört hatte. Das kleine, unscheinbare Café in der Innenstadt von Arcadion war schon lange ein Treffpunkt für Invitros, und Gamilia stand, wie Jonan Carya erzählt hatte, nicht nur mit der Invitro-Enklave im Norden in Kontakt, sondern schien auch ein besonderes Interesse an dem grauhaarigen Soldaten und seinem Treiben zu haben.

»Was ist mit seinen Freunden?«, wollte Mablo wissen. »Hast du Enzo nicht von einer Fahrt nach Norden mitgebracht? Gibt es dort oben womöglich noch mehr von seiner Sorte?«

Jonan schüttelte den Kopf. »Die Enklave, nach der ich gesucht habe, wurde aufgegeben. Enzo war der Einzige, den ich noch angetroffen habe.« Und erneut verschwieg Jonan seinem Gegenüber etwas, nämlich dass mit Enzos Weggang ein anderer Invitro seinen Platz an dem Funkgerät in dem kleinen, verfallenen Schloss eingenommen hatte, um von dort über die Insel inmitten des großen Sees zu wachen, auf der eine Gruppe von Künstlichen eine neue Heimat gefunden hatte. Wo sich der Rest der Enklave aufhielt, wussten sie wirklich nicht. Sie versteckte sich irgendwo, bis sie sicher sein konnte, dass die Verfolgung von Invitros in Arcadion ihre Feinde nicht auch bis zu besagter Insel führte. Allerdings durfte man davon ausgehen, dass der einzelne Wachposten eine Methode kannte, die es ihm erlaubte, mit der Gemeinschaft in Verbindung zu treten.

Carya war Jonan dankbar dafür, dass er all dies für sich behielt. Es waren schon genug Ausgestoßene gestorben. Dass sie sich in einem verzweifelten Kampf gegen die Soldaten des Templerordens aufrieben, war nun wirklich nicht nötig.

Allerdings schien Mablo das anders zu sehen. »Dann sage ich …«

Diesen Augenblick wählte Ordun, um einzuschreiten. »Ich sage, es ist zu gefährlich. Wir alle lieben diesen Ort. Er war uns lange Jahre ein gutes Zuhause. Aber er ist es nicht wert, dass wir dafür sterben. Und sterben werden wir, wenn wir gegen die Stadtmenschen antreten. Es sind einfach zu viele – und wir haben schon einen furchtbaren Kampf hinter uns.« Erneut machte er eine beschwichtigende Geste. »Unser Exil soll nicht von Dauer sein. Wir können zurückkehren. Nicht heute oder morgen, aber vielleicht in ein paar Jahren. Wenn die Stadtmenschen uns wieder vergessen haben. Und das dauert nicht lange, denn ihr Leben ist hektisch und voller Gefahren. Es wird etwas passieren, das ihre ganze Aufmerksamkeit fesseln wird. Dann werden sie nicht mehr an uns denken. Bis es so weit ist, müssen wir tiefer in die Wildnis gehen.«

»Aber wohin?«, meldete sich nun eine Frau zu Wort. »Wir haben doch keine Ahnung, in welche Richtung wir uns wenden sollen. Hier verfügen wir über Wasser, etwas zu essen und ein Dach, unter dem wir schlafen können. Finden wir so einen Ort wieder?«

Carya holte tief Luft. Jetzt lag es an ihr. Sie hob die Stimme. »Ich werde euch helfen.« Sie deutete auf die Kapsel, die sich hinter ihr befand. »Diese Kapsel hat die halbe Welt umflogen. Sie kennt Orte, von denen wir noch nie gehört haben. Ich werde sie befragen, und sie wird euch die Richtung weisen, in die ihr euch begeben müsst.« Natürlich war der Großteil ihrer Worte reine Spekulation. In Wahrheit hatte sie keine Ahnung, wo die Kapsel herkam und ob es in ihren elektronischen Eingeweiden Kartenmaterial gab, das eine Oase des Lebens in einer Wildnis voller Todeszonen zeigte.

Wie erwartet sorgte Caryas Eröffnung für erneute Unruhe unter den Dorfbewohnern. Die Tochter des Himmels würde sie an einen besseren Ort führen? Das war eine Aussicht, die vieles änderte. Carya tat es beinahe leid, dass sie noch eine zweite Ankündigung zu machen hatte. Aber das konnte einstweilen warten.

»Jonan«, sagte sie. »Ich brauche deine Hilfe.«

»Natürlich.« Da er ohnehin schon auf der untersten Stufe der Tempeltreppe gestanden hatte, war sein Weg zu ihr kein weiter mehr.

»Ich danke Euch, Tochter des Himmels«, sprach Ordun mit lauter Stimme. »Wir alle danken Euch.«

»Ja, hilf uns, Tochter des Himmels«, rief eine Frau.

»Bring uns an einen Ort, wo wir sicher sind«, fügte ein Junge hinzu.

Licht Gottes, was mache ich hier nur?, fragte sich Carya. Es gefiel ihr gar nicht, diesen Leuten etwas vorzuspielen. Aber sie verstand Orduns Dilemma. Er musste den Dorfbewohnern ein Bild der Hoffnung bieten, dem sie folgen konnten, um sie zu bewegen, der Heimat, die ihnen den Tod bringen würde, den Rücken zu kehren – selbst wenn dieses Bild auf einer Lüge beruhte.

»Willst du das wirklich machen?«, fragte Jonan sie leise, als sie auf die Kapsel zutraten. Er schien sich noch genauso lebhaft wie Carya an ihr letztes Hineinsteigen zu erinnern. Damals hatte sie eine Art Panikattacke erlitten, die in einer verstörenden Vision gemündet hatte.

»Ich muss es tun«, erwiderte Carya. »Für diese Leute. Aber diesmal gehen wir anders vor. Wenn die Tür sich geschlossen hat, zählst du leise bis hundert. Und dann holst du mich wieder heraus. Ich gebe dir vorher den Schlüssel.« Ihre Hand umfasste den silbernen Anhänger, den sie an einer dünnen Kette um den Hals trug.

»Einverstanden.«

Carya zog die Kette über den Kopf und steckte den Schlüssel in den Schlitz neben der Kapselluke. Es klickte, und einige Symbole sowie der Schlitz selbst leuchteten bläulich auf. Das neben dem Schlitz liegende Eingabefeld für den Öffnungscode fing an zu blinken. »Du kennst die Zahlenfolge noch?«, fragte Carya Jonan.

»Vier-Fünf-Eins.« Jonan schenkte ihr ein schiefes Grinsen. »Keine Sorge, das vergesse ich bestimmt nicht mehr.«

Bevor sie es sich anders überlegen konnte, gab Carya schnell den Code ein. In der Kapsel rumpelte und zischte es, dann schwang die Luke langsam zur Seite. Warmes, gelbes Licht begrüßte sie, von dem sie allerdings wusste, dass es nicht bleiben würde. Kaum dass die Luke wieder geschlossen war, würde es dunkel werden im Inneren der Kapsel. Nur ein paar farbige Kontrolllämpchen würden ihr dann noch Licht spenden.

Mit Jonans Hilfe kletterte sie hinein. Die grauen Polster schienen sich, wie schon beim letzten Mal, ihrem Körper auf eigentümliche Weise anzupassen. Als sie es sich halbwegs bequem gemacht hatte, zog Jonan den Schlüssel aus dem Schlitz und drückte den Schließknopf. »Viel Erfolg«, flüsterte er. Summend schob sich die Luke vor Caryas Sichtfeld.

Wie erwartet erloschen die seitlichen Leuchtpaneele, die das Innere erhellt hatten, und nur eine Art Notbeleuchtung blieb übrig. Wie schon beim letzten Mal erwachte vor Caryas Gesicht eine Anzeige zum Leben, ein stetig blinkendes Kreissymbol.

Diesmal war sie etwas gefasster als bei ihrem ersten Einstieg in die Kapsel. Dass sich das Innenleben ihres geheimnisumwobenen Fluggeräts so vorhersehbar verhielt, selbst nach einer Entführung und möglichen Untersuchung durch die Templer, nahm sie als beruhigendes Zeichen. Und so gab sie, während sie darauf wartete, dass Jonan die Luke wieder öffnete, ihrer Neugierde nach und besah sich die Anzeige etwas genauer.

Vielleicht war das Kreissymbol auch keine Warnung, wie sie damals gedacht hatte, sondern eine Aufforderung. *Kaputt machen werde ich schon nichts*, dachte sich Carya, bevor sie den Finger hob und auf den Kreis tippte.

Sie zuckte überrascht zusammen, als die Anzeige plötzlich heller wurde und eine verwirrende Vielzahl an Zeichen und Buchstaben auftauchte. Lesen konnte sie leider überhaupt nichts davon, denn die wenigen Textstücke waren in einer ihr unbekannten Sprache abgefasst. Wobei ihr einiges davon auch auf eigentümliche Weise vertraut vorkam, so als habe sie Bruchstücke dieser Sprache einmal gekannt. *Ist das Austrogermanisch?*, fragte sie sich.

Carya drückte erneut auf die Anzeige, um zu sehen, was als Nächstes geschehen würde. In der Mitte erschien ein Kasten mit einem Emblem. Ein Adrenalinstoß fuhr durch ihren Körper. Es handelte sich um eine kleine, blau-weiße Weltkugel vor schwarzem Grund. Genau dieses Bild hatte sie auch gesehen, als sie während der Folter durch Inquisitor Loraldi aufgrund der Drogen und der Schmerzen in eine Art Wahnzustand verfallen war! Unter dem Emblem befand sich ein Zahlenfeld, das dem außen an der Kapsel ähnelte. Offenbar wurde erneut eine Codeeingabe erwartet.

Einen Moment lang überlegte Carya, dann gab sie Vier-Fünf-Eins ein.

Nichts passierte.

Sie versuchte es mit ihrem Geburtstag, wobei ihr zu spät einfiel, dass es sich bei dem Datum um einen willkürlichen Tag handelte, den ihre Eltern sich ausgedacht hatten, weil sie Caryas wahren Geburtstag nicht kannten.

Wieder geschah nichts.

Ihr kam die Zahlenfolge in den Kopf, die bei ihrem letzten Aufenthalt in der Kapsel vor ihrem geistigen Auge erschienen war. *Vier acht sieben zwei fünf zwei …*

In diesem Augenblick leuchtete die Anzeige vor ihr plötzlich blutrot auf. Ein scharfes Knistern war zu ihrer Rechten zu hören. Noch während Carya zusammenschrak, knisterte es zu ihrer Linken. Dann wurde die Anzeige vor ihrer Nase dunkel, und Brandgeruch drang in ihre Nase. »Licht Gottes, was ist denn jetzt los?«, fragte sich Carya beunruhigt. »Jonan?« Sie hämmerte mit den Fäusten gegen die Luke. »Jonan, hol mich hier raus!«

Nichts passierte. Natürlich nicht. Beim letzten Mal hatte er sie auch nicht gehört. Die Wand der Kapsel war einfach zu dick oder zu gut gepolstert, um Laute von innen durchzulassen.

Oh, das ist nicht gut, ging es ihr durch den Sinn. Die verpestete Luft kratzte in ihrer Kehle, und sie musste husten. Wie lange dauerte das nur, bis er bis hundert gezählt hatte? *Hoffentlich bin ich bis dahin nicht erstickt*. Der Gedanke ließ ihr Herz schneller schlagen, und in ihrem Inneren machte sich die Panik gleich einem Raubtier sprungbereit, um sie anzufallen, genau wie das letzte Mal. *Nein, ich muss ruhig bleiben. Ich darf nicht …*

Mit einem Zischen öffnete sich die Luke, und Carya blinzelte im Licht der schräg einfallenden Strahlen der Abendsonne. Weißer Qualm stieg an ihr vorbei ins Freie.

»Carya!«, entfuhr es Jonan erschrocken. »Alles in Ordnung?«

Mit einem weiteren Husten stieg sie aus der Kapsel. »Ja, mir geht es gut«, erwiderte sie leise. »Du hättest nur nicht viel langsamer zählen dürfen.« Ihr Blick huschte zu den Ausgestoßenen auf dem Dorfplatz, die neugierig die Hälse reckten, um zu sehen, was im Tempel vor sich ging.

»Was ist passiert?«, wollte Jonan wissen.

Carya schüttelte den Kopf. »Nicht jetzt.« Sie straffte die Schultern, unterdrückte den hartnäckigen Hustenreiz und begab sich zu Ordun auf die Stufen des Tempels.

»Tochter des Himmels«, sprach dieser, ohne auf den Rauchfaden, der aus der Kapsel aufstieg, einzugehen. »Was konntet Ihr in Erfahrung bringen?«

»Ich habe die Kapsel nach dem Weg befragt«, antwortete Carya, so, wie sie es vorher besprochen hatten. Sie richtete den Blick auf die Anwesenden und hoffte, dass niemand bemerkte, wie nervös sie diese Lüge machte. »Euer Weg soll nach Osten führen. Ihr müsst die Berge überqueren, die dort liegen. Dahinter findet ihr einen großen Wald. In diesem liegt ein See. Dorthin rate ich euch zu gehen. Ihr werdet dort alles finden, was ihr braucht. Und die

Stadtmenschen werden euch nicht länger behelligen, denn über die Berge gehen sie nie.«

Den Text hatte Ordun ihr vorgegeben. Ob er das Land hinter den am Horizont aufragenden Bergen kannte oder sich einfach alles ausgedacht hatte, vermochte Carya nicht zu sagen. Sie hoffte, dass er wusste, was er tat. Sonst würden ihm die Dorfbewohner diese Täuschung sicher ziemlich übel nehmen.

»Hört auf die Tochter des Himmels, die zu uns zurückgekehrt ist, um uns in ein besseres Leben zu führen!«, rief Ordun.

Einige Männer, darunter auch Mablo, blickten zweifelnd drein, aber der Großteil der Ausgestoßenen brach in einen Jubel der Erleichterung aus.

»Wartet«, bat Carya erneut um Gehör. »Ich habe noch mehr zu sagen.« Die Menschen vor ihr verstummten. Nervös strich sie sich eine Haarsträhne hinters Ohr. *Los doch*, drängte ihre innere Stimme sie. *Bring es hinter dich.*

»Ordun hat meine Worte falsch verstanden. Ich kann euch nur den Weg weisen, den ihr nehmen sollt. Aber führen kann ich euch nicht. Das müssen andere machen, die dazu besser geeignet sind.« Sie warf dem glatzköpfigen Priester einen Seitenblick zu, bevor sie sich wieder an die Anwesenden wandte. »Ich darf nicht bleiben, denn solange ich unter euch lebe, bringe ich euch in Gefahr. Die Stadtmenschen suchen nach meinen Eltern, meinen Freunden und mir. Darum müssen wir ihre Spur von euch ablenken und uns in eine andere Richtung wenden.«

Einzelne Stimmen des Protests wurden laut.

»Ich weiß, ich weiß«, rief Carya darüber hinweg. »Ihr würdet niemals einen von euch im Stich lassen. Und sicher würdet ihr auch mich, meine Eltern und meine Freunde gut beschützen, wenn die Stadtmenschen kämen, um uns zu holen. Aber das will ich nicht. Es sind schon zu viele Menschen für mich gestorben. Das muss aufhören. Außerdem hatte ich nicht nur eine Vision über eure Zukunft, sondern auch über meine. Und mein Weg führt in eine andere Richtung als der eure.«

»Wir wollen nicht, dass du gehst, Tochter des Himmels«, rief Suri aus der ersten Reihe. Allerdings war sich Carya nicht ganz sicher, ob diese Worte wirklich an sie gerichtet waren oder nicht vielmehr einem ganz bestimmten Jungen direkt neben dem Mutantenmädchen galten.

»Es tut mir leid, aber es muss sein«, gab Carya zurück. Es schmerzte sie, all die enttäuschten Gesichter zu sehen. Aber was sollte sie machen? Wenn sie dem Geheimnis ihrer Herkunft nachgehen wollte, konnte sie nicht mit den Ausgestoßenen nach irgendeinem See jenseits der Berge suchen, den es womöglich gar nicht gab.

Sie deutete auf das Fluggefährt hinter ihr. »Ich lasse euch meine Kapsel. Ihr sollt sie weiter für mich aufbewahren, wie ihr es schon immer getan habt. Und ich verspreche auch, dass wir uns wiedersehen werden. Wenn ich die Antworten gefunden habe, die ich suche, kommen wir zu euch zurück.« Sie holte tief Luft. »Und jetzt verzeiht mir. Aber ich brauche noch etwas Zeit, bevor wir uns trennen. Und ihr müsst sicher auch einiges vorbereiten.«

»Nein!«, widersprach Ordun. »Alle Vorbereitungen treffen wir morgen. Heute Abend wollen wir die Jagdbeute essen, die wir euch und den anderen Jägern verdanken. Und wir wollen ein letztes Mal gemeinsam feiern, bevor sich unsere Schritte trennen und uns einem ungewissen Schicksal entgegentragen.«

Am liebsten hätte Carya sich dem verweigert. Das Letzte, was sie jetzt gebrauchen konnte, waren Dutzende Männer, Frauen und vor allem Kinder, die ihr bei einem Abschiedsfest ein schlechtes Gewissen einredeten, indem sie ihr sagten, wie viel sie ihnen bedeutete. Doch sie sah ein, dass es undankbar gewesen wäre, nicht teilzunehmen, also nickte sie nur. Während der Stammesführer die Aufgaben für das abendliche Zusammenkommen verteilte, ging Carya an Jonans Seite die Treppenstufen hinunter zurück zu ihren Eltern.

»Wo ist nur meine kleine Carya geblieben?«, empfing ihre Mutter sie mit unüberhörbarem Staunen. »Du bist so erwachsen geworden in den letzten Wochen.«

Carya schenkte ihr ein klägliches Lächeln. »Ich weiß.«

Kapitel 4

Im letzten Licht des scheidenden Tages kam das Dorf wieder zusammen. Die Ausgestoßenen trugen Stühle und Tische auf den Dorfplatz, es wurden mehrere Grillfeuer angefacht, und kurz darauf brieten das geschossene Reh, ein wildes Schaf und mehrere Kaninchen am Spieß darüber. Dazu hatten die Ausgestoßenen offenbar ihre Speisekammern geplündert und zumindest alles, was bald verderben würde, herangeschafft, sodass es beinahe ein richtiges Festessen war, mit dem sich die Gemeinschaft von ihrem Dorf sowie von Carya, ihren Eltern, Jonan und Pitlit verabschiedete.

Obwohl sich alle spürbar Mühe gaben, dem Beisammensein eine heitere Note zu verleihen, hatte Carya das Gefühl, dass die kommenden Tage wie ein drohender Schatten auf ihnen lasteten. Die meisten Gespräche drehten sich darum, was auf der Reise wohl geschehen würde und wie lange es dauern mochte, bis die Dorfbewohner den Ort erreichten, den die Tochter des Himmels ihnen genannt hatte. Einige hatten Angst, andere überlegten gar, allen Gefahren zum Trotz im Dorf zurückzubleiben, doch zu Caryas Erleichterung wurden sie von Freunden oder Verwandten davon überzeugt, dass die Gemeinschaft nur dann stark war, wenn sie zusammenblieb.

Viele der Dorfbewohner – vor allem die Frauen – brachten ihr Bedauern darüber zum Ausdruck, dass die Tochter des Himmels sie nach so kurzer Zeit schon wieder zu verlassen gedachte. Ein kleiner blonder Junge übergab ihr einen selbst geschnitzten Talisman, der sie auf ihren Reisen beschützen sollte. Und Mablo schenkte ihr den Bogen, mit dem sie am Morgen noch auf der Jagd gewesen war, samt einem Köcher voller Pfeile. »Ihr werdet ihn brauchen«, sagte er. »Denn auch Ihr müsst essen. Aber Vorsicht: Einer der Pfeile ist etwas Besonderes.«

Er umfasste eines der gefiederten Enden, das sich schon deshalb von den anderen unterschied, weil es irgendwie perfekter, nicht wie von Menschenhand gemacht, aussah. Als Mablo den Pfeil herauszog, erwies er sich als vollkommen schwarz, und er schien genau wie der Bogen aus einem geheimnisvollen Material zu bestehen, das aus der Zeit vor dem Sternenfall stammte. An der Spitze befand sich ein Zylinder von vielleicht drei Zentimetern Durchmesser und sechs Zentimetern Länge, auf dessen Spitze ein rotes Hütchen saß. »Das ist ein Donnerpfeil«, sagte Mablo von tiefem Ernst erfüllt. »Er ist sehr mächtig. Wenn Ihr seine Spitze dreht …«, er zeigte Carya, wie sie es machen musste, »… ist er scharf. Trifft er dann auf sein Ziel, wird es in einer gewaltigen Explosion vergehen. Es ist der letzte, den ich habe – und ich schenke ihn Euch, Tochter des Himmels. Bewahrt ihn gut auf und verwendet ihn nur in der Not, denn wenn Ihr ihn verschossen habt, werdet Ihr keinen zweiten Pfeil dieser Art mehr haben.«

Gerührt von so viel Fürsorge und Ehrerbietung, ergriff Carya Mablos Hand. »Danke. Vielen Dank. Ich werde ihn nicht vergeuden.«

Bemerkenswert an diesem Abend der Abschiede war, dass keiner der Ausgestoßenen versuchte, Carya umzustimmen und dazu zu bewegen, bei ihnen zu bleiben. Der Grund dafür lag wohl in den Visionen, die Carya erwähnt hatte. Wäre sie einfach nur gegangen, weil sie die Gemeinschaft dadurch vor den Templern schützen wollte, hätte ihr das manch einer womöglich übel genommen, denn man konnte dieses Handeln auch so deuten, dass die Tochter des Himmels ihren Anbetern nicht zutraute, auf sie oder sich selbst aufzupassen. Eine Vision allerdings, die einen dazu brachte, einen gewissen Pfad einzuschlagen, passte gut ins Glaubensbild der Ausgestoßenen. Das war etwas, das sie verstanden.

Bereits lange vor Mitternacht löste sich die Gemeinschaft wieder auf. Die Dorfbewohner gingen früh zu Bett, vor allem, wenn ein anstrengender Tag wie der morgige bevorstand, an dem sie ihr gesamtes Hab und Gut reisefertig machen mussten.

Carya hingegen war noch ruhelos. Die Aussicht, erneut ins Unbekannte aufzubrechen, machte sie nervöser, als sie zuzugeben bereit gewesen wäre. Ihren Eltern, Jonan und Pitlit schien es ähnlich zu gehen, und so kam es, dass sich die fünf vor dem Schlafengehen im Erdgeschoss des Hauses zusammenfanden, das die Ausgestoßenen der Tochter des Himmels zur Verfügung gestellt hatten.

An der Wand, die zum Dorfplatz wies, konnte man noch die mit Lehm ausgestopften Einschusslöcher sehen, die der *Phantom*-Hubschrauber beim Überfall der Schwarzen Templer auf das Dorf in allen Gebäuden rundherum hinterlassen hatte. Auch einer der Stühle hatte repariert werden müssen. Sah man obendrein von einigen silbrigen Geschossen ab, die in den Tischbeinen und im Schrank steckten, war die Einrichtung aber glücklicherweise kaum beschädigt worden.

»Also machen wir uns morgen wieder auf den Weg«, sagte Caryas Vater, als sie sich rund um den Tisch niedergelassen hatten. Ein Krug Wasser und ein paar Becher standen auf der Tischplatte. Mehr hatten sie im Moment nicht; mehr brauchten sie aber nach dem reichhaltigen Abendessen auch nicht.

»Ja«, bestätigte Carya. »So sieht es aus.« Sie hatte den Zettel mit den Koordinaten hervorgeholt und drehte ihn gedankenvoll in den Händen.

»Da stellt sich die Frage«, fuhr Edoardo Diodato fort, »wie es nun weitergeht. Ich schlage Folgendes vor: Wir nehmen den Lastwagen und fahren damit so weit wir können nach Norden, um Abstand zwischen uns und den Lux Dei zu bringen. Bis Firanza sollte die Tankfüllung noch reichen, wenn mich meine Schätzungen nicht täuschen. Von dort könnten wir noch etwas weiter nach Norden gehen. Am Rand des Gebirges gibt es ein paar kleinere Städte, in denen der Lux Dei praktisch nicht existiert. Wir könnten versuchen, uns etwas Neues aufzubauen, wir alle fünf.«

»Das klingt wirklich verlockend, Papa«, erwiderte Carya, »aber du weißt, dass ich das noch nicht kann. Ich will zuerst herausfinden, was es mit diesen Koordinaten auf sich hat. Und ob sie mir helfen können, mehr über meine Vergangenheit herauszufinden.« Sie hob den Zettel hoch.

»Aber ist das denn wirklich so wichtig?«, wollte ihr Vater wissen. Offensichtlich gefiel ihm der Gedanke gar nicht, dass Carya andere Pläne hatte als er. »Du hast es doch bei deiner Mutter und mir jahrelang gut gehabt. Was glaubst du denn dort draußen zu finden? Mal ganz abgesehen davon, dass du nicht einmal mit Sicherheit sagen kannst, dass diese Zahlen irgendeinen Sinn ergeben, der nicht bloß deiner Einbildung entspringt.«

»Das stimmt schon alles. Nur musst du auch mich verstehen: Ich habe in den letzten Wochen ein paar wirklich seltsame Dinge erlebt – und damit meine ich nicht den Kampf gegen die Inquisition. Irgendetwas in mir hat sich verändert, und es verändert sich immer noch. Ich muss wissen, was es damit auf sich hat. Denn nur dann bin ich auf das vorbereitet, was vielleicht noch kommt.«

Auf der Miene ihres Vaters hielt Unwillen Einzug. »Ich werde deiner Mutter nicht eine wilde Fahrt quer über den Kontinent zumuten, nur weil du solche Flausen im Kopf hast, Carya«, verkündete er mit etwas schärferer Stimme.

»Das sollst du auch nicht«, entgegnete Carya. »Keiner von euch beiden sollte mich begleiten. Ich möchte euch nicht in Gefahr bringen – nicht schon wieder. Geht in den Norden, versteckt euch dort. Ich stoße zu euch, sobald ich das Rätsel meiner Herkunft gelüftet habe.«

»Mir gefällt das ganz und gar nicht«, brummte Edoardo Diodato. »Du bist ein junges Mädchen. Du kannst nicht einfach in der Weltgeschichte herumspazieren. Was dir da draußen alles zustoßen kann …«

»Und ich gehe trotzdem«, beharrte Carya. »Bitte versuch nicht, mich aufzuhalten, Papa. Ich möchte mich nicht im Streit von euch trennen.«

»Edoardo«, mischte sich nun Caryas Mutter ein. »Lass es gut sein. Ich bin bestimmt nicht froh darüber, dass Carya hinaus in die Welt ziehen will. Aber unsere Tochter ist erwachsen geworden. Wir müssen zulassen, dass sie ihre eigenen Entscheidungen trifft, auch wenn sie uns nicht gefallen.«

Caryas Vater seufzte. »Jonan, sagen Sie etwas dazu. Bringen Sie sie zur Vernunft.«

»Ich mische mich in diese Frage nicht ein«, antwortete Jonan abwehrend. »Ich verstehe Ihre Bedenken, ich verstehe aber auch Caryas Wunsch, die Wahrheit zu kennen. Wenn es Sie beruhigt, wiederhole ich gerne noch einmal, dass ich immer an Caryas Seite bleiben werde, ganz gleich, wohin sie geht. Sie wird nie allein sein. Und ich werde tun, was in meiner Macht steht, damit ihr dort draußen nichts zustößt.«

»Es ist schön, dass Sie das sagen, Jonan«, sagte Caryas Mutter und legte ihm freundlich lächelnd eine Hand auf den Arm. »Das beruhigt mich ein wenig.«

Caryas Vater schien dagegen noch nicht völlig überzeugt. »Carya, selbst mit unserem Einverständnis … Wie stellst du dir deine Reise vor? Du bist dir doch überhaupt nicht im Klaren darüber, wo dein Ziel liegt. Du besitzt nur diese paar Zahlen.«

»Das stimmt«, gestand Carya. »Ich brauche zunächst eine Karte und zwar eine, die weiter reicht, als diejenige, die mir Rajael hinterlassen hat. Vorhin bei der Dorfversammlung dachte ich, die Kapsel könnte mir vielleicht helfen. Leider …« Sie machte ein verlegenes Gesicht. »Leider habe ich wohl die Kontrollen falsch bedient und die Kapselsteuerung dabei zerstört. Jedenfalls knisterte es und qualmte, und die Anzeige in der Luke war auf einmal dunkel.«

»Klingt nach einem Selbstzerstörungsmechanismus«, meinte Jonan. »Bist du vielleicht auf eine Codeabfrage gestoßen und hast etwas Falsches eingegeben?«

Ihre Verlegenheit nahm noch zu. »Könnte sein, ja. Nun, jedenfalls hoffe ich jetzt darauf, dass uns die Invitros mit einer Karte aushelfen können. Wenn wir in Richtung Firanza fahren, kommen wir doch fast bei ihrer Enklave vorbei, nicht wahr, Jonan?«

Dieser nickte. »Der See liegt nur ein paar Fahrminuten östlich der Handelsstraße.« Nachdenklich legte er die Stirn in Falten. »Ich habe bei Enzo nirgendwo eine Karte gesehen, aber das will nichts heißen. Wenn jemand Ahnung von den Technologien und der Welt vor dem Sternenfall hat, sind es die Invitros; dem stimme ich zu.«

»Also lasst es uns so machen«, sagte Carya. »Wir fahren gemeinsam Richtung Firanza und halten unterwegs kurz bei den Invitros. Und wenn die uns nicht helfen können, sehen wir eben in Firanza, ob jemand eine Karte besitzt, auf der wir die Koordinaten nachschauen können. Sobald wir dann wissen, wohin die Reise geht, entscheiden wir, ob wir sie gemeinsam antreten oder ob Mama und du nach Norden gehen und der Rest von uns später nachkommt. Einverstanden?« Sie blickte erst ihren Vater an, dann ließ sie den Blick über die Runde schweifen.

»Na schön.« Edoardo Diodato seufzte. »Dann gehen deine Mutter und ich jetzt mal zu Bett. Es ist spät, und morgen gibt es sicher noch einiges zu tun.«

»Was ist mit euch?«, fragte ihre Mutter.

»Wir bleiben noch ein paar Minuten hier unten«, sagte Carya. »Aber auch nicht mehr lange.« Sie blickte kurz zu Pitlit hinüber. Der Straßenjunge war das ganze Gespräch über ungewöhnlich still gewesen, und Carya wollte ihn fragen, ob etwas nicht in Ordnung war. Das brauchten ihre Eltern nicht unbedingt mitzubekommen. Dem Jungen fiel es schon schwer genug, Carya und Jonan gegenüber offen über sein Befinden zu sprechen.

Caryas Eltern standen auf und begaben sich nach oben, wo sie, genau wie Carya, Jonan und Pitlit auch, ihren Schlafraum hatten. Carya wartete noch einen Moment, bis sich im ersten Stock die Tür geschlossen hatte, bevor sie sich Pitlit zuwandte. Der Straßenjunge wirkte bedrückt. »He«, sagte sie sanft. »Was ist denn mit dir los? So, wie du ausschaust, könnte man meinen, dir liegt etwas auf der Seele.«

Pitlit hob kurz den Blick und richtete ihn dann gleich wieder auf die Tischplatte. »Hm, kann man wohl so sagen«, brummte er.

»Was hast du, Kumpel?«, mischte sich nun auch Jonan ein. »Spuck's aus.«

Der Straßenjunge presste die Lippen zusammen und schwieg einen Moment lang. Schließlich schüttelte er niedergeschlagen den Kopf. »Ach, ihr habt mich nur ganz schön in die Zwickmühle gebracht.«

»Wie meinst du das?«, wollte Jonan wissen.

Carya verstand schneller. »Es geht um Suri, nicht wahr?«

Pitlit errötete, während er zögernd nickte. »Ich weiß nicht, wie ich ihr sagen soll, dass sich unsere Wege morgen trennen werden. Und das werden sie ja wohl, wenn wir aus dem Dorf verschwinden. Ich kann sie schlecht bitten, mit uns zu kommen. Sie hat ihr ganzes Leben bei diesen Leuten verbracht. Die sind ihre Familie. Außerdem wird es vielleicht gefährlich da draußen. Und ich will doch nicht, dass ihr etwas geschieht.«

»Das verstehe ich«, sagte Carya mitfühlend. Und nach einer kurzen Pause fügte sie hinzu: »Hast du mal darüber nachgedacht, stattdessen bei den Ausgestoßenen zu bleiben?«

»Soll das ein Witz sein?«, entfuhr es Pitlit.

»Suri bedeutet dir doch etwas, und wie mir scheint, du ihr auch«, verteidigte Carya ihren Vorschlag. »Dieses Glück solltest du nicht leichtsinnig wegwerfen, nur um mit Jonan, vielleicht meinen Eltern und mir auf irgendeine Reise zu gehen, von der wir nicht wissen, wie sie ausgehen wird. In Arcadion warst du uns eine große Hilfe. Ebenso während unseres Wegs durchs Ödland. Aber hier in der Wildnis kennen wir uns alle gleich wenig aus.«

»Soll heißen: Ich nutze euch ohnehin nichts.« Pitlit bedachte sie mit einem schrägen Blick.

»Blödmann! Das soll es natürlich nicht heißen. Ich würde mich freuen, wenn du uns weiter begleiten würdest.«

»Gerade noch mal das Richtige gesagt«, brummte der Straßenjunge. Er blickte zu Jonan hinüber, so als wolle er hören, ob der auch eine Meinung zu dem Thema hatte.

Jonan zuckte mit den Schultern. »Ich weiß nicht, was ich dir raten soll. Liebe oder Abenteuer … Das muss jeder Mann für sich selbst entscheiden. Vermutlich würden uns deine blöden Sprüche und deine flinken Finger irgendwann furchtbar fehlen, wenn du entscheidest, bei Suri zu bleiben, aber das ist dann ja unser Problem, nicht das deine.«

»Hm«, brummte Pitlit. »Ihr seid keine große Hilfe.«

»Liebe oder Abenteuer …«, wiederholte Jonan nur und machte eine abwiegende Geste mit den Händen.

Carya glaubte, regelrecht sehen zu können, wie bei der zweiten Alternative ein schwaches Funkeln in die Augen des Jungen trat. »Du musst ja nicht sofort entscheiden«, sagte sie. »Das Wichtigste ist doch, dass du heute Nacht nicht hier bei uns herumhockst, sondern bei Suri bist. Geh zu ihr. Rede mit ihr. Sie ist doch genauso erwachsen wie du. Gemeinsam werdet ihr eine Lösung finden. Es reicht, wenn du uns morgen, wenn der Lastwagen losfährt, deine Entscheidung mitteilst. In Ordnung?«

Der Straßenjunge nickte. »Ja, gut.« Er sprang vom Sitz. Ein neuer Eifer hatte von ihm Besitz ergriffen, und irgendwie hatte Carya das Gefühl, dass er seine Entscheidung schon getroffen hatte. Reinreden würde sie ihm sicher nicht. Sie hoffte bloß, dass er sie nachher nicht bereute. »Ich bin dann mal weg«, verkündete Pitlit. »Und ihr braucht nicht auf mich zu warten. Könnte später werden.« Er grinste dreist und flitzte zur Tür. Im nächsten Moment war er verschwunden.

Carya warf Jonan einen strengen Blick zu. »Liebe oder Abenteuer? Was war das denn für eine Wahl? Glaubst du, der Zug der Ausgestoßenen in ihre neue Heimat wird ein Zuckerschlecken?«

»Nein, absolut nicht«, gab Jonan zurück. »Ich glaube nicht mal, dass unsere Reise etwas wird, das man heiter und leichtfertig als Abenteuer bezeichnen sollte. Nicht, wenn unser Leben auch nur annähernd so weitergeht, wie es in den letzten Wochen verlaufen ist. Aber ich glaube, dass Pitlit insgeheim eigentlich gerne bei uns bleiben wollte und dieses Gespräch nur gesucht hat, damit wir ihm das bestätigen. Wäre es anders, hätte er einfach gesagt: Leute, tut mir leid, ich bleibe bei Suri. Aber so sehr er dieses Mädchen mag, er ist doch nur ein dreizehnjähriger Junge. Und tief in seinem Herzen sehnt er sich eher nach einem Vater und einer Mutter als nach einer Freundin.«

»Deshalb hast du ihn vor eine Wahl gestellt, die eigentlich gar keine war – zumindest nicht, wenn man dreizehn ist und diese beiden Worte im direkten Vergleich zu hören bekommt.«

»Sozusagen«, bestätigte Jonan, und um seine Mundwinkel zuckte verräterisch ein zufriedenes Grinsen.

Carya beugte sich näher zu ihm hin. »Vater und Mutter, hm?«, sagte sie leise und mit vielsagendem Blick. »Meintest du damit uns?«

»Na ja, so ungefähr jedenfalls«, erwiderte Jonan ein wenig verlegen. »Du kannst auch ältere Geschwister sagen.«

»Nein, ich glaube, Vater und Mutter gefällt mir besser. Wären wir Geschwister, könnte ich das nicht machen.« Mit diesen Worten legte sie ihm die rechte Hand um den Hals, zog ihn zu sich heran und küsste ihn.

»Was für eine Schande das wäre«, murmelte er, bevor seine Lippen erneut mit den ihren verschmolzen.

Es war ein Kuss voller Liebe, süß und warm und innig. Und je länger er währte, desto mehr spürte Carya, wie das Verlangen in ihr aufstieg, Jonan zu umarmen, ihn an sich zu drücken, sich ihm hinzugeben, hier und jetzt. Aber sie ließ nicht zu, dass die Leidenschaft sie übermannte, sondern entzog sich ihm rechtzeitig. Für Leidenschaft war heute die falsche Nacht.

»Was ist los?«, fragte Jonan, der das auch merkte.

»Ich muss noch etwas erledigen«, antwortete Carya. »Eine Sache gibt es noch zu tun, bevor wir uns morgen auf die Reise begeben. Ich habe sie schon viel zu lange vor mir hergeschoben.« Sie erhob sich und ging zur Treppe hinüber.

»Was hast du vor?«, wollte Jonan wissen.

»Ich gehe meinen Beutel holen«, erklärte Carya. »Ich möchte Rajael beerdigen.«

Eine Viertelstunde später standen sie gemeinsam auf der Hügelkuppe oberhalb des Dorfs. Alles war still, bis auf das Zirpen der Grillen im struppigen Gras und das Rauschen der Bäume im schwachen Wind. Ein klarer Himmel spannte sich über ihnen, und Myriaden von Sternen glitzerten in opulenter Pracht. Es war eine Nacht für romantische Zweisamkeit, nicht für Beerdigungen. Aber irgendwie passte sie besser zu Rajael, als ein grauer Vormittag, an dem der Himmel aus dicken Wolken in kalten Strömen Tränen vergoss.

Carya hatte den Beutel bei sich, in dem sie das Tagebuch, den Abschiedsbrief und die anderen Habseligkeiten ihrer toten Freundin Rajael aufbewahrte. Außerdem klemmte eine schuhkartongroße Holzkiste unter ihrem Arm, die sie unter der Treppe in ihrem Gastquartier gefunden hatte. Jonan trug eine Schaufel, die er aus einem der Vorgärten hatte mitgehen lassen. Das stellte kein Problem dar. Werkzeuge wie diese nutzten die Ausgestoßenen gemeinschaftlich.

Auf Caryas Bitte hin grub Jonan eine etwa fünfzig Zentimeter tiefe Mulde unweit eines einzelnen verwachsenen Baumes. Als er fertig war, kniete sich Carya hin und stellte die Holzkiste vor sich. Eins nach dem anderen zog sie all die Dinge, die sie aus Rajaels Wohnung vor dem Zugriff der Inquisitoren gerettet hatte, hervor und bettete sie behutsam hinein: das Kästchen mit der silbernen Halskette und dem schmalen Ring, Schmuckstücke, die Tobyn Rajael geschenkt haben mochte; das gerahmte Foto mit Rajaels Eltern, die gar nicht ihre Eltern sein konnten, weil Caryas Freundin doch in einem Tank zur Welt gekommen war; den Abschiedsbrief, den Rajael an Carya verfasst hatte – und noch einiges mehr.

Während sie so Stück für Stück ihre Freundin zu Grabe trug, stiegen Carya die Tränen in die Augen. Sie ließ es zu. Sie wollte weinen, wollte heute Nacht um ihre Freundin trauern. Es war einfach schrecklich unfair, dass ausgerechnet Rajael, die selbstbewusste, lebenslustige Rajael, am Ende so verzweifelt gewesen war, so ohne Hoffnung auf eine Zukunft, dass sie Gift genommen hatte. Die Inquisition des Lux Dei, Männer wie Loraldi und Aidalon, hatten ihr Leben zerstört, und das nur, weil sie anders gewesen war, eine Künstliche. Loraldi hatte für seine Taten bezahlen müssen. Er war auf dem Quirinalsplatz von den Kugeln des *Phantom*-Hubschraubers zerfetzt worden. Doch Aidalon lebte noch und zerstörte weiter die Existenzen anderer. *Wir sind noch nicht fertig miteinander, Großinquisitor*, schwor sich Carya.

Als sie Rajaels Tagebuch mit dem gemusterten Stoffumschlag in die Hand nahm, verspürte sie einen zusätzlichen Stich des Bedauerns. Sie hatte es nie geschafft, darin zu lesen. Aber vielleicht war das auch ganz gut so. Ein Tagebuch gehörte der Person, die es schrieb, ganz allein. Die Geheimnisse, die diesen Seiten anvertraut wurden, waren nicht für anderer Leute Augen bestimmt. Und auch wenn Carya annahm, dass Rajael es ihr erlaubt hätte, in dem Buch zu lesen, war es vielleicht besser, dass sie es nicht getan hatte. Es hätte den Verlust der Freundin nur noch schlimmer gemacht. *Wenn ich zurückkehre*, dachte Carya. *Wenn alle Fragen beantwortet sind und ich hierher zurückkommen sollte, genau wie die Ausgestoßenen, dann werde ich es lesen. Und dann werde ich wieder um dich weinen, Rajael.* So wie jetzt.

Das Buch war das letzte Stück, das Carya in die Kiste legte. Sie klappte den Deckel zu, und Jonan ergriff das Behältnis stumm und legte es in die Mulde. Dann schaufelte er Erde darüber, und zum Schluss legte er ein paar Steine auf das Grab, damit man es wiederfinden konnte. Die ganze Zeit über hatte er kein Wort gesagt, hatte nicht versucht, Carya durch lahm klingende Beileidsbekundungen Trost zuzusprechen. Dafür war sie ihm dankbar. Diese kleine Zeremonie, diesen privaten Abschied von ihrer Freundin, hatte sie alleine vollziehen wollen.

Nun aber kam sie auf die Beine und trat zu ihm. Er schien zu verstehen, denn er rammte die Schaufel in den Boden und schloss sie wortlos in die Arme. Eng umschlungen standen sie da, Carya Halt suchend, Jonan tröstend, während über ihnen die fernen Sterne glitzerten.

Am nächsten Morgen, am späten Vormittag, war es so weit. Carya, ihre Eltern und Jonan luden ihr weniges Hab und Gut auf die mit einer Plane verdeckte Ladefläche des Lastwagens, der unterhalb des Dorfs hinter einigen Büschen versteckt stand und auf dem schon Jonans Templerrüstung verzurrt lag. Die Dorfbewohner hatten sie mit Proviant für zwei Tage eingedeckt. Bis dahin sollte es ihnen möglich sein, weitere Nahrung zu finden.

Irgendwann gesellte sich auch Pitlit zu ihnen. Der Straßenjunge nickte ihnen zu und grinste breit. »Ich weiß nicht, wie eure Nacht war, aber meine war gut«, verkündete er. Carya wollte gar nicht so genau wissen, was er damit meinte. Sie war nur froh, dass ihre Mutter nicht in der Nähe war, als er das sagte.

»Habt ihr euch ausgesprochen?«, fragte sie.

»Auch das«, gab Pitlit zurück. »Sie hat mir gesagt, dass sie auf mich warten wird. Und ich habe ihr geschworen, dass ich sie suchen werde, sobald unsere Reise vorbei ist.«

»Dann ist ja alles gut.« Carya lächelte. »Ich bin froh, dass ihr euch einig seid.«

»Ja, ich auch.«

Schließlich nahmen sie Abschied: von Ordun, Mablo und Petas, von Doktor Nessuno und seiner Frau und all den anderen. Zuletzt tauchte auch Suri noch einmal auf. »Pass auf dich auf, Pitlit«, sagte sie, als sie den Straßenjungen umarmte. »Und Ihr auch auf Euch, Tochter des Himmels«, fügte sie an Carya gewandt hinzu.

»Keine Sorge«, erklärte Jonan. »Ich werde auf beide achtgeben. Du wirst Pitlit ohne einen Kratzer zurückbekommen.« Er grinste und klopfte dem Straßenjungen auf die Schulter.

Pitlit brummte verlegen.

»Lebt wohl, Tochter des Himmels«, sagte der Stammesführer. »Möge Eure Reise erfolgreich sein.«

»Danke«, antwortete Carya. »Die ihre auch, Ordun.« Sie warf noch einen letzten Blick in die Runde der versammelten Dorfbewohner, dann nickte sie ihnen zu und wandte sich ihrem Vater zu. »Fahren wir.«

»In Ordnung.« Er stieg mit ihrer Mutter in die Führerkabine. Carya, Jonan und Pitlit kletterten auf die Ladefläche. Unter Winken und Abschiedsrufen fuhren sie los, rumpelten den ungeteerten Pfad hinunter, der sie auf einigen Umwegen zur Handelsstraße bringen würde – und von dort an zu einem unbekannten Ziel.

Kapitel 5

Die Straße nach Norden war ein graues Band, das hinter ihnen länger und länger wurde. An den Seiten zog die Landschaft vorbei: grünbraune Hügel, trockenes Gras, vereinzelte Baumgruppen. Ruinen von Gehöften und verlassene Dörfer lagen wie vergessene Spielsachen dazwischen, die Überreste einer Zivilisation, die einstmals keine Angst vor der Wildnis gehabt hatte.

Heute waren die Menschen anders. Die Stadtbewohner fürchteten sich vor der Leere und Weite jenseits der Mauern, die sie schützend umgaben, wenngleich diese Furcht in den seltensten Fällen auf eigenen schlimmen Erfahrungen beruhte. Die leichtgläubigen Bürger von Arcadion oder Firanza oder den wenigen anderen Städten in der Einflusssphäre des Lux Dei hatten Angst, weil ihnen die Propaganda des Ordens sagte, dass man in der Wildnis nicht überleben konnte. Entweder brachten einen die Mutanten, Kriminellen und Verrückten um, die sich in der Einöde herumtrieben, oder die Natur selbst.

Jonan wusste, dass mehr als die Hälfte dieser Geschichten ausgemachter Unsinn waren. Nicht jede verdorrte Wiese war vergiftet und verstrahlt, und nicht jeder Ausgestoßene hungerte danach, einem das Fleisch von den Knochen zu nagen. Dennoch gab es genug Gründe, zumindest vorsichtig zu sein. Der Tod lauerte auf arglose Wanderer. Aus diesem Grund hatte Jonan sein Sturmgewehr griffbereit, während er mit Carya und Pitlit auf der Ladefläche des Lastwagens hockte und den Blick über die Landschaft schweifen ließ.

So ein Templersturmgewehr war ein feines Gerät. Es galt als praktisch unverwüstlich und hatte dank ausgeklügelter Technik eine enorme Durchschlagskraft bei angenehm geringem Rückstoß. Leider wog es so viel, dass man es eigentlich nur gut mit sich führen konnte, wenn man eine dazu passende Templerrüstung mit Kraftverstärkerservos trug. Außerdem gestaltete es sich als nicht ganz leicht, außerhalb einer Templerkaserne an passende Munition zu gelangen.

Glücklicherweise lag Jonans Templerrüstung hinter ihnen auf der Ladefläche unter einigen Wolldecken, und er konnte sie wenn nötig anlegen. Und auch an Munition mangelte es ihnen im Augenblick nicht. Im Frachtraum des *Phantom*-Hubschraubers, mit dem Jonan und Enzo Carya und ihre Eltern aus Arcadion gerettet hatten, war er über eine Ausrüstungskiste gestolpert, die dazu beigetragen hatte, seine Bestände aufzufüllen. Überhaupt hatte es in dem Fluggefährt einige nützliche Dinge gegeben. Leider hatte ihnen die Zeit gefehlt, um größere Mengen Material zu bergen. Immerhin ein Werkzeugset und ein Erste-Hilfe-Paket hatte Jonan noch mitnehmen können.

Er verwünschte noch immer den glücklichen Schützen, der ein Loch in den Treibstofftank des Hubschraubers geschossen und sie dadurch gezwungen hatte, die leckgeschlagene Ordensmaschine im Ödland zurückzulassen. Mit einem Hubschrauber wäre ihre Reise um einiges ungefährlicher und leichter gewesen. *Andererseits hätten wir auch von Arcadion bis Firanza alle Blicke auf uns gezogen,* dachte er. Seit den Dunklen Jahren war der Himmel, von ein paar hoch oben kreisenden Raubvögeln abgesehen, leer. Eine Flugmaschine würde mit Sicherheit jedem auffallen. Da könnten sie Großinquisitor Aidalon genauso gut einen Brief schreiben und ihn über ihre Ziele informieren.

Zugegebenermaßen war es nur wenig besser, in einem gestohlenen Militärlastwagen über die Nordhandelsstraße zu fahren. Sie mussten das Fahrzeug so bald wie möglich loswerden, wenn sie nicht Gefahr laufen wollten, dass man ihnen auf die Spur kam. Glücklicherweise war die Kommunikation hier draußen schleppend und unzuverlässig. Selbst wenn sich irgendeine fahrende Patrouille oder ein Bote über den Wagen wundern sollte, wären Jonan und die anderen längst über alle Berge, bis man von Arcadion aus zu ihrer Verfolgung ansetzen konnte.

Darüber hinaus wäre jeder Weg durch die Wildnis, etwa über die zahlreichen Landstraßen, die sich durch Wälder, Hügel und Wiesen schlängelten, noch gefährlicher gewesen. Niemand kümmerte sich um diese Straßen, sodass sie mitten im Wald an einem umgestürzten Baum einfach enden konnten. Und ohne Karte konnte man sich auf diesen Wegen zudem sehr leicht verirren.

Ganz auf den Lastwagen zu verzichten, kam jedoch auch nicht infrage, zumindest nicht, solange sie Jonans Templerrüstung mit sich führten, die sich anders kaum transportieren ließ. Schon seit die Entscheidung gefallen war, das Dorf der Mutanten zu verlassen und Caryas mysteriösen Koordinaten nachzugehen, fragte sich Jonan daher, ob nicht bald der Zeitpunkt gekommen sein mochte, sich von dem klobigen Panzer zu trennen.

Im Kampf erwies sich die Rüstung mit ihren dicken Schutzplatten, den Kraftverstärkerservos und dem Helm mit seinen vielen elektronischen Spielereien als enorm wertvoll. War man allerdings auf Reisen und wollte sich unauffällig bewegen, hatte man mit ihr einfach nur einen verdammt schweren und sperrigen Klotz am Bein. Außerdem gab sie natürlich Jonans Herkunft preis, was ihnen zum Verhängnis werden könnte, sollte ihre Reise sie aus der Machtsphäre des Lux Dei hinaus in eines der Nachbarreiche führen.

Im Grunde ging kein Weg daran vorbei. Er musste die Templerrüstung entweder an einem geheimen Ort verstecken und nach ihrer Reise dort wieder abholen. Oder versuchen, sie möglichst gewinnbringend zu veräußern – auch wenn es nicht viele Händler in der Wildnis geben dürfte, die ihnen etwas würden bieten können, das auch nur ansatzweise dem Wert dieses Artefakts aus der Zeit vor dem Sternenfall entsprach.

Carya, die neben ihm saß, stupste ihn gegen den Arm. »Du wirkst so nachdenklich«, stellte sie fest. »Was hast du?«

Mit einem angedeuteten Kopfschütteln wiegelte Jonan ab. »Ach, es ist nichts. Ich lasse nur die Gedanken treiben.«

»Und sie führen dich an Orte, wo du nicht sein möchtest?«

»So kann man das nicht sagen. Ich frage mich nur, ob Dinge wie dieser Lastwagen und meine Rüstung uns nicht mehr schaden als nutzen. Sie sind einfach sehr auffällig, gleichzeitig aber zu wertvoll, um sie einfach in der Landschaft stehen zu lassen.« Nachdenklich schürzte Jonan die Lippen. »Wenn wir nur mal wieder an so einem Schwarzmarkt vorbeikämen. Dann könnten wir diese Dinge vielleicht eintauschen.«

»Du meinst gegen Ausrüstung, die wir für unsere Reise brauchen?«

»Ja, haltbare Lebensmittel, sauberes Wasser, Zündhölzer, galvanische Zellen für Handlampen, Kartenmaterial …«

»Kugeln für meinen Revolver«, ergänzte Pitlit von hinten fröhlich.

Stirnrunzelnd drehte Jonan sich um. »Revolver?«

Der Straßenjunge, der an die von Wolldecken verborgene Templerrüstung gelehnt saß, hob stolz eine Waffe mit braunem Griff und silbernem Lauf. Offenbar hatte er sie poliert, denn der Lauf glänzte, auch wenn der Revolver insgesamt einige Gebrauchsspuren aufwies.

»Pitlit, wo hast du die Waffe her?«, fragte Carya verblüfft und, wie es schien, auch ein wenig beunruhigt.

»Suri hat sie mir gestern Abend zum Abschied geschenkt«, antwortete der Junge. »Damit ich mich vor Straßenräubern und anderem Gesindel schützen kann. Sie ist so nett. Echt schade, dass sie nicht mitkommen wollte. Ich vermisse sie jetzt schon.«

»Das ist kein Spielzeug, Kumpel.« Auffordernd streckte Jonan die Hand aus. »Komm, gib mir den Revolver lieber, bevor du noch jemanden damit verletzt.«

»Vergiss es!« Schützend steckte Pitlit die Waffe in seinen Hosenbund. »Du hast dein Templersturmgewehr, Carya jetzt neuerdings einen Bogen. Ich will auch was zum Schießen haben. Nur falls uns mal wieder Motorradbanditen über den Weg laufen.«

»Pitlit, einen Menschen zu erschießen, ist kein Spaß. Das ist bitterer Ernst. Soll dir Carya etwas über ihre Albträume und ihre Schuldgefühle erzählen?«

Die Miene des Jungen verfinsterte sich. »Das braucht sie nicht, denn weißt du: Ich war dabei, als sie den Soldaten in Arcadion erschossen hat, kurz bevor wir dem Lux Dei in die Falle gegangen sind. Und ich war auch dabei, als sie die beiden Mistkerle ausgeschaltet hat, die das Mädchen beim Überfall auf das Dorf der Ausgestoßenen misshandeln wollten. Menschen sterben zu sehen, ist für mich nichts Neues. Das habe ich übrigens schon, bevor ich euch kannte. Denn so schön ist das Leben als Straßenkind in Arcadion auch nicht.«

»Jonan.« Carya legte ihm eine Hand auf den Arm. »Lass es gut sein. Irgendwie hat Pitlit doch recht. Er hat wahrscheinlich schon mehr erlebt als wir beide zusammen. Und hier draußen können wir im Notfall jeden Kämpfer brauchen.«

Unwillkürlich musste Jonan grinsen. »Das sollte normalerweise *ich* sagen.«

Um Caryas Mundwinkel zuckte es. »Du scheinst ein guter Lehrer zu sein.«

»Heißt das, ich darf den Revolver behalten?« Pitlits Blick war auf beängstigende Art hoffnungsvoll.

Jonan nickte ergeben. »Vergiss nur nie, was du da in den Händen hältst. Wenn du einen Menschen umbringst, ist das etwas, das du niemals mehr rückgängig machen kannst.«

»Keine Sorge«, versprach der Junge. »Ich werd schon nicht auf alles ballern, was mir über den Weg läuft. Dafür fehlt mir sowieso die Munition.«

In der Wand, die den Laderaum von der Fahrerkabine trennte, öffnete sich ein Schiebefenster. »Wir erreichen gleich ein Straßenkreuz«, meldete Caryas Mutter. »Könnten Sie kurz schauen, Jonan, ob wir hier abbiegen müssen, um zum See zu gelangen?«

Jonan erhob sich und ging auf schwankenden Beinen zur Fahrerkabine hinüber. Ein Blick durch das Fenster auf die Straße vor ihnen zeigte ihm, dass sie sich ihrem Ziel in der Tat näherten. »Ja, dort vorne müssen wir rechts abbiegen. Dann sind es nur noch ein paar Fahrminuten. Halten Sie nach einem aufgegebenen Ferienort zur Rechten Ausschau.«

Caryas Vater brummte bestätigend.

Kurz darauf erreichten sie das verwitterte Schild, das am Eingang einer Seitenstraße auf das längst verlassene Erholungsgebiet am See hinwies. Grollend bog der Lastwagen ein und rollte bis zu der Landzunge vor, die ins grünblaue, faulig riechende Wasser hineinreichte. Etwa einen Kilometer vom Ufer entfernt ragte der bewaldete Buckel der Insel aus der Oberfläche des Sees, auf der sich die Enklave der Invitros befand. Nirgendwo war eine Menschenseele zu sehen.

Etwas anderes hatte Jonan auch nicht erwartet.

»Parken Sie den Wagen hier«, wies er Caryas Vater an. »Im Ufergebüsch sollte es ein Boot geben, mit dem man zur Insel übersetzen kann … also zumindest lag es bei meinem letzten Besuch dort.« Mit raschen Schritten durchquerte Jonan den Laderaum, sprang nach draußen und nahm sein Gewehr an sich. Er dachte kurz darüber nach und legte es wieder zurück. »Wir kommen als Freunde. Es war schon beim vorigen Mal keine gute Idee, schwer bewaffnet hier aufzukreuzen.«

Carya nickte und ließ ihren Bogen ebenfalls im Fahrzeug, als sie ihm folgte.

Auch Pitlit wollte seinen Revolver aus dem Hosenbund ziehen, doch Jonan hielt ihn zurück. »Warte mal.« Er sah zu Caryas Eltern hinüber, die aus der Fahrerkabine stiegen und sich mit merklichem Unbehagen umschauten. »Es geht nicht, dass wir zu fünft bei den Invitros auftauchen«, fuhr er mit gesenkter Stimme fort. »Zum einen passen höchstens vier Leute in das Boot. Zum anderen wird der einsame Wachposten, der da drüben auf der Insel hockt, vermutlich ziemlich nervös, wenn wir mit einer halben Armee einfallen. Deshalb sollte jemand beim Lastwagen bleiben. Auch um darauf aufzupassen. Caryas Eltern erklären sich bestimmt gerne bereit dazu. Aber ich möchte, dass du ebenso hierbleibst, Pitlit.«

»Och, Mann. Warum ich?«, beschwerte sich der Junge. »Ich will auch die Invitro-Enklave sehen.«

»Weil Caryas Eltern Stadtmenschen sind«, sagte Jonan. »Die haben keine Ahnung, wie es in der Wildnis zugeht. Bei dir sieht das anders aus. Du hast Erfahrungen auf der Straße und im Ödland gesammelt. Du weißt, was zu tun ist, sollte hier sonst irgendjemand auftauchen. Und du hast den Revolver.« Er deutete auf die Waffe in Pitlits Gürtel. »Wolltest du nicht der große Beschützer sein? Jetzt hast du die Gelegenheit dazu. Du passt auf Edoardo und Andetta Diodato auf, während Carya und ich versuchen, herauszubekommen, was es mit den Koordinaten auf sich hat.«

Der Junge machte ein missmutiges Gesicht. »Na gut. Aber beim nächsten Ausflug bin ich dabei und jemand von euch hält Wache.«

»Geht klar. Und eins noch: Sag Caryas Eltern nicht, dass ich dich gebeten habe, auf sie aufzupassen. Sie glauben sicher, dass sie auf dich aufpassen sollen.« Jonan zwinkerte Pitlit verschwörerisch zu.

»Die … auf mich …« Pitlit gluckste. »Schon klar.«

Gemeinsam mit Carya machte sich Jonan auf die Suche nach dem knallroten Tretboot, mit dem er das letzte Mal auf die Insel übergesetzt war. Erst verspätet fiel ihm ein, dass Enzo und er das Boot auf der Insel zurückgelassen hatten, als sie sich auf den Weg zu den Mutanten gemacht hatten. Und auch der floßartige Kahn war nicht mehr in dem Versteck, den sie für ihn gewählt hatten. Enzos Nachfolger musste damit hinübergefahren sein, als er seinen Posten in dem kleinen, verfallenen Schloss angetreten hatte.

»Verdammt«, murmelte Jonan. »Die machen es einem wirklich nicht leicht, ihnen einen Besuch abzustatten.«

»Lass mich raten«, sagte Carya. »Es gibt kein Boot?«

»Wenn du keins siehst …« Er seufzte. »Na schön, dann eben anders.«

Sie marschierten zum Lastwagen zurück, wo sich Jonan unter den verwunderten Blicken aller in die Fahrerkabine setzte. Er legte die Hand auf die Hupe und versuchte sich an das zu erinnern, was man ihm auf der Templerakademie beigebracht hatte. *Hoffen wir, dass da drüben jemand sitzt, der das versteht*, dachte er.

Dann ließ er die Hupe des Lastwagens aufplärren. Kurz, lang-kurz, lang-lang-kurz-kurz, lang-lang-lang. Kurz, lang-kurz, lang-lang-kurz-kurz, lang-lang-lang.

»Licht Gottes, Jonan, was machst du da?«, schrie Carya zu ihm hoch, während sich alle die Ohren zuhielten. »Willst du jeden im Umkreis von fünf Kilometern auf uns aufmerksam machen?«

»Eine Person würde mir schon reichen«, erwiderte Jonan. »Eine weniger auffällige Art, sich bemerkbar zu machen, wäre mir auch lieber, aber wenn ich Lichtsignale geben würde, fürchte ich, dass man es bei der hellen Mittagssonne nicht bemerken würde.« Er ließ ein drittes Mal die Hupe sprechen.

»He, das ist Signalcode, oder?«, fragte Caryas Vater.

»Richtig«, antwortete Jonan.

»Was ist Signalcode?«, wollte Pitlit wissen.

»Es handelt sich um ein Alphabet, das aus kurzen und langen Licht- oder Tonimpulsen besteht«, erklärte Edoardo Diodato. »Man kann damit Botschaften über weite Entfernungen übermitteln – wenn Sender und Empfänger beide darin geschult sind.«

»Was für eine Botschaft schickst du denen?«, fragte Carya.

Jonan sandte erneut die Tonfolge über den See. »Enzo«, erwiderte er. »Ich sende den Namen Enzo. Damit, wer immer uns in diesem Moment beobachtet, weiß, dass wir ihn kennen.«

»Zumindest haben wir damit jemanden aus seinem Versteck gelockt«, sagte Caryas Vater. »Seht!« Er streckte den Arm aus und deutete auf den See hinaus, auf dem nun ein Boot sichtbar wurde, das langsam näher tuckerte. In ihm stand ein Mann, die linke Hand am Ruder, die rechte am Abzug eines Gewehres, dessen langen, schlanken Lauf er aufs Armaturenbrett gestützt hatte und dessen Mündung warnend direkt auf sie gerichtet war.

»Jonan!«, rief Carya ungläubig. »Das ist doch Enzo selbst, oder nicht?«

»Was sagst du?« Verwirrt beschattete Jonan sein Gesicht und starrte auf den See hinaus. Tatsächlich besaß der Mann die gleiche kompakte Statur und das gleiche silbergraue Haar wie Enzo. Und als er etwas näher kam und sein Gesicht erkennbar wurde … »Das kann doch nicht sein. Es ist wirklich Enzo. Aber was macht der hier?« Jonan hob die Stimme. »Enzo! He, Enzo, wir sind es: Jonan, Pitlit, Carya und ihre Eltern!«

»Ihr seid auf dem Holzweg«, rief der Mann, der mit seinem Boot mittlerweile auf vielleicht zehn Meter herangekommen war. »Ich bin nicht Enzo. Mein Name ist Luceno.«

»Oh«, sagte Jonan. »Verzeihung, aber Sie sehen Enzo erstaunlich ähnlich.«

»Kein Wunder. Er ist mein … na ja, sagen wir mal: Bruder.«

»Bewachen Sie im Augenblick die Insel?«

»Sieht so aus.«

Jonan fiel auf, dass der Invitro nicht fragte, wer sie seien. Allem Anschein nach hatte ihn Enzo oder vielleicht Gamilia, die von Arcadion aus Funkkontakt zur Insel hielt, über sie in Kenntnis gesetzt.

»Hören Sie, Luceno. Wir brauchen Ihre Hilfe. Ich weiß, Sie sind uns nichts schuldig, und wir …«

»Stimmt«, unterbrach ihn der Mann unwirsch. »Ich bin euch nichts schuldig. Also verschwindet. Ihr habt hier nichts verloren.« Er nahm das Gewehr in beide Hände.

»He, immer langsam«, sagte Jonan, während er beschwichtigend die Arme hob. »Kein Grund, unhöflich zu werden. Wir sind Freunde von Enzo. Wir stehen auf derselben Seite.«

»Ich weiß genau, wer ihr seid«, knurrte Luceno und bestätigte damit Jonans Verdacht. »Du bist dieser Bursche, der Enzo nach Arcadion gelockt hat, damit er dir hilft, dein Mädchen zu befreien.«

»Dieses Mädchen bin ich«, mischte Carya sich ein. »Und ich bin Enzo dankbar für alles, was er für meine Eltern und mich getan hat. Warum sind Sie deswegen so ungehalten?«

»Das will ich dir sagen, Kleine: Ich bin deshalb so ungehalten, weil ihr Enzo in eine Sache verwickelt habt, die ihn im Grunde nichts anging. Und was hat der Idiot gemacht? Er hat bei deiner Befreiung Blut geleckt und sich eingebildet, er könne in Arcadion eine Rebellion anzetteln. Er hat sich eingebildet, er sei wieder der junge Kerl, dem niemand etwas anhaben kann.«

Jonan spürte, wie sich sein Magen zusammenzog. »Worauf wollen Sie hinaus?«

Sein Gegenüber an Bord des Bootes blickte ihn grimmig an. »Darauf, dass mein Bruder jetzt den Preis dafür bezahlt hat, sich auf euch eingelassen zu haben: Enzo ist tot!«

Kapitel 6

Enzo lebt nicht mehr?«, entfuhr es Jonan. »Wie konnte das geschehen?«

Lucenos Mundwinkel sackten nach unten. »Das weiß ich auch nicht genau. Er soll sich bei einer riskanten Flugblattaktion verschätzt haben und von der Stadtwache erwischt worden sein. Ich weiß nicht, ob die ihn erschossen haben oder er sich selbst, um nicht in Gefangenschaft zu geraten. Jedenfalls ist mein Bruder tot – weil er euch geholfen hat.«

»Oh, nein«, murmelte Carya.

»So eine Schweinerei«, fügte Pitlit hinzu.

»Hören Sie, ich verstehe, dass Sie traurig und wütend sind«, sagte Jonan. »Ich teile Ihre Trauer. Enzo war ein guter Mann. Sein Tod ist … ist schrecklich. Aber es war sein freier Wille, mit Professore Adara nach Arcadion zurückzukehren, um dort die Ascherose wiederauferstehen zu lassen. Wir hätten uns gewünscht, dass er mit uns in die Wildnis flieht, aber er sagte, er könne in der Stadt seine alten Talente sinnvoller nutzen, als wenn er hier auf dieser Insel säße. Also machen Sie nicht uns für sein Schicksal verantwortlich.«

»Hm«, brummte Luceno mürrisch. Doch er schien einzusehen, dass an Jonans Worten etwas Wahres dran war.

»Daher bitte ich Sie nun erneut um Ihre Hilfe«, fuhr Jonan fort. »Wir brauchen sie wirklich dringend, weil wir nicht wissen, an wen wir uns sonst wenden sollen. Sie müssen uns auch nicht aus Freundlichkeit oder Mitmenschlichkeit helfen, wenn Ihnen das widerstrebt. Lassen Sie uns einfach handeln. Wir geben Ihnen was, Sie geben uns was. Beide Seiten gewinnen.«

In Lucenos faltigem Gesicht arbeitete es, während er darüber nachdachte. Schließlich senkte er sein Gewehr. »Also schön. Was wollt ihr?«

Jonan gab Carya ein Zeichen, und die holte den Zettel mit den Koordinaten hervor. »Wir haben hier einen Satz Zahlen, von denen wir hoffen, dass es Koordinaten sind. Wir müssen wissen, wo der entsprechende Ort liegt und wie wir dorthin gelangen können. Leider verfügen wir über kein Kartenmaterial. Besitzen Sie zufällig Karten?«

Der Invitro nickte knapp. »Ja, schon.«

»Könnten Sie uns dann vielleicht einen Blick darauf werfen lassen? Oder – noch besser – uns eine dieser Karten überlassen?«

Erneut musste Luceno nachdenken. Jonan hatte schon erlebt, wie misstrauisch die Künstlichen waren. Auf den ersten Blick mochte das unhöflich wirken, aber wahrscheinlich mussten sie so sein, wenn sie in einer Welt, in der sie durch die Regierung zum Abschuss freigegeben waren, überleben wollten. »Gutes Kartenmaterial ist selten heute – und teuer«, sagte Luceno schließlich. »Ihr wolltet handeln. Was habt ihr denn zu bieten?«

Jonan und die anderen wechselten unsichere Blicke. Wirklich viel besaßen sie nicht. Außer … Jonan gab sich einen Ruck. Das mochte der Moment sein, auf den er gewartet hatte. »Einen Augenblick.« Er umrundete den Lastwagen und kletterte auf die Ladefläche.

Als er kurz darauf wieder nach draußen sprang, trug er seine Templerrüstung. Das Waffengeschirr war allerdings leer, und er hatte auch das Helmvisier nicht heruntergeklappt, um nicht zu bedrohlich zu wirken.

Lucenos Augen weiteten sich, und er schnappte sichtlich nach Luft. »Soll das ein Witz sein?«

»Nicht im Geringsten«, erwiderte Jonan. »Dies ist eine Klasse-3-Templerrüstung. Die Panzerung hat ein bisschen was abbekommen. Die Kraftverstärkerservos und die Helmelektronik sind allerdings in tadellosem Zustand. Dass die Energie langsam zur Neige geht, sollte für Sie wahrscheinlich kein größeres Problem darstellen. Insofern kann man sagen, dass die Rüstung noch voll funktionsfähig ist. Wenn Sie uns helfen, vermache ich sie der Enklave. Ich weiß, dass Sie eigentlich nur Frieden wollen und daher keinen Bedarf an Kriegsgerät haben. Aber als der Soldat, der Sie mal waren, wissen Sie bestimmt, dass es nicht schaden kann, Kriegsgerät zu besitzen, um sein Hab und Gut, ganz zu schweigen vom eigenen Leben, im Notfall zu verteidigen.«

In Lucenos Augen trat ein eigentümlicher Glanz. »Eins ist klar. Jetzt habt ihr meine ungeteilte Aufmerksamkeit. Also gut. Ich hole ein größeres Boot. Dann könnt ihr zwei mitkommen.« Er deutete auf Jonan und Carya. »Aber keine Waffen. Und keine Tricks. Wenn ihr meinen Bruder gekannt habt, wisst ihr, dass wir noch nicht zum alten Eisen gehören, auch wenn wir so aussehen mögen.«

»Keine Sorge«, sagte Jonan. »Den Gedanken hatte ich keine Sekunde lang.«

Wenige Minuten später setzten Carya und Jonan zusammen mit Luceno zur Insel über. Die graubraunen Steinhäuser mit den roten Dächern, die in einer Reihe das baumbestandene Ufer säumten, wirkten so rustikal und heimelig, dass Carya ganz wehmütig ums Herz wurde. Hinter den Häusern erstreckte sich ein Hain aus Olivenbäumen bis hinauf zur grünen Hügelkuppe, auf der zwei kleine Kirchen aufragten. Das burgähnliche Anwesen, von dem Jonan ihr erzählt hatte, war nicht zu sehen. Es befand sich auf der anderen Seite des Inselbuckels.

Luceno legte mit seinem Boot an einem Pier an, an dem auch das andere, kleinere Boot vertäut war, mit dem er sie begrüßt hatte. Am Ufer daneben ruhte ein knallrotes Gefährt auf dem Gras, das offenbar durch Pedale mit Muskelkraft angetrieben wurde.

Sie gingen an Land, was Jonan, der nach wie vor die Templerrüstung trug, weil sie sich so am besten transportieren ließ, nicht ganz leichtfiel. Doch mit einigem Ächzen gelangte auch er auf den Pier hinauf. Statt sich in Richtung der Südspitze zu wenden, wo die Burg lag, marschierte Luceno, das Gewehr geschultert, energischen Schrittes auf eines der Gebäude am Ufer zu. Dem Äußeren nach handelte es sich um eine Werkstatt, ein kastenförmiges, einfaches Bauwerk mit großer Tür und flachem Dach, auf dem seltsam blausilbrige Platten im Sonnenlicht glitzerten.

Das Innere war gefüllt mit Gerätschaften, die Carya vollkommen unbekannt waren. Auf dem Boden und auf stabilen Arbeitstischen stapelten sich graue und schwarze Kästen, manche schlank und mit elegant geschwungenen Linien, andere klobig und schwer aussehend. Flache Rechtecke, die Carya an die Anzeige in der Kapsel erinnerten, hingen an den Wänden, und überall lagen Leitungen herum. Sie zogen sich von Gerät zu Gerät, ballten sich unter dem Tisch zu dicken Knäueln und verliefen die Wände hinauf und die Decke entlang. Es herrschte ein furchtbares Chaos. *Wie in dem geheimen Labor eines verrückten Erfinders*, ging es Carya durch den Kopf.

»Stell dich mit dem Anzug dort drüben in die freie Ecke«, wies der Invitro Jonan an. »Du kannst ihn schon mal ausziehen. Ich denke, dass wir uns handelseinig werden.«

Während Jonan der Anweisung nachkam, ging Luceno zu einem der grauen Kästen hinüber und ließ sich davor auf einen Bürostuhl sinken, der bedenklich quietschte. »Dann wollen wir mal sehen.« Er drückte ein paar Knöpfe, und auf einmal kam Leben in das Durcheinander. Farbige Lämpchen blinkten auf, in den Gehäusen einiger Geräte fing es an zu surren, und mehrere Anzeigetafeln an den Wänden wurden gleichzeitig hell. Unverständliche Zahlen- und Zeichenketten rollten darüber hinweg.

»Was ist das alles hier?«, wollte Carya wissen.

»Das sind Computer«, sagte Luceno. »Alte Maschinen aus der Zeit vor dem Sternenfall. Wir haben sie gesammelt, zum Teil repariert und nutzen sie nun für unsere Arbeit. Das alles hier mag nach nicht viel aussehen, aber du dürftest in diesem Raum das vermutlich fortschrittlichste Rechenzentrum vor dir haben, das es im ganzen Einflussbereich des Lux Dei gibt. Was nur ein weiterer Beleg dafür ist, wie traurig unsere Gegenwart ist.« Er lachte freudlos.

»Und darauf haben Sie Kartenmaterial?«, fragte Jonan, während er sich aus seinem Anzug schälte.

»Ganz richtig«, erwiderte Luceno. »Es handelt sich um alte Navigationsprogramme, die vor dem Sternenfall in Fahrzeugen verwendet wurden und dem Fahrer dabei halfen, immer den richtigen Weg zu finden. Natürlich funktionieren sie nicht mehr ganz so gut wie früher. Die Navigationssatelliten im Orbit, die man zur Echtzeitpositionsbestimmung benötigt, wurden in den Dunklen Jahren größtenteils zerstört. Die Programme können also nicht mehr zeigen, wo man sich genau befindet. Zwei unschätzbare

Dienste leisten sie allerdings noch immer. Zum einen enthalten sie Kartenmaterial von beinahe dem gesamten Kontinent, zum anderen können sie Wege berechnen, denen man folgen kann, um von einem Ort zum anderen zu gelangen.«

Carya verstand von all dem Gesagten bestenfalls die Hälfte. Aber sie verfolgte mit zunehmender Neugierde, wie Luceno eine schreibmaschinenartige Tastatur bediente, worauf die Bilder auf den Anzeigen sich veränderten. Kleine Symbole tauchten auf und verschwanden wieder. Etwas, das dem Inhaltsverzeichnis eines Buches ähnelte, war kurz zu sehen. Schließlich erschien ein Bild, das Erinnerungen an den Unterricht an der Akademie des Lichts weckte. Es zeigte im unteren Drittel das stiefelförmige Land, in dem der Lux Dei regierte. Daneben und darüber waren die Länder zu sehen, in denen laut Signora Baccettona die Feinde der Herrscher von Arcadion lebten: das riesige Francia, in dem der geheimnisvolle Mondkaiser herrschte, Austrogermania mit seinem Ketzerkönig, Spaniar im Südwesten, Albion oben im Nordwesten sowie einige Inseln und Landstriche im Norden, über die so gut wie gar nichts bekannt war.

Luceno tippte rasch auf die Tasten, und die Einflusssphäre des Lux Dei wurde sprunghaft größer. Grüne und graue Flecken übersäten nun die Karte, außerdem wurden unzählige Namen von Orten eingeblendet, von denen Carya noch nie gehört hatte. Das Bild ruckte ein wenig nach oben und kam dann über einem See zum Stillstand, in dem drei Inseln lagen, eine im Süden und zwei im Norden. Dunkelgrüne Waldstücke, helles Ackerland und erstaunlich viele Straßen und Siedlungen waren rund um den See zu sehen.

»Hier befinden wir uns«, sagte Luceno. »Die Daten sind natürlich nicht aktuell, sondern schon mehrere Jahrzehnte alt. Deshalb dürft ihr auch nicht allem, was diese Karten zeigen, blind vertrauen. Die Dunklen Jahre haben das Bild der Landschaft mitunter ziemlich verändert. Außerdem sind da auch noch die Todeszonen, die hier nicht verzeichnet sind. Auf die müsst ihr immer achten, wenn ihr durchs Land reist. Ich nehme an, ihr habt einen Strahlungsmesser?« Er warf Jonan einen fragenden Blick zu.

Dieser nickte. Er war mittlerweile aus der Templerrüstung geklettert und kam nun, gekleidet in Hemd und Hose, zu ihnen hinüber. Mit kritischem Blick besah er sich das Kartenmaterial. »Das könnten Sie uns zur Verfügung stellen?«

»Genau. Ich würde es auf eins der tragbaren Geräte spielen.« Der Invitro deutete auf einen Stapel flacher Scheiben mit schwarzem Gehäuse und grauer Anzeige. »Ich gebe euch sogar noch einen kleinen Sonnenkollektor mit, der es euch erlaubt, die Energiezellen eures Navigators aufzuladen, wenn sie leer sind. Ihr müsst ihn nur zwei bis drei Stunden in die Sonne legen, und schon könnt ihr ihn wieder verwenden.« Luceno stand auf und ging zu einer Kiste mit Krimskrams, aus der er einen kleinen Kasten mit ausklappbaren, silbrigen Flügeln hervorholte, an dem ein Kabel hing. »Den dürft ihr nicht verlieren«, schärfte er ihnen ein. »Denn sonst ist euer Navigator zwei Tage später tot. Viel länger halten die Zellen nämlich nicht mehr. Ist eben doch alles Gebrauchtware, was wir hier gesammelt haben.«

Jonan sah fragend zu Carya herüber. Sie zuckte mit den Schultern, deutete dann aber ein Nicken an. Es war seine Entscheidung. Zum einen war es Jonans Rüstung, die sie im Begriff waren wegzugeben, zum anderen fiel es ihr wirklich schwer, den Nutzen dieser elektronischen Karte einzuschätzen, auch wenn sie auf den ersten Blick erstaunlich detailliert wirkte.

»Einverstanden«, sagte er. »Machen Sie uns so einen Navigator fertig und zeigen Sie uns, wie er funktioniert.«

Eine halbe Stunde später befanden sich Carya und Jonan auf dem Rückweg. Im Gepäck hatten sie nun einen flachen schwarzen Apparat, in dem hoffentlich alle Wege gespeichert waren, die sie in Zukunft gehen würden. Der Preis, den sie dafür letztlich gezahlt hatten, war jedenfalls hoch genug.

Obwohl Luceno sie gedrängt hatte, testweise einige Orte einzugeben, um sich mit der Steuerung des Programms vertraut zu machen, hatten sie davon abgesehen, Caryas geheimnisvolle Koordinaten auszuprobieren. Der Invitro, dessen Freundlichkeit sich in Grenzen hielt, musste nicht unbedingt erfahren, wofür sie sich interessierten. Zu groß war die Gefahr, dass er sie an irgendwelche Verfolger verraten könnte – nicht mal aus Bosheit, sondern womöglich aus purer Not heraus.

»Also dann«, verabschiedete sich der Invitro, der Enzo so ähnlich sah, als sie das Seeufer und die anderen wieder erreicht hatten. »Gute Reise, wo immer sie auch hinführt.« Er wirkte nicht mehr ganz so abweisend wie zu Beginn, aber er schien trotzdem froh, sie nun wieder los zu sein.

»Danke«, erwiderte Carya. »Auch Ihnen viel Glück. Und noch einmal mein Beileid zum Tod Ihres Bruders. Ich habe Enzo kaum gekannt, aber ich verdanke ihm mein Leben. Das werde ich nie vergessen.«

»Hm«, brummte Luceno. »Schon in Ordnung, gib jetzt einfach besser darauf acht. Und wenn ihr die Gelegenheit dazu habt … tretet dem Lux Dei kräftig in den Arsch. Die Scheißkerle haben es verdient.«

»Wir geben uns Mühe«, sagte Jonan.

Sie warteten, bis der Invitro mit seinem Boot wieder abgelegt hatte, dann versammelten sich alle um den Navigator.

»Ich erinnere mich noch daran«, sagte Edoardo Diodato. »Mein Vater hatte so ein Gerät, als ich ein Kind war. Aber es lag nutzlos in einer Schublade, weil es nach dem Sternenfall nicht mehr funktionierte. Außerdem war Energie zu wertvoll, um sie für einen Apparat zu verschwenden, der uns ohnehin nichts brachte, weil wir nicht wussten, wohin wir hätten reisen sollen. Na ja, und dann wurde alles knapp, und wir haben ihn weggetauscht – für einen Laib Brot oder einen Stoß Holz; ich weiß es schon nicht mehr so genau.«

»Kann ich ihn mal haben?«, fragte Pitlit voller Neugierde.

»Ich weiß nicht, Pitlit«, sagte Jonan. »Dieses Gerät ist ziemlich wertvoll. Das gebe ich lieber nicht aus der Hand.«

»Glaubst du, ich kann mit Wertgegenständen nicht umgehen, oder was?«, entrüstete sich der Straßenjunge.

»Das ist es nicht. Ich will nur nichts riskieren. Vielleicht genügt schon ein falscher Knopfdruck, und wir löschen alle Karten auf dem Navigator. Ich möchte ungern Luceno bitten, sie uns erneut draufzuspielen.«

»Ihr traut mir echt gar nichts zu.« Pitlit schnaubte missmutig. Gleich im nächsten Moment glomm jedoch neuer Eifer in seinen Augen auf. »Dann gib wenigstens mal die Koordinaten ein, die Carya in ihrer Vision gesehen hat. Lass uns schauen, was dabei rauskommt.«

Jonan schüttelte den Kopf und schob den Navigator in die Tasche seiner Lederjacke. »Nicht jetzt. Wir sollten uns im Moment lieber wieder auf den Weg machen. Es wäre besser, wir erreichen Firanza noch vor Einbruch der Nacht. Mit etwas so Auffälligem wie diesem Lastwagen möchte ich nicht mitten in der Wildnis übernachten. Und in die Rasthöfe dürfen wir uns nicht wagen. Es besteht immer noch die Gefahr, dass der Lux Dei nach uns suchen lässt.«

»Ich bin derselben Meinung«, pflichtete Caryas Vater ihm bei, wenngleich es in Caryas Ohren ein wenig so klang, als sage er das nur, damit Jonan nicht ständig das Kommando und das letzte Wort hatte. Edoardo Diodato wandte sich der Fahrerkabine zu. »Komm, Andetta.«

»Darf ich jetzt mal fahren?«, rief Pitlit.

»Nein, mein Junge, jetzt bestimmt nicht«, sagte Caryas Vater. »Später vielleicht, wenn wir am Ziel sind.«

Der Junge schnaufte und kletterte auf die Ladefläche. »Ich hätte bei den Mutanten bleiben sollen«, murmelte er beleidigt. »Dort hat man mich wenigstens für voll genommen.«

Carya und Jonan stiegen ebenfalls ein, und der Lastwagen setzte sich rumpelnd in Bewegung. Während Caryas Vater ihr Gefährt zurück zur Nordhandelsstraße steuerte, sah Carya, dass Jonan den Navigator wieder hervorholte und daran herumspielte.

»Was machst du?«, wollte sie wissen.

»Ich rufe die Dateneingabe auf«, antwortete er. »Damit wir die Koordinaten überprüfen können.«

»Hast du nicht eben noch gesagt, jetzt sei der falsche Zeitpunkt dafür?« Irritiert rückte sie neben ihn, und auch Pitlit gesellte sich zu ihnen.

»Das war es auch«, sagte Jonan. Er blickte Carya ernst an. »Versteh das bitte nicht falsch, aber ich wollte nicht, dass deine Eltern mitbekommen, was wir gleich erfahren werden. Für den Fall, dass wir uns in Firanza von ihnen trennen, ist es besser, wenn sie nicht wissen, wohin wir gehen. Es ist genau das Gleiche wie mit Luceno.«

»Du kannst meine Eltern doch nicht mit Luceno vergleichen!«

»Nein, vermutlich hast du recht. Sollte uns jemand suchen – und davon müssen wir ausgehen, denn Aidalon klang auf dem Quirinalsplatz sehr entschlossen, sich an uns zu rächen –, wird derjenige das Geheimnis unseres Reiseziels aus deinen Eltern ungleich schneller herauspressen als aus dem Soldaten Luceno.«

Carya spürte, wie ihr bei dem Gedanken ganz mulmig zumute wurde. Sie kannte die Methoden der Inquisition mittlerweile besser als die meisten anderen. »Wenn die Lage so ernst ist, sollten wir uns vielleicht gar nicht trennen«, meinte sie.

»Nun ja, wenn sie sich im Norden bedeckt halten, stehen die Chancen eigentlich ganz gut, dass sie gar nicht gefunden werden«, sagte Jonan. »Aber es schadet nie, zusätzlich vorsichtig zu sein. Wir können immer noch entscheiden, sie einzuweihen, wenn wir wissen, wo unser Ziel liegt.«

»Na schön.« Carya zog den Zettel mit der fünfzehnstelligen Zahl hervor.

»Ich höre«, sagte Jonan, die Finger auf dem Eingabefeld.

»Vier acht Punkt sieben zwei fünf zwei sieben acht«, diktierte Carya. »Zwei Punkt drei fünf neun vier vier vier.«

Jonan gab die Ziffern ein und bestätigte. »Jetzt bin ich gespannt …«

»Wie ich unser Glück kenne, liegt der Ort mitten in Arcadion«, sagte Pitlit.

Jonans Augen weiteten sich. »Oha«, entfuhr es ihm.

»Arcadion?«, fragte Pitlit.

»Schlimmer«, sagte Jonan. Er drehte den Navigator so, dass sie die Karte sehen konnten. »Die Koordinaten liegen direkt an einem Ort namens Aéroport Orly, im Süden von Paris. Wir müssen nach Francia, mitten ins Reich des Mondkaisers!«

Kapitel 7

»Licht Gottes«, murmelte Carya, als sie auf die Anzeige des Navigators blickte, wo ein kleiner roter Punkt am Südrand der Metropole namens Paris blinkte. »Das ist ja am anderen Ende der Welt.«

»Nicht ganz«, sagte Jonan. Er gab eine Anfrage ein. »Aber es ist immer noch eine Strecke von fast tausendzweihundert Kilometern. Zu Fuß sind wir dorthin Wochen unterwegs. Und das ist noch der direkte Weg über die Berge im Norden, den wir nicht nehmen können, weil er mitten durch die Schwarze Zone führt. Wir müssen, um sicherzugehen, an der Küste entlang, über Genovia und Marsilia, die … äh … hier im Navigator noch Genova und Marseille heißen. Schau, ungefähr so.« Er korrigierte die Route, und sein Gesicht verfinsterte sich. »Knapp tausendvierhundert Kilometer. Das wird echt hart.«

»Was ist die Schwarze Zone?«, wollte Pitlit wissen. »So was wie eine Todeszone, nur viel größer?«

»Das weiß ich, ehrlich gesagt, auch nicht so genau«, antwortete Jonan. »In der Templerakademie hat man uns erzählt, dass dort nach dem Sternenfall irgendein geheimes Experiment schiefgelaufen sei. Seitdem hängt eine Art schwarze Wolke zwischen den Bergen. Die ganze Region wurde zur Verbotszone erklärt, weil dort der sofortige Tod lauern soll. Es heißt, kein Mensch, der sich jemals in diesen Dunst getraut hat, ist wieder zurückgekommen.«

»O Mann, echt gruselig.« Der Straßenjunge schüttelte sich. »Dann sollten wir auf jeden Fall den langen Weg nehmen.«

Gedankenvoll spielte Carya mit einer Haarsträhne. »Wir brauchen unglaublich viel Proviant für diesen ganzen Weg. Und wo sollen wir schlafen? Wir können uns nicht immer irgendwo auf die Wiese legen, oder? Aber in Gasthäusern zu übernachten, wird ziemlich viel Geld kosten. Geld, das wir nicht haben.«

»Ja, das ist ein Problem«, gab Jonan zu. »Die Reise von Arcadion zu den Ausgestoßenen war dagegen ein Kinderspiel, so viel steht fest.« Er kratzte sich am Kopf. »Ich weiß auch noch nicht, wie wir das hinbekommen sollen. Ich hätte nicht damit gerechnet, dass unser Ziel so weit entfernt liegen könnte. Wobei wir noch Glück hatten.« Mit einem schiefen Grinsen verkleinerte er die Karte. »Stell dir vor, unser Reiseziel hätte irgendwo nördlich der Lande des Ketzerkönigs gelegen oder in Albion oder noch viel weiter entfernt.«

Der Blick auf die Karte ließ Carya innerlich schaudern. Die Entfernungsangaben des Navigators konnten einem den Boden unter den Füßen wegziehen. In der Akademie des Lichts begann und endete die Welt an den Grenzen der Einflusssphäre des Lux Dei. Was jenseits davon geschah, hatte kaum eine Rolle gespielt. Wozu auch? Außer ein paar sehr wagemutigen Entdeckern war es ohnehin niemandem möglich, die Länder jenseits der großen Meere zu erreichen. Ganz zu schweigen davon, dass es einfach keinen Grund gab, dorthin aufzubrechen. Daher war Carya zwar bewusst gewesen, dass es diese fernen Orte auf der Welt gab – aber wie weit sie wirklich weg waren, hatte sie sich nie auszumalen vermocht.

Neben ihr stieß Pitlit ein Schnauben aus. »Ihr macht euch viel zu viele Gedanken«, behauptete er. »Schaut euch diese Karte doch an. Da gibt es überall Städte. Und selbst wenn die zerstört sind, findet man da immer noch eine Menge nützliches Zeug – und auch Leute, die einem helfen, wenn man ihnen dafür was bietet.« Er schüttelte den Kopf. »Ihr habt echt noch nicht genug Zeit auf der Straße verbracht. Ein Glück, dass ich bei euch bin, der euch zeigen kann, wie man da draußen überlebt.«

Das unerschütterliche Selbstvertrauen des Straßenjungen entlockte Carya ein Lächeln. »Jetzt fühle ich mich gleich viel besser. Also fahren wir erst einmal nach Firanza. Dort sehen wir weiter.«

Es dauerte noch knapp vier Stunden, bis sie Firanza erreichten – und das auch nur, weil sie zwischendurch einen auf die Fahrbahn gefallenen Baum beiseiteräumen mussten, eine Aufgabe, bei der Jonan bereits das erste Mal seine eingetauschte Templerrüstung und ihre Kraftverstärkerservos vermisste. Dennoch ging die Reise alles in allem deutlich schneller vonstatten, als er befürchtet hatte. Der Lastwagen erwies sich wirklich als Segen, denn er ließ sie Strecken, für die sie zu Fuß oder mit einer Kutsche Tage gebraucht hätten, innerhalb weniger Stunden bewältigen. *Eine Schande, dass der Tank demnächst leer sein wird und wir weder die Mittel noch die Möglichkeit haben, neuen Treibstoff zu beschaffen*, dachte er.

Wie Arcadion lag auch Firanza an einem Fluss, und wie Arcadion wurde es von einer Stadtmauer umgeben, die allerdings kaum halb so massiv wirkte wie der Aureuswall. Man erreichte die Stadt von Süden her durch eine ausgedehnte Hügellandschaft. Mehrere zerbombte und aufgegebene Dörfer lagen in direkter Nachbarschaft. Im Osten und Westen waren Teile von Firanza zu sehen, die ähnlich dem Ödland um Arcadion ihrem Schicksal überlassen worden waren, weil die Beschützer von Firanza einfach nicht genug Ressourcen gehabt hatten, um mehr als die Kernstadt zu ummauern.

Das südliche Stadttor erhob sich neben einem runden Platz, der von den Grundmauern ehemaliger Gebäude begrenzt wurde. Aus braunen Steinblöcken gefertigt und mit einem flachen Ziegeldach versehen, sah es aus, als stamme es aus einer Zeit Jahrhunderte vor dem Sternenfall. Zwei der ehemals vier Seitentore waren zugemauert worden. Die übrigen beiden und das große Haupttor für Fuhrwerke standen einladend offen. Unübersehbar flatterte eine Fahne des Lux Dei an einem Mast auf dem Tordach.

»Signore Diodato, halten Sie es wirklich für eine gute Idee, nach Firanza zu fahren?«, fragte Jonan durch das Schiebefenster in die Fahrerkabine hinein. »Diese Fahne über dem Tor gefällt mir gar nicht.«

»Das ist kein Problem«, antwortete Caryas Vater. »Firanza ist nicht Arcadion. Der Lux Dei unterhält hier nicht mehr als ein Gotteshaus und einen kleinen Stützpunkt. Und schauen Sie doch, Jonan. Es gibt keine Wachen am Tor. Niemand wird sich an uns stören.«

»Ich würde Ihnen zustimmen, wenn wir nicht ausgerechnet mit einem gestohlenen Militärlastwagen unterwegs wären. Wir werden auffallen wie bunte Hunde. Und dann dürfte selbst eine kleine Garnison aufmerksam werden.«

»Vielleicht hat er recht, Edoardo«, mischte sich Caryas Mutter ein. »Wir sollten besser vorsichtig sein. Die Zeiten haben sich geändert, seit wir das letzte Mal hier waren.«

»Also schön.« Caryas Vater lenkte ihr Gefährt seitlich am Tor vorbei und fuhr eine Straße außerhalb der Stadtmauer entlang, bis sich ihnen eine Gelegenheit bot, unauffällig wieder in die Ruinenviertel abzubiegen. Das Manöver mochte etwas eigenartig aussehen, aber soweit Jonan das beurteilen konnte, gab es keine Wachposten auf der Mauerkrone. Zumindest keine, die sich bemüßigt gefühlt hätten, beim Anblick eines Militärfahrzeugs Alarm zu schlagen.

Sie fuhren eine sanft ansteigende Gasse hinauf, bis diese sich an einer übermannshohen Natursteinmauer teilte, und bogen dann nach rechts ab, um den Lastwagen hinter einem dreigeschossigen Wohnhaus zu parken, das mit seiner verzierten Fassade und den grünen Fensterläden einst sehr hübsch gewesen sein musste, heute jedoch nur ein weiteres Zeugnis niedergegangener Zivilisation darstellte.

Edoardo Diodato zog die Bremse an und schaltete den Motor ab. »Und wie geht es nun weiter?«

»Wie viel Treibstoff haben wir denn noch im Tank?«, wollte Jonan wissen.

»Vielleicht für achtzig oder neunzig Kilometer.«

»Das bringt uns nicht mehr weit.«

»Vielleicht sollten wir jetzt doch mal nachschauen, wo euer eigentliches Ziel liegt«, schlug Caryas Mutter vor. »Es könnte näher sein, als wir denken.«

»Das haben wir während der Fahrt schon gemacht«, sagte Carya.

»Und?«, fragte ihr Vater. »Ist es weit von hier?«

Carya wechselte einen raschen Blick mit Jonan. Er deutete ein Kopfschütteln an. »Es … also es befindet sich weit über tausend Kilometer von hier entfernt. Und ich glaube nicht, dass ihr Jonan, Pitlit und mich dorthin begleiten solltet. Deshalb haben wir uns überlegt, dass es besser wäre, wenn ihr nicht wisst, wo es genau liegt. Zur Sicherheit.«

Edoardo Diodatos Gesicht verfinsterte sich ein wenig. »Was sind denn das für Töne neuerdings? Vertraust du deinen Eltern nicht mehr?«

»Doch … ich …« Carya schaute ihre Mutter hilfesuchend an.

»Sie hat recht, Edoardo«, sagte diese sanft zu ihrem Mann. »Wenn es wirklich Abschied nehmen heißt, ist es besser, wenn wir nicht wissen, wo Carya hingegangen ist. Wir können nicht mit Sicherheit sagen, dass wir dort, wo wir beide uns verstecken wollen, nicht von einem Häscher der Inquisition gefunden werden. Sollte das passieren, besteht so zumindest keine Gefahr, dass wir sie verraten. Damit retten wir wenigstens *ihr* Leben. Und was würde uns dieses Wissen auch nützen? Würdest du Carya nachfolgen, wenn sie nach einem Monat nicht zurückgekehrt ist?«

»Natürlich«, entgegnete Caryas Vater. »Sie ist unsere Tochter.« Aber Jonan war das leichte Zögern vor seiner Antwort nicht entgangen.

»Das solltet ihr auf keinen Fall machen!«, wandte Carya sofort ein. »Seid mir nicht böse, aber ihr habt immer ein behütetes Leben in Arcadion geführt. Wenn es dort draußen etwas gibt, mit dem ein ehemaliger Templersoldat, ein Junge, der das Leben im Ödland kennt, und … nun ja … jemand wie ich nicht fertigwerden, solltet ihr gar nicht erst versuchen, dagegen anzutreten.«

Caryas Vater starrte sie einen Moment lang stumm an. Dann hob er die Schultern und schnaubte. »Na schön. Eben nicht.« Beinahe brüsk wandte er den Blick ab und schaute nach vorne durch die Scheibe der Fahrerkabine.

»Du musst uns verstehen, Carya«, versuchte ihre Mutter, die Wogen zu glätten. »Wir sind es nicht gewohnt, von unserer sechzehnjährigen Tochter solche Dinge zu hören. Von deinen Taten ganz zu schweigen. Damit müssen wir uns erst abfinden.« Sie streckte die Hand aus, und Carya ergriff sie durch das Schiebefenster. »Aber das bedeutet nicht, dass wir dich deswegen weniger lieben würden.«

»Ich weiß, Mama«, sagte Carya leise. »Und es tut mir alles leid.«

»Das muss es nicht. Erinnerst du dich, was ich dir in der Nacht nach dem Vorfall im Tribunalpalast gesagt habe?«

Carya nickte. Jonan nahm an, dass sie ihr gesagt hatte, wie stolz sie trotz aller Widrigkeiten auf ihre Tochter sei.

»Und das gilt nach wie vor.«

Mit einem Räuspern meldete sich Caryas Vater wieder zu Wort. »Liebe Leute, so schön es ist, dass wir uns mal aussprechen … Der Abend kommt schneller, als man denkt. Wir sollten jetzt wirklich entscheiden, was wir machen wollen.«

»Ich schlage vor, dass zwei von uns nach Firanza gehen und die Lage auskundschaften«, sagte Jonan. »Wenn wir das Gefühl haben, dort eine Nacht sicher zu sein, bleiben wir, und jeder von uns bemüht sich um eine Möglichkeit zur Weiterreise. Ansonsten fahren wir noch bis zur Küste.«

»Zur Küste?«, echote Edoardo Diodato. »Welcher?«

»Ligurisches Meer.«

»Nicht die beste Gegend. Da gibt es doch nur Piratennester.«

Jonan zuckte mit den Schultern. »Viel schlimmer als eine Ordenshochburg kann das in unserem Fall kaum sein.«

Da sie mittlerweile alle gleichermaßen gesucht wurden und es daher keine Rolle spielte, wer sich nach Firanza hineinwagte, entschieden sie, dass Carya und Jonan gehen sollten, da diese sich notfalls am besten verteidigen konnten. Erstaunlicherweise bestand Pitlit nicht darauf, seinen noch am See versprochenen Anteil an diesem »nächsten Ausflug« einzufordern. *Entweder ist er müde oder er hat schlichtweg aufgegeben*, dachte Carya. Sie schwor sich, künftig besser darauf zu achten, dass der Straßenjunge sich nicht als drittes Rad am Wagen fühlte. Den Abstecher nach Firanza wollte sie deswegen trotzdem nicht missen.

Jonan wickelte sein Templersturmgewehr in seine Wolldecke und hängte es sich über die Schulter. Carya lieh sich von Pitlit seine Pistole, da ihr Bogen vielleicht gut für die Jagd sein mochte, aber für einen Straßenkampf denkbar ungeeignet war. Gleichzeitig überprüfte Jonan den Sitz seines Kampfmessers im Stiefel und steckte seinen Elektroschockstab unter die Lederjacke in den Hosenbund. Carya konnte das Kleidungsstück, das er in letzter Zeit ständig trug, eigentlich nicht ausstehen, weil es zuvor einem Bandenmitglied der Motorradgang gehört hatte, die das Dorf der Ausgestoßenen überfallen hatte. Aber sie verstand natürlich, dass die robuste Jacke in der Wildnis ausgesprochen praktisch war. Zu guter Letzt hängte Carya sich einen ihrer Beutel um, in den sie aber nichts weiter als ihre Wolldecke steckte, um den Anschein zu erzeugen, dass sie Gepäck bei sich trugen. Denn ganz ohne Hab und Gut würden Wanderer kaum in Firanza eintreffen.

So gerüstet sprangen sie aus dem Wagen.

»Passt auf euch auf!«, rief Caryas Mutter ihnen nach.

»Werden wir«, versprach Carya.

Zusammen mit Jonan begab sie sich den Weg zurück zum Tor von Firanza. Ein Fuhrwerk mit Feldarbeitern passierte es soeben und verschwand im Inneren der Stadt. »Was genau erhoffst du dir von diesem Ausflug?«, wollte Carya von Jonan wissen.

»Ich möchte schauen, ob noch überall Steckbriefe von uns hängen. Und wie viele Soldaten oder Stadtwachen sich in den Straßen herumtreiben. Außerdem würde es nicht schaden, wenn wir etwas zusätzlichen Proviant auftreiben könnten. Wir haben eine lange Reise vor uns, und an der Küste wird es nicht unbedingt leichter, an Vorräte heranzukommen.«

»Was willst du den Händlern geben? Wir besitzen doch praktisch nichts zum Tauschen.«

»Im Moment können wir etwas Munition entbehren. Aber du hast recht: Wir müssen langsam mal nach Dingen suchen, die von Wert sein könnten. Wir dürfen nicht mehr so an jeder Ruine vorbeifahren. Ich habe zwar nicht viel Hoffnung, dass irgendwo noch Familienschätze herumliegen – nicht nach den Dunklen Jahren –, aber vielleicht haben wir ja Glück.«

Sie erreichten das Tor und durchquerten es unbehelligt. Direkt dahinter, an einer Hausmauer, befand sich ein Brett mit Anschlägen. Arglos, als seien sie einfache Wanderer, die sich über das neuste Geschehen informieren wollten, gingen sie darauf zu und ließen den Blick über die Bekanntmachungen schweifen.

»Nichts über uns«, flüsterte Carya Jonan zu.

Er nickte. »Das überrascht mich eigentlich«, gestand er. »Unsere Taten in Arcadion liegen keine zwei Wochen zurück. Und Firanza ist die nächste größere Stadt. So eifrig, wie der Lux Dei die Straßen von Arcadion mit unseren Gesichtern beklebt hat, hätte ich angenommen, man sucht uns auch hier.« Er blickte sich um und zuckte mit den Schultern. »Gehen wir weiter.«

Während sie durch die Straßen schlenderten, nahm Carya den Ort neugierig in Augenschein. Die Häuser in Firanza waren kleiner als in Arcadion und sahen schäbiger aus. Viele Fenster in den unteren Stockwerken besaßen keine Scheiben mehr, und die Fassaden waren rissig und von Schmutz bedeckt. Anders als in Arcadion schienen die Menschen nicht so viel Wert darauf zu legen, das wenige, das sie besaßen, in ordentlichem Zustand zu halten.

Die Bürger von Firanza unterschieden sich dagegen kaum von denen, die Carya aus ihrer früheren Heimat kannte. Die meisten trugen einfache, zum Teil fadenscheinige Kleidung: Hosen, Röcke, Jacken, Overalls. Einige Kinder liefen ihnen in den Uniformen der Templerjugend über den Weg. Einen gewissen Einfluss schien der Lux Dei also auch hier auszuüben. Die Gesichter der Menschen waren verhärmt, die Hände schwielig. Eine wohlhabende Oberschicht, wie in Arcadion, ließ sich nirgendwo entdecken.

Templersoldaten oder Stadtwachen sahen sie auch keine, bis sie unvermittelt einen kleinen Platz erreichten. Mitten im Tritt hielt Jonan, der voranging, inne. »Oh, Heiliger!«, zischte er und zog Carya in eine Hausnische.

»He, was …?«, entfuhr es ihr, doch dann sah sie es selbst. Sie bekam eine Gänsehaut. Keine zwanzig Meter entfernt, vor einem Gebäude, das aussah wie die beste Herberge am Platze, standen zwei Fahrzeuge. Eines davon war ein dunkelblauer Personenwagen. Er wirkte nicht ganz so edel wie der Motorwagen, den Carya auf ihrer Flucht aus dem Tribunalpalast zusammen mit Rajael gestohlen hatte, aber viel fehlte in ihren Augen nicht. Auf den Fahrertüren des Wagens prangte die dreistrahlige Sonne, ebenso auf den Wimpeln vorne an der Motorhaube.

Der Wagen daneben war ungleich wuchtiger. Es handelte sich um einen Lastwagen, dessen Karosserie, wenn Carya nicht irrte, gepanzert war. Auf der Fahrerkabine saß ein eigenartiger Wulst, aus dem der Lauf eines wahrscheinlich automatischen Gewehrs ragte. Am Heck gab es eine ähnliche Ausbuchtung, ebenfalls eine Waffenstellung. Das Emblem auf dem Rumpf wies das schwere Fahrzeug als den Templern zugehörig aus.

Zwei Männer in dunkelblauen Militäruniformen standen neben den Fahrzeugen und rauchten. Zwei weitere, die leichte Körperpanzer trugen – keine Templerrüstungen –, hielten vor dem Eingang zur Herberge Wache.

»Was machen die denn hier?«, flüsterte Carya erschrocken. »Meinst du, die suchen uns?«

»Das glaube ich nicht«, gab Jonan zurück. »Wenn sie uns verfolgt hätten, wären sie uns auf der Handelsstraße schon aufgefallen. Schließlich kann man sich dort nirgendwo verstecken. Nein, die müssen entweder vor uns eingetroffen sein oder eine andere Straße genommen haben.«

»Weißt du, wer das ist?«, fragte sie ihn. Er hatte jahrelang dem Templerorden gedient. Womöglich kannte er den Wagen.

Jonan wiegte unschlüssig den Kopf. »Ich kann es nicht mit Sicherheit sagen. Der Motorwagen deutet jedenfalls auf irgendeinen Würdenträger des Lux Dei hin. Genauso die Militäreskorte. Vielleicht ein hoher Priester, der hier einen Tempel einweiht. Oder ein Diplomat. Der Lux Dei soll seit einiger Zeit in Gesprächen mit Vertretern des Mondkaisers stehen. Ich habe keine Ahnung, worum es dabei geht, aber womöglich ist dies eine weitere Delegation.«

In diesem Augenblick kam eine Frau in einem strengen blaugrauen Kostüm aus dem Haus und gesellte sich zu den Wachen. Sie hatte sehr helle Haut und so platinblondes Haar, dass sie Carya unwillkürlich an ihre alte Klassenkameradin Miraela erinnerte. Die Frau unterhielt sich kurz mit den beiden Männern und schien ihnen Anweisungen zu geben, bevor sie sich brüsk wieder umdrehte und ins Haus zurücktrat. Vermutlich handelte es sich um die persönliche Sekretärin des mit dem noblen Wagen reisenden Diplomaten.

»Na? Spannend?«, fragte plötzlich eine Stimme in spöttischem Tonfall.

Erschrocken fuhren Carya und Jonan herum.

Ein Templersoldat in blauer Uniform stand hinter ihnen. Er hatte die Hände in die Hüften gestemmt und sah sie mit einer Mischung aus Verachtung und Belustigung an. *Er hält uns für Einheimische, die noch nie einen Motorwagen gesehen haben*, begriff Carya. Sie hoffte, dass dieser Eindruck Bestand haben würde.

»Äh, ja«, sagte sie und schenkte dem Mann, der vielleicht doppelt so alt sein mochte wie sie und ziemlich kompakt gebaut war, ein einfältiges Lächeln. »So viele Soldaten gab es hier lange nicht mehr. Sind Sie auf der Durchreise?«

Ihr Gegenüber verschränkte die Arme vor der Brust. »Ja, das sind wir.«

»Und wohin fahren Sie mit dem großen Wagen? Dem Panzer?«, fragte Jonan und grinste dabei so dümmlich, dass Carya beinahe in lautes Gelächter ausgebrochen wäre. Hoffentlich übertrieben sie es nicht gerade.

»Das ist kein Panzer, Kleiner, sondern ein Transporter. Und wohin wir fahren, geht dich gar nichts an.« Ein Ausdruck von Misstrauen hielt auf dem Gesicht des Mannes Einzug, und er kniff die Augen zusammen. »Sag mal, irgendwie kommt mir dein Gesicht vertraut vor. Haben wir uns schon mal gesehen?«

»Nein, das kann nicht sein«, antwortete Jonan. Wie eingeschüchtert nestelte er am unteren Saum seiner Jacke herum, wobei seine Hände sich unauffällig in Richtung des verborgenen Elektroschockstabs schoben.

»Sag das nicht, Freundchen.« Der Soldat trat einen Schritt näher, stemmte die Arme erneut in die Hüften und musterte Jonan von oben bis unten. Sein Blick fiel auf das in die Wolldecke eingepackte Templersturmgewehr.

Als Carya seinem Blick folgte, überlief es sie siedend heiß. Ein

Teil des Laufs schaute vorne heraus. Ihr Blick zuckte nach oben, und sie sah, wie sich die Augen des Mannes kaum merklich weiteten. Auch er hatte die Waffe bemerkt.

Dann ging auf einmal alles sehr schnell. »He, was hast du d…«, setzte der Soldat an, während er einen Schritt zurück machte und seine Hand an den Gürtel fuhr, wo ein Armeerevolver im Holster steckte.

Jonan unterbrach die Worte, indem er den Elektroschockstab hervorriss und ihn dem Mann an die Brust hielt. Ein Knopfdruck und … ein leises Bitzeln war zu hören, begleitet vom schwach bläulichen Aufblitzen der Kontakte. »Oh, verdammt«, entfuhr es ihm.

Carya reagierte so schnell, dass es sie selbst überraschte. Ihr rechter Arm kam hoch. Ihre Hand schoss nach vorne und traf den Soldaten am Kehlkopf. Röchelnd taumelte der Mann nach hinten. Sie ging in die Hocke und holte ihn mit gestrecktem Bein von den Füßen. Krachend landete er im Staub. Eine Sekunde später hatte Carya mit der Linken das Messer aus Jonans rechtem Stiefelschaft gezogen. Sie wirbelte auf den am Boden liegenden Soldaten zu und rammte es ihm mit einem kraftvollen Stoß mitten ins Herz.

»Licht Gottes«, japste Jonan.

»Schnell«, sagte Carya, während sie, bereits wieder im Aufstehen begriffen, das Messer aus der Brust des Toten zog, es an seiner Jacke abstreifte und dessen Revolver an sich nahm. »Wir müssen hier weg.«

»Das kannst du wohl sagen.« Jonan warf zwei rasche Blicke nach links und rechts. Zu ihrem Glück schien niemand die Wahnsinnstat mitbekommen zu haben.

Eilig zogen sie sich über den Weg zurück, den sie gekommen

waren. Alle Gedanken an Proviant oder eine Unterkunft waren vergessen. Caryas Herz hämmerte bis zum Hals, und sie spürte, wie Adrenalin durch ihren Körper rauschte.

Es war schon wieder geschehen! Irgendetwas hatte von ihr Besitz ergriffen, die Kontrolle über ihr Handeln übernommen und sie dazu gebracht, einen Mann blitzschnell und mit furchtbarer Effizienz umzubringen. Gut, er war im Begriff gewesen, sie zu enttarnen – und das in Rufweite seiner Kameraden. Jonan und sie hätten leicht in Gefangenschaft geraten können. Dennoch schüttelte es sie bei dem Gedanken, wie ihre Handkante den Kehlkopf des Mannes eingedrückt und ihre Faust das Messer in seinen Brustkorb gerammt hatte. Eine Frau in ihrem Alter sollte solche Dinge nicht können – zumal wenn sie zehn Jahre lang nichts als ein nettes, eher schüchternes Mauerblümchen gewesen war.

Jonan schienen ähnliche Gedanken durch den Kopf zu gehen, denn als sie das Stadttor passiert hatten und die Gasse zurück zum Lastwagen liefen, fragte er: »Was, bei allen Heiligen, war das denn?« Er wirkte richtiggehend erschrocken.

Kein Wunder, dachte Carya. *Er hat mich noch nie kämpfen sehen.* »Das wüsste ich selbst gerne«, antwortete sie. Verspätete Reue brach über sie herein, wie eine Flutwelle, die über einen Damm spült. Plötzlich wurde ihr schlecht.

»Du hast diesen Burschen einfach so ausgeschaltet«, fuhr Jonan fort, »fast schneller als jeder Elitesoldat.«

»Ich weiß.« Sie warf ihm einen unglücklichen Seitenblick zu. »Es tut mir so leid. Ich wollte ihn nicht umbringen. Das musst du mir glauben. Aber ich konnte nicht anders. Diese Gaben, die immer wieder in mir erwachen, ließen mir keine andere Wahl. Außerdem durfte ich doch nicht zulassen, dass er uns verrät.«

Jonan schwieg einen Moment. »Ja, wahrscheinlich hast du recht«, pflichtete er ihr dann etwas ruhiger bei. »Es herrscht Krieg zwischen dem Lux Dei und uns. Und ein Krieg bringt auch Opfer mit sich, so gerne ich sie vermeiden würde. Aber du hast mich ganz schön überrascht. Ich hatte ja keine Ahnung, was alles in dir steckt.«

»Verstehst du jetzt, warum ich unbedingt herausbekommen will, was es mit meiner Vergangenheit auf sich hat?«, hielt ihm Carya entgegen.

Jonan nickte grimmig.

Sie deutete auf den Schockstab in Jonans Hand. »Warum hat uns der da eigentlich im Stich gelassen?«

Er verzog das Gesicht. »Der Energiespeicher ist leer. Daran hätte ich auch früher schon denken können. Wir haben ihn während der Ereignisse in Arcadion so häufig gebraucht, dass er irgendwann den Geist aufgeben musste.«

»Er hat sich jedenfalls einen wunderbaren Zeitpunkt dafür ausgesucht. Kann man ihn wieder reparieren?«

»Mal sehen. Dazu brauchen wir eine Ladestation. Und die werden wir in der Wildnis kaum finden. Womit unser Leben hier draußen soeben noch ein bisschen hässlicher geworden ist, denn nun können wir unsere Feinde nur noch mit scharfer Munition bekämpfen. Aber das ist ein Problem, über das wir später nachgrübeln können. Erst mal müssen wir aus Firanza verschwinden. Dieser Ort ist für uns nicht mehr sicher.«

Kapitel 8

Als sie ihre Reise fortsetzten, hatten sie das Gefühl, von gleich zwei Feinden gejagt zu werden. Zum einen vom Lux Dei, dessen Diener Carya in Firanza getötet hatte. Zum anderen von der Nacht, die mit jeder Handbreit, die die Sonne dem westlichen Horizont entgegensank, näher rückte.

Jonan und sie hatten entschieden, Caryas Eltern einen Vorwand zur Weiterfahrt zu nennen. Daher hatten sie zu den Soldaten auf dem Platz noch ein paar Steckbriefe hinzugedichtet – Grund genug, der Stadt schleunigst den Rücken zu kehren. Den Mord hielt Carya vor ihrem Vater und ihrer Mutter lieber geheim. Die beiden taten sich mit der Situation auch so schon schwer genug.

Sie flohen nach Westen, in Richtung der Küste, genau wie zuvor besprochen. Caryas Vater wirkte mürrisch, vielleicht, weil sein eigener Plan, in Firanza unterzutauchen und von dort aus weiter nach Norden zu gehen, völlig gescheitert war. Stattdessen waren sie nun nach Livorno unterwegs, eine Küstenstadt etwa achtzig Kilometer westlich von Firanza – und sie alle beteten, dass ihrem Lastwagen nicht vorher der Treibstoff ausging.

Er reichte, wenngleich bereits eine Warnlampe am Armaturenbrett aufleuchtete, als die ersten Häuser an der Küste in Sicht kamen. Diesmal hielten sie im Schatten einer verfallenen Halle, die einst ein Markt gewesen sein mochte, und Carya, ihre Eltern und Pitlit warteten, während Jonan die Lage auskundschaftete.

Als er zurückkehrte, wusste er Erfreuliches zu berichten. In Livorno schien es keine nennenswerte Präsenz des Lux Dei zu geben, und auch Steckbriefe waren weit und breit keine zu sehen. »Allerdings bin ich ein paar eher rauen Gesellen über den Weg gelaufen«, fügte er einschränkend hinzu. »Livorno mag nicht ganz das Piratennest sein, als das Sie es bezeichnet haben, Signore Diodato. Aber eine Nachbarschaft voll braver Bürger werden wir dort genauso wenig vorfinden.«

»Pah«, sagte Pitlit. »Ganz wehrlos sind wir auch nicht. Die sollen nur kommen.« Er tätschelte seinen glänzenden Revolver im Gürtel.

»Mir wäre es lieber, das würde nicht passieren«, sagte Caryas Mutter.

»Wir sollten wirklich versuchen, jedem Ärger aus dem Weg zu gehen«, pflichtete Carya ihr mit einem Nicken bei. Dass sie diesen Wunsch nicht um ihrer selbst willen hegte, sondern zum Schutz der glücklosen Strauchdiebe, die sich mit ihnen anzulegen versuchten, sagte sie nicht.

Sie starteten den Motor des Lastwagens wieder und rollten langsam auf Livorno zu. Der östliche Teil der Stadt, die einst etwa halb so groß wie Firanza gewesen sein musste, war eine einzige flache Trümmerwüste, in deren Mitte ein sicher hundert Meter durchmessender Krater lag. Der Boden im direkten Umkreis der Einschlagstelle sah aus wie glasiert, eine bizarre Welle aus flüssig gewordenem Mauerwerk. Die Hitze dort musste mörderisch gewesen sein.

Dahinter erhoben sich schmutzige Häuser, von denen keines mehr als drei Stockwerke aufwies. Im Süden schien es zudem ein

Industrieviertel zu geben, wobei Carya auf die Entfernung nicht erkennen konnte, ob dort wirklich noch gearbeitet wurde. Zwei Kanäle, in denen schmutziges Wasser träge dahinfloss, durchschnitten die Trümmerwüste und verschwanden in der Stadt, wo sie vermutlich früher oder später ins nahe Meer mündeten.

Dass sie die Küste erreicht hatten, war unverkennbar. Zwar wurde die Sicht auf das Meer noch durch die Häuser versperrt, aber der Wind, der hier heftiger wehte als im Inland, brachte ein salziges Aroma mit sich, das so ganz anders war als der Geruch des Tevere im Sommer. *Nun bin ich das zweite Mal in meinem Leben am Meer*, dachte Carya. *Wenn auch unter völlig anderen Umständen.*

Sie erinnerte sich noch gut an ihren ersten Besuch an der Küste. Ein überwältigendes Gefühl von Freiheit hatte sie damals ergriffen, als sie das erste Mal den Blick über den endlosen Ozean schweifen ließ. Natürlich war sie als Templerjugendmädchen mitnichten frei gewesen. Heute sah das ganz anders aus. Heute mochten die Häscher des Lux Dei sie hetzen; es änderte nichts daran, dass sie alle Fesseln abgeworfen hatte. Nun besaß sie wirklich die Freiheit, von der sie vor Jahren nur geträumt hatte. Irgendwie passte es daher, dass ihre Reise sie an diesen Ort, ans Meer, geführt hatte.

Am Eingang der Stadt stießen sie auf ein mehrstöckiges Gebäude, vor dem einige Pferdefuhrwerke und zwei von Motorrädern gezogene Karren parkten. An einer Holzstange lehnten zudem mehrere Fahrräder, die mit Metallketten gesichert waren.

»Endstation«, verkündete Caryas Vater. »Weiter wird uns dieser Lastwagen nicht bringen, sofern wir keinen neuen Treibstoff beschaffen können oder ihn zum Pferdegespann umbauen wollen.«

»Es gibt schlechtere Orte als eine Herberge für Durchreisende, um mit dem Wagen liegen zu bleiben«, stellte Jonan mit einem Blick nach draußen fest. »Und er hat uns ja ein gutes Stück weitergebracht.«

Dem musste Carya zustimmen. Sie konnte kaum fassen, wie viele Kilometer nach Norden sie ihre Reise binnen eines Tages geführt hatte. Noch am Morgen waren sie im Dorf der Ausgestoßenen erwacht. Jetzt befanden sie sich fern davon an der Küste am Rand der Einflusssphäre des Lux Dei.

»Schauen wir mal, ob wir hier eine Nacht bleiben können«, sagte Caryas Mutter, »und ob wir jemanden finden, der uns eine Weiterreise ermöglichen kann. Sehe ich das richtig so, dass dein Vater und ich von nun an nur noch für uns planen müssen?«

»Ja, ich glaube schon«, antwortete Carya. »Wir bleiben zwar über Nacht noch hier bei euch, aber danach …« Sie sah ihre Mutter an. Das Wort »Abschied« lag in der Luft, doch sie wollte es noch nicht aussprechen.

Ihre Mutter lächelte ihr tapfer und aufmunternd zu. »Es wird schon alles gut gehen«, sagte sie und strich Carya über den Arm.

»Was habt ihr also als Nächstes vor?«, wollte ihr Vater wissen.

»Jonan und ich sehen uns mal ein wenig in der Stadt um.«

Jonan sah sie überrascht an. »Ach ja?«

»Prima, ich komm mit«, rief Pitlit, der in den letzten Minuten wieder munterer geworden war. »Ich hab so lange auf dieser Ladefläche gesessen, dass mein Hintern schon ganz platt ist.«

»Bleibt nicht zu lange fort«, ermahnte Caryas Vater sie. »Es wird bald dunkel, und Jonan hat uns ja schon gewarnt, dass hier einiges an Gesindel unterwegs ist.«

»Keine Sorge. Wir sind in spätestens zwei Stunden wieder da«, beruhigte Carya ihn.

»Wenn nicht, ruft die Stadtwache«, tönte Pitlit. »Oder nee, vielleicht besser nicht.« Er feixte, aber niemand ging auf seinen Versuch eines Scherzes ein.

Die drei stiegen aus dem Lastwagen, und Carya führte Jonan und Pitlit die Straße hinunter.

»Verrätst du mir, was du vorhast?«, fragte Jonan.

»Gerne. Als ich vorhin darüber nachdachte, dass Livorno am Meer liegt, kam mir ein Gedanke. Warum versuchen wir nicht, mit einem Schiff nach Paris zu gelangen? Das dürfte doch viel leichter sein, als sich wochenlang durch die Einöde von Francia zu schlagen.«

Überrascht hob Jonan die Augenbrauen. »Das wäre tatsächlich denkbar. Aber stell dir das nicht zu einfach vor. Auch eine Seefahrt dauert sicher eine ganze Weile, denn wir müssen Spaniar umsegeln, was ein ziemlicher Umweg ist. Außerdem gibt es da draußen Piraten, wie du sicher weißt.«

»An Land lauern uns Wegelagerer auf – und von denen existieren bestimmt viel mehr als Seeräuber, oder nicht?«

»Zugegeben. Bloß gibt es auf dem Meer kein Entkommen, wenn sie dich einmal aufgespürt haben.«

»Dann kämpfen wir eben gegen sie«, sagte Carya.

Jonan warf ihr einen eigentümlichen Blick zu. »Diese Lösung fällt dir neuerdings erstaunlich leicht. Pass auf, dass du nicht zu etwas wirst, was du nicht sein willst.«

Er hat recht, erkannte Carya. *Früher wäre ich nicht mal auf den Gedanken gekommen, mich mit jemandem anzulegen, der mir gefährlich werden könnte. Ich wäre weggelaufen.* Andererseits war es doch ihr gutes Recht, sich zu verteidigen, wenn sie angegriffen wurde. »Unsinn«, behauptete sie daher. »Das kommt dir nur so vor, weil unser Leben in den letzten Wochen so aufregend war.«

»Na schön, wie auch immer. Ob uns der Seeweg in Richtung Paris – oder eine Küstenstadt nahe Paris – überhaupt offen steht, entscheiden nicht wir, sondern die Kapitäne, die wir hier finden. Vielleicht erklärt sich überhaupt keiner bereit, eine so lange Fahrt nur für uns auf sich zu nehmen.«

»Das werden wir sehen«, sagte Carya.

»Toll!«, rief Pitlit. »Wir fahren übers Meer. Das wollte ich schon immer mal. Während ihr das Deck schrubbt und Kartoffeln schält, sitze ich im Ausguck und halte nach Piraten Ausschau.« Er schien für Caryas Plan sogleich Feuer und Flamme zu sein.

Doch das Unterfangen war leichter in Angriff genommen als umgesetzt. Als sie den Hafen erreichten, fanden sie dort zwar tatsächlich einige Schiffe vor, kleine und größere Handelssegler. Keiner der Kapitäne schien allerdings erpicht darauf zu sein, die Fahrt zu wagen. »Ich bringe euch gerne an die Südküste von Francia, wenn ihr dafür zahlen könnt«, sagte einer von ihnen, der nicht gleich abwinkte, als sie ihm ihr Ziel nannten. Es handelte sich um einen wettergegerbten Mann mit stattlichem Bauch, der aussah, als fahre er schon von Kindesbeinen an zur See. »Aber durch die Meerenge kriegen mich keine zehn Fässer Diesel«, fuhr er fort. »Das könnt ihr vergessen. Zu gefährlich.«

»Die Meerenge?«, wiederholte Carya.

»Gibral-Taar«, brummte der Mann. »Dort treiben sich die Freibeuter der Krone von Spaniar herum. Haben da zwei Festungen, voller Kanonen und so. Die schießen ein Schiff aus reinem Spaß aus dem Wasser. Und man hat keine Möglichkeit auszuweichen. Alles zu eng dort.« Er schüttelte den Kopf. »Nein, dazu bringt ihr mich nicht.«

»Kennen Sie vielleicht jemanden, der … verrückt genug wäre, das zu wagen?«

»In Livorno? Nein. Die Seeleute hier hängen an ihrem Leben. Das Mittlere Meer zu befahren, um mit den Wüstenstaaten Handel zu treiben, ist schon gefährlich genug.« Er stockte kurz.

»Aber?«, half Jonan höflich nach.

»Aber wenn ihr selbst verrückt – oder verzweifelt – genug seid, könnt ihr zur Gorgoneninsel hinüberfahren.«

»Wohin?«

»Zur Gorgoneninsel.« Der Mann deutete mit einem Arm hinaus aufs Meer. Als Carya die Augen zusammenkniff, glaubte sie einen felsigen Flecken dort zu erkennen. »Liegt etwa zwanzig Seemeilen vor der Küste.«

»Was ist das für ein Ort?«, wollte Pitlit wissen. »Ein Piratenhort?« In seinen Augen leuchtete eine solche Abenteuerlust, dass Carya sich fragte, ob ihm wohl jemand früher ein paar Seefahrergeschichten zu viel erzählt hatte.

Der Mann lachte. »Ha! Nicht ganz. Aber auch nicht viel besser. Es handelt sich um ein Schmugglernest, ein geheimer – nun, nicht ganz geheimer – Hafen für Seeleute, die keine Fragen stellen und keine Furcht kennen, solange nur die Summe stimmt, die man ihnen für ihre Dienste bietet.«

Jonan warf Carya einen zweifelnden Blick zu. »Ich weiß nicht, ob es so eine gute Idee ist, sich in die Hände eines Schmugglers zu begeben. Am Ende werden wir hintergangen und an irgendeinem gottverlassenen Hafen in die Sklaverei verkauft.«

»Was denken Sie?«, wandte sich Carya an den Kapitän. »Kann man diesen Leuten trauen?«

»Ganz ehrlich? Manchen ja, manchen nein.«

»Und wie können wir die weißen von den schwarzen Schafen unterscheiden?«, fragte Jonan.

»Bauchgefühl«, sagte der Mann. »Einen besseren Rat kann

ich euch leider nicht geben. Diese Burschen leben davon, ihrem Instinkt zu vertrauen, der ihnen hilft, einen guten Handel von einem schlechten zu unterscheiden, sichere Routen von gefährlichen und vertrauenswürdige Geschäftspartner von solchen, die sie übers Ohr hauen wollen. Wenn ihr euch in diesen Kreisen bewegen wollt, müsst ihr es genauso handhaben wie sie.«

»Überlasst das nur mir«, verkündete Pitlit selbstbewusst. »Ich erkenne einen faulen Apfel, auch wenn er außen glänzt. Eine Kleinigkeit.«

Carya bedachte ihn mit einem nachdenklichen Blick. Dann wanderten ihre Augen zu Jonan.

Der seufzte. »Wir können uns dort ja mal umsehen. *Meinem* Bauch gefällt die Vorstellung einer solchen Seereise nach wie vor nicht so ganz, aber mein Kopf sieht ein, dass es vermutlich der leichtere Weg ist als eine Wanderung über Land.«

»Das mit Sicherheit«, pflichtete der Kapitän ungefragt bei. »Keine Todeszonen, keine Horden von Plünderern und keine Gefahr, unterwegs zu verhungern. Denn wer nicht genug Proviant im Frachtraum hat, wird überhaupt nicht erst auslaufen.«

»Können Sie uns auf diese Insel bringen?«, fragte Carya.

»Womit wollt ihr denn bezahlen?«, antwortete der Kapitän mit einer Gegenfrage.

Carya hielt ihm den Armeerevolver hin, den sie erst vor Kurzem erbeutet hatte.

Ihr Gegenüber nahm ihn, wog ihn in der rechten Hand und nickte dann. »Also schön. Wollt ihr gleich an Bord gehen?«

»Nein, wir haben vorher noch ein paar Dinge zu erledigen.«

»Ich laufe im Morgengrauen in Richtung Alexandria aus. Wenn ihr bis dahin an Bord seid, setze ich euch auf der Gorgoneninsel ab. Bezahlt wird bei Abfahrt.« Er gab Carya den Revolver zurück. »Verspätet euch nicht. Ich werde nicht warten.«

»Keine Sorge. Wir werden pünktlich sein.« Sie verabschiedeten sich von dem Seemann und liefen durch die Stadt zurück zu der Herberge, wo sie sich von Caryas Eltern getrennt hatten.

»Wir brauchen etwas, um für die Passage aufzukommen, sollten wir auf der Insel ein Schiff finden«, sagte Jonan.

»Was ist mit dem Lastwagen?«, schlug Pitlit vor. »Geben wir den doch her! Er nützt uns eh nichts mehr.«

»Daran habe ich auch schon gedacht. Aber was soll ein Seemann damit anfangen? Wir werden ihn vorher verkaufen müssen. Und finde mal jemand, der einen geklauten Militärtransporter erwerben will.«

Zu ihrer Überraschung sollte sich dieses Problem sehr schnell in Luft auflösen. Sie hatten die Herberge kaum erreicht, als sie von Caryas Mutter schon aufgeregt empfangen wurden. »Gut, dass ihr kommt. Carya, dein Vater und ich haben vorhin einen ganz reizenden Kaufmann kennengelernt, der sich bereit erklärt hat, uns mit nach Bolonara zu nehmen. Er selbst reist weiter bis nach San Marino, aber zu den Marinesen möchten wir nun wirklich nicht. Das wäre nach der Flucht aus Arcadion wie vom Regen in die Traufe zu gelangen.«

»Mama, das sind wundervolle Neuigkeiten«, rief Carya, auch wenn ihr die Worte ihrer Mutter insgeheim einen Stich versetzten. Irgendwie hatte sie noch immer gehofft, dass es ihnen möglich sein würde, zusammenzubleiben, auch wenn ihr klar war, dass die Trennung nicht die Schuld ihrer Eltern war, sondern ihre eigene. Sie war es, die unbedingt den ominösen Koordinaten nach Francia folgen wollte. Niemand sonst.

»Warte, bis ich fertig bin«, sagte ihre Mutter. »Wir haben ihm dafür den Lastwagen vermacht.«

»Nein!«, entfuhr es Carya. »Das geht nicht! Den brauchen wir, um unsere Passage nach …« Sie stoppte sich gerade noch rechtzeitig. »Um unsere eigene Weiterreise zu bezahlen«, schloss sie dann.

»Keine Bange«, sagte ihre Mutter. »Wir haben den Wagen nicht verschenkt. Er hat ihn gekauft. Ich weiß nicht, wieso, aber er war sehr interessiert daran. Komm mit zu deinem Vater. Er ist oben auf unserem Zimmer.«

Sie gingen an dem großen Schankraum vorbei, in dem jetzt zur Abendessenszeit einiges los war. Viele Tische waren besetzt, und Carya bildete sich ein, in dem Stimmengewirr nicht nur Arcadisch, sondern mindestens noch zwei andere Sprachen zu vernehmen, die ihr aber unbekannt waren. Es handelte sich fast ausschließlich um Männer, die dort saßen und sich das einfache Mahl, das auf dem Speiseplan stand, schmecken ließen. Unwillkürlich stieg in Carya die Frage auf, wo die Frauen waren, die doch sicher zu ihnen gehörten. Mussten sie die Zugtiere versorgen? Oder oben auf dem Zimmer auf die Rückkehr ihrer Männer warten? Oder waren sie vielleicht gar nicht hier, sondern saßen in irgendeinem Dorf an der Wegstrecke mit einem Balg am Bein und hofften darauf, dass der stattliche Kaufmann, dem sie ihr Herz geschenkt hatten, sein Versprechen wahr machte und bald mit genug Reichtümern zu ihnen zurückkehrte, um ein sesshaftes Leben zu beginnen? *So wird es mir nie ergehen*, schwor sie sich. Dabei warf sie Jonan einen Seitenblick zu. Ein Teil ihrer Gedanken – für ihn natürlich unverständlich – musste sich darin widergespiegelt haben, denn er schaute sie im Gegenzug verwirrt an.

Über eine Treppe gelangten sie in den ersten Stock, wo ihre Eltern für sie alle ein großes Zimmer gemietet hatten. Ein eigenes Schlafquartier wäre Carya lieber gewesen. Das allerdings gab ihre gegenwärtige finanzielle Lage einfach nicht her.

»Da seid ihr ja wieder«, begrüßte ihr Vater sie, als sie den einfach hergerichteten Raum betraten, in dem es außer mehreren Holzbetten nur noch einen spindartigen Schrank und eine kleine Waschecke gab. »Habt ihr Erfolg gehabt?«

»Mehr oder weniger«, antwortete Carya. »Es kommt darauf an, mit wie viel Gewinn ihr den Lastwagen verkauft habt.«

»Ah, deine Mutter hat euch schon davon erzählt.« Er rieb sich die Hände und wirkte sehr zufrieden mit sich. »Ich glaube, ich kann mit Fug und Recht sagen, dass wir ein ganz ordentliches Geschäft gemacht haben.« Seine Hand fuhr in seine Jackentasche, und als er sie wieder hervorholte, lag ein kleiner Beutel darin. Er öffnete ihn, und einige golden glänzende Münzen fielen in seine Handfläche.

Pitlit machte große Augen. »Ist das echtes Gold?«

Caryas Vater nickte. »Nicht diese Ersatzmünzen, die der Lux Dei verwendet und die außerhalb seiner Machtsphäre keinen Wert haben. Das sind echte Goldmünzen, jede von ihnen so viel wert wie ein Hundertliterfass Treibstoff. Und er hat uns vier davon gegeben! Und zusätzlich die Erlaubnis, dass Andetta und ich ihn bis Bolonara begleiten dürfen.«

»Das war wirklich recht großzügig von ihm«, warf Jonan ein. »Sicher, dass das Geld nicht gefälscht ist?«

»Überprüfen Sie es selbst«, forderte Caryas Vater ihn auf und reichte ihm das Geld.

Jonan wog eine Münze in der Hand und zog dann sein Messer, um eine Kerbe hineinzuritzen, die er sich danach genau anschaute.

»Sieht zumindest nicht aus wie in Gold getauchtes Kupfer. Erstaunlich. Ich hätte nicht gedacht, dass jemandem dieser alte Laster so viel wert sein könnte.«

»Eine behalten dein Vater und ich, Carya«, sagte Andetta Diodato. »Um die ersten Tage in Bolonara über die Runden zu kommen. Die übrigen drei sollt ihr bekommen.«

»Nein, Mama«, lehnte Carya ab. »Wir teilen.«

»Keine Widerrede, Kind«, brummte ihr Vater. »Wir haben eine recht gute Vorstellung davon, was uns erwartet – und was es uns kosten wird. Vor euch aber liegt das Unbekannte. Ihr braucht das Geld dringender als wir.«

Aus einem spontanen Verlangen heraus lief Carya zu ihrem Vater hinüber und umarmte ihn ganz fest. Tränen traten ihr in die Augenwinkel. »Danke. Euch beiden. Für alles. Ich werde euch vermissen.«

Beinahe unbeholfen legte Edoardo Diodato seine Arme um ihre Schultern. »Wir dich auch, Carya. Wir dich auch.«

Am nächsten Morgen, noch vor Sonnenaufgang, trennten sie sich unter weiteren Tränen und vielen guten Wünschen. Caryas Eltern schlossen sich dem spendablen Kaufmann an, einem rundlichen Signore namens Peneo. Carya, Jonan und Pitlit begaben sich unterdessen zum Hafen, wo sie an Bord des Zweimasters gingen, auf dem sie tags zuvor vorstellig geworden waren. Wie versprochen brachte der Kapitän sie im Austausch für den Armeerevolver bis auf eine Seemeile an die Gorgoneninsel heran. Dort ließ er ein Ruderboot zu Wasser, und vier Matrosen ruderten sie zu dem kleinen, heruntergekommenen Hafen der Insel hinüber. »Viel Glück!«, riefen sie, bevor sie mit einer Eile wieder ablegten, die Carya doch ein wenig zu denken gab.

Kapitel 9

Willkommen auf der Gorgoneninsel«, sagte eine Stimme in ihrem Rücken, deren Tonfall nichts Gutes verhieß.

Jonan drehte sich um und sah seine Annahme aufs Unerfreulichste bestätigt. Vor ihnen, am Ende des baufälligen Betonpiers, standen ein sehniger Mann und sein vierschrötiger Begleiter. Beide trugen zerschlissene Kleidung und spielten demonstrativ mit langen Messern herum, während sie gemächlich näher kamen. In ihren Augen glänzte eine Gier, die nur eins bedeuten konnte: Sie witterten in dem jungen Pärchen und dem Kind, die ganz offensichtlich nicht hierhergehörten, leichte Beute. Eine Fehleinschätzung, die Jonan zu berichtigen gedachte.

»Danke für den freundlichen Empfang«, sagte er liebenswürdig, während er die Wolldecke, die sein Templersturmgewehr verhüllte, zur Seite schlug und den Lauf der Waffe auf die beiden Schurken richtete. Neben ihm zog Pitlit seinen Revolver unter dem Hemd hervor, und Carya nahm ihren Bogen von der Schulter und legte einen Pfeil auf die Sehne. »Sagt, wo finden wir hier ein paar Seeleute, die keine Angst vor einer gefährlichen Fahrt haben?«, fuhr Jonan seelenruhig fort.

Die beiden Männer steckten ihre Messer weg und breiteten die Arme aus, als entschuldigten sie sich für ein dummes Missverständnis. Der Sehnige deutete sogar eine Verbeugung an. »Um diese Uhrzeit? Unter den Tischen der Tavernen und in den Betten geschäftstüchtiger Damen. Aber wartet nur, bis es wieder Abend wird. Dann werdet ihr an jeder Ecke auf einen Mann treffen, der weder Tod noch Teufel fürchtet. Folgt mir doch. Ich zeige euch ein kleines Gasthaus, wo ihr den Tag verbringen könnt.«

»Danke, aber wir finden uns schon allein zurecht«, sagte Jonan.

»Wie ihr wünscht. Einen schönen Tag noch. Und nichts für ungut.« Die beiden machten einige vorsichtige Schritte rückwärts, bevor sie sich umwandten und schleunigst das Weite suchten.

»Was für ein erster Eindruck«, murmelte Jonan kopfschüttelnd. »Das kann ja heiter werden.«

»Ich fand's toll«, verkündete Pitlit strahlend. »Habt ihr gesehen, wie den Kerlen die Kinnlade runtergeklappt ist, als sie gemerkt haben, dass sie mit einem Messer zu einer Schießerei gekommen sind?«

»Das war keine Schießerei!«, ermahnte ihn Jonan. »Und es wäre auch keine geworden.«

»Ja, ja, schon klar. Kampf ist keine Lösung und so. Weiß ich doch.« Der Straßenjunge winkte ab.

Jonan unterdrückte einen Seufzer. Er richtete sein Augenmerk auf ihre unmittelbare Umgebung. Von Ferne hatte die Gorgoneninsel einfach nur wie ein Fels ausgesehen, der aus dem Meer ragte und auf dessen Kuppe grünem Puderzucker gleich ein paar Bäume verstreut waren. Dass auf der Insel Menschen lebten, hatte Jonan sich kaum vorstellen können. Erst, als sie die Ostspitze umrundet hatten, war der kleine Hafen in Sicht gekommen, in dem sie sich jetzt befanden. Im Grunde bestand er aus einer Felsenbucht, in der ein paar Boote auf den Wellen schaukelten, und einer vorgelagerten und offenbar nachträglich angebauten Anlage aus hölzernen Stegen, die sich um eine niedrige Klippe herumzog und an der die größeren Frachter – Segelschiffe und dampfbetriebene Kähne gleichermaßen – festgemacht hatten.

Rund um den Hafen, an den Ausläufern grüner Hügel, drängten sich gelb und weiß getünchte Häuser mit roten Dächern eng zusammen wie eine Schafherde bei Unwetter. Die Fensterläden der meisten Gebäude waren zu dieser frühen Stunde geschlossen, aber aus ein paar Schornsteinen stieg Rauch auf, und irgendwo war bereits das Brutzeln von Gebratenem zu hören. Weiter oben, am Hang eines der Hügel, erhob sich ein einsamer Glockenturm, und noch weiter hinten, am anderen Ende der Insel, ragte die Ruine einer uralten Festung aus dem Wald auf.

Auf der Klippe oberhalb des Hafens stand ein trutziges Wohnhaus. Es war aus blassrotem Stein errichtet und besaß ein festungsartiges Fundament mit schrägen Wänden und kleinen Fenstern, auf das allerdings ein gewöhnliches Gebäude aufgesetzt worden war. Einige weitere Häuser grenzten daran an und verliehen dem gesamten Komplex das Aussehen einer kleinen Burg, wenn auch ohne Türme und Zinnen. Irgendein Spaßvogel hatte am kurzen Fahnenmast auf dem Dach des Haupthauses eine Schädelflagge mit gekreuzten Knochen gehisst, die munter im frischen Seewind wehte.

Hoffen wir, dass es ein Scherz ist, dachte Jonan.

»Das da oben sieht aus wie ein Gasthaus«, sagte Pitlit und deutete auf das Haus mit der Flagge. »Außerdem hat man dort den besten Blick auf das Dorf und den Hafen. Ich finde, wir sollten uns den Laden mal ansehen.«

Jonans Blick wanderte hinüber zu den Liegestellen der größeren Schiffe. Das Licht der aufgehenden Sonne brachte selbst rostige Rümpfe zum Glänzen. »Vielleicht machen wir zuerst einen kleinen Abstecher zu den Stegen. Ich würde mir diese Seelenverkäufer, die dort vor Anker liegen, gerne etwas näher ansehen, bevor ich eine Passage darauf buche. Womöglich können wir auch bereits in Erfahrung bringen, wer in unsere Richtung fährt. Denn ich bezweifle, dass irgendjemand nur für uns die Westküste von Francia ansteuern wird. Nicht einmal für drei Goldmünzen.«

»Die Idee finde ich gut«, stimmte Carya ihm zu. »Wenn wir am Hafen nichts erreichen, können wir immer noch die Klippe hinaufsteigen.«

Sie umrundeten die Felsenbucht, wobei sie weiteren Frühaufstehern unter den wohl überwiegend zeitweiligen Bewohnern der Insel begegneten. Ein paar junge Kerle rollten geräuschvoll zwei Metallfässer die Straße hinunter. Ein grauhaariger Mann hockte neben seinem auf den schmalen Strand gezogenen Boot und flickte Fischernetze. Und auf einem Balkon im ersten Stock stand eine junge Frau in Unterröcken, die nicht viel älter als Carya sein konnte. Auf ihrem Gesicht, auf dem die Reste gestern aufgetragener Schminke verliefen, lag ein Ausdruck erschreckender Gleichgültigkeit, während sie die drei Neuankömmlinge musterte und dabei den Qualm einer selbst gedrehten Zigarette in die Seeluft blies.

Unter den Schiffen, die am Anleger warteten, befanden sich drei, denen sie zutrauten, für eine längere Seefahrt geeignet zu sein. »Verzeihung!«, rief Jonan einem Matrosen an Bord des ersten Schiffes zu, eines sicher fünfzig Meter langen Dampfers mit dem Namen *Meridia.* »Wir suchen eine Passage an die Westküste von Francia. Fahren Sie zufällig in diese Richtung?«

»Tut mir leid, Kumpel«, antwortete der Mann kopfschüttelnd. »Wir wollen nach Süden. Vielleicht in zwei Monaten.«

»So lange können wir leider nicht warten. Kennen Sie vielleicht ein anderes Schiff, das unsere Route nimmt?«

Der Matrose kratzte sich am unrasierten Kinn. »Hm. Die meisten von uns bleiben im Mittleren Meer. Hier gibt es genug Küstenstädte, um ordentlich Handel zu treiben. Warum also den weiten und gefährlichen Weg über den Atlantik wagen? Aber wartet mal. Da kommt mir ein Gedanke. Fragt mal bei Dennings Kahn nach, zwei Stege weiter.« Er deutete auf einen kleinen Klipper, der ursprünglich nicht zu ihrer engeren Wahl gehört hatte, was vor allem daran lag, weil er aussah, als hätte ihn jemand aus zwei oder drei unterschiedlichen Schiffen zusammengeschweißt.

»Sind Sie sicher?«, fragte Jonan zweifelnd. »Das Gefährt sieht mir nicht sehr hochseetauglich aus.«

Der Matrose lachte. »Das stimmt. Dennings Schiff macht wirklich nicht viel her. Aber es ist verdammt robust. Und Denning ist ein wahrer Teufelskerl. Der fährt dich auch bei Nacht und Sturm ums Kap der Guten Hoffnung, wenn der Preis stimmt.«

Der Name sagte Jonan nichts, aber es musste sich wohl um eine besonders gefährliche Route handeln. Er bemühte sich um ein Lächeln. »Wir schauen es uns einmal an. Danke.«

Sie schlenderten zu dem Schiff hinüber und besahen es sich aus der Nähe. Der Eindruck wurde nicht besser. Der graue Metallrumpf wirkte, als sei er mehrfach geflickt worden. Er verfügte über zwei Masten mit Segeln. Gleichzeitig lag aber auch ein Rohr, das an den Schornstein einer Dampfmaschine erinnerte, quer auf Deck. Überhaupt befanden sich auf dem Schiff zahllose Aufbauten, von denen Jonan nicht mit Sicherheit zu sagen vermochte, ob sie irgendeinen Sinn ergaben oder ob es sich schlichtweg um Schrott handelte.

Ein Mann mit zerknittertem Gesicht und weißem Vollbart

lehnte an der Reling am Bug und rauchte eine Meerschaumpfeife. Direkt unterhalb von ihm prangte in abblätternden schwarzen Lettern der Schriftzug *Albatros*.

»Verzeihung, ist das hier das Schiff von Kapitän Denning?«, fragte Jonan.

»Kommt drauf an«, erwiderte der Alte in ihrer Sprache, aber mit hörbarem Akzent.

»Worauf?«

»Wer ihr seid: zahlende Passagiere oder Geldeintreiber von Pelagia.«

»Wir sind zahlende Passagiere. Wir suchen ein Schiff, das uns zur Westküste von Francia bringen kann.«

Der Alte pfiff durch die Zähne. »Ganz schön weit. Was zum Seeteufel wollt ihr in Francia?«

Jonan wollte ihm soeben sagen, dass ihn das nichts angehe, doch Carya kam ihm zuvor. »Es handelt sich um eine Familienangelegenheit«, sagte sie. »Und es ist wirklich wichtig. Also: Können Sie uns helfen?«

Versonnen blickte ihr Gegenüber sie an. »Kommt drauf an.«

»Worauf diesmal?«

»Könnt ihr für so eine Passage bezahlen oder erwartet ihr, dass wir euch als Leichtmatrosen an Bord nehmen und ihr die Überfahrt mit Deckschrubben erarbeiten könnt? Denn so läuft das hier nicht.«

»Wir können zahlen«, sagte Jonan.

Mit erwachendem Interesse musterte der Alte die drei. »Womit? Munition? Treibstoff? Sternenfall-Technik?«

»Gold«, sagte Jonan.

Die buschigen Augenbrauen des Seemanns wanderten in die Höhe. »Dann wecke ich jetzt wohl mal besser den Käpt'n. Kommt an Bord. Er wird gleich da sein. Dann könnt ihr die Einzelheiten direkt mit ihm besprechen.«

Über eine schmale Zugangsbrücke mit niedrigem Geländer, die vom Steg zum Deck hinaufführte, gelangten Jonan, Carya und Pitlit auf das Schiff. Es wurde nicht schöner, ganz gleich, wie nah man ihm kam. Zwischen den Aufbauten stapelten sich Taurollen, Netze, Kisten und andere Dinge. Jonan war bereit zu glauben, dass man jeden dieser Gegenstände auf See irgendwann einmal benötigte. Dennoch bezweifelte er, dass auf anderen Schiffen ein vergleichbares Durcheinander herrschte.

Der Alte hob wie beschwichtigend eine Hand. »Wartet kurz. Kapitän Denning ist gleich da.« Dann drängte er sich an ihnen vorbei und marschierte zum Heck der *Albatros*, wo er durch eine grüne Metalltür verschwand. »Käpt'n!«, hörte Jonan ihn rufen. »Käpt'n, wir haben Kunden.«

Hinter dem umgelegten Schornsteinrohr kam es plötzlich zu einer Bewegung. Etwas rumpelte, dann klirrte eine Flasche zu Boden, gefolgt von einer gebrummten Unmutsbezeugung in einer Sprache, die Jonan nicht kannte.

Schwankend tauchte ein Mann hinter dem Rohr auf. *Pirat*, war das erste Wort, das Jonan bei seinem Anblick in den Sinn kam. Der Mann mochte um die vierzig sein und trug ein nur lose geknöpftes, blau-weiß gestreiftes Hemd, dessen Ärmel fehlten und den Blick auf seine gebräunten, muskulösen Arme freigaben. Ein rotes Stirnband versuchte erfolglos, sein schulterlanges, dunkelblondes und gegenwärtig ziemlich zerzaustes Haar zu bändigen. Sein markantes Kinn zierte ein Dreitagebart. Das linke Auge wurde von einer dunkelbraunen Augenklappe verdeckt.

Er sagte etwas, das Jonan nicht verstand. Ihren Gesichtern nach zu urteilen, erging es Carya und Pitlit ähnlich. »Ach, richtig«, verfiel der Mann ins Arcadische. »Falsches Land.« Er versuchte, elegant über den Schornstein zu flanken, blieb dabei allerdings mit dem Hintern hängen und rutschte ziemlich verunglückt und mit einem weiteren Fluch auf den Lippen daran hinunter, bis er wankend wenige Schritte von ihnen entfernt zum Stehen kam. Alkoholdunst wehte Jonan entgegen. »Ich hörte, hier sucht jemand ein schnelles Schiff?«

Jonan wechselte einen raschen Seitenblick mit Carya. Er konnte ihr ansehen, dass sie diesen Kahn lieber früher als später wieder verlassen hätte. Andererseits hatten sie ja bereits erfahren, dass auch unter den Schmugglern nur die wenigsten durch die Straße von Gibral-Taar und danach weiter Richtung Norden fuhren. Sie durften eine Chance wie diese zumindest nicht leichtfertig in den Wind schlagen.

Daher nickte er. »Ja. Das ist richtig. Wir müssen an die Westküste von Francia und können auch dafür bezahlen. In Gold.«

»Das klingt doch ganz hervorragend«, sagte der Mann aufgeräumt. Er streckte ihnen eine schwielige Hand entgegen. »Mein Name ist …«

»Ah, Kapitän Denning, da sind Sie ja«, ertönte hinter ihnen die Stimme des Alten. »Ich dachte, Sie lägen noch in Ihrer Kabine und würden Ihren Rausch ausschlafen.«

»Was redest du da für einen Unsinn, Hook?«, fuhr Denning ihn an. »Ich habe auf Deck den Sonnenaufgang genossen.«

»Und dazu gleich den ersten Schnaps des Tages?«

»Das kann mir niemand nachweisen, da ich offensichtlich keine Schnapsflasche bei mir trage. Und jetzt schweig, alter Schraubendreher. Ich bin im Begriff, ein wichtiges Geschäft abzuschließen.« Er schenkte Jonan, Carya und Pitlit ein verwegenes Grinsen. »Wenn Sie mir bitte in mein Büro folgen würden. Dort können wir weiterreden, ohne dass uns andauernd jemand unterbricht.« Forsch schritt Denning ihnen voraus, und Jonan musste ihm zugestehen, dass er erstaunlich schnell nüchtern geworden war, nachdem er das Wort Gold gehört hatte.

»Und, Pitlit?«, raunte Jonan dem Straßenjungen zu. »Was sagt dein Bauchgefühl?«

»Ich mag ihn«, erklärte der Junge und marschierte hinter Denning her.

Jonan warf Carya einen Seitenblick zu. »Warum habe ich das nur kommen sehen?«

Durch die grüne Metalltür gelangten sie ins Innere des Schiffes. Sie folgten einem kurzen, engen Korridor, bevor Denning sich nach rechts wandte und sie in einen Raum führte, der eher wie eine Seemannsspelunke als wie ein Büro aussah. Durch zwei kleine Bullaugen fiel Licht in den Raum, der im Wesentlichen von zwei großen, einander gegenüberstehenden Tischen und an den Wänden verlaufenden Sitzbänken ausgefüllt wurde.

Über den Sitzbänken hingen verblassende Drucke von Schiffen, die sich durch tobende Elemente und wütende Seeschlachten kämpften. Einige der Schiffe wirkten sehr alt, mit hölzernem Rumpf, geblähten Segeln und Feuer speienden Kanonen. Andere wiesen die schlanken grauen Rümpfe und raubtierhaften Konturen auf, die alle Hochtechnologie aus den Jahren vor dem Sternenfall kennzeichnete. Auf einem der beiden Tische standen leere Gläser und daneben lagen Spielkarten. Am anderen hatte jemand ein exotisches Metallgestell befestigt, das möglicherweise dazu diente, Geschirr bei schwerem Seegang vor dem Hinunterfallen zu bewahren.

In einer Ecke stand ein Schrank, durch dessen halbverglaste Türen man Flaschen mit Hochprozentigem sehen konnte. Daneben befand sich ein eigentümlicher, kastenförmiger Apparat mit schwarzer Metallverschalung, der vorne einige Knöpfe und eine schlitzförmige Öffnung aufwies.

Der Apparat weckte offenbar Pitlits Neugierde, denn sie hatten den Raum kaum betreten, als der Straßenjunge auch schon hinüberlief, um ihn genauer zu betrachten.

»He, Junge, nicht anfassen«, befahl Denning. »Das Ding ist wertvoll.«

»Was ist das?«, wollte Pitlit wissen.

»Ein CD-Spieler. Robustes, altes Ding. Mindestens hundertzwanzig Jahre alt. Einer der wenigen auf der Welt, die das Chaos des Sternenfalls überlebt haben, schätze ich. Wenn du gute Musik magst – und damit meine ich nicht diesen ganzen neumodischen Patriotendreck, der auf Schallplatten gepresst wird –, brauchst du genau so ein Baby. Dieser Apparat und die Handvoll CDs, die ich im Laufe der Jahre sammeln konnte, sind mein zweitliebster Besitz nach der *Albatros*. Deshalb: Nicht dran rumspielen!«

»Wie haben Sie ihn zum Laufen gebracht?«, wollte Jonan wissen. »Haben Sie Elektrizität an Bord?«

Denning nickte. »Die meiste Zeit schon. Ich halte mir gerne alle Möglichkeiten offen. Darum haben wir verschiedene Methoden zur Fortbewegung und zur Stromerzeugung: Segel, einen Dampfkessel, einen Dieselmotor für Schweröl. Das ist auch der Grund, warum Hook an Bord ist. Vor den Dunklen Jahren war er Mechaniker. Für Leute wie ihn gibt es heutzutage nicht mehr viel zu tun. Aber sein Wissen ist Gold wert – und wird, ganz nebenbei bemerkt – auch von Tag zu Tag seltener. Eine echte Schande ist das.«

Einen Moment lang blickte der Kapitän düster ins Leere. Dann schien er sich des eigentlichen Grundes für ihr Hiersein zu erinnern, klatschte mit übertrieben großer Geste in die Hände und setzte sich an einen der Tische. »Aber reden wir nicht von der Vergangenheit, sondern von der Zukunft. Ihr wollt an die Westküste von Francia, sagtet ihr. Wohin genau?«

»Am besten in die Gegend von Le Havre«, antwortete Jonan. Diesen Namen hatten sie dem Navigator entnommen. Die Stadt schien günstig für eine Weiterreise nach Paris zu liegen.

»Eingang des Ärmelkanals, soso.« Denning kratzte sich am Kopf. »Das liegt nicht ganz unpraktisch. Wie es der Zufall will, habe ich nämlich gerade eine kleine Fahrt hoch nach Albion geplant. Ein paar Gebrauchsgüter für alte Freunde bei den Commons abliefern, wenn ihr versteht, was ich meine.« Er sah sie an und winkte ab. »Vergesst den letzten Satz. Spielt auch keine Rolle. Jedenfalls liegt das ziemlich genau in eurer Richtung. Ich setze euch dann kurz vorher ab. Abgelegt wird noch heute, so um die Mittagszeit, wenn hier alles eingerichtet und verstaut ist. Das ist mein Angebot. Wenn ihr zahlen könnt.«

»Klingt doch toll, oder?«, sagte Pitlit. »Genau das, was wir wollten.« Um Bestätigung heischend schaute er Jonan und Carya an.

Dem musste Jonan zustimmen. Bis jetzt klang das Angebot gut – fast zu gut, wäre da nicht der Zustand ihres Transportgefährts und ihres Kapitäns gewesen, die beide gleichermaßen heruntergewirtschaftet schienen. *Andererseits wären beide nicht mehr hier, wenn sie sich nicht zu behaupten wüssten*, dachte er. *Die Wildnis – und das gilt sicher auch für das Meer – erlaubt wenig Spielraum für Versagen.*

Er suchte Caryas Blick. Ihr Nicken kam zwar zögernd, aber es kam. »Wie hoch wäre denn Ihr Preis? Signore Hook sagte, dass Sie nicht an helfenden Händen interessiert sind, aber wenn wir zumindest einen Teil der Passage abarbeiten könnten, käme uns das gelegen.«

Denning zog geräuschvoll die Nase hoch und rieb sich über den Bart. »Tja, also vorhin war von Gold die Rede gewesen, wenn ich mich nicht irre. Wie sieht es denn nun damit aus?«

Carya griff in ihre Hosentasche und nestelte darin herum. Sie holte eine Goldmünze hervor und legte sie auf den Tisch. Jonan gratulierte ihr insgeheim zu diesem umsichtigen Vorgehen. Sie hatte Denning nicht den ganzen Beutel gezeigt, sodass dieser nicht abschätzen konnte, wie viel Gold sie wirklich besaßen.

»Ah, so gefällt mir das«, sagte Denning grinsend. »Mal ein wenig Reichtum, für den man keine Kutsche braucht, um ihn zu transportieren. Versteht mich nicht falsch. Ich hätte euch auch für Treibstoff oder Prä-Sternenfall-Artefakte mitgenommen. Aber so ein wenig glänzendes Edelmetall hat zweifelsohne seinen Reiz.« Er hob die Münze hoch, nahm sie zwischen die Finger und hielt sie vor sein gesundes Auge. »Aus Austrogermania. Ihr kommt viel rum.«

Jonan hielt es nicht für nötig, darauf zu antworten.

»Also?«, fragte Carya. »Nehmen Sie uns mit?«

»Ist das alles, was ihr habt?«

»Spielt das eine Rolle?«, warf Jonan ein.

Denning grinste. »Einen von euch. Einen nehme ich hierfür mit.« Er legte die Münze auf den Tisch und tippte mit dem Finger darauf.

»He, das ist Wucher!«, ereiferte sich Pitlit.

»Wir sind zwei Wochen auf See. Ihr braucht Platz. Ihr verbraucht Proviant.«

»Uns genügt eine Kabine«, sagte Jonan. »Und wir sind sparsame Esser.«

»Ich muss extra für euch die Westküste Francias ansteuern!«

»Eben sagten Sie noch, das sei kein großer Umweg für Sie.«

Denning schnippte mit dem Finger. »Stimmt. Schön blöd von mir. Also gut, für zwei Münzen seid ihr im Spiel. Der Junge fährt kostenlos mit.«

»Und wir müssen nicht an Bord helfen«, erwiderte Jonan. Für Gold im Wert von zweihundert Litern Treibstoff sollte so viel Luxus drin sein.

»Nur, wenn es wirklich wichtig ist«, sagte Denning. »In einer Notlage brauche ich jede Hand an Deck.«

»Das versteht sich von selbst«, sagte Carya. »Schließlich wollen auch wir lebend unser Ziel erreichen.« Sie holte die zweite ihrer drei Goldmünzen hervor und legte sie auf den Tisch.

»Prachtvoll. Dann haben wir ja einen Handel. Schlagt ein!« Kapitän Denning hielt Jonan die schwielige Rechte hin, und dieser kam der Aufforderung nach. »Willkommen auf der *Albatros*.«

Kapitel 10

Der erste Tag auf See war für Carya regelrecht berauschend. Bei strahlendem Sonnenschein legten sie von der Gorgoneninsel ab und fuhren in das glitzernde Blau hinein, das sich nach Süden und Westen bis zum Horizont erstreckte. Kaum eine Wolke war am Himmel zu sehen. Der Bug der *Albatros* hob und senkte sich, während er durch die Wellen schnitt, aber das machte Carya nichts aus. Sie stand an der Reling zwischen zwei Pollern, schaute hinaus in die Ferne, wo Himmel und Erde im Dunst verschmolzen, und sie fühlte sich frei. *Hier gibt es wirklich keine Mauern mehr*, dachte sie und musste sich zusammenreißen, um nicht begeistert aufzujauchzen.

Sie merkte, dass sich jemand zu ihr gesellte, und als sie den Kopf drehte, sah sie Jonan. Er lehnte sich mit den Unterarmen auf die Reling und lächelte sie an. Dann reckte auch er Nase und Kinn in den Wind. Keiner von ihnen sagte ein Wort, aber das war in Ordnung. Es gab Momente, die genoss man am besten schweigend.

Carya hatte ihr langes Haar zu einem Zopf geflochten und diesen um ihren Kopf gelegt. So hatte sie hier draußen am wenigsten Schwierigkeiten damit. Einige vorwitzige Strähnen hatten sich jedoch gelöst und wehten ihr ums Gesicht. An diesen vorbei musterte sie Jonan verstohlen.

Er hatte die Lederjacke ausgezogen und die Ärmel seines Hemdes hochgekrempelt, denn trotz der frischen Brise war es ein warmer Tag. Der Wind zerzauste sein dunkles Haar und verlieh ihm, entgegen seiner eigentlich eher ruhigen Natur, ein verwegenes Aussehen. In diesem Augenblick kam er Carya wie einer der leidenschaftlichen Liebhaber aus den Romanen vor, die sie mit Rajael früher immer heimlich gelesen hatte.

Nicht zum ersten Mal fragte sie sich, wie es wohl sein würde, wenn sie sich liebten. Bislang war der intimste Moment, den sie geteilt hatten, der Kuss auf dem Dach ihres Hauses im Dorf der Ausgestoßenen gewesen. Zu mehr hatten sie keine Gelegenheit gehabt, denn direkt nach dem Kuss war Carya entführt worden, und im Anschluss an ihre Rettung waren ihre Eltern immer in der Nähe gewesen. Die hatten genau darauf geachtet, dass Caryas unerwarteter Freund sich ihrer Tochter gegenüber anständig benahm – eine gänzlich unnötige Sorge, denn Carya hatte in ihrem ganzen Leben noch keinen jungen Mann kennengelernt, der sie besser und rücksichtsvoller behandelt hätte als Jonan. Er war im Umgang mit ihr geradezu übervorsichtig.

Das hatte sie auch ihrer Mutter gesagt, als diese drei Tage nach der Flucht aus Arcadion Caryas Beziehung zu Jonan in einem zweisamen Mutter-Tochter-Moment zur Sprache gebracht hatte. Carya musste schmunzeln, als sie sich daran erinnerte, dass ihre Mutter Sorge gehabt hatte, sie könne in blinder Verliebtheit etwas Vorschnelles getan haben. »So bin ich nicht«, hatte Carya sie beruhigt. »Und ich glaube auch nicht, dass Jonan das zugelassen hätte. Wir kennen uns doch erst ein paar Tage. Keine Angst: Wir lassen uns Zeit.«

Mit Jonan selbst hatte Carya über diese Frage noch gar nicht gesprochen. Aber sie hatte das Gefühl, dass sie in dieser Hinsicht ähnlich dachten. Es hatte keine Eile. Die Nacht würde kommen, in der sie mit Jonan das Bett teilte, in der sie sich ihm hingab und ihm ihre Unschuld schenkte. In dieser Nacht würden sie ihre Liebe besiegeln.

Doch auch wenn es bis dahin noch dauern durfte, konnte Carya in Augenblicken wie dem jetzigen, in denen Jonan so nah neben ihr stand – so zum Greifen und Küssen nah – nicht verhindern, dass sie sich insgeheim ausmalte, wie es wohl sein mochte. Würde er sanft und zärtlich sein? Oder eher fordernd und ungestüm? Wie würde es sich anfühlen, seine nackte Haut auf der ihren zu spüren? Was würde sie empfinden, wenn seine Hände ihren Körper erforschten und sie dabei *überall* berührten?

Carya spürte, dass ihre Wangen zu glühen anfingen. Glücklicherweise konnte sie die Röte in ihrem Gesicht auf den Wind und die Sonne schieben.

Erneut wandte Jonan ihr den Blick zu. Ein Ausdruck milder Erheiterung huschte über seine Miene. »Was ist los?«, fragte er. »Du schaust mich so eigenartig an.«

Angriff ist die beste Verteidigung, dachte sich Carya. »Darf ich dich denn nicht anschauen?«

Jonan lachte. »Doch, natürlich. Ich hätte nur nicht gedacht, dass ich gegen den Ausblick, den das Meer bietet, eine Chance habe.«

»Das ist kein Wettstreit«, antwortete Carya. Sie warf ihm einen neckenden Blick zu. »In meinen Augen ergänzt ihr euch ganz wundervoll.«

»Die Wellen und ich?« Jonan hob zweifelnd die Augenbrauen. »Na, ich weiß nicht. Ein Seemann wird aus mir sicher nie werden.« Er ließ seinen Blick über das Deck schweifen und grinste plötzlich. »Ganz im Gegensatz zu dem da.« Er deutete in die Höhe.

Carya hob den Kopf und entdeckte Pitlit, der, wie schon an Land angekündigt, oben im Ausguck des Schiffes hockte und sich in den Seewind lehnte. Als er Carya und Jonan bemerkte, riss er begeistert die Arme in die Luft und stieß einen Jauchzer aus. »Ich bin der König der Meere!«, schrie er ihnen zu.

Sie lachten und winkten. »In deinen Träumen«, rief Jonan mit zum Trichter geformten Händen.

Dann blickten Carya und er sich wieder an. Die Sonne schien, die Gischt benetzte ihre Haut, und der Wind fuhr ihnen durchs Haar. In einem Aufwallen der Gefühle rückte Carya an Jonan heran und schmiegte sich an ihn. »Küss mich.«

»Hier?«, fragte er mit gespieltem Entsetzen, während er gleichzeitig den Arm um sie legte. »Vor der ganzen Mannschaft?« Die ganze Mannschaft bestand aus nicht einmal zwanzig Mann, von denen gegenwärtig höchstens die Hälfte an Deck zu sehen war.

»Im Dorf der Ausgestoßenen hat es dich auch nicht gestört, dass uns alle sehen konnten«, erinnerte ihn Carya.

Er lächelte. »Da hast du auch wieder recht.« Dann beugte er sich zu ihr herab, und ihre Lippen verschmolzen zu einem langen, salzig schmeckenden Kuss. Ein heißes Verlangen nach diesem Mann brandete in Carya auf. Ja, sie würden sich Zeit bis zum richtigen Moment lassen, bevor sie alles miteinander teilten. Aber sie hoffte, dass dieser Moment nicht noch Monate auf sich warten lassen würde.

Irgendwo über ihnen jauchzte Pitlit erneut. Doch sie beachteten ihn gar nicht, auch nicht, als der Kuss endete. Die Welt bestand nur noch aus diesem Schiffsbug und ihnen beiden. Jonan blickte Carya tief in die Augen. Auf seiner Miene lagen Zärtlichkeit und Fürsorge. »Geht es dir gut?«, fragte er leise.

»In diesem Augenblick?« Carya nickte und legte ihren Kopf an seine Schulter. »Ja, es geht mir gut.« Ein Gedanke huschte durch ihren Sinn. Ihr Blick wanderte hinaus auf See, und leichte Besorgnis stieg in ihr auf.

Sie hoffte bloß, dass für ihre Eltern das Gleiche galt.

Zwei Tage fuhren sie bei mildem Wetter durch das Ligurische Meer nach Südwesten. Dabei lernten Carya, Jonan und Pitlit neben dem raubeinigen Kapitän Denning und seinem greisen Mechaniker Hook auch noch ein paar weitere Männer der *Albatros*-Besatzung kennen.

Einer von ihnen, ein tätowierter, dunkelhäutiger Riesenkerl namens Géant, der an Bord als Erster Maat diente, stammte sogar aus Francia. Die Begegnung mit ihm machte Carya auf ein Problem aufmerksam, dem sie sich bislang noch gar nicht gewidmet hatten. Géant sprach und verstand die Sprache von Arcadion zwar leidlich, aber im Herzen von Francia würde das vermutlich ganz anders aussehen. Sie durften nicht damit rechnen, dass sie in Paris mit ihren gegenwärtigen Sprachkenntnissen sehr weit kommen würden.

Also überredeten sie den gutmütigen Koloss, ihnen in seinen freien Stunden ein wenig Francianisch beizubringen. Im Gegenzug halfen sie ihm dabei, seine Kenntnisse in Arcadisch zu verbessern. Zu Beginn ihres Unterrichts besaß Jonan einen kleinen Anfangsvorteil, denn er hatte auf der Templerakademie einige sehr oberflächliche Einführungskurse in allen Sprachen der sie umgebenden Reiche erhalten. »Gerade genug Brocken, damit ich einem Feind im Feld verständlich machen kann, dass er sich ergeben soll, wenn er nicht will, dass ich ihn erschieße«, erklärte Jonan sarkastisch.

Es dauerte jedoch nicht lange, bis Carya ihn überflügelte. Sie wunderte sich selbst darüber, doch sie schien eine natürliche Begabung für das Erlernen von Sprachen oder zumindest des Francianischen zu besitzen. Nachdem Géant ihr ein paar grundlegende Sätze beigebracht hatte, spürte sie bereits eine Vertrautheit, die es ihr erlaubte, neue Sätze und Worte daraus abzuleiten. Dabei beschlich sie ein zunehmendes Gefühl von Déjà-vu, so als hätte sie all das schon einmal beigebracht bekommen.

»Könnte das mit deiner Vergangenheit zusammenhängen?«, überlegte Jonan, während sie am Abend des zweiten Tages beim Essen zusammensaßen und Carya ihren Begleitern ihre seltsamen Eindrücke schilderte. »Wir wissen mittlerweile, dass dein Raketenflugzeug mit der Kapsel dich ins Reich des Mondkaisers bringen sollte. Möglicherweise wurdest du mit einem Sprachkurs auf diese Reise vorbereitet.«

»Vielleicht stammst du ja sogar aus Paris«, mutmaßte Pitlit. »Du hast doch selbst gesagt, dass du über die Zeit vor dem Absturz nichts weißt. Du könntest also auch … was weiß ich … auf der Heimreise von irgendeinem Urlaub gewesen sein. Oder so.« Er biss von einer Scheibe Brot mit Schmalz ab und schmatzte genüsslich. »Stell dir nur vor«, fuhr er mit vollem Mund fort. »Du könntest die Tochter des Mondkaisers sein! Ich meine, wie viele Leute in Francia können sich schon so ein Raketenflugzeug leisten?«

»Red keinen Unsinn«, schalt Jonan den Straßenjungen. »Technik wie diese gibt es in Francia nicht. Davon hätte der Lux Dei gehört. Und das bedeutet, ich hätte davon gehört.«

»Es könnte ja ein geheimes Raketenflugzeug gewesen sein«, entgegnete Pitlit spitzfindig. »Oder hat der Templerorden dem Mondkaiser etwa auf die Nase gebunden, dass er einen Kampfhubschrauber besitzt?«

»Eigentlich schon, denn der Hubschrauber war bereits draußen bei Grenzkämpfen im Einsatz. Das heißt, ich bin mir ziemlich sicher, dass der Mondkaiser von seiner Existenz weiß.«

»Lasst es gut sein, ihr beiden«, mischte sich Carya unwillig ein. »Ich könnte die Tochter des Mondkaisers sein, die des Ketzerkönigs oder die eines Kalifen aus den Wüstenstaaten. Wir wissen es einfach nicht. Aber wir werden es hoffentlich in Paris herausfinden. Bis dahin bringen solche Spekulationen gar nichts. Sie machen mich nur nervös.«

»'tschuldigung«, murmelte Pitlit.

Er verstummte, doch seine Worte hallten auf eigentümliche Art in Carya nach. Was, wenn das Raketenflugzeug wirklich auf dem Heimweg gewesen war, als es unweit von Arcadion abstürzte? Was, wenn sie wirklich aus Francia stammte und es ihr deshalb so leichtfiel, die francianische Sprache zu erlernen? *In diesem Fall*, dachte sie mit einem Schaudern, *bin ich auf dem Weg zu meiner wahren Familie. Ich bin auf dem Weg nach Hause …*

Einen weiteren Tag später wurden sie mitten in der Nacht plötzlich aus ihren Kojen gerissen. Lautes Glockengeläut zerriss die Stille, und kurz darauf hallte Fußgetrappel durch die Gänge. Alarmiert hob Carya den Kopf. »Was ist denn los?«

»Das werden wir gleich erfahren«, antwortete Jonan und sprang aus dem Bett. Er streifte seine Hose über, schlüpfte in die Kampfstiefel und griff nach dem Sturmgewehr. Pitlit hüpfte derweil aus der Hängematte, in der er schlief, und eilte zum einzigen Bullauge ihres Raums, um zu schauen, ob er draußen einen Grund für die ganze Aufregung erkennen konnte. »Stockdunkel«, verkündete er.

»Bleibt hier«, wies Jonan Carya und Pitlit an, als er zur Tür ging. »Ich schaue mich mal um.«

»Kommt nicht infrage«, widersprach Carya. »Wir bleiben zusammen.« Sie hatte bereits die Wolldecke, unter der sie schlief, zur Seite geschlagen und angelte mit den Füßen nach ihren Schnürschuhen. Ihr weißes Nachthemd, das ihr Nessunos Frau während ihrer Zeit bei den Ausgestoßenen geschenkt hatte, war vielleicht nicht der beste Aufzug, um darin draußen auf Deck herumzulaufen. Aber sie hatte jetzt keine Zeit, sich umzuziehen – und sie wollte es auch nicht, solange Pitlit im Raum war. Der Straßenjunge hegte schon genug schlüpfrige Fantasien von ihr, selbst wenn er stets nur scherzhaft darüber sprach.

»Na schön«, brummte Jonan. »Zieh wenigstens das hier über.« Er nahm seine Lederjacke vom Haken und warf sie ihr zu. Dankbar nahm sie sie entgegen. Die Jacke roch etwas streng, aber sie schützte vor dem Wind und den neugierigen Blicken der Mannschaft.

So vorbereitet stürzten sie nach draußen auf den Gang und diesen hinunter, bis sie die Metalltreppe erreichten, die sie hinauf an Deck brachte. Dort stießen sie mit einem drahtigen, kraushaarigen Burschen zusammen, der ebenfalls nach oben wollte. Er hieß Giulio, stammte aus Livorno und war noch recht neu in Dennings Mannschaft. Carya hatte ihn in der Kombüse kennengelernt.

»Was geht denn vor, Giulio?«, rief sie ihn an.

Gehetzt sah er sich zu ihnen um. »Die *Maersk Titania*«, stieß er hervor. »Wir erreichen die *Maersk Titania*.« Er polterte die Treppe hinauf.

»Und was ist das, eine *Maersk Titania*?«, wollte Carya wissen, während sie ihm mit Jonan und Pitlit nachfolgte.

Giulio drückte die Klinke der schweren Außentür hinunter und schwang sie auf. Oben an Deck liefen die Männer umher, und auch in der Takelage wurde fieberhaft gearbeitet. Dennings Besatzung reffte die Segel und steckte den Schornstein mittschiffs auf. Offenbar wurde die *Albatros* von Segel- auf Dampf- oder Schwerölbetrieb umgestellt. Das geschah laut Géant normalerweise nur, wenn kniffligere Manöver bevorstanden, etwa die Fahrt eine Flussmündung hinauf oder zwischen Riffen hindurch. Carya konnte weder das eine noch das andere erkennen.

Doch dann traten sie an die Reling, wo bereits Hook stand, und ihr Blick fiel auf einen geisterhaft flackernden Punkt vor ihnen im Wasser. Jetzt erst bemerkte Carya, dass nicht nur tiefe Finsternis herrschte, sondern dass sie auch von dichten Schwaden weißlichen Seenebels umgeben waren.

»Guten Morgen«, begrüßte Hook sie. Er warf einen Blick auf seine Armbanduhr. »Oder so ähnlich.«

»Was herrscht hier für eine Unruhe?«, wollte Jonan wissen.

Hook nickte versonnen auf den Punkt in der dunstigen Finsternis. »Kapitän Denning hat ein Treffen mit der *Maersk Titania* vereinbart. Wir tanken noch einmal richtig auf, bevor wir durch die Straße von Gibral-Taar in den Atlantik hinausfahren.«

Unter ihren Füßen erzitterte das Deck, als der mächtige Schiffsmotor der *Albatros* grollend zum Leben erwachte und sie langsam dem Flackern entgegenschob. Wie sich herausstellte, folgte das Flackern einer gleichmäßigen Taktung und war einem starken Scheinwerfer geschuldet, dessen kegelförmiger Lichtfinger durch die Dunkelheit schnitt.

»Ist das ein Leuchtturm?«, fragte Jonan überrascht.

»Nicht ganz«, sagte Hook schmunzelnd.

Am Bug war ein metallisches Krachen zu hören. Als Carya den Kopf drehte, sah sie, dass zwei Männer die Verkleidung von einem Metallkasten heruntergeklappt hatten, unter der ein Geschützstand zum Vorschein kam. Einer der beiden bemannte ihn sofort. Der andere hielt sich in der Nähe einer Munitionskiste bereit.

»Ihr habt nicht vor, gegen diese *Maersk Titania* zu kämpfen, oder?«, fragte Carya. Die Aussicht, mitten in der Nacht in eine Seeschlacht verwickelt zu werden, behagte ihr gar nicht. Nicht, dass sie ihr um zwölf Uhr mittags angenehmer gewesen wäre.

»Nein, nein, keine Sorge«, beruhigte Hook sie. »Das sind nur Vorsichtsmaßnahmen. Zwischen Port Fuad und Gibral-Taar gibt es keinen Piraten, der sich nicht die Finger nach der *Titania* lecken würde. Man muss immer mit Angriffen rechnen. Glücklicherweise kämpft man selten allein, wenn man an der *Titania* festgemacht hat.« Er hob einen Finger und deutete nach vorne. »Und jetzt Augen auf. Da kommt sie.«

Pitlit stieß ein anerkennendes Pfeifen aus. »Licht Gottes«, murmelte Jonan. Carya lief ein Schauer über den Rücken.

Ihr eigenes Schiff, die *Albatros*, mochte etwa fünfzig Meter lang sein. Damit war sie in Caryas Augen bereits ein recht stattlicher Kahn. In etwa dieser Größenordnung hatten sich auch die anderen Schiffe bewegt, die sie am Hafen von Livorno und der Gorgoneninsel gesehen hatten. Doch keins davon kam auch nur annähernd dem Monstrum gleich, das sich in diesem Augenblick aus Dunkelheit und Nebel schälte.

Die *Maersk Titania* besaß, ihrem Namen angemessen, buchstäblich titanische Ausmaße. Sie war so groß, dass sich Heck und Bug irgendwo in Nacht und Nebel verloren hätten, wenn die Besatzung nicht oben am weiß gestrichenen Rumpf mehrere Lichtquellen angebracht hätte. Und selbst so fiel es Carya schwer, die Länge und Breite des Ozeanriesen einzuschätzen. Man hatte das Gefühl, die Hand Gottes habe ein ganzes Industrieviertel von Arcadion einfach herausgerissen und, in einen Stahlrumpf gepresst, hier draußen aufs Meer gesetzt.

Neben ihr gluckste Hook. »Genauso habe ich auch geschaut, als ich sie das erste Mal gesehen habe«, sagte er. »Ich weiß noch, dass ich damals eine gute Pfeife verloren habe, weil sie mir aus dem Mund in die Fluten gefallen ist. Und dabei hatte ich sogar noch den Vorteil, mit dem Wissen um solche Biester aufgewachsen zu sein, damals vor dem Sternenfall.«

»Wer braucht denn ein so großes Schiff?«, fragte Pitlit fassungslos. »Da hat ja eine ganze Stadt drin Platz!«

»Oder Hunderttausende Tonnen Rohöl«, antwortete Hook. »Und die *Maersk Titania* war nur einer von vielen Supertankern, die früher die Ozeane bereisten. Ihr könnt euch nicht vorstellen, wie gewaltig die Warenströme waren, bevor alles zusammengebrochen ist. Und wie gewaltig die Gier der Nationen nach diesen Waren und nach Rohstoffen, etwa dem Öl, war. Es wurden Kriege darum geführt, kein bisschen weniger erbittert als die Kriege, die wir heute führen. Doch heute geht es ums Überleben. Damals kämpften die Menschen um den reinen Luxus. Es war eine absurde Zeit.« Er schüttelte den Kopf.

Das klingt wie das Schlusswort meines Referats, das ich damals in der Unterrichtsstunde von Signora Bacchettona an der Akademie des Lichts gehalten habe, dachte Carya. Vielleicht war doch nicht alles gemeine Propaganda gewesen, was der Lux Dei ihnen über die Vergangenheit beizubringen versucht hatte.

Bei Pitlit kam dagegen natürlich nur ein Begriff aus Hooks düster vorgetragener Rede an. »Ein *Supertanker* …« Der Junge klang beinahe ehrfürchtig. »Und wofür ist er heute da?«

»Mittlerweile wird er von seiner Besatzung sozusagen privat betrieben und dient als schwimmendes Treibstoffdepot und als Warenumschlagplatz«, erklärte der Alte. »Sie fahren mit ihm hinunter in die Wüstenstaaten und kaufen von den dortigen Kriegsherren Öl ein. Dann kreuzen sie im Mittelmeer und bieten ihre Waren jedem an, der bereit ist, gutes Geld dafür zu bezahlen, aber nicht die Möglichkeiten besitzt, selbst im Süden einzukaufen. Mit den Vorräten an Bord dieses Schiffes könnte die *Albatros* jahrzehntelang fahren. Ich würde schätzen, die haben etwa fünfhundert Millionen Liter Öl an Bord, wenn die Tanks voll sind.«

In Caryas Kopf drehte sich alles. Diese Zahl sprengte ihr Vorstellungsvermögen. Sie fragte sich, in was für einer Welt die Menschen einst nur gelebt hatten.

»Ahoi!«, schrie Kapitän Denning auf einmal hinter ihnen mit einer Flüstertüte den Rumpf des stählernen Giganten hinauf. »Hier ist Denning. Ich habe eine Verabredung mit Al Salayeff. Lasst mal den Kran runter, Freunde.«

Ein gutes Dutzend Meter über ihnen setzte Betriebsamkeit ein. Dann war das Jaulen einer Winde zu hören. Carya bemerkte, dass Jonan einen nachdenklichen Blick über den Tanker gleiten ließ. »Mit so einer Menge Treibstoff ließe sich die Armee einer ganzen Nation mit Kampfanzügen, Panzern und Hubschraubern ausstatten«, murmelte er. »Ich frage mich, warum bislang weder der Lux Dei noch der Mondkaiser oder sonst ein Herrscher versucht hat, das Schiff in seine Gewalt zu bringen.«

»Vielleicht haben sie es versucht«, sagte Hook. »Aber mit Geld oder Macht kann man die Besatzung der *Maersk Titania* nicht locken. Und in den Dienst zwingen kann man sie auch schlecht. Dazu lieben diese Leute ihre Freiheit zu sehr – und sie haben zu viele Freunde, die ihnen dabei helfen, diese Freiheit zu verteidigen.«

»Ich weiß nicht«, sagte Jonan. »Geben Sie mir einen *Phantom*-Hubschrauber und zwanzig Templer in voller Rüstung, und wir nehmen auch so ein Ungeheuer ein.«

Hook lachte. »Darauf würde ich nicht wetten, mein Junge. Dieser Happen dort ist ziemlich schwer zu schlucken, wie bereits einige freche Seeräuber erfahren mussten.«

»Trotzdem wundert es mich, dass überall Treibstoffmangel herrscht, wenn es doch Schiffe wie dieses gibt, die ihre Vorräte an Schmuggler und Handelskähne verkaufen.«

Ihr Begleiter zuckte mit den Schultern. »Die Welt hat früher nicht viel Sinn ergeben. Warum sollte das heute anders sein?«

Das war natürlich eine Antwort, dachte sich Carya. Aber war es auch die richtige?

Kapitel 11

Der Tankvorgang an der *Maersk Titania* erwies sich als problemloser, als Carya befürchtet hatte. Nachdem Kapitän Denning mit dem Kran nach oben gezogen worden war, wurde kurz darauf ein Schlauch herabgelassen, durch den eine stinkende schwarze Flüssigkeit in den Bauch der *Albatros* gepumpt wurde. Unterdessen starrte die Besatzung mit umklammerten Gewehren hinaus in die Dunkelheit, als erwarte sie das Schlimmste. Doch eine Stunde später waren sie bereits wieder auf dem Weg. Kein Piratenschiff hatte sich blicken lassen.

Ihre Reise führte sie südlich an den Balearen vorbei, und Carya sah auf dem Navigationsapparat des Invitro Luceno, dass sie nun bald ein Drittel ihrer Fahrt geschafft hatten. Bislang hatte es praktisch keine nennenswerten Schwierigkeiten gegeben. Das Wetter zeigte sich freundlich, und sie stießen auf keine Piraten, was entweder Dennings umsichtiger Route oder schierem Glück zu verdanken war. Ebenso wenig tauchten irgendwelche Verfolger aus den Reihen der Inquisition am Horizont auf. Der Grund dafür war zweifellos, dass Arcadion keine Seestreitkräfte unterhielt. Daher gestattete sich Carya die vorsichtige Hoffnung, dass sie Aidalons Griff nun endgültig entronnen waren.

Als sie sich schließlich der Straße von Gibral-Taar näherten, nahm die Unruhe in der Mannschaft wieder zu. Diesmal wusste Carya wenigstens, worum sich die Männer sorgten. Die Meerenge wurde von den Spaniarden kontrolliert. »Und die lassen sich für jede Passage hindurch fürstlich entlohnen«, erklärte Hook ihnen, während Carya, Pitlit und er ein kaputtes Segel flickten. »Wenn du Pech hast«, fuhr der Alte zwischen zwei Rauchkringeln aus seiner Pfeife fort, »nehmen sie dir sogar dein ganzes Schiff. Freibeuterpack, elendes!«

»Und da kann man nix gegen machen?«, wollte Pitlit wissen.

»Natürlich kann man was dagegen machen. Man kann versuchen, heimlich durch die Meerenge zu fahren. Aber es ist gefährlich. Wenn sie dich dabei erwischen, schießen sie dich aus dem Wasser. Da stehen zwei Festungen auf den Felsen links und rechts der Seestraße. Wir nennen sie Skylla und Charybdis wie das Ungeheuer und den Mahlstrom aus Homers *Odyssee*. Kennt ihr die Geschichte?«

»Mein Onkel hat mir das Buch mal gegeben, aber ich bin leider nie dazu gekommen, es zu lesen«, sagte Carya. Sie hatte die Bücher, die Giac ihr kurz vor seinem Tod geliehen hatte, bereits im Dorf der Ausgestoßenen an ihre Eltern übergeben. Sie waren ihrem Onkel teuer gewesen, und in der neuen Heimat von Andetta und Edoardo Diodato würden sie es einfach besser haben als in Caryas Beutel auf dem Weg ins Ungewisse. Und mehr als einen kurzen Blick hinein hatte sie ohnehin nie werfen können. Es hatte sich schlichtweg nicht ergeben.

»Na ja, ich kriege es auch nicht mehr so ganz zusammen«, sagte Hook. »Aber ich will es mal versuchen. Vor mehreren Tausend Jahren war Odysseus ein listiger Krieger, der unter anderem die Stadt Troja eingenommen hat, indem er eine Handvoll Soldaten im Bauch eines hölzernen Pferdes hineinschleuste.«

»He, den Teil kenne ich!«, rief Pitlit. »So wollten Jonan und ich auch Carya retten, also im Bauch eines Panzers, nicht eines Pferdes. Aber Enzo fand die Idee bescheuert, und deshalb haben wir dann lieber den Kampfhubschrauber geklaut.«

Einen Moment lang blickte Hook ihn verständnislos an.

»Lange Geschichte«, sagte Carya schnell. Sie wollte nicht unbedingt ihre gesamte Vergangenheit vor dem Schmuggler ausbreiten.

»Nun, wie auch immer«, fuhr der Seemann schulterzuckend fort. »Jedenfalls hat Odysseus es sich mit den Göttern ziemlich verscherzt, und zur Strafe legten sie ihm bei der Heimreise immer neue Hindernisse in den Weg, die ihn zu einer ewig langen und mühseligen Fahrt verdammten. Daher auch der Begriff *Odyssee.* Einmal kam er an einer Meerenge vorbei, die wirklich knifflig war. Auf der einen Seite drohte ein alles verschlingender Mahlstrom in der See, der sein Schiff mit Mann und Maus versenkt hätte. Auf der anderen hockte ein fieses Ungeheuer auf einem Felsen, das ihm auch ans Leder wollte. Und Odysseus und seine Männer mussten mittendurch. Genau so …«, Hook nickte in Richtung des Horizonts vor ihnen, »… geht es uns mit diesen Festungen. Die haben Kanonen, in denen fände ein ganzer Mann Platz. Ein Volltreffer, und wir saufen ab wie ein Stein.« Er schüttelte den Kopf. »Ich hasse Gibral-Taar.«

»Warum setzen Sie sich dann dieser Gefahr aus?«, wollte Carya wissen. »Auf der Gorgoneninsel kam es mir so vor, als gäbe es auch im Mittleren Meer genug Handelsmöglichkeiten.«

Hook lachte. »Weil das Denning zu langweilig wäre. Er ist ein verrückter Hund, und er liebt es, den Spaniarden eine lange Nase zu drehen. Gerade ihre Behauptung, dass niemand durch die Meerenge kommt, dem sie es nicht erlaubt haben, reizt ihn immer wieder dazu, das Gegenteil zu beweisen. Und … was soll ich sagen? Bisher hat es tatsächlich jedes Mal geklappt.«

»Land in Sicht!«, schrie von oben der Ausguck. »Vor uns liegt Gibral-Taar.«

»Und was passiert jetzt?«, fragte Carya.

»Kommt drauf an«, gab Hook zurück.

»Worauf?«

»Was die Spaniarden aufgefahren haben.«

Auf dem Dach des Ruderhauses tauchte Denning auf. »Dann wollen wir mal sehen, was, Männer?«, rief er aufgeräumt, bevor er sich breitbeinig und mit wehenden Haaren hinstellte. »Géant, Ruder auf Steuerbord. Wir drehen bei.«

Der Erste Maat, der sich in der Steuerkabine unter Dennings Füßen aufhielt, gehorchte, und die *Albatros* begann, sich in eine weite Rechtskurve zu legen. Die Besatzung hantierte an den Tauen, um die Segel am Wind zu halten. Unterdessen zückte Denning ein großes Fernrohr und hob es vor sein gesundes Auge.

»Entschuldigen Sie mich, Signore Hook«, sagte Carya. Sie legte ihr Flickzeug hin, stand auf und ging neugierig zu ihrem Kapitän hinüber. Pitlit begleitete sie, und auch Jonan, der soeben aus dem Rumpf an Deck kletterte, schloss sich ihnen an.

»Was ist passiert?«, fragte er.

»Wir haben Gibral-Taar erreicht, und Kapitän Denning plant eine Schurkerei, um hindurchzugelangen«, antwortete Carya.

Über ihnen murmelte ihr Skipper leise Flüche in seinen Dreitagebart. Das Fernrohr vor dem Auge trat er so nah an den Rand des Ruderhauses heran, dass Carya fürchtete, eine etwas kräftigere Welle könnte ihn hinunterwerfen.

»Wie sieht's aus, Käpt'n?«, rief Hook hinter ihnen nach oben.

»Mies«, knurrte Denning. »Ich sehe zwei Schiffe da vorne am Eingang der Meerenge kreuzen. Eine Korvette und ein umgebautes Patrouillenboot. Die Flaggen kann ich nicht erkennen, aber es müsste schon mit dem Teufel zugehen, wenn es sich nicht um Spaniarden handelt.«

»Und wie kommen wir an denen vorbei?«, fragte Jonan. »Ich hoffe doch nicht, dass Sie den Kampf suchen. In dem Fall würden Carya, Pitlit und ich gerne vorher aussteigen.«

Denning warf ihnen ein schurkisches Grinsen zu. »Ich denke nicht, dass das nötig sein wird. Wir werden den Burschen schon aus dem Weg gehen.« Er beugte sich zur Luke vor, die in die Steuerkabine führte. »Abdrehen und bis auf Widerruf Kurs nach Osten halten.«

»Erklären Sie uns, was Sie vorhaben?«, bat Carya.

»Klar, warum nicht.« Denning steckte sich das Fernrohr in den Hosenbund. Er ging in die Hocke, schwang sich über die Kante des Ruderhauses und sprang hinunter auf Deck. Selbstbewusst marschierte er auf sie zu und lehnte sich mit verschränkten Armen seitlich an die Reling. »Wir ziehen uns jetzt so weit zurück, bis wir außer Sicht sind. Wenn wir Glück haben, sind wir von den Burschen überhaupt nicht bemerkt worden. Ansonsten haben sie eben ein Schiff am Horizont gesichtet, das weitergezogen ist. Kein Grund zur Aufregung.«

»Und warum verfolgen die uns nicht?«, wollte Pitlit wissen. »Wenn es doch Piraten sind.«

»Das sind keine Piraten. Keine richtigen zumindest. Die gehören zu Skylla und Charybdis …«

»Den beiden Festungen«, fügte Carya für Jonan erklärend hinzu.

»Richtig«, sagte Denning nickend. »Den sogenannten Zollfestungen. Meist befindet sich nur ein Schiff der Spaniarden in der Meerenge. Dann kann man sich bei Nacht auch schon mal vorbeischleichen, wenn man es geschickt anstellt. Aber mit den beiden Kameraden dort wird das nix. Und die wissen das auch. Weswegen sie einen Teufel tun werden, ihre Position aufzugeben, um uns nachzujagen. Wir könnten ja Teil einer Schmugglerbande sein und die Aufgabe haben, die Spaniarden aus ihrem Loch zu locken, damit unsere Freunde danach durchschlüpfen können.«

»Also gut«, sagte Jonan. »Die Schiffe bleiben an Ort und Stelle. Aber das bedeutet doch, dass der Weg für uns versperrt ist, oder irre ich?«

Denning grinste erneut. »Absolut. Denn sobald wir außer Sichtweite sind, gebe ich den Befehl zu einem kleinen Umbau. Und danach drehen wir um – und tauchen!«

Jonan glaubte, sich verhört zu haben, und diese Annahme hielt bis zu dem Augenblick an, als Denning seinem Steuermann den Befehl gab, die *Albatros* zu stoppen. Der Kapitän rief die Mannschaft zusammen und richtete vom Dach des Ruderhauses aus das Wort an sie. »In Ordnung, Männer, so sieht die Lage aus: Eine Korvette und ein Patrouillenboot liegen zwischen uns und dem freien Meer jenseits von Gibral-Taar. Die Spaniarden glauben, uns auf diese Weise im Mittleren Meer einsperren zu können. Aber wir alle …«, sein Blick fiel auf den jungen Giulio, »… oder sagen wir: die meisten von uns … wissen, dass die Burschen dazu früher aufstehen müssen. Männer, ihr kennt das Vorgehen. Wir atmen einmal tief durch, halten uns dann die Nase zu und verschwinden unter der Wasseroberfläche. Alles vorbereiten für einen Tauchgang!«

Zu Jonans Überraschung zeigte sich in keiner Miene Erschrecken über diesen Befehl. Nur Giulio sah sich etwas verunsichert um. Die anderen Männer wirkten vor allem unwillig wegen der ganzen Arbeit, die nun vor ihnen lag.

Diese bestand darin, die Segel und die Takelage abzunehmen, um anschließend die beiden Mastbäume umzulegen und auseinanderzubauen. Gleichzeitig wurden alle lose auf Deck herumliegenden Gegenstände eingesammelt und im Rumpf verstaut. Am Bug brachten vier Männer schräge Metallplatten an, die der *Albatros* eine seltsam scharfe Nase verliehen. Ähnliche Platten wurden an den Seiten und dem Ruderhaus im Heck befestigt. Auf Jonans Frage hin erklärte Hook ihm, dass sie damit den Strömungswiderstand unter Wasser verbesserten. »Denn du musst wissen, dass in der Meerenge von Gibral-Taar eine ständige Strömung aus dem Atlantik ins Mittelmeer hinein besteht. Gegen diese müssen wir unter Wasser anfahren. Und mit einem schnittigeren Schiff klappt das besser.«

»Wie tief werden wir denn tauchen?«, erkundigte sich Carya. Das Unbehagen in ihrer Stimme war nicht zu überhören. Jonan konnte sich gut vorstellen, dass sie sich fragte, ob Denning nun genial oder verrückt war – und ob sie nicht doch besser zu Fuß nach Francia gereist wären.

Das jedenfalls waren die Gedanken, die Jonan gegenwärtig durch den Kopf gingen.

»Gar nicht tief«, beruhigte Hook sie. »Vielleicht zwei oder drei Meter unter die Wasseroberfläche. Tiefer können wir auch gar nicht, sonst läuft uns Wasser in den Schornstein. Und der Schornstein muss hinaus in die Luft ragen, sonst können wir den Motor der *Albatros* nicht betreiben.«

»Was bringt es, zu tauchen, wenn der Schornstein noch rausschaut?«, mischte sich Pitlit ein. »Den sieht man doch auch.«

»Aber viel, viel schlechter als ein ganzes Schiff«, antwortete Hook. »Glaubt mir: Bei Nacht und Nebel einen Schornstein zu bemerken, der durch die Fluten zieht … Dazu gehört schon eine absurde Portion Glück.«

Jonan wünschte sich, er hätte das nicht gesagt.

Als die Abenddämmerung einsetzte, waren die Vorbereitungen abgeschlossen. Denning rief die Mannschaft unter Deck, damit alle Bullaugen und Luken verriegelt werden konnten. Jetzt erklärten sich auch die stabilen Metalltüren im Ruderhaus und im Bughaus, über die Jonan sich zuvor gewundert hatte. Alle Zugänge zum Rumpf des Boots mussten wasserdicht sein, damit dieses Manöver gelang.

Bevor er hineinging, ließ er einen letzten Blick über Deck schweifen. Die *Albatros* hatte sich auf erstaunliche Weise verändert. Aus dem Schmugglerkahn, der trotz seiner Unordnung und den zusammengeschweißten Einzelteilen irgendwie heimelig anmutete, war ein bizarres graublaues Seeungeheuer mit metallenen Rückenhöckern geworden. Wenn es mit diesem Aussehen halb versenkt durch die See trieb, mochte man es auf den ersten Blick eher für ein Stück Treibgut als für ein Fortbewegungsmittel halten, in dem sich Menschen versteckten.

»Dürfen wir mit auf die Brücke kommen und zusehen, wie wir tauchen?«, fragte Pitlit Denning, als sie als Letzte durch die Tür des Ruderhauses traten und der Kapitän sie hinter ihnen verriegelte.

»Ihr könnt doch auch durch euer Kabinenbullauge zusehen, wie wir tauchen«, erwiderte Denning ein wenig unwillig.

»Aber das ist nicht das Gleiche«, quengelte der Straßenjunge. »Bittebittebittebittebitte.« Er setzte seinen besten Hundeblick auf.

»Na schön«, brummte Denning. »Aber nichts anfassen! Ihr

setzt euch in eine Ecke und schaut ruhig zu. Und wenn ich den Befehl gebe, die Brücke zu räumen, gibt es keine Widerworte, verstanden?«

»Aye, aye, Käpt'n«, bestätigte Pitlit in einer recht passablen Imitation von Hook und salutierte dabei.

Jonan wechselte einen Blick mit Carya und schmunzelte. Der kleine Schurke hatte den großen Schurken mittlerweile ganz gut im Griff.

Sie begaben sich in die Steuerkabine, wo sich bereits Géant und Hook eingefunden hatten. Der tätowierte Koloss stand am Ruder, der greise Mechaniker hielt Verbindung zum Maschinenraum. Gleichzeitig überwachte er eine Kontrolltafel voll blinkender Lämpchen.

Denning rieb sich die Hände. »Dann wollen wir mal. Kursumkehr, Géant. Zurück nach Westen.«

»Geht klar, Käpt'n.« Géant zwang die *Albatros* in eine enge Kehre. Das Ruder wirkte in den Pranken des dunkelhäutigen Mannes aus Francia wie ein Kinderspielzeug. »Kurs liegt an.«

»Hook, wie sieht es aus? Sind wir bereit zum Tauchen?«

»Aye, aye, Käpt'n. Die Druckluftanks sind voll. Die Tauchtanks sind klar. Alle Stationen melden geschlossene Bullaugen und Schotten.«

»Hervorragend! Auf Schleichfahrt gehen.« Denning grinste wie ein Schneekönig und zwinkerte Jonan, Carya und Pitlit zu. »Ich liebe es, das zu sagen.«

»Schleichfahrt, jawoll.« Hook legte einige Hebel um, und das Schiff erzitterte ein Mal. Durch das Fenster der Steuerkabine konnte Jonan sehen, wie sich der Bug leicht neigte. Wellen spülten über die Reling. *Licht Gottes, bitte lass uns nicht alle ersaufen*, betete er stumm.

Eine schmale, kühle Hand suchte die seine und hielt sich an ihm fest. Er schaute zu Carya hinüber, die wie gebannt nach draußen blickte. Die Nervosität ließ sie gedankenverloren auf ihrer Unterlippe herumkauen. Beruhigend drückte Jonan ihre Hand. *Ich bin da, dir wird nichts geschehen*, besagte diese Geste. Er hoffte, dass ihn die Umstände nicht zum Lügner machten.

Die *Albatros* sank gleichmäßig, aber unerbittlich. Erst wurde der Bug überspült, danach das Mittschiff, schließlich leckten die grauen Fluten an den Fenstern der Steuerkabine empor. Ein letzter Sonnenstrahl blitzte ihnen durch die Wolken vom westlichen Horizont her entgegen. Dann verschlang die See das Schiff, und es wurde unvermittelt merklich dunkler in der Steuerkabine. Nur die Lämpchen auf der Kontrolltafel vor Hook spendeten noch ein wenig Helligkeit.

Denning streckte einen Arm aus und schaltete eine vergitterte Glühbirne an, die in die Decke eingelassen war. Gedämpftes blaues Licht erfüllte den Raum. »So ist es doch ein bisschen gemütlicher«, verkündete er. »Und wenn es über Wasser überhaupt jemand bemerkt, hält er es für Meeresleuchten.«

Mit einer schwungvollen Geste zog er eine Seekarte über den Kartentisch unweit des Ruders. Er blickte auf seine Armbanduhr und schien dann einige Berechnungen anzustellen, denn er wanderte mit Stift und Zirkel über die Seekarte. »Bei dieser Geschwindigkeit brauchen wir etwa eine Stunde, bis wir die Meerenge erreichen. Bis dahin dürfte es dunkel genug sein, um einen Durchbruch zu wagen. Und so lange heißt es warten.« Er schenkte Jonan, Carya und Pitlit ein bärtiges Grinsen. »So spannend ist das Leben eines freischaffenden Seehändlers.«

Die Minuten verstrichen ereignislos. Vor dem Fenster der Steuerkabine schwappte graues Seewasser, das immer dunkler wurde, je weiter der Abend voranschritt. Carya verschwand zwischendurch und holte ihnen etwas zu essen. Pitlit fing an, sich zu langweilen und erklärte, er würde später wieder vorbeischauen, bevor er sich aus dem Staub machte.

Schließlich wandte Denning sich einer Metallleiter zu, die sich im hinteren Teil der Steuerkabine befand und in einem Schacht in der Decke verschwand. »Ich bin im Turm und sondiere mal die Lage«, erklärte er kurz angebunden.

Der Turm war ein schornsteinartiger Aufbau auf dem Ruderhaus, der Jonan bereits bei ihrem Anbordgehen aufgefallen war, dem er aber keine sinnvolle Verwendung hatte zuordnen können. Jetzt wurde deutlich, wozu er diente. Denning verwendete ihn als Ausguck, um sich zu orientieren, wenn die *Albatros* auf Tauchgang war. Kalter Wind und das Rauschen der nahen Wellen drang zu ihnen herunter, als der Kapitän die obere Luke öffnete und den Kopf hinausstreckte.

»Kann mir mal jemand das Nachtsichtgerät hochreichen?«, rief Denning durch den Schacht. Offenbar machte er sich keine Sorgen, dass sie jemand hören könnte.

Géant nickte zu einem rechteckigen Kasten hinüber, aus dem einige Okulare herausragten und der zum Schutz gegen Spritzwasser in einer Gummiverschalung mit Gurt steckte. Jonan nahm das Gerät und reichte es Denning nach oben. Es war nicht so hochentwickelt wie die Apparate in den Helmen der Templerrüstungen, sah aber trotzdem selten und kostbar aus.

»Danke«, knurrte Denning, als er das Nachtsichtgerät entgegennahm.

Erneutes Schweigen schloss sich an. »Sieht gut aus«, vernahmen sie dann aus dem Schacht. »Die Korvette liegt etwa acht Seemeilen backbord von uns. Das Patrouillenboot habe ich nicht entdecken können. Und die Suchscheinwerfer von Skylla und Charybdis bleiben in Ufernähe.«

»Darf ich auch mal einen Blick hinauswerfen?«, bat Jonan, der begierig war, sich einen unmittelbaren Eindruck ihrer Täuschung zu verschaffen.

»Klar, warum nicht. Solange du keine Leuchtrakete da oben abschießt.« Denning reichte ihm das Nachtsichtgerät.

Jonan hängte es sich um den Hals und erklomm die Leiter. Als er den Kopf zur Luke hinausstreckte, schlug ihm kalter, von Gischt geschwängerter Wind entgegen. Mittlerweile war es wirklich vollständig dunkel geworden. Auch der halbe Mond, der durch fliehende Wolken hindurchschien, spendete kaum Licht.

Mit zusammengekniffenen Augen hob Jonan das Nachtsichtgerät und hielt es sich vors Gesicht. Sofort wurde die Sicht besser, wenngleich sie einen hässlichen Grünstich bekam. Er kannte das von der Templerrüstung her. Daher hatte er keine Schwierigkeiten, sich zu orientieren.

Zur Rechten war in der Ferne die Küste Spaniars zu sehen. Jonan musste die Stärke des Nachtsichtgeräts ein wenig herunterregeln, als er den Blick über die eine der beiden Festungen gleiten ließ, die auf einem Felsen am Eingang der Meerenge thronte. Das Gemäuer sah aus, als sei es erst ein paar Jahre alt und extra zu dem Zweck, Gibral-Taar zu überwachen, errichtet worden. Es war ein hässlicher grauer Klotz mit starken Suchscheinwerfern und riesigen Kanonen, die den Eindruck erweckten, als habe man sie aus den Wracks von Kriegsschiffen geborgen. Vor dem Sternenfall mochten solche Waffen antiquiert gewesen sein. Dennoch durfte man die Gefahr, die von ihnen ausging, nicht unterschätzen.

Zur Linken, etwas näher, aber ebenfalls einige Seemeilen entfernt, erstreckte sich die südliche Küstenlinie. Auch dort erhob sich ein Fort im Schein künstlicher Beleuchtung. Die schweren Bruchsteinmauern wiesen es als deutlich älter aus. Jonan schätzte, dass es schon Jahrhunderte vor dem Sternenfall trutzige Wacht über die Meerenge gehalten hatte. Das bedeutete allerdings nicht, dass irgendwelche gusseisernen Vorderlader antiker Bauart auf den Zinnen gestanden hätten. Die eindrucksvollen Metallrohre, die auf den Klippen in den Himmel ragten, standen ihren Gegenstücken im Norden in Sachen Tödlichkeit um nichts nach.

Weiter voraus konnte Jonan die Korvette sehen. Es war ein schlanker, grauer Schiffskörper, der unter Dampf in der Meerenge kreuzte, wie ein Wächter, der vor dem Tor zum Ozean stumm auf und ab schritt.

Jonan runzelte die Stirn. Wo zum Teufel befand sich das Patrouillenboot? Vor ihm mussten sie sich besonders in Acht nehmen, denn es war zweifelsohne schnell genug, sich der *Albatros* wie ein Bluthund an die Fersen zu heften, wenn es erst einmal Witterung aufgenommen hatte.

Suchend drehte er sich auf dem Turm um – und erstarrte! Da war das Boot auf einmal, keine Seemeile hinter ihnen. Und es mochte Zufall sein oder nicht, aber es hielt direkt auf sie zu.

Kapitel 12

Carya zuckte zusammen, als Jonan fluchend die Leiter hinunter in die Steuerkabine rutschte. »Käpt'n Denning, wir haben ein Problem. Das Patrouillenboot sitzt uns direkt im Nacken, und es schließt auf. Ich weiß nicht, ob sie uns entdeckt haben oder nicht, aber ich fürchte, dass sie uns entdecken *werden*, wenn sie den Kurs beibehalten.«

»Was? Her damit.« Denning schnappte sich das Nachtsichtgerät und kletterte hastig in den Turm. Eine Reihe albionisch klingender Flüche drang zu ihnen nach unten. Dann tauchte Denning mit verkniffener Miene wieder auf. »Verdammte Hundesöhne.«

»Ihre Befehle, Käpt'n?«, fragte Hook. »Gehen wir auf Risiko und bleiben getaucht, oder soll ich die Tanks ausblasen und wir geben Fersengeld?«

»Für Fersengeld ist es noch zu früh. Die Korvette ist uns im Weg. An der kommen wir offen nicht vorbei.« Denning schüttelte den Kopf. »Nein. Maschine stopp. Wir gehen runter auf zehn Meter, stellen uns tot und beten, dass die Burschen nur der Zufall oder ein vager Verdacht in unsere Richtung geführt hat. Jonan, schließ den Turm.«

»Alles klar«, sagte Jonan und machte sich sofort daran, dem

Befehl Folge zu leisten. In Momenten wie diesen beneidete Carya ihn. Wenn Gefahr drohte, übernahm seine soldatische Ausbildung und ließ ihn ruhig das Richtige tun, während ihr selbst das Herz bis zum Hals klopfte. *Oder ich jemanden umbringe*, fügte sie in Gedanken zynisch hinzu.

»Ihnen ist klar, dass dadurch der Schornstein vollläuft, nicht wahr?«, wandte Hook ein. »Wir müssen ihn unten abriegeln, sonst geht die Maschine kaputt. Und wenn wir sie bei abgeriegeltem Schornstein wieder anwerfen, leiten wir die giftigen Abgase direkt ins Boot.«

»Teufel, das weiß ich selbst«, herrschte Denning ihn an. »Aber wenn du keine bessere Idee hast, tust du jetzt, was ich sage, sonst sind wir gleich alle tot.«

Hook machte ein grimmiges Gesicht. »Aye, aye, Käpt'n.« Géant und er legten einige Hebel um, und die *Albatros* neigte sich erneut leicht, während sie in die Tiefe hinabglitt. Das kaum wahrnehmbare Vibrieren der Schiffshülle erstarb, als die Maschine abgeschaltet wurde.

»Zehn Meter«, meldete Hook. »Hoffentlich sackt die *Albatros* nicht durch, denn nach wie vor ist das hier ein Frachtschiff, kein U-Boot.«

»Wie tief ist das Meer denn an dieser Stelle?«, wollte Carya wissen. Gleich im nächsten Moment bereute sie jedoch die Frage.

»Gute vierhundert Meter«, antwortete Hook. »Oder anders ausgedrückt: zu tief.«

»Dann wollen wir nur hoffen, dass die Burschen keine Wasserbomben an Bord haben«, brummte Denning und schaute zur Decke der Steuerkabine, als könne er das Metall und das Wasser über ihnen mit Blicken durchdringen.

»Wasserbomben?«, echote Jonan, der wieder aus dem Schacht auftauchte. »Jetzt hören Sie aber auf. Wieso sollten die Wasserbomben dabeihaben?«

»Sagen wir es so: Meine Methode, diese Meerenge zu durchqueren, beginnt sich in Schmuggelkreisen langsam rumzusprechen«, knurrte Denning. »Möglicherweise haben die Spaniarden auch schon davon gehört.«

»Und das sagen Sie uns erst jetzt?« Jonan schrie beinahe.

»He, beruhig dich.« Denning grinste ihn an. »Wird schon alles gut gehen.«

In der Tür tauchte ein atemloser Pitlit auf. »Was ist denn los? Warum haben wir angehalten?«

»Wir haben Ärger mit dem Patrouillenboot«, informierte Jonan ihn knapp.

»Au, Kacke«, brachte Pitlit ihre Lage Caryas Meinung nach treffend auf den Punkt.

»Und wir haben noch ein Problem«, meldete Géant sich zu Wort. »Die *Albatros* driftet ab. Die Strömung aus dem Ozean drückt uns zurück ins Mittlere Meer und dreht uns dabei.«

»Treibanker raus«, befahl Denning. »Die Salzwasserströmung weiter unten sollte uns stabilisieren. Nein, halt! Ich hab's mir anders überlegt. Lass uns driften. Das sollte es denen erschweren, unsere genaue Position zu ermitteln.«

In diesem Augenblick gab es einen dumpfen Schlag, und das ganze Schiff erzitterte. Pitlit schrie auf. Carya fiel Jonan in die Arme und hielt sich an ihm fest.

»Wasserbombe!«, rief Géant entsetzt.

»Diese Hundesöhne!«, brüllte Denning. Dann verfiel er in hektische Aktivität. »Ihr versenkt mir nicht mein Schiff. So nicht! Hook, alle Tauchzellen ausblasen. Wir gehen hoch. Géant, gib

Alarm. Alle Mann an die Waffen. Ich will in sechzig Sekunden das Sturmgeschütz am Bug einsatzbereit haben.«

»Das ist voller Wasser!«

»Und wenn es voller Scheiße wäre, ist mir egal! Tut, was ich sage.« Denning stürzte zur Tür. »Géant, du hast das Kommando. Wir brechen durch, um jeden Preis. Ich lass mir von diesen Spaniarden doch nicht den Arsch versohlen.«

Ein weitere Explosion dröhnte dumpf unter Wasser, und Jonan konnte es vor ihrem Bug aufblitzen sehen. An den Fenstern der Steuerkabine breiteten sich knisternde Haarrisse aus. »Wo wollen Sie hin?«, rief er Denning nach.

»Ich habe noch ein Geschenk für die Bastarde«, antwortete der Schmuggler vom Gang aus. »Da muss ich rasch noch eine Schleife drum binden.«

Carya und Jonan wechselten einen kurzen Blick. »Ich gehe besser mein Sturmgewehr holen«, sagte Jonan.

»Wir kommen mit«, antwortete Carya sofort.

Ein Fauchen und Zittern lief durch die *Albatros*, als alle Pressluftvorräte gleichzeitig in die Tauchzellen geleitet wurden und das Wasser aus diesen verdrängten. Der Gang neigte sich und brachte Carya ins Straucheln, als das umgebaute Frachtschiff nach oben schoss und rauschend durch die Wellen brach.

Durch ein Bullauge erhaschte Carya einen Blick auf das Patrouillenboot, das leicht querab keine hundert Meter von ihnen entfernt im Wasser lag. Weißliche Finger von Suchscheinwerfern tasteten über die Wellen. Eine dritte Explosion in der Tiefe ließ hinter dem Boot eine Wasserfontäne in die Luft schießen.

Im nächsten Moment hatten sie ihre Kabine erreicht, und Jonan zog sein Sturmgewehr unter der Koje hervor. Rasch warf er einen Blick auf die Ladestandsanzeige, dann nickte er zufrieden.

»Ihr bleibt besser hier in Deckung«, wies er Carya und Pitlit an. »Das ist sicherer.«

»Und was, wenn die *Albatros* versenkt wird?«, hielt Carya dagegen. »Ich will nicht hier unten eingesperrt sein, wenn das Wasser kommt. Lieber gehe ich über Bord.« Sie verschwieg den Umstand, dass sie nicht schwimmen konnte. Vermutlich ahnte Jonan das auch so. Wo hätte einer von ihnen mitten in einer Stadt, deren einziges größeres Gewässer verseucht war, schwimmen lernen sollen?

»Also gut, kommt mit«, lenkte Jonan ein. »Aber haltet an Deck die Köpfe unten.«

Zu dritt stürzten sie den Gang hinunter. Sie waren nicht die Einzigen. Überall im Schiff war hektische, ja panische Betriebsamkeit ausgebrochen. Männer liefen umher und riefen sich in mindestens drei Sprachen Warnungen und Befehle zu. Die Mannschaft von Kapitän Denning machte sich kampfbereit.

Jonan stieß eine der Luken auf und schaute geduckt hinaus. Die für den Tauchgang aufgesetzten Metallplatten erwiesen sich nun als Segen und Fluch zugleich. Einerseits schützten sie vor den Kugeln der Patrouillenbootbesatzung, andererseits machten sie jeden Gang über Deck zur Kletterpartie.

Am Bug begannen Dennings Männer, das Sturmgeschütz freizulegen. An Bord des gegnerischen Bootes donnerte ein erster Kanonenschuss, doch die Kugel landete mit einer spektakulären Fontäne vor ihnen im Wasser. Ein hellroter Stern ging am Himmel auf, als die Spaniarden ein Signalfeuer abschossen, um die Festungen zu alarmieren. Tastende Lichtfinger glitten langsam auf ihre Position zu. Weiter vorne in der Meerenge drehte die Korvette bei.

»Wir müssen in der Nähe des Patrouillenboots bleiben!«, schrie Denning, der gerade an der Reling irgendeine Waffe zusammenschraubte, in Richtung des Ruderhauses. Dort hatte Hook ein Fenster geöffnet, um die Verständigung zu erleichtern. »So haben die Festungskanonen kein freies Schussfeld. Die werden ja kaum auf ihre eigenen Leute schießen.«

Als hätte das auch der Kapitän des Patrouillenboots begriffen, gab das Boot auf einmal Vollgas und versuchte, etwas Distanz zwischen sich und die *Albatros* zu bringen. Gleichzeitig begann ein Schnellfeuergewehr zu hämmern, und Querschläger sausten jaulend durch die Nacht.

»Dort vorne«, sagte Jonan zu Carya und Pitlit. Er deutete auf eine Verschanzung mittschiffs, unweit von Denning. »Da suchen wir Deckung.« Mit eingezogenen Köpfen liefen sie hinüber und gingen hinter der beruhigend stabil aussehenden Metallplatte in die Hocke.

»Wir stecken ganz schön in der Tinte«, stellte Pitlit das Offensichtliche fest.

»Irgendwann musste es passieren«, knurrte Jonan. »Ich hatte mich schon gewundert, wie weit wir ohne einen Kampf gekommen sind. Nicht, dass ich scharf darauf wäre zu kämpfen.« Er legte sein Templersturmgewehr an, schaute durch das Zielfernrohr und richtete den Lauf auf ihre Feinde. In kurzen, kontrollierten, aber dennoch ohrenbetäubend lauten Feuerstößen beharkte er das Patrouillenboot.

Carya ballte unwillkürlich die Fäuste. Adrenalin pumpte durch ihren Körper, und alle ihre Sinne schärften sich. Etwas in ihr wollte ebenfalls den Kampf aufnehmen, aber sie hatte keine Waffe und sah im Dunkeln auch keine Ziele außer dem über die Wellen jagenden Stahlrumpf des kleinen Spaniarden-Schiffs. Sie konnte nichts tun, und das frustrierte sie mehr, als sie für möglich gehalten hätte.

An der Küste nördlich von ihnen hallte Kanonendonner durch die Nacht. Carya sah winzige Mündungsfeuer aufblitzen. Der Umstand, dass sie sie auf drei oder vier Seemeilen Entfernung überhaupt sehen konnte, jagte ihr einen Schauer über den Rücken.

Der Motor der *Albatros* grollte auf, als Géant das Schiff eine Wende fahren ließ, um dem Beschuss zu entgehen. Carya konnte sich nicht vorstellen, dass das ihre Chancen, nicht getroffen zu werden, wesentlich verbesserte. Soweit sie das Ganze verstand, feuerten die Schützen dort drüben mehr oder minder nach Gefühl und korrigierten von Einschlag zu Einschlag den Lauf der Kanone. Es bestand also genauso viel Gefahr, bei einem Ausweichmanöver mitten in einen Fehlschuss hineinzufahren, wie bei gerader Flucht einen Volltreffer zu kassieren.

Dieser Schuss ging daneben und platschte gute fünfzig Meter entfernt harmlos in die Wellen. Erst als sich Caryas verkrampfte Hände lockerten, merkte sie, dass sie unbewusst Pitlit an sich gezogen hatte, so als könne sie den Jungen vor den Kanonenkugeln schützen. Obwohl er sonst nie um einen dummen Spruch verlegen war, sagte Pitlit diesmal nichts. Im unsteten Licht der Suchscheinwerfer wirkte er bleich wie ein Bettlaken.

Kein Wunder, dachte Carya. *Als Straßenjunge schreit alles in ihm danach, wegzulaufen und sich vor der Gefahr zu verstecken. Nur kann man sich hier nirgendwo verstecken.* Entsprechend fühlte er sich wahrscheinlich ähnlich hilflos wie sie.

Erneuter Kanonendonner, diesmal aus dem Süden, war zu hören. Wieder ging der Schuss daneben, wenn auch nur knapp.

»Die wollen es wirklich wissen«, knurrte Jonan grimmig. Er hielt sein Gewehr noch immer im Anschlag, hatte aber aufgehört zu schießen, weil es in der Dunkelheit und auf die Entfernung ohnehin wenig Sinn machte. Dennings Männer schien dieser Umstand weniger zu stören – oder sie waren zu aufgeregt, um ihn überhaupt zu bemerken. Jedenfalls standen sie überall an der Reling, schrien Verwünschungen und schossen in Richtung des Patrouillenboots und der Korvette, die sich gemächlich wie ein Raubfisch, der sich seiner im Wasser treibenden Beute sicher ist, näherte.

Am Bug nahm nun auch das Sturmgeschütz das Feuer auf und jagte Leuchtspuren über die schwarzen Wellen. Der Lärm brachte ihre Trommelfelle zum Klingen, und das Vibrieren des mit Höchstgeschwindigkeit durch die Meerenge rauschenden Schiffs war am ganzen Körper zu spüren.

Ein Kanonenschuss schlug direkt vor dem Bug der *Albatros* ein, schleuderte eine Fontäne eisigen Wassers in die Luft und ließ die Männer aufschreien.

»Daneben!«, brüllte Denning. »Jetzt bin ich dran.« Er nahm eine eigenartig kauernde Sitzhaltung ein, schulterte einen enormen schwarzen Kasten und drückte einen Auslöser. In der nächsten Sekunde fauchte ein schlankes Geschoss, einen Feuerschweif hinter sich herziehend, in den Nachthimmel hinaus. Binnen eines Blinzelns hatte es die Strecke zum Patrouillenboot überwunden und schlug in dessen Heck ein.

Eine spektakuläre Explosion erhellte die Dunkelheit an Steuerbord.

Denning stieß einen Freudenschrei aus, warf den Kasten von seiner Schulter und riss die Arme in die Luft. »Nehmt das, ihr Bastarde!«, schrie er zu dem brennenden und offensichtlich sinkenden Schiff hinüber.

»Genial!«, rief Pitlit. »Was war das denn?«

»Eine zielsuchende Rakete«, antwortete Denning mit einem Grinsen im Gesicht, das sich von Ohr zu Ohr zu ziehen schien.

»Wurde früher zur Jagd auf Panzer eingesetzt. Klappt aber auch hervorragend bei Patrouillenbooten, wie ich feststelle. Hat mich ein Heidengeld gekostet, aber dieser Wumms war jeden Liter Treibstoff wert.«

»Haben Sie noch so ein Ding?«, wollte Jonan wissen.

»Nein, wieso?«

»Weil da vorne der große Bruder kommt.« Er deutete auf die Korvette, die sich ihnen mittlerweile auf wenige Hundert Meter genähert hatte.

Carya fiel auf, dass die Festungen an Land ihr Feuer eingestellt hatten. Wie es aussah, wollten die Kommandeure den Fang des frechen Blockadebrechers dem Korvettenkapitän überlassen. Und es gab auch nichts, was diesen davon abhalten konnte. Es sei denn …

Ein verwegener Gedanke ging Carya durch den Sinn. »Das Nachtsichtgerät«, rief sie. »Schnell, wo ist es?«

»In der Steuerkabine«, sagte Jonan. »Wo wir es zurückgelassen haben. Wieso?«

»Ich möchte etwas nachsehen.«

»Dann schau durch mein Zielfernrohr. Da ist auch ein Restlichtverstärker eingebaut.« Er rückte zur Seite und hielt ihr das Gewehr hin. Carya ergriff es und hielt es so, wie sie es bei Jonan gesehen hatte: eine Hand am Abzug, eine am Lauf und den Schaft an die Schulter gedrückt. Die Waffe stellte sich als unerwartet schwer heraus, und sie war dankbar dafür, dass sie sie auf der Metallplatte, hinter der sie sich versteckten, abstützen konnte.

Sie drückte das Auge an das Okular des aufgesetzten Zielfernrohrs. Die Lichtverstärkeroptik machte die Nacht zum Tage. Vor ihnen, mit dem scharfen Bug durch die Wellen schneidend, sah Carya die Korvette nahen. Das Militärschiff war etwas größer als die *Albatros*, und trotz seiner schlankeren Linien wirkte es sehr stabil – ganz anders als der zusammengeschusterte Kahn von Denning. Dass es stärker bewaffnet war, stand sowieso außer Frage.

Alles spricht dagegen, dass wir diesen Zusammenstoß heil überstehen, dachte Carya. Aber vielleicht ließ gerade dieser Umstand den Korvettenkapitän leichtsinnig werden.

Ihr Blick glitt über das Deck des Spaniarden-Schiffs, suchte die Schwachstelle, die sie brauchte, um den dreisten Plan durchzuführen, der ganz plötzlich in ihrem Kopf aufgetaucht war.

Da! Genau das war es! Das Ruderhaus der Korvette lag ziemlich genau in der Mitte des Schiffs und erhob sich etwa drei Meter darüber. Hinter schmalen Fenstern glaubte Carya die Besatzung der Brücke zu sehen. An beiden Seiten gab es Türen, die hinaus auf eine Plattform führten, von der aus man über eine Treppe hinunter zum Hauptdeck gelangen konnte. Die von Carya aus gesehen rechte Tür stand offen.

»Kapitän Denning«, rief sie aufgeregt. »Befehlen Sie Géant, direkten Kurs auf die Korvette zu nehmen.«

»Den Teufel werde ich tun«, bekam sie zur Antwort. »Die haben uns noch früh genug am Schlafittchen.«

»Bitte, wir müssen rechts an ihnen vorbeifahren – und das so nah wie möglich.«

»Was bitte soll das bringen? Außer einem wilden Schusswechsel aus nächster Nähe, bei dem wir nur verlieren können.«

»Vertrauen Sie mir. Ich will uns retten.« Ohne seine Antwort abzuwarten, sprang Carya auf und eilte los.

»Was hat sie vor?«, rief Denning in Richtung von Jonan und Pitlit.

»Etwas völlig Verrücktes, da bin ich mir sicher«, antwortete ihm der Straßenjunge begeistert. Er schien eine ähnliche Wahnsinnstat wie im Dorf der Ausgestoßenen zu erwarten, als Carya von einem Hausdach gesprungen war und binnen Sekunden zwei Motorradbanditen ausgeschaltet hatte, um eine junge Mutantenfrau zu retten.

Carya hoffte, dass sie ihrem Ruf, spontane Wunder vollbringen zu können, gerecht werden würde. Sie erreichte die Luke unter Deck und riss sie auf. »Ach zum Teufel, was soll's«, vernahm sie noch hinter sich Dennings Stimme. »Géant! Kollisionskurs auf die Korvette. Wir greifen die Mistkerle an!«

So schnell sie konnte, rannte Carya die Treppe und den Gang hinunter zu ihrer Kabine. Sie stürzte hinein und zu ihrem Bogen, der zusammen mit dem Köcher voller Pfeile in einer Ecke lag. Rasch nahm sie den Bogen an sich und spannte mit schnellen Handgriffen die Sehne. Dann zog sie einen Pfeil aus dem Köcher. Es war der schwarze Pfeil mit der zylindrischen Spitze, der Donnerpfeil, wie Mablo ihn genannt hatte. *Bewahrt ihn gut auf und verwendet ihn nur in der Not, denn wenn Ihr ihn verschossen habt, werdet Ihr keinen zweiten Pfeil dieser Art mehr haben*, hallten seine Worte durch ihren Kopf.

Mit Pfeil und Bogen bewaffnet, verließ Carya ihre Kabine wieder und rannte zurück zum Deck. Sie nahm einen etwas anderen Rückweg, der sie zum Ruderhaus führte, wo Géant und Hook nach wie vor damit beschäftigt waren, die *Albatros* irgendwie in einem Stück durch die Blockade zu steuern. »Carya?«, fragte der alte Mechaniker überrascht, als diese an ihnen vorbeistürzte und zu der Luke lief, die zur Plattform hinter dem Ruderhaus führte.

»Keine Zeit«, keuchte sie und stieß die Luke auf.

»Korvette jetzt direkt voraus«, rief Géant aufgeregt. »Weiche nach Steuerbord aus.«

Während das Schiff schwankte wie ein betrunkener Seemann, wirbelte Carya auf der Plattform herum. Ohne sich die Mühe zu machen, die Leiter aufs Dach zu benutzen, sprang sie auf eine Seekiste, dann auf das Gerüst eines nicht vorhandenen Rettungsboots. Mit einem letzten Satz landete sie auf dem Dach des Ruderhauses.

Vor ihr rauschte die Korvette heran. Entweder war ihr Kapitän ein Sturkopf, oder er fühlte sich in seiner Mannesehre herausgefordert – jedenfalls hatte er sich auf Dennings Angriff eingelassen, und jetzt waren sich die Schiffe so nah, dass man sich mit einem Seil von Bord zu Bord hätte schwingen können, wenn man tolldreist genug war. Gewehre knallten, und die Bordgeschütze hämmerten, als die Besatzungen der beiden Boote sich gegenseitig unter Beschuss nahmen. Wer bei diesem Duell den Sieg davontrug, hatte Carya keine Zeit nachzusehen.

Sie ging in die Hocke, hob den Pfeil und drehte seine Spitze, wie Mablo es ihr gezeigt hatte. Ein rotes Lämpchen fing an zu blinken. Sie legte den Pfeil auf die Sehne und spannte den Bogen bis zur Wange. Es war dunkel, die See unter ihr wogte, und die Korvette zog blitzend und donnernd an ihr vorüber. Hätte nicht längst ein Instinkt übernommen, den sie noch vor wenigen Wochen nicht gekannt hatte, hätte ihr Verstand sie womöglich laut schreiend darauf aufmerksam gemacht, dass ihr Vorhaben absurd war, ja geradezu unmöglich.

Aber ihr Verstand schwieg, als sie mit ruhiger Hand, alle Sinne unnatürlich geschärft, den Bogen nachführte, während die Korvette an ihnen vorbeizog. Dann war das Ruderhaus mit ihr auf gleicher Höhe. Durch die offen stehende Tür sah sie wie in Zeitlupe schreiende, gestikulierende Männer im Schein farbiger Instrumentenlampen.

Carya ließ den Pfeil von der Sehne schnellen.

Die Zeit beschleunigte sich wieder, als das Geschoss davonjagte. Im nächsten Augenblick wurde die Brücke der Korvette in einer gleißenden Explosion von innen zerrissen!

Zu Caryas Füßen brachen Denning und seine Männer in Freudentaumel aus. Sie brüllten und rissen die Arme mit den Gewehren in die Luft. »Ein Millionentreffer!«, schrie der Kapitän begeistert. »Ich muss diese Frau unbedingt heiraten!«

»Immer schön langsam«, meldete sich Jonan zu Wort.

Denning lachte nur. »Géant, bring uns hier raus. Gib alles, was wir haben.«

Während die Korvette mit qualmendem Ruderhaus führerlos davontrieb, drehte die *Albatros* den Bug nach Westen und strebte dem Ausgang der Meerenge entgegen. Der Weg war nun frei, und die beiden Festungen lagen bereits zu weit im Osten hinter ihnen, um noch eine Gefahr darzustellen.

Mit einem tiefen Ausatmen sackte Carya auf dem kalten Metall des Daches in sich zusammen. Auf einmal hatte sie das Gefühl, als sei alle Kraft aus ihrem Körper gewichen. Sie hatten es geschafft – nein, richtiger noch: *Sie* hatte es geschafft.

Kapitel 13

Ihre Flucht durch die Meerenge von Gibral-Taar glückte. Ganz ohne Opfer verlief sie allerdings nicht. Nach dem Duell mit der Korvette sah die *Albatros* aus wie ein Löcherkäse. Vier Mann hatten ihr Leben verloren, sieben weitere waren zum Teil schwer verletzt. Mehr als die Hälfte hatte ihre Wunden während des letzten verzweifelten Manövers erlitten, das Carya angeordnet hatte. Sie fühlte sich hundsmiserabel deswegen, aber niemand machte ihr einen Vorwurf.

Was Denning und seine Mannschaft anging, hatte sie ihnen die Spaniarden vom Hals geschafft. Alles andere war unwichtig. »Wir wussten, dass es gefährlich ist, die Meerenge zu durchfahren«, sagte der Kapitän am Tag nach den nächtlichen Geschehnissen. »Und als uns die Mistkerle in dem Patrouillenboot entdeckt hatten, war sowieso alles aus. Dabei hätten wir leicht alle draufgehen können. Dass wir stattdessen nur vier gute Leute verloren haben, ist nicht zuletzt dein Verdienst. Also hör auf, dir Vorwürfe zu machen, Mädchen. Das ist ein Befehl.«

Der Rest der Fahrt nach Norden verlief weitgehend ruhig. In der Bucht von Biscaya, vor der Südwestküste von Francia, gerieten sie einen Tag und eine Nacht lang in einen schweren Sturm, der Denning aber eher Spaß zu machen als zu beunruhigen schien.

Ansonsten ereignete sich nichts Nennenswertes. Carya, Jonan und Pitlit halfen nun regelmäßiger an Bord aus, um die verlorenen Besatzungsmitglieder zu ersetzen, und sie übten sich weiter in Francianisch, damit sie es möglichst gut beherrschten, wenn sie an Land gingen.

An einem nebligen Septembermorgen erreichten sie mit der *Albatros* die Nordwestküste von Francia. Denning fuhr sie bis in Sichtweite des flachen Sandstrandes, der an dieser Stelle die Grenze zwischen See und Land bildete. Hinter dem Strand war eine einzelne Reihe verfallener Häuser zu sehen, die zu einem offenbar aufgegebenen Küstenort gehörte. Ein hölzerner Steg ragte vom Strand ins bleigraue Wasser hinaus.

»Da wären wir«, sagte Denning, der gemeinsam mit Jonan, Carya und Pitlit an der Reling ihres Schiffes lehnte. Er kaute auf einem Zahnstocher herum, und seine Miene wirkte so trübe wie das Wetter um sie herum.

»Das sieht mir nicht nach Le Havre aus«, sagte Jonan zweifelnd.

»Ist es auch nicht«, bestätigte der Schmuggler. »Die Stadt liegt noch vier oder fünf Seemeilen nördlich von hier. Aber näher bringe ich euch an den Ort nicht heran. Ist nicht gesund, wenn ihr versteht, was ich meine.«

»Eine Todeszone?«

Denning nickte. »Die halbe Küste ist verseucht. Ist wirklich kein guter Ort, um sich dort lange aufzuhalten. Wir setzen euch nur mit einem Ruderboot ab. Dann sind wir weg. Und ihr solltet ins Landesinnere reisen, so schnell ihr könnt.«

»Sie wirken nicht ganz zufrieden«, stellte Carya fest. »Was haben Sie, Kapitän Denning? Sie müssten doch froh sein, uns wieder loszuwerden.«

»Hm, ja, müsste ich wohl«, brummte der Kapitän und rieb sich über das unrasierte Kinn. »Tatsache ist aber, dass ich euch ungern da rausschicke. In den vergangenen Wochen an Bord habt ihr euch ganz gut gemacht.« Er schwieg kurz und räusperte sich dann, als wäre ihm das Geständnis fast peinlich. »Ihr spielt nicht zufällig mit dem Gedanken, in die freie Wirtschaft zu gehen?«

»Sie meinen, mit Ihnen die Meere zu befahren?«, fragte Carya.

»Genau das. Wisst ihr, es ist schwierig, zuverlässige Leute zu finden. In unserem Geschäft holt man sich leicht faule Eier an Bord, ehemalige Piraten, die einem das Schiff unterm Hintern wegklauen wollen. Ich habe in der Meerenge von Gibral-Taar ein paar Männer verloren. Frisches Blut könnte ich gut gebrauchen.«

»He, das ist klasse!«, entfuhr es Pitlit. Im nächsten Moment kreuzte sein Blick den von Carya. »Aber wie es scheint, müssen wir dankend ablehnen«, setzte er etwas weniger enthusiastisch hinzu.

»Willst du bei Kapitän Denning bleiben?«, fragte Carya ihn.

»Ohne euch?« Der Straßenjunge schüttelte den Kopf. »Kommt nicht infrage! Das habe ich doch schon im Dorf der Mutanten gesagt.«

»In diesem Fall ...« Carya sah den Schmuggler mit bedauernder Miene an. »Ich weiß Ihr Angebot zu schätzen. Bis auf den Kampf in der Meerenge von Gibral-Taar waren die zwei Wochen an Bord der *Albatros* so schön, dass mir der Abschied schwerfällt. Aber wir müssen gehen, denn auf uns wartet noch ein Geheimnis, das gelüftet werden will. Doch wer weiß, was die Zukunft bringt? Vielleicht treffen wir uns wieder. Und sollten Sie uns dann erneut fragen, mag unsere Antwort ganz anders ausfallen.«

Denning richtete sich auf. Seinem Gesicht war nicht anzusehen, ob er enttäuscht war, dass die drei sein Angebot ausgeschlagen hatten. »Also schön. Bringen wir es hinter uns.« Er hob die

Stimme. »Géant! Lass ein Beiboot zu Wasser und such zwei Leute aus, die unsere Gäste ans Ufer rudern. Und das Ganze ein bisschen schwungvoll! Wir haben nicht den ganzen Tag Zeit, hier im Nebel herumzudümpeln.«

Rasch holten Carya, Jonan und Pitlit ihr Gepäck, bevor sie sich von Hook und den anderen verabschiedeten. An Steuerbord hing schon das bereite Beiboot. Jonan half Carya hinein, was diese süß, aber unnötig fand. Dann ließ Denning das Boot mithilfe einer Winde zu Wasser. Er tippte sich grüßend mit zwei Fingern an die Stirn, bevor sich Géant persönlich und ein weiterer Schmuggler in die Riemen legten, um sie zum Ufer zu bringen.

Die Nebelschwaden lichteten sich etwas, als sie an Land gingen. Sie enthüllten eine öde, dem Verfall und der Wildnis preisgegebene Gegend. Alle Farben, selbst die des Grases und der Bäume, schienen verblasst. Ein kalter Wind zog heulend um Hausecken und brachte Fensterläden zum Klappern. Es war der trostloseste Anblick, den Carya seit Langem gesehen hatte.

Da das Wasser zu niedrig stand, um am Steg anzulegen, ließ Géant das Boot daneben auf den flachen Sandstrand auflaufen, sprang platschend hinaus und zog es mit schwellenden Muskeln noch etwas höher, damit Carya und die anderen keine nassen Füße bekamen.

»Vielen Dank«, sagte Carya, während sie in den feuchten Sand sprang und sich ein paar Schritte vom leckenden Wellensaum entfernte. »Und viel Erfolg auf eurer Reise nach Albion.« Sie streckte dem Hünen zum Abschied die Hand hin.

Dieser ergriff sie mit beiden Händen. Sie waren so groß, dass ihre Finger darin vollständig verschwanden. »Ihr geht nach Paris, nicht wahr?«, sagte er leise auf Francianisch.

»Wie kommst du darauf?«, fragte Carya.

Sie bekam ein Schulterzucken zur Antwort. »Es gibt nicht viele Gründe, sich sonst hier oben herumzutreiben.«

Carya musterte Géant. Sie fragte sich, warum ihn ihr Reiseziel interessierte. Sie beschloss, ein kalkuliertes Risiko einzugehen. »Angenommen, es wäre so: Was wäre dann?«

»Es ist gar nichts Großes«, erwiderte der Erste Maat der *Albatros*. »Nur ... mein Bruder lebt in Paris, also zumindest lebte er dort, als ich es vor Jahren verlassen habe. Wir gehörten zu einer Bande von Straßenkindern, die sich rund um eine alte Kirche, den Invalidendom, herumgetrieben haben. Solltet ihr zufällig in die Gegend kommen ... Er heißt Bonasse und sieht mir sehr ähnlich. Ihm fehlt das linke Bein. Darum konnte er damals nicht mit mir kommen. Also, wenn ihr ihn seht ... kann ja passieren ..., sagt ihm doch bitte, dass es mir gut geht. Würdest du das für mich tun?«

Erstaunt blinzelte Carya den tätowierten Koloss an. Sie hätte nicht gedacht, dass ein so sentimentales Herz in seiner Brust schlug. In einem Aufwallen von Sehnsucht musste sie an ihre eigene Familie, ihre Mutter und ihren Vater denken, die mittlerweile hoffentlich gut in Bolonara angekommen waren und dort unbehelligt leben durften. »Natürlich«, sagte sie. »Das mache ich gerne. Falls ich ihn sehe.«

»Danke.« Géant lächelte. Er drückte noch einmal ihre Hand, bevor er sich abwandte, sich von Jonan und Pitlit verabschiedete und das Boot zurück ins Wasser schob. Mit entschlossenen Ruderschlägen entfernte sich das Beiboot und hielt auf den grauen Schemen namens *Albatros* zu, der vor der Küste in den Wellen trieb. Nicht lange danach nahm das Frachtschiff leise grollend Fahrt auf und verschwand im Nebel.

Pitlit seufzte. »Echt blöd, dass wir nicht bei Käpt'n Denning bleiben konnten.«

»Oder er bei uns«, fügte Jonan hinzu. »Es gibt einen Fluss, der von der Küste bis direkt nach Paris führt. Wenn uns die Schmuggler mit ihrem Boot bis vor die Tore der Stadt hätten bringen können, würde uns jetzt nicht ein fünftägiger Fußmarsch bevorstehen.« Er öffnete seinen Beutel und holte den Strahlungsmesser hervor. »Aber jammern hilft nichts. Stattdessen sollten wir uns besser auf den Weg machen. Fang!« Er warf Pitlit den Strahlungsmesser zu. »Du überwachst die Werte, ich übernehme die Führung.« Er zog den Navigator aus der Tasche seiner Lederjacke und schaltete das Gerät ein.

»Und was mache ich?«, wollte Carya wissen.

»Du hältst die Augen nach allem offen, was wir irgendwie gebrauchen könnten. Ab jetzt müssen wir mit unserem Besitz und unseren Vorräten haushalten. Wir wissen nicht, was uns auf dem Weg nach Paris und in der Stadt selbst erwartet.«

Sie verließen die Küste ziemlich bald. Der Navigator, den Jonan mit ihrem Ziel gefüttert hatte, riet ihnen, einer Handelsstraße zu folgen. Sie kam von Südwesten und zog sich in einem weiten nördlichen Bogen, der auf der Karte wie eine flache Hügelkuppe aussah, hinüber nach Südosten. Dabei würden sie ungefähr dem Verlauf des von Paris kommenden Flusses folgen, den Jonan erwähnt hatte, ohne allerdings seine zahlreichen Schleifen mitzumachen. Da sie auf einer großen Straße deutlich schneller vorankamen, als wenn sie sich mitten durch die Wildnis schlugen, nahmen sie den Vorschlag ihres elektronischen Führers an.

Die Umgebung änderte sich kaum. Der Himmel blieb grau, die Landschaft blass. Die Luft war feucht und kühl und schmeckte nach See. Schon in guten Tagen schienen die Menschen an diesem Ort eher in einfachen Verhältnissen gelebt zu haben. Zumindest kam es Carya so vor, als sie an den Ruinen flacher brauner Häuser mit schwarzen Schindeldächern vorbeikamen. Überall wucherte Unkraut, und einstmals sauber geschnittene Hecken hatten sich zu aufgedunsen aussehendem Buschwerk entwickelt.

Nach knapp drei Stunden, die sie gelaufen waren, ohne auch nur einer Menschenseele zu begegnen, erreichten sie die Handelsstraße. Sie befand sich in verhältnismäßig gutem Zustand, auch wenn es nirgendwo Anzeichen dafür gab, dass sie regelmäßig befahren wurde. Überhaupt fiel ihnen keinerlei Leben auf, und die Blätter der Bäume wiesen eine ungesund gelbliche Färbung auf.

Den Grund dafür nannte ihnen Pitlit: »Die Strahlung ist hier ganz schön hoch, glaube ich. Schau mal, Jonan.«

Jonan nahm das Gerät entgegen und überprüfte die Werte, bevor er düster nickte. »Ja, wir sollten uns lieber beeilen und hoffen, dass es in den nächsten ein oder zwei Stunden besser wird.«

Sie hatten Glück. Nach knapp einer Stunde strammen Marsches sanken die Werte so deutlich, dass sie keine ernstere Gefahr mehr darstellten. Sie mussten die Todeszone an einem Ausläufer durchquert haben.

Als es dämmerte, verließen sie die Handelsstraße und kletterten die Böschung hinunter, um ein verdorrtes Feld zu überqueren. Am anderen Ende stand eine lose Ansammlung Häuser. Zwei von ihnen besaßen kein Dach mehr, und die Mauern hatten Wind und Wetter nachgegeben. Die übrigen waren in besserem Zustand, wenngleich von wild wuchernden Sträuchern halb verschluckt.

Durch das zersplitterte Glas einer Verandatür stiegen sie ins Innere eines der Häuser ein.

»Hallo? Jemand zu Hause?«, rief Jonan, das Sturmgewehr im Anschlag. »Wir wollen Ihnen nichts tun. Wir sind nur Wanderer auf der Durchreise.«

Er bekam keine Antwort. Nirgendwo im Haus war ein Geräusch zu hören.

»Hm«, brummte er und senkte die Waffe. »Scheint verlassen zu sein, genau wie das ganze Dorf.«

Carya blickte sich um. Offenbar waren sie nicht die Ersten, die dieses Einfallstor nutzten, um sich im Wohnraum der unbekannten Familie einzunisten. Moos und Unkraut wuchsen hinter der Tür in einem grünen Teppich, der krakenartige Arme bis in die hinteren Ecken des Zimmers ausgebildet hatte. Das Sitzkissen eines der Sessel war zerfetzt und das Futter zusammen mit Blättern und herausgerissenen Buchseiten zu einem Schlafplatz eingerichtet worden, der den graubraunen Haarbüscheln nach zu urteilen von einem kleinen Pelztier, vielleicht einem Marder, genutzt worden sein musste. Und über einem Regal mit kleinen Porzellanfigurinen hing direkt unter der Decke etwas, das wie ein Schwalbennest aussah. Dabei war das Nest weniger erstaunlich, als der Umstand, dass keines der kleinen Figürchen zu fehlen schien. Carya erblickte filigrane Rehe, kitschige Hasen und andere Tiere, die völlig verstaubt in ihren Fächern saßen.

»Sieht so aus, als sei dieser Ort von Plünderern verschont geblieben«, stellte Jonan fest, der wie sie den Blick über die Einrichtung hatte schweifen lassen.

»Ja«, sagte Carya, während sie sich die Tiere besah. »Seltsam.« Sie nahm ein Reh aus dem Regal und strich behutsam den Staub von der Figur. Es bestand aus weißem Porzellan. Rajael hätte es sicher geliebt. Das Zimmer der Freundin war ebenfalls voll mit Krimskrams gewesen. Der Gedanke daran versetzte Carya einen Stich im Herzen. Rasch stellte sie das kleine Tier zurück.

»Vielleicht finden wir hier Wertsachen, die wir mitnehmen können«, meinte Pitlit eifrig und verschwand durch die Tür, um tiefer ins Haus vorzudringen. Ohne Scheu, als gehöre das fremde Haus ihm, marschierte er in den nächsten Raum und begann darin herumzustöbern. Carya hörte, wie Schranktüren und Schubladen geöffnet wurden. Sie warf Jonan einen unbehaglichen Blick zu.

»Ich weiß, was du denkst«, sagte er leise. »Es fühlt sich an wie Diebstahl. Und das, obwohl die früheren Bewohner sicher schon seit Jahren nicht mehr hier leben.«

Carya nickte. »Es ist eine Sache, etwas aus einer völligen Ruine mitzunehmen. Aber dieses Haus wirkt fast noch bewohnt, sieht man mal von all dem Staub, dem Moos auf dem Boden und dem Nest unter der Decke ab. Es würde mich nicht wundern, wenn gleich ein Mann auf seinem Fahrrad vor der Haustür hält und uns fragt, was wir in seiner Wohnstube treiben.«

»Das halte ich für eher unwahrscheinlich.« Um Jonans Mundwinkel zuckte ein mattes Lächeln. »Hier ist alles seit Jahren ausgestorben, wenn du mich fragst.« Er schulterte sein Gewehr und trat an einen der Schränke, um ihn zu öffnen. Dahinter befand sich eine flache schwarze Wand, ein Apparat, der wie ihr Navigator aussah, allerdings enorme Ausmaße hatte.

»Licht Gottes«, murmelte Jonan.

»Was ist das?«, wollte Carya wissen.

»Ein Bildschirm. Wenn ich mich recht entsinne, konnte man darauf früher Nachrichten und gespielte Geschichten anschauen. Es war wie ein Theaterbesuch bei uns in Arcadion, nur dass man nicht das Haus verlassen musste, weil man auf dem Bildschirm gezeigt bekam, was im Theater gespielt wurde.« Er drückte auf einige Knöpfe am Rand der glatten, mattschwarzen Fläche. »Natürlich kaputt«, sagte er, als nichts passierte. »Kann ja auch gar nicht funktionieren. Es gibt keine Energie mehr. Und auch niemanden, der für diese Bildschirme Theater spielt.«

Jonan ging in die Knie und zog eine Schublade unter dem Bildschirm auf. Als Carya einen zögernden Schritt näher trat, sah sie, dass darin – fein säuberlich sortiert – schmale Objekte angeordnet waren, die ein wenig an Bücher erinnerten, aber aus Metall und einem anderen Stoff bestanden, der glatt und halb durchsichtig war. Jonan zog eine Handvoll hervor und sah sie sich an. »Ich glaube, das sind Aufzeichnungen von solchen Theaterspielen«, sagte er.

»Zeig mal«, bat Carya ihn.

Er reichte ihr zwei der Gegenstände. Vorne war jeweils ein Bild zu sehen. In einem Fall handelte es sich um eine attraktive Frau in schmutziger Kleidung, die mit zwei automatischen Waffen vor einem schwefelgelb bewölkten Himmel posierte. Von dem anderen grinste Carya ein Metalltotenkopf mit rot glühenden Augen entgegen. Die Texte auf der Rückseite waren auf Francianisch und enthielten zahlreiche Worte, die sie nicht verstand. Wie es schien, handelten die Geschichten aber von einer Welt, in der ein Virus alle Menschen in Kannibalen verwandelt hatte, und von einer Killermaschine aus der Zukunft, die vor nichts haltmachte, um eine junge Frau umzubringen.

Verwirrt gab Carya Jonan die Gegenstände zurück. »Die Menschen vor dem Sternenfall waren wirklich seltsam. Sie haben sich zum Spaß Geschichten von Leid und Tod angesehen.«

»Das war damals so, es ist heute so und wird auch immer so sein«, antwortete Jonan. »Es liegt nun mal in der Natur vieler Leute, sich an Leid und Tod zu ergötzen. Sie empfinden solche Geschichten als spannende Unterhaltung. Frag mich nicht, warum.«

»In meiner Natur liegt es jedenfalls nicht«, erklärte Carya kategorisch.

Ein eigenartiger Ausdruck huschte über Jonans Gesicht.

»Was ist?«, fragte Carya und stemmte die Hände in die Hüften.

Er schüttelte nur den Kopf. »Nichts. Mir ist nur so ein Gedanke durch den Kopf gegangen. Vergiss es. Hatte nichts mit dir zu tun.« Doch seine Augen verrieten die Lüge.

Bevor Carya allerdings Gelegenheit hatte, etwas darauf zu erwidern, vernahmen sie einen Schrei aus einem der Nachbarzimmer. Er klang eher überrascht als furchtsam, ganz sicher war Carya jedoch nicht. »Pitlit?«, rief sie fragend. »Alles in Ordnung?«

»Kommt mal her«, antwortete der Junge vom Flur her.

Sie folgten der Aufforderung und fanden Pitlit um die Ecke, am Ende des schmalen Korridors, in einem Türrahmen stehend. Der Junge hielt ein Kästchen in den Händen, in das er Schmuck und andere Fundstücke gestopft hatte. Auf seiner Miene lag eine Mischung aus Ekel und etwas anderem, das Carya nicht richtig zuordnen konnte. »Da drin«, sagte der Junge dumpf.

Sie trat hinter ihn, legte ihm eine Hand auf die Schulter und folgte seinem ausgestreckten Finger mit den Blicken. Ein Schauer durchlief sie, und unwillkürlich krampften sich ihre Finger in den Stoff von Pitlits Jacke.

Vor ihnen befand sich ein Schlafzimmer. Die Läden vor dem einzigen Fenster standen offen, aber der Vorhang war zugezogen, sodass dämmriges Licht herrschte. Auf einem Nachttisch stand eine schlanke Vase, aus der ein paar völlig vertrocknete Blumenstiele ragten. Den verschrumpelten Blüten nach zu urteilen, musste es sich um Rosen gehandelt haben. Eine verstaubte Flasche Wein und zwei Gläser standen daneben.

Auf dem benachbarten Doppelbett, dessen Laken im Laufe der Jahre grau geworden waren, lagen zwei Skelette. Genau genommen handelte es sich nur noch um vereinzelte Knochenreste, die aus halb zerfallenen Fetzen von Kleidungsstücken herausragten. Als Menschen waren sie kaum noch zu erkennen.

Dennoch konnte man sich sehr gut ausmalen, was hier vor Jahrzehnten vorgefallen war: Ein Mann und eine Frau, vermutlich die früheren Besitzer des Hauses, hatten an diesem Ort gemeinsam ihrem Leben ein Ende gesetzt. Ob sie krank oder verletzt gewesen waren, ließ sich heute nicht mehr sagen. Die Blumen und der Wein sprachen jedoch für einen freiwillig gewählten Tod, womöglich aus Angst vor der düsteren Zukunft, die der Menschheit bevorstand. Eng umschlungen waren sie aus dem Leben geschieden. Wahrscheinlich hatten sie zuvor Gift genommen.

Ungebeten stieg in Caryas Geist einmal mehr das Bild ihrer Freundin Rajael auf, die genauso gehandelt hatte. Tränen füllten ihre Augen, und sie ließ Pitlit los, um sich abzuwenden.

Jonan, der mit bekümmerter Miene hinter ihr stand, nahm sie in die Arme. »Ich glaube, in diesem Haus übernachten wir nicht«, sagte er leise.

Carya vermochte an seiner Brust nur stumm den Kopf zu schütteln, während eine grenzenlose Trauer von ihr Besitz ergriff. Für die Menschen vor dem Sternenfall mochten Leid und Tod bloß spannende Unterhaltung gewesen sein. Heute traf man auf beides, wohin man seine Schritte setzte. Und daran war nichts Spannendes und absolut nichts Unterhaltsames.

Kapitel 14

Sie suchten sich einen anderen Schlafplatz innerhalb des Dorfes, und am nächsten Morgen brachen sie bereits mit dem ersten Licht des Tages wieder auf. Drei weitere Tage wanderten Jonan, Carya und Pitlit die Handelsstraße entlang. Sie verspeisten die Vorräte, die Denning ihnen mitgegeben hatte, und schliefen in leer stehenden Häusern, allerdings ohne weitere schaurige Entdeckungen zu machen.

Menschen begegneten ihnen nach wie vor kaum. Einmal kreuzte ein berittener Bote ihren Weg. Ein anderes Mal kam ihnen ein Ochsenfuhrwerk entgegen, auf dessen Kutschbock ein alter Mann und eine Frau saßen, die, wie es aussah, ihren ganzen Hausrat auf der Ladefläche mit sich führten. Am dritten Tag tauchten ein Mann und ein Junge hinter ihnen auf, die beide sehr schmutzig und verhärmt wirkten und ihnen in misstrauischem Abstand einige Stunden lang folgten. Pitlit überlegte, ob er sie ansprechen sollte, aber Jonan riet ihm davon ab. »Wir lassen sie besser in Ruhe«, sagte er. »Der Mann hat eine Pistole, und er wirkt so nervös, dass er womöglich noch auf uns schießt, wenn er das Gefühl hat, wir würden ihn bedrohen.« Kurz darauf schlug sich das seltsame Duo in die Büsche und war verschwunden.

Am Nachmittag des vierten Tages ihrer Reise nahmen die Anzeichen von Besiedelung immer stärker zu. Das Land wurde flach wie ein Brett, und erste Felder tauchten am Straßenrand auf. Anscheinend bauten die Bauern vor allem Getreide, Kartoffeln und Steckrüben an. Auf einigen Feldern waren Männer und Frauen damit beschäftigt, mit von Pferden gezogenen Mähmaschinen die Ernte einzuholen.

Kurz darauf kamen die ersten Dörfer in Sicht, die nicht verlassen und dem Verfall preisgegeben waren. Mit Erstaunen stellte Jonan fest, dass die Menschen hier nicht wie in Arcadion hinter dicken Stadtmauern lebten, sondern stattdessen in befestigten Dorfgemeinschaften, die teilweise so nahe beieinanderlagen, dass sie in den nächsten Jahren sicher zusammenwachsen würden.

»Das ist ja seltsam hier«, wunderte sich auch Pitlit. »Ich dachte, Paris wäre genauso geschützt wie Arcadion.«

Jonan versuchte, sich daran zu erinnern, was er über das Reich des Mondkaisers wusste. Wenn er sich nicht täuschte, stellte Paris das genaue Gegenteil von Arcadion dar. In der Hauptstadt des Lux Dei hatten sich die Menschen hinter die festen Mauern der Arca di Dio zurückgezogen, nur um alles außerhalb der Stadt der Zerstörung und dem Verfall preiszugeben. Auf diese Weise war der Trümmergürtel, das Ödland um Arcadion, entstanden. Paris war schon unmittelbar während und nach dem Sternenfall in seinem Zentrum schwer getroffen worden. Hunderttausende hatten in dem Inferno ihr Leben verloren. Zurückgeblieben war eine verstrahlte und zerstörte Wüstenei.

Aus der Asche war der Phönix namens Mondkaiser auferstanden, der sich in seinem Palast, Château Lune, außerhalb der Stadt, zum neuen Herrscher über Francia ausgerufen hatte. Um ihn hatten sich die Überlebenden versammelt. Seitdem wuchs ein Ring aus Leben um das zerstörte Herz des früheren Landes. Wäre Jonan an der Stelle dieser Menschen gewesen, hätte er sich irgendwo eine andere Stadt gesucht, um diese zum Zentrum Francias zu machen. Doch die Francianer waren ein stolzes Volk mit einem Hang zur eigenen, gerne glorreich verklärten Vergangenheit. Ein Symbol wie Paris konnten sie nicht aufgeben, auch nicht, wenn es im Grunde bereits dahin war.

Genau das erklärte Jonan Pitlit, wenn auch in etwas kürzer gefasster Form.

»Oh«, antwortete der Straßenjunge. Und nach kurzem Nachdenken fügte er hinzu: »Aber wir müssen natürlich in die zerstörte Stadt hinein, um zu diesen Koordinaten zu gelangen, die Carya im Kopf hatte, richtig?«

»Nicht ganz«, antwortete Jonan. »Der Ort liegt etwas südlich der Innenstadt. Ich kann dir nicht sagen, wie es dort aussieht, aber wahrscheinlich werden wir nicht mitten in die Trümmerzone hineingehen müssen. Was hätte es auch für einen Sinn gehabt, Caryas Raketenflugzeug dorthin zu lenken, wenn da niemand wäre, um es in Empfang zu nehmen?«

»Stimmt auch wieder«, gab Pitlit zu.

Sie erreichten einen Knotenpunkt, an dem sich mehrere Wege in einem komplizierten Geflecht aus Auffahrten und Abfahrten kreuzten. Jonan musste ihren Navigator um Rat befragen, und sie setzten sich auf die verwitterte Kunststeinmauer am Rand der Straße. Hinter ihnen wucherten Sträucher und hüfthohes Gras.

Jonan rief das Kartenmaterial auf und versuchte herauszufinden, wo sie sich genau befanden. Irgendwie fehlte eine große Straße, die an dieser Stelle von Norden nach Süden verlaufen sollte. Er musste erst den Kartenausschnitt maximal vergrößern, bevor er begriff, dass es sich nicht um eine Straße, sondern um einen gewaltigen Tunnel handelte, der irgendwo unter ihren Füßen in der Erde lag. »Der Weg ist also versperrt«, murmelte er zu sich selbst. »Uns bleibt entweder ein Umweg oder wir ziehen querfeldein weiter …«

Er verschob den Kartenausschnitt nach Süden, bis er eine weitere Straße entdeckte, die sie direkt nach Süden und fast unmittelbar zu ihrem Zielpunkt führen würde. Dabei fiel ihm ein Gelände ins Auge, das offenbar kaum zwei Kilometer südlich von ihnen lag. Auf der Karte hieß das Schloss Versailles, aber er erkannte die Struktur des Gartens von den Bildern im Unterricht der Templerakademie. »Château Lune …«

»Was sagst du?«, fragte Carya.

Jonan sah zu ihr hinüber. »Wir befinden uns in unmittelbarer Nähe von Château Lune, dem Herrschersitz des Mondkaisers. Mir ist gar nicht aufgefallen, dass der Navigator uns so dicht daran vorbeiführen würde.«

Carya legte die hübsche Stirn in Falten. »Und ist das gut oder schlecht?«

»Ich habe keine Ahnung. Ich glaube, es ist egal. Wir sind unauffällig. Niemand wird uns als Fremde erkennen, wenn wir den Mund halten. Trotzdem sollten wir aufpassen. Den Soldaten des Mondkaisers würde ich gerne aus dem Weg gehen.«

»Ihr meint Burschen wie denen da?«, meldete sich Pitlit unvermittelt zu Wort. Aufgeregt sprang der Straßenjunge auf und deutete auf eine der Zufahrtsrampen.

Dort tauchte in diesem Augenblick eine Gruppe Berittener auf, gefolgt von einer offenen Kutsche. Die Männer – es handelte sich ausschließlich um Männer – waren in Blau und Silber gekleidet und hatten Jagdgewehre auf dem Rücken hängen. In scharfem Tempo kamen sie die Straße heraufgeritten.

Fluchend stand Jonan auf. »Schnell, in Deckung. Wir verstecken uns im Gebüsch.« Er nahm Carya am Arm und zog sie hinter die Steinmauer und ins hohe Gestrüpp. Pitlit musste er nicht zweimal bitten. Flink wie ein Wiesel war der Junge im Gras und unter den Sträuchern verschwunden.

Jonan duckte sich hinter einen Strauch, den Beutel zu seinen Füßen, das Sturmgewehr in der Hand. Carya hockte neben ihm. Sie hatte keine Zeit gehabt, einen Pfeil aus dem Köcher zu ziehen. Und dieser Umstand gefiel ihr offensichtlich überhaupt nicht. Jonan hatte diese ganz besondere Anspannung in ihrem Gesicht schon ein paarmal gesehen. Sie machte sich immer dann bemerkbar, wenn in Carya der Teil ihres Wesens die Kontrolle übernahm, der es ihr ermöglichte, bei Seegang und Dunkelheit auf das Dach eines Ruderhauses zu springen und mit einem Sprengpfeil durch eine geöffnete Tür hindurch die Brücke eines vorbeifahrenden Schiffes in die Luft zu jagen.

Diesen Teil von ihr würde er im Auge behalten müssen. Er liebte Carya, das stand außer Frage. Anfangs, als sie sich in der Gasse hinter ihrem Elternhaus begegnet waren, hatte er sie bloß beschützen wollen, ein spontanes Verlangen, ausgelöst von ihrer unglaublichen Verletzlichkeit damals. Je länger sie zusammen unterwegs waren, desto stärker waren seine Gefühle für sie gewachsen, bis sie im ersten Kuss ihren Höhepunkt fanden. Jetzt lag diese wundervolle Wärme in seinem Herzen, die immer dann zunahm, wenn Jonan Carya anschaute. Trotzdem war er nicht blind. Er sah das unschuldige Mädchen, das nach schrecklichen Erlebnissen verzweifelt eine Schulter zum Anlehnen gebraucht hatte, immer mehr zu einer Kämpferin werden. Und nicht nur die Umstände machten Carya dazu, sondern auch etwas in ihrem Inneren, das sie mitunter selbst zu erschrecken schien. Sie unternahmen diese

Reise nicht zuletzt, um die Antwort auf die unausgesprochene Frage zu erhalten, um was es sich dabei handelte.

Aber noch sind wir nicht am Ziel, und wenn du dich nicht zusammenreißt, kommen wir dort auch nicht an, schalt sich Jonan lautlos und richtete sein Augenmerk wieder auf die Straße.

Die Reitergruppe hatte sie unterdessen fast erreicht. Es handelte sich eindeutig um Soldaten oder vielleicht eher noch um eine Art Ehrengarde, denn sie trugen keine Kampfanzüge, sondern seltsam geckenhafte Uniformen und Helme. Nichtsdestotrotz fielen Jonan Ausbeulungen auf, die vermuten ließen, dass die Jacken der Männer gepanzert waren. Und die Gewehre auf dem Rücken sahen vorbildlich gepflegt aus.

Allerdings wirkte ihr Ritt nicht so, als wären sie auf dem Weg in einen Kampf oder gar zu einer Rettungsmission. Ihre Stimmung schien vielmehr gelöst. Auf ihren Gesichtern lag eine Ausgelassenheit, die Jonan an seine Kameraden erinnerte, wenn sie an einem freien Nachmittag durchs Kasernentor in die Stadt hinausspazierten, um ein paar Stunden der heiteren Zerstreuung in den Straßen von Arcadion zu suchen. Einer der Männer, ein Kerl etwa in Jonans Alter mit einem eleganten Schnurrbart, rief gerade seinem Nachbarn etwas zu, und dieser lachte.

Der lachende Soldat erregte Jonans Aufmerksamkeit. Er hatte hellere Haut als die anderen, und seine schmalen Gesichtszüge wirkten irgendwie aristokratisch. Sein Uniformrock unterschied sich auf den ersten Blick nicht von denen der anderen, aber er trug darüber eine silberne Schärpe, und seine Augenpartie lag hinter einer ebenfalls silbernen Halbmaske verborgen, wie man sie manchmal bei tolldreisten Volkshelden im Theater sah, aber bestimmt nicht bei einem Soldaten erwartete.

Viel mehr Zeit, sich die Gruppe anzuschauen, blieb Jonan

nicht, denn im Nu war sie heran und passierte die Stelle, wo er sich mit Carya und Pitlit versteckte. Keiner der Männer warf auch nur einen Blick in ihre Richtung. Als die offene Kutsche vorbeiratterte, sah Jonan, dass abgesehen von dem Mann auf dem Kutschbock noch ein weiterer im Fond saß, der auf einige Kisten und Körbe aufzupassen schien. Jonan mochte sich täuschen, aber er glaubte, unter der Ladung auch einige Klappstühle und einen Tisch erspäht zu haben.

Einen Augenblick später war die Gruppe an ihnen vorbeigeprescht und hielt auf Paris zu. Jonan, Carya und Pitlit warteten noch, bis die Männer zu kleinen Punkten in der Ferne zusammengeschrumpft waren. Erst dann wagten sie sich aus ihrem Versteck.

»Das war ja eine komische Truppe«, kommentierte Pitlit und sprach damit aus, was Jonan dachte.

»Das waren Soldaten des Mondkaisers, oder?«, fragte Carya.

Jonan nickte. »Ja. Zumindest entsprachen sie den Beschreibungen, die ich von ihnen gehört habe.«

»Was die wohl vorhaben?« Pitlit starrte der am Horizont verschwindenden Gruppe neugierig nach.

»Das werden wir nie erfahren«, sagte Jonan. »Und vielleicht ist das auch ganz gut so. Soldaten, die so ausgelassen in eine Todeszone reiten, haben bestimmt Vergnügungen eher zweifelhafter Natur im Sinn.«

Sie beendeten ihre kurze Rast und wanderten weiter. Einen Kilometer die Straße hinunter bogen sie in ein Waldstück ein, um nach Süden zu gehen. Da sie nun ständig damit rechnen mussten, auf Anwohner zu treffen, wickelte Jonan sein Templersturmgewehr wieder in seine Wolldecke ein und hängte es sich um, als handele es sich um eine Schlafrolle. Einem genaueren Blick hielt die Tarnung natürlich nicht stand, aber er hoffte darauf, dass man ihnen nicht zu viel Aufmerksamkeit schenken würde.

Vorsichtig durchquerten sie eine Siedlung, dann eine zweite und eine dritte. Sie hielten sich auf Nebenstraßen, aber es ließ sich nicht vermeiden, auf Einwohner zu treffen, die ihren Weg kreuzten oder die aus den Fenstern ihrer Häuser herausschauten. Obwohl Jonan, Carya und Pitlit der eine oder andere neugierige Blick zugeworfen wurde, sprach sie niemand an, und so erreichten sie gegen frühen Nachmittag die zweite, im Süden von Paris verlaufende Handelsstraße, auf die Jonan es abgesehen hatte. Nun hatten sie es fast geschafft.

Je näher sie ihrem Ziel kamen, desto stärker wuchs die Unruhe in Carya. Sie hatte beinahe Angst vor dem, was sie finden oder vielleicht doch eher nicht finden würden. Würde dieser Ort, dem sie im Schein der untergehenden Sonne über eine vierspurige Zubringerstraße entgegenliefen, endlich die Lösung für das Rätsel ihrer Herkunft liefern? Oder wäre sie am Ende so schlau wie vorher und all ihre Mühen, bis hierherzugelangen, würden sich als verschwendete Zeit erweisen?

Die Landschaft wurde jedenfalls wieder trostloser. Wie es aussah, ließen sie die Lebenszone von Paris hinter sich. Menschen und Tiere machten sich rar, Häuser verfielen zu Ruinen, Unkraut und Buschwerk trieben aus dem aufgeplatzten Straßenbelag. An einigen Stellen klafften Krater von Projektileinschlägen. Umgeknickte Masten von hohen Straßenlaternen und zerfetzte Drahtzaunstreifen zeugten von der enormen Wucht der Explosionen, die sich hier vor langer Zeit ereignet haben mussten.

Carya sah, wie Pitlit angestrengt auf den Strahlungsmesser in seiner Hand schaute. »Müssen wir aufpassen?«, fragte sie ihn.

Wie ertappt hob er den Blick und schüttelte den Kopf. »Nein, sieht alles gut aus – glaube ich. Zumindest blinkt keins der Warnlämpchen.«

Sie marschierten gerade über eine Brücke hinweg, unter der Bahngleise verliefen, als in der Ferne ein kantiges Bauwerk sichtbar wurde, auf das die Straße zuzuführen schien. Beim Näherkommen sahen sie, dass es sich um einen rechteckigen Kasten handelte, der mehrere Stockwerke hoch war und eine Fassade aus Glas und grünen, kachelartigen Elementen besaß. In der Mitte des Gebäudes klaffte ein gewaltiger Spalt, als habe ein Kind mit der Faust auf einen frisch gebackenen Kastenkuchen eingeschlagen. Ein Großteil der Fenster zur Linken und zur Rechten waren zersplittert, die Fassadenteile abgesprungen.

»Dort vorne«, sagte Jonan mit einem Blick auf den Navigator. »Hinter diesem Bauwerk liegt unser Ziel.«

Es erwies sich als einfacher gesagt als getan, das Gebäude zu erreichen. Die Straße, der sie folgten, verschwand unterhalb des gespaltenen Bauwerks in einer gähnenden Tunnelöffnung. Zuvor jedoch teilte sie sich mehrfach auf. Ihre Ableger wurden zu einem verschlungenen Gewirr aus Zufahrtsrampen, die sich durch Unterführungen und über Brücken unterschiedlichen Teilen des Areals näherten, auf dem das grüne Gebäude nur das Zentrum zu sein schien. Überall gab es freie Flächen, auf denen völlig verrostete und zum Teil ausgebrannte Motorwagen standen. Zur Rechten erhob sich ein Bauwerk, das ein Hotel gewesen sein mochte. Links von dem zentralen Gebäude standen mehrere Hallen, die früher vermutlich Lager oder Fertigungsanlagen gewesen waren.

»Was ist das für ein Ort?«, fragte Pitlit und blickte zu einem zerschrammten gelben Metallschild hinauf, auf dem ein Symbol zu sehen war, das an einen Sonnenschirm mit sehr dicker, herausragender Spitze erinnerte.

»Ich bin mir nicht ganz sicher«, gestand Jonan. »Der Navigator nannte ihn Aéroport Orly. Aéroport klingt nach Lufthafen. Vielleicht ein Landeplatz für Raketenflugzeuge wie das von Carya? Auf jeden Fall muss er wichtig gewesen sein, so groß, wie hier alles angelegt ist.«

»Hm, ja.« Pitlit kniff die Augen zusammen. »Könnte ein Raketenflugzeug sein, auf dem Schild, wenn auch ein recht komisches.«

Ein eigentümliches Kribbeln nahm von Carya Besitz. »Ganz egal, was es mal war, es ist der Ort, an dem ich vor zehn Jahren landen sollte«, sagte sie mehr zu sich selbst als an Jonan oder Pitlit gerichtet. »Und das mit einem Fluggerät, wie es sie eigentlich nicht mehr hätte geben dürfen.« Sie richtete den Blick entschlossen auf das zertrümmerte Bauwerk vor ihnen. »Kommt. Gehen wir hinein und schauen uns um.«

Sie bahnten sich einen Weg durch die Trümmer und betraten das kastenförmige Gebäude an der Stelle, wo der Einschlag es praktisch entzweigespalten hatte. Dort schien früher eine große Eingangshalle gewesen zu sein. Zwischen den Steinbrocken, den Glassplittern und heruntergestürzten Deckenteilen befanden sich zerschmetterte Sitzbänke, kaputte Anzeigetafeln und allerlei sonstige Einrichtungsgegenstände. Auch einige menschliche Überreste entdeckten sie dort, allerdings ebenso zerfallen wie die Skelette in dem Ehebett vor ein paar Tagen.

Ohne sich abgesprochen zu haben, zogen Carya, Jonan und Pitlit ihre Waffen. Die Überreste der Toten erinnerten sie daran, dass es auch noch Lebende in diesen Ruinen geben mochte. Und wer wusste schon, ob diese ihnen freundlich gesinnt waren. Vorsichtig durchquerten sie die Trümmer und erreichten kurz darauf eine breite Plattform, von der aus man auf das flache Gelände jenseits des Bauwerks schauen konnte.

Carya stockte der Atem. Sie hatten recht gehabt. Das Symbol auf dem gelben Metallschild hatte ein Fluggerät dargestellt! Ein Fluggerät wie die, die zu ihren Füßen auf dem grauen Vorfeld standen. Es musste sicher ein Dutzend dieser stählernen Giganten sein, die sich dort versammelt hatten. Sie waren siebzig bis achtzig Meter lang und an den Flügeln ebenso breit. Die hoch aufragenden Metallflächen, die an die Rückenfinnen von großen Fischen erinnerten, erhoben sich sicher zwanzig Meter in die Luft. Alles in allem hatten diese Maschinen mit Caryas kleinem Raketenflugzeug etwa so viel gemein wie die Engelsburg in Arcadion mit der Wohnung ihrer Eltern. Der Schein der roten Abendsonne brachte die röhrenförmigen Leiber und mächtigen Flügel zum Glänzen und verlieh den stummen Riesen eine fast mythische Aura.

Doch auch dieser Glanz konnte nicht verhehlen, dass viele der Maschinen schlichtweg Wracks waren. Bei einigen fehlten Rumpfteile, andere lagen mit dem Bauch flach auf dem Boden wie gestrandete Wale. Im direkten Umfeld der Explosion, die das Haus gespalten hatte, waren die Fluggeräte besonders in Mitleidenschaft gezogen worden. Zwei waren von der Druckwelle gegeneinandergeschleudert worden und hatten sich verkeilt, ein weiteres lag mit geknicktem linken Flügel auf der Seite.

Nichtsdestotrotz war es ein Anblick von seltener Erhabenheit.

»Nun gut, jetzt wissen wir also, warum die Koordinaten in deiner Kapsel hierher wiesen«, brach Jonan nach einigen Augenblicken ehrfürchtigen Starrens das Schweigen. »Hier konnte ein Gefährt wie dein Raketenflugzeug sicher landen. Leider beantwortet das nicht die Frage, wer es geschickt hat oder wer es in Empfang nehmen sollte.«

Carya vermochte nur stumm zu nicken. Bei allem Staunen, das im ersten Moment von ihr Besitz ergriffen hatte, verspürte sie inzwischen eine grenzenlose Enttäuschung. Sie hatten einen Zwischenstopp ihrer Reise erreicht, keinesfalls ihr Ziel. An diesem Ort durfte sie auf keine weiteren Antworten hoffen. Sie wusste jetzt nur, dass irgendjemand sie gezielt zu einem Landeplatz für Flugapparate am Rand von Paris geschickt hatte, und zwar einem, der eindeutig außer Betrieb war und es vermutlich auch vor zehn Jahren schon gewesen war.

»Was machen wir jetzt?«, fragte Pitlit.

»Eine gute Frage«, sagte Jonan. Er schaute Carya an. »Carya? Sollen wir uns noch ein bisschen umschauen?«

»Ich glaube, das hilft uns nicht weiter. Das Gelände ist riesig und offensichtlich aufgegeben. Hier Hinweise zu finden, die irgendetwas mit meiner Vergangenheit zu tun haben, dürfte in etwa so schwer sein, wie eine Nadel im Heuhaufen zu entdecken.«

»Trotzdem sollten wir heute Nacht hierbleiben«, sagte Jonan mit Blick auf die tief stehende Sonne. »Es wird bald dunkel. Wir suchen uns eine bequeme Ecke im unbeschädigten Teil dieses Gebäudes, und morgen sehen wir weiter. Ich jedenfalls bin nicht bereit, so schnell aufzugeben. Vielleicht finden wir ja doch noch irgendwelche Hinweise, dass der Lufthafen nach wie vor von jemandem genutzt wird. Und wenn das so ist, bringt uns das bestimmt weiter. Dein endgültiges Ziel kann nicht so weit von hier weg gewesen sein, ansonsten hätte man dich nicht hier landen lassen.«

Seine aufmunternden Worte entlockten Carya ein Lächeln. »Du hast recht. So machen wir es. Für heute ist das hier Entdeckung genug. Und morgen schauen wir, was dieser Heuhaufen für Überraschungen birgt.«

Sie begaben sich in einen Bereich, der nicht ganz so stark von den Zerstörungen in Mitleidenschaft gezogen worden war. Über seltsam geformte Metalltreppen mit Stufen, die am unteren und oberen Ende miteinander zu verschmelzen schienen, gelangten sie in die höheren Stockwerke, von denen aus man eine gute Sicht auf die Landschaft hatte. Auf diese Weise würden sie etwas Vorwarnzeit haben, sollten sich andere Bewohner dieses Ortes einfinden.

Sie entdeckten einen Aufenthaltsbereich mit bequemen, wenn auch sehr abgewetzt aussehenden Sesseln und schoben ein paar davon zusammen, um sich drei Schlafplätze einzurichten. Anschließend verzehrten sie die mageren Überreste ihres Proviants. »Wir müssen morgen unbedingt nach einem Handelsplatz suchen, wo wir diese Goldmünze, die wir noch haben, eintauschen können«, sagte Jonan. »Wir können schlecht einen Laib Brot, etwas Käse und Wasser mit einem Goldstück bezahlen.«

»Dann nehmen wir doch diese Siedlungen mal genauer in Augenschein, an denen wir heute vorbeigekommen sind«, antwortete Carya. »Vielleicht gibt es da sogar ein Geldhaus oder etwas Ähnliches.«

»Klingt gut, wir …«

»Heiliger Strohsack!«, rief Pitlit in diesem Moment. »Kommt mal schnell her. Das müsst ihr euch ansehen.«

Carya schaute zu ihm hinüber. Der Straßenjunge stand an einem der zerborstenen Fenster und starrte hinaus in den dunkler werdenden Abendhimmel. Jetzt duckte er sich hinter die Wandverkleidung, als fürchte er, von draußen bemerkt zu werden.

Alarmiert lief Carya an seine Seite. Jonan packte sein Gewehr und folgte ihr auf dem Fuß. Beide gingen neben Pitlit in Deckung und richteten ihr Augenmerk nach draußen.

»Heiliges Licht Gottes«, flüsterte Carya unwillkürlich. Ihr Herz klopfte auf einmal so heftig, als wolle es ihr aus der Brust springen.

Draußen über dem grauen Vorfeld schwebte auf einmal ein Fluggerät. Und es sah fast haargenau so aus wie das Raketenflugzeug, in dem Carya vor zehn Jahren in der Wildnis abgestürzt war.

Kapitel 15

Die Außenhülle des Fluggeräts war anscheinend vollkommen weiß, auch wenn sich das im schwächer werdenden Licht des scheidenden Tages nur mehr erahnen ließ. Sein schlanker, elegant geformter Metallleib erinnerte Carya an einen Schwan. Allerdings besaß das Gefährt recht kleine Flügel, die eng am Rumpf anlagen.

Auf fauchenden Triebwerksstrahlen hing es einige Meter über dem Boden in der Luft, wobei es leicht hin und her glitt, so als habe der Pilot Schwierigkeiten, es ruhig zu halten. Aus verborgenen Klappen unten am Bauch der Maschine tauchten drei Räder auf. Langsam schwebte das Fluggerät zu Boden und setzte praktisch lautlos auf.

Eine Weile noch rauschte der Antrieb und wirbelte Steinstaub auf. Dann wurde das Geräusch leiser, bis es schließlich ganz erstarb. Dunkel und still stand das Gefährt auf dem grauen Vorfeld, ein Ding, das inmitten all der Trümmer und den Zeichen des Verfalls ein wenig so wirkte, als komme es aus einer anderen Welt.

»So viel zu unserer Frage, ob dieser Luftplatz noch benutzt wird«, murmelte Jonan.

»Verdammt, wer da wohl am Steuer sitzt?«, fragte Pitlit im Flüsterton. Eigentlich gab es keinen Grund, die Stimme zu senken. Das Fluggerät stand gute hundert Meter entfernt.

Dennoch antwortete Carya genauso leise: »Das wüsste ich auch gerne.«

»Bevor wir hinuntergehen, an deren Luke klopfen und ›Hallo‹ sagen, sollten wir erst einmal beobachten, was weiter vor sich geht«, riet Jonan.

»Aber wir könnten zumindest ein bisschen näher rangehen«, schlug Pitlit vor. »Dann kriegen wir besser mit, was dort geschieht.« Ohne die Antwort der anderen beiden abzuwarten, machte der Straßenjunge ein paar geduckte Schritte rückwärts, um sich dann aufzurichten und in Richtung Treppenhaus zu flitzen.

Jonan warf Carya einen säuerlichen Blick zu. »Den Kerl davon abzuhalten, sich in irgendeine Gefahr zu stürzen, ist schlimmer, als einen Sack Flöhe zu hüten.«

»Aber er hat recht: Es könnte wirklich aufschlussreich sein, aus der Nähe mitzubekommen, was da unten vor sich geht.«

»Kommt ihr, oder was?«, zischte Pitlit von der Treppe aus.

Carya und Jonan warfen sich ihre Beutel über den Rücken und nahmen ihre Waffen. Dann eilten sie zu dritt wieder hinunter zu dem Aussichtspunkt auf der Plattform, von wo aus sie keine Stunde zuvor die riesigen Flugmaschinenwracks bestaunt hatten. Als sie dort ankamen und auf das Vorfeld hinausspähten, hatte sich rund um das Raketenflugzeug noch nichts verändert. Pitlit deutete auf eine Treppe, die einige Meter zur Linken in die Tiefe führte und aufgrund der zwei ineinander verkeilten Riesenflugmaschinen vom Vorfeld aus nicht zu sehen war. »Los, gehen wir noch etwas näher ran.«

Er wollte schon loshuschen, doch Jonan packte ihn an der

Schulter und zwang ihn zurück in Deckung. »Warte«, befahl er. »Da passiert was.« Er deutete mit einem Nicken nach vorne.

Carya hatte es ebenfalls bemerkt. Auf dem Vorfeld rollte ein Motorwagen in Sicht. Es handelte sich um ein großes Fahrzeug, dem das eigenartige Kunststück gelang, zugleich bullig und elegant auszusehen. Die großen Reifen und der Waffenturm im Heck, der von einem Uniformierten bemannt wurde, zeugten davon, dass der Wagen auch für Fahrten in gefährlichem Gebiet gedacht war. Die glänzend dunkelblaue Lackierung und die silbernen Zierelemente machten aus dem Militärwagen jedoch ein Fahrzeug für hochgestellte Persönlichkeiten. Carya wäre jede Wette eingegangen, dass der Wagen einem namhaften Mitglied bei Hofe gehörte, einem Minister des Mondkaisers vielleicht oder einem Botschafter.

Zur gleichen Zeit kam auch wieder Leben in das Raketenflugzeug. Ein Scheinwerfer ging an, und eine Luke in der ihnen zugewandten Rumpfseite klappte nach oben und unten auf, sodass eine überdachte Treppe entstand. Ein Mann in einer schwarzen Uniform stieg aus dem Fluggefährt und postierte sich am unteren Ende der Treppe. Soweit Carya erkennen konnte, trug er eine kompakte Schusswaffe und einen Helm mit einer fest montierten Brille.

»Kopf runter«, raunte Jonan ihnen zu. »In der Brille könnte eine Restlichtverstärkeroptik eingebaut sein, mit der uns der Bursche hier oben sehen kann, wenn er aufmerksam ist.« Sie duckten sich etwas tiefer und lugten stattdessen durch einen Spalt in der Außenmauer.

Hinter dem Wachmann erschien eine weitere Gestalt. Sie blieb für einen Moment in der hell erleuchteten Luke stehen, und Carya konnte erkennen, dass es sich um einen mittelgroßen Mann mit grau meliertem Haar und sorgsam gestutztem Bart handelte. Er trug eine reich verzierte Kombination aus Jacke und Hose in Rot und Weiß. Die Farben standen in deutlichem Kontrast zu dem Wachmann zu seinen Füßen und den blausilbern gewandeten Gardisten, die soeben aus dem Motorwagen ausstiegen und Aufstellung bezogen.

Die Gardisten nahmen Haltung an, als ein beleibter Mann in verschwenderisch wirkendem Ornat aus dem Wagen herauskam. Er hatte eine Glatze und auch im Gesicht keine nennenswerte Behaarung. Dafür trug er einen verzierten Gehstock mit sich, obwohl er keine Probleme beim Gehen zu haben schien. Spielerisch schwenkte er den Stock umher, während er sich dem Rot-Weiß-Gekleideten näherte, der seinerseits auf den Beleibten zuging. »Monsieur Cartagena«, rief er auf Francianisch. »Was für eine Ehre, Euch wieder bei uns zu haben. Wir hatten Euch nicht so bald zurückerwartet.«

Der Rot-Weiße verbeugte sich leicht. Seine Antwort war nicht zu verstehen, weil sich die beiden Männer nun erreicht hatten und die Stimmen senkten, während sie sich die Hände schüttelten.

»Was sagen die?«, wollte Pitlit leise wissen. Er legte den Kopf schief und beugte sich vor. Dabei stützte er sich an einem geborstenen Mauerstück ab.

Unvermittelt gab dieses nach!

Blitzschnell griff Carya zu und zog Pitlit zurück, damit er nicht kopfüber in die Tiefe stürzte. Allerdings konnte sie nicht verhindern, dass der Steinbrocken krachend mehrere Meter unter ihnen auf dem Vorfeld landete. Zu allem Überfluss rutschte ihr auch noch der Bogen von der Schulter und landete klappernd neben ihr auf dem Boden.

Carya erstarrte in der Bewegung, und Pitlit ging es nicht anders. Jonan stieß einen kaum hörbaren Fluch aus. Er packte sein Templersturmgewehr fester.

Die beiden Männer schauten zu ihnen herüber. »Was war das?«, fragte der Beleibte laut.

Auch die Gardisten richteten ihre Aufmerksamkeit auf die Gebäudefront.

»Die sehen uns nicht, oder?«, hauchte Pitlit furchtsam. »Es ist schon zu dunkel, nicht wahr?«

»Hoffen wir es«, gab Jonan leise zurück.

»Da!«, machte die Stimme des schwarz gekleideten Wachmanns diese Hoffnung zunichte. »Auf der Beobachtungsterrasse kauern Leute.«

Der Beleibte machte eine befehlende Geste zu seinen Gardisten. »Holt die da runter. Aber sofort. Es darf keine Zeugen geben.«

»Verdammt.« Jonan sprang auf. »Weg hier. Schnell.« Er nahm Caryas Hand, um sie mit sich zu ziehen. Carya griff rasch nach ihrem fallen gelassenen Bogen und schlang ihn sich über die Schulter. Dann folgte sie ihm.

Zu dritt flohen sie durch die Trümmer. Hinter ihnen peitschten Schüsse. Knallend sprengten die Kugeln Gesteinsbrocken von der Fassade. Ein Fensterrest über ihren Köpfen zerbarst, und Glassplitter regneten auf sie herab.

Carya rannte, so schnell sie konnte, immer hinter Pitlit her, der ihr mit wehender Jacke vorausflitzte. Jonan, der mit seinem Beutel und dem Sturmgewehr am schwersten zu tragen hatte, bildete die Nachhut. Vielleicht blieb er auch absichtlich zurück, um ihnen notfalls Rückendeckung geben zu können.

»Nach rechts«, rief Jonan Pitlit zu. »Nicht hinaus auf die Parkplätze. Da haben wir zu wenig Deckung. Rüber zu den Hallen, die wir vorhin gesehen haben.«

»Ist gut«, gab Pitlit zurück, ohne sich umzudrehen. Er setzte über eine umgekippte Bank hinweg und lief durch eine Tür, deren Flügel weit offen standen und schräg in den Angeln hingen.

Hinter ihnen schepperte es, als einer der Verfolger versehentlich einen Mülleimer oder etwas Ähnliches umtrat. Carya warf einen raschen Blick über die Schulter. Noch waren die Gardisten nicht zu sehen, aber sie waren ihnen unüberhörbar auf den Fersen.

Wie werden wir die bloß los?, schrie es in ihrem Kopf. Ihr Puls raste. Sie war nicht unsportlich, aber ein Hindernisrennen in einem Trümmerfeld wie diesem forderte rasch seinen Tribut. Lange würde sie die Flucht nicht durchhalten können. Bis dahin mussten sie ein Versteck gefunden haben, das ihnen Sicherheit vor ihren Verfolgern bot.

Vielleicht sollten wir kämpfen, dachte sie. Nein, das war Unsinn. Diese Burschen waren in der Überzahl, vermutlich trugen sie gepanzerte Kleidung, und es handelte sich um ausgebildete Soldaten. Selbst wenn es ihnen gelang, sie zu überraschen und ein oder zwei von ihnen auszuschalten, waren sie ihnen immer noch überlegen.

Also blieb ihnen nur die Hoffnung, dass ihre Verfolger schneller müde wurden als sie. Oder dass sie den Eindruck bekamen, ein paar Streuner – denn für was sonst sollten sie Carya, Jonan und Pitlit halten? – seien die Mühe nicht wert.

Sie sprangen durch ein aufgebrochenes Mauerstück und erreichten einen Gang, der offenbar für Transporte genutzt worden war. Einige Metallgestelle auf vier Rädern standen an der Wand. Fleckige, röhrenförmige Lampen hingen unter der Decke, die natürlich schon lange kein Licht mehr spendeten. Auf den Boden waren verschiedenfarbige Linien gemalt.

Einer dieser Linien folgten sie bis zu einer Doppeltür, die noch intakt, aber zum Glück unverschlossen war. Pitlit stieß sie auf, und sie erreichten eine weitere Plattform an der Außenwand des Zentralgebäudes. Ein rostiger Metallsteg führte über einen etwa zehn Meter breiten und ein Zwölf Meter tiefen Abgrund hinüber zur ersten der fensterlosen Hallen, die sich im Nordosten daran anschlossen.

Ohne zu zögern, rannte Pitlit darüber hinweg. Carya folgte ihm. Die Brücke vibrierte unangenehm unter ihren Füßen, ein Vibrieren, das sich noch verstärkte, als Jonan hinter ihr den Steg betrat. Eine Sekunde lang zuckte ihr der Gedanke durch den Kopf, dass sie vielleicht einen Fehler gemacht hatten.

Im nächsten Moment wurde diese Befürchtung bestätigt. Ein lauter Knall war zu hören, als habe direkt hinter ihnen jemand eine Waffe abgefeuert. Dann sackte mit einem metallischen Kreischen der Boden unter ihren Füßen weg.

Carya entfuhr ein erschrockener Aufschrei. *Die hintere Aufhängung der Brücke ist gerissen*, begriff sie entsetzt. Rost und der Zahn der Zeit mussten sie spröde gemacht haben, und die ungewohnte Belastung dreier rennender Menschen hatte ihr nun den Rest gegeben.

Carya warf sich nach vorne und krallte ihre Finger in das Gitter, während die Brücke sich unter dem eigenen Gewicht nach unten neigte. Hinter ihr stieß Jonan einen saftigen Fluch aus. Mit einem Ruck kam die Brücke zum Halt. Schmerzhaft prallte Caryas Gesicht gegen das Gitter. Zu ihren Füßen polterte es, und Jonan schrie kurz auf.

»Jonan!«, rief Pitlit, der als Einziger das sichere andere Ende der Brücke erreicht hatte, bevor das Unglück geschah. Der Junge war bei dem Geräusch reißenden Metalls herumgewirbelt und hatte sich zu Boden geworfen. Mit beiden Händen hielt er die Brücke fest, eine tapfere, aber absurde Tat, denn er würde sie niemals halten können, wenn auch die Aufhängung auf seiner Seite nachgab. »Carya, halt durch.«

Sie warf einen Blick über die Schulter, wollte wissen, wo Jonan war. Ihre Augen weiteten sich. Er lag auf dem Rücken auf der Gasse zwischen den Gebäuden, mehrere Meter unter ihnen, die Glieder ausgestreckt, die Augen geschlossen. Offensichtlich war er die kippende Brücke hinuntergerollt und dann abgestürzt. Sein Sturmgewehr lag einen Meter neben ihm.

»Jonan!«, rief Carya. »Jonan, hörst du mich?«

Seine Lider flatterten, und er stieß ein Ächzen aus. Er fasste sich an den Hinterkopf und sah sich einen Moment benommen um. Doch gleich darauf kam wieder Leben in ihn, und er rappelte sich auf. »Carya.«

»Geht es dir gut?«

»Ja … ich denke schon. Ich bin auf meinen Beutel gefallen. Er hat die Wucht des Sturzes abgefangen.« Er griff nach seiner Waffe. Sein Blick schoss von links nach rechts, als er die Lage einzuschätzen versuchte.

»Ich komme runter«, verkündete Carya und löste eine Hand vom Gitter. »Ich helfe dir hinauf.«

Die Brücke quietschte und wackelte bedenklich.

»Nein!«, rief Jonan schnell. »Das schaffst du nicht. Es ist zu hoch. Bleib oben. Bleib bei Pitlit.«

»Ich lasse dich nicht zurück.«

»Keine Angst. Ich finde schon meinen Weg hier raus.«

»Leute, macht schnell«, drängte Pitlit von oben. »Die Soldaten sind gleich da.«

Carya reckte den Hals und erkannte, dass der Straßenjunge

recht hatte. Am entfernten Ende des Transportgangs tauchten ihre Verfolger auf. Ihnen blieben nur noch wenige Sekunden.

»Carya, erinnerst du dich an die Brücke, die wir vorhin auf dem Weg hierher überquert haben?«, rief Jonan zu ihr hoch. »Die mit den Bahngleisen?«

»Ja.«

Ein Gardist schrie seinen Kameraden etwas zu.

»Dort treffen wir uns. Unter der Brücke. Und jetzt flieht.«

Alles in Carya weigerte sich, der Aufforderung nachzukommen. Sie wollte Jonan nicht zurücklassen. Ein Schuss nahm ihr jedoch die Entscheidung ab. Viel zu nah prallte die Kugel von der Hallenwand ab und sauste davon. Sie musste verschwinden. »Bis gleich«, rief sie und warf sich herum. Die Angst verlieh ihr übermenschliche Kraft, als sie sich an der schräg in der Luft hängenden Brücke hinaufzog. Im Nu hatte sie das obere Ende erreicht.

Ein weiterer Schuss knallte und verfehlte sie.

Pitlit packte sie mit einer Hand am Ärmel und half ihr dabei, sich über die Kante zu ziehen. In der anderen hielt er seinen Revolver und schoss mehr oder minder blind auf ihre Verfolger. Doch auch blindes Deckungsfeuer war nützlich. Die Gardisten zogen die Köpfe ein und warfen sich zu Boden. Viel Zeit mochten sie damit nicht gewonnen haben, aber jede Sekunde zählte.

Keuchend kam Carya auf die Beine. Ein rascher Blick nach unten überzeugte sie davon, dass Jonan ebenfalls das Weite suchte. Er rannte die Gasse zwischen den Gebäuden hinunter und war im nächsten Augenblick verschwunden.

Unterdessen hatte sich Pitlit bis zu der Tür zurückgezogen, die sie ins Innere der Halle führte. »Carya, komm endlich«, flehte er. Er feuerte zwei weitere Male, dann klickte der Revolver nur noch. Seine Munition war verschossen.

Sie ließ sich kein weiteres Mal bitten. Während die Gardisten erneut ihre Waffen hoben, eilte sie an Pitlits Seite, der unterdessen die Tür öffnete – oder es vielmehr versuchte. »Oh, Kacke«, schimpfte er. »Ich krieg sie nicht auf.«

»Warte.« Beherzt griff Carya ebenfalls zu und riss mit aller Kraft an der Klinke. Mit einem protestierenden Quietschen öffnete sich die Tür. Ihre Angeln waren vollkommen verrostet.

Unter dem Pfeifen hastig gezielter Kugeln drängten sie durch die Tür und gingen hinter der Wand in Deckung. Rasch ließ Carya den Blick schweifen. Sie befanden sich auf einer Galerie in einer fensterlosen Halle, in der es stockdunkel gewesen wäre, hätte es nicht eine Reihe Oberlichter gegeben, durch die ein schwacher Rest Tageslicht hereinfiel. Auch so lagen weite Teile des großen Raums im Schatten, aber Carya vermochte zumindest ungefähr zu erkennen, wohin sie sich geflohen hatten. Es schien eine Art Frachtabfertigung zu sein. Überall stapelten sich Container unterschiedlicher Größe. Die meisten standen offen. Plünderer mussten schon vor Jahren alles Wertvolle aus ihnen gestohlen haben.

»Gehen wir weiter«, drängte sie Pitlit, der sich wie sie mit weit aufgerissenen Augen im Dämmerlicht zu orientieren versuchte. »Irgendwo dort unten gibt es bestimmt einen Ausgang – oder auch mehrere.«

Sie liefen auf der Galerie entlang, über die sie die Halle betreten hatten, bis sie eine Treppe erreichten, der sie nach unten folgten. Durch die nach wie vor offen stehende Tür hörten sie die Rufe ihrer Feinde. Jetzt kam Carya und Pitlit die geborstene Brücke zugute. Die Gardisten konnten ihnen nicht unmittelbar folgen, sondern waren zu einem Umweg gezwungen.

Am Boden angekommen, durchquerten sie die Halle in der

Hoffnung, auf der dem Vorfeld entgegen gelegenen Seite einen freien Fluchtweg zu finden. Diesmal war das Glück ihnen hold. Sie entdeckten ein Rolltor, das einen knappen Meter über dem Boden festhing. Eilig schlüpften sie darunter hindurch und erreichten einen der Parkplätze, die zum Friedhof für zerstörte Motorwagen geworden waren.

Alles war ruhig. Von ihren Feinden war nichts zu hören. Carya gestattete sich die vage Hoffnung, dass sie ihnen entkommen sein könnten.

Plötzlich jedoch erfüllte ein Rauschen die Luft über ihnen. Carya hob den Kopf, und ihr gefror buchstäblich das Blut in den Adern. Das Raketenflugzeug schwebte über die Halle hinweg und näherte sich ihnen langsam, wobei es erneut hin und her pendelte und dabei an eine riesenhafte Biene erinnerte, die eine Blume mit besonders süßem Nektar suchte. Seine Scheinwerfer glitten über den dunklen Parkplatz.

»In Deckung«, zischte Carya und zog Pitlit in einen offen stehenden Wagen hinein. Er war ziemlich groß und innen reihte sich Sitz hinter Sitz. Offenbar handelte es sich um ein Personentransportfahrzeug.

Sie duckten sich hinter zwei Sitze und spähten durch ein Fenster ins Freie. Das Raketenflugzeug beschrieb eine langsame Schleife, und die weißen Lichtfinger, die von seinem Rumpf ausgingen, machten die Abenddämmerung zur hellen Mittagsstunde, wo sie auf den Boden trafen.

Carya spürte, wie Verzweiflung sie zu lähmen drohte. Gegen einen Verfolger aus der Luft hatten sie keine Chance. Er würde ihnen überall hin nachfliegen, es sei denn, sie flohen in das Gebäude in ihrem Rücken zurück. Dort aber saßen sie in der Falle und mussten von den Gardisten nur noch eingesammelt werden.

Die einzige Möglichkeit, die sie vielleicht noch hatten, war … »Pitlit, wir fliehen in den Tunnel.«

»Welchen Tunnel?«

»Die Straße, die direkt auf das gespaltene Gebäude zuführt, ist doch darunter in einem Tunnel verschwunden. Dorthin kann uns das Raketenflugzeug nicht folgen.«

»Was ist mit dem Panzerwagen dieses Dicken?«

»Siehst du den hier irgendwo?«

»Nein, aber das muss nix heißen. Vielleicht lauern die nur darauf, dass wir uns zeigen.«

»Wenn wir hier sitzen bleiben, entdecken sie uns früher oder später mit Sicherheit.«

Der Junge schnitt eine Grimasse. »Also haben wir die Wahl zwischen einem Übel und einem anderen. Toll.« Er zog seinen Revolver hervor und lud ihn mit neuen Patronen, die er aus seiner Jackentasche fischte.

»So scheint es«, sagte Carya nickend, während sie ihm dabei zusah. »Und ich für meinen Teil wähle lieber den Kampf, als wie ein Kaninchen im Bau auf den Hund zu warten.«

Pitlit ließ die Trommel des Revolvers zuschnappen und lächelte grimmig. »Dann los.«

Geduckt schlichen sie zum Hinterausgang des Personentransporters und glitten hinaus ins Freie. Der Tunneleingang lag etwa zweihundert Meter entfernt, ein dunkles Loch, das man von hier aus nur erahnen konnte. Verstohlen liefen sie zwischen den Motorwagenwracks entlang auf das Ende des Parkplatzes zu. Als sie es erreicht hatten, schlugen sie sich durch hüfthohe Sträucher zu der Straße durch, die hinunter zum Tunnel führte.

In diesem Moment wurden sie jedoch vom Piloten des Raketenflugzeugs entdeckt. Von einer Sekunde zur nächsten waren sie in helles Licht gebadet, ein Licht, das ihnen jede Deckung raubte. »Renn«, rief Carya Pitlit zu und beschleunigte selbst ebenfalls ihre Schritte.

Mit brausenden Triebwerken glitt das Fluggerät näher. »Bleiben Sie stehen. Sie können nicht entkommen. Ihnen wird nichts geschehen«, tönte es aus einem Lautsprecher.

»Wer's glaubt, wird selig«, schrie Pitlit und feuerte über die Schulter einen blinden Schuss aus seinem Revolver ab.

Auf der anderen Seite der Hauptzubringerstraße, auf einer der Rampen, flammten die Scheinwerfer eines Fahrzeugs auf. Der Panzerwagen! Mit grollendem Motor nahm er Fahrt auf und brauste heran.

»Ins Gebüsch!«, rief der Straßenjunge und lief in einen wuchernden Grünstreifen auf der gegenüberliegenden Seite der Straße.

Carya wollte ihm folgen, doch unvermittelt trat sie auf ein Trümmerstück am Boden, das sie nicht gesehen hatte. Ihr Fuß knickte um. Ein stechender Schmerz fuhr durch die Seite ihres Unterschenkels bis hinauf zu ihrem Knie. Sie schrie auf und fiel zu Boden.

Erschrocken wirbelte Pitlit herum. »Carya!«

Sie versuchte sich aufzurappeln, aber der Schmerz im Gelenk machte es unmöglich. »Lauf weiter«, rief sie Pitlit zu.

»Nein!«

»Doch. Ich kann nicht mehr. Mein Fuß.« Ihr Blick huschte zu dem näher kommenden Fahrzeug und dem Fluggerät. Ihnen lief die Zeit davon. Sie zog den Bogen von der Schulter. »Nun los, Pitlit. Verschwinde endlich. Triff Jonan. Du musst ihm sagen, was passiert ist.«

Der Straßenjunge zögerte eine Sekunde, doch dann gehorchte er und floh.

Der Pilot des Raketenflugzeugs ließ sein Gefährt hin und her gleiten, offenbar unschlüssig, ob er bei Carya bleiben oder dem Jungen folgen sollte. »Komm her«, fauchte Carya, während sie sich auf die Knie erhob. »Ich bin es, die du haben willst.« Sie zog einen Pfeil aus dem Köcher, legte ihn auf die Sehne und spannte den Bogen.

Etwas in ihr übernahm. Etwas, das besser über Raketenflugzeuge Bescheid wusste als das Mädchen aus Arcadion. Mit einem gezielten Schuss ließ sie den Suchscheinwerfer zerplatzen. Mit einem Mal wurde es dunkel um sie, wenn auch nicht so dunkel, wie sie es gerne gehabt hätte, denn der Panzerwagen kam rasch näher.

Sie holte einen weiteren Pfeil hervor und schoss erneut. Und ein drittes Mal. Mit dumpfem Knallen schlugen die Pfeile in dem allem Anschein nach nur aus dünnem Metall bestehenden Rumpf ein und überzeugten den Piloten, dass es sinnvoll wäre, etwas Abstand zwischen sich und diese Verrückte am Boden zu bringen. Er ließ den Antrieb aufheulen und stieg höher in den Nachthimmel hinauf.

Carya richtete ihre Aufmerksamkeit auf das gepanzerte Fahrzeug. Dröhnend kam der Wagen des beleibten Francianers auf sie zugeschossen. Einen Augenblick lang fürchtete sie, man würde sie einfach über den Haufen fahren. Sie hob den Bogen und zielte, auch wenn es eine Verzweiflungstat war, denn die fünf Pfeile, die noch in ihrem Köcher steckten, würden das Fahrzeug niemals stoppen – mal ganz abgesehen davon, dass sie bestenfalls einen oder zwei würde abschießen können, bevor es heran war.

Im nächsten Moment allerdings bremste der Wagen ab und kam mit quietschenden Reifen zum Stehen. Der Fahrer blendete die Scheinwerfer auf, und blinzelnd musste Carya den Blick abwenden. Türen wurden geöffnet, und Männer sprangen heraus. Sie ließ Pfeil und Bogen fallen und hob die Hände. Was blieb ihr auch anderes übrig? Wenn sie kämpfte, würde sie auf jeden Fall sterben.

Die schattenhaften Gestalten der Gardisten eilten auf sie zu und umringten sie, die Waffen im Anschlag. »Wir haben sie«, rief einer auf Francianisch. »Sollen wir sie erschießen?«

»Ist ja eine Schande«, drang die Stimme des Beleibten aus dem Fond des Wagens. »So ein hübsches, junges Ding. Aber was soll man machen? Tut es! Und dann suchen wir ihre Freunde.«

Kapitel 16

Halt!«, erschallte eine zweite Stimme. Gehörte sie dem Mann in Rot-Weiß? »Befehl aufgehoben. Nicht schießen.« Er stieg aus dem Wagen.

»Ich verstehe nicht, Botschafter Cartagena«, sagte der Beleibte. »Was soll das? Sie hat uns gesehen. Wir können sie mit diesem Wissen nicht einfach laufen lassen.«

»Dessen bin ich mir bewusst, Minister.« Cartagena trat langsam auf Carya zu. Er blieb vor ihr stehen und musterte sie. Seine Miene blieb dabei unbewegt. Sie verriet nicht, was er dachte.

Ich könnte jetzt einfach meine Waffe greifen, dachte Carya. Pfeil und Bogen lagen günstig vor ihr. *Und ihn erschießen. Oder zumindest mit dem Tod bedrohen.*

Würden die Gardisten rasch genug reagieren? Sie wusste es nicht. Wenn sie erst eine Geisel hatte, bestand vielleicht doch noch die Möglichkeit für sie, heil aus dieser Angelegenheit herauszukommen.

Trotzdem unternahm sie keinen Versuch, sich zur Wehr zu setzen. Sie starrte in die durchdringend grünen Augen des Mannes, und auf einmal überkam sie ein ganz seltsames Gefühl. So als wären sie einander schon einmal begegnet – vor langer Zeit. Reglos wartete sie darauf, dass er sein Urteil über sie fällte.

»Also, was habt Ihr vor?«, wollte auch der noch namenlose Minister wissen.

»Wir nehmen sie mit«, entschied Cartagena. Er hob die linke Hand zum Mund und sprach leise und in einer fremden Sprache hinein. Er musste mit dem Piloten des Raketenflugzeugs Kontakt aufgenommen haben, denn im nächsten Moment stieg das Gefährt weiter in den Himmel hinauf und drehte dann ab, um in der Finsternis davonzuschießen.

»Wir nehmen sie mit?«, wiederholte der Minister ungläubig. »In den Palast des Kaisers?«

»Ich bitte darum, Minister Justeneau«, sagte Cartagena. »Sie wird unter meinem persönlichen Schutz stehen. Und ich bürge für ihre Taten.« Wie um seinen Worten Gewicht zu verleihen, legte er eine Hand aufs Herz.

»Nun, wie Ihr wünscht.« Justeneau zuckte mit den runden Schultern. »Ich hoffe nur, dass Ihr Euch kein faules Ei ins Nest holt. Seine Majestät mag Euch hochschätzen, aber Eure Position ist nicht völlig unangreifbar.«

»Ich denke, sie ist unangreifbar genug, um dieses kleine … Risiko einzugehen.« Der rot-weiß gekleidete Mann schaute auf Carya hinunter. »Stimmen Sie mir zu, Mademoiselle?«

»Carya«, sagte sie, und sie wusste nicht einmal, warum sie das verriet. »Mein Name ist Carya.« Genau wie die Männer sprach sie nun Francianisch, und es ging ihr erstaunlich leicht über die Lippen.

»Ein schöner Name«, antwortete Cartagena. Er bot ihr die Hand zum Aufstehen. »Ich hoffe, Sie wissen es zu schätzen, dass ich mich für Sie eingesetzt habe, und bereiten mir am Hof des Mondkaisers keine Schande.«

»Ich kann nichts versprechen«, sagte Carya, während sie sich erhob. Sie verzog kurz das Gesicht, als sie den verletzten Fuß belastete. »Aber ich werde mir Mühe geben.«

Zu ihrem eigenen Erstaunen meinte sie das sogar ehrlich. Diese Verfolgungsjagd war entschieden anders zu Ende gegangen, als sie es sich ausgemalt hatte. Sie vermochte nicht zu begreifen, was Cartagena bewogen hatte, ihr zu Hilfe zu kommen. Genauso wenig konnte sie ermessen, was auf sie zukam, wenn man sie an den Hof des Mondkaisers brachte.

Aber sie verspürte keine Angst. Vielmehr war sie neugierig darauf, wie sich die Dinge nun entwickeln würden. Und einstweilen war sie durchaus bereit, mitzuspielen – welches Spiel Cartagena auch immer spielte. *Alles ist besser, als hier auf nächtlicher Straße erschossen und anschließend im Gebüsch entsorgt zu werden,* dachte sie. *Und vielleicht finde ich sogar ein paar interessante Dinge über meine Vergangenheit heraus, wenn ich erst einmal bei Hofe bin. Offensichtlich pflegt der Mondkaiser diplomatische Beziehungen zu den Besitzern der Raketenflugzeuge. Ich bin gespannt, wie lange diese zurückreichen.*

Daher ließ sie zu, dass die Soldaten ihren Beutel und den Bogen an sich nahmen und dass Cartagena sie zu dem gepanzerten Motorwagen führte. Sie dankte ihm sogar höflich, als er ihr beim Einsteigen half. Doch als die Türen zufielen und das Fahrzeug brummend Fahrt aufnahm, wanderten ihre Gedanken zu Jonan und Pitlit. Sie fragte sich, was die beiden jetzt unternehmen würden. Und wann sie sie wohl wiedersehen würde.

Schwer atmend schlug sich Jonan durch das Buschwerk eines ehemaligen Parks auf die Straßenunterführung zu, die sie als Treffpunkt ausgemacht hatten. Mittlerweile war es vollkommen dunkel geworden. Von seinen Verfolgern sah und hörte er nichts. Durch seinen Sturz die Metallbrücke hinunter und seine rasche Flucht hatte er sie abgehängt.

Seine Miene verhärtete sich. Nein, das war nur die halbe Wahrheit. Tatsächlich hatte er nur deshalb so leicht entkommen können, weil sich die Gardisten auf Carya und Pitlit konzentriert hatten. Ihre Verfolger waren zu der Entscheidung gezwungen gewesen, an wessen Fersen sie sich hängen sollten. Und sie schienen zu dem Schluss gekommen zu sein, dass es zunächst leichter war, sich dem Mädchen und dem Kind zu widmen. Möglicherweise hatten sie Jonans Anwesenheit auch gar nicht richtig mitbekommen, weil er schon am Boden der Gasse gelegen hatte, als ihre Verfolger oben im Gang in Sicht gekommen waren.

Er stapfte aus dem Gebüsch hervor und trat in die Schwärze der Unterführung. Um etwas besser sehen zu können, holte er seine Handlampe hervor und knipste sie mit vorgelegtem Rotfilter an. Im Schein der Lampe blickte er auf nackte graue Steinplatten, auf die vor vielen Jahren vermutlich gelangweilte oder zornige Jugendliche Parolen geschmiert hatten, die heute kaum noch erkennbar waren. Neben Jonan befand sich eine Straße, dahinter, abgetrennt durch einen rostigen Zaun, verliefen die Bahnschienen. Zwischen den Gleisen wucherte Unkraut. Einen Moment lang fragte sich Jonan, ob es in Francia wohl noch Züge gab. In Arcadion und dem Einflussbereich des Lux Dei war es nie gelungen, ein zuverlässiges Bahnnetz aufzubauen, obwohl es zu Jonans Lebzeiten mindestens zwei Versuche gegeben hatte, Dampfloks auf die Schienen zu bringen, um Städte wie Arcadion und Firanza im Norden oder Napuli im Süden besser zu verbinden.

Er stellte sein Sturmgewehr, das ihm mittlerweile recht schwer wurde, an die Wand der Unterführung und sank daneben zu Boden. Um Energie zu sparen, schaltete er die Lampe wieder aus.

Den Rücken angelehnt und die Beine angewinkelt, wartete er im Dunkeln. *Hoffentlich kommen sie bald*, ging es ihm durch den Kopf.

Die Zeit zog sich dahin. Etwa zehn Minuten verstrichen, die sich aber wie eine halbe Ewigkeit anfühlten. Auf einmal hörte Jonan das Geräusch eines schweren Motorwagens nahen. Das musste das Fahrzeug sein, das sie beobachtet hatten. Vorsichtshalber nahm er sein Sturmgewehr auf und schlug sich ins Gebüsch. Er hatte nicht so genau darauf geachtet, ob man von der Straße über ihm hier herunterfahren konnte, und er wollte nicht ungeschützt unter der Unterführung hocken und womöglich von den Dienern des Mondkaisers erwischt werden.

Aber der Motorwagen machte keine Anstalten, die obere Hauptstraße zu verlassen. Die Lichtkegel der Scheinwerfer glitten, zusammen mit dem Motorengeräusch, über seinen Kopf hinweg und verschwanden rasch nach Norden außer Sicht. Die Francianer kehrten an den Hof ihres Souveräns zurück. Von dem Fluggerät war nichts zu sehen.

Jonan verharrte noch eine Weile im Gebüsch, bevor er an seinen Warteplatz zurückkehrte. Zum wiederholten Mal schaute er auf die Uhr. Mittlerweile lag seine Ankunft bereits mehr als eine Viertelstunde zurück. Und keine Spur von Carya oder Pitlit.

Langsam wurde Jonan nervös. Er begann sich Vorwürfe zu machen, weil er geflohen war, statt die Meute ihrer Verfolger auf sich aufmerksam zu machen und sie dazu zu bringen, ihn als primäres Ziel zu betrachten. Er war der Exsoldat. Er trug das Sturmgewehr bei sich. Es wäre seine Pflicht gewesen, sich den Feinden zu stellen und Caryas und Pitlits Flucht zu decken, bis er sicher sein konnte, dass sie entkommen waren.

Im Nachhinein betrachtet konnte Jonan sich den leichtsinnigen Vorschlag, sich zu trennen und dann hier wieder zu treffen, nur dadurch erklären, dass er wegen des Sturzes von der Brücke nicht ganz bei Sinnen gewesen war. Sein Wunsch, Carya möge sich erst einmal aus der Schusslinie bringen, anstatt zu versuchen, ihn zu retten, war übermächtig gewesen. Bis zu diesem Punkt konnte er sein Handeln auch noch vor sich rechtfertigen. Nur hätte er selbst nicht verschwinden dürfen, ohne sich davon zu überzeugen, dass Carya und Pitlit zurechtkamen.

Ich muss zurück, erkannte er. *Ich muss sie suchen gehen. Sie hätten doch längst hier sein müssen. Etwas ist schiefgegangen.*

Er erhob sich und nahm sein Sturmgewehr wieder auf, als er ein Rascheln in den Büschen hörte. Alarmiert fuhr er herum und legte die Waffe an. Man konnte nicht vorsichtig genug sein. Er schaute durch die Restlichtverstärkeroptik. Es war Pitlit – Pitlit *allein*. Jonans Magen verkrampfte sich schmerzhaft, während er das Gewehr senkte und sich über die Schulter hängte, nur um die Lampe wieder anzuknipsen, damit sie einander sehen konnten.

»Jonan! Mann, bin ich froh, dich zu treffen. Da draußen im Dunkeln ist es echt unheimlich.« Keuchend sank der Straßenjunge auf die Knie. Er musste die ganze Strecke gerannt sein.

»Wo ist Carya?«, fragte Jonan in unheilschwangerem Tonfall.

Pitlit sah ihn mit unbehaglicher Miene an. »Diese Kerle … die mit dem Panzerwagen … sie haben sie erwischt.«

Die Worte trafen Jonan wie Schläge ins Gesicht. »Was meinst du mit ›erwischt‹? Sie ist doch nicht …«

»Tot? Nein. Aber sie haben sie mitgenommen.«

»Wie konnte das passieren? Ihr hattet sie doch schon praktisch abgehängt.« Jonan war fassungslos.

»Wir konnten nichts dagegen machen. Sie haben uns mit diesem Raketenflugzeug verfolgt. Ich hätte mich ja lieber weiter in dem zerstörten Transportwagen versteckt. Aber Carya fürchtete, dort würden sie uns auf jeden Fall schnappen.« Pitlit sprang auf, und die Worte sprudelten jetzt förmlich aus ihm heraus. »Also sind wir wieder raus. Wir wollten durch den Tunnel unter dem gespaltenen Haus abhauen. Aber sie waren uns sofort auf der Spur. Und dann ist Carya auch noch mit dem Knöchel umgeknickt. Sie konnte nicht weiterlaufen. Ich wollte bei ihr bleiben und sie verteidigen. Aber sie hat gesagt, ich solle zu dir rennen und dir Bescheid geben, dass die Mistkerle sie haben.«

Im Grunde hatte Jonan etwas Derartiges seit Pitlits Auftauchen schon befürchtet. Doch die Bestätigung aus dem Mund des Straßenjungen zu erhalten, versetzte ihm einen schmerzhaften Stich in der Brust. Es war, als ob sich der Panzerhandschuh eines Templersoldaten um sein Herz schließen und langsam zudrücken würde. »Weißt du, was sie mit ihr angestellt haben?«, fragte er. »Haben sie ihr wehgetan?«

»Ich bin natürlich nicht gleich weggelaufen, wie Carya es wollte, sondern habe mich nur ins Gebüsch geschlagen und das Ganze beobachtet«, erklärte Pitlit. »Wenn sie ihr was getan hätten, das schwöre ich dir, hätte ich sie alle erschossen.« Er klopfte auf seinen Revolver im Gürtel. »Erst sah es auch gar nicht gut aus. Dieser fetter Kerl, dem der Panzerwagen gehört, wollte, dass seine Soldaten Carya kaltmachen. Aber dann hat sich der Rot-Weiße aus dem Raketenflugzeug eingemischt und es verhindert. Keine Ahnung, warum.« Pitlit zuckte mit den Schultern.

»Und weiter?«

»Na ja, er ist zu ihr hin, und sie haben sich unterhalten. Vielleicht hat er Carya gedroht oder sie irgendwie überredet. Jedenfalls ist sie mit ihm gegangen, ohne einen Fluchtversuch zu unternehmen. Gut, das wäre auch ziemlich blöd gewesen. Schließlich stand ein halbes Dutzend Soldaten mit Gewehren um sie herum.« Der

Straßenjunge zögerte kurz und zuckte erneut mit den Schultern. »Und danach sind sie weggefahren. Mehr weiß ich nicht.« Er schaute zu Jonan auf. »Bist du mir jetzt böse, weil ich Carya nicht beschützt habe?«

Gegen seinen Willen musste Jonan lächeln, aber es fühlte sich wie ein sehr verbittertes Lächeln an. »So ein Quatsch, Kumpel«, sagte er und klopfte Pitlit beruhigend auf die Schulter. »Wenn sich einer Vorwürfe machen sollte, dann ich – und die mache ich mir, das kannst du mir glauben. Wir hätten zusammenbleiben sollen.«

»Aber du hättest Carya auch nicht gegen all die Soldaten und den Panzerwagen und das Raketenflugzeug beschützen können«, wandte der Junge ein.

Jonan presste die Lippen zusammen. »Nein, vermutlich nicht. Aber sag das mal meinem schlechten Gewissen ...« Er fluchte leise.

Einen Moment lang herrschte betretenes Schweigen zwischen ihnen.

»Was machen wir jetzt?«, wollte Pitlit wissen.

»Das, was wir schon in der Heimat gemacht haben«, antwortete Jonan. »Wir ziehen los, um Carya zu retten.«

»Und wie wollen wir das anstellen? Diesmal gibt es niemanden, der uns helfen könnte. Wir kennen uns hier nicht aus. Wir sprechen ja nicht mal richtig die Sprache dieser Leute.« Obwohl sich der Junge sichtlich Mühe gab, nicht panisch zu klingen, nahm seine Stimme doch einen leicht schrillen Tonfall an.

»Ganz ruhig«, sagte Jonan. »Wir sprechen die Sprache gut genug – also ich zumindest. Den Rest müssen wir mit Händen und Füßen verdeutlichen. Das wird schon klappen. Was Hilfe angeht ... Das ist schon ein größeres Problem.« Er rieb sich mit der Linken übers unrasierte Kinn. »Unser Freund und seine Gardisten werden vermutlich zum Hofstaat des Mondkaisers gehören. Es würde mich wundern, wenn hier sonst noch jemand einen derart gut gepflegten Panzerwagen unterhalten könnte. So einen Hofstaat stelle ich mir recht groß und unübersichtlich vor. Das könnte es uns erleichtern, ihn zu infiltrieren. Es muss doch Bauern und Kaufleute geben, die den Kaiser mit Lebensmitteln und anderen Dingen versorgen. So ein Hofstaat hat schließlich einen enormen Verbrauch. Wenn wir uns an so jemanden hängen, sollte es nicht schwer sein, hineinzukommen.«

»Aber wenn dieser Hofstaat wirklich so groß ist, wird Carya sicher nicht so leicht zu finden sein«, gab Pitlit zu bedenken. »Als Gehilfen eines Bauern können wir ja nicht überall herumlaufen, wie es uns gefällt.«

»Auch wieder wahr. Wir bräuchten also eine bessere Scheinidentität. Etwas mit mehr Bewegungsfreiheit. Ich fürchte, das wird uns ohne Hilfe von außen nicht gelingen. Nur, an wen sollen wir uns wenden?«

Pitlit schnippte mit den Fingern. »Erinnerst du dich daran, wie wir uns von Géant verabschiedet haben? An der Küste?«

»Natürlich«, antwortete Jonan. »Warum fragst du?«

Auf einmal wirkte der Straßenjunge ganz aufgeregt. »Du hast es vielleicht nicht richtig mitgekriegt, aber er hat Carya beiseitegenommen und mit ihr geredet. Ich habe nicht alles verstanden, weil er so leise gesprochen hat. Aber ich glaube, er sagte, dass er einen Bruder in Paris hat. Er lebt bei irgendeinem Dom … warte … Inva-Irgendwas … Invalidendom!«

Nachdenklich schürzte Jonan die Lippen. Einen Bruder, den es womöglich gar nicht gab, an einem Ort zu suchen, an dem er vielleicht längst nicht mehr lebte, war ein ziemlicher Schuss ins Blaue. Andererseits stellte dieser unbekannte Mann den einzigen Ansatzpunkt dar, den sie überhaupt besaßen. Ob er etwas für sie tun konnte, stand obendrein in den Sternen. Die Antwort auf diese Frage würden sie allerdings nur herausfinden, wenn sie ihr Glück versuchten.

»Es ist keine besonders aussichtsreiche Spur, aber besser als nichts«, fasste Jonan seine Gedanken in Worte. »Also begeben wir uns zu diesem Invalidendom. Aber das muss bis morgen warten. Mitten in der Nacht stolpere ich nicht durch ein völlig unbekanntes Ödland.«

»Du willst nicht ernsthaft hier unter der Brücke übernachten, oder?«

»Nein. Wir nehmen die Straße in Richtung Stadt und schauen, ob wir an einem Gasthaus am Rand der Lebenszone vorbeikommen, in dem wir schlafen können. Wenn wir keins finden, suchen wir uns eine geeignete Ruine.« Jonan holte den Navigator hervor und rief die Umgebungskarte auf. »Wir nehmen diese Hauptstraße«, erkläre er Pitlit und deutete auf eine orangefarbene Linie, die schnurgerade von einem äußeren zu einem inneren Straßenring um das alte Zentrum von Paris verlief. »Wir gehen allerhöchstens bis zum inneren Ring. Das sind zehn Kilometer. Wenn wir vorher einen geeigneten Schlafplatz entdecken oder die Umgebung deutlich ungemütlicher wird, machen wir halt. Denn eigentlich sind wir heute schon genug gewandert.«

»Ist gut«, sagte Pitlit.

Jonan hängte sich den Beutel um und befestigte die Lampe an seiner Jacke, damit sie nicht in völliger Dunkelheit die Böschung zur Brücke hinauf erklimmen mussten. Oben angekommen schaltete er das Licht aus, und sie verschmolzen mit der Dunkelheit.

Die Nacht war finster, Mond und Sterne verbargen sich hinter dichten Wolken. Nirgendwo schimmerte der goldene oder rötliche Schein eines bewohnten Hauses oder eines Lagerfeuers. Man konnte kaum die Hand vor Augen sehen.

Zum Glück war das auch nicht nötig. Die Straße unter ihren Füßen war zwar rissig, von Unkraut übersät und gelegentlich lagen Trümmerteile darauf herum. Dennoch konnte man auch im Dunkeln gut vorankommen.

Nach einer knappen Stunde erreichten sie das gewaltige Band der mehrspurigen Straße, die laut Jonans Navigator in weiten Schlangenlinien unmittelbar in das graue Ödland des Zentrums von Paris führte. Sie liefen noch eine Weile weiter, und als sich abzeichnete, dass sie keine Herberge für die Nacht finden würden, schlugen sie sich seitlich ins Gebüsch, um in einem aufgegebenen Wohngebiet nach einer Schlafmöglichkeit zu suchen.

Sie fanden sie in einem verfallenen Mehrfamilienhaus. Im Schein von Jonans Lampe drangen sie bis in den zweiten Stock vor, wo sie eine Wohnung entdeckten, in der noch ein paar alte Möbel standen. Auf einer durchgesessenen braunen Sofagarnitur legten sie sich zum Schlafen hin. Einen Augenblick lang erwog Jonan, abwechselnd Wache zu halten. Doch dann verwarf er den Gedanken wieder. Sie befanden sich mitten im Nirgendwo. Die Wahrscheinlichkeit, dass sie in den wenigen Stunden bis zum Morgengrauen von Plünderern entdeckt wurden, war ausgesprochen gering.

»Jonan?«, fragte Pitlit ins Dunkel, nachdem sie sich jeder auf einem Sofa ausgestreckt und das Licht gelöscht hatten.

»Mhm?«, brummte Jonan.

»Glaubst du, sie werden Carya foltern und vor Gericht stellen, so wie in Arcadion?«

Jonan brauchte einen Moment, bevor er darauf antworten konnte. »Ich weiß es nicht, Pitlit. Ich hoffe nicht. Wir sind keine

Feinde des Mondkaisers. Das ist sicher ein Vorteil. Genau genommen spielen wir überhaupt keine Rolle für ihn. Wir sind nur dahergelaufene Wanderer von der Straße. Carya wird dem Mondkaiser also wahrscheinlich völlig gleichgültig sein. Möglicherweise erfährt er gar nicht, dass seine Männer sie mit nach Château Lune gebracht haben. Wenn der Hof wirklich deren Ziel war.«

»Aber wenn wir so unwichtig sind, warum hat der Raketenflugzeugkerl die Soldaten dann davon abgehalten, Carya einfach zu erschießen?«, wunderte sich Pitlit. »Wir haben doch anscheinend irgendetwas Verbotenes beobachtet. Uns umzubringen wäre also die einfachste Lösung gewesen.«

Mit gerunzelter Stirn starrte Jonan die Decke über seinem Kopf an, die er im Dunkeln nicht sehen konnte. »Das ist eine wirklich gute Frage«, murmelte er, mehr zu sich selbst, als an den Straßenjungen gerichtet. Aus irgendeinem Grund bezweifelte er, dass ihm die Antwort gefallen würde.

Kapitel 17

Die Fahrt zum Hof des Mondkaisers verlief in Schweigen. Die Gardisten im hinteren Bereich des Panzerwagens waren zu gut gedrillt, um in Anwesenheit von zum Teil hochstehenden Gästen einfach so in munteres Plaudern zu verfallen. Minister Justeneau schien unwillig, auch nur das kleinste bisschen an Information preiszugeben, weswegen er einfach gar nichts sagte und stattdessen Carya bloß mürrisch anschaute. Cartagena schließlich genügte es, in friedvoller Gedankenverlorenheit dazusitzen und durch das schmale Fenster zu schauen, hinter dem das von den Strahlern des Motorwagens erhellte nächtliche Ödland vorbeizog.

Was Carya anging, so wusste sie einfach nicht, was sie sagen sollte. Es war nicht so, dass sie keine Fragen gehabt hätte. Genau genommen schwirrten ihr Dutzende davon im Kopf herum. Die meisten davon betrafen Cartagena, sie und ihre Vergangenheit. Allerdings handelte es sich dabei gewissermaßen um etwas Persönliches. Daher wollte Carya diese spezielle Unterhaltung nicht im Beisein von Dritten führen. Und irgendein unverbindliches Gespräch anzufangen, nur um die auf dem Wageninneren lastende Stille zu durchbrechen, fand sie ausgesprochen schwierig. Zu abweisend wirkten ihre beiden Mitreisenden.

Also blieb auch Carya stumm und musterte nur die beiden ihr im Fond gegenübersitzenden Männer. Ihr fiel auf, dass Cartagena einen goldenen Ring am Ringfinger der rechten Hand trug. Das Schmuckstück wies an der Oberseite eine ovale Fläche auf, in die ein Kreis graviert worden war, der von feinen Linien durchzogen war. Viel mehr konnte Carya auf die Entfernung nicht erkennen. Sie hatte ihn auch nur bemerkt, weil der Mann sonst überhaupt keinen Schmuck trug.

Die Fahrt dauerte ungefähr eine halbe Stunde und führte sie ein gutes Stück die breite Handelsstraße zurück, die Carya, Jonan und Pitlit an diesem Tag in Richtung Orly entlanggewandert waren. Schließlich verließen sie diese in Richtung Norden. Sofort waren sie von Häusern umgeben, aus deren Fenster der goldene Schein fiel, der von Leben kündete. Es war spät genug, dass sich kaum noch Menschen auf den Straßen und Gassen herumtrieben, aber nicht so spät, dass man überall schon zu Bett gegangen wäre.

Mit jeder Minute, die verstrich, nahmen die Anzeichen von Zivilisation zu. Die Häuser rückten zusammen und reckten sich in die Höhe, bis sie auf beiden Seiten der Straße eine mehrstöckige, geschlossene Fassadenfront bildeten. Im Erdgeschoss vieler Gebäude sah Carya kleine Geschäfte. Schuster, Schneider, Schreiner und andere Gewerbetreibende boten hier ihre Waren an. Man fühlte sich fast wie in Arcadion. Sogar an einer Buchhandlung kamen sie vorbei. Einen Moment lang war Carya verführt, den Wagen anhalten zu lassen und hinauszuspringen, um sich die Druckwerke anzuschauen, die in den Auslagen im Fenster auf Käufer warteten.

Auf einmal zogen sich die Häuser zurück, und die Straße ging in eine breite Allee über. Mächtige Bäume säumten diese, und dahinter waren die Mauern und lang gestreckten Gebäude von etwas zu sehen, das Carya an die Templerakademie in Arcadion erinnerte. Uniformierte und bewaffnete Gardisten standen vor den mit Gittertoren gesicherten Eingängen Wache. Eine blaue Flagge mit stilisiertem silberfarbenen Lilienmuster wehte, vom Licht eines Scheinwerfers angestrahlt, über ihren Köpfen an einem schlanken Fahnenmast.

Vor ihnen lag ein Platz von geradezu riesigen Ausmaßen. Den größten Platz, den Carya bislang zu Gesicht bekommen hatte, war das von Arkaden eingefasste Oval vor dem Dom des Lichts gewesen. Dieser hier übertraf selbigen sicher um das Doppelte. Kasernenartige Bauwerke rahmten ihn zu beiden Seiten ein. In der Mitte ragte auf einem hohen Sockel die überlebensgroße Statue eines Mannes auf, der prunkvolle Gewänder und einen federgeschmückten Hut trug. Die Statue bestand aus schwarzgrauem Metall. Das Gesicht allerdings war von einer silbernen Maske bedeckt.

Am fernen Ende des Platzes erhob sich ein Palast, wie Carya ihn noch nie gesehen hatte. Das Gebäude oder vielmehr die Ansammlung von Gebäuden hatte atemberaubende Ausmaße. Die Häuser waren annähernd hufeisenförmig angeordnet, mit einem weitläufigen Hof in der Mitte. Eine verzierte Mauer begrenzte das Areal nach vorne.

Obwohl es bereits dunkel war, konnte man das Schloss in allen Einzelheiten bewundern, denn zahllose Lichtquellen erhellten es, Fackeln ebenso wie elektrische Lampen. Das Licht spiegelte sich an den Fassaden der Gebäude, die, wie Carya beim Näherkommen staunend erkannte, reich mit Silberschmuck verziert waren. Die Metallspitzen der Mauerdorne, die Fensterrahmen, die prunkvollen Dachfirste – sie alle glänzten in kaltem, wie flüssig wirkendem Silber und verliehen dem Schloss einen märchenhaften Glanz.

Sie durchquerten das erste Tor, das von Soldaten in blauen und silbernen Rüstungen flankiert wurde. Die Panzeranzüge erinnerten Carya an Jonans Templerrüstung, auch wenn sie nicht ganz so klobig waren und ihr martialisches Aussehen durch aufwändig gearbeiteten Zierrat gemildert wurde. Carya musste auf einmal an Julion Alecander denken, einen der zehn Paladine des Lux Dei, den Schwarm ihrer frühen Jugendjahre. Wenn es einen Mann in Arcadion gab, der eine so prächtige Rüstung trug, dann er. Mithin mussten diese Torwachen zur Elitegarde des Mondkaisers gehören.

Ihr Wagen überquerte den äußeren Vorhof des Schlosses, der von zwei lang gestreckten, viergeschossigen Häusern mit hohen Fenstern und einem steilen Dach aus dunklen Schindeln eingefasst wurde. Hier lebten vermutlich die Bediensteten und die Soldaten der Kaisergarde. Carya war überrascht, wie viel Leben am Hof noch herrschte. Zahlreiche Kutschen und auch mindestens ein halbes Dutzend Motorwagen parkten auf dem Hof und livrierte Diener liefen von Haus zu Haus.

Gleich darauf näherten sie sich einem zweiten Durchgang, der zu einer niedrigen Mauer gehörte, auf der ein Zaun aus übermannshohen, spielerisch verschnörkelten Metallstangen saß. Der in einem Halbkreis den inneren Hof des Palasts umspannende Zaun musste fast achtzig Meter lang sein, und er war vollständig mit blankem Silber überzogen. Die zahlreichen Fackeln und Lampen, deren Schein sich in ihm spiegelten, sorgten für ein spektakuläres Lichterspiel.

Unwillkürlich fing Caryas Herz an, schneller zu schlagen. Wie wohlhabend und mächtig war dieser Mondkaiser, dass er sich ein dermaßen opulentes Domizil leisten konnte? Ihr war kein einziges Haus in ganz Arcadion bekannt, das so sehr den Reichtum seines Besitzers zur Schau stellte. Einzig der Dom des Lichts in seiner ganzen Gewaltigkeit konnte es an Pracht mit diesem Bauwerk aufnehmen – und bis vor wenigen Minuten hätte Carya es für unmöglich gehalten, dass es irgendetwas auf der Welt gab, das dem Dom des Lichts gleichkam.

»Eindrucksvoll, nicht wahr?«, sagte Cartagena. »Ich hatte einen ähnlichen Glanz in den Augen, als ich das erste Mal an den Hof des Mondkaisers gekommen bin.« Er senkte die Stimme ein wenig und wechselte zu Caryas Überraschung ins Arcadische. »Aber lass dich nicht vom Silberglanz blenden. Dieser Hof ist nicht weniger gefährlich als das Leben in der Trümmerzone. Die Gefahren mögen anderer Natur sein, aber sie sind genauso todbringend.«

Minister Justeneau warf ihm einen tadelnden Blick zu. »Das habe ich sowohl gehört, als auch verstanden.«

»Oh, dann habt Ihr Euch seit unserem letzten Zusammentreffen weitergebildet?«, fragte Cartagena mit milde verblüffter Miene.

»Bei unseren Geschäften bleibt das nicht aus.«

»In dem Fall war es äußerst leichtsinnig von Euch, mich von diesem Umstand in Kenntnis zu setzen. Also werde ich zukünftig auch in dieser Sprache meine Worte mit noch mehr Bedacht wählen.«

»Vielleicht wollte ich Euch auch eine freundschaftliche Warnung zukommen lassen«, entgegnete Justeneau. »Der Einflussbereich des Lux Dei liegt nicht so weit entfernt, als dass nicht einige bei Hofe in Sprache und Gepflogenheiten kundig wären.«

Cartagena neigte dankbar den Kopf.

Der Wagen fuhr eine Kurve und hielt vor dem linken Seitenflügel des Haupthauses an. Eilig stiegen die Gardisten aus dem Heckbereich aus und nahmen vor dem Fond in einer Reihe

Haltung an. Der Hauptmann öffnete die Tür, und Justeneau stieg aus. Cartagena bedeutete Carya mit einer Geste, dem Minister zu folgen, bevor er als Letzter den Wagen verließ.

Auch auf dem inneren Hof waren sie nicht allein. Soeben war eine nachtschwarz lackierte Kutsche vorgefahren, und eine kleine Gesellschaft bewegte sich darauf zu. Der Mann in der Mitte, er musste etwa im Alter von Caryas Vater sein, wurde von zwei jüngeren Begleitern gestützt. Allerdings wirkte er weniger verletzt, als vollkommen am Boden zerstört. Ein tiefgläubiger Priester, der soeben exkommuniziert worden war, konnte nicht verzweifelter dreinschauen. Auch seine Gefährten – neben den jungen Männern eine rundliche Frau und ein Mädchen von höchstens zwölf Jahren – machten bekümmerte Mienen.

»Und wieder ist eine bedauernswerte Seele beim Mondkaiser in Ungnade gefallen«, kommentierte Cartagena den Abgang der Familie. »Aufstieg und Fall erfolgen gleichermaßen schnell in diesen Mauern. Das Klügste, was man machen kann, ist sich aus aller höfischen Politik herauszuhalten.«

»So wie Sie?«, fragte Carya.

Um Cartagenas Mundwinkel zuckte es verräterisch. »Nein. Ganz sicher nicht so wie ich.«

»Monsieur Ambassadeur, ich verlasse Euch nun für eine Weile und übergebe Euch in die treusorgenden Hände des Palastpersonals«, verkündete Justeneau und deutete mit seinem verzierten Gehstock auf zwei Bedienstete, die am Eingang warteten. »Unterdessen werde ich dem Kaiser Meldung erstatten. Man wird Euch noch im Laufe der Nacht offiziell willkommen heißen. Bis dahin esst etwas und ruht Euch aus.«

»Danke, das werde ich machen.« Cartagena gab Carya ein Zeichen, und gemeinsam gingen sie zu den Dienern hinüber.

Einer der livrierten Männer eilte ihnen entgegen und an ihnen vorbei, um sich um das Gepäck zu kümmern, das der Fahrer auslud. Der andere verbeugte sich tief. »Monsieur Ambassadeur, willkommen auf Château Lune. Wenn ich Euch Eure Gemächer zeigen darf?«

»Ich habe eine Begleiterin mitgebracht«, ließ Cartagena den Mann wissen und deutete auf Carya, die in ihrer schmutzigen Kleidung – graue Bluse, braune Hose und Schnürschuhe – wie alles aussah, nur nicht wie eine Begleiterin eines Botschafters.

Wenn ich jetzt noch den Bogen und den Köcher mit Pfeilen hätte ..., dachte Carya, allerdings hatte man ihr sowohl die Waffe als auch ihren Beutel mit Habseligkeiten bislang nicht wiedergegeben.

Doch sie musste dem Diener Respekt zollen. Er ließ sich nicht aus der Ruhe bringen. Nicht einmal an einem Zucken in seiner Miene hätte man erkennen können, dass ihm Caryas ungewaschene Gestalt unangenehm war. Vielmehr neigte er bloß langsam den Kopf. »Ich werde Anweisung erteilen, ihr ein Zimmer unweit des Euren zuzuweisen.«

Suchend sah er sich um, bevor er mit einem Händeklatschen einen Burschen herbeirief, der gerade über den Hof spazierte. In leisen Worten erteilte er ihm einige Befehle, woraufhin der Junge, der nicht viel älter als Pitlit sein konnte, wie ein geölter Blitz davonsauste. Ihr Führer drehte sich unterdessen mit einer eleganten Pirouette um und betrat das Gebäude. Gemächlich geleitete er Carya und Cartagena ins Innere. Dabei war der Botschafter so freundlich, Carya den Arm zu reichen, denn nach wie vor konnte sie sich nur humpelnd bewegen, auch wenn der Schmerz in ihrem Knöchel schon etwas nachgelassen hatte.

Während sie durch die breiten Flure mit den hohen Decken schlenderten, musste Carya sich zusammenreißen, um angesichts all der Zurschaustellungen von Reichtum nicht große Augen zu machen. Die Böden waren mit Parkett ausgelegt. Die Wände schienen mit feinstem Marmor verkleidet zu sein. Am oberen Rand, dort wo sie in schwülstige Deckengewölbe übergingen, verliefen Stuckränder mit silbern lackierten Elementen. Überhaupt beherrschten die Farben Weiß, Blau und Silber die ganze Inneneinrichtung. Der Mondkaiser musste besessen davon sein.

Gleiches galt für die Sammlung aus überlebensgroßen Gemälden, die überall an den Wänden hingen. Manche schienen schon älteren Datums zu sein und waren im Laufe der Zeit verblasst. Die meisten jedoch mussten in den letzten Jahrzehnten entstanden sein, denn sie zeigten einen Mann in einem prunkvollen, königsblauen Mantel mit weißem Pelzkragen, dessen Gesicht von einer silbernen Maske verhüllt wurde.

»Warum trägt er eigentlich diese Maske?«, wollte Carya wissen.

»Das weiß niemand genau«, antwortete Cartagena leise. »Gemeinhin ist man der Ansicht, dass die Maske ein Symbol sein soll. Der Mondkaiser ist kein gewöhnlicher Mensch. Er ist vielmehr eine Legende. Deshalb trägt er auch keinen normalen Namen, sondern lässt sich nur mit seinem Titel ansprechen; soweit ich weiß, selbst von seinen engsten Vertrauten. Diejenigen, die wissen, wie er früher hieß, sprechen seinen Namen jedenfalls nicht laut aus.« Er beugte sich zu Carya hinüber. »Gehässigere Stimmen behaupten, der Kaiser sei missgestaltet und würde deshalb sein Gesicht hinter einer Maske verstecken. Niemand soll sehen, dass ein Krüppel das Reich regiert. Das allerdings spricht erst recht niemand laut aus. Die Strafen für das Verbreiten solcher Schauermärchen sind drakonisch.«

»Und was ist mit Ihnen? Fürchten Sie diese Strafen nicht?«

»Ich bin der Botschafter einer fremden Macht. Das bedeutet nicht, dass ich Narrenfreiheit genieße, aber man lässt mir etwas mehr durchgehen als dem gemeinen Höfling.« Cartagena schenkte ihr einmal mehr dieses milde Lächeln. Man konnte den Eindruck gewinnen, er betrachte das Ganze hier nur als lustigen Zeitvertreib.

Als sie eine Treppe in den ersten Stock hinauf nahmen, hörte Carya aus den Tiefen des Gebäudes plötzlich leise Musik, gepaart mit dem Gelächter vieler Menschen. Es klang, als ginge es dem Hofstaat von Château Lune gut und als würde zünftig gefeiert. Aber sie bekam keine Gelegenheit, die versammelte Gesellschaft in Augenschein zu nehmen, denn der Diener führte sie in die entgegengesetzte Richtung und bog in den Südflügel des Schlosses ein. »Hier liegen die Zimmer und *appartements* der Höflinge und der Gäste«, verriet ihr Cartagena.

Von vorne kam ihnen der Botenjunge entgegen und erstattete ihrem Führer flüsternd Bericht. Dieser nickte daraufhin knapp und entließ den Knaben. Er ging noch ein paar Meter weiter und wandte sich dann nach links. Kurz darauf blieb er stehen und öffnete eine Tür zur Rechten. »Eure Gemächer, Monsieur Ambassadeur. Wünscht Ihr noch etwas zu speisen?«

»Ich bitte darum«, sagte Cartagena. Er warf einen Blick in den Raum. »Ich werde hier essen. Aber decken Sie für zwei. Meine Begleiterin wird sich gleich zu mir gesellen.«

»Sehr wohl.«

»Und noch etwas.« Er beugte sich zu dem Bediensteten hinüber und flüsterte ihm etwas ins Ohr. Dabei warf er einen kurzen Blick zu Carya hinüber.

Die Miene des Dieners blieb steinern, wie bislang auch. »Sehr wohl, Monsieur Ambassadeur. Ich werde mich persönlich darum kümmern.«

»Das weiß ich zu schätzen«, sagte Cartagena. Er wandte sich an Carya. »Ich erwarte Sie in einer Stunde. Waschen Sie sich bis dahin und kleiden Sie sich neu ein. Für Ihre Garderobe wird gesorgt.«

Carya schluckte und nickte bloß stumm. Das ganze Ambiente des Palasts flößte ihr gehörigen Respekt ein. Und Cartagenas höfliche, aber entschiedene Art trug das ihre dazu bei, dass sie sich ein wenig überfordert fühlte. Mit der Verachtung und der Feindseligkeit von Männern wie Inquisitor Loraldi oder Großinquisitor Aidalon hatte sie umzugehen gelernt. Rebellischer Trotz und eine aus der Tiefe ihres Inneren kommende zornige Kraft waren ihre Waffen dagegen gewesen. Hier versagte beides vollkommen. Sie brauchte noch ein wenig Zeit, um dieses neue Spiel des höfischen Umgangs zu erlernen.

Cartagena schloss die Tür zu seinen Gemächern, und der Diener brachte Carya eine weitere Treppe hinauf in den zweiten Stock, wo die Decke niedriger und das Licht gedämpfter war. Offenbar gab es auch am Hof des Mondkaisers solche und solche Gäste.

Etwa auf der Höhe, auf der auch Cartagenas Räume ein Stockwerk tiefer lagen, befand sich ihr Zimmer. »Wünschen Sie noch etwas?«, fragte der Diener, nachdem er sie eingelassen hatte, steif.

Einen Moment lang war Carya verführt, ihren Beutel und ihren Bogen einzufordern, entschied sich jedoch dafür, diese Forderung direkt an Cartagena zu stellen. Der Diener würde ihr diesbezüglich ohnehin nicht weiterhelfen können. »Nein, danke«, erwiderte sie daher, woraufhin der Mann die Tür schloss.

Neugierig nahm sie ihr Quartier in Augenschein. Für hiesige Verhältnisse war der Raum zweifellos klein, trotzdem maß er bestimmt das Dreifache ihrer Kammer zu Hause in Arcadion. Auch hier war der Boden holzgetäfelt, die Wände allerdings nur tapeziert. In einer Ecke standen zwei gepolsterte Sessel, in einer anderen gab es einen mit einem Wandschirm abgetrennten Waschbereich. Dazwischen hing ein übermannsgroßer Spiegel. Direkt gegenüber, an der linken Wand, stand ein Bett, das so verführerisch bequem aussah, dass Carya sich am liebsten hineingeworfen hätte. An der Stirnseite des Raums befanden sich zwei Fenster, die von bodenlangen Vorhängen eingerahmt waren.

Als Carya den Raum durchquerte und nach draußen schaute, bot sich ihr ein Anblick, der ihr einmal mehr den Atem verschlug. Eine riesenhafte Gartenanlage erstreckte sich hinter dem Palast, erhellt vom Licht zahlloser Laternen. Die Büsche wirkten wie mit dem Lineal geschnitten. Große Wasserbecken mit Springbrunnen, die selbst bei Nacht plätscherten, lagen direkt hinter dem Haus, danach ging es über breite Treppen zu niedriger gelegenen Teilen des Gartens. Das Ende konnte Carya im Dunkeln nur mehr erahnen. Die Laternen im hintersten Bereich des Gartens, die die Grenze zur großen Finsternis jenseits von Château Lune bildeten, funkelten so winzig und fern wie Sterne am Firmament.

An der Tür zu ihrem Zimmer klopfte es, und auf Caryas Aufforderung hin trat ein junger Diener ein. »Ich soll Euch ein Gewand bringen«, verkündete er und legte zum Beweis ein dunkelblaues Kleid auf das Bett. Daneben stellte er einen kleinen Karton und ein paar blaue Riemenschuhe mit flachem Absatz. Während er dies tat, warf er Carya verstohlene Blicke zu.

»Äh, danke«, sagte sie und schenkte ihm ein Lächeln, weil sie nicht wusste, was sie sonst machen sollte. Eine absurde Sekunde lang dachte sie, dass er vielleicht ein Trinkgeld erwarten könnte, und sie bedauerte, nur das eine Goldstück in der Tasche zu haben. *Was für ein Unsinn*, schalt sie sich gleich darauf. *Ich bin am Hof des Mondkaisers, nicht in einer Herberge.*

Der junge Diener verneigte sich und verließ wieder den Raum. Carya trat ans Bett und hob das Kleid hoch. Es war wunderschön. Der dunkelblaue Stoff schimmerte im Licht des Wandleuchters wie flüssiges Metall. Silberne Einsprengsel, Sternen am Nachthimmel gleich, zogen sich über den unteren Saum, die Hüfte und das Dekolleté. Das Kleid lag so schmeichelnd weich in ihren Händen, dass sie es am liebsten auf nackter Haut getragen hätte – was natürlich nicht ging, weil es absolut unschicklich gewesen wäre. *Oder ist man hier in Francia womöglich anders als in Arcadion?* Sie beschloss, noch besser auf ihre Umgebung zu achten. Schließlich wollte sie sich so gut wie möglich anpassen, damit sie zu einem Gast unter vielen wurde und unauffällig ihre Nachforschungen betreiben konnte.

Während sie noch darüber nachdachte, wie man sich am Hof eines Kaisers wohl am besten verhielt, entkleidete sie sich, wobei sie naserümpfend feststellte, dass ihre eigenen Sachen eine Wäsche gut gebrauchen konnten. Die silberne Kette mit dem Schlüssel, der ihre Kapsel öffnete, versteckte sie in der Schublade ihres Nachttisches. Es war nicht nötig, dass Cartagena ihn sah, der sicher wusste, worum es sich dabei handelte.

Nackt trat sie hinter den Wandschirm, um sich zu waschen. Leider gab es nur eine Wasserkanne, eine Schüssel und einen Schwamm. Was hätte sie nach den letzten Tagen, die sie durch Francia gewandert waren, für eine Wanne mit heißem Wasser gegeben! Aber sie wollte nicht undankbar sein. Immerhin war sie hier und am Leben. Damit hätte sie vor weniger als einer Stunde, als sie in Orly dem Tod in Form eines heranrasenden Panzerwagens in die glühenden Augen geblickt hatte, niemals gerechnet.

Nachdem sie fertig war, bürstete sie ihr Haar. Als sie den braunen Wasserfall im Spiegel betrachtete, der sich über ihre linke

Schulter ergoss, musste sie daran denken, dass sie ihr Haar für Jonan eigentlich häufiger hatte offen tragen wollen. Seitdem sie das Dorf der Ausgestoßenen verlassen hatten, war dazu jedoch kaum Gelegenheit gewesen. Während ihrer Fahrt mit Kapitän Denning hatte der Seewind eine praktischere Frisur erfordert. Und auch in der Einöde westlich von Paris hatte sie ihre Haare stets zu einem Zopf geflochten getragen. Hier am Hof, zu ihrem blauen Kleid, würde es sicher atemberaubend aussehen, wenn sie es offen über den Rücken fallen ließ.

Aber für wen würde ich es offen tragen?, dachte sie, und ein Schatten huschte über ihre Züge. *Für irgendwelche francianischen Höflinge. Jonan ist nicht da. Und ich habe keine Ahnung, wo er ist.*

Daran, dass sie sich möglicherweise niemals wiedersehen würden, wollte Carya nicht glauben. Jonan würde sich ausmalen können, wohin sie gebracht worden war. Und er würde Himmel und Hölle in Bewegung setzen, um einen Weg zu finden, zu ihr zu gelangen. *Wir werden wieder zusammen sein*, sagte sie sich. *Und es wird gar nicht lange dauern.*

Kapitel 18

Mit einem entschlossenen Ruck begann Carya, ihr Haar zu einem Zopf zu flechten. Sie würde es nicht offen tragen, ganz gleich, wie gut es zu dem Kleid aussehen mochte. Nicht, bevor sie nicht wieder mit Jonan vereint war.

Nachdem sie fertig war, ging sie zum Bett hinüber. Wie sie es beinahe schon erwartet hatte, fand sie in dem Karton ein Untergewand und ein paar dünne, knielange Strümpfe. Sie zog beides an, dann streifte sie das Kleid über und schlüpfte in die blauen Schuhe. Die Schuhe waren ein wenig zu eng, aber das Kleid passte zu ihrem Erstaunen beinahe wie angegossen. Cartagena musste ein enorm gutes Auge für Details haben, wenn er dem Bediensteten nur auf ein ungefähres Mustern hin Caryas Kleidergröße genannt hatte.

Einen Augenblick stand sie vor dem Spiegel und bewunderte ihren eigenen Anblick. Aus der schmutzigen Herumtreiberin mit der grauen Bluse und der braunen, ledernen Hose war eine Prinzessin geworden. Dieses Kleid gefiel ihr bedeutend besser als das schwarze, das sie damals von Rajaels Nachbarin geliehen hatte, um sich, als dekadente Tochter des Großbürgertums von Arcadion verkleidet, in den Tribunalpalast einzuschleichen. Sie fühlte sich weniger in einen frivolen Fetzen gezwungen, als in einen Stoff gewordenen Sternenhimmel gehüllt.

Innerlich beschwingt, doch nach wie vor peinlich darauf bedacht, ihren schmerzenden Fuß nicht zu sehr zu belasten, verließ Carya ihr Zimmer. Dabei wäre sie beinahe mit einem Wachmann zusammengeprallt, der gerade den Flur hinuntermarschierte. »Verzeihung«, sagte sie.

»Keine Ursache, Mademoiselle«, erwiderte der Uniformierte. »Kann ich Ihnen behilflich sein?«

Carya schüttelte den Kopf. »Nein, danke, ich bin auf dem Weg zu einem Abendessen bei Botschafter Cartagena.«

»Dann wünsche ich viel Vergnügen.« Er tippte sich an die Mütze und gab den Weg frei.

Während sie sich noch fragte, ob ihr Gastgeber den Soldaten unauffällig im Flur postiert hatte, damit dieser sie ein wenig im Auge behielt, begab sich Carya die Treppe hinunter zu Cartagenas Gemächern. Sie klopfte an, und ein Diener öffnete ihr. Carya hätte gerne gewusst, über wie viele dieser dienstbaren Geister das Schloss wohl verfügte. Sie fing schon jetzt an, den Überblick zu verlieren.

Cartagenas Gemächer, die man durch einen schmalen Vorraum erreichte, erwiesen sich als deutlich geräumiger und edler ausgestattet als ihr eigenes Zimmer. Die Wände waren mit Marmor verkleidet, und Gemälde hingen daran. Außerdem lag die mit Stuck verzierte Decke sicher doppelt so hoch über ihrem Kopf, und die großen Fenster reichten hinunter bis zum Fußboden. Die Möbel schienen von erlesener Qualität zu sein, wobei die Art ihrer Fertigung sie älter aussehen ließ, als sie es vermutlich waren.

Das Speisezimmer, in dem Carya sich befand – ein benachbartes Schlafzimmer war durch eine offen stehende Doppeltür zu sehen –, wurde durch einen schweren Tisch beherrscht. Er stand in der Mitte des Raums und bot Platz für sechs Esser. Allerdings war nur für zwei Personen gedeckt, auch wenn Carya zweimal hinschauen musste, bis sie es glaubte. Die aufgetragenen Speisen, die gerade von einem weiteren Diener angerichtet wurden, hätten in Arcadion eine Großfamilie satt gemacht.

Im Türrahmen des Schlafzimmers tauchte Cartagena auf. Er trug noch immer dieselbe reich verzierte Kombination aus rotweißer Jacke und Hose, aber er wirkte, als habe er sich kurz erfrischt. »Willkommen in meinem bescheidenen Domizil«, begrüßte er sie und kam auf sie zu. »Lassen Sie sich ansehen.« Er musterte Carya wie ein stolzer Vater, dessen Tochter sich zum Fest des Lichts besonders herausgeputzt hat. Zufrieden nickte er. »Das Kleid steht Ihnen ganz hervorragend. Ich muss dem Diener eine Belohnung zukommen lassen. Sie glänzen regelrecht im Schein des Hofes. Das gefällt mir.«

»Danke, Sie sind zu freundlich«, antwortete Carya und machte einen Knicks.

»Aber eine Sache fehlt noch«, verkündete Cartagena. Er griff in seine Jackentasche und zog ein flaches Kästchen hervor. Als er es öffnete, lag eine Kette darin, an der ein ovaler, mit einem großen roten Stein besetzter Anhänger befestigt war. »Ein Blickfang«, sagte Cartagena. »Und die Abrundung Ihres wundervollen Erscheinungsbildes.«

Carya blinzelte entgeistert. Sie war kein Juwelier, aber das Schmuckstück sah aus, als sei es viel zu viel wert, um es einer Streunerin wie ihr zu schenken. Ein Anflug von Misstrauen beschlich sie. Hatte Cartagena etwa ein ganz bestimmtes Interesse an ihr? Umgarnte der grauhaarige Mann sie nur deshalb, weil er Gefallen an ihrem Äußeren gefunden hatte und sich mit ihr vergnügen wollte? Sie trat einen Schritt zurück. »Ich … nein, das kann ich nicht annehmen.«

»Dann geben Sie mir die Kette zurück, wenn ich abreise«, sagte Cartagena schlicht. »Doch solange ich am Hof weile und Sie als meine Begleitung ausgebe, dürfen Sie ruhig ein wenig was hermachen. Wir wollen doch nicht, dass Sie unter den Hofdamen wie eine graue Maus aussehen, nicht wahr? Sie müssen wissen, dass die Art, wie man sich selbst präsentiert, an einem Ort wie diesem alles bedeutet.«

Er beugte sich näher und senkte die Stimme, damit die beiden Diener ihn nicht verstehen konnten – auch wenn ihnen das ohnehin schwergefallen wäre, da er mit Carya Arcadisch sprach. »Und, nein, ich hege keine unsittlichen Absichten Ihnen gegenüber«, ließ er sie wissen, als habe er ihre Gedanken gelesen. »Wenn ich mich vergnügen wollte, könnte ich beinahe jede Frau hier im Palast haben. Aber solche Ablenkungen interessieren mich nicht – zumindest nicht, solange ich mich in der Höhle des Löwen befinde.« Er hob die Kette aus dem Kästchen. »Also, darf ich?«

»Nun gut«, willigte Carya ein, die ihren überaus großzügigen Gastgeber nicht beleidigen wollte. *Eigentlich ist er ja gar nicht mein Gastgeber, sondern mein Entführer*, rief sie sich in Erinnerung. Angesichts der gegenwärtigen Umstände konnte man das allzu leicht vergessen. Cartagena hatte mit einem Schinder wie Inquisitor Loraldi nicht das Geringste gemein.

Sie schob ihren Zopf zur Seite und drehte sich um, sodass Cartagena ihr die Kette umlegen konnte. Sie passte wirklich ausgesprochen gut zu ihrem Kleid, wie sie sich in einem der Spiegel des Raums überzeugen konnte. Es war regelrecht unheimlich. Diese vollkommen unerwartete Wendung der Dinge hatte sie binnen zwei Stunden von einer Bettlerin zur Prinzessin gemacht – zumindest mehr oder weniger. Sie fragte sich, wann das böse Erwachen aus diesem Traum erfolgen würde.

Der Diener, der mit dem Decken des Tisches beschäftigt gewesen war, trat auf Cartagena zu. »Es ist angerichtet, Monsieur Ambassadeur.«

»Sehr gut, danke.« Cartagena wies Carya ihren Platz. »Bitte, kommen Sie, Carya. Setzen Sie sich.«

»Danke schön«, erwiderte sie, als sie sich auf dem von dem Diener eilig zurechtgerückten Stuhl niederließ. Unschlüssig ließ sie ihren Blick über die Speisen vor ihrer Nase wandern. Alles sah so köstlich aus, dass sie am liebsten mit beiden Händen ihren Teller vollgeladen hätte. Ganz spurlos war das tagelange Überleben allein von Reiseproviant nicht an ihr vorübergegangen.

»Greifen Sie ruhig zu«, forderte Cartagena sie auf. »Was möchten Sie essen? Wir haben Huhn und Lamm, Lachs, Kartoffelgratin und Bohnengemüse. Und zum Nachtisch gibt es eine hervorragende Mousse au fromage, also lassen Sie ein wenig Platz in Ihrem Magen.«

»Ich bin überwältigt«, gestand Carya. »Mit so einem Nachtmahl habe ich nicht gerechnet.«

»Nun, es darf auch aufrichtig bezweifelt werden, dass jeder zu später Stunde eintreffende Gast so empfangen wird. Aber deswegen dürfen wir keine falsche Scheu walten lassen. Es wäre eine Beleidigung für die Küche.« Der Botschafter schmunzelte. Dann blickte er, als seien sie ihm eben erst wieder eingefallen, zu den zwei wartenden Dienern hinüber und wechselte ins Francianische. »Sie können gehen. Wenn wir Wünsche haben, läuten wir.«

»Sehr wohl, Monsieur Ambassadeur.« Die Diener verneigten sich und zogen sich zurück.

»Es ist besser so«, fuhr Cartagena an Carya gerichtet fort, als die beiden Männer den Raum verlassen hatten. »Das Personal hier ist sehr diskret. Man vergisst leicht, wie viel es von dem mithört, was bei einem zwanglosen oder vertraulichen Beisammensein gesprochen wird. Und da auch die Diener des Mondkaisers, genau wie jeder Mensch, durch gewisse Gefallen oder Drohungen dazu zu bringen sind, anderer Leute Geheimnisse auszuplaudern, ist es manchmal besser, sie vor die Tür zu schicken. Selbst wenn das bedeutet, sich selbst den Wein einschenken zu müssen.« Er griff nach der Karaffe auf dem Tisch, um erst sein Glas und dann Caryas zu füllen.

»Das ist sehr klug von Ihnen«, pflichtete Carya ihm höflich bei.

»Man lernt, vorsichtig zu sein, wenn man so lange wie ich das Geschäft der Diplomatie betreibt.«

Es war eine Steilvorlage, die Cartagena so vielleicht gar nicht beabsichtigt hatte. Carya ließ es sich nicht nehmen, sie trotzdem zu nutzen. »Wie lange sind Sie denn schon Botschafter?«, fragte sie, während sie endlich begann, ihren Teller zu füllen.

Cartagena, der es ihr gleichtat, schmunzelte. »Ganz genau weiß ich das selbst nicht mehr. Aber sicherlich seit vor Ihrer Geburt.«

»Und woher stammen Sie? Kommen Sie aus Austrogermania?«

»Was lässt Sie das glauben?«

»Na ja, aus Francia sind Sie offensichtlich nicht. Aus Arcadion auch nicht, dafür tragen Sie die falschen Farben. Außerdem gibt es in Arcadion keine Raketenflugzeuge. Aber es heißt doch, dass der Ketzerkönig … also, ich meine der Herrscher von Austrogermania … über allerlei Technik aus der Zeit vor dem Sternenfall verfügen soll. Also dienen Sie vielleicht ihm.«

Als Carya das Raketenflugzeug erwähnte, verengten sich Cartagenas Augen leicht. »Eine naheliegende Schlussfolgerung«, gab er zu. »Allerdings falsch. Ich komme aus einem Land, das Sie nicht kennen. Sein Name würde Ihnen nichts sagen.« Er nahm einen

Bissen vom Lamm und kaute genüsslich. »Und wie sieht es mit Ihnen aus? Sie sprechen die Sprache der Machtsphäre des Lux Dei. Außerdem haben Sie Arcadion, den Hauptsitz des Ordens, erwähnt. Gehe ich recht in der Annahme, dass Sie eigentlich dort leben?«

»Das war früher«, sagte Carya. »Heute nicht mehr.«

»Was hat Sie hinaus in die Wildnis gezogen, wenn ich fragen darf? Oder sind Sie eine Ausgestoßene?«

»Ich …« Sie zögerte. Wie viel durfte sie Cartagena gegenüber preisgeben? Er hatte sie vor dem Tod bewahrt und versuchte nun, ihr den Aufenthalt auf Château Lune so angenehm, ja luxuriös, wie möglich zu gestalten. Seine Motive blieben jedoch weiterhin unklar. Und ob er ein Freund oder Feind des Lux Dei war, der sie womöglich ausliefern würde, wenn er erfuhr, was sie für Männer wie Aidalon wert war, wusste sie auch nicht.

Andererseits sah er nicht so aus, als brauche er Geld. Und wenn er ihr etwas Böses wollte, musste er sich nicht so viel Mühe geben, diese Absichten durch Geschenke und schöne Worte zu verbergen. Schließlich befand sie sich in seiner Hand.

»Es ist kompliziert«, sagte Carya ausweichend.

»Sind Sie eine Invitro auf der Flucht vor der Inquisition?«, fragte Cartagena.

»Nein!«, entfuhr es Carya. »Natürlich bin ich keine Invitro.«

Der Botschafter zuckte mit den Schultern. »Und wenn schon. Sie müssten sich deswegen keine Sorgen machen. In Francia ist man nicht so fanatisch wie unter dem Banner des Lux Dei. Ob Sie eine Künstliche sind oder nicht, spielt hier kaum eine Rolle. Gut, es gibt immer gehässige Stimmen, gerade bei Hofe, die Invitros als Sklaven bezeichnen. Wirklich laut sind sie allerdings nicht. Der Mondkaiser duldet das nicht. Er hat sogar einen seiner Ministerposten mit einer Invitro besetzt. Vermutlich, um den Gesandten des Lux Dei zu ärgern.« Cartagena gluckste fröhlich.

Carya blinzelte überrascht. »Das ist wirklich ungewöhnlich.«

»In Francia wird vieles anders gehandhabt als in Ihrer Heimat. Das heißt nicht, dass hier alles besser wäre. Die Fäulnis findet sich nur an anderen Stellen des Apfels.« Cartagena schob sich ein weiteres Stück Lamm in den Mund. »Was haben Sie zusammen mit Ihren zwei Freunden eigentlich da draußen auf dem Flughafen gemacht?«

Der Themenwechsel kam so abrupt, dass sich Carya einen Moment überrumpelt fühlte. »Wir ... Wieso fragen Sie?«

»Weil sich dort für gewöhnlich niemand herumtreibt.«

»Es war reiner Zufall, dass wir vor Ort waren, als Sie mit Ihrem Raketenflugzeug gelandet sind«, verteidigte sich Carya. »Wir haben uns in der Anlage nur umgeschaut. Unsere Wanderung führte uns daran vorbei, und weil sie interessant aussah, sind wir hingelaufen.«

Der Botschafter musterte sie mit prüfendem Blick. Sie bezweifelte, dass er mit ihrer Antwort zufrieden war, aber er zuckte nur mit den Achseln. »Ein seltsamer Zufall.«

»Ja, das fanden wir auch«, gestand Carya ihm. »Wir hätten keineswegs damit gerechnet, jemanden vorzufinden – außer vielleicht ein paar Obdachlose.«

»Wandern Sie schon lange durch die Welt? Der Weg von Arcadion hierher ist enorm weit und alles andere als leicht.«

»Ja, das kann man wohl sagen. Einfach war es nicht.« Vor Caryas Geist stiegen die Bilder ihrer Passage durch die Meerenge von Gibral-Taar auf.

»Und wieso sind Sie ausgerechnet nach Paris gekommen?«, wollte Cartagena wissen. »Denn machen wir uns nichts vor: Die

Stadt ist ein Trümmerhaufen. Es gibt zweifellos schönere Ziele, die man erreichen kann, wenn man bereit ist, mehr als tausendfünfhundert Kilometer zu Fuß quer durch die Wildnis zurückzulegen.«

Er gibt einfach nicht auf, dachte Carya mit zunehmendem Unwillen. So langsam bekam sie den Eindruck, nicht zu einem Abendessen eingeladen worden zu sein, sondern zu einem Verhör. Sie beschloss, ihr Gegenüber zu zwingen, die Karten auf den Tisch zu legen. »Hören Sie«, sagte sie mit einer gewissen Schärfe in der Stimme, »warum interessieren Sie sich dermaßen für mein Leben? Ich möchte nicht undankbar klingen, aber wir kennen uns erst seit zwei Stunden und sind uns kaum unter den angenehmsten Umständen begegnet. Ich weiß noch nicht, wie viel ich Ihnen über mich erzählen möchte. Also warum reden wir nicht über den Hofstaat oder über das Wetter?«

Cartagenas Miene verhärtete sich einen Moment, doch gleich im nächsten lächelte er wieder sein mildes Lächeln. »Weil ich das Gefühl habe, dass Sie aus einem ganz bestimmten Grund die weite Reise von Arcadion nach Paris unternommen haben. Sie haben diese Reise erst vor Kurzem angetreten, denn Ihnen fehlt die Härte echter Wildniswanderer. Ihre Hände weisen kaum Schwielen auf, an Ihrem Körper sind keine Zeichen von Krankheit zu sehen, wie man sie sich zwangsläufig einhandelt, wenn man zu häufig ungeschützt Todeszonen durchquert. Wenn Sie diese Reise allerdings erst kürzlich begonnen haben, müssen Sie gezielt nach Paris gekommen sein. Und ganz gleich, ob Sie in die Trümmerzone oder hierher nach Château Lune wollten – keines dieser Ziele führt, wenn man von Südosten kommt, so unmittelbar am Flughafen von Orly vorbei, dass man sich dort spontan umschauen würde. Nein …« Er schüttelte den Kopf. »Ich denke,

Sie und Ihre Freunde wollten exakt dorthin, wo wir Sie entdeckt haben. Nur das Warum will sich mir einfach nicht erschließen.«

»Und vielleicht geht Sie das auch überhaupt nichts an«, schoss Carya zurück, etwas hitziger, als sie es eigentlich wollte. Was bildete sich dieser Kerl eigentlich ein?

Cartagena beugte sich auf seinem Stuhl vor. »Regel Nummer eins am Hof des Mondkaisers: Niemals aus der Haut fahren. Wenn Sie sich derart gehen lassen, haben Sie das Rededuell schon verloren. Eine kleine Spitze ist jederzeit die richtige Antwort; alles andere wird man Ihnen sofort als Schwäche auslegen.«

»Ihre Regeln und Ihr Hof könnten mir nicht gleichgültiger sein«, fauchte Carya, die mitnichten bereit war, sich einfach so wieder zu beruhigen. »Ich will ja gar nicht hier sein. Wenn Sie der Meinung sind, ich füge mich nicht in diese Gesellschaft ein, schön. Lassen Sie mich gehen.«

Seufzend schüttelte der Botschafter den Kopf. »Sie sind wütend, und vielleicht zu Recht. Ich habe Sie mit meinen Fragen überfahren, und dafür entschuldige ich mich. Aber glauben Sie mir: Wenn es einen Ort gibt, an dem Sie Antworten auf die Fragen finden können, die Sie nach Paris geführt haben, dann ist es Château Lune. Also machen Sie nicht den Fehler, in Ihrem Zorn die Tür zuzuschlagen, die ich Ihnen geöffnet habe. Nehmen Sie sich zusammen, und wir alle werden bei diesem Spiel gewinnen.«

»Von welchem *Spiel* sprechen Sie? Warum haben Sie mich gerettet und hierhergebracht?«

Es schien schon, als wolle er antworten, doch dann machte Cartagena den Mund wieder zu und neigte anerkennend den Kopf. »Sehr gut. *Riposte*. Sie haben meinen Angriff mit einer wilden Parade abgewehrt und mich gleichzeitig mit einem Gegenangriff getroffen.«

Carya hatte keine Ahnung, was er damit meinte, aber sie war geistesgegenwärtig genug, ein grimmig selbstzufriedenes Lächeln aufzusetzen, so als wäre alles, was sie in den letzten Momenten getan hatte, von ihr so geplant gewesen.

»Ich werde Sie einweihen«, sagte Cartagena. »Sobald Sie bereit dazu sind. Wenn Sie aufhören, mich als Ihren Feind zu betrachten. Vertrauen gegen Vertrauen.«

»Beweise ich nicht schon genug Vertrauen, indem ich hier sitze und mit Ihnen esse, statt zu fliehen?«

»Beweise *ich* nicht einiges an Vertrauen, indem ich Sie hier sitzen und mit mir essen lasse, statt Sie einfach zu töten, wie Justeneau es am liebsten gesehen hätte?«

»Hm.« Nachdenklich kaute Carya auf einem Stück Kartoffelgratin herum.

»So wie es aussieht«, fuhr Cartagena fort, »befinden wir uns in einer Pattsituation. Also warum vergessen wir nicht die unfreundlichen Worte der letzten Minuten und beginnen noch einmal von vorne?« Er hob sein Glas, ein Friedensangebot.

Sei schlau, riet eine innere Stimme Carya. *Mach mit, bevor er den Eindruck bekommt, dass du seine Mühen nicht wert bist, und du den einzigen Verbündeten verlierst, den du am Hof hast.* Mit einem Lächeln hob sie ihr eigenes Glas. »Also gut.«

»Danke.« Sie prosteten einander zu und tranken. »Zum Zeichen unseres guten Willens werden wir einander nun jeweils eine Frage beantworten. Nur eine. Was meinen Sie?«

»Na schön. Fragen Sie«, sagte Carya nickend.

Gemächlich lehnte Cartagena sich zurück. »Woher wissen Sie, was ein Raketenflugzeug ist? Sie haben mein Reisegefährt so genannt.«

Carya biss sich auf die Lippen. Schon wieder stand sie vor

der kniffligen Entscheidung, Cartagena in einen Teil ihrer Vergangenheit einzuweihen, der nicht ganz ungefährlich war. *Andererseits wissen schon so viele davon. Jonan, Pitlit, meine Eltern, die Ausgestoßenen, Lucai, die Ascherose, Aidalon und die Inquisition. Viel verliere ich nicht, wenn ich es ihm verrate. Vielleicht kann ich Cartagena sogar aus der Reserve locken, sofern ich es richtig anstelle.* »Ich weiß es, weil ich vor zehn Jahren mit einem Raketenflugzeug wie diesem in der Wildnis nördlich von Arcadion abgestürzt bin«, antwortete sie.

Sie hatte erwartet, dass Cartagena zumindest gelinde erstaunt dreinschauen würde. So eine Geschichte hörte man immerhin nicht alle Tage. Stattdessen musste sie zu ihrer Verblüffung miterleben, dass das genaue Gegenteil der Fall war. Ein Lächeln breitete sich auf seinem bärtigen Gesicht aus, so als sei er zufrieden, bestätigt zu bekommen, was er schon länger geargwöhnt hatte. »Lassen Sie mich raten: Das Raketenflugzeug sollte eigentlich nach Paris fliegen«, mutmaßte er erstaunlich treffsicher. »Und nun sind Sie hier, weil Sie wissen wollen, was es damit auf sich hat.«

»Schön, jetzt wissen Sie es also«, versetzte Carya. »Ich hoffe, Sie sind zufrieden. Aber nun bin ich an der Reihe.«

»Bitte«, sagte Cartagena und machte eine auffordernde Geste.

»Für wen arbeiten Sie? Wessen Botschafter sind Sie?«

»Eine sehr gute Frage«, lobte er sie. »Vielleicht die beste, die Sie stellen konnten. Und ich will sie Ihnen beantworten, wie versprochen.« Seine Miene wurde ernst. »Fürs Protokoll bin ich als Gesandter der Ostallianz am Hof, einer Gruppierung nicht weiter bedeutender Länder jenseits der Alpen. Tatsächlich stehe ich für die Erdenwacht. Aber diesen Namen dürfen Sie niemals jemandem am Hof gegenüber erwähnen. Die Erdenwacht ist nur einem sehr ausgewählten Kreis an Menschen hier bekannt.«

»Die Erdenwacht?«, wiederholte Carya. Davon hatte sie noch nie gehört. »Was ist …«

Ein kräftiges Klopfen an der Tür unterbrach sie.

»Herein!«, rief Cartagena.

Die Tür öffnete sich, und ein Diener streckte den Kopf ins Zimmer. »Verzeihung, Monsieur Ambassadeur, aber der Mondkaiser empfängt Euch jetzt. Er erwartet Euch umgehend.«

»Danke.« Cartagena warf Carya einen entschuldigenden Blick zu. »Alles Weitere zwischen uns muss warten. Wir sprechen uns morgen wieder. Bitte fühlen Sie sich von meiner Unhöflichkeit, Sie nun allein lassen zu müssen, nicht verjagt. Genießen Sie das Abendessen, und danach wünsche ich Ihnen eine gute Nacht.«

»Die wünsche ich Ihnen auch«, verabschiedete sich Carya.

Cartagena verließ den Raum, gab zuvor aber dem Diener noch eine geflüsterte Instruktion, woraufhin dieser dezent neben der Tür stehen blieb, nachdem der Botschafter gegangen war. *Weit her ist es mit seinem Vertrauen wohl doch nicht*, dachte Carya. Allerdings musste sie zugeben, dass sie sich leicht hätte verführt fühlen können, in den Sachen des mysteriösen Mannes zu stöbern, wenn man sie unbewacht gelassen hätte.

Da es ihr irgendwie unangenehm war, alleine und unter dem stoischen Blick des Dieners zu speisen, beendete Carya ihre Mahlzeit rasch und stand dann auf. Zu ihrer Freude und Überraschung spürte sie ihren verletzten Fuß kaum noch. Offenbar war es doch nichts Ernstes gewesen. »Ich werde jetzt auf mein Zimmer gehen«, verkündete sie dem Bediensteten, der die ganze Zeit stumm und starr wie eine Statue gewartet hatte.

»Sehr wohl«, sagte dieser.

Entschiedenen Schrittes verließ Carya den Raum und lief den Korridor hinunter. Ohne Cartagena fühlte sie sich ein wenig verloren, und sie hoffte, dass sie niemand ansprechen und fragen würde, wer sie war und was sie hier trieb.

Als sie um die Ecke bog, um die Treppe hinauf in den zweiten Stock zu nehmen, prallte sie unvermittelt mit jemandem zusammen. »Vorsicht, Mademoiselle«, rief ihr Gegenüber aus, als er die Hände ausstreckte, um sie festzuhalten, damit sie nicht stürzte.

Erschrocken fing sich Carya und trat einen Schritt zurück. »Verzeihung«, sagte sie.

In diesem Moment erkannte sie, wer da vor ihr stand. Es handelte sich um den jungen Mann mit dem schmalen Gesicht und den aristokratischen Zügen, den sie gestern auf einem Pferd sitzend und in Begleitung einiger Gardisten auf der Handelsstraße Richtung Paris hatten reiten sehen. Er trug jetzt keinen Uniformrock, sondern ein extravagant aussehendes blaues Kostüm mit ausladendem weißsilbernem Kragen und einem keck sitzenden, halblangen Umhang, der mit einer schräg über seiner Brust verlaufenden Silberkordel befestigt war. Die silberne Halbmaske, die seine Augenpartie verdeckte, hatte er jedoch wieder angelegt. »Ich … es … bitte entschuldigen Sie meine Unachtsamkeit«, stammelte Carya auf Francianisch.

Eisblaue Augen blickten sie durchdringend an. »Es war mein Fehler«, sagte der Mann mit überraschend weicher Stimme. »Ich hätte hören müssen, dass Ihr kommt.« Er musterte sie neugierig. »Ich habe Euch im Palast noch nie gesehen. Seid Ihr neu hier?«

»Äh … ja. Mein Name ist Carya Diodato. Ich bin … ich gehöre zu Botschafter Cartagena.« Sie machte einen unbeholfenen Knicks und ärgerte sich gleich darüber, ebenso wie über ihre Unsicherheit. Wenn sie vor jedem Höfling, den sie über den Haufen rannte, so ins Stottern geriet, musste sie sich ja zum Gespött der Leute machen.

Ihr Gegenüber deutete eine Verbeugung an. »Sehr erfreut, Eure Bekanntschaft zu machen, Mademoiselle Carya. Ich bin Alexandre.«

Einige Meter den Gang hinunter tauchte ein weiterer Mann auf. Er hatte gelocktes braunes Haar und trug ein braungelbes Kostüm. »Prinz Alexandre! Da seid Ihr ja«, rief er und winkte. »Kommt her, die Partie beginnt gleich.«

Alexandre verbeugte sich erneut. »Verzeiht, Mademoiselle. Die Pflicht ruft. Ich hoffe, Ihr weilt noch länger bei Hofe.«

»Ich … ich denke schon.«

»Dann freue ich mich auf ein Wiedersehen. Gute Nacht.« Elegant drehte er sich um und ging mit energisch ausgreifenden Schritten den Gang hinunter. Sein silberblauer Umhang wehte hinter ihm her.

Carya stand unterdessen wie vom Donner gerührt da und starrte ihm nach. *Prinz Alexandre.* Wie es aussah, hatte sie soeben den Sohn des Mondkaisers kennengelernt.

Kapitel 19

Der Morgen empfing sie mit grauem Licht über grauen Dächern. Noch auf dem Sofa liegend starrte Jonan durch das halb blinde Fenster ihres provisorischen Schlafzimmers, und die Wolkendecke, die er draußen am Himmel erblickte, passte gut zu der Stimmung, in der er sich gegenwärtig befand.

»Guten Morgen, Schlafmütze«, begrüßte Pitlit ihn, als er zur Tür hereinkam.

Jonan runzelte die Stirn. Ihm war gar nicht aufgefallen, dass der Junge nicht im Zimmer gewesen war. *Konzentrier dich*, ermahnte er sich. Nachlässigkeiten wie diese konnten in der Wildnis tödlich sein.

Er schlug seine Wolldecke zurück, schwang die Beine vom Sofa und stand auf. »Morgen, Pitlit. Wo hast du dich denn schon herumgetrieben?«

»Ich konnte nicht richtig schlafen«, erwiderte Pitlit. »Also bin ich, als es langsam hell wurde, nach draußen gegangen und habe mich ein wenig umgesehen.«

»Ganz schön leichtsinnig. Du bist nicht in den Straßen von Arcadion. Hier könnte es überall gefährlich sein.«

Pitlit verdrehte die Augen. »Du machst dir echt zu viele Gedanken. Ich bin kein kleines Kind. Ich kann gut auf mich aufpassen.

Und so sehr unterscheidet sich die Trümmerzone von Paris gar nicht vom Ödland um Arcadion.«

»Ich will ja nur nicht, dass dir auch noch etwas zustößt«, brummte Jonan, während er zum Tisch hinübertrottete, auf dem sein Beutel lag. Er öffnete ihn und schielte hungrig hinein. Handlampe, Strahlungsmesser, Navigator, Munition, Regencape. Das kleine Werkzeugset und ein Erste-Hilfe-Pack aus dem *Phantom*-Hubschrauber. Die Geldbörse, die Pitlit vor Wochen einem Händler des Ödland-Markts vor den Toren von Arcadion gestohlen hatte. Einiger Krimskrams, den sie auf dem Weg von der Küste hierher aus Häuserruinen geborgen hatten. Und schließlich eine Trinkflasche, in der noch ein Rest Wasser gluckerte, als Jonan sie hervorholte. Das alles war schön, gut und nützlich – nur essen konnte man es leider nicht.

»Mist«, murmelte er. »Wir müssen uns unbedingt nach etwas Essbarem umschauen, ansonsten heißt es bald, die Gürtel enger zu schnallen.«

Auf diese Worte hin griff Pitlit in seine Jackentasche. »Ach, richtig. Ich habe hier noch etwas für dich.« Er zog einen Apfel hervor und warf ihn Jonan zu. »Den Baum habe ich zwei Straßen weiter entdeckt. Es hing fast nichts mehr dran, und die Hälfte der übrigen Äpfel sah nicht so toll aus – aber ein paar konnte ich noch pflücken.«

Jonan betrachtete das kleine, etwas verschrumpelt aussehende Stück Obst in seiner Hand. Einen Moment lang erwog er, es mit dem Strahlungsmesser zu überprüfen. Dann meldete sich sein Magen knurrend zu Wort, und Jonan zuckte innerlich mit den Schultern.

»Danke«, sagte er, bevor er herzhaft hineinbiss. Es war sicher kein opulentes Frühstück, aber besser als nichts.

»Ich habe noch etwas gefunden«, verriet ihm Pitlit. Seine Augen leuchteten. »Komm mal mit.«

Er führte Jonan durch das Treppenhaus und nach draußen vor das Gebäude. Neben der Eingangstür lehnte ein altes Fahrrad an der Wand. Der Rahmen wies Rostflecken auf, das Sattelleder war rissig, und aus den Reifen war die Luft entwichen. Insgesamt machte es allerdings einen noch recht brauchbaren Eindruck. Dennoch war Jonan etwas verwirrt. »Ein Fahrrad?«

»Ja«, bestätigte Pitlit stolz.

»Was sollen wir damit anfangen?«

»Fahren natürlich. Du sitzt auf dem Sattel und ich hinten auf dem Gepäckträger.«

Jonan hob die Augenbrauen. »Das soll wohl ein Witz sein?«

»Nein«, beharrte der Straßenjunge. »Damit kommen wir viel schneller voran, glaub mir.«

»Pitlit, die Reifen sind völlig platt. Mit dem Ding kommen wir keinen Kilometer weit. Also wenn du nicht zufällig …«

»Tadaa!«, rief der Junge und zauberte eine Luftpumpe unter seiner Jacke hervor. Er sah Jonan mit vorwurfsvoller Miene an. »Für wie blöd hältst du mich eigentlich?«

»Hm.« Erneut blickte Jonan zu dem fragilen Gefährt hinüber. Er war von der Vorstellung, mit einem Fahrrad durch die Trümmerzone von Paris zu fahren, nicht sonderlich begeistert. Im Prinzip hatte er nichts gegen Fahrräder. Als Kind in Arcadion war er sehr gerne mit seinem Rad umhergefahren, und während seiner Zeit an der Templerakademie hatte er eine Weile sogar ein Dienstrad gehabt, um in der Stadt Botenfahrten zu unternehmen.

Hier, außerhalb der schützenden Mauern Arcadions, fühlte er sich allerdings seltsam entblößt und schutzlos auf einem Rad. Er hatte das Gefühl, dass er zu Fuß schneller in Deckung springen und besser durch unebenes Gelände würde fliehen können. Andererseits würde ein Fahrrad ihr Vorankommen tatsächlich deutlich beschleunigen.

»Ach, was soll's«, sagte er und nahm die Luftpumpe von Pitlit entgegen, um sich an den beiden Reifen zu schaffen zu machen. »Wir behalten es, solange uns keine Gefahr droht. Aber wenn wir in Schwierigkeiten geraten und uns schnell in die Büsche schlagen müssen, lassen wir es zurück, ohne auch nur eine Sekunde zu zögern. Verstanden?«

»Du bist der Boss«, sagte der Straßenjunge und grinste zufrieden.

Jonan brummte nur.

Nachdem sie ihr neues Fortbewegungsmittel flottgemacht hatten, schulterte Jonan Beutel und Sturmgewehr und schwang sich in den Sattel. Pitlit hüpfte hinter ihm auf das Rad. Gemeinsam machten sie sich auf den Weg. Zuerst rasselte die Kette noch und die Felgen quietschten, aber mit jedem Meter lief das Rad leichtgängiger.

Sie wandten der Innenstadt von Paris zunächst den Rücken zu und fuhren stattdessen quer durch die wie ausgestorben daliegenden Ausläufer der Trümmerzone, bis sie nach einigen Kilometern auf eine Siedlung am Rand eines Waldstücks stießen, in der Menschen wohnten. Ihre Münzen aus Arcadion erwiesen sich erwartungsgemäß als so gut wie wertlos. Aber der Kaufmann nahm Jonans auf Silberscheibe gebannte Theaterstücke in Zahlung, die sie aus dem Haus des toten Ehepaars hatten mitgehen lassen, und gab ihnen dafür Lebensmittel für zwei Tage.

Nachdem Pitlit und er sich gestärkt hatten, trat Jonan erneut in die Pedale. Vom Navigator ließen sie sich zu einer schnurgeraden

Straße führen, die sie zum inneren Stadtring von Paris brachte. Jonan musste zugeben, dass sie auf dem Rad deutlich schneller vorankamen als zu Fuß. Müll und Unkraut behinderten sie weniger, als er es gedacht hätte.

Als sie den Ring erreichten, folgten sie ihm eine kurze Weile, bis einige Bahngleise ihren Weg kreuzten. Jonan konsultierte erneut den Navigator und entschied, an dieser Stelle in die Innenstadt vorzudringen.

Die Straße wurde nun enger. Sie war von hohen, alten Bäumen gesäumt, die kaum Blätter besaßen und ihre Äste wie anklagende Arme in den Himmel erhoben. Dicke Wurzeln hatten den Straßenbelag aufgesprengt. Dahinter erhoben sich in einer langen Reihe weißgraue Wohnblöcke von einer Größe, wie man sie in Arcadion nicht kannte. Jonan fühlte sich an eine von Menschenhand geformte Gebirgskette erinnert.

Am Straßenrand zur Linken standen ausgebrannte Motorwagen. Jenseits davon erstreckten sich kleine, verwilderte Parkanlagen. Nach ein oder zwei Kilometern rückten die Häuser noch näher zusammen, bildeten geschlossene Fronten aus rissigem Kunststein und kaputten Fenstern, von irgendwelchen Anarchisten mit Farbe beschmiert.

Schließlich endeten die Häuser auf der linken Seite, und die Gleise tauchten wieder auf. Sie mündeten in einem riesigen Gebäude aus Glas und Stein, das sich trutzig wie eine Festung, doch in seltsam geschwungenen Formen vor ihnen erhob. Die Straße endete parallel dazu in einem Platz, der neben dem Gebäude lag und einen weitläufigen Verkehrskreisel umfasste.

»Der Bahnhof von Paris«, merkte Jonan an. »Oder zumindest einer von ihnen.«

»Ein Mordsding«, staunte Pitlit. »Sollen wir uns umschauen?«

»Lieber nicht. So große Gebäude neigen dazu, das Hauptquartier von irgendwelchem Gesindel zu sein. Wir sollten uns lieber schleunigst davonmachen.«

Eilig überquerten sie den Platz, passierten den Bahnhof und fuhren in eine Allee hinein. Auch hier ragten die Häuser acht Stockwerke hoch auf, und wild wuchernde Bäume verwandelten die Straße in ein lichtes Waldstück, das in einem Tal zwischen schmutzig braunen, von Fenstern durchbrochenen Steilhängen lag. Feuchtes Laub lag auf der Erde und mischte sich dort mit den hartnäckig verrottungsresistenten Abfällen einer früheren Menschheit. Jonan musste nun langsamer fahren, denn der Boden unter ihren Reifen war irgendwie schmierig. In der Ferne ragte ein nadelförmiger brauner Turm hoch in den grauen Himmel hinein.

Sie hatten etwa weitere zweihundert Meter zurückgelegt, als Pitlit Jonan plötzlich auf die Schulter tippte. »Ich habe das Gefühl, wir werden verfolgt«, sagte er.

»Was siehst du?«, fragte Jonan, ohne sich umzudrehen. Unwillkürlich trat er etwas kräftiger in die Pedale.

Der Straßenjunge bewegte sich in seinem Rücken, als er den Hals reckte. »Vier Leute auf zwei Mofas. Ich glaube, es sind drei Männer und eine Frau. Sie sind ungefähr so alt wie du. Und sie haben Gewehre, also zumindest die, die hinten sitzen.«

»Na super«, brummte Jonan. »Die haben uns gerade noch gefehlt. Behalt sie im Auge, und wenn sie auch nur einen Meter näher kommen …«

»Jonan!«, unterbrach Pitlit ihn. »Da ist noch ein drittes Mofa. Es kam eben aus einer Seitengasse. Mir scheint, die sammeln sich, um dann über uns herzufallen.«

»Nicht, wenn ich es verhindern kann. Mal sehen, ob wir sie

nicht abhängen können.« Jonan erhob sich aus dem Sattel. Jetzt würde sich zeigen, wie viel das rostige Fahrrad noch taugte. Es war eine Sache, gemütlich über eine freie Zubringerstraße zu radeln, jedoch eine ganz andere, sich auf eine Jagd durch eine zertrümmerte Innenstadt einzulassen.

Wie er es beinahe erwartet hatte, heulten in ihrem Rücken drei Motoren auf. Die Mofabande hatte bemerkt, dass ihr Ziel im Begriff war, sich abzusetzen. Mit Heimlichkeit war es nun vorbei. Sie gingen in die Offensive und rasten hinter Jonan und Pitlit her.

Jonan lenkte das Rad zwischen zwei Bäumen hindurch und auf einen Weg, der am Rand einer zur Wildwiese gewordenen Parkanlage entlangführte. Hier lagen weniger Fensterglassplitter und Fassadentrümmer als auf der von Häusern gesäumten Straße. Natürlich folgten ihnen die sechs auf den Mofas. Und auch sie profitierten von den besseren Fahrbedingungen. *Verdammter Mist*, fluchte Jonan innerlich.

Ein Schuss knallte. »Pitlit, zieh den Kopf ein!«, rief Jonan seinem jungen Beifahrer zu.

»Sehr lustig. Wie denn?«, bekam er zur Antwort. Pitlit bewegte sich unruhig auf dem Gepäckträger und brachte dadurch das Rad zum Schlingern.

Rasch lenkte Jonan gegen. »He, Vorsicht, sonst landen wir auf der Nase.«

»Ich versuche, meinen Revolver aus dem Gürtel zu bekommen«, presste der Junge hervor. »Hab ihn«, verkündete er im nächsten Moment. »Nehmt das!«, schrie er ihren Verfolgern zu. Dass sie sein Arcadisch verstanden, bezweifelte Jonan. Die zwei Schüsse hingegen verstanden sie ganz sicher. Doch die schienen sie weniger abzuschrecken, als vielmehr zu ermuntern, das Feuer zu erwidern. Drei weitere Gewehrschüsse peitschten durch die stille Mittagsluft. Neben ihnen platzte die Borke eines der Bäume ab, und Holzsplitter flogen ihnen um die Ohren.

Das war zu nah, durchfuhr es Jonan. Er riss den Lenker herum, damit er ein paar Bäume zwischen sich und ihre Verfolger bringen konnte. Mit wirbelnden Pedalen jagten sie über eine Querstraße. Unmittelbar dahinter bog Jonan in eine Seitengasse ein. Ihre beste Chance, ihre Gegner abzuhängen, bestand darin, möglichst oft außer Sicht zu geraten. Vielleicht fanden sie einen Hofeingang, in dem sie sich verbergen konnten, bevor die Francianer auf ihren Mofas etwas davon mitbekamen.

Jonan bog wieder ab und dann noch einmal. Die Straßen von Paris waren breiter als die von Arcadion, aber es gab mindestens genauso viele Ecken und Kreuzungen, die für Deckung sorgten, wenn auch auf Kosten ihrer Geschwindigkeit.

Hinter ihnen wurde erneut geschossen, und Pitlit erwiderte das Feuer. »Kacke!«, schrie er.

»Was?«, fragte Jonan.

»Ich hab nur noch eine Kugel in der Trommel.«

»Dann hör auf zu schießen. Es bringt ja doch nichts. Ich … Oh, verdammt!« Jonan riss die Augen auf, als unvermittelt aus einer Querstraße ein viertes Mofa hervorschoss. Er wollte noch ausweichen, aber sie waren einander zu nah. Mit einem metallischen Krachen und Scheppern rasten sie ineinander. Pitlit schrie auf. Jonan wurde über den Lenker geworfen, prallte mit dem einzelnen Mofafahrer zusammen und riss ihn mit sich zu Boden. Ihr Rad schlidderte mit drehenden Rädern davon, das Mofa kippte um und blieb an Ort und Stelle liegen.

Jonan rollte ab und kam taumelnd wieder auf die Beine. Der Mofafahrer erhob sich ebenfalls. Es handelte sich um einen Mann mit zerzausten schwarzen Haaren und ungepflegtem Bart. Er hatte schmuddelige Kleidung an, und ein scharfes Fleischermesser steckte in seinem Gürtel, das er nun hervorzog. Bevor Jonan handeln konnte, hatte der Kerl den ebenfalls gestürzten Pitlit gepackt und hochgerissen, um ihn als Geisel zu nehmen.

Der Straßenjunge schrie erschrocken auf, dann knallte ein Schuss.

Ächzend ließ der Mann ihn wieder zu Boden fallen und sah verwundert an sich hinab. Ein heller Blutfleck breitete sich rasch auf seinem schmutzigen Hemd aus. Im nächsten Moment knickten ihm die Knie ein, und er brach stumm zusammen. *Bauchschuss*, erkannte Jonan. Der Mann war schon so gut wie tot.

Hinter ihnen, keine zwei Dutzend Meter entfernt, tauchten die anderen drei Mofas auf. Die Fahrer schrien und gestikulierten.

»Komm weiter«, drängte Jonan Pitlit, der sich wieder aufgerappelt hatte und nun wie vom Donner gerührt vor dem niedergeschossenen Mann stand, die Pistole noch in der Hand. Jonan ließ das Fahrrad links liegen und schnappte sich stattdessen das Mofa des Fremden. Eilig schwang er sich in den Sattel, zog Pitlit hinter sich und gab Gas.

Wutentbrannte Schreie und Schüsse waren zu hören. Jonan beugte sich tief über den Lenker und fuhr Schlangenlinien, um ein schwerer zu treffendes Ziel abzugeben. Trotzdem verspürte er einen beißenden Schmerz am rechten Oberarm, als ihn eine Kugel streifte.

»Wir entkommen ihnen nicht«, rief Pitlit. »Sie geben einfach nicht auf.«

»Das merke ich auch gerade«, erwiderte Jonan. »Ich schätze, wir haben einen Freund von ihnen umgebracht. Das macht sie nicht eben friedlicher.«

»Ich wollte das nicht, Jonan, ehrlich. Er hat mich so erschreckt. Und ich musste mich doch verteidigen.«

»Du brauchst dich nicht zu rechtfertigen. Es ist schon in Ordnung, Pitlit.«

Sie erreichten einen großen, von Bäumen gesäumten Platz, in dessen Mitte eine Statue auf einem Steinsockel stand. Am fernen Ende des Platzes erhob sich eine eindrucksvolle Kirche, die mit ihrer säulengeschmückten Fassade und dem Kuppeldach an eine kleinere Version des Doms des Lichts erinnerte. »Wir locken sie ins Innere«, sagte Jonan. »Dort können wir uns bestimmt irgendwo verschanzen, sodass sie den Vorteil der Übermacht verlieren. Außerdem kann ich dann auch endlich mal zurückschießen.«

Sie rasten über den Vorplatz und kamen schlingernd vor den breiten Stufen zum Stehen, die zum mächtigen Eingangsportal hinaufführten. Ohne innezuhalten sprangen sie von dem geklauten Mofa und hetzten die Stufen empor. Jonan fiel auf, dass das ursprüngliche Portal mit mehreren übereinandergenagelten Holzplatten verstärkt worden war. Diese Maßnahme schien noch gar nicht so alt zu sein.

Er fragte sich gerade, ob es damit eine besondere Bewandtnis haben könnte, als Pitlit ihn am Ärmel zupfte. »Schau doch. Sie lassen von uns ab und geben die Verfolgung auf.«

»Was?« Ungläubig drehte Jonan sich um. Tatsächlich waren die Mofas etwa auf Höhe der Statue stehen geblieben, und die sechs Francianer schrien ihnen wütend hinterher. Er verstand nicht, was sie riefen, aber er glaubte das Wort »Verderben« herauszuhören.

»Ich habe plötzlich ein ganz mieses Gefühl, Jonan«, murmelte Pitlit. Er ließ die Trommel seines leeren Revolvers aufschnappen und versenkte die Linke in seiner Jackentasche, um nach neuen Patronen zu fischen.

Bevor Jonan Gelegenheit hatte, dem Straßenjungen auf seine Bedenken zu antworten, wurde in ihrem Rücken ein dumpfes Schaben laut, so als würde ein schwerer Riegel an der Innenseite des hölzernen Portals zur Seite geschoben oder aus seiner Halterung gehoben. Jonans Nackenhaare sträubten sich, und er nahm das Templersturmgewehr von der Schulter. Mit angespannter Miene richtete er es auf das Portal.

Mit einem dunklen Knarren, ein Ton, der durch das ganze dämmrige Kirchenschiff hallte, öffnete sich das Portal. Heraus trat ein Mann, und als Jonan ihn sah, war die sechsköpfige Mofabande auf dem Platz von einer Sekunde zur nächsten vergessen.

Er war sicher zweieinhalb Meter groß und musste an Masse locker das Fünffache von Jonan auf die Waage bringen. Sein hünenhafter Körper steckte in der krudesten Panzerung, die Jonan jemals gesehen hatte. Es dauerte mehrere Sekunden, bis er überhaupt begriff, was er dort sah. Und selbst dadurch wurde sein Staunen kaum geschmälert.

»Licht Gottes«, murmelte Pitlit.

Die Panzerung musste einst ein Frachtlader-Exoskelett gewesen sein, eine Maschine, in die ein Lagerarbeiter hineinsteigen konnte, um mithilfe von Kraftverstärkerservos Kisten zu verladen, die für einen normalen Menschen zu schwer waren. Darin ähnelte sie ein wenig Jonans alter Templerrüstung, nur bestand ein Frachtlader-Exoskelett im Wesentlichen aus einem Gerüst verschweißter Stahlrohre und Gelenke, in dessen Mitte sich ein Polster befand, auf dem sich Arbeiter stehend festschnallen konnten.

Dieser Mann hatte das Exoskelett jedoch ziemlich stark umgebaut. Arme, Beine und Torso waren mit Metallplatten bedeckt, die allem Anschein nach aus Motorwagen, Mülltonnen und anderen Quellen stammten. Sein Kopf steckte in einem Metallzylinder, in den Löcher für Mund und Augen geschnitten worden waren. Mit Farbe hatte er dem Anzug eine grausige Kriegsbemalung verpasst. Darüber hinaus hatte er halb verrottete Schenkelknochen und braunweiße, unterkieferlose Schädel auf die Schulterpartie und die Brust genagelt.

In den gepanzerten Händen hielt der Hüne ein schwarzes Maschinengewehr von einer Bauart, wie Jonan sie noch nie zuvor gesehen hatte. Es wirkte uralt. Trotzdem bestand an seiner Tödlichkeit kein Zweifel.

»Verschwindet von meinem Platz!«, brüllte der Mann auf Francianisch in Richtung der Mofabande und fügte noch einige Worte hinzu, die Jonan nicht verstand, von denen er aber annahm, dass es sich um Unflätigkeiten handelte. Um seine Worte zu unterstreichen, hob der Mann das Maschinengewehr und jagte den Mofafahrern eine donnernde Salve entgegen. Mit heulenden Motoren machte sich das Sechsergespann davon. Sie hinterließen nicht mehr als eine Staubwolke auf dem Platz.

Als sie verschwunden waren, drehte sich der massige Topfhelm des Hünen, und sein Blick richtete sich auf Jonan und Pitlit. Dunkle Augen funkelten hinter dem schmalen Sehschlitz. »Und nun zu euch«, knurrte der Mann, und in seiner Stimme schwang ein Tonfall mit, der Jonan einen Schauer über den Rücken jagte.

Kapitel 20

Blitzschnell überschlug Jonan seine Möglichkeiten. Die Rüstung des hünenhaften Mannes sah massiv aus, bestand aber aus provisorischem Panzermaterial, das kaum die Festigkeit eines echten Templerkampfpanzers haben konnte. Wahrscheinlich würden die Kugeln seines Sturmgewehrs die Metallplatten durchschlagen. Wenn er Pech hatte, aber auch nicht. Ganz sicher würde seine Lederjacke nicht die Geschosse des Maschinengewehrs aufhalten. Darüber hinaus musste er nicht nur an sich, sondern auch an Pitlit denken. Im Grunde blieb ihm daher nur eine Wahl. Er musste mit Diplomatie versuchen, die Lage zu entschärfen.

»Wir wollen keinen Ärger«, sagte er in gebrochenem Francianisch. Auf die Gefahr hin, sich der Gnade des furchteinflößenden Fremden auszuliefern, ließ er sein Sturmgewehr los und zeigte ihm in einer beschwichtigenden Geste die leeren Handflächen. »Wir wollten uns hier nur vor dieser Bande verstecken. Hätten wir gewusst, dass in diesem Gebäude jemand lebt, dann hätten wir uns davon ferngehalten.«

Sein Gegenüber musterte ihn schweigend. Hinter ihm, im Halbdunkel des Kirchenschiffs war eine Bewegung zu sehen. Jonan konnte sich des Gefühls nicht erwehren, dass sich eine ganze Gruppe Menschen dort drinnen aufhielt. Ob diese Menschen ihnen freundlich oder feindlich gesinnt waren, würde sich gleich zeigen.

Der Mann senkte seine Waffe, und Jonan atmete erleichtert auf. Auch wenn der Bursche so aussah, als verspeise er kleine Kinder zum Frühstück, wollte auch er offenbar keinen Streit mit Jonan und Pitlit. Vielleicht riet ihm Jonans klobiges Templersturmgewehr davon ab. Vielleicht hatte er auch einfach schon gegessen.

»Du klingst nicht, als kämst du von hier«, sagte der Mann. Er zögerte kurz, bevor er plötzlich in Jonans Sprache fragte: »Italier?«

»Das stimmt«, antwortete Jonan erstaunt und zugleich erleichtert, jemanden vor sich zu haben, mit dem er sich in seiner Sprache unterhalten konnte.

»Ich verstehe deine Sprache, aber spreche sie nicht gut«, gestand sein Gegenüber. »Verstehst du Francianisch?«

»Ja, leidlich«, erwiderte Jonan.

»Dann redet jeder in seiner Sprache. Gut?«

Jonan nickte. »Einverstanden.«

Der Mann wechselte zurück ins Francianische. »Woher kommt ihr?«

»Aus Firanza«, log Jonan. Der Mann schien nicht direkt ihr Feind zu sein. Aber ob er ihr Freund war, wussten sie auch nicht. Es gab immer wieder Menschen, deren Leben elend genug war, dass sie sich ein Zubrot verdienten, indem sie ungewöhnliche Begebenheiten aus ihrem Umfeld an die Obrigkeiten meldeten.

»Und was treibt ihr hier?«, fragte ihr Gegenüber weiter.

Jonan sah ihn prüfend an. »Sie sind sehr neugierig.«

Der andere zuckte mit den Achseln, was ein metallisches Scheppern seiner Rüstungsteile zur Folge hatte. »Ich denke, es ist mein gutes Recht, ein paar Dinge über zwei Fremde in Erfahrung zu bringen, die unangekündigt auf meiner Schwelle auftauchen.

Aber ich kann diese Tür auch wieder schließen und euch eurem Schicksal überlassen, wenn euch das lieber ist.«

»Nein, warten Sie«, beeilte Jonan sich zu sagen. »So war das nicht gemeint. Wir sind nach Paris gekommen, weil eine Freundin von uns hier ihre … ihre Eltern zu finden hoffte.« Das war nicht vollkommen aus der Luft gegriffen. Carya war dem Geheimnis ihrer Herkunft auf der Spur, und dazu zählte letzten Endes auch die Frage, wer ihre leiblichen Eltern waren. »Leider wurde sie von Häschern des Mondkaisers entführt. Wir wollen sie retten.«

»Der Mondkaiser lebt auf Château Lune, außerhalb der Trümmerzone«, informierte sie ihr Gegenüber.

»Das wissen wir. Aber alleine kommen wir dort nicht hinein. Wir benötigen Hilfe. Deswegen sind wir auf der Suche nach einem Mann namens …« Er stockte, als ihm einfiel, dass er gar nicht wusste, wie der Gesuchte hieß.

»Nach dem Bruder von Géant«, kam ihm Pitlit zu Hilfe. »Riesiger Kerl, dunkle Hautfarbe, viele Tätowierungen. Die beiden lebten früher in der Nähe des Invalidendoms. Sie kennen ihn nicht zufällig?«

Das Visier des Topfhelms richtete sich auf den Straßenjungen und dann wieder auf Jonan. »Géant? Was wisst ihr über ihn?«

»Wir sind an Bord seines Frachtschiffes nach Francia gekommen«, antwortete Jonan. »Er dient unter einem Kapitän namens Denning. Sie schmuggeln Ware nach Albion – unter anderem. Es geht ihm gut, und er lässt grüßen.«

Der Mann schien zu einem Entschluss zu gelangen. Er machte einen stampfenden Schritt zur Seite und öffnete damit den Eingang. »Wir reden drinnen weiter«, verkündete er.

Jonan wechselte einen raschen Blick mit Pitlit. Der Miene des Jungen nach zu urteilen, war er von der Vorstellung, sich von dem grausig Gepanzerten in seine »gute Stube« einladen zu lassen, alles andere als begeistert.

»Wenn das eine Falle ist«, sagte Jonan warnend und legte die Hände wieder auf sein Sturmgewehr, »wird Sie das teuer zu stehen kommen.«

»Keine Sorge«, antwortete ihr Gastgeber. »Wenn wir euch wirklich umbringen wollten, wärt ihr schon tot.«

»Reizend.« Ohne sein Gewehr loszulassen, trat Jonan durch das offene Portal. Pitlit folgte dicht hinter ihm. Da sie bereits im Schatten des Säuleneingangs gestanden hatten, fiel es ihren Augen nicht schwer, sich an die schlechten Lichtverhältnisse im Inneren der Kirche anzupassen. Als Jonan sah, was ihn dort erwartete, gab er einen Laut der Überraschung von sich.

Der Innenraum der Kirche musste einst weitläufig und vom Atem ehrwürdiger Schwere durchzogen gewesen sein. Man konnte noch die breiten Marmorstufen erkennen, die zu Alkoven mit Heiligenstatuen und massiven Prunksärgen aus Stein führten. In der Mitte befand sich ein kreisrundes Loch von mehreren Metern Durchmesser, durch das man auf eine im Keller liegende Säulengalerie blicken konnte. In deren Zentrum wiederum befand sich ein Steinsockel, auf dem einst wohl entweder eine Statue oder ein weiterer Sarg gestanden hatte. Reste von Blattgold auf den Zierelementen des Raums sowie rußige Deckenmalereien zeugten davon, dass der Kirchenraum früher von ausgewählter Pracht gewesen war.

Jetzt erinnerte er eher an ein Flüchtlingslager. Auf chaotische Art und Weise hatten sich die Bewohner der Kirche eingerichtet. In mehreren Nischen lagen Kissen und Wolldecken auf provisorischen Schlaflagern. Grob zusammengenagelte Bretterwände boten einen Hauch von Privatsphäre. Auf Tischen und in Holzregalen lagen Kochutensilien und Werkzeuge, an einer Leine, die zwischen zwei Statuen gespannt worden war, hing Wäsche zum Trocknen. Im hinteren Bereich der Kirche, den Jonan vom Eingang aus nicht sehen konnte, da er von einem hohen Altar verdeckt wurde, glaubte er sogar das Gackern von Hühnern zu vernehmen.

Das Seltsamste an diesem geheimen Ort der Zuflucht hingegen waren seine Bewohner selbst. »Kinder?«, staunte Jonan. Er wandte sich an ihren Gastgeber, der soeben die Tür der Kirche zuzog und beinahe beiläufig einen Riegel vorlegte, den Jonan ohne seine Templerrüstung kaum vom Boden hätte hochheben können. »Hier leben Kinder?«

»Warum nicht?«, fragte sein Gegenüber zurück. »Irgendwo müssen sie ja auch leben. Allein auf den Straßen ergeht es ihnen meist schlecht. In der Gemeinschaft haben sie eine Chance. Hast du ein Problem damit?«

»Nein, keineswegs. Ich habe nur mit etwas ganz anderem gerechnet«, gestand Jonan.

Der Mann in der Rüstung lachte blechern. »Eine Räuberhöhle, ich verstehe. Nein, da seid ihr hier falsch.«

»Offensichtlich …« Jonan ließ seinen Blick über die Kinder schweifen. Es mussten mehr als zwei Dutzend sein. Das jüngste mochte fünf oder sechs Jahre alt sein, den ältesten Jungen schätzte Jonan auf vierzehn oder fünfzehn. Schmutz bedeckte ihre Hände und Gesichter, und ihre Kleidung bestand aus einem bunten Sammelsurium. Dennoch wirkten sie weder krank noch gefährlich unterernährt. Irgendwie schien es ihnen zu gelingen, selbst an einem Ort wie diesem zurechtzukommen.

Unterdessen reichte ihr Gastgeber sein Maschinengewehr einem kräftigen Jungen, der es in einen Ständer neben der Tür stellte. Dann hob er die behandschuhten Hände und nahm den

Helm ab. Darunter kam das Gesicht eines dunkelhäutigen Mannes zum Vorschein, das Jonan ziemlich vertraut vorkam.

»He!«, rief auch Pitlit erstaunt aus. »Sie sind der Bruder von Géant!«

»Richtig«, antwortete der Mann und gab auch seinen Helm einem seiner zahlreichen kleinen Helfer. »Mein Name ist Bonasse. Und das hier ist übrigens euer Invalidendom.« Er vollführte eine Geste, die den ganzen Raum einschloss. »Ein passender Ort für einen Mann, der nur ein Bein hat, findet ihr nicht?« Mit einem sarkastischen Lachen marschierte er zu einer großen, hölzernen Bank hinüber und setzte sich.

Jetzt erst fiel Jonan auf, dass seine Bewegungen ein klein wenig ungelenk waren. Also diente das Exoskelett mehr als nur seinem Schutz und der Abschreckung von Plünderern. Es ermöglichte ihm auch, seine Verkrüppelung zu verbergen. Für jemanden, der an einem so gefährlichen Ort wohnte, war das überlebenswichtig. Man durfte den Schakalen nie zeigen, dass man verwundet war. Sonst kamen sie im Rudel und fielen über einen her.

»Kommt«, forderte Bonasse sie auf. »Setzt euch zu mir und lasst uns etwas trinken. Dabei können wir reden.«

Jonan und Pitlit gesellten sich zu ihm, während die anwesenden Kinder sich wieder im Raum verteilten. Sie gaben vor, mit Alltäglichem beschäftigt zu sein. Doch Jonan bemerkte die verstohlenen Blicke, die sie ihm und seinem jungen Begleiter immer wieder zuwarfen.

Bonasse bat ein junges Mädchen, ihnen einen Krug Wein mit Wasser und drei Becher zu bringen. Jonan hatte keine Weinberge bemerkt, als sie auf Paris zugewandert waren. Er hakte aber nicht nach, wo ein Mann, der inmitten einer Trümmerzone lebte, ein so edles Getränk herhatte.

Ihr Gastgeber schenkte ihnen ein und hob sein Glas. »Auf eine unerwartete Begegnung.«

»Die hoffentlich Früchte tragen wird«, fügte Jonan hinzu.

»Für uns alle«, beendete Bonasse den Trinkspruch mit vielsagendem Blick.

Sie tranken und genossen einen Moment schweigend den Geschmack des Weins, dessen Süße auch durch das Wasser nicht ihren Reiz verlor. Jonan fragte sich, ob der Umstand, dass Bonasse über Wein verfügte, bereits ein Hinweis darauf war, dass er Verbindungen zum Hof des Mondkaisers unterhielt.

»Also«, nahm Géants Bruder das Gespräch auf. »Ihr braucht Hilfe, um nach Château Lune zu gelangen?«

»Ja«, bestätigte Jonan. »Wir haben guten Grund zu der Annahme, dass unsere Freundin dorthin verschleppt wurde.«

»Es ist ein ganz schönes Risiko, sich am Hof des Mondkaisers einzuschleichen«, gab Bonasse zu bedenken. »Und eure Freundin könnte bereits tot sein.«

»Oder auch nicht«, hielt Jonan entgegen. »Das wissen wir erst, wenn wir dort sind und uns kundig gemacht haben. Wir lassen sie nicht im Stich, genauso wenig wie Sie Ihre Kinder im Stich lassen würden.«

Bonasse musterte ihn ernst. »Ich verstehe.«

»Und noch eins«, fuhr Jonan fort. »Wir wollen uns nicht einschleichen. Einschleichen könnten wir uns auch ohne Hilfe. Aber das ist wirklich zu gefährlich. Wir brauchen eine falsche Identität, irgendeine gute Ausrede, die uns erlaubt, uns halbwegs normal am Hof bewegen zu können.« Er blickte sein Gegenüber forschend an. »Haben Sie da vielleicht eine Idee?«

Statt einer Antwort trank Bonasse seinen Wein aus, stellte den Becher ab und lehnte sich mit verschränkten Armen auf seiner

Sitzbank zurück. Wie er so in seiner massigen, aber behelfsmäßigen Rüstung dasaß, kam er Jonan wie der Schrottkönig der Trümmerzone vor, dessen Hofstaat aus zerlumpten Straßenkindern das eigenwillige Zerrbild der Aristokratengesellschaft auf Château Lune darstellte.

»Es gibt einen kaiserlichen Minister, de Funès«, sagte Géants Bruder. »Vor zwei Jahren kehrte er gerade von einem Aufenthalt im Süden zurück, als seine Kutsche am Rand von Paris von einer Motorradgang überfallen wurde. Es kam zu einer Verfolgungsjagd, die in diese Gegend hier führte. Eines der Kinder sah, was vor sich ging, und unterrichtete mich. Ich bin kein Kaisertreuer, dafür behandeln uns die Oberen zu schlecht. Aber diese plündernden Horden, die einem das Leben schwermachen, kann ich erst recht nicht ausstehen. Also zog ich mit ein paar der Größeren los, und wir fielen der Gang in den Rücken, als sie ihr Opfer gerade gestellt hatte. Es gelang uns, die Bande zu vertreiben. Ein paar der Mistkerle haben dabei auch das Zeitliche gesegnet. Hatte ich nichts dagegen. Der Kutscher und die Wachen des Ministers waren tot oder so schwer verletzt, dass ich sie nicht retten konnte. Er selbst aber hatte nur leichte Wunden davongetragen. Da es bereits dunkel wurde, nahmen wir ihn mit hierher, versorgten seine Blessuren und gaben ihm ein Dach überm Kopf für die Nacht.«

»Und seitdem ist er Ihnen zu ewigem Dank verpflichtet?«, fragte Jonan zweifelnd.

»Nein, viel besser«, antwortete Bonasse. »Die halbe Nacht lang haben wir getrunken und geredet. Ich lernte ihn besser kennen und er mich. Und wir begriffen, dass wir einander gar nicht so unähnlich waren. Wir beide möchten diese elende Welt ein wenig besser machen. Aber um eine lange Geschichte abzukürzen: Als wir uns am nächsten Tag am Rand der Trümmerzone, wohin ich ihn zur Sicherheit begleitet hatte, trennten, war das sozusagen der Beginn einer wunderbaren Freundschaft. Seitdem unterstützt de Funès uns hier ein wenig. Ich dagegen halte ihn über Veränderungen in der Zone auf dem Laufenden. Jeder gewinnt.«

»Geht diese Freundschaft so weit, zwei Fremde an den Hof des Mondkaisers einzuschmuggeln?«, wollte Jonan wissen.

»Es wird mich etwas kosten, so viel ist sicher«, antwortete Bonasse. »Aber wenn ich mich für euch verbürge, wird de Funès euch helfen – glaube ich zumindest.«

Jonan spürte, wie er von Aufregung ergriffen wurde. Schneller, als er es je für möglich gehalten hätte, begannen ihre Rettungspläne Gestalt anzunehmen. »Wann können wir also loslegen?«

»Immer langsam«, bremste sein Gegenüber ihn. »Ich mag ein Menschenfreund sein, aber das Leben ist zu hart, um Gefallen wie diesen zu erweisen, ohne dafür eine Gegenleistung zu erwarten.«

Ich wusste doch, dass es einen Haken gibt. Das war alles zu leicht, dachte Jonan. Laut fragte er: »Welche Art von Gegenleistung?«

»Wir benötigen Waffen«, eröffnete Bonasse ihm.

»Waffen?« Unbehaglich fiel Jonans Blick auf sein Templersturmgewehr. »Sie wollen mein Gewehr im Austausch für Ihre Hilfe haben?«

Sein Gegenüber lachte und schüttelte den Kopf. »Nein, das nicht. Obwohl ich so ein Gewehr nicht ablehnen würde, wenn man es mir anböte, bin ich doch nicht ganz so gierig. Außerdem würde es uns auch nicht helfen. Die Waffen sollen für die Kinder sein. Ich dachte daher eher an Revolver oder etwas Derartiges.«

Jonans Unbehagen verstärkte sich noch. »Halten Sie das für eine gute Idee? Diese Kinder zu Kriegern zu machen?« Er blickte sich um, sah die jungen Mädchen, die sich um eine Kochstelle geschart hatten, und die kleinen Jungs, die in ihren Nischen hockten und neugierig hinter den Brettertrennwänden hervorlugten.

»Unterschätze sie nicht, Jonan aus Firanza«, sagte Bonasse, und seine Miene verhärtete sich. »Sie sind bereits Krieger. Das Leben hat sie dazu gemacht. Aber es geht mir auch gar nicht um den Angriff, sondern um die Verteidigung. Seit einigen Wochen machen so ein paar Scheißkerle Jagd auf die Kinder und andere wie sie. Sie tragen die Uniformen der Garde des Mondkaisers, aber sie benehmen sich wie dekadente Höflinge, die einer kranken Freizeitbeschäftigung nachgehen: Sie jagen Menschen wie Tiere. Und genauso knallen sie sie ab. Ohne Skrupel, ohne Bedauern.«

Bonasses Gesicht hatte sich verdüstert wie der Himmel kurz vor einem Unwetter. Seine Stimme grollte fernem Donner gleich, als er fortfuhr. »Ich will, dass sie dafür bezahlen. Sie sollen erfahren, was für ein Gefühl es ist, eine Kugel in den Bauch oder in den Kopf zu bekommen. Erst vor einer Woche musste ich wieder eins meiner Kinder beerdigen, Jean-Luc, er war erst neun Jahre alt. Das muss aufhören!«

Jonan presste die Lippen zusammen. »Ich verstehe.«

»Ich kann diesen Leuten zwar eine Falle stellen«, fuhr Bonasse fort, »aber viel werde ich damit nicht erreichen. Zum einen sind die Kerle auf ihren Pferden verdammt schwer festzusetzen. Zum anderen befindet sich in diesem Maschinengewehr«, er nickte in Richtung der Eingangstür, »weniger Munition, als mir lieb ist – und das, was ich habe, brauche ich, um unser Heim zu verteidigen. Das heißt, ich muss den Kindern ermöglichen, sich selbst zu schützen, wenn sie das nächste Mal in der Stadt unterwegs sind und diese Männer auftauchen. Dafür brauche ich Waffen, genau genommen zehn Revolver, und natürlich Munition.«

»Jonan«, meldete sich Pitlit zu Wort. »Diese Kerle. Das müssen die gleichen sein, die wir gestern auf der Straße außerhalb der Stadt getroffen haben. Jetzt wird alles klar. Warum sie in die Trümmerzone geritten sind und so. Und wir haben uns noch gefragt, was sie dort hinziehen könnte. Bäh, mir wird ganz übel, wenn ich daran denke.« Der Junge verzog das Gesicht.

Das konnte Jonan gut verstehen. Genau wie die Jungen und Mädchen hier, war Pitlit selbst einst ein Straßenkind gewesen. Arcadion ließ sich zwar nur schwer mit diesem Ödland vergleichen, aber der tägliche Kampf ums Überleben war auch ihm nicht fremd. Mit bohrendem Unbehagen stieg in Jonan die Frage auf, ob es wohl auch unter den Templern Männer gab, die mit den Kindern der Stadt ihre tödlichen Späße trieben. Er wollte es nicht glauben. »Also schön«, sagte er. »Sie sollen Ihre Waffen bekommen. Aber wo kann ich sie erwerben?«

»Du musst nach Les Halles am Rand des Kraters. Dort gibt es einen Schwarzmarkt. Ich kann dort nicht hin. Zu viele Stufen. Und die Kinder werden nur fortgejagt. Dir allerdings sollten die Geschäfte der Händler offenstehen.«

»Wie soll ich die Revolver und die Munition bezahlen?«

»Das ist mir egal. Dir wird bestimmt etwas einfallen. Meine Bedingungen stehen fest: zehn Revolver plus Munition. Wenn ihr mir die liefert, bringe ich euch an den Hof des Mondkaisers.«

Innerlich knirschte Jonan mit den Zähnen. Zehn Revolver zu bezahlen, war kein ganz einfaches Unterfangen angesichts ihrer gegenwärtigen Barschaft. Er wünschte sich, das letzte Goldstück bei sich zu haben, das sie von Caryas Eltern erhalten hatten. Doch das lag jetzt vermutlich in den Schatzkammern des Mondkaisers.

Nichtsdestoweniger blieb ihm kaum etwas anderes übrig, als auf Bonasses Angebot einzugehen. Sie brauchten seine Verbindung zu diesem Minister. Vielleicht konnten sie das Mofa verkaufen, das sie der Straßenbande abgenommen hatten. Und ein bisschen Handelsware besaßen sie schließlich auch noch. Jonan streckte Bonasse die Hand hin. »Einverstanden. Wir sind im Geschäft.«

Dieser ergriff sie. Sein Händedruck war fest und wirkte aufrichtig. »Sehr schön«, sagte er. »Ich werde euch den Weg zum Markt beschreiben. Eigentlich ist er nicht zu verfehlen. Schließlich liegt er direkt am Kraterrand. Es ist nicht sehr weit von hier.«

»Was ist das für ein Krater?«, fragte Pitlit wissbegierig. »Ist da während des Sternenfalls ein Stern vom Himmel gestürzt?«

Bonasse warf ihnen einen Blick zu, den Jonan nicht deuten konnte. »Ihr habt ihn noch nicht gesehen?«

Jonan schüttelte verwirrt den Kopf. »Wir sind von Südwesten gekommen, und uns ist kein Krater aufgefallen.«

»Méline«, rief Bonasse ein schlaksiges, dunkelhaariges Mädchen zu sich. »Bring unsere beiden Gäste bitte aufs Dach und zeig ihnen den Krater. Diese ›Sehenswürdigkeit‹ soll ihnen nicht vorenthalten bleiben.«

Das Mädchen, das vielleicht sieben Jahre alt sein mochte, beäugte Jonan und Pitlit scheu. Dann nickte es, drehte sich um und lief los.

»Alle Worte würden hier versagen«, erklärte Géants Bruder. »Ihr müsst es mit eigenen Augen sehen.«

Jonan und Pitlit erhoben sich und folgten dem Mädchen quer durch die Kirche bis zu einem Holzgerüst, das an der Wand der Kirche nach oben führte. Unter der kuppelförmigen Decke verlief ein Rund aus hohen Fenstern. Einige von ihnen waren gesplittert und daraufhin mit Holzbrettern vernagelt worden, damit es nicht in den Raum regnete. Durch andere konnte man über die Trümmer von Paris hinwegschauen. Eins der Fenster war nur durch einen schweren Vorhang gesichert, der sich lösen ließ, woraufhin sie hindurchklettern und aufs Dach gelangen konnten. Es handelte sich um ein Flachdach aus zahlreichen hellen Steinrippen, das von einem hüfthohen Steingeländer eingefasst wurde und in dessen Mitte sich der Domkuppelaufbau wie eine gigantische Laterne erhob.

Ein etwa zehnjähriger Junge empfing sie dort, der über die Balustrade hinab auf die Trümmerlandschaft starrte. Wahrscheinlich diente er als Ausguck, um vor nahenden Gefahren zu warnen. »Was macht ihr denn hier?«, fragte er unwirsch. Offenbar nahm er seine Aufgabe sehr ernst und wollte niemanden »auf seinem Dach« haben, wenn er Dienst schob.

»Wir sind auf dem Weg nach oben, damit sie den Krater sehen können«, erklärte Méline. »Reg dich nicht auf.«

Der Junge brummte nur und richtete den Blick wieder über das Geländer.

An der einen Seite des Kuppelaufbaus befand sich ein weiteres Holzgerüst, das bis hinauf zum halbkugelförmig gewölbten Dach führte. Von dort ging es über eine Strickleiter weiter bis zur Spitze, die die Form eines kleinen Pavillons aufwies. Jonan kam nicht umhin, zu bewundern, wie behände Méline in dieser schwindelerregenden Höhe umherkletterte.

Das Mädchen schwang ein Bein über das Geländer des Pavillons, und als Jonan und Pitlit sich zu ihr gesellt hatten, streckte Méline einen dünnen Arm aus. »Seht dort«, sagte sie.

Jonan richtete den Blick nach Nordosten. *Licht Gottes*, durchfuhr es ihn. Er hatte bereits die Auswirkungen des Sternenfalls und der Dunklen Jahre zu Gesicht bekommen, aber niemals in einer derart machtvollen Demonstration vollkommener Vernichtungskraft. Jenseits des Invalidendoms erstreckte sich die Trümmerlandschaft noch etwa einen halben Kilometer. Dann folgte das braune Band des Flusses, der Paris in einem weiten Bogen von Osten nach Westen teilte. Auf der anderen Uferseite lagen noch eine Handvoll halb zerfallener Straßenzüge. Danach war da nichts mehr. Irgendetwas hatte einfach die Landschaft vollkommen zerschmettert und verbrannt. Kein Stein war auf dem anderen geblieben, nicht einmal ein einziger Metallmast einer Straßenlaterne ragte auf.

Vom nördlichen Paris war nichts übrig geblieben als ein mehrere Kilometer durchmessendes Loch in der Landschaft.

Kapitel 21

Es dauerte lange, bis Carya in dieser Nacht Schlaf fand. Zum einen war sie ein dermaßen bequemes Bett schon gar nicht mehr gewöhnt, und irgendwie schien ihr die Matratze viel zu weich. Außerdem wirbelten in ihrem Kopf noch die Eindrücke der letzten Stunden umher, sodass sie das Gefühl hatte, als säße sie in einem sich ewig weiterdrehenden Karussell. Was hatte es mit Cartagena und dieser seltsamen Erdenwacht auf sich? Und irrte sie sich, oder hatte Prinz Alexandre auf dem Korridor vorhin mit ihr geflirtet?

Vor allem jedoch hielt Carya die Sorge wach, denn mit der Stille und Dunkelheit, die in ihrem Zimmer herrschten, nachdem sie zu Bett gegangen war, kamen die Gedanken an Jonan und Pitlit zurück. Sie betete, dass es den beiden gut ging und dass sie drei bald wieder zusammen sein würden.

Zu ihrer Verwunderung kam auch das Schloss um sie herum nicht zur Ruhe. Bis in die frühen Morgenstunden hinein vernahm sie immer wieder Stimmen und Schritte auf dem Flur. Einmal knallte es wie ein Pistolenschuss unten auf der Terrasse vor ihrem Fenster, gefolgt von einem hysterischen Frauenlachen. In Arcadion wäre so etwas undenkbar gewesen. Dort gingen die Menschen früh ins Bett und standen mit den Hühnern wieder auf.

Schließlich versank sie aber doch in einen traumlosen Schlummer, und als sie wieder erwachte, fiel durch den Spalt der zugezogenen Vorhänge bereits das helle Licht des späten Vormittags in den Raum. Verwundert setzte Carya sich auf und rieb sich die Augen. Keiner hatte sie geweckt. *Aber warum sollten sie auch*, ging es ihr dann durch den Kopf. *Ich habe keine Verpflichtungen hier. Ich bin ein Gast, und wenn ich schlafe, schlafe ich. Niemanden stört es.*

Sie stand auf, wusch sich und kleidete sich an. Obwohl ihr das blaue Kleid eigentlich zu edel erschien, um es am helllichten Tage und ohne festlichen Anlass zu tragen, streifte sie es erneut über. Ihr blieb kaum etwas anderes übrig. Außer ihrer doch sehr schmutzigen und wenig repräsentativen Reisekleidung sowie der hellen Bluse und dem schlichten braunen Rock, die ihr der Lux Dei am Tag ihrer Verhandlung gegeben hatte, besaß sie nichts zum Anziehen. Sie schlüpfte in die Schuhe und legte die Kette von Cartagena an, bevor sie in der beruhigenden Gewissheit, einen angemessenen Auftritt hinzulegen, den Raum verließ.

»Guten Morgen, Mademoiselle«, begrüßte sie ein Diener, der vor ihrem Raum stand.

Carya blickte verdutzt den Flur hinauf und hinunter, konnte jedoch keinen triftigen Grund dafür erkennen, warum der Mann sich hier aufhielt. »Haben Sie auf mich gewartet?«, fragte sie ungläubig.

»Jawohl, Mademoiselle.«

»Warum haben Sie mich nicht geweckt, wenn Sie eine Nachricht für mich haben?«

»Weil ich keine Nachricht für Sie habe. Mir wurde lediglich aufgetragen zu warten, bis Sie erwacht sind, und Ihnen dann den Weg zum Speiseraum zu weisen. Ich nehme doch richtig an, dass Sie etwas zum Frühstück essen möchten?«

»Ja … äh … gerne. Danke.«

Der Diener geleitete sie ins Erdgeschoss, wo es einen großen Raum gab, der als Speisesaal für die angesehenen Gäste des Südflügels diente. Zwei lange Tafeln füllten den Raum aus, auf denen mindestens dreißig Gedecke aufgetischt waren. Eine offizielle Sitzordnung schien es nicht zu geben, denn die wenigen Männer und Frauen, die gegenwärtig anwesend waren, hatten sich einfach in zwei losen Grüppchen zusammengefunden. Natürlich mochte es inoffizielle Regeln geben, die den Sitzplatz, der einer Person angemessen war, von ihrem Stand bei Hofe abhängig machten. Das würde Carya noch früh genug erfahren, sofern der Diener an ihrer Seite nicht geistesgegenwärtig genug war, sie richtig zu platzieren.

Sie bekam einen Stuhl ganz am unteren Ende der linken Tafel, was vermutlich kein besonders gutes Zeichen war. Aber Carya hatte kein Interesse daran, deswegen aufzubegehren. Es war ihr ganz recht, wenn etwas Abstand zwischen ihr und den anderen Höflingen herrschte, denn eigentlich wollte sie nur in Ruhe und ohne sonderlich aufzufallen etwas essen. Zu ihrer Erleichterung stellte sie fest, dass ihr edler Aufzug nicht vollkommen aus dem Rahmen fiel. Wie es aussah, wurde hier rund um die Uhr darauf geachtet, sich seinen Mitmenschen möglichst vorteilhaft zu präsentieren. *Was für ein Haufen eitler Schönlinge und eingebildeter Zicken*, dachte Carya, als sie ihren Blick über die zwei Grüppchen schweifen ließ, die ihrerseits die Neuangekommene mit einer Mischung aus Neugierde und Herablassung begutachteten.

»Was darf ich Ihnen bringen?«, fragte der Diener.

Carya drehte sich auf ihrem Stuhl um und warf einen Blick zu dem kleinen Büffet hinüber, das an der Stirnseite des Raums vor den Fenstern zum Garten aufgebaut worden war. Einmal mehr verblüffte sie die Üppigkeit des Angebots. Sie fragte sich, woher der Mondkaiser die ganzen Lebensmittel nahm, die er hier am Hof servieren ließ. Die Bewohner des Umlands mussten einen Großteil ihrer Erträge als Tribut bringen.

Dieser Gedanke verdarb ihr beinahe den Appetit. Doch der Hunger diktierte ihr, zumindest eine kleine Mahlzeit zu sich zu nehmen, und so bat sie den Diener, ihr eine Auswahl an Speisen zu bringen. Während sie aß, überlegte Carya, wie sie nun weiter vorgehen sollte. Auf jeden Fall musste sie erneut mit Cartagena sprechen. Er wusste mehr, als er preisgegeben hatte, so viel stand fest. *Dieses seltsame Lächeln gestern Abend, als ich ihm sagte, ich sei mit einem Raketenflugzeug abgestürzt*, dachte sie. *Das muss etwas bedeutet haben.*

Darüber hinaus musste sie versuchen, sich mit jemandem anzufreunden, der schon eine ganze Weile im Palast lebte und wusste, was so vor sich ging. Möglicherweise einer der älteren Diener. Die aufgeblasene Adelsgesellschaft würde ihr jedenfalls kaum eine Hilfe sein. Sie wirkte so sehr mit ihrem eigenen Klatsch und Tratsch beschäftigt, dass ihr die wirklich interessanten Vorgänge bestimmt entgingen.

Unvermittelt nahm das Gemurmel im Raum eine aufgeregte Note an. Stühle wurden gerückt und Kleider raschelten. Als Carya den Kopf hob, blieb ihr fast das Stück Weißbrot im Hals stecken, das sie gerade gekaut hatte. Der Prinz hatte den Raum betreten, woraufhin sich alle respektvoll erhoben hatten. Er trug nicht mehr das extravagante Kostüm des gestrigen Abends, sondern hatte es gegen etwas praktischere, wenngleich immer noch sehr kostbar wirkende Kleidung eingetauscht. An der silbernen Halbmaske in seinem Gesicht hatte sich dagegen nichts geändert.

Mit einem Nicken grüßte er die versammelten Höflinge und

bat sie, sich wieder zu setzen, bevor er zu Caryas innerem Entsetzen geradewegs auf sie zusteuerte. »Mademoiselle Carya, was für eine Freude, Euch bereits so früh am Morgen zu begegnen. Wenn ein Tag so beginnt, kann es nur ein guter werden.« Er deutete auf den Stuhl ihr gegenüber. »Ihr erlaubt doch.«

Verspätet kam auch sie auf die Beine und deutete einen Knicks an. »Natürlich, Hoheit.«

»Bitte, nehmt Platz, Carya. Wir müssen die Sache nicht noch förmlicher machen, als sie schon ist.« Er setzte sich ebenfalls und befahl dem Diener, ihm etwas zu essen zu bringen.

»Was macht Ihr hier?«, fragte Carya. »Speist Ihr nicht im Hauptflügel mit dem … also mit Eurem Vater?«

»Meinem Vater gehört nicht nur der Hauptflügel, sondern das ganze Schloss und alles Land, das uns umgibt«, antwortete der Prinz. »Daher kann ich mein Frühstück zu mir nehmen, wo es mir beliebt.« Er beugte sich über seinen Teller zu ihr hinüber, und seine Stimme nahm einen verschwörerischen Tonfall an. »Die Tafel meines Vaters vermag doch gelegentlich recht langweilig zu sein. Ich bleibe ihr fern, wann immer es mir erlaubt ist, und vergnüge mich lieber in anderen Teilen des Schlosses. Und im Augenblick erscheint mir kein anderer Ort reizvoller als dieser Raum.« Ein vielsagendes Lächeln unterstrich seine Worte.

Carya spürte, wie ihr die Röte ins Gesicht stieg. *Licht Gottes*, durchfuhr es sie. *Der Sohn des Mondkaisers versucht tatsächlich, mich zu umwerben.* Seine Gesellschaft war ihr nicht unangenehm. Ganz entgegen dem ersten Eindruck, den sie von ihm auf der Straße nach Paris gewonnen hatte, schien er charmant und unterhaltsam zu sein. Und auch wenn er körperlich eher sehnig als muskulös wirkte, war er alles andere als unattraktiv. Seine Hände waren schön und gepflegt, und in seinen Augen glühten Intelligenz und Leidenschaft.

Aber er ist nicht Jonan!, sagte sie sich. *Und er kann ihn auch niemals ersetzen.* Das bedeutete, dass sie Vorsicht walten lassen musste. Sie durfte Prinz Alexandre keine falschen Hoffnungen machen, sonst würde er bald mehr von ihr fordern, als sie bereit war, ihm zu geben. Andererseits mochte es gefährlich sein, ihm einfach so die kalte Schulter zu zeigen, denn er war nun mal der Sohn des Mondkaisers, und Carya erinnerte sich gut an die gebrochenen Gestalten, die sich gestern Abend vom Hof geschlichen hatten, als sie eintraf. Vermutlich war das noch das gnädigste Schicksal, das einen erwartete, wenn man die Gunst des Herrschers verlor.

Etwas verspätet entschied sie sich für ein scheues Lächeln. »Ich glaube, Ihr übertreibt. Es muss schönere Orte in diesem Palast geben.«

»Oh, selbstverständlich gibt es schöne Orte. Aber in den letzten Jahren habe ich mich viel zu häufig dort aufgehalten. Irgendwann spürt man, dass man sich an ihnen genug erfreut hat und sie einem langweilig zu werden beginnen. Es drängt einen nach neuen Erfahrungen.«

»Und das bedeutet in Eurem Fall: Ich wechsle mal das Frühstückszimmer?« Eigentlich hatte sie gar nicht so schnippisch sein wollen. Die Worte waren ihr einfach so herausgerutscht.

Zu ihrer Erleichterung lachte Alexandre. Es war das laute, selbstbewusste Lachen eines Mannes, der mächtig genug war, sich nicht darum scheren zu müssen, was seine Umgebung von ihm dachte. Gleichzeitig schien es aber auch spontan und befreit zu sein, eine Geste, die der Mauer aus Etikette, die zwischen ihnen bestand, einen weiteren Riss zufügte.

»Sehr gut«, bekannte er. »Ihr habt eine flinke Zunge. Ich muss mich davor in Acht nehmen, das sehe ich schon.« Mit gespieltem Tadel wedelte er mit einem Finger durch die Luft.

Der Diener kam und brachte dem Prinzen sein Essen. Er nahm es mit einem Nicken zur Kenntnis und scheuchte den Mann anschließend beiläufig fort.

»Ich wollte nicht respektlos klingen«, knüpfte Carya an das unterbrochene Gespräch wieder an.

»Ach, Unsinn.« Alexandre wischte ihren Einwand mit einer Hand weg. »Ich finde Eure Art erfrischend. Ihr seid noch unverdorben von den Gepflogenheiten höfischen Lebens. Ihr sagt, was Ihr denkt, und das macht Euch zu angenehmer Gesellschaft.« Er senkte die Stimme wieder. »Ganz abgesehen davon, dass Ihr in diesem Kleid absolut hinreißend ausseht.« Er grinste beinahe spitzbübisch und schob sich ein Stück Obst in den Mund.

Sie plauderten noch eine Weile weiter, während sie aßen. Der Prinz unternahm eine Handvoll weiterer wortgewandter Vorstöße in Caryas Richtung, die sie nicht ganz so elegant abblockte. Gegen ihren Willen musste sie zugeben, dass ihr dieser Austausch Spaß machte. Der Prinz besaß eine Ausstrahlung, die einen in den Bann ziehen konnte. Doch ihr entging auch nicht, wie die anderen Höflinge im Speiseraum ihr neidische Blicke zuwarfen. Alexandre mochte durch seine Macht über derartige Missgunst erhaben sein. Für Carya galt das nicht. Sie musste sich in Acht nehmen, denn Neid konnte unangenehme Früchte treiben, wie sie noch aus ihrer Zeit an der Akademie des Lichts in Erinnerung hatte.

Auf einmal tauchte eine junge Frau im Türrahmen auf. Sie musste etwa in Caryas Alter sein, auch wenn das unter der fast maskenartig dick aufgetragenen Schminke nicht mit letzter Sicherheit zu sagen war. Sie hatte ein reich verziertes, rot-blaues Kleid an, und ihr braunes Haar war zu einer komplizierten Zopffrisur geflochten. Da sie obendrein kostbaren Schmuck um den Hals und an den silbern behandschuhten Fingern trug und von zwei ihr nachfolgenden Mädchen begleitet wurde, musste es sich um eine hochgestellte Persönlichkeit des Hofes handeln. Vielleicht Alexandres Schwester?

»Alexandre«, sagte sie streng. »Da bist du ja. Ich habe dich schon überall gesucht.« Sie betrat den Raum und sorgte damit für erneutes Stühlerücken und ehrerbietiges Verneigen bei den Anwesenden. Es musste sich also wirklich um die Prinzessin handeln. Carya besah sie sich ein wenig genauer, während auch sie – zusammen mit Alexandre – aufstand. *Sie sieht ein wenig aus wie ich*, stellte Carya verblüfft fest. *Sie könnte fast meine Schwester sein.*

Der Gedanke jagte einen Adrenalinstoß durch ihren Körper. War diese Ähnlichkeit reiner Zufall oder hatte es damit etwas auf sich? Hatte Pitlit nicht noch gewitzelt, dass Carya am Ende die verlorene Tochter des Mondkaisers sein könnte?

»Aurelie«, begrüßte Alexandre sie. »Du hast mich gesucht?« Täuschte Carya sich, oder lag da ein Hauch von Schuldbewusstsein in seiner Stimme?

»Das sagte ich doch! Dein Vater möchte dich sehen. Er meinte, es sei dringend, also würde ich ihn lieber nicht warten lassen.«

Aurelies herrisches Auftreten verwirrte Carya einen Moment lang dermaßen, dass ihr erst verspätet auffiel, dass Aurelie nicht »unser Vater« gesagt hatte. Sie war also doch nicht Alexandres Schwester.

»Und warum schickt er dann keinen Boten, sondern dich?«, fragte der Prinz etwas ungehalten.

»Ich erbot mich freiwillig«, antwortete Aurelie spitz. »Mir kam zu Ohren, dass du dich im Südflügel herumtreibst, und ich wollte wissen, was dich an der Speisekammer der Gäste so interessiert.« Sie warf Carya einen verächtlichen Blick zu. »Nun verstehe ich es.«

»Du weißt nicht, was du redest«, fuhr Alexandre auf. »Und ich verbiete dir, weiterhin diesen Tonfall anzuschlagen! Das lasse ich mir von niemandem gefallen, auch nicht von meiner Versprochenen.«

Die Hitzigkeit seiner Worte hatte etwas Verstörendes, und Carya hätte sich am liebsten heimlich aus dem Raum gestohlen. Es kam ihr unanständig vor, den Prinz dabei zu beobachten, wie er aus der Haut fuhr und seine Versprochene anfauchte. *Versprochene*, dachte Carya. *Also ist er im Begriff zu heiraten?* Dieser Gedanke verstörte sie noch mehr, denn er hatte diesbezüglich keinerlei Andeutungen gemacht, und auch wenn sie darüber eigentlich erleichtert sein sollte, versetzte es ihr doch einen leichten Stich. Sie fühlte sich um die Gefühle betrogen, die sie hinter seinen Avancen vermutet hatte.

»Ich«, erwiderte Aurelie eisig, nachdem sie sich drei Sekunden lang gesammelt hatte, »weiß genau, wovon ich spreche. Und du hoffentlich auch. Aber ich schlage vor, dass wir später weiterreden. Dein Vater wartet.«

»Ja«, sagte Alexandre nicht minder unterkühlt. »Wir reden später.« Er warf seine Serviette, die er noch in der geballten Faust gehalten hatte, auf den Tisch. »Mademoiselle Carya«, verabschiedete er sich förmlich von Carya. Dann stürmte er aus dem Raum.

Die junge Frau setzte ein etwas gezwungen wirkendes Lächeln auf und drehte sich den Höflingen zu. »Bitte. Setzen Sie sich doch und essen Sie weiter. Ich wollte Ihnen nicht das Frühstück verderben.«

Artig kamen die Angesprochenen der Aufforderung nach und

kehrten zu ihren vorherigen Gesprächen zurück. Carya hatte das Gefühl, dass sie lauter sprachen und häufiger lachten, so als wollten sie unbedingt den Eindruck erwecken, dass nichts Beunruhigendes geschehen sei.

Unterdessen trat Aurelie auf Carya zu. Das Lächeln verschwand aus ihrer Miene wie fortgewischt. Mit kalten braunen Augen blickte sie Carya entgegen, und ihr Mund war nur noch ein schmaler Strich. »Wie heißt du?«

Die nicht zu überhörende Herablassung, die in dieser Anrede lag, weckte Ärger in Carya. Vielleicht war diese Versprochene Alexandres eine geachtete Angehörige des francianischen Adels, vielleicht aber auch nur die Tochter irgendeines wohlhabenden Kaufmanns, dessen Reichtümer sich der Mondkaiser verpflichten wollte. Beides gab ihr kein Recht, Carya so von oben herab anzugehen, die nicht einmal etwas dafür konnte, dass der Prinz ein Auge auf sie geworfen hatte.

Sie setzte eine trotzige Miene auf. »Mein Name ist Carya, Carya Diodato. Ich begleite Botschafter Cartagena.« Natürlich erwähnte sie das nur, weil sie hoffte, damit ein wenig Eindruck zu schinden.

Leider nahm Aurelie ihre Worte mit Gleichmut hin. »Das heißt, du bist neu am Hof?«

»Ja«, bestätigte Carya. »Wir trafen gestern Abend ein.«

»Dann will ich es dir für diesmal nachsehen, denn vermutlich wusstest du es nicht besser«, sagte Aurelie huldvoll. Im nächsten Augenblick senkte sie die Stimme zu einem warnenden Zischen. »Doch nur damit das klar ist: Prinz Alexandre ist mir seit sieben Jahren versprochen. In vier Monaten, wenn er achtzehn wird, werden wir heiraten. Und nichts und niemand wird mir diese Zukunft ruinieren. Das bedeutet, du wirst dich ab jetzt von ihm fernhalten, sonst wirst du hier bei Hofe keinen glücklichen Tag mehr erleben. Haben wir uns verstanden?«

Carya spürte, wie sich in ihrem Inneren etwas regte. Es war die Kriegerin, die sich bereits mit Inquisitoren, Templersoldaten, Motorradbanditen und Freibeutern vor der Küste Spaniars angelegt hatte. Nun machte sie sich erneut zum Kampf bereit. »Ihr solltet vorsichtig sein, wem Ihr droht«, presste Carya zwischen den Zähnen hervor. »Unterschätzt mich nicht.« Der Teil von ihr, der noch mit gesundem Menschenverstand gesegnet war, schlug im Geiste entsetzt die Hände über dem Kopf zusammen. Aber gesagt war gesagt. Sie konnte ihr Blatt nur noch weiterspielen und hoffen, dass sie es nicht überreizt hatte.

Tatsächlich huschte ein Hauch von Unsicherheit über Aurelies Gesicht. Gleich darauf verschloss sich ihre Miene wieder. »Wie auch immer. Meine Warnung steht. Lass den Prinzen in Ruhe, oder du wirst es bereuen.« Mit diesen Worten drehte sie sich schwungvoll um und rauschte von dannen.

Stumm blickte Carya ihr nach, und als der Adrenalinspiegel in ihrem Körper wieder sank, merkte sie, dass ihre Hände zitterten. Sie hatte sich soeben eine der mächtigsten Frauen im Schloss zur Feindin gemacht. *Das hast du toll hingekriegt*, ging es ihr durch den Kopf.

Jemand trat neben sie und legte ihr eine Hand auf die Schulter. Carya zuckte leicht zusammen, aber es handelte sich lediglich um einen untersetzten Mann in einem schlichten braunschwarzen Gewand. Er hatte schütteres Haar, und auf seinem weichen Gesicht lag ein mitfühlendes Lächeln. »Komm, mein Kind«, sagte er leise. »Wir sollten jetzt besser gehen. Es muss nicht noch mehr unschöne Szenen geben.«

Noch immer ein wenig betäubt von den vergangenen Minuten, ließ Carya sich von dem Mann nach draußen geleiten. Erst als sie ihn genauer ansah, fiel ihr auf, dass er eine dreistrahlige Sonne aus Bronze um den Hals trug. Unwillkürlich versteifte sie sich.

»Keine Sorge, Mädchen«, sagte der Mann, wobei er auf einmal Arcadisch sprach. »Alles ist gut. Ich bin ein Freund. Magister Milan ist mein Name. Ich diene dem Mondkaiser und allen anderen, die meine Dienste annehmen, als Hofastrologe.«

»Sie sind ein Sterndeuter?«, fragte Carya und verfiel dabei ebenfalls in ihre Muttersprache.

»Ja, so kann man es auch nennen.«

»Aber wie können Sie dann gleichzeitig dem Lux Dei folgen?« Sie deutete auf die Sonne. »Sterndeuter gelten doch als …« Das Wort *Scharlatan* lag ihr auf der Zunge, aber sie wollte den netten Magister nicht beleidigen.

»Ketzer?« Milan lachte gutmütig. »Ja, das mag sein. Und es war einer der Gründe, warum ich Arcadion vor vielen Jahren verlassen habe. Allerdings glaube ich nach wie vor an die Gnade des Licht Gottes. Nur weil der Lux Dei seine eigene Religion nicht mehr versteht, heißt das nicht, dass sie böse oder falsch wäre. In ihren Grundfesten liegt viel Gutes. Nur die Anbauten haben ihr ein paar hässliche Auswüchse verschafft.«

»So habe ich das noch nie betrachtet«, gestand Carya.

»Vielleicht hattest du nur nicht genug Zeit, darüber nachzudenken«, meinte Milan. »Es freut mich übrigens, eine vertraute Zunge zu hören. Es ist lange her, seit ich mit jemandem aus der alten Heimat plaudern konnte. Stammst du auch aus Arcadion?«

»Ja, und mein Name ist Carya«, antwortete Carya nickend. Aus einem Grund, den sie nicht so recht fassen konnte, hatte sie kein schlechtes Gefühl dabei, Milan ihren Namen und ihre Herkunft zu verraten. Vielleicht lag es daran, dass er rundweg freundlich und ehrlich wirkte.

Genau wie das Lächeln, das er ihr jetzt schenkte. »Ach, wie schön«, sagte er. »Du musst mir unbedingt von dort erzählen, wenn es deine Zeit in den nächsten Tagen erlaubt. Denn auch wenn ich hier glücklich bin, hängt ein Teil des Herzens doch das ganze Leben an den Orten der eigenen Kindheit.«

»Ja … natürlich. Gerne.«

»Dann sprechen wir uns also bald wieder. Bis dahin will ich dir einen Rat geben, Carya: Nimm dich vor Aurelie in Acht. Sie ist ein radikaler Geist, in jeder Hinsicht. So leidenschaftlich sie liebt, so sehr hasst sie auch, wenn sie sich ungerecht behandelt fühlt. Es mag wohl sein, dass ihre Macht auf Château Lune auf böse Worte beschränkt ist. Aber ein gezieltes Wort zum richtigen Zeitpunkt kann genauso töten wie eine vergiftete Klinge.«

Carya seufzte. »Danke. Genau das habe ich mir gewünscht.«

Kapitel 22

Es war früher Nachmittag, als Jonan und Pitlit sich auf den Weg zum Schwarzmarkt von Les Halles machten. Am Himmel zogen dunkle Wolken dahin, und es nieselte. Jonan holte die Capes aus seinem Beutel, die sie vor Wochen im Ödland vor den Mauern von Arcadion gekauft, des guten Wetters wegen aber bislang kaum gebraucht hatten. Eins zog er selbst an, eins warf er Pitlit zu. Dann fuhren sie mit dem Mofa los.

Jonan hatte eine Bestandsaufnahme ihrer Habseligkeiten gemacht. Wenn er sich von allen Fundsachen trennte, die sie im Laufe der Reise nach Paris gesammelt hatten, dazu dem Mofa, dem Werkzeug, dem Erste-Hilfe-Pack und dem Geld aus Arcadion, bekamen sie sicher genug zusammen, um die zehn Revolver kaufen zu können. Mit etwas Glück kamen sie sogar noch etwas günstiger davon. Bonasse hatte nicht explizit gesagt, dass die Waffen in erstklassigem Zustand sein mussten. Selbstverständlich hatte Jonan nicht vor, dem Hünen in dem Frachtlader-Exoskelett Schrott anzudrehen. Aber es musste ja auch nicht unbedingt fabrikneue Ware sein – wenn so etwas auf dem Schwarzmarkt überhaupt angeboten wurde.

Sie fuhren durch die verwilderte Grünanlage, die sich nördlich des Invalidendoms zu beiden Seiten einer ehemaligen Prachtstraße erstreckte. Das Gras am Wegesrand war hüfthoch und wurde von einem kleinen Wald verwachsener Bäume gesäumt. Am Ende der Grünanlage stießen sie auf eine Querstraße, die am Ufer des Flusses verlief. Die Seine, so nannte er sich, strömte braun und gemächlich an ihnen vorüber. Eine Brücke überquerte sie an dieser Stelle, die allerdings nur noch zur Hälfte existierte. Der andere Teil lag in Form mächtiger Steinbrocken im Wasser.

Jona hielt das Mofa an und ließ den Blick schweifen. An den Häuserfassaden bemerkte er deutliche Anzeichen der gewaltigen Explosion, die sich vor mehreren Jahrzehnten, in der Nacht des Sternenfalls, im nördlichen Paris ereignet hatte. So weit das Auge reichte, waren alle Fensterscheiben zersplittert. Die große Glaskuppel eines am anderen Ufer stehenden Gebäudes bestand nur noch aus dürren Metallträgern, die wie der skelettierte Brustkorb eines verstorbenen Urtieres aussahen.

»Diese Stadt ist echt trostlos«, sagte Pitlit und brach damit das Schweigen, das zwischen ihnen herrschte, seit sie den Dom verlassen hatten.

»Ja, das finde ich auch«, antwortete Jonan. »Ich wundere mich, dass der Mondkaiser niemals versucht hat, die Trümmer zu beseitigen und die Stadt wieder in Besitz zu nehmen. Wäre sie eine einzige Todeszone, würde ich ja verstehen, dass die Menschen sie meiden, aber …«

Seine eigenen Worte ließen ihn innehalten. Er musste an den gewaltigen Krater denken, der direkt jenseits des Flusses lag. Hastig kramte er den Strahlungsmesser hervor und aktivierte ihn. Im nächsten Moment entspannte er sich wieder. »Alles in Ordnung«, verkündete er erleichtert. »Die Werte liegen nicht höher als am Südrand der Stadt.« Dort hatte er seine letzte Messung vorgenommen.

Pitlit sah ihn mitleidig an. »Was dachtest du denn? Glaubst du etwa, die Straßenhändler von Paris wären so dumm, einen Schwarzmarkt mitten in einer Todeszone einzurichten? Es gibt einfachere Wege, sich umzubringen.«

»Zugegeben«, gestand Jonan. »Aber sicher ist sicher. Strahlungsmesser sind heutzutage nicht mehr sehr weit verbreitet, und außerhalb des Militärs dürfte kaum jemand so ein Gerät besitzen.«

»Und was ist mit verdorrtem Gras, toten Bäumen, zweiköpfigen Käfern? Es gibt doch Hinweise auf eine Todeszone.«

»Nicht unbedingt. Die Natur ist zäh. Sie lernt, mit Strahlung umzugehen. Unkraut wächst auch an den übelsten Orten.« Jonan kam in den Sinn, dass man das durchaus metaphorisch verstehen konnte.

Sie wandten sich nach rechts und fuhren am Flussufer entlang. Bonasse hatte gesagt, dass sie bis zu einer Insel fahren mussten. Wenn sie über die erste der dortigen Brücken den Fluss überquerten und der sich daran anschließenden Straße etwa dreihundert Meter folgten, erreichten sie den Platz, unter dessen begrünter Oberfläche sich die Markthallen von Les Halles verbargen.

»Gibt es irgendeinen Kontrollpunkt?«, hatte Jonan gefragt. »Müssen wir damit rechnen, durchsucht zu werden, wenn wir den Markt betreten wollen?«

Géants Bruder hatte nur gelacht. »Nein, dieser Markt wird von niemandem betrieben, falls es das ist, was du geglaubt hast. Es handelt sich eher um einen Treffpunkt für alle, die etwas zu verkaufen haben. Allerdings gibt es so eine Art Marktwache, eine Gruppe fahnenflüchtiger Soldaten, die sich dafür bezahlen lässt, größere Zwischenfälle zu verhindern, etwa den Überfall einer Gang, die glaubt, hier gute Beute machen zu können.«

»Verstehe«, hatte Jonan gesagt. »Wie werden diese Burschen wohl auf ein offen getragenes Sturmgewehr reagieren?«

»Solange du es auf dem Rücken trägst und nicht herunternimmst, solltest du keinen Ärger bekommen. Wenn sich die Burschen jedoch von dir bedroht fühlen, könnte das schmerzhafte Folgen haben. Ich habe gehört, dass sie zuerst schießen und erst hinterher nachprüfen, ob es vielleicht ein Irrtum war.«

»Danke für die Warnung.«

An den Wortwechsel musste Jonan denken, als sie sich ein paar Minuten später durch die Ruinen der Häuser auf der nördlichen Flussseite ihrem Ziel näherten. Er hoffte, dass sie diesmal nicht in Schwierigkeiten gerieten. Er hoffte es wirklich. Dummerweise schienen sie Probleme geradezu magisch anzuziehen.

»Pitlit«, sagte er mit einem Blick über die Schulter.

»Hm?«, fragte der Straßenjunge.

»Diesmal klaust du nichts, egal wie nobel deine Motive sein mögen. Verstanden?«

Pitlit feixte. »Erst mal schauen, was es auf dem Markt so gibt.«

»Nein!« Jonan hielt an und drehte sich ganz zu dem Jungen. »Das ist mein Ernst: keine Eigenmächtigkeiten! Wir haben einen Auftrag zu erfüllen, und wenn uns das nicht gelingt, weil man uns aus dem Markt wirft, wird uns Bonasse nicht helfen, zu Carya zu gelangen. Das ist eine heikle Sache.«

Abwehrend hob Pitlit die Hände. »Ist ja schon gut. Ich mach keinen Blödsinn, versprochen. Ich will doch auch, dass wir Carya wiederfinden.«

»Gut«, sagte Jonan zufrieden und fuhr weiter.

Vor ihnen öffnete sich die Straße zu einem der vielen Plätze von Paris. Auch hier wucherte das Gras ungehindert. Die verrosteten Reste von Klettergerüsten für Kinder erhoben sich daraus. Die paar Bäume, die auf der Freifläche wuchsen, sahen jedoch noch sehr jung aus. Alle älteren waren offensichtlich gefällt worden, wie Jonan an zahlreichen, mit groben Axthieben bearbeiteten Stümpfen am Rand des Parks sehen konnte.

Als Jonan den Blick nach rechts richtete, fiel ihm ein merkwürdiges Gebäude auf. Es handelte sich um eine zweigeschossige Anlage, die entfernt an ein liegendes L erinnerte und im ersten Stock eine breite Dachterrasse aufwies, auf der sich sowohl trichterförmige als auch glockenartige Konstruktionen aus Metall und Glas – oder vielmehr Glasresten – erhoben. Die futuristisch anmutenden Auswüchse schienen wenig bis gar keinen Zweck zu erfüllen und waren womöglich reine Zierelemente, von einem eigenwilligen Architekten aus der Zeit vor dem Sternenfall entworfen.

Der Hof vor dem Gebäude bildete ein großes Rechteck und tauchte in Stufen in die Tiefe ab. Die Wände dieser umgekehrten Stufenpyramide bestanden ebenfalls aus Metallbögen und Glas, wobei das Glas in der Zwischenzeit fast überall durch Bretterwände und Planen ersetzt worden war. An der Südseite befand sich auf Straßenniveau eine Art Eingangsbereich, der aus einigen Metallbögen und einem Loch im Boden bestand, in das Treppen hinunterführten. Unterschiedlichste Gerüche und der ferne Hall von Musik und vielen Stimmen drangen ihnen entgegen.

»Ich bin gespannt, was uns dort unten erwartet«, brummte Jonan, als er das Mofa hinter einem Mauerstück parkte. Dem Soldaten in ihm zuckte es in den Fingern, das Gewehr von der Schulter zu nehmen. Aber er widerstand dem Bedürfnis.

Auf der Treppe beglückwünschte er sich für diese Entscheidung. Denn Pitlit und er hatten kaum die Hälfte der Stufen in die Tiefe zurückgelegt, als ihnen von unten plötzlich drei kräftige Männer in dunklen Lederjacken entgegenkamen, die einen vierten zwischen sich trugen. Der Mann kämpfte gegen den Griff des Trios an und stieß in einem fort Verwünschungen aus.

»Halt's Maul!«, herrschte ihn einer der Lederjackenträger an. Er hatte einen Bürstenschnitt und einen Unterkiefer, an dem man sich die Faust blutig schlagen konnte, sollte man den Fehler machen, ihm eine verpassen zu wollen.

»Und sei froh, dass wir dich nicht gleich kaltmachen«, fügte sein Kamerad hinzu, dessen linke Gesichtshälfte von einem Narbengeflecht verunziert wurde.

Mit raschen, energischen Schritten trugen die drei Männer mit den Lederjacken, auf deren Rücken ein grinsender silberner Totenkopf aufgenäht war, den Ruhestörer an Jonan und Pitlit vorbei bis zum oberen Ende der Treppe. Dann holten sie kurz aus und warfen ihn buchstäblich nach draußen. »Das ist deine letzte Warnung, du kleiner Mistkerl«, rief ihm das Narbengesicht nach. »Wenn du hier noch einmal auftauchst, bist du fällig. Dann schlagen wir dir den Schädel ein und verfüttern dich an die Ratten in der Metro!«

Jonan beugte sich zu Pitlit hinunter. »Das sind also die netten Marktwächter. Um die sollten wir einen Bogen machen.«

Der Straßenjunge nickte bloß stumm. Er wirkte ein wenig blass um die Nase.

»Komm.« Jonan wandte sich um und marschierte den Rest der Treppe hinunter.

Eine Atmosphäre wie auf einem Basar empfing sie. Überall lagen Teppiche und Wolldecken auf dem Boden, auf denen Waren unterschiedlichster Art feilgeboten wurden: Kerzen, Treibstoff, Lebensmittel in Dosen, Wasserflaschen, Waffen, Kleider, ja sogar Spielzeug. Die Händler, auffällig oft von dunkler Hautfarbe, hockten daneben auf dem Boden oder auf irgendwelchen Klappstühlen. Andere, größere Stände waren aus Holz gezimmert, und nun glaubte Jonan zu wissen, wo ein Großteil der im Park vermissten Bäume geblieben war.

Zwischen den Verkaufsständen hatten einige Männer und Frauen kleine Grills aufgestellt, auf denen sie Fleisch brieten, um es den Besuchern des Marktes anzubieten. Jonan befürchtete, dass es sich um das Fleisch von Ratten oder streunenden Katzen handelte. Denn auch wenn er auf dem Weg nach Paris Schafe und Rinder auf Weiden gesehen hatte, bezweifelte er, dass die Grillbesitzer Zugriff darauf hatten. Mit etwas Glück besaßen sie ein paar Hühner.

Darüber hinaus hatte sich in den unterirdischen Gängen und Hallen, durch die Jonan und Pitlit schlenderten, das übliche Potpourri aus fragwürdigen Gestalten versammelt, das man auf so einem Markt treffen konnte. An einer Ecke versuchte ein Hütchenspieler, die Leute zum Mitmachen zu bewegen. An einer anderen standen zwei Männer mit Akkordeon und Geige und sorgten für eine mehr oder weniger gelungene musikalische Untermalung der Szenerie. In einem abgetrennten Bereich glaubte Jonan sogar Männer zu sehen, die schreiend und gestikulierend einem Hahnenkampf beiwohnten.

Nachdem sie sich ein wenig umgesehen hatten, wandte Jonan sich der Aufgabe zu, wegen der sie hergekommen waren. Mit Pitlits Hilfe veräußerte er so gut wie alles, was sie entbehren konnten – auch das Mofa – und erwarb dafür im Gegenzug Stück um Stück zehn Revolver und ein paar Päckchen Munition dazu. Die Waffen machten allesamt einen recht brauchbaren Eindruck. Die meisten wiesen das gleiche Fabrikat auf und schienen aus den Armeebeständen des kaiserlichen Heers zu stammen.

Nach wie vor war Jonan bei dem Gedanken, Kinder mit Waffen

auszustatten, alles andere als wohl zumute. Lieber hätte er das Übel an seiner Wurzel gepackt – in den Kasernen des Mondkaisers –, statt für eine Eskalation der Gewalt zu sorgen. Aber ihm war klar, dass solch moralische Gedanken ein Luxus waren, den sich weder Bonasse mit seinen Schützlingen, noch Jonan, der Carya retten wollte, leisten konnten. Also machte er weiter und versuchte, nicht darüber nachzudenken, wie viele Tote zukünftig auf das Konto dieser Revolver gehen mochten.

»Das hätten wir«, verkündete er grimmig, als sie am Stand eines verhärmt wirkenden Mannes ihr Set mit einer letzten Waffe komplettierten. Jonan schob den Revolver in seinen Beutel, der mittlerweile ziemlich schwer geworden war. »Verschwinden wir von hier. Je schneller wir Bonasse liefern, was er haben will, desto rascher hilft er uns.«

»Ich bin dabei«, sagte Pitlit. »So ein Markt, bei dem man nichts mitnehmen darf, was einem gefällt, ist sowieso langweilig.«

Sie bahnten sich gerade ihren Weg durch die Kaufenden und die Händler zurück zum Treppenaufgang, als Jonan plötzlich ein junger Mann auffiel. Er lungerte zwischen zwei Holzständen herum und starrte zu ihnen hinüber. Jonan runzelte die Stirn. Der Kerl kam ihm bekannt vor. »He, Pitlit.« Er schaute zu dem Straßenjungen hinunter und zupfte ihn am Ärmel. »Kennst du diesen Burschen, der sich da offensichtlich für uns interessiert?«

»Welcher?«

»Der dort.« Jonan hob den Blick wieder und stockte. Der Mann war fort, die Stelle zwischen den beiden Ständen leer.

»Ich sehe niemanden«, sagte Pitlit.

»Nein, ich auch nicht mehr«, gab Jonan langsam zurück. »Er ist verschwunden. Sehr merkwürdig. Wir sollten die Augen offen halten. Vielleicht hat jemand mitbekommen, dass wir einen Stapel

Revolver gekauft haben und wartet nun auf eine günstige Gelegenheit, um sie uns abzunehmen.«

Pitlit legte eine Hand an den Gürtel, wo er seine eigene Waffe aufbewahrte. »Na, der wird sich wundern, wenn er feststellt, dass nicht alle Revolver in dem Beutel stecken.«

Eilig drängten sie sich weiter. Jonans Puls beschleunigte sich, und erneut musste er das überwältigende Bedürfnis zurückdrängen, sein Gewehr vom Rücken zu nehmen. Sie erreichten die Treppe, und immer zwei Stufen auf einmal nehmend eilte Jonan hinauf. Dabei warf er hin und wieder einen Blick über die Schulter, um zu schauen, ob sich mögliche Verfolger zeigten. Aber er konnte keine erkennen.

Vor ihm zeichnete sich der Ausgang als dämmriges Rechteck ab. Der Himmel hatte sich verdunkelt, und der Regen war stärker geworden. In einem dichten Vorhang aus Wasser prasselte er auf die Steinplatten vor den Treppen. Der Rückweg zum Invalidendom würde sehr unerfreulich werden.

»Igitt, können wir nicht noch warten?«, beschwerte sich Pitlit.

»Nicht hier«, antwortete Jonan. Der Markt war ihm nicht mehr geheuer. Abgesehen von dem fremden Mann, dessen Starren auch überhaupt nichts mit ihnen zu tun gehabt haben musste, gab es eigentlich keinen Grund für seine Nervosität. Aber sein Bauchgefühl warnte Jonan, dass es höchste Zeit wurde, zu verschwinden – selbst wenn das bedeutete, mitten durch den Regen zu stapfen.

Sie hatten das obere Ende der Treppe gerade erreicht und befanden sich nun unter den Metallbögen des Eingangsbereichs, als Jonan aus den Augenwinkeln eine Bewegung wahrnahm – über sich! Instinktiv duckte er sich und blickte alarmiert auf.

Die Silhouette eines menschengroßen Körpers hing dort zwischen den Metallverstrebungen, gegen die dunklen Wolken nur schlecht auszumachen. Jonan blieb nicht die Zeit, darauf zu reagieren, denn schon in der nächsten Sekunde ließ sich der Schatten auf ihn fallen und riss ihn zu Boden.

Neben ihm schrie Pitlit auf, und ein Schuss knallte ohrenbetäubend laut.

»Nicht!«, rief Jonan entsetzt. Er wollte nicht riskieren, dass der Junge ihm unabsichtlich eine Kugel in den Leib jagte. Noch halb im Liegen warf er sich mit Wucht zur Seite, gegen einen der Metallpfeiler, um sich von seinem Angreifer zu lösen, der sich an seinem Rücken festklammerte und ihn mit Schlägen traktierte. Der Schaft seines Templersturmgewehrs bohrte sich schmerzhaft in seinen Rücken. Gleichzeitig war ein Keuchen zu hören, und der Griff seines Gegners lockerte sich. Jonan setzte nach und rammte ihm den Ellbogen in die Rippen. Dann rollte er zur Seite und versuchte, sich aufzurappeln.

Doch ein Tritt gegen die Rippen warf ihn wieder auf den nassen Stein, genau in eine Pfütze. Jonan schlug sich die Lippe auf, und schmutziges Wasser drang in seine Nase. Er prustete und rollte herum, nur um sich auf einmal einem zweiten Gegner gegenüberzusehen. Und aus der Deckung der Metallbögen trat ein dritter. Und ein vierter. »Ihr habt Jacques umgebracht«, zischte eine Stimme hasserfüllt. Jonan vermochte nicht zu sagen, ob sie einem Mann oder einer Frau gehörte. »Dafür werdet ihr büßen.«

Siedend heiß fiel Jonan ein, woher er den jungen Mann gekannt hatte. Es war ein Mitglied der Mofabande gewesen, die Pitlit und ihn am Morgen bis zur Schwelle von Bonasses Heim verfolgt hatte. Einen von ihnen hatte der Straßenjunge versehentlich erschossen. *Und jetzt sind sie auf Blut aus*, fuhr es ihm durch den Sinn. Das war übel. Sehr übel.

Er ließ sein Gewehr von der Schulter gleiten und ergriff es, um es auf seine Gegner zu richten. Doch ein heftiger Tritt gegen seinen Arm vereitelte diese Absicht. Schwungvoll wurde ihm die Waffe aus der Hand geprellt und verschwand klappernd im dunklen Treppenschacht. Ein Stöhnen kam über Jonans blutige Lippen, als der Schmerz hinauf bis zu seiner Schulter brandete. Aber er ging instinktiv zum Gegenangriff über und schlug seinem Gegner mit der zur Faust geballten Linken zwischen die Beine. Der Hieb war nicht gut gezielt, aber es reichte. Ein animalisches Heulen belohnte Jonan für seine Mühen, und der Mann fiel wimmernd zu Boden, wo er sich neben Jonan zusammenkrümmte.

Ein weiterer Schuss knallte, gefolgt von einem Keuchen. Neben Jonan kam es zu einem Gerangel zwischen drei Gestalten. »Lass mich!«, kreischte Pitlit wütend. »Lass mich los, du Scheißkerl!«

Jonan sprang auf, um dem Straßenjungen zu helfen. Einen der Angreifer packte er an der Schulter, riss ihn herum und verpasste ihm einen kräftigen Faustschlag ins Gesicht. Erst als sein Gegenüber zurücktaumelte, erkannte Jonan, dass es sich um eine Frau mit strähnig blondem Haar handelte. Blut lief ihr aus der gebrochenen Nase und mischte sich mit dem Regenwasser auf ihrem bleichen Gesicht. Der Ehrenmann in ihm zuckte bei diesem Anblick zusammen, der Kämpfer schob jedoch alle Skrupel beiseite.

Jonan wandte sich Pitlits zweitem Gegner zu. Der hatte dem Straßenjungen mittlerweile den Revolver entrungen und diesen fortgeworfen. Nun hielt er ihn fest umklammert und presste ihm ein Stück seines eigenen Capes ins Gesicht, als wolle er ihn ersticken. Pitlit wehrte sich wie verrückt, aber er war nur ein dreizehnjähriger Junge und dem Mann restlos unterlegen. »Kleine Ratte, ich mach dich fertig.«

Mit einer raschen Bewegung zog Jonan sein Kampfmesser aus

dem Stiefelschaft. Das hier war keine Keilerei unter Trinkbrüdern. Es ging um Leben und Tod. Er trat vor, um dem Mann die Klinge in den Hals zu rammen, doch unvermittelt traf ihn etwas Unnachgiebiges und Schweres am Hinterkopf.

Greller Schmerz explodierte in Jonans Schädel, und einen Moment lang sah er nichts mehr als flimmernde Lichtpunkte vor den Augen. Klappernd fiel sein Messer zu Boden. Orientierungslos blinzelnd ruderte er mit den Armen, dann knickten seine Beine ein. Keine Sekunde später trieb es ihm die Luft aus den Lungen, als er einen Tritt gegen den Brustkorb abbekam. Keuchend rollte er sich herum, damit der Gegner keinen weiteren Treffer dort landen konnte.

Jemand kniete neben ihm nieder und riss seinen Kopf an der Kapuze des Regencapes zurück. Undeutlich konnte Jonan ein wutverzerrtes Gesicht erkennen. »Du bist tot«, spie der Mann ihm ins Gesicht. »Echt so was von tot.« Jonans Gegner ballte die Faust und schlug zu. Und wieder. Und wieder.

Jonan spürte, wie ihm die Sinne schwanden. »Lauf weg, Pitlit«, wollte er noch rufen, aber die Worte kamen als kaum verständliches Brabbeln über seine Lippen. Ein weiterer Hieb – und es wurde dunkel um ihn.

Kapitel 23

Als Carya an diesem Abend an die Tür zu Cartagenas Gemächern klopfte, lag in der Geste bereits spürbarer Missmut. Den ganzen Tag hatte sie versucht, den Botschafter zu treffen. Sie wollte das Gespräch fortsetzen, das gestern beim Abendessen unterbrochen worden war. Ärgerlicherweise war Cartagena ständig unterwegs gewesen. Der Mann schien bei Hofe eine gefragte Persönlichkeit zu sein. *Oder er versucht, mir aus dem Weg zu gehen*, dachte Carya.

Um sich die Zeit zu vertreiben, hatte Carya tagsüber das Schloss erkundet. Die Weitläufigkeit des Herrschaftssitzes überwältigte sie nach wie vor. Das galt vor allem für die Gartenanlagen hinter dem Schloss, in denen man sich wirklich verlieren konnte. Bei diesem Ausflug hatte sie festgestellt, dass es noch zwei weitere Schlösschen auf dem Gelände gab, eins etwas größer, eins etwas kleiner – wobei kleiner immer noch bedeutete, dass es etwa so groß wie eine Bürgervilla in Arcadion war. Beide Bauwerke wirkten vernachlässigt, so als hätte dort schon länger niemand mehr gewohnt.

Und noch etwas war Carya aufgefallen. Château Lune schien erst nach dem Mittagessen so richtig zu erwachen. Während Bedienstete und Gardisten bereits in den Morgenstunden ihren zahlreichen Geschäften im Schloss nachgingen, waren ihr kaum höhergestellte Höflinge über den Weg gelaufen. Dass ihr sowohl der Prinz als auch seine Versprochene bereits bei ihrem späten Frühstück begegnet waren, nährte in Carya den Verdacht, dass diese Begebenheit in beiden Fällen planvollem Vorgehen geschuldet gewesen war. Prinz Alexandre hatte nur deshalb den Gästeflügel aufgesucht, weil er von ihrer Anwesenheit unterrichtet worden war. Und das Gleiche musste auch für Aurelie gegolten haben. Dieser Palast hatte überall Augen und Ohren.

Das bedeutete allerdings nicht, dass man immer wahrgenommen wurde. Zumindest Cartagena weigerte sich gegenwärtig standhaft, Carya zur Kenntnis zu nehmen. Denn wie sie es befürchtet hatte, regte sich auch diesmal auf ihr Klopfen hin nichts hinter der Tür. Ihr geheimnisvoller Wohltäter, dieser Angehörige einer ominösen Erdenwacht, machte es ihr wirklich schwer.

Unzufrieden ruckelte sie an der Klinke – und stellte zu ihrer Überraschung fest, dass die Tür zu den Gemächern des Botschafters unverschlossen war. Ein nachlässiger Diener, der dort geputzt hatte, musste vergessen haben, die Tür wieder zu verschließen. Ein trotziger Gedanke keimte in Carya auf. *Ich gehe jetzt einfach hinein, setze mich dort in einen Sessel und warte so lange, bis Cartagena das nächste Mal vorbeikommt. Dann kann er mir nicht mehr aus dem Weg gehen, sondern muss mir Rede und Antwort stehen.*

Ihr war bewusst, dass sich so etwas nicht gehörte. In Arcadion wäre sie auch nicht einfach in eine offen stehende Wohnung marschiert. Aber es gab auf dem Flur keine Sitzgelegenheit, und außerdem würde Cartagena ja sicher bald kommen, und sie wollte schließlich auch gar nichts anfassen oder durchwühlen, was sie nichts anging.

Der letzte Gedanke ließ sie innehalten. Womöglich sollte sie den Punkt mit dem Durchwühlen noch einmal überdenken. Die unverschlossene Tür war nicht bloß eine Prüfung ihrer Moral, sondern zugleich eine günstige Gelegenheit. Es nagte doch schon den ganzen Tag an ihr, dass sie praktisch nichts über den Botschafter und seine Motive wusste. In diesen Räumen mochte die eine oder andere Antwort auf ihre Fragen liegen.

Verstohlen warf Carya einen Blick nach links und rechts. Einige Meter den Gang hinunter staubte ein Diener die Steinbüsten vergangener Herrscher ab. Als er kurz zu ihr hinüberschaute, bedachte sie ihn mit einem flüchtigen Lächeln. Dann wandte sie sich demonstrativ um und schritt zurück in Richtung Treppenhaus. Sie lief die Stufen bis zum ersten Absatz hinauf und wartete dort.

Ein paar Minuten später tauchte der Diener mit seinem Staubwedel unter ihr auf und machte sich auf den Weg ins Erdgeschoss. Kaum war er außer Sicht, da huschte Carya auch schon wieder in den Gang zurück. Rasch versicherte sie sich, dass niemand zugegen war. Dann öffnete sie die Tür zu Cartagenas Zimmern und schlüpfte hindurch.

Der Speiseraum sah noch genauso aus wie gestern: prachtvoll eingerichtet und weitgehend unberührt. Cartagena reiste mit überschaubarem Gepäck, und er hielt es obendrein beisammen. Sah man von einer Karaffe mit Wein und einer Schale Obst auf dem Tisch ab, deutete nichts in dem Raum darauf hin, dass hier ein Gast wohnte. »Also schauen wir uns mal im Schlafzimmer um«, entschied Carya an sich selbst gerichtet.

Auch hier herrschte penible Ordnung, aber zumindest fanden sich Spuren darauf, dass ein Mensch diese Räumlichkeiten bewohnte. Auf dem breiten Himmelbett lag ein sorgsam gefaltetes Nachtgewand. Auf dem Nachttisch standen ein kleines Fläschchen mit grüner Flüssigkeit und ein Becher. Hinter einem gemusterten Vorhang verbargen sich die beiden Koffer des Botschafters, und in einem hohen Schrank entdeckte Carya seine Kleidung, die überwiegend in den Farben Rot und Weiß gehalten war, mit goldenen Zierelementen.

Am interessantesten erschien ihr der kleine Schreibtisch mit den fragil geschwungenen Holzbeinen direkt am Fenster. Eine schwarze Mappe und ein Füllfederhalter lagen darauf. Obwohl niemand da war, der sie hätte hören können, huschte Carya auf Zehenspitzen hinüber. Sie achtete darauf, dass sie nicht direkt durch das hohe Fenster zu sehen war. Man wusste nie, wer unten auf der breiten Terrasse, die den Übergang zwischen Schloss und Park bildete, gerade flanierte.

Als sie die Mappe genauer in Augenschein nahm, stellte sie fest, dass sie durch ein messingfarbenes Schloss gesichert war. Probeweise versuchte sie, den Mechanismus zu öffnen, doch Cartagena war nicht so nachlässig wie der Diener mit der Zimmertür gewesen. Es ließ sich nicht aufmachen. Gedankenverloren kaute Carya auf ihrer Unterlippe, während sie mit dem Zeigefinger über das Schloss strich. Wenn sie nur etwas Dünnes, Spitzes wie eine Stecknadel oder besser zwei gehabt hätte, wäre es ihr bestimmt gelungen, es zu knacken.

Suchend sah sie sich im Zimmer um. Im Vorhang neben den Fenstern entdeckte sie, was sie brauchte. Um einen gefälligen Faltenwurf zu erzeugen, hatte ein Diener den Vorhangstoff mit ein paar Nadeln festgesteckt. Zufrieden zog Carya zwei davon heraus, bevor sie an den Tisch mit der Mappe zurückkehrte.

Sorgfältig nahm sie das Schloss in Augenschein. Anschließend führte sie die beiden Nadeln ein und bewegte sie leicht darin umher. Sie konnte das, Carya wusste es. Das Templerjugendmädchen mochte nicht imstande dazu gewesen sein, aber dieses Mädchen war sie nicht mehr. Tief in ihrem Inneren verborgen besaß sie

Gaben, und sie konnte diese an die Oberfläche zwingen, wenn sie sich nur fest genug darauf konzentrierte.

Mit einem kaum hörbaren Klicken ging das Schloss auf. Carya zog den Riegel zur Seite und nahm die Nadeln heraus. Damit sie nicht herumlagen, steckte sie rasch den Vorhangstoff wieder damit fest. Danach klappte sie mit klopfendem Herzen die Mappe auf.

Mehrere Dokumente wurden darin aufbewahrt. Zum Teil waren sie handgeschrieben, zum Teil in ungewöhnlich scharfer Schreibmaschinenschrift verfasst. Die meisten waren zu ihrer Enttäuschung in einer Sprache, die sie nicht verstand. Daran hatte Carya gar nicht gedacht. Cartagena sprach zwar fließend Arcadisch und Francianisch, das hieß aber nicht, dass es sich bei einer der beiden um seine Muttersprache handelte. Eine Tabelle fiel ihr ins Auge, die in Francianisch abgefasst war. Wie es aussah, handelte es sich dabei um eine Warenaufstellung. Vor allem Tiere waren dort in großer Zahl aufgelistet: Hühner, Schafe und Rinder. Carya verstand nicht ganz, was sie vor sich hatte. Womöglich ein Handelsabkommen zwischen Cartagena und dem Mondkaiser.

Auf einmal fiel ihr Blick auf eine handschriftliche Notiz, eine kurze Nachricht nur.

Die Sonne und der Mond nähern sich einander an.
Bald schon stehen sie gemeinsam am Himmel.
Wir müssen handeln. Kommen Sie rasch.
– J.

Stirnrunzelnd starrte sie das Dokument an. Was hatte das zu bedeuten? Ihr Bauchgefühl sagte ihr, dass diese Zeilen wichtig waren, vielleicht sogar von einiger Brisanz. *Die Sonne und der Mond …*, grübelte sie. Die tatsächlichen Himmelskörper waren damit bestimmt nicht gemeint. Eher handelte es sich um Geheimnamen. Konnte der Mond für den Mondkaiser stehen? Das kam ihr nicht zu abwegig vor. Vielleicht verbarg sich hinter J ja Justeneau, dieser Minister, der Cartagena abgeholt hatte. In dem Fall war die Sonne …

Auf einmal wurde im Nachbarzimmer die Tür geöffnet. Carya schrak zusammen. Schritte von mindestens zwei Personen wurden laut, dann wurde die Tür wieder geschlossen. Hektisch schob sie die Unterlagen zusammen und klappte die Mappe zu. Zeit, sie zu verschließen, hatte sie keine mehr. Stattdessen huschte sie auf den Vorhang zu, hinter dem die Koffer standen, nur um gleich darauf herumzuwirbeln, denn vielleicht war das kein so gutes Versteck. Sie wusste nicht, ob die Koffer leer waren oder ob Cartagena kommen würde, um etwas aus ihnen hervorzuholen.

Ihr blieb nur eine Möglichkeit. Sie legte sich flach auf den Boden und schob sich unters breite Himmelbett, das gerade hoch genug war, dass ein schlanker Mensch sich darunter verbergen konnte. Unwillig stellte Carya fest, dass die Putzbegeisterung der Dienerschaft nicht bis unters Bett reichte. Staub wirbelte vor ihrem Gesicht auf und kitzelte sie in der Nase. Sie kniff sie mit den Fingern zu und betete, dass ihr kein plötzliches Niesen entfuhr.

Jemand kam ins Zimmer. Den weißen Hosenbeinen nach zu urteilen, handelte es sich um Cartagena. Die zweite Person, offenbar eine Frau, denn sie trug ein bodenlanges blauviolettes Kleid, blieb in der Tür stehen. *Oh, Licht Gottes, bitte lass mich nicht in ein Schäferstündchen geraten sein*, flehte Carya. Bei der Vorstellung, dass sich Cartagena und die Fremde oben im Bett vergnügten, während sie darunter lag, wurde ihr ganz anders zumute.

Doch dazu kam es nicht. Der Botschafter warf nur einen Gegenstand, vielleicht seine Jacke, aufs Bett. Anschließend kehrte er zu seiner Begleiterin zurück, und sie verschwanden im Nebenzimmer. »So«, hörte Carya ihn leise auf Francianisch sagen. »Jetzt können wir ungestört reden.«

»Endlich«, erwiderte die Frau. Sie hatte eine angenehme, samtig tiefe Stimme. »Ich fürchtete schon, ich käme aus dieser Sitzung nie mehr raus. Es ist erstaunlich, dass seine Majestät die Langmut dafür aufbringt.«

»Er hat wieder mit der Sondergesandten gesprochen?«, fragte Cartagena.

»Ja. Über drei Stunden.«

»Wie lange weilt sie schon am Hof?«

»Seit etwa zwei Wochen. Allerdings herrschte zwischendrin vier Tage Verhandlungspause, weil sie, wie es heißt, Rücksprache mit dem Rat halten musste. Es hat den Anschein, als gingen ihre Befugnisse nicht so weit wie die unseres letzten Besuchers.«

»Hm«, brummte Cartagena. »Kommen sich die beiden Seiten denn näher, oder herrscht eher eine angespannte Atmosphäre am Verhandlungstisch?«

»Die Differenzen sind offensichtlich«, antwortete die Frau. »Aber der Wille zum Bündnis existiert. Die Motive sind religiöser Natur. Beiden Staaten ist Austrogermania ein Dorn im Auge. Sie wissen ja, dass deren König gemeinhin als Ketzerkönig bezeichnet wird, weil er einer gänzlich anderen Form von Glauben anhängt und dies mit einer Leidenschaft, die seiner Majestät und dem Rat in nichts nachsteht. In der Vergangenheit gab es bereits mehr als einen diplomatischen Zwischenfall. Auch der Krieg an den Grenzen schwelt unablässig.«

»Was ja in unserem Sinne ist.«

»Sehr wahr. Doch diese Feindseligkeiten zwischen seiner Majestät und Austrogermania werden langsam gefährlich, denn sie lassen ehemalige Feinde im Süden zusammenrücken. Und so wie ich es empfinde, stehen diese Verhandlungen kurz vor dem Durchbruch. Es wird schon nicht mehr davon geredet, ob man in einen gemeinsamen Glaubenskrieg ziehen möchte, sondern darüber, wann und wie.«

Cartagena schwieg für einen Moment. »Diese Entwicklung ist in der Tat höchst brisant. Es war richtig von Ihnen, mich zu rufen, Julianne. Wenn diese Allianz zustande kommt und zwei so große Machtblöcke auf dem Kontinent Frieden schließen, ändert das alles. Das Kräfteverhältnis gerät ins Wanken. Das dürfen wir nicht zulassen.«

»Was bedeutet das nun?«

»Dass wir handeln müssen.«

»Aber …« Die Frau namens Julianne klang unsicher. »Können wir das denn – ohne uns und unsere Arbeit zu verraten?«

Ein leises Lachen antwortete ihr. »Wie es der Zufall so will, können wir das in der Tat. Überlassen Sie den ersten Akt dieses Spiels nur mir. Sie sollten ihrerseits dafür sorgen, dass Justeneau bereit ist, seine Rolle im zweiten zu übernehmen.«

»Er ist bereit«, sagte die Frau. »Vertrauen Sie mir, Cartagena. Ich habe sehr lange darauf hingearbeitet, dass er genau der Mann wird, den wir brauchen, wenn der Zeitpunkt gekommen ist.«

»Gut. Dann gehen Sie jetzt besser wieder. Es soll sich niemand fragen, wo Sie geblieben sind. Halten Sie sich bereit. Ich werde Sie informieren, sobald es losgeht.«

»Ich habe verstanden. Für die Erde, Cartagena.«

»Ganz richtig.«

Carya vernahm Schritte im Nachbarzimmer, dann wurde die Tür geöffnet und gleich darauf wieder geschlossen. Cartagena murmelte etwas, das Carya nicht verstehen konnte. Weitere

Schritte waren zu hören, gefolgt vom Klirren von Glas und dem Gluckern einer Flüssigkeit. Der Botschafter schenkte sich einen Becher Wein ein. Carya spürte, wie ihr mulmig zumute wurde. Hoffentlich beabsichtigte er nicht, es sich jetzt den Rest des Abends in seinen Gemächern gemütlich zu machen. Das würde für sie ein paar sehr lange und ungemütliche Stunden bedeuten.

Doch es wurde noch schlimmer! Zu ihrem Grausen kam Cartagena geradewegs zu ihr ins Schlafzimmer geschlendert. Geräuschvoll schlürfte er seinen Wein und summte nebenher eine Melodie, die Carya nicht kannte. Er zog seinen Schreibtischstuhl zurück und ließ sich mit leisem Ächzen darauf nieder.

Carya wagte nicht zu atmen. *O Licht*, ging es ihr durch den Kopf. *Gleich wird er sehen, dass das Schloss an seiner Mappe geöffnet wurde. Natürlich wird er nicht wissen, wer verantwortlich dafür ist, aber ich stehe auf seiner Liste der Verdächtigen ganz sicher weit oben. Außerdem beginnt er dann vielleicht, das Zimmer abzusuchen, um nachzuschauen, ob sonst noch etwas mit seinen Sachen angestellt wurde. Und findet mich unter dem Bett liegend vor. Er wird mich umbringen. Ich weiß viel zu viel. Er bringt mich um.* In ihrem Kopf rasten die Gedanken, während sie nach einem Ausweg aus dieser kniffligen Situation suchte, ohne einen zu finden.

Ein Klopfen an der Tür rettete sie.

»Ach, wer ist das denn jetzt schon wieder?«, brummte Cartagena unwillig.

»Verzeihung«, meldete sich eine zaghafte Stimme von nebenan. »Monsieur Ambassadeur? Seid Ihr zugegen?«

»Ja, ja, ich komme schon«, erwiderte Cartagena, stand auf und verließ das Schlafzimmer.

»Man bat mich, Euch auszurichten, dass das Abendessen an der kaiserlichen Tafel angerichtet ist«, meldete der Diener.

»Natürlich. Vielen Dank. Ich komme gleich. Oh, bitte gehen Sie nach oben und holen Sie meine Begleiterin Carya ab. Sie mag sich zu uns an die Tafel gesellen.«

»Sehr wohl, Monsieur Ambassadeur.«

Als der Diener verschwunden war, kam Cartagena erneut ins Schlafzimmer. Er stellte sich vor den Spiegel im Raum, zupfte ein wenig an seiner Kleidung herum, brummte zufrieden und machte sich auf den Weg. Die Tür schlug zu, und Carya war wieder allein. Sie wartete noch eine kurze Weile, nur für den Fall, dass er zurückkehrte, weil er etwas vergessen hatte, aber es blieb alles ruhig.

Schließlich robbte sie wieder unter dem Bett hervor und kam auf die Beine. Erschrocken blickte sie auf ihr weiß verstaubtes Kleid. Rasch versuchte sie, den Staub abzuwischen, doch der Stoff erwies sich als widerspenstig. Ganz bekam sie ihn nicht weg. *Das muss ich waschen*, dachte sie. *Und heute Nacht vor dem Ofen trocknen, damit ich es morgen wieder anziehen kann.* Sie nahm sich vor, Cartagena um ein weiteres Kleid zum Wechseln zu bitten. Es war keine Bitte, die Misstrauen erwecken würde. Immerhin konnte es durchaus mal passieren, dass man sich durch eine Unachtsamkeit schmutzig machte.

Aber eins nach dem anderen, entschied sie. Schnell trat sie an den Schreibtisch und verschloss die schwarze Mappe wieder. Sie huschte zur Schlafzimmertür und durch den Speiseraum zum Ausgang. Vorsichtig lugte sie nach draußen. Niemand war zu sehen. Erleichtert glitt sie auf den Korridor hinaus und machte sich, einen Umweg durch den hofseitigen Teil des Südflügels nehmend, auf zu ihrem eigenen Zimmer.

Als sie dort eintraf, war von dem Diener, der sie abholen sollte, keine Spur zu sehen. Das kam ihr nur zupass. Sie verschwand in ihrem Gemach und verriegelte die Tür von innen. Jetzt erst wagte sie wirklich aufzuatmen. Es war kaum zu fassen, dass sie aus dieser heiklen Lage unbeschadet herausgekommen war.

Carya schlüpfte aus den Schuhen und legte ihre Kette ab. Anschließend zog sie das Kleid aus und machte sich daran, den Staub auszuwaschen. Sie hängte es über einen Stuhl und schob diesen vor den Ofen in der Ecke des Raums. Obwohl das eigentlich die Aufgabe der Diener war, machte sie ihn auf, legte zwei frische Holzscheite nach und öffnete danach die Belüftungsschlitze am unteren Rand des Ofens, um das Feuer anzufachen.

Schon bald wurde es mollig warm in ihrem Gemach, was Carya, die nur noch Untergewand und Strümpfe trug, sehr recht war. Im Schneidersitz hockte sie sich aufs Bett und fing an, ihren Zopf aufzuflechten, um ihr Haar für die Nacht zu bürsten, ein Luxus, auf den sie lange genug hatte verzichten müssen. Etwas anderes, als Schlafen zu gehen, blieb ihr auch nicht übrig. Ohne ihr Kleid konnte sie nicht bei der kaiserlichen Tafel auftauchen, und sie wusste auch nicht, ob sie Cartagena würde in die Augen schauen können, ohne zu verraten, dass sie einige höchst beunruhigende Dinge aus seinem Mund vernommen hatte.

Ganz sicher war sie sich nicht, was sie da mit angehört hatte. Von einer möglichen Allianz des Mondkaisers mit einem Nachbarn war die Rede gewesen. Ging es dabei um die Spaniarden, um Arcadion oder um Albion? Jedenfalls schien ein Krieg gegen den Ketzerkönig bevorzustehen, und das missfiel Cartagena und dieser gesichtslosen Julianne so sehr, dass sie Schritte dagegen zu unternehmen gedachten. Wie genau diese Schritte aussahen, hatten sie nicht gesagt. Aber in Caryas Ohren hatte das Ganze sehr nach einer Verschwörung zum Sturz des Mondkaisers geklungen.

Am liebsten wäre sie mit diesem Wissen sofort zu Alexandre gerannt. Andererseits konnte sie nichts Handfestes vorweisen. Von *Wissen* konnte also keine Rede sein, eher von Spekulationen. Mit einer solchen Anklage gegen Cartagena, Justeneau und eine Frau, deren Position bei Hofe sie noch gar nicht kannte, die aber offenbar zum engeren Beraterkreis des Mondkaisers gehörte, lehnte sie sich gefährlich weit aus dem Fenster.

Und wofür?, fragte sie sich plötzlich. *Sollen sie doch ihre Intrigen spinnen. Es ist sicher nicht die erste bei Hofe, und es wird auch nicht die letzte sein. Ist es meine Aufgabe, den Mondkaiser zu schützen? Bestimmt nicht. Ich sollte Cartagena einfach machen lassen. Ihn gegen mich aufzubringen, bedeutet nur, dass er mir nicht länger hilft, das Geheimnis meiner Vergangenheit zu lüften. Und wegen nichts anderem bin ich hier.*

Doch ganz vermochte sie die Stimme damit nicht zum Verstummen zu bringen, die sie drängte, irgendetwas zu unternehmen, einfach weil es falsch war, einen Mann ins Messer laufen zu lassen, den sie gar nicht kannte und daher nicht beurteilen konnte. Der Mondkaiser mochte ebenso der Gute in diesem Spiel sein wie der Böse. Sie wusste es einfach nicht.

Sie legte die Bürste beiseite und ließ sich rücklings aufs Bett fallen. *Oh, Jonan*, dachte sie, während sie an die Decke über ihrem Kopf starrte. *Ich wünschte, du wärst bei mir. Du wüsstest, was zu tun ist. Da bin ich mir sicher.*

In diesem Augenblick klopfte es an ihrer Tür.

Kapitel 24

Carya schrak zusammen. Der Abend war noch nicht so weit fortgeschritten, dass es gänzlich ungewöhnlich gewesen wäre, Besuch zu erhalten. Allerdings kannte Carya kaum jemanden im Palast. Wer also sollte etwas von ihr wollen? »Ja?«, fragte sie zögernd.

Die Tür öffnete sich.

»Oh, halt, halt, halt!«, rief Carya, der bewusst wurde, dass sie nur im Untergewand auf dem Bett lag. »Ich bin nicht angemessen gekleidet.« Hastig krabbelte sie unter die Decke.

»Verzeihung, Mademoiselle Carya«, sagte eine Männerstimme, die Carya nicht kannte. Der Besucher stand so hinter der Tür, dass sie ihn nicht sehen konnte und er sie auch nicht. »Botschafter Cartagena wies mich an, Ihnen mitzuteilen, dass er Sie gerne beim Abendbankett des Mondkaisers sehen würde. Sie mögen doch bitte herunterkommen und ihm und den übrigen Gästen Gesellschaft leisten.«

Ah, ein Diener also, dachte Carya. Laut sagte sie: »Es tut mir leid, aber ich fürchte, das geht nicht. Ich … äh …« Ihre Gedanken rasten. Sie brauchte irgendeine Ausrede, warum sie schon im Bett lag. »Ich fühle mich nicht besonders. Mich … äh … plagen Schwindel und Kopfschmerzen. Richten Sie ihm das bitte aus.«

»Verzeihen Sie vielmals, Mademoiselle, aber Monsieur Ambassadeur wirkte sehr bestimmt in seinem Wunsch, Sie heute Abend zu sehen.«

Carya verdrehte die Augen. Sie wollte Cartagena nicht verärgern, bloß konnte sie schlecht in einem klatschnassen Kleid zum Abendessen erscheinen. »Ich würde diesem Wunsch wirklich gerne nachkommen. Aber ich fühle mich nicht nur abgeschlagen, ich habe auch kein Kleid für den Anlass. Ich besitze nur ein gutes Kleid, und das ist ärgerlicherweise nass geworden, als ich … als ich im Garten spazieren war und neben einem der Wasserbecken einen Schwächeanfall erlitten habe.« Sie hoffte, dass diese Geschichte nicht zu abwegig klang.

Wenn dem so war, ließ sich der Bedienstete nichts anmerken. »Ich bedaure, das zu hören«, sagte er einfach nur. »Wenn Sie es gestatten, komme ich herein und nehme das Kleid mit, um es zu reinigen und anschließend zu trocknen. Außerdem sorge ich dafür, dass Sie währenddessen ein anderes Kleid erhalten.«

»Das würden Sie wirklich für mich tun?«, fragte Carya überrascht.

»Botschafter Cartagena ist ein Mann von großem Einfluss. Es ist nicht ratsam, seinen Unwillen zu erregen«, erwiderte der Diener trocken.

»Na schön. Dann machen Sie es so.« Sie zog die Bettdecke bis zum Kinn hoch. Es war ihr schon unangenehm genug, dass ein fremder Mann durch ihr Zimmer spazierte, während sie im Bett lag. Dazu kam, dass das Untergewand recht tief ausgeschnitten war und zudem nur dünne Träger hatte, um unter dem Kleid nicht aufzufallen. Sie wollte den Mann nicht auf falsche Gedanken bringen, indem sie zu viel nackte Haut zeigte.

Doch einmal mehr hatte sie die Dienerschaft von Château

Lune unterschätzt. Steif trat der livrierte, an den Schläfen bereits ergrauende Mann ein, ging zu ihrem aufgehängten Kleid hinüber und nahm es an sich. Dabei bedachte er sie mit nicht mehr als einem beiläufigen Blick und einem höflichen Nicken. Mit dem nassen Kleidungsstück in der Hand vollführte er eine Kehrtwende und marschierte zur Tür zurück. »Ich bin gleich wieder da«, versprach er.

In der Tat dauerte es kaum eine Viertelstunde, bis es erneut an Caryas Tür klopfte. In der Zwischenzeit hatte sie sich frisch gemacht und ihr Haar zu einem zumindest losen Zopf geflochten. Sie ging hinüber und öffnete die Tür einen Spaltbreit. Wie erwartet stand der Diener im Flur. »Ihr Kleid«, sagte er und hielt ihr ein Gewand aus taubengrauem und königsblauem Stoff hin.

Dankend nahm Carya es entgegen. »Ich bin gleich fertig«, versprach sie.

»Sehr wohl, Mademoiselle. Ich warte vor der Tür.«

Fünf Minuten später hatte sie sich angezogen und betrachtete sich im Spiegel. Das Kleid vermochte nicht ganz den prachtvollen Eindruck des anderen zu erwecken, aber vermutlich konnte sie froh sein, dass sie nicht in der einfachen Bluse und dem braunen Rock aus Arcadion vor den Mondkaiser treten musste – genauso gut hätte sie einen Kartoffelsack anziehen können.

Zum Abschluss legte sie noch Cartagenas Kette um, in der Hoffnung, dass es ihm gefallen würde. Dann verließ sie ihr Zimmer, und der Diener führte sie durch die Gänge ein Stockwerk tiefer und in den Hauptflügel des Schlosses.

»Wie groß wird die Gesellschaft sein?«, wollte Carya von ihm wissen. »Sind wichtige Gäste zugegen?«

»Es wird nur im kleinen Kreis gespeist, vielleicht vierzig Personen. Wichtige Gäste hat das Schloss im Augenblick wenige. Die herausragenden sind zweifellos der Botschafter und die Sondergesandte.«

»Aha, danke.« Carya fragte sich, wie auf dem Schloss wohl eine rauschende Ballnacht aussah, wenn ein Abendessen mit vierzig Personen als »kleiner Kreis« bezeichnet wurde.

Der Diener führte sie durch eine Flucht prachtvoll eingerichteter Zimmer, bis zu einer offen stehenden Doppeltür, aus der Besteckklappern, Gläserklirren und zahlreiche Stimmen drangen. Ohne weitere Umschweife wollte er eintreten, doch Carya hielt ihn am Ärmel zurück. »Warten Sie«, bat sie. »Was verlangt die Etikette, wenn ich eintrete? Muss ich dem Kaiser irgendwie Respekt zollen?«

»Das müssen Sie immer«, antwortete der Diener. »Aber nicht beim Eintreten. Dies ist ein ungezwungenes Essen, und Sie sind kein Ehrengast. Folgen Sie mir einfach. Ich bringe Sie zu Botschafter Cartagena. Dort steht ein Gedeck für Sie bereit. Alles Weitere wird er Ihnen sicher mitteilen.«

»Ich danke Ihnen.«

»Keine Ursache, Mademoiselle.« Mit einer knappen Neigung des Kopfes drehte er sich wieder um und ging durch die Tür. Carya folgte ihm.

Der Raum war annähernd quadratisch und überreizte in seiner Pracht geradezu die Sinne. An einer blau gemaserten Tapete hingen riesige Ölgemälde in Silberrahmen. Aufwendige Stuckarbeiten, ebenfalls versilbert, bildeten die Grenze zur gewölbten Decke, die ihrerseits mit detailreichen Szenen bemalt war. Zwei Kristallkronleuchter, die von der Decke hingen, sorgten mit jeweils zwölf Kerzen für Licht. In einem breiten Steinkamin glühten dicke Holzscheite und verbreiteten angenehme Wärme. Das war auch angebracht, denn ihm gegenüber, an der linken

Wandseite, gab es eine Front mit drei bodentiefen Fenstern, von denen eines leicht geöffnet war und auf einen Balkon hinauszuführen schien.

Der Großteil des Raums wurde durch eine hufeisenförmige Tafel eingenommen, an der die Speisenden saßen. An den Seiten hatten sich die normalen Höflinge versammelt, von denen Carya mittlerweile sogar eine Handvoll erkannte – etwa Magister Milan, den Hofastrologen. Die Stirnseite des Tisches war für den Mondkaiser und seine Ehrengäste reserviert. Minister Justeneau und eine Frau, die Carya nicht kannte, saßen vom Kaiser aus gesehen ganz links. Dann folgten ein leerer Stuhl und Cartagena. Auf einem prunkvollen Stuhl mit hoher Lehne schließlich saß der Mann, dessen Bild Carya verfolgte, seit sie Château Lune betreten hatte.

Der Mondkaiser war ein Mann von durchschnittlicher Statur in einem kostbar gewirkten mitternachtsblauen Gewand mit eingearbeiteten Silberfäden. Der Schnitt wirkte ein wenig streng, wurde jedoch durch Schulterklappen, Schärpe, Kragen und einen schillernden Umhang aufgebrochen. Alles in allem sah das Kostüm sehr elegant aus. Auf dem Kopf trug der Kaiser eine bombastische Lockenperücke aus weißem Haar, die Carya auf den ersten Blick sehr befremdlich vorkam, aber irgendwie zu der silbernen Maske passte, die sein Gesicht verbarg und ihm einen maschinenhaft starren Ausdruck verlieh. Carya fragte sich, wie er mit dieser Maske essen wollte. Erst auf den zweiten Blick fiel ihr auf, dass die Mundpartie nicht verdeckt, sondern mit Silberfarbe geschminkt war, wodurch die Haut des Kaisers mit der Maske praktisch verschmolz.

Die Bewegungen des Mondkaisers wirkten sehr zurückhaltend und bedächtig. Er machte auf Carya eher den Eindruck eines

Denkers als eines Kämpfers. Ganz anders als sein Sohn, Prinz Alexandre, der deutlich lauter und leidenschaftlicher auftrat. Im Moment saß er zur Rechten seines Vaters und schaute ein wenig verdrossen drein, womit sein Gesichtsausdruck dem seiner Versprochenen glich, die wiederum an seiner rechten Seite weilte.

Neben ihr hatte eine junge Frau in einem roséfarbenen Kleid Platz genommen. Sie hatte außergewöhnlich helle Haut und blondes Haar und unterhielt sich gerade mit einem stattlich aussehenden Mann, der in einer weiß-goldenen Paradeuniform steckte. Irgendwie hatte Carya das Gefühl, die kantigen Gesichtszüge des Mannes müssten ihr etwas sagen. Auch die Frau kam ihr vage vertraut vor.

Bevor sie allerdings darüber nachdenken konnte, erreichte sie ihren Platz, und Cartagena erhob sich. Er runzelte kurz die Stirn, als er sie sah, vermutlich in Reaktion auf ihr neues Kleid. Doch wenn es ihm missfiel, dass sie in einem anderen Aufzug erschien, als er es erwartet hatte, sagte er es nicht. Stattdessen berührte er den Arm des Mondkaisers und lenkte damit dessen Aufmerksamkeit auf sich.

»Eure Majestät, darf ich Euch Mademoiselle Carya Diodato vorstellen, meine Begleiterin?«

Der Kaiser richtete seinen Blick auf sie, und Carya spürte, wie ihr die Knie weich wurden. Das Herz klopfte ihr bis zum Hals. Er besaß die gleichen, intensiv blauen Augen wie der Prinz. Aber während in denen Alexandres eine unbeschwerte Lebendigkeit lag, der man sich kaum entziehen konnte, überkam Carya hier ein Schaudern. Der Blick des Mondkaisers war wie ein Skalpell, das sich einem direkt in die Seele bohrte, um dort methodisch ihre innersten Geheimnisse freizulegen. Dabei erkannte sie keinerlei bösen Willen darin. Er schien einfach die Gabe zu besitzen, sie nur kurz anschauen zu müssen, um in ihr wie in einem offenen Buch zu lesen. Es war ein verstörendes Gefühl.

Sie hielt diesem Blick keine zwei Sekunden stand und war froh, dass ihr die Etikette nicht nur erlaubte, die Augen niederzuschlagen, sondern es praktisch von ihr erforderte. Um ihre Ehrfurcht zu überspielen, sank sie in einen tiefen Knicks. »Majestät«, hauchte sie.

»Mir ist bereits zu Ohren gekommen«, sagte der Kaiser mit der leisen Stimme eines Mannes, der zu mächtig war, um laut werden zu müssen, »dass du die Schönheit eines Diamanten besitzen sollst, der noch nicht vollends geschliffen wurde, aber bereits jetzt heller strahlt als alle anderen Edelsteine.« Er streckte die silbern behandschuhte Hand aus und strich ihr damit sanft eine Haarsträhne aus dem Gesicht. »Diese Stimmen haben nicht gelogen.«

Eine Hitze stieg in Carya auf, die ihre Wangen zum Glühen brachte. »Danke, Majestät«, antwortete sie verlegen. »Das ist sehr freundlich von Euch.«

»Erheb dich«, forderte der Mondkaiser sie auf.

Sie gehorchte und wagte einen zweiten kurzen Blick in diese unheimlich sezierenden Augen. Deren Ausdruck schien ein wenig milder geworden zu sein.

Der Kaiser deutete eine Neigung des Kopfes an. »Willkommen auf Château Lune.«

»Danke, Majestät«, sagte Carya.

Cartagena brummte zufrieden, rückte ihr den Stuhl zurecht, und sie setzten sich beide. Das Essen hatte unterdessen ohne Unterbrechung seinen weiteren Verlauf genommen. Carya erhaschte einen kurzen Blick auf Prinz Alexandre, der ihr verschwörerisch zuzwinkerte. Sie antwortete ihm mit einem zaghaften Lächeln. *Nur nicht zu viel*, ermahnte sie sich. *Du befindest dich hier in einer*

Todeszone der besonderen Art. Um das zu wissen, brauchte sie keinen Strahlungsmesser.

»Was ist mit Ihrem Kleid geschehen?«, wollte Cartagena leise wissen, während sie sich ihrem Essen zuwandten.

»Ich hatte ein kleines Malheur im Garten«, erklärte Carya. »Es wird gerade gesäubert. Eigentlich wäre ich deswegen auf meinem Zimmer geblieben, aber als der Diener betonte, wie gerne Sie mich sehen würden, habe ich mir ein anderes bringen lassen.«

»Nun gut«, sagte er besänftigt. »Solche Dinge passieren.«

Irgendwie ärgerte es Carya, dass er sie, trotz aller höflichen Worte, wie ein Kind behandelte, das dem Wunsch des Vaters gehorchen sollte und getadelt wurde, wenn es darin versagte. Eine Weile saß sie schweigend neben Cartagena und verzehrte die ihr dargebotenen Speisen. Dabei wurde ihr Unmut durch eine Frage abgelöst, die sie schließlich auch in Worte fasste: »Weshalb war es Ihnen eigentlich so wichtig, mich heute Abend zu sehen? Den ganzen Tag über habe ich versucht, Sie zu treffen, und Sie waren nie da.«

»Es tut mir leid, aber ich war sehr beschäftigt«, sagte Cartagena. »Und was den heutigen Abend betrifft, so wollte ich Sie einigen Personen vorstellen, die Sie meiner Meinung nach kennen sollten. Und kein Ort eignet sich besser dazu als ein ungezwungenes Abendessen.«

»Sie meinen Personen, die Antworten auf meine Fragen haben?«

»Möglicherweise. Ich schließe nichts aus. Aber bevor Sie überhaupt damit beginnen können, Fragen zu stellen, müssen Sie erst begreifen, wie der Hof funktioniert. Verstehen Sie, was ich meine?«

Carya nickte halbherzig.

»Fangen wir dort vorne an«, sagte Cartagena und deutete auf einen untersetzten Mann mit silbergrauem Haar und mürrischer Miene, der neben Justeneau saß. »Das ist Graf Christian von Hartenberg, der Gesandte des Königs von Austrogermania. Er blickt deshalb so verdrießlich drein, weil er sich des stärker werdenden Gefühls nicht erwehren kann, in der Gunst des Mondkaisers zu sinken. Dabei kann er sich gegenwärtig kaum beschweren. Sein Platz an der Tafel ist immer noch hervorragend, und er wird von allen, die weiter außen sitzen müssen, darum beneidet.«

Seine Worte erinnerten Carya an das heimlich Mitgehörte vom frühen Abend. *Wenn dieser von Hartenberg wüsste, dass Francia und eine weitere Macht bereits Pläne schmieden, Austrogermania anzugreifen, würde er noch missmutiger dreinschauen.* Es belustigte sie, dass er ausgerechnet neben Justeneau saß, der ja gegen diese geheime Allianz intrigierte.

»Minister Justeneau haben Sie bereits kennengelernt«, fuhr Cartagena derweil fort. »Sein Metier ist die Außenpolitik. Deswegen arbeiten er und ich häufig zusammen. Die reizende Dame neben Ihnen ist Ministerin Julianne Factice. Sie berät den Mondkaiser in innenpolitischen Fragen.«

Als Caryas Sitznachbarin ihren Namen hörte, drehte sie sich zu ihr um und lächelte. »Freut mich, Ihre Bekanntschaft zu machen«, sagte sie.

Carya musterte sie neugierig. Das war also Cartagenas Mitverschwörerin. In jungen Jahren musste Factice eine sehr schöne Frau gewesen sein. Mittlerweile jedoch war sie im Alter von Caryas Mutter, und erste deutliche Falten zeigten sich auf ihrem Gesicht. Dennoch besaß sie Ausstrahlung und Eleganz, und es hätte Carya nicht verwundert, wenn Cartagena und sie mehr verband als nur gemeinsame Umsturzpläne.

Damit sitzen also alle Gegenverschwörer gemeinsam zur Linken des Mondkaisers, dachte Carya. Sie fragte sich, ob das Zufall oder Absicht war und ob sich Cartagena, Factice und Justeneau dieses Umstands bewusst waren. Wenn der Kaiser seine Finger in der Sitzordnung hatte, bedeutete das dann, dass er den dreien ein subtiles Zeichen geben wollte? Wusste er, dass sie unter einer Decke steckten?

Sie schüttelte über sich selbst den Kopf. Die Atmosphäre im Schloss gebar wirklich Verfolgungswahn. Hätte der Mondkaiser von einer Intrige gegen ihn gewusst, wäre er sicher schon längst eingeschritten. Und ganz gleich, wie es sich verhielt, sie selbst hatte damit nichts zu tun und durfte offiziell auch nichts darüber wissen. Deshalb war es das Beste, wenn sie einfach schwieg und weiter zuhörte.

»Den rechten Teil des Tisches kennen Sie ja zum Teil schon, wie mir zugetragen wurde: Prinz Alexandre und seine angehende Prinzessin Aurelie. Die beiden sind einander schon seit Jahren versprochen, aber …« Er senkte die Stimme. »Es wird gemunkelt, dass ihre Beziehung schon bessere Tage gesehen hat, wenn Sie verstehen, was ich meine. Daneben …« Cartagenas Miene hellte sich auf. »Oh, das dürfte Ihnen gefallen. Dieses Duo sollte ich Ihnen persönlich vorstellen.« Er stand auf und zog Carya halb mit sich in die Höhe. Das war an der Tafel offenbar keine unhöfliche Geste, denn immer wieder erhoben sich Gäste, um sich mit anderen Gästen zu unterhalten oder kurz den Raum zu verlassen.

Irritiert folgte Carya dem Botschafter einmal um die Tafel herum. Einfach hinter dem Thron des Mondkaisers vorbeizugehen – was deutlich kürzer gewesen wäre –, schien verboten zu sein. Im Laufen schaute Carya erneut zum rechten Teil des Tisches hinüber. Doch die hellhäutige Frau und ihr riesiger Begleiter waren gerade aufgestanden und auf dem Weg hinaus auf den Balkon, sodass sie keinen guten Blick auf sie erhaschen konnte.

Cartagena ging ihnen ohne zu zögern nach.

Draußen war es bereits dunkle Nacht, wenngleich man dank der hell erleuchteten Fenster des Schlosses und der Lichter im Garten wenig davon merkte. Der Himmel wölbte sich schwarz und wolkenverhangen über ihnen, und eine kühle Brise zog um die Ecken des Schlosses. Dem Leben bei Hofe schien das keinen Abbruch zu tun. Allein in diesem nördlichen Teil des Gartens flanierten zwischen niedrigen, kunstvoll gestutzten Hecken mindestens ein Dutzend Höflinge umher.

Auf dem Balkon vor dem Speisezimmer gab es wenig Platz, vor allem, nachdem sich ein so großer Mann, wie der, den Cartagena Carya vorstellen wollte, dort breitgemacht hatte. Doch den Botschafter schien das ebenso wenig zu kümmern, wie der Umstand, dass er die beiden möglicherweise in einem privaten Gespräch störte. »Sondergesandte Arida, Paladin Alecander, dürfen wir uns einen Moment zu Euch gesellen?«

Carya spürte, wie von einer Sekunde zur nächsten alles Blut aus ihrem Gesicht wich. Sie fühlte sich, als habe man ihr den Boden unter den Füßen weggezogen, und musste sich zusammenreißen, um nicht gegen eine der Säulen zu sinken, die in regelmäßigem Abstand die Brüstung teilten und ein schmales Dach über ihnen stützten.

Alecander!, dachte sie entsetzt. *Oh, Licht Gottes, es ist Julion Alecander, einer der zehn Paladine des Lux Dei. Ich wusste doch, dass mir sein Gesicht irgendwoher bekannt vorkam.* Natürlich hätte sie im Leben nicht damit gerechnet, den Mann, den sie vor zwei Jahren noch angehimmelt hatte und dessen kleines Bild nach wie vor hinter einem losen Ziegelstein in der Mauer ihres Zimmers steckte, am

Hof des Mondkaisers in Francia anzutreffen. In Arcadion war sie ihm nie näher als fünfzig Schritt gekommen und das auch nur für den kurzen Moment, wenn er mit anderen Templersoldaten den Corso hinunter vorbeiparadierte, während sie fähnchenschwingend und mit leuchtenden Augen an der Absperrung gestanden hatte. Und jetzt hätte sie nur den Arm ausstrecken müssen, um ihn zu berühren. Obwohl sie längst über ihn hinweg war, seit zuerst Ramin und dann Jonan in ihr Leben getreten waren, merkte Carya trotzdem, dass ihr die Knie weich wurden.

Der Paladin und die Sondergesandte schienen ihre Schwäche nicht zu bemerken. Sie wechselten einen kurzen Blick. Arida gelang es schneller, eine Fassade von Freundlichkeit zu errichten. »Aber natürlich, Botschafter Cartagena. Wir wollten nur ein wenig frische Luft schnappen. In einem Raum voller Menschen entsteht manchmal eine recht unangenehme Atmosphäre.« Sie warf Carya einen kurzen Blick zu und lächelte. »Möchtet Ihr uns nicht Eure junge Begleiterin vorstellen?«

»Mit Vergnügen. Es wird Euch sicher freuen zu hören, dass sie, genau wie Ihr, aus Arcadion stammt.«

»Tatsächlich?« Nun schien Aridas Interesse geweckt zu sein.

Verspätet erkannte Carya, in welch gefährliche Lage Cartagena sie da gebracht hatte. Hätte sie geahnt, dass das Duo aus Arcadion stammte, wäre sie dem Botschafter niemals auf diesen Balkon gefolgt. Sie wäre nicht einmal zum Abendessen erschienen, wenn ihr vorher jemand gesagt hätte, dass die als Ehrengast teilnehmende Sondergesandte in den Diensten des Lux Dei stand. Viel zu groß war das Risiko, dass man sie als Hochverräterin erkannte, die gemeinsam mit ihrem desertierten Soldatenfreund mehrere Gardisten und Inquisitoren des Tribunalpalasts getötet hatte – neben zahlreichen anderen Vergehen.

Und auf einmal fiel ihr auch wieder ein, wieso ihr die hellhäutige Frau mit dem blonden Haar irgendwie bekannt vorgekommen war. Sie hatte sie in Firanza gesehen, auf der Schwelle der Herberge, vor der Jonan und sie den schicken Motorwagen und die Militäreskorte beobachtet hatten. *Licht Gottes!*, dachte sie. *Ich bin erledigt.*

Kapitel 25

Wie ein Reh vor der Flinte des Jägers stand Carya da. Ihr war bewusst, dass sie etwas unternehmen musste – und zwar schnell und ganz egal, wie gering die Aussicht auf Erfolg auch sein mochte. Sie durfte nicht zulassen, dass Julion Alecander und Arida erfuhren, mit wem sie da auf einem Balkon von Château Lune plauderten.

»Ja, ich stamme aus Arcadion«, stieß sie daher atemlos hervor, bevor Cartagena dazu anheben konnte, den beiden Angehörigen des Lux Dei ihren Namen zu nennen. »Ich bin Francesca Nessuno und lebe in der Südstadt. Es ist mir eine große Ehre.« Sie machte einen tiefen Knicks. *Bitte, Cartagena, sagen Sie jetzt nichts Falsches*, betete sie lautlos.

Und zu ihrer Überraschung schwieg Cartagena wirklich. Er sah sie nicht einmal verdutzt an oder gab durch sonst eine verräterische Geste preis, dass ihn ihre Lüge kalt erwischt hatte. Aber vielleicht hatte sie ihn auch gar nicht kalt erwischt. War es möglich, dass er diese Begegnung absichtlich herbeigeführt hatte, um zu schauen, wie sie auf Bürger aus Arcadion reagierte? Langsam schwirrte Carya der Kopf. Wenn sie weiterhin bei jeder Handlung der Personen, mit denen sie es im Schloss zu tun bekam, deren Motive hinterfragte, würde sie früher oder später durchdrehen.

»Francesca also«, sagte Arida derweil, die von Caryas innerer Unruhe nichts mitbekommen hatte. »Was für ein schöner Name. Was führt Sie ins ferne Francia?«

»Ich begleite Botschafter Cartagena«, antwortete Carya, und aus einer spontanen Eingebung heraus hakte sie sich bei ihm unter.

Cartagena lachte leise. »Genau so ist es«, bestätigte er. »Und eine aufmerksamere Gesellschaft kann man sich kaum vorstellen.« Er tätschelte wie zur Bekräftigung Caryas Hand.

Es tat Carya weh, zu sehen, wie sich Julion Alecanders Miene bei diesen Worten verschloss. Der Paladin war tief im Glauben an die Gesetze des Lux Dei verwurzelt, das musste er sein, um zu den Ehrenstreitern des Ordens zu gehören. Eine entsprechend geringe Meinung schien er daher von jungen Frauen zu haben, die sich mit dreimal oder viermal so alten Männern einließen, um von deren Macht oder Reichtum zu profitieren.

Dabei ist es eigentlich andersherum, dachte Carya trotzig. *Cartagena hat mich an sich gebunden – oder versucht es zumindest.* Aber sie konnte und wollte das Bild, das der Paladin und die Sondergesandte von ihr bekamen, gar nicht korrigieren. Besser, sie hielten sie für ein Flittchen oder für hübsche Dekoration an der Seite des Botschafters und beachteten sie nicht weiter, als dass sie aus irgendeinem Grund neugierig wurden und bei ihren Nachforschungen auf Steckbriefe mit Caryas Gesicht stießen.

Sie unterhielten sich noch ein paar Minuten höflich über dies und jenes, etwa die Pracht des Schlosses und die Tücken des Hoflebens, wobei Arida die meiste Zeit sprach und Julion Alecander sich ernst und schweigend im Hintergrund hielt. Keiner von beiden hinterfragte Caryas Geschichte oder schien Verdacht zu schöpfen. In den Blicken des Paladins lag zwar etwas Prüfendes, und er runzelte mehr als einmal kritisch die Stirn, aber das führte Carya auf sein Missfallen zurück, sich mit der viel zu jungen Gespielin eines Politikers abgeben zu müssen. *Wüssten sie, wer ich bin, hätten sie mich doch längst gefangen nehmen lassen*, redete Carya sich ein.

Dennoch war sie froh, als Arida Cartagena und sie schließlich bat, sie zu entschuldigen. »Paladin Alecander und ich haben vor den Sitzungen morgen noch einiges zu besprechen.«

»Aber selbstverständlich«, erwiderte der Botschafter liebenswürdig. »Ich wünsche noch einen angenehmen Abend.«

»Das wünsche ich Euch auch, Botschafter Cartagena. Francesca.« Arida bedachte Carya mit einem letzten kurzen Blick. Dabei umspielte ein Lächeln ihre schmalen Lippen, das Carya nicht so recht zu deuten vermochte. Julion Alecander schlug knapp die Hacken seiner Stiefel zusammen und neigte soldatisch zackig den Kopf. Danach verließen beide den Balkon.

Cartagena sog geräuschvoll die kühle Abendluft ein und stützte sich mit den Händen auf das steinerne Geländer. Versonnen blickte er in die Nacht hinaus. Er lachte leise. »Das war ein geschickter Schachzug«, sagte er.

»Mich als Ihre Begleiterin auszugeben?«, fragte Carya unschuldig. »Wieso? Genau das stelle ich in den Augen des Hofes doch auch dar.«

»Nun ja, bislang hatte es einen nicht ganz so anrüchigen Unterton. Glücklicherweise ist die Sondergesandte nicht für ihre Tratschfreude bekannt.«

»Irgendetwas musste ich schließlich sagen«, murmelte Carya. »Oder wäre es Ihnen lieber gewesen, ich hätte den beiden erzählt, dass ich Sie in Orly bei der Landung mit einem Raketenflugzeug beobachtet habe und Sie mich deshalb gejagt und entführt haben?«

Cartagena wiegte bedächtig den Kopf. »Nein, ich gebe zu, da gefällt mir diese Notlüge besser. Zumal wir mit keinem Wort gelogen haben. Nun ja, vielleicht mit ein oder zweien.«

»Was nicht nötig gewesen wäre, wenn Sie mich den beiden nicht unbedingt hätten vorstellen wollen. Was sollte das eigentlich? Sie können doch nicht ernsthaft geglaubt haben, dass jemand wie Julion Alecander mit mir, einem Mädchen, das in Arcadion noch in die Templerjugend gehen würde, sprechen will.«

Der Botschafter warf ihr einen listigen Blick zu. »Vielleicht wollte ich wissen, ob Sie sich von früher kennen.«

Also doch! Eine kalte Wut breitete sich in Carya aus. Es war eines der Spiele gewesen, die Cartagena offenbar so gerne spielte. Sie war versucht, den Botschafter zu packen und über die Brüstung zu werfen. Eine gute Ausgangsposition dazu nahm er ja bereits ein. Aber sie ermahnte sich zur Besonnenheit. Sie würde schon noch Gelegenheit haben, sich zu revanchieren.

Also zwang sie ein Lächeln auf ihr Gesicht. »Sie hätten mich fragen können«, entgegnete sie spitz. »Und ich hätte Ihnen geantwortet, was Ihnen auch jetzt bestätigt wurde: Natürlich kennen wir uns nicht. Oder richtiger: Signora Arida und Julion Alecander kennen *mich* nicht. Mir ist der Paladin selbstverständlich ein Begriff.«

»Selbstverständlich«, echote Cartagena. Er schaute zu ihr hinüber, und in seinen Augen lag unvermittelt Ernst. »Verzeihen Sie mir. Ich musste Sie mit der Sondergesandten und dem Paladin konfrontieren.«

»Warum?«

»Um Sie vor ihnen zu warnen. Und um Ihnen etwas zu demonstrieren.«

»Ich verstehe nicht, wovon Sie sprechen?«

»Mir wurde zugetragen, dass Sie, Carya, Arcadion nicht ganz freiwillig hinter sich gelassen haben.«

Ein Adrenalinstoß fuhr durch Caryas Körper. »Was? Wer hat Ihnen das erzählt?«, fragte sie alarmiert.

»Ich habe meine Quellen«, antwortete Cartagena nur. »Aber keine Angst: Sie haben von den beiden nichts zu befürchten.«

»Woher wollen Sie das wissen?«

»Sie haben es doch selbst erlebt. Wir haben eine Viertelstunde fröhlich miteinander geplaudert. Und selbst wenn die Sondergesandte keine Ahnung zu haben scheint, wer Sie sind, dürfte es bei dem Paladin im Laufe des Gesprächs klick gemacht haben. Erst konnte er Sie nicht recht einordnen – aber dann hat er sich daran erinnert, wo er Ihr Gesicht schon einmal gesehen hat. Man konnte es in seinen Augen erkennen.«

Also hatte nicht nur Carya die prüfenden Blicke und das Stirnrunzeln bemerkt. »Sind Sie sich sicher, dass Sie nicht bloß seine Verachtung für mich beobachtet haben?«

Cartagena zuckte mit den Schultern. »Nun ja, so sicher, wie man ohne mündliche Bestätigung sein kann. Aber ich bin ein ziemlich guter Menschenkenner.«

»Nehmen wir mal an, dass Sie recht haben. Ich musste aus Arcadion fliehen, und Julion Alecander weiß das auch. Dass er mich nicht direkt von der Abendtafel des Mondkaisers weggeschleppt hat, um mich in Ketten zu legen, begreife ich ja noch. Aber was sollte ihn davon abhalten, morgen früh meine Auslieferung zu beantragen?«

»Es gibt Kräfte, die sind stärker als selbst der Zorn eines Großinquisitors«, sagte Cartagena schlicht, womit er bewies, dass er sich wirklich über sie informiert hatte, sonst hätte er nicht gewusst, dass Aidalon hinter ihr her war. »Eine solche Kraft bin ich. Solange

Sie bei mir bleiben, wird Ihnen nichts geschehen. Das verspreche ich.«

»Sie wollen behaupten, dass Sie mächtiger sind als Großinquisitor Aidalon?«

»Nicht ich persönlich, aber die Sache, für die ich stehe.«

»Sie meinen die Erd…«

»Halt«, warnte Cartagena sie. »Sprechen Sie es nicht aus. Denken Sie daran, was ich Ihnen gesagt habe.«

»Ja. Verzeihung.« Carya machte ein betretenes Gesicht. Innerlich allerdings fröstelte es sie. Voller Unbehagen merkte sie, dass sie sich mit jeder Minute mehr in Cartagenas Netz verstrickte, das er, unendlich höflich und zuvorkommend, aber doch unerbittlich, um sie spann. Ihr wurde klar, dass sie so schnell wie möglich aus dem Schloss verschwinden musste. *Noch habe ich keine Antworten auf meine Fragen gefunden, daher bleibe ich. Aber sobald ich auch nur irgendeinen Hinweis bekomme, dass die Lösung des Rätsels meiner Vergangenheit woanders liegt, bin ich fort.* So schwor sie es sich, denn bei aller Pracht und allen Annehmlichkeiten, die Château Lune zu bieten hatte, gefiel es ihr hier immer weniger.

»Gehen wir wieder hinein«, schlug Cartagena vor. Für ihn war das Gespräch offenbar beendet.

Als sie zurück in den Speiseraum kamen, stellte Carya fest, dass Arida und Alecander sich von der Tafel verabschiedet hatten. Ihre Sitzplätze waren leer. Das kam ihr sehr gelegen. Bei all dem Selbstbewusstsein, das Cartagena ständig an den Tag legte, glaubte sie ihm zwar, dass er imstande war, sie vor dem Zugriff des Lux Dei zu schützen. Dennoch hätte es ihr Unbehagen noch verstärkt, wenn sie ihre Häscher nur wenige Stuhlplätze neben sich gewusst hätte.

Als sie dem Botschafter durch den Raum folgte, um zu ihrem Platz zurückzukehren, bemerkte sie, dass Magister Milan am Tischende ihre Aufmerksamkeit zu erregen versuchte. »Entschuldigen Sie mich einen Moment«, sagte sie zu ihrem Begleiter. »Ich würde mich gerne noch mit dem Hofastrologen unterhalten. Er war heute Morgen so nett, mir ein wenig über das Schloss zu erzählen.«

Cartagena warf dem unscheinbaren Mann einen kritischen Blick zu. Dennoch sagte er: »Natürlich, warum nicht?«

»Carya«, begrüßte Milan sie, als sie sich neben ihn auf einen freien Stuhl setzte, dessen Besitzer bereits gegangen oder an anderer Stelle in ein Gespräch vertieft war. »Ich habe gar nicht gewusst, dass du zu Botschafter Cartagena gehörst.« Er sprach leise und auf Arcadisch. Seine Stimme klang ein wenig angespannt.

»Nun ja, ich *gehöre* nicht direkt zu ihm«, antwortete Carya. »Er hat mich sozusagen von der Straße weg adoptiert, als wir uns am Rand von Paris getroffen haben.« Und wieder war da diese Vertrautheit zwischen Milan und ihr, die es ihr so leicht machte, ihm Dinge zu erzählen, die sie vor anderen mühsam geheim hielt.

»Du solltest dich von ihm fernhalten, wenn ich dir diesen Rat geben darf?«

»Sie meinen, weil er gerne gefährliche Spielchen spielt? Das habe ich auch schon bemerkt.«

Milan nickte. »Gefährliche Spielchen … ja, das trifft es wohl. In diesem Fall gefährlich für dich. Vertrau mir, er ist ein Mann ohne Skrupel.«

»Woher wissen Sie das? Kennen Sie ihn schon länger?«

»Länger, als du glaubst. Länger, als ich hier am Hof bin. Wir …« Er verstummte und setzte ein höfliches Lächeln auf. »Botschafter Cartagena. Ihr gesellt Euch zu uns, wie angenehm.«

»Es tut mir leid, Magister Milan, aber heute Abend nicht«, erwiderte dieser, nachdem er urplötzlich hinter ihnen aufgetaucht war. »Carya, mir ist eingefallen, dass ich noch etwas arbeiten muss, bevor ich zu Bett gehe. Ich werde die Tafel daher verlassen und möchte Sie bitten, mich zu begleiten.«

»Warum?«, begehrte Carya auf. »Ich unterhalte mich gerade so nett mit dem Magister. Wussten Sie, dass es draußen im Park noch zwei weitere kleine Schlösser gibt?«

»Ja, das ist mir bekannt«, gab Cartagena etwas unwillig zurück. »Dennoch rate ich dringend dazu, dass wir gemeinsam die Tafel verlassen. Sie wissen schon warum, Mademoiselle. Es würde sich nicht schicken, wenn Sie blieben. Und ich kann Sie vor den Gefahren des Palasts nur schützen, wenn Sie sich in meiner Nähe aufhalten.«

Die unterschwellige Drohung, die in seinen Worten mitschwang, war so deutlich, dass Carya beinahe erschrak. Man konnte fast den Eindruck gewinnen, dass Cartagena nicht gefiel, wie vertraut sie mit Milan umging, und dass er es verhindern wollte, wo er nur konnte. *Na gut*, dachte Carya. *Für den Moment werde ich dir nachgeben. Doch wenn du glaubst, dass du mich deswegen in der Hand hast, irrst du. Morgen ist auch noch ein Tag – und während du in deinen Besprechungen sitzt, kann ich machen, was ich will.* Laut sagte sie: »Ich verstehe. Danke, Magister Milan, für das kurze, aber freundliche Gespräch. Ich freue mich schon darauf, es bei Gelegenheit fortzusetzen.«

»Mademoiselle Carya.« Milan stand ebenfalls auf, nahm ihre Hand und deutete einen Handkuss an. Dabei drückte er heimlich ihre Hand. Es war eine unerwartet vertrauliche Geste, so als wolle er Carya dadurch mitteilen, dass zwischen ihnen noch nicht alles gesagt sei.

Mit einer letzten Verbeugung in Richtung des Mondkaisers, die dieser huldvoll nickend zur Kenntnis nahm, verabschiedeten sich Cartagena und Carya. Schweigend legten sie den Weg bis zu der Treppe ins Dachgeschoss zurück, an der sich ihre Wege trennten.

»Sie vertrauen mir nicht, habe ich recht?«, sagte der Botschafter, als sie am Fuß der Treppe anhielten, um sich gute Nacht zu wünschen. Die Worte hatten weniger den Klang einer Anklage als vielmehr einer Feststellung

»Ich weiß nicht, wie ich Sie einschätzen soll«, erwiderte Carya wahrheitsgemäß. »Sie behandeln mich freundlich, schenken mir Schmuck und besorgen mir schöne Kleider, obwohl Sie mich auch hätten töten können. Dafür bin ich Ihnen dankbar. Doch gleichzeitig verheimlichen Sie mir Dinge und fordern mich durch irgendwelche Prüfungen heraus. Was würden Sie empfinden, wenn Sie an meiner Stelle wären?«

»Ich würde mich in Geduld üben und keine vorschnellen Schlüsse ziehen. Nicht alles, was Ihnen an meinem Verhalten seltsam erscheint, hat auch mit Ihnen zu tun. Sie kommen aus einfachen Verhältnissen. Das Minenfeld der hohen Politik ist Ihnen fremd. Ich kann und will Sie in diese Dinge gar nicht einführen. Ich möchte Ihnen nur helfen, zu erkennen, wer Sie wirklich sind. Genau darauf arbeiten wir hin – auch wenn Sie das nicht glauben wollen.«

»Das klingt schon wieder so, als würden Sie etwas wissen, das Sie mir nicht verraten«, sagte Carya anklagend.

Cartagena seufzte. »Sie drehen mir auch jedes Wort im Mund herum. Dabei stehen wir wirklich auf derselben Seite. Ich habe Sie den Ministern vorgestellt, die schon lange unter dem Mondkaiser dienen, damit Sie ein paar aussichtsreiche Ansprechpartner für Ihre Fragen haben. Und, ja, ich nutze sogar meine eigenen

Verbindungen, um dezent Nachforschungen für Sie anzustellen. Das geht natürlich nicht von heute auf morgen. Deshalb kann ich mich nur wiederholen: Haben Sie Geduld. Und lassen Sie sich nicht von irgendwelchen Leuten Flausen in den Kopf setzen. Hier im Schloss wird viel geredet. Aber nicht jeder sagt die Wahrheit.«

»Das glaube ich Ihnen aufs Wort.«

»Gute Nacht, Carya«, sagte der Botschafter. »Schlafen Sie gut. Morgen sind wir alle vielleicht schon schlauer.«

Sie trennten sich, und Carya kehrte in ihr Zimmer im obersten Stockwerk des Schlosses zurück. Sie hatte sich gerade ausgezogen und bettfertig gemacht, als es an der Tür klopfte. *Schon wieder?*, dachte sie. *Hat man denn hier die ganze Nacht lang keine Ruhe?* Kopfschüttelnd begab sie sich zur Tür und öffnete diese einen Spaltbreit. »Ja?«

Der graumelierte Diener, der sie schon zum Abendessen beim Kaiser abgeholt hatte, stand auf dem Flur, ein silbernes Tablett in den Händen. Darauf befand sich eine ebenfalls silberne Essensglocke. »Mit den besten Empfehlungen«, sagte er und hielt ihr das Tablett hin.

»Äh … warten Sie einen Augenblick.« Sie huschte zum Bett und hüllte sich in die Überdecke, um den Umstand zu verbergen, dass sie nur ihr Nachthemd anhatte. »Kommen Sie herein und stellen Sie es auf die Kommode.«

»Sehr wohl«, erwiderte der Diener und tat wie geheißen.

Als er verschwunden war, näherte sich Carya neugierig dem Tablett und hob die Essensglocke. Darunter befand sich eine Dessertschale mit heller Mousse und ein Briefchen.

Sie haben den Nachtisch verpasst. Hier eine süße Kostprobe.
Ergebenst, A.

Alexandre, durchfuhr es Carya freudig überrascht. Er hatte an sie gedacht. Irgendwie gefiel ihr das, auch wenn sie seinem Werben natürlich niemals nachgeben würde. Aber es war schön zu wissen, dass es auch noch Menschen auf Château Lune gab, deren Handeln von ganz simplen Motiven geprägt war.

Mit der Dessertschale in der Hand kehrte sie zum Bett zurück und machte es sich dort gemütlich. Die Mousse schmeckte hervorragend und war genau das Richtige, um die Aufregungen der letzten Stunden sich setzen zu lassen.

Was für ein Tag es aber auch gewesen war! Dem Rätsel ihrer eigenen Vergangenheit mochte sie keinen Schritt näher gekommen sein. Dafür allerdings hatte sie eine ganze Reihe mächtiger Männer und Frauen kennengelernt, die ihr – jeder auf seine Weise – Kopfzerbrechen bereiteten. Und sie hatte, das war vielleicht noch viel erschreckender, von furchtbaren Intrigen erfahren, die imstande waren, die Welt, in der sie lebte, zu verändern.

Aber ist das überhaupt so?, fragte sie sich. *Betrifft es meine Welt wirklich, dass der Mondkaiser, Sondergesandte Arida und Paladin Alecander einen Bund schmieden, um gemeinsam Austrogermania anzugreifen? Austrogermania ist weit weg. Und was kümmert es mich, wenn Cartagena, Factice und Justeneau sie davon abhalten wollen, indem sie irgendeinen Widerstand planen? Vielleicht wollen sie den Mondkaiser töten, vielleicht die Sondergesandte. Danach erzählen sie, der Lux Dei oder eben Francia hätten den Bündnispartner betrogen. Und dann geht der Krieg an unseren Grenzen weiter wie bisher auch. Für mich ändert sich nichts. Also was schert es mich?*

Carya seufzte. Dieses Schloss hatte eine eigenartige Wirkung auf die Menschen. Der Hofstaat lebte in seiner eigenen Welt, in der geflüsterte Worte und verstohlene Gesten, Gerüchte und heimliche Treffen plötzlich eine Wichtigkeit erlangten, die wenige Kilometer entfernt, in der Trümmerzone schon nicht mehr die geringste Rolle spielte. Doch obwohl sie das wusste, obwohl sie dort draußen gewesen war und das harte Leben der Ausgestoßenen kannte, denen herzlich egal war, wer auf irgendeinem fernen Thron saß und welcher Adlige welchen anderen Adligen liebte oder hasste, spürte Carya, dass sie sich der Atmosphäre von Château Lune immer schwerer entziehen konnte.

Sie war nun eine Geheimnisträgerin, ob sie es wollte oder nicht. Es lag in ihrer Hand, den Gesandten von Austrogermania vor dem bevorstehenden Angriff zu warnen, ebenso wie sie den Mondkaiser von der Heimtücke seiner Minister unterrichten konnte. Das Problem war nur, dass sie nicht mehr zu sagen vermochte, was richtig und was falsch war. Ein Angriff auf den Ketzerkönig hatte den Beigeschmack von etwas Bösem. Ein Friedenspakt zwischen dem Lux Dei und dem Mondkaiser hingegen war doch auf jeden Fall etwas Gutes. Auf die gleiche Weise konnte man Cartagenas Handeln von zwei Seiten betrachten. War er nun ein Verräter, oder versuchte er nur, die Welt vor einem Krieg zu bewahren?

Kopfschüttelnd stach sie ihren Löffel in die Reste der Mousse. Sie war keine Politikerin und keine Heerführerin. Es war nicht ihre Aufgabe, über solche Fragen nachdenken zu müssen. Sie wollte einfach nur noch schlafen und ab morgen endlich herausfinden, wer sie wirklich war, und sie wollte Jonan und Pitlit wiedersehen und mit ihnen zu ihren Eltern zurückreisen, um dort friedlich leben zu können. War das denn zu viel verlangt?

»Offenbar schon«, murmelte sie, als sie aufstand und das Mousse-Schälchen zurück auf das Tablett stellte, bevor sie das Licht löschte und sich zurück ins Bett begab.

Sie war schon fast eingeschlafen, als sie ein Kratzen an der Tür aufschrecken ließ. Als Nächstes vernahm sie ein leises Schleifgeräusch. Wollte sich jemand Zugang zu ihrem Zimmer verschaffen? Ihr Puls beschleunigte sich. Sie glitt aus dem Bett und huschte zur Wand neben der Tür hinüber. Im schwachen Licht, das vom Park her durch den Spalt zwischen den zugezogenen Vorhängen fiel, beobachtete sie die Tür. Nichts regte sich dort. Und die Geräusche wiederholten sich auch nicht.

Nachdem ein oder zwei Minuten ereignislos verstrichen waren, ging Carya zum Kerzenständer und zündete eine Kerze an. Im Schein der schwachen Flamme bemerkte sie ein gefaltetes Blatt Papier, das unter dem Türschlitz durchgeschoben worden war. Noch immer angespannt näherte sie sich der Tür und hob es auf. Als sie es aufklappte, standen darauf zwei kurze Sätze in einer Handschrift, die ihr unbekannt war:

Ich weiß, wer du wirklich bist.
Triff mich morgen früh um 7 Uhr am Kolonnadenrund im Park.

Kapitel 26

In der Nacht hatte Carya einen schrecklichen Albtraum. Zuerst war ihr, als suche jemand ihr Zimmer auf, eine schattenhafte Gestalt, die sie nicht richtig erkennen konnte, so sehr sie sich auch bemühte. Sie warf die Bettdecke von sich, kam taumelnd auf die Beine und floh in die hinterste Ecke des Raums. Doch es gab kein Entrinnen. Die Gestalt kam näher und näher, und etwas Bedrohliches ging von ihr aus, das ihr schier den Verstand raubte.

Doch die Gestalt griff sie nicht an, berührte sie nicht einmal. Sie beugte sich nur vor und flüsterte ihr ins Ohr: »Wie ich sehe, hat dir die Mousse geschmeckt.«

»Was …?«, murmelte Carya verwirrt.

»Eine kleine Aufmerksamkeit von mir. Nur zur Sicherheit. Schließlich ist das unser erstes Mal.«

»Ich verstehe nicht …«

»Das musst du auch nicht … *Nemesis.*«

Dann wechselte die Szenerie des Traums. Auf einmal war Carya selbst der Schatten. Sie huschte durch die prunkvollen Gänge von Château Lune, die, nur von wenigen Kerzen erhellt, leer und verlassen auf den neuen Morgen warteten. Mit traumwandlerischer Sicherheit eilte sie durch die Korridore, eine Treppe hinunter und eine hinauf. Ihre bloßen Füße machten kein Geräusch und hinterließen keine Spuren.

Plötzlich stand sie vor einer Tür. Sie war nicht verschlossen. Lautlos schlüpfte sie hindurch und in den Raum dahinter. Still und dunkel lag er da. Die schwarzen Schemen eines herumstehenden Stuhls, eines Sofas und einer riesigen Kugel, die in einem Gestell ruhte, hoben sich im schwachen Schein, den ein fahler Mond durch den Spalt zwischen den Vorhängen sandte, vor dem Dunkelgrau der Wände ab. Wie ein Geist glitt Carya an den Möbelstücken vorbei zu einer angelehnten Tür, die zu einem Schlafzimmer führte.

Ein großes Himmelbett füllte den wenigen Platz beinahe zur Gänze aus. In ihm lag ein schlafender Mann. Er merkte nicht, dass Carya im Raum war und dass sie auf Zehenspitzen zu ihm schlich. Er merkte auch nicht, wie sie ihm den handlichen Elektroschocker an den Hals setzte und abdrückte. Wie sie die winzige Phiole entkorkte und ihm das Gift einflößte, konnte er in seiner Bewusstlosigkeit nicht mehr mitbekommen. Er starb ganz friedlich.

Mit einem Ruck wachte Carya auf! Ihr Nachthemd war nass geschwitzt, und das Bett wirkte zerwühlt. Stöhnend setzte sie sich auf. »Licht Gottes, was für ein Albtraum«, murmelte sie und strich sich einige Haarsträhnen aus dem Gesicht.

Sie kämpfte sich aus dem Bett und tappte hinüber zur Waschecke. Dort goss sie etwas Wasser in die Waschschüssel, benetzte ihre Hände und Unterarme und spritzte es sich ins Gesicht. Ihr Nachthemd klebte so unangenehm am Leib, dass sie es auszog und vor den lauwarmen Ofen hängte, um stattdessen die Bluse, Stoffjacke und Hose überzustreifen, die sie bei ihrer Wanderung durch die Wildnis getragen hatte.

Anschließend trat sie an den Vorhang und zog ihn auf, um einen Blick nach draußen zu werfen. Der Himmel färbte sich bereits langsam rot und orange, ein Farbenspiel in den Wolken, das sie unwillkürlich an Blut denken ließ. Schaudernd ließ sie den Vorhang zurückgleiten.

Da sie keine Uhr auf dem Zimmer hatte, öffnete sie die Tür zum Flur, denn sie erinnerte sich daran, dass am Ende des Gangs eine verzierte Wanduhr hing, die tags wie nachts monoton tickend für alle Gäste auf dem Stockwerk die Zeit angab. Ein Blick darauf verriet ihr, dass es bereits Viertel vor sieben war. Sie musste sich beeilen, wenn sie pünktlich zu ihrem Treffen im Park sein wollte.

Schnell zog sie ihre Schnürschuhe an – nicht die edlen blauen, sondern die aus Arcadion –, dann lief sie los, den Gang und zwei Treppen hinunter ins Erdgeschoss. Über eine Seitentür gelangte sie hinaus in den Garten. Die Luft war kühl, aber ein Blick hinauf zu der überall aufreißenden Wolkendecke verriet Carya, dass in den nächsten Stunden wenigstens nicht mit Regen zu rechnen war. Vielleicht würde es sogar ein ganz schöner Tag werden.

Im Eilschritt lief sie seitlich am Südflügel vorbei Richtung Südwesten. Der Garten lag völlig verwaist da, aber sie nahm dennoch den Umweg durch die verwilderte Orangerie im Süden der riesenhaften Anlage in Kauf, statt sich unmittelbar hinter dem Hauptflügel quer über den weitläufigen Platz mit seinen zwei Wasserbecken und anschließend über die breite Treppe ihrem Ziel zu nähern. Auch wenn sie davon ausging, dass ihr ominöser Briefschreiber mit Bedacht den frühen Morgen für ein heimliches Treffen gewählt hatte, weil da das ganze Schloss noch tief und fest schlief, war Carya lieber vorsichtig.

Es war immer möglich, dass ein von unruhigem Schlaf geplagter Diener oder – schlimmer noch – Höfling mitbekam, dass sie zu so ungewöhnlicher Uhrzeit draußen unterwegs war. Eine Ausrede wäre wohlgemerkt schnell zur Hand gewesen. Sie war neu auf Château Lune und noch immer einen anderen Lebensrhythmus gewöhnt. Außerdem liebte sie diesen Garten mit seinen wildromantisch überwucherten Wegen und den verborgenen Orten, an denen kleine Springbrunnen standen. Im überbevölkerten Arcadion hatte es so etwas nicht gegeben – zumindest nicht annähernd in diesen Ausmaßen. Dennoch war es besser, wenn man sie überhaupt nicht erst bei diesem Ausflug erwischte.

An langen Reihen sorgsam gestutzter Zierbäume vorbei durchquerte Carya die Orangerie. Hier unten existierte noch einmal ein ganz eigener kleiner Park, der im Süden durch einen großen Teich und im Norden durch eine von Fenstern durchbrochene Mauer begrenzt wurde. Oberhalb der Mauer begann der große Hauptplatz. Dieser bildete also das Dach der hier untergebrachten Lagerräume und Gärtnerquartiere. Carya fragte sich, wie tief diese Räumlichkeiten unter den Platz reichten und wie viele solcher Untergeschosse es wohl noch rund um das Schloss geben mochte. Erst so langsam ging ihr auf, wie gewaltig das Domizil des Mondkaisers wirklich war. Das Schlossgebäude selbst stellte nur den Kern und herausragenden Teil des enormen Ganzen dar.

Durch ein hohes Gittertor verließ sie diesen Teil des Parks und tauchte in eines der gestalteten Gartenstücke ein, die parzellenartig angeordnet und durch breite, schnurgerade Wege getrennt, auf etwa einem Quadratkilometer Fläche den westlichen Teil des Parks ausmachten. Sie lief an hohen, wild wuchernden Bäumen vorbei, die von zierlichen Hecken eingefasst wurden, und überquerte eine Rasenfläche, auf der Steinbänke und einige Büsten auf halbhohen Sockeln standen. Es folgten weitere Hecken und

Bäume, dann ein kleines, rundes Wasserbecken, in dessen Mitte irgendwelche halb nackten Bronzejünglinge in einem Meer aus steinernen Trauben lagen, und danach eilte sie eine schmale Allee entlang, die von Bäumen gesäumt wurde, deren Kronen messerscharf zurechtgestutzt worden waren, sodass sie den Eindruck einer grünen Mauer erweckten. Es mussten unglaubliche Anstrengungen vonnöten sein, um all das zu pflegen und zu erhalten. *Was für eine Verschwendung angesichts der Zustände, die draußen vor den Toren des Schlosses herrschen*, dachte Carya.

Schließlich erreichte sie ein Rund aus Marmorsäulen, das einen Ring aus weißem Stein trug. Zwischen den Säulen standen flache Wasserbecken, und wenn man fünf breite, ringförmig angeordnete Treppenstufen hinunterstieg, erreichte man in der Mitte des kleinen Platzes eine Skulptur, die einen muskulösen nackten Mann zeigte, der eine ebenfalls kaum bekleidete Frau entführte, während eine zweite Frau flehend zu seinen Füßen lag. Das alles war nur mehr zu erahnen, als wirklich zu erkennen, denn entweder hatte menschlicher Zorn oder eine Laune der Natur dem Trio stark zugesetzt. Der entführten Frau fehlte ein Arm, die flehende war zur Hälfte gespalten, und überall konnte man abgeplatzte Stellen und Risse in den Steinfiguren sehen.

Carya wandte sich ab. Eigentlich interessierten sie solche Abbilder längst verstorbener Menschen nicht weiter. In Arcadion gab es davon ziemlich viele, und man erzählte sich, dass sie Helden und Götter darstellten, die mehr als zweitausend Jahre vor dem Sternenfall von Bedeutung gewesen waren. Der Lux Dei hatte sich nie darum bemüht, die Erinnerung an diese Geschichten wachzuhalten, und so hatte Carya sich angewöhnt, in den Statuen nur uninteressanten Zierrat zu sehen.

Was sie im Moment ungleich mehr beschäftigte, war die Frage, wer ihr diesen Brief geschrieben und um das frühmorgendliche Treffen gebeten hatte. Eigentlich hatte sie Magister Milan im Verdacht. Er hatte beim Abendessen, als ihre Unterhaltung von Cartagena unterbrochen worden war, so angespannt gewirkt, als wolle er ihr unbedingt noch mehr erzählen. Warum er dann allerdings nicht einfach angeklopft hatte, wenn er schon vor ihrem Zimmer stand, konnte Carya nicht sagen. Vielleicht hatte auch bloß ein Diener die Botschaft vorbeigebracht, der sie zu so später Stunde nicht mehr hatte stören wollen.

Eine andere Möglichkeit kam ihr in den Sinn, und die behagte ihr gar nicht. Konnte Julion Alecander ihr die Botschaft gesandt haben? Wenn er sie, wie Cartagena glaubte, wirklich erkannt hatte, war dieses Treffen vielleicht eine Falle. Er konnte sie hierhergelockt haben, um sie unauffällig zu entführen oder gar zu töten. Hatte Großinquisitor Aidalon Jonan und sie zum Abschuss freigegeben, nachdem sie in Arcadion so ein Chaos angerichtet hatten? *Ich hätte eine Waffe mitbringen sollen*, ging es ihr durch den Sinn. Einmal mehr wünschte sie sich, sie hätte ihren Bogen wieder, den Cartagena ihr in Orly abgenommen hatte. Aber der Botschafter hatte die Waffe behalten und offenbar weggeworfen, denn in seinem Zimmer hatte sie sie nicht gesehen, wie ihr jetzt erst auffiel. *Mistkerl*, dachte sie zornig. Dieser Bogen war Mablo draußen in der Wildnis viel wert gewesen.

Doch nun war es zu spät, sich Vorwürfe wegen mangelnder Vorbereitung zu machen. Daher blieb ihr als Vorsichtsmaßnahme nur eins: sich zu verstecken. Da es innerhalb des Runds keinerlei Deckung gab, schlug sie sich in das Buschwerk, das den Säulenkreis einschloss. Nun war sie froh, dass sie nicht im Kleid, sondern in ihrer Wildniskleidung hergekommen war. In edler blauer Abendgarderobe durchs Dickicht zu kriechen, wäre wahrscheinlich fatal für das Kleidungsstück gewesen. Ganz abgesehen davon wäre sie damit auch im Blätterwerk aufgefallen wie ein exotischer Vogel.

Und so wartete sie. Der Himmel verlor seine rote Färbung und ging in ein blasses, dann immer kräftiger werdendes Blau über, während die Sonne – von Caryas Versteck aus unsichtbar – im Osten aufging und die Wolken sich fast vollständig zerstreuten. Niemand kam, um sich mit ihr zu treffen und die seltsame Botschaft zu erklären, die ihr zugespielt worden war.

Nachdem sie gefühlt eine halbe Stunde gewartet hatte und ihr vom unbequemen Kauern im Gebüsch langsam die Gelenke zu schmerzen begannen, kroch sie unter dem grünen Blätterdach wieder hervor. Während sie sich die Hose abklopfte, blickte sie sich missmutig um. Diese heimliche Zusammenkunft hatte sie sich anders vorgestellt. Aber allem Anschein nach musste sie sich wohl oder übel damit abfinden, dass man sie versetzt hatte. Es hatte keinen Sinn, noch länger auszuharren.

Enttäuscht machte sich Carya auf den Rückweg zum Schloss. Sie nahm sich vor, Magister Milan auf die Nachricht anzusprechen, wenn sie ihn das nächste Mal sah. Es konnte ja sein, dass er einfach durch irgendeine Verpflichtung aufgehalten worden war und trotzdem ein Interesse daran hatte, seinen Andeutungen in dem Schreiben klare Worte folgen zu lassen. Und wenn Milan behauptete, nichts davon zu wissen, würde sie versuchen, ein Schriftstück von Julion Alecander in die Hände zu bekommen, um zu vergleichen, ob die Botschaft von ihm stammte. In dem Fall würde sie wohl Cartagena einweihen müssen. Er würde wissen, wie man diesem Vorstoß des Paladins am besten begegnete.

Carya hatte soeben die Jünglinge mit den Trauben passiert, als sie das rhythmische Knirschen von Pferdehufen auf dem Weg hinter sich vernahm. Sie drehte sich um und erblickte zu ihrem Erstaunen Prinz Alexandre, der auf einem wunderschönen Rappen den Parkweg hinauf und ihr entgegenritt.

Als er sie erkannte, hob er grüßend die Hand. »Guten Morgen, Mademoiselle Carya«, rief er gut gelaunt. Gleich darauf hatte er sie erreicht und zügelte sein Pferd.

»Ihr seid sehr früh wach, Hoheit«, stellte Carya fest.

»Das Gleiche könnte man von Euch sagen«, gab Alexandre zurück.

»Ich habe mich noch nicht ganz in die Lebensweise bei Hofe eingefunden. Die nächtlichen Feiern, das Schlafen bis spät in den Tag hinein. Es fällt mir schwer, mich daran zu gewöhnen.«

»Genauso wie an Eure schönen Kleider?« Die Lippen des Prinzen umspielte ein neckendes Lächeln, während er sein Pferd mit einem sanften Hackenstoß dazu brachte, gemächlich in Richtung Schloss zurückzutrotten.

Carya, die sich ihm anschloss, sah an sich hinunter und spürte, dass sie errötete. Eigentlich hatte sie in diesem Aufzug niemandem begegnen wollen – schon gar nicht dem Sohn des Mondkaisers. »Es … ich … ich hatte bereits gestern im Park ein kleines Malheur und war gezwungen, mein Kleid von den Dienern reinigen zu lassen. Ich wollte das nicht wieder riskieren. Daher habe ich meine alten Sachen angezogen.«

»So seid Ihr früher herumgelaufen?« Alexandre musterte sie neugierig, und Carya fiel ein, dass er sie in diesem Aufzug noch gar nicht gesehen hatte. Bei ihrer ersten Begegnung hatte sie bereits Cartagenas Kleid getragen – wofür sie im Nachhinein sehr dankbar war, denn sonst hätte der Prinz sie sicher für eine Bettlerin gehalten.

»Nicht in meiner Heimatstadt«, gestand Carya und zupfte etwas verlegen am Stoff ihrer Hose. »Aber auf der Wanderung nach Paris.«

Der Prinz runzelte die Stirn. »Gehört Ihr nicht zu Cartagena?«

Ach verdammt, durchfuhr es Carya, und sie hätte sich am liebsten geohrfeigt. Es gelang ihr einfach nicht, dieses Netzwerk aus Lügen, dessen Teil sie mit ihrem Eintreffen auf Château Lune geworden war, zu verinnerlichen und aufrechtzuerhalten.

»Doch, schon«, versuchte sie zu retten, was noch zu retten war. »Aber wir sind uns erst auf der Reise begegnet. Da wir das gleiche Ziel hatten, nahm er mich mit und unterwegs … äh …« Sie merkte, dass ihr noch heißer wurde, denn sie wusste nicht, wie sie diese Geschichte beenden sollte, ohne den Prinzen damit vor den Kopf zu stoßen oder seinen Respekt zu verlieren.

»Er hat Euch umworben«, stellte der Prinz fest, und in seine Stimme schlich sich eine gewisse Kühle.

»So ungefähr«, stieg Carya auf seine Vermutung ein. »Ich wusste nicht, was ich machen sollte. Kurz zuvor hatte ich meine Freunde verloren, und so war ich ganz allein. Ich brauchte einen Mann an meiner Seite, der mich beschützt und mir hilft, Paris zu erreichen.« Sie warf ihm einen Blick zu, von dem sie hoffte, dass er ihre Abneigung dem Geschehenen gegenüber zum Ausdruck brachte.

»Aber Ihr empfindet nichts für ihn«, stellte Alexandre fest.

»Nein«, sagte Carya. »Er ist ein alter Mann. Im Augenblick bleibe ich bei ihm, weil er mir versprochen hat, meine Eltern zu finden. Deswegen bin ich eigentlich nach Paris gekommen.«

»Ist er mit Euch intim geworden?«

»Was?« Die Frage überraschte Carya dermaßen, dass sie beinahe über ihre eigenen Füße gestolpert wäre. Aus dem Mund jedes anderen Mannes wäre sie unverschämt oder zumindest unanständig gewesen. Doch für einen Prinzen schienen andere Gesetze zu gelten. »Natürlich nicht! Wie kommt Ihr denn darauf?«

»Nun, Ihr habt doch eben gesagt, dass er sich für Euch erwärmt hat«, entgegnete Alexandre. »Da wird er sich doch kaum mit einem Kuss auf die Wange hier und etwas Händchenhalten da zufriedengegeben haben.«

»Genau so war es aber«, erklärte Carya entschieden. »Bei allen Gefühlen, die er für mich empfinden mag, ist er stets ein Ehrenmann geblieben und hat mich nicht angerührt. Meine Gesellschaft und mein Anblick in den schönen Kleidern, die er mir gab, waren ihm stets genug. Hätte er mehr versucht, hätte ich ihn längst verlassen.«

Ihre Worte ließen die Miene des Prinzen milder werden. »Gut«, sagte er. »Dann wollen wir nicht mehr davon sprechen.«

Sie erreichten eine kurze Treppe, die Alexandres Rappe mit ein paar Trippelschritten nahm. Ein gerader, langsam aufsteigender Weg schloss sich daran an, der sie zu dem Platz direkt hinter dem Schloss führte. Als sie sich dem Gebäude näherten, sah Carya, dass die Dienerschaft langsam munter wurde. Einige Fenster im Dachgeschoss standen offen, und ein paar vereinzelte Männer und Frauen liefen bereits zwischen den Schlossflügeln umher.

»Ich muss hinüber zu den Stallungen«, verkündete Alexandre. »Sehe ich Euch heute Abend beim Ball?«

»Es findet ein Ball statt?«, fragte Carya erstaunt. Davon hatte sie gestern gar nichts mitbekommen.

»Ja, zu Ehren von Botschafter Cartagena. Und, sofern es nach mir ginge, natürlich zu Euren Ehren.« Er deutete im Sattel eine Verbeugung an und grinste. Auf einmal war er wieder ganz der Prinz, den sie beim Frühstück gestern kennengelernt hatte.

»Vielen Dank, Hoheit. Und, ja, ich bin sicher, dass ich dort sein werde. Es wäre doch sehr unhöflich, einem Fest fernzubleiben, bei dem man selbst der Ehrengast ist – wenn auch nur in den Augen eines Einzelnen.« Sie erlaubte sich, das Lächeln zu erwidern. Alexandre sollte nicht länger über sie und Cartagena nachdenken.

»Das freut mich außerordentlich. Dann bis heute Abend.«

»Bis heute Abend«, erwiderte Carya. »Oh, und Hoheit: Es war sehr nett von Euch, dass Ihr gestern Nacht noch an mich gedacht habt.«

Alexandre hob die Augenbrauen und sah sie mit einer Mischung aus Verlegenheit und Erstaunen an. »Habe ich das?«

»Der Nachtisch«, half ihm Carya auf die Sprünge. »Den Ihr mir aufs Zimmer habt schicken lassen. Das hat mich gefreut.«

»Es tut mir sehr leid, das gestehen zu müssen, aber diese Aufmerksamkeit geht nicht auf mich zurück.«

»Aber es lag ein Gruß von Euch bei.«

»Von mir unterschrieben?«

»Nun ja, signiert mit einem A.«

Der Prinz schüttelte den Kopf. »Ich kann mich nur wiederholen: Ich war es nicht. Auch wenn ich es im Nachhinein gerne gewesen wäre. Vielleicht habt Ihr einen heimlichen Verehrer bei Hofe.« Er machte ein theatralisch finsteres Gesicht. »Ich muss ihn sofort ausfindig machen und zum Duell fordern. Das sind mir eindeutig zu viele Männer, die Euch umflattern. Wie Nachtfalter einen strahlenden Stern.«

Die Vorstellung brachte Carya zum Lachen. »Seid gnädig, es war nur ein Nachtisch. Und vielleicht hat sich auch einer Eurer Freunde einen Scherz erlaubt.«

»Dann werde ich ihn zum Duell fordern«, verkündete Alexandre.

»Versorgt erst einmal Euer Pferd, Hoheit«, empfahl ihm Carya.

»Also gut. Das Mysterium bleibt einstweilen ungelüftet. Heute Abend jedenfalls werden weder Cartagena noch Euer rätselhafter A. mich davon abhalten, einen Tanz von Euch zu fordern.«

»Ihr seid der Prinz. Ihr dürft sogar zwei Tänze von mir fordern.«

»Ich nehme Euch beim Wort«, rief Alexandre, winkte noch einmal und gab seinem Pferd dann die Sporen, um über den Platz nach Norden davonzupreschen.

Lächelnd sah Carya ihm nach. Er konnte wirklich charmant sein, wenn er wollte. Dann fiel ihr Aurelie ein, Alexandres Versprochene, vor deren Zorn Magister Milan sie gewarnt hatte. Sie musste aufpassen. Sie durfte sich durch die Leichtherzigkeit des Prinzen nicht zu einer Dummheit verführen lassen. Nicht, solange es Aurelie gab. *Und Jonan!*, ermahnte sie eine innere Stimme. *Er ist noch immer da draußen, und er wird kommen, um dich zu ›retten‹. Vergiss das nie.*

Kapitel 27

Es kam Jonan so vor, als tauche er durch dunkles Brackwasser langsam an die Oberfläche. Wie gegen eine zähe Masse ankämpfend, die ihn in der Schwärze des Vergessens festhalten wollte, zwang er seinen Geist in einen Zustand des Bewusstseins zurück.

Als Erstes spürte er den Schmerz. Sein Kopf dröhnte, und sein ganzer Körper fühlte sich an, als sei er von einem *Leviathan*-Panzer überrollt worden. Das war nicht gut. Schon besser gefiel ihm die Erkenntnis, dass er überhaupt noch lebte und nicht in einer Pfütze im Regen draußen auf der Straße zu liegen schien. Es war trocken um ihn und sogar recht warm. Irgendwo knisterte und knackte es. Die Wärme stammte also von einem Lagerfeuer oder einem offenen Kamin. War er von ihren Angreifern entführt worden? Prüfend bewegte er Arme und Beine ein wenig. Nein, er trug keine Fesseln.

»Er ist wach«, sagte eine Männerstimme einige Schritte neben ihm. Jonan kannte sie nicht. *Dann will ich meinen Gastgeber mal kennenlernen*, dachte er und öffnete die Augen.

Er befand sich, wie es aussah, in einem fensterlosen Raum. Drei der vier Wände waren gemauert, die vierte bestand aus Holzbrettern, die quer an bogenförmigen Metallstreben befestigt worden waren. Durch schmale Schlitze zwischen den Brettern fiel schwaches Sonnenlicht herein. Staubteilchen tanzten in den scharf abgegrenzten Lichtstrahlen.

Jonan drehte vorsichtig den Kopf und nahm den Raum genauer in Augenschein. Es schien sich um einen Aufenthaltsraum zu handeln. Es gab ein Sofa, auf dem er, zugedeckt mit einer Wolldecke, lag, ein paar Sessel und Stühle, dazu einen Tisch, ein Regal, in dem Flaschen standen, und einen kleinen Kanonenofen, der angenehme Wärme verbreitete. Die Abluft verschwand über ein Rohr, das durch die Bretterwand nach draußen führte.

In einem der Sessel saß ein Mann. Als Jonan ihn erkannte, zuckte er leicht zusammen. Es handelte sich um das Narbengesicht, das zu den Wachen mit den totenkopfverzierten Lederjacken gehörte. Der Mann hatte die Jacke ausgezogen und neben sich über eine Stuhllehne gelegt, sodass er nun in einem ärmellosen Hemd dasaß, eine Bierflasche in der Hand und einen mürrischen Ausdruck auf dem Gesicht.

Ein zweiter Mann betrat den Raum. Er trug eine ausgewaschene Uniformhose und ebenfalls eine schwarze Lederjacke. Seine Haut war gebräunt und faltig, das Haupthaar begann sich zu lichten. Zwischen vollen Lippen klemmte ein Zigarrenstumpen. Jonan wollte gar nicht wissen, was der Mann dafür bezahlt hatte. »Ah, da sind Sie ja wieder«, begrüßte er Jonan. »Wir haben gewettet. Fünfzig-fünfzig, dass Sie durchkommen. Ich habe verloren.« Er zuckte mit den Schultern.

»Wie bin ich hierhergekommen?«, fragte Jonan rau und setzte sich auf. Ein leichter Schwindel erfasste ihn, und er musste gegen eine Welle aufkommender Übelkeit ankämpfen.

»Immer langsam, Junge«, sagte der Mann, dem die natürliche Autorität eines Anführers anhaftete. »Sie haben ganz schön was abbekommen von diesen Gossenratten. Wenn meine Leute nicht bemerkt hätten, wie die Sie fertiggemacht haben, wären Sie da draußen krepiert.«

»Sie sind eingeschritten?« Er sah zu dem Narbengesicht hinüber.

Der nickte. »Ich kann's nicht ausstehen, wenn drei Leute auf einen Wehrlosen eintreten. Vor allem nicht vor meiner Haustür.«

Damit hatte Jonan nicht gerechnet. Als sie beim Markt eingetroffen waren, hatte er den finster aussehenden Burschen in den Totenkopfjacken wenig Sympathie entgegengebracht. Doch nun erkannte er, dass die raue Schale bloß Teil ihrer Verkleidung war und sie einfach ihre Pflicht taten. Sie hielten den Markt, der sie bezahlte, von Störenfrieden rein. Das passte zu Bonasses Aussage, dass es sich um ehemalige Soldaten handelte. »Danke«, sagte Jonan.

»Schon gut.« Der Mann erhob sich und nahm seine Jacke. »Ich geh dann wieder, Commandant. Meine Runde drehen. Und was essen.«

»In Ordnung, Thierry. Ich übernehme ab hier.« Der Mann trat vor und setzte sich auf die Armlehne eines der Sessel. Er zog an seiner Zigarre und blies den Rauch in Richtung der Bretterwand. »Mein Name ist Godard. Wie heißen Sie?«

»Jonan Estarto.«

»In Ordnung. Die Sache sieht so aus: Sie wurden übel zugerichtet, waren die ganze Nacht bewusstlos. Gebrochen scheint nichts zu sein, aber wir waren uns nicht sicher, ob Sie innere Blutungen haben. Offenbar nicht, sonst wären Sie jetzt vermutlich tot.«

Jonan leckte sich über die Lippen. Sie fühlten sich rau und geschwollen an. Er erinnerte sich daran, dass er sie sich aufgeschlagen hatte. »Kann ich was zu trinken haben?«, bat er.

»Klar. Wie unhöflich von mir.« Godard stand auf, ging zum Regal hinüber und nahm eine der Flaschen heraus. Er schraubte sie auf und hielt sie Jonan hin. »Können Sie sie halten?«

»Ich … ich denke schon.« Probeweise zog Jonan seinen rechten Arm unter der Decke hervor. Er tat weh und wies ein paar fiese Blutergüsse auf, aber ansonsten bereitete er keine Probleme. Dabei fiel ihm auf, dass er nackt war. Tatsächlich schien er nur seine Unterhose zu tragen.

»Wo sind meine Kleider?«, wollte er wissen.

»Hängen im Nebenraum. Es war alles klatschnass. Außerdem wollte unser Doc Sie untersuchen. Aber wie gesagt: Alle sichtbaren Wunden waren nur oberflächlich. Die Platzwunde am Hinterkopf hat er geklammert und verbunden.«

Vorsichtig betastete Jonan seine Stirn. Es stimmte. Er trug einen Verband um den Kopf. Auch das hatte er bis jetzt noch nicht gemerkt. *So ganz da bin ich offensichtlich noch nicht*, stellte er fest.

Godard deutete mit einem Nicken auf die Flasche in seiner Hand. »Na, nun trinken Sie erst mal was. Dann reden wir weiter.«

Jonan tat, wie ihm geheißen. Das Wasser war warm, aber es schmeckte nicht abgestanden und war eine Wohltat für seine ausgedörrte Kehle. »Wo ist Pitlit?«, fragte er.

»Wer ist Pitlit?«, fragte Godard seinerseits.

Fluchend richtete Jonan sich auf. »Der Junge, der mich begleitet hat. Mittelgroß, schlank, trug ein schwarzes Regencape.«

Godard schüttelte den Kopf. »Tut mir leid. Von dem war nichts zu sehen. Mir wurde berichtet, dass das Ganze so ablief: Meine Leute haben von dem Krawall am Südeingang Wind bekommen. Sie sind raus, um sich das anzusehen und haben Sie am Boden liegend vorgefunden, während ein Weibsbild und zwei Kerle auf Sie eingeprügelt haben. Zwei weitere hockten irgendwie fertig in der Ecke. Als die Bande meine Leute gesehen hat, ist sie schleunigst abgehauen. Dabei hat sie einen Beutel mitgenommen, aber die Jungs waren nicht scharf drauf, ihnen deswegen in die Ruinen nachzurennen. Sie haben sich lieber um Sie gekümmert, Sie hereingebracht und versorgt.« Godard zuckte mit den Schultern.

»Die Bande muss Pitlit entführt haben«, erkannte Jonan. »Und außerdem … Oh, nein.« Mit einer Verwünschung auf den Lippen ließ er den Kopf an die Sofalehne zurücksinken. Er schloss kurz die Augen und rieb sich die pochenden Schläfen mit der freien linken Hand. »Wenn sie meinen Beutel geklaut haben, sind jetzt auch die zehn Revolver weg, die ich hier mühsam ertauscht habe.«

»Besser zehn Revolver verlieren als das eigene Leben.«

»Wenn Sie wüssten …«

Godard zog an seiner Zigarre. »Erzählen Sie's mir«, sagte er, während er den Rauch ausblies.

»Ich will Sie in diese Geschichte nicht mit hineinziehen«, antwortete Jonan. »Sie haben schon genug für mich getan.«

»Ihre Entscheidung. Aber wissen Sie: Wir können diese Gossenratten echt nicht ausstehen. Sie machen wirklich dauernd Ärger. Ich warte schon lange auf einen guten Grund, die kräftig aufzumischen. Geben Sie mir einen, und womöglich helfen wir Ihnen dabei, Ihren Beutel mit Revolvern zurückzubekommen.«

»Der entführte Junge ist nicht Grund genug?«

»Kinder sind nicht mein Spezialgebiet. Da müssen Sie zu Bo nasse. Der wohnt im Invalidendom mit einem ganzen Zoo [illegible] Straßenkindern.«

»Ich kenne ihn«, sagte Jonan. »Von dort komme ich. Für [illegible] waren die Revolver gedacht.«

Godard hob verwundert eine Augenbraue. »Na, jetzt wird es interessant.«

»Bevor wir weitersprechen, würde ich mich gerne anziehen«, verkündete Jonan und schwang vorsichtig die Beine vom Sofa. »Ich fühle mich ein wenig unbekleidet – und die Sachen sollten doch mittlerweile trocken sein.«

»Kein Problem. Machen Sie nur.« Godard stand auf. »Soll ich Ihnen in der Zwischenzeit was zu essen besorgen? Um die Ecke gibt es einen Stand mit Fleischspießen.«

»Das wäre sehr nett«, erwiderte Jonan. »Aber warten Sie! Bitte keine Ratte oder so einen Mist!«

Die Zigarre zwischen den Zähnen, grinste Godard ihn an. »Es ist Schaf. Ich verspreche es.«

»Gut. Danke.«

Der Kommandant der Marktwache verließ den Raum und verschwand durch das angrenzende Zimmer nach draußen. Jonan erhob sich langsam und stellte dabei fest, dass es ging. Ein wenig schwindelig war ihm zwar noch, und es schien keine Stelle an seinem Körper zu geben, die nicht schmerzte, aber mit solchen Leiden konnte er leben. Es hätte deutlich schlimmer für ihn enden können.

Als er Godard nach nebenan folgte, fand er sich in einem Raum wieder, der an den Speisebereich eines ehemaligen Bistros erinnerte. Die Metalltische waren entlang der Wand aneinandergereiht worden. Die Stühle standen zum Teil davor, zum Teil gestapelt in einer Ecke. Auf den Tischen lagen Werkzeug, Ölkännchen, Munition und ein paar Waffen, was den Eindruck erweckte, als nutzten die Männer, bei denen Jonan zu Gast war, den Raum als eine Art Werkstatt zum Warten ihrer Ausrüstung.

Auf einem Seil, das zwischen zwei in die Wand getriebenen

Haken gespannt war, hing Jonans Kleidung. Darunter lehnte zu seiner Freude sein Templersturmgewehr. Alles hatte die Mofabande offenbar nicht geklaut.

Mit umständlichen Bewegungen zog er sich an. Als er fertig war, tauchte Godard auch schon wieder auf, diesmal ohne Zigarre. Eingeschlagen in ein Stück Papier brachte er vier fettige Fleischspieße mit. »Da gönne ich mir doch auch gleich einen Happen«, verkündete er. Schwungvoll zog er einen der aufgereihten Tische in die Raummitte und zwei Stühle dazu. Auf einem ließ er sich nieder, bevor er die Spieße auswickelte und sich einen nahm. Ein würziger Duft breitete sich im Raum aus.

Herzhaft biss der Kommandant einen der Fleischbrocken ab und kaute genüsslich. »Großartig«, verkündete er mit vollem Mund. »Bester Lammspieß weit und breit.« Er machte eine auffordernde Geste. »Und jetzt raus mit der Sprache. Was haben Sie mit dem irren Bonasse zu schaffen?«

»Erst habe ich noch eine Frage«, entgegnete Jonan. »Bonasse sagte mir, Sie und Ihre Männer seien ehemalige Soldaten des Mondkaisers, die sich aus dem Staub gemacht hätten. Stimmt das?«

»Wenn Bonasse das sagt, wird's wohl so sein«, meinte Godard.

»Ich wüsste gerne, warum. Sie sind weiß Gott kein Trupp von Feiglingen. Und eigentlich kommen Sie mir auch recht pflichtbewusst vor. Immerhin haben Sie diesen Markt unter Ihren Schutz gestellt.«

»Gegen *Bezahlung*«, erinnerte Godard ihn. »Aber die Antwort auf Ihre Frage lautet ganz einfach: Unzufriedenheit. Wir konnten diesen Kerl mit seiner Silbermaske und seinen beschissenen Hofstaat nicht länger ertragen. Wenn Sie wüssten, was für ein dekadenter Haufen das ist. Die leben und feiern dort auf ihrem Schloss, als gäbe es kein Morgen, während die Bevölkerung des Umlands sich den Buckel krumm schuftet, damit es doch ein Morgen gibt. Aber niemand sagt etwas, weil alle Angst haben, dass der Mondkaiser sie in die Wildnis verstößt, wenn sie aufmucken. Und dann dieser ewige sinnlose Grenzkonflikt mit Austrogermania und dem Reich des Lux Dei. Wir hatten einfach keine Lust mehr auf all das. Deshalb haben wir uns abgesetzt.« Er warf Jonan einen vielsagenden Blick zu. »Das müssten Sie doch verstehen, oder?«

Jonan nickte. »Sie haben recht. Ich bin ebenfalls aus meiner Truppe ausgetreten, den Templern in Arcadion. Auch ich konnte mit dem, was in den oberen Riegen so vor sich ging, nicht mehr leben. Und dann kam zusätzlich die Geschichte mit Carya.«

»Carya?«

»Dem Mädchen, mit dem all das zusammenhängt, was mir in den vergangenen Tagen und Wochen passiert ist.« In groben Zügen umriss Jonan Godard, wie Carya und er sich kennengelernt hatten und wie sie aus Arcadion geflohen waren. Er beschrieb ihren kurzen Aufenthalt im Dorf der Mutanten, Caryas Entführung durch die Inquisition und ihre tolldreiste Rettungsaktion. Caryas geheimnisvolle Herkunft hingegen verschwieg Jonan, ebenso wie ihre Zeit bei der Ascherose und den Versuch, Caryas Eltern zu retten. Stattdessen behauptete er, sie seien nach Paris gekommen, um eben diese Eltern zu finden.

Es tat gut, mal wieder mit einem Mann zu sprechen, der einen ähnlichen Hintergrund hatte wie er selbst. Jonan kannte Godard erst seit einer halben Stunde, aber er hatte das Gefühl, als wären sie bereits alte Kampfgefährten. Jemand, der einem das Leben rettete – und mochte es aus vorgeschobenen egoistischen Gründen geschehen –, konnte kein ganz schlechter Mensch sein, auch wenn er aussah wie ein in Würde gealterter Schläger.

»Die ganze Geschichte endete damit, dass wir im Süden der Stadt ein offenbar geheimes Treffen zwischen einem Abgesandten des Mondkaisers und einem unbekannten Mann beobachtet haben«, schloss Jonan seine Schilderung. »Dabei wurden wir entdeckt. Auf der Flucht wurden wir leider getrennt – und am vereinbarten Sammelpunkt musste ich dann von Pitlit, meinem jungen Begleiter, erfahren, dass Carya entführt worden war. Vermutlich hält sie sich am Hof auf. Deshalb muss ich dorthin. Ich muss sie retten, denn ich habe ihr versprochen, immer für sie da zu sein, und ich werde diesen Schwur nicht brechen, und wenn es mein Leben kostet.« Die letzten Worte kamen beinahe trotzig heraus.

Godard verzog den Mund zu einem schiefen Grinsen. »Ah, junge Liebe. Was wäre die Welt ohne sie?«

»Behaupten Sie nicht, dass Sie niemals so empfunden haben«, knurrte Jonan, halb verlegen, halb verärgert. »Sie sind doch Francianer.«

»Oh, ich sage ja gar nichts dagegen«, entgegnete der Exsoldat. »Natürlich habe ich in jungen Jahren die Frauen geliebt, und eigentlich tue ich es immer noch. Allerdings ist Liebe in unserer Zeit nicht so leicht.«

»Erzählen Sie mir was Neues.« Jonan seufzte. »Nun, jedenfalls erklärte Bonasse sich bereit, mir zu helfen, allerdings nur im Austausch gegen zehn Revolver, mit denen er sich vor schießfreudigen Menschenjägern aus dem Palastumfeld schützen will. Ich brauche also die Waffen unbedingt wieder. Ganz zu schweigen davon, dass ich Pitlit nicht in der Gewalt dieser Gang lassen kann. Er ist ein treuer Freund und hat bereits einen Mut bewiesen, der weit über das hinausgeht, was in seinem Alter zu erwarten wäre.«

»Ich verstehe«, brummte Godard. Sie hatten ihre Mahlzeit in der Zwischenzeit beendet, und er griff in die Brusttasche seiner Jacke, um eine frische Zigarre hervorzuziehen. Jonan bot er keine an, was nicht weiter verwunderlich war. Zigarren galten als Luxus – zumindest dort, wo Jonan herkam.

Sein Gegenüber schnitt die Zigarre auf, zündete sie an und blies zum Anfachen der Glut auf das eine Ende. Er machte einen nachdenklichen Eindruck. »In Ordnung, so sieht die Sache aus: Ich habe Ihnen gesagt, dass ich den Gossenratten einen Denkzettel verpassen will, und das stimmt auch. Ihre Geschichte mag den Geschäftsmann in mir nicht überzeugt haben, aber sie ist anrührend genug, um das harte Herz in meiner Brust ein wenig zu erweichen.« Er klopfte mit der Faust auf die entsprechende Stelle seiner Jacke.

»Also helfen Sie mir?«, fragte Jonan hoffnungsvoll.

»Ja, das tue ich. Wenn auch nicht ganz so, wie Sie es sich vielleicht vorstellen. Wenn Sie erwartet haben, dass ich mich Ihnen mit meinen Leuten anschließe, um die Gossenratten auszuräuchern, muss ich Sie enttäuschen. Unsere Pflicht liegt hier, beim Markt. Außerdem kann ich auch keinem der Jungs zumuten, für einen Straßenjungen und irgendein Mädchen seinen Kopf hinzuhalten, so tapfer und bezaubernd sie auch sein mögen. Aber ich unterstütze Sie auf andere Weise. Kommen Sie mit.«

Er stand auf und schlenderte gemächlich paffend auf den Ausgang des Raums zu. Jonan schulterte sein Sturmgewehr und schloss sich ihm an. Sie gingen einen kurzen Korridor hinunter, an dessen Ende eine graue Metalltür lag. Soeben wurde sie aufgezogen, und ein dunkelhaariger Mann mit Schnurrbart, der etwa so breit wie hoch wirkte und wie alle Marktwachen die obligatorische Lederjacke trug, kam herein. Durch den offenen Türspalt konnte Jonan erkennen, dass dahinter der Markt lag. Im Moment schien es dort ruhiger zu sein, zumindest konnte er kaum Händler und Gäste sehen. Vielleicht befanden Godard und er sich aber auch nur in einer abgelegenen Ecke der Anlage. Zwei Meter vor der Tür schien eine Art Zaun aus einem Metallgitter zu verlaufen. Auf einem Pfahl direkt in Blickrichtung steckte ein mit Silber überzogener Totenkopf. Mehr Warnung war nicht nötig, um die Leute einen Bogen um diese Räume machen zu lassen.

Jonan erwartete halb, dass Godard mit ihm auf den Markt hinausgehen würde. Stattdessen wandte er sich einer Tür zur Linken zu und öffnete sie. »Mein Büro«, erklärte er. »Hier lagere ich ein paar besondere Schätze.«

Das Zimmer erwies sich als klein, ein wenig muffig und vollgestopft mit Krempel. *Der könnte hier seinen eigenen Schwarzmarkt aufmachen*, dachte Jonan sarkastisch. Um einen überfüllten Schreibtisch gruppierten sich zwei volle Regale und eine Kommode mit zahllosen Schubladen, auf der sich beschriftete Kartons stapelten. Das Licht stammte von einem vergitterten Loch in der Decke, wobei Jonan sich des Gefühls nicht erwehren konnte, dass das Loch einem glatten Durchschuss mit einer Schrotflinte geschuldet war und man das Gitter erst nachträglich angebracht hatte.

»Keine Sorge«, sagte Godard lachend. »Es sieht schlimmer aus, als es ist. Ich weiß genau, wo alles ist.« Er zog eine Schublade auf und holte eine gerollte Karte hervor, die er dann auf dem Tisch ausbreitete.

»Was ist das?«, fragte Jonan, der auf ein Gewirr von farbigen Linien blickte.

»Ein Plan aller Metro-Schächte unter Paris«, erklärte Godard. »Darauf eingezeichnet sind – neben allen Linien und Haltestellen – auch bekannte Einstürze, Überflutungspunkte, Nebentunnel, Luftschächte und Personalausgänge. Wie Sie sehen können, ist ein Großteil des Tunnelnetzes ohnehin hinüber.« Der Exsoldat deutete auf mit Bleistift schraffierte Bereiche. »Der ganze Norden der Stadt wurde durch den Sternenfall zerstört, und hier um den Fluss stehen zwei komplette Linien unter Wasser. Aber diese Bereiche sind für Sie auch ohne Bedeutung. Dieser Punkt hier …« Er tippte mit dem Finger auf eine Stelle, etwa dreieinhalb Kilometer Luftlinie nach Südsüdost, wo sich drei Metro-Linien kreuzten. »Dieser Punkt ist von Interesse. In der Metro-Station, die diese Linien verbindet, haben die Gossenratten ihr Versteck eingerichtet. Ich gebe Ihnen Papier und Stift, damit Sie sich die Tunnel dort abzeichnen können. Dann haben Sie was, woran Sie sich orientieren können, wenn Sie zu Ihrem Einsatz aufbrechen.«

»Danke«, sagte Jonan. »Wissen Sie, mit wie viel Widerstand ich rechnen muss, wenn ich dort reingehe?«

Godard schüttelte den Kopf. »Keinen Schimmer. Bislang habe ich höchstens mal acht bis zehn von ihnen auf einem Haufen gesehen. Es könnten aber auch mehr sein. Ein Spaziergang wird das also nicht. Womit wir zum zweiten Teil meiner Hilfsmaßnahmen kämen.« Er ging zu einem der Regale hinüber, stemmte die Fäuste in die Hüften und ließ suchend seinen Blick über die Kisten und Kästen darin schweifen. »Ah, hier«, sagte er und zog einen Metallbehälter heraus, der halb hinter einer Reihe Flaschen verborgen gelegen hatte. Godard klappte ihn auf und hielt ihn Jonan hin.

Vier Kartuschen von etwa zwei Fingerbreit Durchmesser lagen darin. Sie ähnelten den Granaten, mit denen Jonans Templersturmgewehr geladen werden konnte. »Was ist das?«, fragte Jonan. »Gewehrgranaten?«

»Ganz richtig. Betäubungsgasgranaten, um genau zu sein. Die werden Sie bei so einem Vormarsch gut gebrauchen können. Geringer Sprengradius – was unterirdisch sehr gut ist, das können Sie mir glauben –, aber große Wirkung. Ich habe sie von einem früheren Grenzsoldaten des Templerordens, also sollten sie in Ihr Gewehr passen.«

»Das ist fantastisch«, entfuhr es Jonan. Er streckte die Hand aus. »Darf ich?«

»Deshalb habe ich sie hervorgeholt.«

Jonan nahm eine der Granaten aus der Kiste und prüfte sie im Licht des Deckenlochs. Sie schien noch vollkommen intakt zu sein. Mit einem geübten Handgriff lud er sie in sein Gewehr. Sie passte tatsächlich.

»Und dazu«, fuhr Godard fort, »habe ich hier noch eine Gasmaske mit Restlichtverstärkeroptik aus meiner eigenen Zeit bei der Armee.« Er holte eine Metalldose aus dem Regal und stellte sie auf den Tisch. »Außerdem einen Satz leichte Schutzkleidung. Francianische Standardausführung. Nicht ganz eine Templerrüstung, aber vor Schlägen, Messerstichen und Kleinkaliberkugeln sollte sie schützen.« Ächzend zog er eine zerbeulte Kiste aus einer Ecke hervor, löste die Spannverschlüsse und hob den Deckel. »Bitte schön. Damit kann die Rettungsaktion beginnen.«

Fassungslos stand Jonan vor der Ausrüstung. »Ich … ich weiß nicht, was ich sagen soll. Was kann ich nur tun, um Ihnen zu danken?«

»Ganz einfach«, sagte Godard. »Erstens: Heizen Sie diesen Mistratten für mich kräftig ein, wenn Sie sich Ihren Jungen und Ihren Beutel zurückholen. Zweitens: Kommen Sie gesund wieder, denn ich hätte die Maske und die Panzerung gerne zurück. Über das Drittens reden wir dann, wenn Sie zurück sind.«

»Ich stehe also in Ihrer Schuld?«

»Sozusagen. Aber keine Angst. Ich verlange nichts Unmögliches von Ihnen.«

Jonan holte tief Luft und sah auf die vor ihm ausgebreitete Ausrüstung. Er fühlte sich immer noch wie durch die Mangel gedreht. Und wahrscheinlich war er im Begriff, sich einer unfairen Übermacht zu stellen. Aber das alles spielte keine Rolle. Er musste Pitlit da rausholen. »Also schön. Wir sind im Geschäft.«

Kapitel 28

Bewaffnet und gerüstet, als wolle er in einen Krieg ziehen, schlich Jonan den dunklen Metro-Tunnel entlang. Die Schmerzen, die er noch immer überall am Körper verspürte, versuchte er dabei zu ignorieren. Dank des Adrenalins, das ihn von innen aufpeitschte, fiel ihm das zum Glück nicht schwer. Mit der leichten Körperpanzerung, der Gasmaske vor dem Gesicht und dem Sturmgewehr im Anschlag fühlte er sich auf einmal wieder zurückversetzt in seine Zeit als Soldat beim Templerorden – ein ebenso beängstigendes wie berauschendes Gefühl.

Mit einer Ausrüstung wie dieser hatte er die zweite Hälfte seiner Akademiezeit verbracht. Sie stellte die nächste Stufe nach der einfachen Uniform dar. Jungtempler, die sich durch ihren Einsatzwillen besonders ausgezeichnet hatten, wurden in das spezielle Programm der leicht gepanzerten Infanterie gesteckt. Die Elite aus dieser Schule hatte schließlich in der Voll-Templerrüstung ihre Ausbildung beenden dürfen, in Vorbereitung auf eine Laufbahn als Offizier bei der Purpurgarde oder der Tribunalpalastgarde, den Schwarzen Templern. *Ich war so jung damals und so unschuldig*, dachte Jonan. Er konnte es heute kaum mehr fassen. Dabei lag diese Zeit keine drei Jahre zurück.

Schritt für Schritt arbeitete er sich vorwärts. Der Tunnel wäre stockfinster gewesen, wenn Jonan nicht Godards Maske getragen hätte, die sowohl über eine Lichtverstärkeroptik verfügte als auch über einen eingebauten Infrarotstrahler, der eine für normale Augen unsichtbare Lichtquelle bot. Das Prinzip ähnelte dem in den Helmen der Templerrüstungen, aber die Bildqualität war nicht annähernd so gut, sodass Jonan Mühe hatte, im körnigen Grün der Nachtsichtbrille Einzelheiten der Umgebung zu erkennen.

Er folgte zwei Gleissträngen, so viel war ihm klar. Neben einem alten Friedhof, etwa zwei Kilometer südlich der Seine, war er in das Tunnelnetzwerk der Pariser Metro hinabgestiegen. Das hatte sich als viel leichter erwiesen, als er angenommen hatte. Er hatte bloß ein paar Treppen hinunterlaufen, einen Eingangsbereich durchqueren und dann einem gekachelten Zugangsweg folgen müssen, und schon lagen die Schienen vor ihm. Von hier aus musste er sich etwa achthundert Meter nach Südosten bewegen, immer der Hauptstrecke folgend, um zu seinem Ziel zu gelangen.

Jonan fragte sich, ob die »Gossenratten«, wie Godard sie nannte, ihr Versteck irgendwie gesichert hatten. Gab es Sprengfallen, um ungebetene Gäste draußen zu halten? Oder hockten in einer verborgenen Nische Vorposten, die Alarm schlugen, wenn sich jemand näherte?

Unwahrscheinlich, dachte er. Die Bande hatte auf ihn nicht den Eindruck gemacht, paramilitärisch organisiert zu sein. Vielmehr handelte es sich um Kleinkriminelle, einen Haufen Ausgestoßener, die sich zusammengerottet hatten, weil man in der Gruppe besser überlebte als allein. *Wahrscheinlich haben die sich einfach eine Ecke der Metro-Station ausgesucht und da ihre Decken, Vorräte und Mofas geparkt.*

Warum sollten sie auch Überfälle von Fremden befürchten? Die Trümmerzone von Paris war groß. Es gab genug Platz für alle, die sich hier herumtreiben wollten oder mussten. Und Lebensmittel, Kleidung oder Treibstoff ließen sich leichter von Handelskutschen oder einsamen Wanderern stehlen als von einer anderen Gang. Beispielsweise von einem einsamen Wanderer wie Jonan. *Aber da habt ihr euch mit dem Falschen angelegt*, dachte er grimmig. *Und beim Licht Gottes, ich hoffe für euch, dass Pitlit noch am Leben ist und meine Revolver vollzählig sind. Sonst hole ich sie mir einen nach dem anderen aus euren kalt werdenden Händen.*

Hundert Meter vor ihm schien der Metro-Tunnel breiter zu werden. Es sah aus, als käme dort eine Station. Damit lag sein Ziel direkt vor ihm. Jonan wurde noch langsamer. Behutsam setzte er einen Fuß vor den anderen. Der gewölbte Tunnel verstärkte jedes Geräusch, und er wollte seine Feinde nicht zu früh von seiner Ankunft unterrichten.

Allerdings kam es ihm nicht so vor, als würde dort jemand leben. Er konnte weder den Schein von Lichtquellen erkennen, noch vernahm er Stimmen von Menschen oder sonstige Geräusche. Was war da los? Hatte Godard sich geirrt? *Oder vielleicht sind die Vögel auch nur ausgeflogen*, ging es Jonan durch den Sinn.

Geduckt schlich er näher. Der Tunnel endete in einem breiten Sims zur Rechten, auf dem Sitzbänke und Mülleimer standen. An den Wänden klebten vergilbte Plakate, die auf Veranstaltungen und Produkte hinwiesen, die vor dem Sternenfall für die Menschen von Interesse gewesen waren. An der Decke hingen kastenförmige Lampen. Keine von ihnen war noch in Betrieb.

Jonan ließ seinen Blick über den Bahnsteig schweifen. Keine Menschenseele war zu sehen. Er legte das Gewehr vor sich auf das Sims und stemmte sich nach oben. Dann nahm er es wieder auf und pirschte sich langsam vor. In der Wand gab es mehrere Öffnungen, die zum Ausgang oder zu anderen Gleisen führen mochten. Unschlüssig, welche er nehmen sollte, holte er die Zeichnung hervor, die er von Godards Tunnelnetzplan angefertigt hatte. Da er im grünen Licht des Nachtsichtgeräts zu wenig erkennen konnte, schob er die Maske auf die Stirn und aktivierte die Munitionsanzeige seines Sturmgewehrs.

Im schwachen rötlichen Schein der leuchtenden Sechsundvierzig studierte Jonan die Karte und entschied sich, dem dritten Tunnel zu folgen. Er führte zu einem größeren Raum, von dem aus man zu verschiedenen Metro-Linien und auch zum Ausgang gelangte. Die günstige Position im Herzen der Anlage und die großzügigen Dimensionen machten den Raum einfach zum bevorzugten Versteck für eine Bande.

Zufrieden packte er die Karte weg, schaltete die Munitionsanzeige wieder aus und zog die Maske vors Gesicht. Dann betrat er den Tunnel. Der Boden bestand aus Stein, und die Wände ebenso wie die gewölbte Decke waren vollständig gekachelt. Auch hier klebten Werbeplakate, und Schmierereien verunzierten die ohnehin schmutzigen Kacheln. Einige der Kacheln lagen abgeplatzt auf der Erde und erzeugten ein leises Knirschen unter Jonans Schuhsohlen. Deckung gab es überhaupt keine. Wenn es in einem dieser Tunnel zu einem Feuergefecht kam, würde das ein tödlicher Schlagabtausch werden.

Vor ihm wurde es heller. Jonan zögerte kurz, bevor er die Restlichtverstärkeroptik ausschaltete. Er wollte nicht im falschen Moment geblendet werden. Das Licht stammte offenbar von einer oder mehreren Kerzen, denn es hatte den warmen gelben Schein von offenem Feuer. Zu hören war nach wie vor nichts.

Doch gleich darauf hielt er inne. Das stimmte nicht! Ein leises Wimmern lag in der Luft, wie von einem Kind, das weinte.

Pitlit!, durchfuhr es Jonan.

»Halt's Maul!«, schrie unvermittelt eine Männerstimme auf Francianisch. »*Ich* hab Schmerzen! Und heule ich etwa?« Ein blechernes Scheppern war zu hören, begleitet von einem ängstlichen Aufstöhnen.

»Lass mich gehen«, bat eine Jungenstimme, die definitiv Pitlit gehörte, kläglich.

»Vergiss es, Mistkröte! Du bleibst schön hier und bezahlst dafür, dass Jacques gestorben ist. Und für die Scheißkugel in meinem Arm. Echt, am liebsten würde ich dir den Hals umdrehen. Aber so einen schnellen Tod kriegst du nicht. Bis dahin dauert's noch, das schwör ich dir. Vorher wollen wir ein bisschen Spaß mit dir haben.«

Jonan spürte, wie ihn Erleichterung überkam. Pitlit war noch am Leben. Gleichzeitig wallte Zorn in ihm auf. Die Mofabande hielt ihn gefangen und quälte ihn zur eigenen Belustigung. Den makabren Spaß würde er ihnen gründlich verderben.

Er schlich bis zum Ende des Tunnels und spähte in den Raum dahinter. Wie er erwartet hatte, befand sich dort das Lager der Bande – oder zumindest eines ihrer Lager. Es herrschte ein ziemliches Chaos. Überall standen Kartons und Kisten herum, in denen Fundstücke unterschiedlichster Qualität gelagert wurden. Das meiste sah aus, als stamme es aus alten Motorwagenwracks. Zwischen gekachelten Säulen waren Hängematten aufgespannt. In einer Ecke stand ein dreibeiniger Grill. Und mittendrin befanden sich zwei aufgebockte Mofas, die den Eindruck erweckten, als wollte sie jemand reparieren. Drei Ausgänge führten in verschiedene Bereiche der Metro-Station.

In der Mitte des Raums stand ein Kasten aus Metallstangen auf einer Art Altar aus gestapelten Backsteinen. Es handelte sich dabei wohl eigentlich um einen Käfig für große Hunde, nur saß kein Hund darin, sondern ein dreizehnjähriger Junge. Die Gossenratten hatten Pitlit bis auf die Unterwäsche seiner Kleider beraubt und anscheinend geschlagen und mit scharfen Gegenständen gequält. Blaue Flecke an seinen Armen und blutige Schnitte auf der Brust legten Zeugnis von den Misshandlungen ab, die der Junge erlitten hatte. Er hatte die Stirn, an der eine mächtige Beule prangte, gegen das Gitter gelehnt, und Blut und Tränen hatten rotbraune Streifen auf seinem Gesicht hinterlassen.

Voller Zorn presste Jonan die Lippen zusammen. Sein Griff um das Sturmgewehr verstärkte sich. Sein Blick wanderte einige Meter nach links, wo ein junger Mann, der ungefähr in Jonans Alter war, in einer der Hängematten lag. Seine Kleidung bestand aus einem Mischmasch aus nicht zusammenpassenden Einzelteilen, sein schulterlanges Haar sah strähnig aus, und Bartflusen verliehen seinem Gesicht einen verschmutzten Eindruck. Sein linker Unterarm war bandagiert. In der rechten Hand hielt er Pitlits silbern glänzenden Revolver. Gedankenverloren spielte er damit herum.

Nur ein Mann, dachte Jonan. *Sehr gut. Jetzt oder nie.*

Er sprang um die Ecke und richtete sein Sturmgewehr auf den Liegenden. »In Ordnung, Waffe weg, sonst …«

»Scheiße!«, kreischte der Kerl erschrocken und riss den Lauf des Revolvers hoch.

Jonan blieb keine andere Wahl. Er feuerte. Drei schnelle, hämmernde Schüsse trafen das Gangmitglied in Brust und Unterleib. Die Hängematte wurde zerfetzt, und ein Sprühregen aus Blut besudelte den Steinboden. Aus Reflex krümmte der Sterbende noch einmal den Finger um den Abzug des Revolvers, aber der Schuss peitschte weit entfernt von Jonan in die Wand.

»Verdammt«, fluchte Jonan, dem nach dem kurzen Schusswechsel in dem hallenartigen Raum die Ohren klingelten. Damit war all die Mühe, die er sich gemacht hatte, um lautlos in das Versteck der Gossenratten einzudringen, hinfällig. Diese Knallerei war bestimmt bis an die Oberfläche noch zu hören gewesen.

Pitlit kam auf die Knie, ergriff die Gitterstäbe und presste sein Gesicht daran. »Jonan?«, fragte er hoffnungsvoll. »Bist du das?«

»Niemand sonst«, erwiderte dieser und zog die Gasmaske auf die Stirn. »Ich bin hier, um dich zu retten.«

»O Mann, ich wusste, dass du kommen wirst. Ich wusste es einfach. Bitte, hol mich hier schnell raus, bevor die anderen wieder auftauchen.« Pitlit rutschte zur Käfigtür hinüber.

»Bin schon dabei, Kumpel.« Jonan schulterte sein Gewehr und lief zu dem Erschossenen hinüber. Statt sich mit der Suche nach einem Schlüssel aufzuhalten, nahm er ihm kurzerhand Pitlits Revolver ab. Er rannte zum Käfig und schoss das Vorhängeschloss auf. Auf einen Knall mehr oder weniger kam es jetzt auch nicht an.

»Komm her, Pitlit«, sagte er. Er steckte den Revolver in den Gürtel und packte den Jungen unter den Achseln, um ihn aus dem Käfig zu ziehen. Auch Pitlits dürre, nackte Beine wiesen blaue Flecken und Schürfwunden auf. »Was haben die nur mit dir gemacht?«

Der Straßenjunge schlang die Arme um Jonans Bauch und vergrub seinen Kopf an seiner gepanzerten Brust. »Das willst du nicht wissen«, presste er erstickt hervor. »Ich bin so froh, dass du da bist, Jonan. Ich bin echt so froh.«

»Versteht sich von selbst, Kumpel«, versuchte Jonan ihn zu trösten, während sein Blick gleichzeitig angespannt von Ausgang zu

Ausgang huschte. »Wir sind doch Freunde. Da lässt man einander nicht im Stich.« Er schob Pitlit auf Armeslänge von sich und sah ihn ernst an. »Aber jetzt müssen wir hier verschwinden. Weißt du, wo deine Kleider sind? Und mein Beutel?«

Pitlit schniefte. Auf seinen Wangen glänzten frische Tränen. »Ja, ich glaube schon. Komm mit.« Barfuß flitzte er quer durch den Raum, hin zu einem Stapel Kartons. Hektisch begann er darin zu kramen, bis er Jonans Beutel gefunden hatte. »Hier.« Er reichte ihm den festen Stoffsack. »Ich weiß aber nicht, wie viel sie schon rausgenommen haben.«

Während Pitlit seine Kleidung zusammensuchte, öffnete Jonan den Beutel und blickte hinein. Das Ergebnis war ernüchternd. Strahlungsmesser und Navigator waren noch da, was vermutlich daran lag, dass die Gossenratten damit kurzfristig nichts anfangen konnten. Schließlich hatten sie eben erst sozusagen Hausverbot im wichtigsten Schwarzmarkt der Trümmerzone erhalten. Auch die Handlampe und die Trinkflasche waren noch vorhanden. Von den zehn Revolvern und der gesamten Munition fehlte jedoch jede Spur. Frustriert schlug Jonan einen der Kartons zur Seite. »Verdammt!«

»Alles weg?«, fragte Pitlit, während er sich die nächstbesten Kleider anzog, die er fand. Es mochten nicht seine eigenen sein, aber dem Straßenjungen schien das nichts auszumachen.

»Nicht alles. Aber die Revolver. Wir stehen wieder ganz am Anfang. Und wir haben so gut wie nichts mehr zum Tauschen – es sei denn, wir geben den Navigator ab.«

»So gut wie nichts?« Pitlit grinste. Jede Minute in Freiheit schien seine Laune zu bessern. »Das sehe ich anders.« Er deutete vielsagend auf den Kartonstapel vor ihm.

Auch auf Jonans Miene breitete sich ein grimmiges Lächeln

aus. »Natürlich. Wie dumm von mir. Drehen wir den Spieß doch einfach um. Sie haben uns beklaut, wir beklauen sie.« Er fing an, die Kartons aufzureißen und den Inhalt auf den Boden zu schütten, um möglichst rasch Brauchbares von Wertlosem trennen zu können. Die Menge an Wertlosem überwog allerdings bei Weitem, wie er feststellen musste.

»Vorsicht!«, warnte Pitlit ihn, der gerade eine Jacke überstreifte, die ihm deutlich zu groß war.

Jonan hob den Kopf und ließ sofort sein Gewehr von der Schulter gleiten, als er sah, dass ein Mann und eine Frau auf der anderen Seite des Raums aus einem der Tunnel traten. Mit einem Blick erfassten sie die Lage. »He!«, schrie der Mann, während er hinter eine Säule in Deckung sprang. »Leute, so ein Scheißkerl raubt uns aus!«

Viel weiter kam er nicht. In der nächsten Sekunde landete mit einem hellen Klingen eine Gasgranate neben ihm und der Frau. Eine Wolke weißen Dunstes hüllte die beiden ein. Der Mann stieß einen Schwall Verwünschungen aus, dann peitschten Revolverschüsse.

Jonan riss Pitlit zu Boden. Er erwiderte das Feuer nicht, sondern wartete darauf, dass das Gas seine Wirkung tat. Es dauerte keine drei Schüsse, bevor ein Seufzen zu hören war und zwei Körper schwer zu Boden fielen.

Doch damit hatten sie ihre Gegner nicht besiegt. Nun wurden Rufe und eilige Schritte im Tunnel hinter ihnen laut. Es klang nach mindestens einem halben Dutzend Personen. Wie es schien, hatte sich die Mofabande auf einem Streifzug befunden. Und nun kehrte sie geschlossen zurück.

»Weg hier«, drängte Pitlit.

Grimmig schüttelte Jonan den Kopf. »Das können wir nicht.

Wir brauchen diese Revolver. Sonst hilft uns Bonasse nicht, zu Carya zu gelangen.«

»Wenn wir tot sind, hilft das Carya noch weniger!«.

»Keine Sorge«, sagte Jonan. »Wir sterben nicht. Diesmal nicht. Bleib unten. Ich erledige das.« Er zog sich die Gasmaske vors Gesicht und huschte geduckt zur nächsten Säule. Den Rücken an die Säule gepresst, ging er in die Hocke und wagte einen schnellen Blick um die Ecke. Hustend, fluchend und wild schießend brach die Meute der Bandenmitglieder aus dem Tunnel hervor.

Jonan lud den Unterlaufgranatwerfer durch und feuerte ihnen eine zweite Betäubungsgranate entgegen. Schon seine Ausbilder hatten ihm geraten, im Umgang mit dem Feind nie zu sparsam zu sein.

Die Gossenratten waren keine ausgebildeten Soldaten, aber ganz dumm waren sie auch nicht. Sie teilten sich und versuchten ihn von zwei Seiten in die Zange zu nehmen. Eine der Frauen strauchelte und fiel bewusstlos zu Boden. Ein schlaksiger Mann folgte ihr zwei Sekunden später, wobei er im Stürzen Halt an einem der aufgebockten Mofas suchte, das daraufhin umkippte und scheppernd auf den Steinboden krachte.

Jonan verstärkte den infernalischen Lärm noch, indem er den drei zu seiner Linken vorrückenden Gangmitgliedern eine Salve aus seinem Gewehr entgegenjagte. Zwei der drei Männer zuckten zusammen und schrien schmerzerfüllt auf, als sie von Kugeln getroffen wurden. Der dritte warf sich zu Boden und leerte brüllend die Trommel seines Revolvers in Jonans Richtung.

Doch der hatte sich schon zur Seite geworfen und abgerollt, um hinter einer weiteren Säule Deckung zu finden. Kacheln platzten und flogen ihm splitternd um die Ohren, als zwei der Kugeln ihn nur um Haaresbreite verfehlten.

Hinter sich sah Jonan Pitlit auf allen vieren von Deckung zu Deckung krabbeln. Sein Ziel war eindeutig. Er wollte den Revolver eines der Gefallenen, da Jonan seinen eigenen noch immer im Gürtel stecken hatte.

Die zweite Gruppe hatte sich um Jonan herumbewegt und drohte ihm die Deckung zu nehmen. Die Frauen und der Mann hatten sich ihre Jacken vor Mund und Nase gezogen, um sich gegen das Gas zu schützen. *Das wird euch nicht viel nützen*, dachte Jonan grimmig, zielte und schoss seine vorletzte Gasgranate in das Trio. Eine der Frauen wurde von dem Geschoss im Magen getroffen und krümmte sich schmerzerfüllt. Im nächsten Augenblick wurden sie eingenebelt. Hektisch rannten die unverletzte Frau und der Mann auseinander. Jonan holte den Mann mit einer Kugelsalve von den Beinen, die Frau ließ er laufen.

Aus den Augenwinkeln nahm er eine Bewegung wahr. Ohne zu zögern, riss er den Revolver aus dem Gürtel und schoss. Der Angreifer, der ihn von hinten mit einem langen Fleischermesser hatte erdolchen wollen, wurde von den Beinen gerissen, als die Kugel sein linkes Knie zertrümmerte. Schreiend wand er sich auf dem Boden und hielt sich das Bein. Jonan trat ihm den Revolver weg, steckte seinen eigenen wieder ein und nahm das Sturmgewehr erneut in den Anschlag.

Hektisch ließ er Blick und Lauf von links nach rechts zucken, auf der Suche nach einem Gegner. Er fand keinen. Die Gossenratten waren entweder tot, bewusstlos oder so schwer verletzt, dass ihnen die Begeisterung für den Kampf vergangen war. Nur noch eine der Frauen, die letzte, die er eben verschont hatte, kauerte hinter dem zweiten aufgebockten Mofa. Als er seinen Gewehrlauf auf sie richtete, warf sie ihre Waffe fort und hob die Hände. »Bitte! Nicht schießen! Ich ergebe mich.«

Sehr vernünftig, dachte Jonan, zufrieden, dass er die Lage so schnell hatte klären können. Dreißig Sekunden – länger hatte die Konfrontation nicht gedauert. *Ganz eingerostet bin ich also noch nicht.* »Pitlit, halte sie in Schach«, befahl er. »Ich kümmere mich um die anderen.«

»Alles klar«, antwortete der Straßenjunge. Mit vorgehaltener Waffe lief er auf die Frau zu. »Rühr dich bloß nicht«, warnte er sie. »Ich hab schon einen von euch erschossen.«

Jonan eilte unterdessen von Gefallenem zu Gefallenem und nahm ihnen die Revolver ab. Den Bewusstlosen schenkte er kaum einen zweiten Blick, doch bei den Verletzten blieb er vorsichtig. Es konnte immer sein, dass einer der Irren den eigenen Tod in Kauf nahm, um sich an Jonan für das Gemetzel zu rächen und das konnte gefährlich werden.

Doch die Gossenratten lagen nur stöhnend am Boden und hielten sich ihre Wunden, aus denen das Blut zum Teil in pulsierenden Strömen floss. Dass einer von ihnen die nächsten Stunden überlebte, bezweifelte Jonan. Aber er zwang sich, kein Mitleid zu empfinden. Diese Verbrecher hatten Pitlit und ihn zwei Mal angegriffen und den Jungen obendrein aufs Schändlichste misshandelt. Sie verdienten es nicht besser.

»Okay, Pitlit. Ich habe alle Revolver«, meldete er. »Hauen wir ab.«

»He, ihr könnt uns doch hier nicht einfach so liegen lassen«, ächzte einer der angeschossenen Männer. Offenbar war er hinsichtlich seiner gegenwärtigen Überlebenschancen zu dem gleichen Schluss gekommen wie Jonan.

»Doch, kann ich«, erwiderte Jonan. »Ihr seid selbst schuld. Ihr hättet euch nicht mit uns anlegen sollen.« Er wandte sich an den Straßenjungen. »Komm, Pitlit.«

Der Junge warf der Frau, die vor ihm kniete, einen finsteren Blick zu. »Ich sollte dich töten«, knurrte er.

»Nein, bitte tu's nicht«, flehte sie.

»Du hast gelacht, als die anderen mir wehgetan haben.« Er richtete den Lauf seiner Waffe direkt auf ihr Gesicht.

Ihre Augen weiteten sich vor Angst. »Nein, bitte, es tut mir leid. Es tut mir leid«, rief sie.

»Auf einmal tut es dir leid. Mistkuh!«

»Pitlit!«, rief Jonan den Jungen. »Komm.« Ein schneidender Ernst lag in seiner Stimme.

Pitlit verzog das Gesicht. Er holte aus und schlug der Frau mit dem Revolver ins Gesicht. Ihre Wange platzte auf, und Blut lief ihr das Kinn hinunter. Die Lippen des Straßenjungen waren ein schmaler, grimmiger Strich, als er sich umdrehte und zu Jonan rannte.

Der verkniff sich jeden tadelnden Kommentar. Er konnte gut verstehen, dass Pitlit diese eine brutale Geste gebraucht hatte. Sie gab ihm das Gefühl, nicht mehr das Opfer dieser Menschen zu sein. Sie half ihm dabei, über das hinwegzukommen, was sie ihm angetan hatten. Er hätte sogar verstanden, wenn der Junge geschossen hätte, auch wenn er diese Tat zutiefst verurteilt hätte. Ein Soldat verging sich nicht an Wehrlosen. Umso dankbarer war er, dass Pitlit diese Lektion von ihm offenbar in der Zwischenzeit gelernt hatte.

Seite an Seite verschwanden sie in einem der Tunnel, von dem Jonan wusste, dass er sie an die Oberfläche bringen würde. Ein ebenso zorniger wie verzweifelter Schwall von Verwünschungen hallte ihnen nach. Jonan achtete gar nicht darauf. Er hatte alles, was er brauchte. Jetzt war es an Bonasse, sein Versprechen wahr zu machen und ihm den Weg ins Schloss des Mondkaisers zu öffnen.

Kapitel 29

Nachdem Carya sich frisch gemacht und umgezogen hatte, begab sie sich in den Frühstücksraum, um sich für den Tag zu stärken. Da es noch zu früh war, um Cartagena oder einen der Minister zu belästigen, beschloss sie, ihre privaten Nachforschungen auf eigene Faust zu beginnen, und zwar in der Geschichte von Château Lune und seinen Bewohnern. Denn zumindest darin war sie mit Cartagena einer Meinung: Wenn es Antworten zu den Fragen über ihre Vergangenheit gab, dann hatten sie irgendwie mit diesem Schloss zu tun. Es war kaum anzunehmen, dass man sie vor zehn Jahren mit einem Raketenflugzeug nach Orly geschickt hatte, nur um in der Trümmerzone von Paris bei einem Bandenchef zu leben. Etwas verband sie mit dem Hofstaat des Mondkaisers – und vielleicht verrieten ihr Aufzeichnungen von früher, was das sein mochte.

Sie befragte zwei der Diener und wurde auf eine Bibliothek verwiesen, die im Nordflügel des Palasts untergebracht war. Als sie dort eintraf, fielen ihr fast die Augen aus dem Kopf. Eine so große Sammlung alter und wunderschöner Bücher hatte sie noch nie gesehen. Sie hätte nicht gedacht, dass es überhaupt noch solche Sammlungen auf der Erde gab. Die meisten Bücher in Arcadion waren in den Dunklen Jahren der Not der Menschen zum Opfer gefallen. Ihre Seiten waren verbrannt worden, um Wärme zu spenden, hatten zerknüllt als Isolierung in kalten Winternächten gedient, und manche hatten die Menschen sogar gegessen, einfach weil es nichts anderes gab. So zumindest hatte man es ihr in der Akademie des Lichts erzählt.

Diese Bibliothek war von der schlimmen Zeit verschont geblieben – oder aber der Mondkaiser hatte enorme Anstrengungen unternommen, um sie erneut aufzubauen. Am liebsten hätte Carya sich hier für die nächsten zwei Jahre eingeschlossen, um all das zu lesen, was dort in den Regalen stand. Doch sie rief sich zur Ordnung und begann ihre Suche nach Schriftstücken aus der jüngeren Geschichte von Château Lune und seinen Bewohnern.

Dabei machte sie einige interessante Entdeckungen. Sie erfuhr beispielsweise, dass der Mondkaiser das Schloss gegen Ende der Dunklen Jahre übernommen hatte. Praktisch aus dem Nichts kommend und an der Spitze eines kleinen Heers ihm treuer Soldaten hatte er die Peripherie der Trümmerzone von Paris befriedet und den Menschen einen Ort gegeben, an dem sie ein neues Leben anfangen konnten. Immer mehr Überlebende hatten sich um diese Oase geschart, die nach und nach größer geworden und erblüht war, nicht zuletzt deshalb, weil der scheinbar so ruhige, sanfte Regent mit gnadenloser Härte jedes Aufkommen von Verbrechen und Barbarei niedergeschlagen hatte.

Zielstrebig und mithilfe klug handelnder Mitstreiter hatte er den Ruhm von Château Lune gemehrt und seinen Einflussbereich über ganz Francia ausgebreitet. Sah man von einigen wilden Grenzgebieten und lebensfeindlichen Todeszonen ab, von denen es in Francia mehr zu geben schien als um Arcadion herum, unterstand heute das gesamte Land seiner Regentschaft. Als er seine Macht gefestigt hatte, begann er, sein Reich zu bereisen – und von diesen Reisen brachte er nicht nur seine Frau mit, die Tochter eines Territorialherrschers aus dem Norden, sondern einige Jahre später auch seinen Sohn, der in der Festung eben jenes Mannes geboren wurde. Alexandres Mutter kam allerdings bei der Geburt ums Leben, ein Umstand, der das Leben auf Château Lune viele Monate verdüsterte.

Das alles fand Carya ausgesprochen spannend, so spannend, dass sie beinahe unwillig reagierte, als ein aufgeregter Diener hereineilte und dem Bibliothekar etwas zuflüsterte. Der feingliedrige Mann, der Caryas Großvater hätte sein können, machte ein erschüttertes Gesicht. »Was sagst du? Das kann doch nicht wahr sein! Das ist ja furchtbar.«

Gegen ihren Willen neugierig geworden, legte Carya ihr Buch zur Seite und trat hinter dem Lesepult hervor, um zu den beiden Männern hinüberzugehen. »Ist etwas passiert?«, fragte sie.

»Ich fürchte, ja«, antwortete der Bibliothekar. In seinem Blick lag Fassungslosigkeit. »Magister Milan ist tot.«

Diese Eröffnung traf Carya wie ein Eimer mit Eiswasser, den man über ihrem Kopf ausgeschüttet hatte. »Wie bitte? Er ist tot? Seit wann? Was ist geschehen?«

»Er wurde eben erst leblos im Bett liegend in seinen Gemächern aufgefunden«, berichtete der Diener aufgeregt. »Seine Majestät vermisste ihn, als er zu ihrer wöchentlichen Sitzung nicht erschien.«

»Magister Milan hat dem Kaiser immer ein Horoskop für die kommende Woche erstellt. Der Kaiser glaubt an die Macht der Sterne«, fügte der Bibliothekar erklärend hinzu.

»Jedenfalls ließ er daraufhin einen Diener nach dem Magister schauen, und der fand ihn friedlich, aber tot daliegend vor. Es heißt, er habe einen Herzanfall gehabt. Wie furchtbar … dabei war er kaum fünfzig Jahre alt.«

Carya wurde schwindelig. Ein Mann, der scheinbar an Herzversagen in seinem Bett gestorben war … Auf einmal stiegen die Bilder des Albtraums der letzten Nacht in ihr auf, schemenhafte Erinnerungen daran, wie sie durch lange Gänge eilte und schließlich in ein Schlafgemach eindrang, um einem gesichtslosen Fremden Gift einzuflößen. Eine dumpfe Panik bemächtigte sich ihrer, legte eine unsichtbare Schlinge um ihre Kehle und schnürte sie ihr zu. *Oh, Licht Gottes. Das kann nicht sein. Das ist völlig unmöglich.*

»Mademoiselle Carya, ist Ihnen unwohl?«, fragte der Bibliothekar besorgt. »Sie sind weiß wie ein Bettlaken. Kommen Sie, setzen Sie sich lieber hin, bevor Sie ohnmächtig werden.«

»Nein, danke«, presste sie hervor. »Ich glaube, ich brauche etwas frische Luft. Bitte entschuldigen Sie mich.« Ohne die Bücher weiter zu beachten, in denen sie eben noch voller Leidenschaft gestöbert hatte, floh sie aus der Bibliothek. Sie eilte durch den Nordflügel und anschließend über den Schlosshof bis zum südlichen Teil des Hauptflügels. Erst als sie in den Flur einbog, auf dem Milans Gemächer lagen, wurde ihr mit Grausen klar, dass sie eigentlich gar nicht hätte wissen dürfen, wo er wohnte. Sie hatte ihn bislang nur bei Tisch getroffen. Aber vielleicht war sie auch bloß unwillkürlich der allgemeinen Aufregung gefolgt, denn als sie die Zimmer des Astrologen erreichte, hatte sich dort bereits eine Traube neugieriger Höflinge gebildet.

»Haben Sie alle nichts zu tun?«, erscholl eine strenge Frauenstimme von der anderen Seite des Korridors her. Ein ungeduldiges Händeklatschen war zu hören. »Kommen Sie, gehen Sie weiter Ihrer Arbeit nach. Sie werden noch genug Zeit haben, sich von

Magister Milan angemessen zu verabschieden. Aber jetzt stehen Sie hier nicht so im Flur herum.«

Als sich die Gruppe murmelnd zu zerstreuen begann, sah Carya, dass es Julianne Factice, die Ministerin für innere Angelegenheiten, war, die sich ihnen näherte. Auf ihren Zügen lag eine geschäftsmäßige Strenge, doch in ihren Augen glaubte Carya tiefe Trauer zu erkennen. »Carya«, sagte sie ein wenig überrascht. »Sie sind auch hier?«

»Ich musste kommen«, antwortete Carya. »Ich muss ihn einfach sehen. Wissen Sie, Magister Milan war der erste Mensch hier im Schloss, der mich mit offenen Armen empfangen hat. Er schien mir ein so guter Mann zu sein.« Der Gedanke, dass er nun tot war, trieb ihr die Tränen in die Augen.

Die Züge der Ministerin wurden etwas weicher. »Einverstanden. Sie können bleiben. Kommen Sie.« Sie legte Carya einen Arm um die Schultern und führte sie in die Gemächer des Magisters. Die Diener, die sich dort aufhielten, schickte sie nach draußen. »Sorgen Sie dafür, dass uns die nächsten Minuten niemand stört«, befahl sie, bevor sie die Tür schloss.

Im Schein der Mittagssonne, die durch die hohen Fenster hereinfiel, sah Carya sich in dem Zimmer um. Ein Stuhl, ein Sofa und ein riesiger, prachtvoll verzierter Globus in einem hölzernen Ständer fielen ihr ins Auge. Sie spürte, wie sich ihr Magen zusammenkrampfte. *Es ist alles wie in meinem Traum. Licht Gottes, das darf einfach nicht sein.*

Der kleine Schlafraum wurde fast zur Gänze von einem großen Himmelbett ausgefüllt, dessen Baldachin allerdings fehlte. An die Zimmerdecke hatte jemand einen wunderbaren Sternenhimmel gemalt, der von einer kunstvollen Darstellung der Tierkreiszeichen eingerahmt wurde. Carya konnte sich gut vorstellen, wie Milan abends im Kerzenschein dagelegen und zu den Sternen hinaufgeblickt hatte, die für ihn von solcher Bedeutung gewesen waren.

Auch jetzt lag er auf dem Bett, die Decke bis zur Brust hochgezogen und die Arme friedlich darauf verschränkt. Auf seinem Gesicht lag ein Ausdruck grenzenloser Ruhe, doch es war eine Ruhe, aus der er nicht mehr erwachen würde, wie seine blasse, wächserne Haut und das Fehlen jeglicher Atembewegungen bewies. Seine Lippen standen leicht offen, und etwas, das getrockneter Speichel sein musste, klebte in seinen Mundwinkeln.

Carya schlug die Hände vor den Mund. »Oh, mein Gott«, flüsterte sie. »Barmherziges Licht Gottes …« Sie spürte, wie sich ihr Blickfeld an den Rändern verengte und eine Taubheit von ihren Gliedern Besitz ergriff, so als wäre alle Kraft aus ihren Muskeln gewichen. Rasch ließ sie sich auf einen Stuhl sinken.

»Er sieht nicht aus, als ob er gelitten hätte«, sagte Factice leise. »Der Tod scheint ihn einfach im Schlaf überrascht zu haben.«

»Stimmt es wirklich, dass er einen Herzanfall hatte?«, fragte Carya, während sie den Anflug von Schwäche zurückdrängte.

»Das wird sich zeigen«, antwortete die Ministerin. »Natürlich wird es eine Untersuchung geben.«

»Dann zweifeln Sie also daran?«

Factice seufzte. »Ich weiß es nicht. Es sind bereits Menschen auf diesem Schloss an unnatürlichen Todesursachen gestorben. Manches Intrigenspiel endet erst, wenn einer der beiden Feinde tot ist. Aber so etwas kann ich mir bei Magister Milan gar nicht vorstellen. Er hatte keine Feinde.«

Carya musste an Cartagena denken und dass Milan sie gestern Abend während des Essens vor dem Botschafter gewarnt hatte. Er hatte auch gesagt, dass sie sich beide schon lange kennen würden und dass Cartagena ein Mann ohne Skrupel sei. Doch sie konnte

Cartagena deswegen nicht einfach anklagen. Es gab keine Beweise für einen Mord, und irgendwie hatte sie das Gefühl, dass auch eine genaue Untersuchung des Toten keine erbringen würde. Dafür war Cartagena zu schlau.

Wenn es eine Spur gibt, dann führt sie höchstens zu mir, dachte sie zynisch. Aber das war vollkommen verrückt. Die Erlebnisse der letzten Nacht hatten sich alles andere als wirklich angefühlt. Es war ein Traum gewesen, einer dieser Albträume, in denen Dinge einfach geschahen, ohne dass man sie beeinflussen konnte, auch wenn sie schrecklich waren und man nicht wollte, dass sie passierten. *Vielleicht handelte es sich auch um eine Vision*, überlegte sie. *Oder eine Art Gedankenübertragung.*

Womöglich war die Person, die durch die Korridore geeilt war, gar nicht sie selbst gewesen, sondern ein gedungener Mörder, und Caryas Geist hatte im Schlaf nur dessen Absichten und die Gefahr für Milans Leben gespürt und ihr deshalb diese Bilder gesandt. Sie hatte so etwas noch nie erlebt, aber vor ein paar Wochen hatte sie auch zielsicher Rajaels Invitrofreund Tobyn in die Schläfe geschossen, obwohl sie noch nie einen Revolver in der Hand gehalten hatte. Und den Motorwagen von Großinquisitor Aidalon hatte sie geknackt und gestohlen, obwohl beide Handlungen weit über ihre normalen Kenntnisse hinausgingen. *Wer weiß, welche Kräfte mit der Zeit noch in mir erwachen.*

Neben ihr schluchzte Factice leise. Die Ministerin hatte die Arme um den Leib geschlungen, und Tränen liefen ihr übers Gesicht.

Carya stand auf und legte ihr mitfühlend eine Hand auf den Arm. Auch Caryas Augen waren feucht.

Factice schniefte und wischte sich mit einer Hand die Tränen von den Wangen. »Verzeihen Sie. Ich sollte nicht so offen trauern.«

»Sie brauchen sich nicht zu entschuldigen«, sagte Carya. Und nach einer kurzen Pause fügte sie hinzu: »Kannten Sie ihn gut?«

»Nicht so gut, wie ich ihn gerne gekannt hätte«, gab Factice zu. »Aber wir kamen etwa zur gleichen Zeit nach Château Lune. Das war vor fünfzehn Jahren. Und obwohl er ursprünglich aus Arcadion stammte, aus dem Schoß des Lux Dei, gehörte er zu den wenigen, die mich nie verurteilt haben, sondern mir immer mit offenen Armen und offenem Ohr begegnet sind – bis zuletzt.« Sie blickte Carya aus tränenfeuchten Augen an, und offenbar spiegelte sich in Caryas Gesicht das Unverständnis, das sie in ihrem Inneren verspürte, denn ein schwaches Lächeln zuckte um die Mundwinkel der Ministerin. »Ich bin eine Invitro«, erklärte sie. »Ich stamme aus Ostfrancia, aus einem Landstrich, der vor fünfzehn Jahren von den Templern des Lux Dei erobert wurde. Um ihnen zu entgehen, bin ich nach Westen geflohen – und hier gelandet.«

Die Invitro, die der Mondkaiser zu seiner Beraterin gemacht hat, erinnerte sich Carya. Cartagena hatte ihr bei ihrem ersten gemeinsamen Essen davon erzählt. Hinter ihrem Werdegang steckte bestimmt eine spannende Geschichte. Allerdings war jetzt kaum der Zeitpunkt, Julianne Factice über ihre Vergangenheit auszufragen. Zumindest erklärte ihre Herkunft, warum sie so vehement gegen ein Bündnis mit dem Lux Dei war, dass sie sich dafür sogar heimlich gegen den Kaiser auflehnte.

Eine Intrige, die Cartagena an den Hof gebracht hatte, was wiederum Milan das Leben gekostet hatte. Carya verstand zwar noch nicht, warum, aber sie war sich sicher, dass der Botschafter bei diesem Herzanfall seine Finger im Spiel gehabt hatte. *Auf Château Lune hängt alles irgendwie zusammen*, dachte sie.

Ihr Blick fiel erneut auf den toten Magister. Eine Welle von Trauer schwappte über sie hinweg. *Es tut mir so leid …*

»Was ist mit Ihnen?«, fragte Factice.

»Hm?« Carya blinzelte gegen die Tränen an.

»So, wie Sie sein Tod getroffen hat, könnte man denken, Sie hätten dem Magister nahegestanden. Kannten Sie sich von früher? Ich glaube, mitbekommen zu haben, dass Sie ebenfalls zuvor in Arcadion gelebt haben.«

»Nein. Wir sind uns gestern das erste Mal begegnet. Aber er war so freundlich und hilfsbereit. Und er hat sich so gefreut, jemanden aus der alten Heimat zu treffen. Wir wollten uns zusammensetzen, und ich sollte ihm von dort erzählen. Daraus wird jetzt wohl nichts mehr. Ach, warum musste es ausgerechnet ihn treffen?«

Einen Moment lang sah Factice Carya traurig an, dann schloss sie sie unvermittelt in die Arme. Und Carya erwiderte die Umarmung, obwohl ihr die Ministerin fremd war und eine solch vertrauliche Geste gegenüber einer hochgestellten Persönlichkeit unter normalen Umständen undenkbar gewesen wäre. In diesem Moment spielte all das keine Rolle. In diesem Moment waren sie beide weinende Frauen am Totenlager eines guten Mannes.

Ich muss es wissen, erkannte Carya. *Ich muss herausfinden, ob ich in seinen Tod verwickelt war. Und wenn es wirklich Mord war, werde ich herausfinden, warum er sterben musste. Das schwöre ich!*

»Ministerin Factice«, sagte sie leise.

»Was gibt es, Carya?«

»Ich … also … würden Sie mir ein paar Minuten mit dem Magister alleine gestatten? Er hing wie ich dem Glauben an das Licht Gottes an. Ich würde gerne für ihn beten und seine Seele dem Licht übergeben, wie es bei uns Tradition ist. Denn am Hof wird es sonst wohl niemand tun, oder?«

Factice zögerte kurz, aber dann nickte sie. »Das ist in Ordnung, Carya. Nehmen Sie sich alle Zeit, die Sie brauchen. Ich werde veranlassen, dass Sie niemand stört. Beten Sie für unseren Freund. Das hätte ihm sicher gefallen.« Sie drückte Carya ein letztes Mal, bevor sie sich von ihr löste und ihre inneren Schutzmauern wieder aufrichtete. »Ich lasse unterdessen alles für die Untersuchung seines Leichnams und für die anschließende Beerdigung vorbereiten. Und ich muss seine Majestät sprechen, ob er für den Ball heute Abend eine spezielle Ehrentafel für den Magister aufstellen lassen möchte. Es gibt viel zu tun.« Sie holte tief Luft und straffte sich. »Wir sehen uns später, Carya.«

»Ja, danke.«

Kaum dass Factice sie verlassen hatte, sank Carya auf die Knie. Sie legte die Hände auf die Brust, senkte den Kopf und schloss die Augen. *»Gegrüßet seist du, Licht, das voll der Gnade«*, flüsterte sie, *»uns von dem Herrn, dem Schöpfer zugesandt.«*

Sie hatte die Ministerin nicht belogen. Zwar wollte sie das Zimmer auch aus anderen Gründen für sich allein haben. Doch sie verspürte in der Tat das tiefe Bedürfnis, Magister Milan die letzte Ehre zu erweisen, indem sie seine Seele auf die Weise, wie es seinem Glauben entsprochen hatte, der Ewigkeit empfahl. Sie betete ein *Licht der Gnade*, gefolgt von dem Psalm *Weg ins Licht*, der vor allem bei Beerdigungen gesprochen wurde. Schließlich nahm sie das kleine Schmuckstück der dreistrahligen Sonne vom Nachttisch, das Milan dort vor dem Zubettgehen hingelegt hatte und drückte es ihm in die gefalteten Hände.

Schniefend rieb sie sich über die Augen. Sie wappnete sich innerlich. Dann beugte sie sich vor und begutachtete seinen Hals. An der Seite war er leicht gerötet. Es fiel kaum auf. Man konnte es für eine einfache Hautirritation halten. Oder für die leicht verbrannte Haut, die ein handlicher Elektroschocker zurückließ, wenn man ihn dort ansetzte und auslöste. Mit ungläubigem Kopfschütteln zog sie sich zwei Schritte zurück. »Nein … Das kann nicht sein. Ich kann ihn nicht getötet haben.« Doch ihre eigenen Beteuerungen boten ihr keinen Trost. Ihre Erinnerungen an den unheimlichen Traum und dies alles hier deckten sich viel zu sehr, als dass es irgendein Zufall hätte sein können. Irgendwie war sie in Milans Ableben verwickelt, entweder als Zuschauerin oder als Täterin.

Sie wünschte sich, mit jemandem darüber reden zu können. Wäre doch bloß Jonan hier. Der Einzige, der ihr vielleicht helfen konnte, war Cartagena, aber ihm traute sie mit jeder Minute weniger. Hatte er Milan auf dem Gewissen, weil dieser Carya etwas über ihre Vergangenheit hatte sagen wollen? *Ich weiß, wer du wirklich bist*, hatte auf der Notiz gestanden, die sie in einer kleinen Tasche ihres Untergewands bei sich trug, weil sie nicht riskieren wollte, dass sie ein Diener beim Aufräumen in ihrem Zimmer fand.

Einer Eingebung folgend, raffte sie ihr Kleid und zog etwas umständlich das gefaltete Stück Papier hervor. Dann lief sie zum Schreibtisch des Magisters hinüber, der im Nebenraum stand. Sie brauchte nicht lange zu suchen, um ein Dokument zu finden, das seine Handschrift trug. Es handelte sich um das Horoskop für den Mondkaiser. Als sie die beiden Texte verglich, bestätigte sich ihr Verdacht. Milan hatte sich mit ihr im Garten treffen wollen.

Nachdenklich wandte sie den Blick ab und ließ ihn durch den Raum schweifen. Wenn es hier etwas gab, das ihr erklären konnte, weswegen der Magister hatte sterben müssen, wo wäre dieser Hinweis dann wohl versteckt? Unter den Sofakissen? Im Dielenboden? In einem verborgenen Fach im Kleiderschrank? Oder …

Der große Globus fiel ihr ins Auge. Alle anderen Möbelstücke im Zimmer erweckten den Eindruck, als hätten sie sich schon dort befunden, als der Magister eingezogen war. Ähnliche Einrichtungsgegenstände gab es auch in Cartagenas Gemächern. Bei dem Globus dagegen handelte es sich um ein Einzelstück. Wenn Milan also nicht nachträglich in Sofa, Dielenboden oder Schrank ein Geheimfach eingerichtet hatte, durfte man annehmen, dass es dort keins gab. Abgesehen davon hatte sie in der Bibliothek gelesen, dass Zimmer von den einzelnen Höflingen auf Château Lune keineswegs auf Lebenszeit bewohnt wurden. Immer wieder hieß es umziehen, entweder weil man in der Gunst des Mondkaisers stieg oder fiel, weil in dem uralten Gemäuer Reparaturarbeiten nötig wurden, oder auch einfach nur weil hohe Gäste vor Ort weilten, denen man seine Gemächer abtreten musste. Das alles im Kopf, kam Carya der Globus, der den Magister sicher in jedes Zimmer, das er bewohnte, begleitet hatte, auf einmal wie ein guter Kandidat für ein Versteck vor.

Neugierig näherte sie sich ihm und nahm ihn in Augenschein. An der Äquatorlinie verlief ein schmaler Spalt, dort, wo die beiden Hälften des Globus zusammengesteckt worden waren. Allerdings erwies er sich als verklebt und ließ sich nicht öffnen. Einer Eingebung folgend fuhr sie mit dem Finger über die Linien der Längen- und Breitengrade – und tatsächlich existierte ein zweiter Spalt, kaum zu spüren und deutlich besser versteckt auf der Höhe des fünfzehnten Breitengrades. Carya versuchte, die Fingernägel hineinzuzwängen, aber vergeblich. *Es muss einen Öffnungsmechanismus geben*, dachte sie sich.

Da der Globus selbst ansonsten völlig glatt zu sein schien, wandte sie sich dem hölzernen Rahmen zu. Wie alle Möbelstücke im Schloss war auch er mit Schnitzereien reich verziert, und obendrein wies er zahlreiche Kupferbeschläge auf. Carya brauchte ein paar Minuten, aber dann fanden ihre tastenden Finger einen

Knopf, der sich drücken ließ. Mit einem dreifachen Klacken lösten sich innere Riegel, und die obere Schale des Globus öffnete sich ein wenig.

Mit vor Aufregung pochendem Herzen hob Carya die Schale an. *Volltreffer*, dachte sie. Sie hatte Milans Versteck gefunden. Was genau sie dort allerdings gefunden hatte, vermochte sie nicht zu sagen. Ein schwarzer Kasten verbarg sich in der hohlen Erdkugel, gut befestigt am inneren Rahmen des Gestells, damit er auch nicht herunterfiel, wenn der Globus bewegt wurde. An dem Kasten gab es mehrere Knöpfe, Hebel und Drehschalter, außerdem einen kleinen Bildschirm, wie in ihrer Kapsel. *Ein Funkgerät vielleicht?*, überlegte Carya. Sie glaubte, einen ähnlichen Apparat bei Enzos Bruder Luceno auf der Insel der Invitros gesehen zu haben. Aber wenn das stimmte, mit wem stand Milan dann in Kontakt?

Sie nahm den Apparat von allen Seiten in Augenschein, und dabei bemerkte sie ein kleines Kästchen, das hinter dem Funkgerät am Holzrahmen befestigt war. Es besaß einen einfachen Klappdeckel. Als sie ihn öffnete, fand sie einen Ring, der in schwarzem Samt steckte. Sie nahm ihn heraus, und ihre Augen weiteten sich. Es war der gleiche Ring, den Cartagena ganz offen am Finger trug und der an der Oberseite eine ovale Fläche aufwies, in die ein von feinen Linien durchzogener Kreis graviert worden war – ein Globus, wie Carya nun aus der Nähe erkannte.

Magister Milan hatte anscheinend zur selben Organisation wie der Botschafter gehört: zur Erdenwacht.

Kapitel 30

Am späten Nachmittag kehrten Jonan und Pitlit zum Invalidendom zurück. Ihre Ankunft musste bereits von einem der Kinder auf dem Dach bemerkt worden sein, denn sie hatten die Stufen kaum erreicht, als sich das große Portal öffnete und Bonasse in seinem Frachtlader-Exoskelett herausmarschiert kam. »Da seid ihr ja wieder!«, tönte er. »Wir waren schon in Sorge, dass euch was passiert sein könnte.«

»Sie wollen gar nicht wissen, was es uns gekostet hat, diese verdammten Revolver heil hierherzubringen«, brummte Jonan.

Eine steile Falte bildete sich auf der Stirn des dunkelhäutigen Hünen. »Ihr hattet also Ärger?«

»Mehr als genug«, antwortete Jonan.

»Hm, kommt erst mal rein und setzt euch.« Bonasse ließ sie vorbei und schloss hinter ihnen die Tür zum Dom. »Kinder«, rief er, »holt unseren Gästen was zu trinken und zu essen. Sie sehen aus, als könnten sie es brauchen.«

Jonan winkte ab. »Danke, das ist im Augenblick nicht nötig. Wir haben vorhin einen Happen mit der Marktwache gegessen.«

»Mit dem alten Mistkerl Godard?«, brummte Bonasse überrascht.

»So schlimm ist er gar nicht«, meldete sich Pitlit zu Wort. »Er hat Jonan geholfen, mich zu retten, nachdem ich zusammen mit unseren Einkäufen von den Gossenratten verschleppt worden bin.«

Schwerfällig ließ sich Bonasse auf seiner Bank nieder. »Mir scheint, als hättet ihr einiges zu erzählen.«

»Erst das Geschäftliche«, sagte Jonan. »Dann das Vergnügen.« Er öffnete seinen Beutel und legte Bonasse die zehn Revolver und alle Munition hin, die sie von der Mofabande in ihrem Metro-Versteck erbeutet hatten. »Damit wäre unser Teil der Abmachung erfüllt. Jetzt sind Sie an der Reihe.«

»Ich habe schon alles vorbereitet«, erwiderte Bonasse nickend. Er wandte sich an einen der älteren Jungen, der gerade an etwas schnitzte, das wie ein kleiner Soldat aussah. »Kylian, geh hinüber zu meinem Schreibtisch. Dort liegt ein brauner Briefumschlag. Steck ihn ein, nimm das Motorrad und fahr hinaus nach Château Lune. Gib den Brief am Tor den Wachen und sage ihnen, dass er unbedingt an Minister de Funès übergeben werden soll. Oh, und zieh ein frisches Hemd an, bevor du losfährst. Du solltest zumindest halbwegs ordentlich aussehen.«

Der Junge seufzte und ließ sein Messer sinken. »Geht klar, Bonasse.«

»Was ist, wenn die Wachen den Brief aufmachen?«, wollte Pitlit wissen.

»Dann finden sie nur eine Einladung an de Funès, seinen guten alten Freund in Évry mal wieder zu besuchen«, gab Bonasse zurück. »Das ist vollkommen unverfänglich.«

»Werden sie den Brief überhaupt weiterleiten, wenn er von einem Jungen auf einem Motorrad überbracht wird?«, zweifelte Jonan.

»Davon gehe ich aus«, sagte Bonasse. »Es ist doch so: Diese Burschen denken pragmatisch. Sie verlieren nichts, wenn sie die Botschaft weiterleiten. Aber sie riskieren Ärger, wenn sie sie einfach als unwichtig abtun und wegwerfen. Außerdem tauchen Postboten heute doch in jeder Gestalt auf, als Überlandreiter in Uniform und eben auch als hemdsärmelige Burschen auf Motorrädern.«

»Na gut«, lenkte Jonan ein. »Wie lange wird es dauern, bis sich de Funès bei Ihnen meldet?«

»Normalerweise ist er recht schnell, vor allem wenn ich gewisse Begriffe in meiner Einladung verwende, die ihm verraten, dass es dringend ist. Wenn wir Glück haben und seine Arbeit es erlaubt, kommt er bereits morgen früh vorbei. In der Zwischenzeit ...« Bonasse lehnte sich auf seiner Bank zurück, sodass er sich mit dem Rücken der Panzerung an einer Tischplatte abstützen konnte. »Wollt ihr mir nicht berichten, was auf dem Markt vorgefallen ist?«

»Ja, warum nicht.« Ohne große Umschweife schilderte Jonan, wie sie die Revolver ertauscht hatten und danach von den Gossenratten überfallen worden waren. Er erzählte, wie er sich plötzlich bei der Marktwache wiedergefunden hatte, die ihm berichtete, dass Pitlit und all sein Hab und Gut geraubt worden seien, und wie ihm Godard angeboten hatte, ihm bei einer Rettungsaktion behilflich zu sein. »Nachdem wir aus dem Versteck der Bande verschwunden waren, sind Pitlit und ich zum Markt zurückgekehrt, wo ich Godard seine Ausrüstung zurückgegeben habe. Dort haben wir, wie schon gesagt, eine Kleinigkeit gegessen und sind dann hierhergelaufen.«

Bonasse schnaubte abschätzig. »Godard ... Wer hätte gedacht, dass in seiner Brust doch so etwas wie ein Herz schlägt? Ich meine, er weiß, dass wir hier draußen sind. Und dass es uns nicht leichtfällt, uns gegen Banden wie diese Verrückten auf ihren Mofas, die er Gossenratten nennt, zu verteidigen. Aber hat er uns je geholfen?« Der dunkelhäutige Hüne schüttelte langsam den Kopf.

»Tja, keine Ahnung, was seine Meinung geändert hat«, sagte Jonan. »Er hat nach unserer Rückkehr nur von mir verlangt, dass ich eine Botschaft von ihm überbringe, wenn ich im Palast bin.«

»Was für eine Botschaft?«

»Das weiß ich nicht. Er hat mir einen versiegelten Brief überreicht und gesagt, ich solle ihn einer Frau namens Julianne Factice geben. Sie ist eine Ministerin des Kaisers. Ich habe keine Ahnung, was in dem Brief steht, und ich werde auch nicht nachschauen. So viel schulde ich ihm.«

»*Eine* Ministerin ist gut. Sie gehört zu den engsten Beratern des hohen Herrn mit der Silbermaske. Und sie ist eine Invitro. Ich frage mich, was Godard mit ihr zu schaffen hat?«

»Kann uns das nicht egal sein?«, entgegnete Jonan. »Vielleicht haben sie sich geliebt, vielleicht haben sie sich gehasst. Oder sie sind Geschwister. Für mich zählt nur dies: Ich habe Pitlit, Sie Ihre Revolver, morgen werde ich Carya retten und dann finden wir heraus, was es mit dem Rätsel ihrer Herkunft auf sich hat. Ende gut, alles gut. Godard und diese Frau sind nicht mein Problem.«

»Na schön, vielleicht hast du recht.« Bonasse schlug sich geräuschvoll auf die Beinpanzerung und erhob sich. »Dann bleibt uns nur noch, auf de Funès zu warten. Ihr seid unsere Gäste bis dahin. Tut, was euch beliebt. Ruht euch aus, esst etwas, macht euch nützlich. Ich für meinen Teil unternehme jetzt einen Rundgang über unser Gelände, um zu schauen, ob alles in Ordnung ist.«

»Ist gut, danke«, sagte Jonan.

In den nächsten paar Stunden gab es für sie nicht viel zu tun. Pitlit rollte sich in einer Ecke zusammen und schlief ein wenig, wobei er sich im Schlaf unruhig hin und her wälzte, als leide er unter Albträumen. Jonan konnte es ihm nicht verdenken. Der Junge hatte einiges durchmachen müssen. Jonan selbst vertrieb sich die Zeit damit, den Navigator zum Aufladen der Energiezellen aufs Dach zu tragen, damit die Solarflügel noch ein paar Stunden Sonne mitnehmen konnten. Danach zerlegte er sein Sturmgewehr und reinigte es mit einem Lappen und etwas Öl, die er sich von einem der Jungs geliehen hatte. Irgendwann tauchte Kylian, der junge Motorradbote, wieder auf und verkündete, den Brief übergeben zu haben.

Als es zu dunkeln begann, kehrte Bonasse von seinem Rundgang zurück. Er sah zufrieden aus, also schien alles nach seinen Vorstellungen zu sein. Zu Jonans Überraschung ließ er sich von einigen Kindern aus dem Frachtlader-Exoskelett helfen. Irgendwie hatte Jonan angenommen, er würde es immer tragen, aber natürlich war das Unsinn. Schließlich konnte man in so einer Rüstung weder Körperpflege betreiben noch sonderlich gut schlafen.

Auch ungerüstet war Bonasse ein eindrucksvoller Mann. Genau wie sein Bruder maß er annähernd zwei Meter und sah aus, als könne er mit einem Fausthieb ein Pferd bewusstlos schlagen. Er trug eine olivfarbene Stoffhose, deren linkes Hosenbein abgeschnitten war, und ein ärmelloses Hemd, das seine muskulösen, aber auch vernarbten Arme unbedeckt ließ. Bonasse musste mehr als eine Schlacht geschlagen haben. Dass er noch lebte, grenzte an ein Wunder. Jede Verletzung in der Wildnis konnte aufgrund mangelnder Möglichkeiten, sie richtig zu versorgen, zu Entzündungen, Blutvergiftung und Tod führen.

»Na«, sagte Bonasse zu Jonan, während er ein erstaunlich hübsch geschnitztes Holzbein anlegte. »Nicht mehr ganz so furchteinflößend, was?«

»Trotzdem würde ich mit Ihnen nicht in den Boxring steigen wollen«, erwiderte Jonan und ließ das Magazin seines Gewehrs einrasten, womit seine Arbeit an der Waffe beendet war.

Géants Bruder lachte. »Essen wir jetzt etwas? Ich komme um vor Hunger.«

»Gerne. Ich wecke Pitlit.«

»Nicht nötig«, brummte der Straßenjunge verschlafen. »Ich bin wach.«

Bonasse rief seine Kinder zusammen, und bald darauf saßen sie in einer Nische des Doms an einem Sammelsurium von Tischen und nahmen eine einfache Mahlzeit aus Eiern, Brot, Milch und Äpfeln zu sich. Einmal mehr erstaunte es Jonan, wie gut ihr Gastgeber seine Horde im Griff hatte. Es wurde kaum gelärmt oder Unsinn getrieben. Geradezu ernst nahmen die Sechs- bis Sechzehnjährigen ihr Abendbrot ein. *Das liegt sicher daran, wie sie aufgewachsen sind*, dachte er. Wenn man in einer Welt wie dieser Trümmerzone lebte, wurde man verdammt schnell erwachsen. Es war kein Vergleich zu der einsamen, aber weitgehend unbeschwerten Kindheit, die er selbst in Arcadion verlebt hatte.

»Wo haben Sie eigentlich die ganzen Lebensmittel her?«, fragte Jonan, um ein wenig Konversation zu betreiben.

»Diese Anlage besitzt gut ein Dutzend Innenhöfe, alle gut geschützt vor neugierigen Blicken«, antwortete Bonasse. »Wir haben sie zu Nutzgärten umgestaltet. Wir pflanzen Obst und Gemüse an, so gut es eben geht. Außerdem halten wir Hühner und ein paar Schafe und Ziegen. Es ist nicht leicht, und Gott steh uns bei, wenn ein zu heißer Sommer, ein zu früher Winter, eine Krankheit oder

Schädlingsbefall unsere bescheidene Ernte ruiniert oder unsere Tiere tötet. Zum Glück gibt es de Funès, der uns hilft.«

»Warum verlassen Sie die Trümmerzone nicht und leben draußen bei den anderen Menschen, die sich rund um Château Lune angesiedelt haben? Wäre das nicht leichter?«

»Das wäre es vielleicht. Aber Straßenkinder sind in der durchgeplanten Welt des Mondkaisers nicht gerne gesehen. Und mich würden sie wahrscheinlich festnehmen und enthaupten, wenn ich die Trümmerzone verlasse.«

»Warum das, um Himmels willen?«, wollte Jonan wissen.

»Manche von uns haben eine Vergangenheit, auf die sie nicht stolz sind«, brummte Bonasse nur.

Jonan nickte verständnisvoll. »O ja, das müssen Sie mir nicht sagen.«

Auf einmal wurde im Dachstuhl der Vorhang beiseitegezogen. »Bonasse!«, rief der Junge, der gegenwärtig dort oben Wache hielt. »Eine Kutsche nähert sich.«

Géants Bruder stand auf. »Was für eine Kutsche?«, fragte er alarmiert.

»Ich weiß nicht. Sie ist schwarz, es sind zwei Pferde davor, und ich glaube, sie wird von zwei Soldaten begleitet.«

»Das ist de Funès«, rief Bonasse verwundert aus. »So früh schon? Wie eigenartig.« Er nickte dem Jungen zu. »Danke. Geh wieder auf deinen Posten.«

Der Junge verschwand hinter dem Vorhang.

»Na schön. Er hat sich beeilt. Soll uns nur recht sein.« Etwas schwerfällig marschierte er zum Eingang des Doms. Sein Holzbein erzeugte pochende Laute auf dem Steinboden, die im Gewölbe des Baus widerhallten.

Das Pochen wurde von einem Klopfen am Kirchenportal beantwortet: zweimal kurz, zweimal lang, zweimal kurz. Offenbar hatten Bonasse und de Funès zur Sicherheit einen Code ausgemacht, damit kein Zweifel daran bestand, wer vor der Tür wartete. Bonasse öffnete und ließ den späten Besucher ein.

De Funès kam allein, was Jonan als Zeichen seines Vertrauens wertete. Seine Wachen, die er brauchte, um sicher durch die Trümmerzone zu gelangen, mussten draußen bleiben.

»De Funès, was für eine freudige Überraschung«, begrüßte Bonasse ihn. »Wir dachten, du kämst erst morgen.«

»Im Palast herrscht gerade großes Durcheinander wegen des Balls, der in zwei Stunden beginnen soll«, erklärte der Minister. »Es bot sich an, den Trubel zu nutzen, um kurz zu verschwinden.« De Funès war ein kleiner, drahtiger Mann mit dichtem schwarzem Haar und einem Schnauzbart. Für Jonan sah er wie der Inbegriff eines Francianers mittleren Alters aus. Er hatte funkelnde Augen und sprach gestenreich. Jonan konnte sich gut vorstellen, dass man ebenso blendend mit ihm trinken wie streiten konnte – vielleicht sogar beides gleichzeitig.

De Funès winkte zweien der Jungs zu. »Mathis, Amineau, geht mal raus und lasst euch vom Lieutenant den Korb geben, den ich mitgebracht habe. Es ist leider nicht viel«, fügte er mit entschuldigendem Blick in Richtung Bonasse hinzu. »Aber die Botschaft klang so eilig, dass ich mir keine Zeit genommen habe, mehr Essen aus der Küche abzuzweigen.«

»Wir sind dir für jede Spende dankbar, de Funès, egal, wie klein sie ist«, sagte Géants Bruder. »Komm, setz dich. Ich schaue mal, ob ich noch eine Flasche Wein habe.«

»Bemüh dich nicht. Ich habe eine«, gab der Minister zurück. »*So* viel Zeit habe ich immer!«

Bonasse lachte. »Darf ich dir meine Gäste vorstellen? Jonan

Estarto und Pitlit. Sie kommen aus dem fernen Arcadion, und ich schulde Ihnen was. Und da ich lieber dir etwas schulde, reiche ich die beiden einfach an dich weiter.«

»Ah.« Umgehend wurde de Funès ernster. »Sehr erfreut.« Er reichte Jonan und Pitlit die Hand, was dem Straßenjungen ein zufriedenes Nicken entlockte. Endlich wurde er mal von jemandem wie ein Mann behandelt.

»Ich freue mich auch«, sagte Jonan.

Sie setzten sich, und Bonasse öffnete die mitgebrachte Flasche Rotwein. Einige Meter weiter machten sich die Kinder neugierig über den Korb her, den der Minister mitgebracht hatte. Géants Bruder schenkte allen ein. Auch Pitlit bekam Wein, allerdings musste er sich mit einem kleinen Schluck zufriedengeben.

De Funès hob sein Glas. »Ich hoffe, Sie fordern nichts Unmögliches von mir«, sagte er zu Jonan.

»Nein, ich denke nicht.«

»Nun, dann auf gutes Gelingen.« Sie prosteten einander zu und tranken.

»Also bitte«, forderte der Minister ihn auf. »Erzählen Sie mir, was ich tun kann, damit Monsieur Bonasse mir noch einen weiteren Gefallen schuldig ist.«

»Ich suche nach einer Freundin von mir«, antwortete Jonan. »Sie heißt Carya und ist vermutlich bei Ihnen am Hof.«

»Mademoiselle Carya? Ja, die weilt in der Tat seit zwei Tagen oder so auf Château Lune. Sie begleitet Botschafter Cartagena und hat meiner bescheidenen Meinung nach in der kurzen Zeit bereits ziemlich viele mächtige Männer und Frauen auf sich aufmerksam gemacht.«

»Klingt nach Carya«, warf Pitlit ein.

»Geht es ihr gut?«, wollte Jonan wissen.

»Soweit ich das beurteilen kann, schon. Sie bewegt sich frei im Schloss, trägt ein hinreißendes Kleid und saß beim Bankett gestern zwei Plätze neben dem Mondkaiser. Ich selbst sitze übrigens sieben Plätze von ihm entfernt, wenn ich das anmerken darf.«

»O Mann, ich hab's voll versaut«, murmelte Pitlit. »Ich hätte mich mit ihr festnehmen lassen sollen, statt abzuhauen.«

Jonan ging nicht darauf ein, sondern richtete das Wort weiter an de Funès. »Wir möchten Sie bitten, uns beiden zu helfen, ins Schloss zu gelangen. Carya hält sich nicht freiwillig dort auf. Sie wurde von Cartagena – also falls Cartagena der Kerl in der rotweißen Uniform ist – entführt.«

»Ja, das ist der Botschafter«, bestätigte sein Gegenüber. »Und er hat Ihre Freundin entführt?«

»Genauso ist es«, erwiderte Jonan.

»Seltsam, das sieht man ihr gar nicht an.«

»Vielleicht setzt Cartagena sie irgendwie unter Druck, damit sie gute Miene zum bösen Spiel macht.«

»Hm, das ist möglich. Ich für meinen Teil würde ihm das zutrauen. Botschafter Cartagena genießt einen gewissen Ruf bei Hofe.«

Jonan stellte seinen Becher auf den Tisch und beugte sich vor. »Also helfen Sie uns? Ich schwöre Ihnen, dass wir uns nicht ins Hofleben einmischen werden. Was dort vor sich geht, ist mir vollkommen gleichgültig. Ich möchte nur Carya finden und danach mit ihr zusammen fliehen.«

»Wie genau stellen Sie sich meine Hilfe vor?«, erkundigte sich de Funès.

»Nun ja, über den Zaun klettern kann ich selbst, wie Sie sich vermutlich denken können. Aber solche Heimlichkeit bringt unpraktische Einschränkungen mit sich. Wir hatten gehofft, dass

Sie uns mit falschen Identitäten ausstatten könnten, die uns zumindest ein gewisses Maß an Freiheit am Hof erlauben. So würde es uns leichterfallen, Carya zu finden.«

»Aber wir müssen Carya doch gar nicht mehr finden«, warf Pitlit ein. »Sie wissen, wo sie ist, oder?« Er schaute den Minister fragend an.

»Ja, durchaus. Château Lune ist groß, aber so groß, dass eine Begleiterin Botschafter Cartagenas nicht auffallen würde, nun auch nicht.«

»Warum geben wir ihm dann nicht einfach eine Nachricht an Carya mit? ›Komm raus, wir warten vor dem Tor.‹ Oder so. Wäre das nicht viel leichter, als sich einzuschmuggeln?«

»Wenn es so einfach wäre, hätte Carya sich bestimmt schon abgesetzt«, meinte Jonan.

»Vielleicht wartet sie nur auf uns?«, entgegnete der Straßenjunge. »Und ich würde ja eher in einem Schloss warten als in den Ruinen davor.«

Das ergab durchaus Sinn, wie Jonan einsah. Solange Carya sich im Schloss aufhielt, konnte sie darauf hoffen, dass Pitlit und er sie dort irgendwann fanden. Stattdessen zu fliehen und sich in der Trümmerzone von Paris auf die Suche nach den beiden zu begeben, wäre ausgesprochen unklug. »Zugegeben. Aber stell dir vor, es ist doch alles ein wenig komplizierter. Dann warten wir – und zwar möglicherweise verdammt lange. Nein, ich möchte lieber mit Carya am Hof direkt sprechen, wenn das möglich ist.«

Gedankenvoll strich sich de Funès mit der Hand übers Kinn. »Möglich sollte es schon sein. Der Zeitpunkt scheint mir auch günstig, sofern Ihr umgehend aufbrechen könnt. Denn zu dem Ball, der in diesen Minuten beginnt, kommen natürlich auch einige Gäste aus dem Umland. Wir könnten aus Ihnen zwei Söhne eines Gutsbesitzers oder Großhändlers machen.«

»Ich bin ganz gut darin, den Sohn eines Stadtrats zu mimen«, warf Jonan mit schiefem Grinsen ein.

»Ja, warum nicht ein Stadtrat? Aus Évry beispielsweise. Das liegt nicht zu weit weg, aber weit genug, um zumindest im Moment sicher vor einer Überprüfung zu sein. Allerdings ist Ihr Handlungsspielraum zeitlich begrenzt. Morgen oder spätestens übermorgen müssen Sie wieder aus dem Palast verschwinden, sonst schöpft nachher noch jemand Verdacht.«

»Das ist kein Problem«, sagte Jonan. »Wenn ich mit Carya erst gesprochen habe, ist alles andere schnell in die Wege geleitet.«

»Évry …« Bonasse gluckste. »Das gefällt mir. Ein vorgeschobener Treffpunkt wird zur vorgeschobenen Heimat.«

»Dann schreiten wir zur Tat«, entschied der Minister. »Sie können mit in meiner Kutsche bis in die Nähe des Hofes fahren. Dort verstecken Sie sich, und ich schicke Ihnen eine leere Kutsche samt Kleidung und etwas falschem Gepäck. Das wird etwa eine Stunde dauern, nehme ich an. Der Kutscher, der Sie abholt, wird mein eigener und vertrauenswürdig sein. Ich bezahle ihn dafür, dass er keine Fragen stellt, wenn ich Fahrten wie diese hier unternehme.«

»Was ist mit den Torwachen?«, wollte Jonan wissen. »Werden die nicht misstrauisch, wenn wir mit einer Kutsche anreisen, die eben erst das Schlossgelände verlassen hat?«

»Wir werden sagen, dass Sie in einer Herberge in der Stadt abgestiegen sind und nur von dort abgeholt werden müssen«, beruhigte de Funès ihn. »Das kommt vor und ist nicht weiter ungewöhnlich.«

»Solange Sie wissen, was Sie tun, bin ich zufrieden«, sagte Jonan.

»Also wäre das geklärt.« Bonasse schlug zufrieden mit der Hand auf den Tisch. »Hiermit übergebe ich dir meine Gäste, de Funès. Viel Glück mit ihnen.«

»Denk daran, dass du mir dafür was schuldig bist, Bonasse«, ermahnte der Minister ihn.

»Du wirst mich bestimmt regelmäßig daran erinnern«, brummte Géants Bruder,

»Oh, eine Sache noch«, sagte de Funès, als sie aufstanden. »Keine Waffen. In meiner Kutsche nehmen Sie keine Gewehre, Pistolen oder Messer mit. Damit geschehen viel zu leicht schmerzhafte ›Unfälle‹.«

Diese Einschränkung gefiel Jonan zwar nicht, aber er konnte die Vorsicht des Ministers nachvollziehen. Auf einem Ball mit einem Sturmgewehr zu erscheinen, wäre sicher nicht klug gewesen. Zudem rechnete er sich aus, dass sie im Schloss schon Gelegenheit haben würden, sich neu zu bewaffnen, sollte es nötig werden. Daher nickte er. »Können wir unsere Sachen bei Ihnen lassen, Bonasse? Wir holen sie ab, wenn wir zurückkehren.«

Der dunkelhäutige Hüne brummte unwillig. »Na gut, legt den Krempel in eine der Kisten. Wir passen darauf auf. Aber überstrapaziert meine Gastfreundschaft nicht.«

»Keine Sorge, wir bringen Ihnen was Schönes aus Château Lune mit – für Ihre Mühen. Nicht wahr, Pitlit?« Jonan klopfte dem Straßenjungen auf den Arm.

Der machte ein unschuldiges Gesicht. »Was guckst du mich dabei an? Seit ich mit Carya und dir unterwegs bin, bin ich eine ehrliche Haut geworden.«

»Rede dir das nicht zu sehr ein«, sagte Jonan. »Vielleicht brauchen wir noch einen kleinen Schurken, bevor das alles hier vorüber ist.«

Kapitel 31

Den größten Teil des restlichen Tages verkroch sich Carya in ihrem Zimmer. Sie musste nachdenken und mit sich selbst ins Reine kommen. Sie durchsuchte den ganzen Raum nach dem Elektroschocker und dem leeren Giftfläschchen, ohne jedoch fündig zu werden. Das bewies nicht ihr Unschuld, dennoch klammerte sie sich daran, dass sie eine Vision gehabt und bloß entsetzte Zeugin des Mordes gewesen war.

Wenn es sich wirklich um Mord handelte – und nicht doch um einen Herzanfall … Nein, der Gedanke war Unsinn und Schönrednerei. Sie hätte nicht »im Traum« miterlebt, wie Milan getötet wurde, wenn sein Tod eine natürliche Ursache gehabt hätte. Zumindest dessen war sie sich sehr sicher, ganz egal, was die Untersuchung von Ministerin Factice ergeben würde.

Der Hofastrologe hatte sein Leben verloren, weil er etwas gewusst hatte, da wäre Carya jede Wette eingegangen. Er hatte etwas über ihre Vergangenheit in Erfahrung gebracht oder vielleicht auch schon länger gewusst, das er ihr hatte mitteilen wollen. Sie war im Begriff gewesen, endlich Antworten zu erhalten. Und um dies zu verhindern, war Milan ermordet worden. Sein und ihr Geheimnis nahm er nun mit ins Grab. Carya hätte vor Wut und Enttäuschung heulen können.

Doch sie beherrschte sich und widmete sich stattdessen den Vorbereitungen auf den abendlichen Ball. Sie wusch und bürstete ihr Haar und ließ danach eine Dienerin kommen, die ihr helfen sollte, eine raffinierte Zopffrisur zu flechten. Zunächst gab sich das Mädchen, das Esabelle hieß und vielleicht zwei Jahre jünger war als Carya, dienstbar und unterwürfig. Nachdem Carya ihr allerdings klargemacht hatte, dass das wirklich nicht nötig sei, taute sie auf und begann munter zu erzählen. So erfuhr Carya beispielsweise, dass der austrogermanische Gesandte von Hartenberg heute Morgen den Palast verlassen hatte und dass es schon seit fast einem Jahr hartnäckige Gerüchte gab, Minister Justeneau und Ministerin Factice hätten ein Verhältnis miteinander. Zuvor war Factice mit einem Hauptmann der Palastwache liiert gewesen, aber der war in Ungnade gefallen und hatte vom Hof fliehen müssen, wobei er einige seiner besten Leute mitgenommen hatte.

Das alles waren keine Informationen, die Carya unmittelbar bei ihren eigenen Problemen weitergeholfen hätten. Dennoch war sie höchst dankbar dafür und schalt sich innerlich eine Närrin, weil sie nicht gleich auf den Gedanken gekommen war, sich mit einer geschwätzigen Bediensteten in ihrem Alter anzufreunden. Dank Cartagena war sie so auf die hochgestellten Höflinge und auf greise Veteranen unter der Dienerschaft fixiert gewesen, dass sie völlig vergessen hatte, wer für gewöhnlich die meisten pikanten Geschichten, echte wie erfundene, kannte: Mädchen in Caryas Alter.

»Sag, Esabelle, kannst du mir auch ein wenig über Aurelie erzählen?«, fragte Carya. »Ich habe gehört, dass sie und Prinz Alexandre einander schon seit sieben Jahren versprochen sind, aber jetzt erst demnächst heiraten werden. Das klingt mir nicht nach einer Liebeshochzeit.«

»Oh, doch sie haben sich sehr geliebt«, ließ Esabelle sie wissen. »Also, als Aurelie von Magister Milan – er ruhe in Frieden – vor neun Jahren an den Hof gebracht wurde, waren der Prinz und sie natürlich noch zu jung, um sich zu lieben. Sie waren ja beide noch Kinder – hat man mir erzählt.«

»Einen Augenblick«, unterbrach Carya sie. »Aurelie gehört zu Magister Milan?« Ihr war nicht aufgefallen, dass die zukünftige Prinzessin unter den trauernden Höflingen gewesen wäre.

Im Spiegel sah sie Esabelle den Kopf schütteln. »Nicht so richtig. Sie ist die Tochter eines Adligen aus Ostfrancia, wenn ich mich nicht irre. Aber Magister Milan hat sie bei Hofe eingeführt und war ihr Lehrer und Vormund. Dann haben sie sich allerdings irgendwie zerstritten. Oder Aurelie wollte sich nicht länger bevormunden lassen. Da bin ich mir nicht sicher.«

Das war, angesichts von Milans heimlicher Zugehörigkeit, interessant, wenngleich Carya dieses Wissen noch nicht so recht einzuordnen wusste.

»Na jedenfalls, vor drei Jahren, als ich an den Hof kam, war es wundervoll romantisch, mitzuerleben, wie der Prinz um seine Aurelie warb«, fuhr Esabelle im Plauderton fort. »Ich weiß gar nicht genau, was danach vorgefallen ist. Es heißt, der Prinz habe sich in mancher Nacht mit anderen Frauen vergnügt. Und Aurelie wurde sehr launisch. Ich …« Esabelle brach ab.

Carya drehte sich zu ihr um und schenkte ihr einen mitfühlenden Blick. »Sie hat dich schlecht behandelt?«

»Das nicht«, entgegnete Esabelle. »Aber andere. Viele der Mädchen haben Angst vor ihr und ihrer Launenhaftigkeit. Ich weiß aber nicht, ob sie so wurde, weil sie sich vom Prinzen hintergangen fühlte, oder ob die Liebe des Prinzen zu schwinden begann, weil Aurelie so seltsam wurde.«

»Aber heiraten werden sie trotzdem?«, fragte Carya.

»Ich glaube schon. Wenn nicht noch etwas passiert …« Die Dienerin warf Carya einen verstohlenen Blick zu, der ihr gar nicht gefiel. Redete man schon hinter ihrem Rücken über sie und Alexandre? Sie hoffte es nicht. Schließlich war gar nichts vorgefallen. Carya befand sich erst seit achtundvierzig Stunden auf Château Lune und hatte den Prinzen erst viermal getroffen – was, genau genommen, ziemlich häufig war, wie ihr aufging. *Licht Gottes, erst zwei Tage*, dachte Carya. *Es kommt mir vor wie zwei Wochen.*

Als die Frisur fertig war, dankte Carya Esabelle und entließ sie, bevor sie ihr schönes blaues Kleid mit den Silbersternen anzog und auch Cartagenas Kette anlegte. Langsam drehte sie sich vor dem Spiegel um die eigene Achse. *Ich denke, so kann ich mit Prinz Alexandre ein oder zwei Tänze wagen.*

Die Räder der Kutsche ratterten auf dem Straßenbelag, während sie über die dunkle Handelsstraße auf die Lebenszone rund um den Palast des Mondkaisers zufuhren. Zusammen mit dem Klappern der Pferdehufe war es das einzige Geräusch, das Jonan wahrnahm. In der Kutschkabine, wo er sich neben Pitlit gegenüber von Minister de Funès niedergelassen hatte, herrschte Schweigen. De Funès und er hatten sich nichts weiter zu sagen. Der Plan war besprochen, nun galt es, ihn umzusetzen.

Jonan fieberte dem Moment entgegen, wenn er Carya wiedersehen würde. Sie waren zwar erst kurze Zeit getrennt, aber in kurzer Zeit konnte so viel geschehen, wie ihr gemeinsamer Aufenthalt bei der Ascherose oder Caryas Festnahme durch die Inquisition gezeigt hatten. *Ob sie dem Geheimnis ihrer Herkunft schon etwas näher gekommen ist?*, fragte er sich.

Die Kutsche erreichte die Lebenszone, und wie verabredet setzte de Funès Jonan und Pitlit unweit eines Gasthauses ab. Dort warteten sie im Schatten eines Hofeingangs auf die Rückkehr ihres Transportmittels. In das Gasthaus einzukehren, wagten sie nicht. Auf der einen Seite hätte es natürlich ihre Behauptung unterfüttert, dort Station gemacht zu haben. Aber sie besaßen weder ihr Gepäck, noch trugen sie die Kostüme, die sie anziehen würden, bevor sie bei Hofe auftraten. Diese Unregelmäßigkeiten würden irgendwelche Gardisten, die Nachforschungen betrieben, bestimmt misstrauischer machen, als wenn sich der Gastwirt gar nicht an Jonan und Pitlit erinnerte.

Aber über was mache ich mir da Sorgen?, dachte Jonan mit einem Anflug von Sarkasmus. *Bevor jemand anfängt, in der Stadt Nachforschungen über uns anzustellen, sitzen wir entweder bereits im Kerker oder sind über alle Berge.*

Wie versprochen dauerte es etwa eine Stunde, bis die Kutsche des Ministers zurückkehrte. Als der Kutscher das Gespann anhielt und sich suchend umschaute, gaben Jonan und Pitlit ihm ein Zeichen, bevor sie hinüberhuschten und einstiegen. Die Kutsche fuhr sogleich wieder an. In der Kabine erwartete sie ein Korb mit Kleidern. Und auf dem Dach – das hatte Jonan gesehen – waren ein paar Koffer festgeschnallt.

Die Hemden, Jacken, Hosen und Schuhe, die der Minister für sie ausgesucht hatte, passten nicht perfekt, aber gut genug. Pitlit waren seine Kleider etwas zu groß, um Jonans Brustkorb spannte das Hemd ein wenig. Damit konnten sie leben.

»Jetzt sind wir also feine Herren«, stellte Pitlit fest und zupfte am ausladenden Kragen seiner Jacke.

»Sieht so aus«, bestätigte Jonan.

»Mal was Neues, das habe ich noch nie versucht. Aber ich

kann bestimmt auch eingebildet spielen. Ich habe ja früher genug eingebildete Leute beklaut.«

»Übertreib es nur nicht. Wir wollen möglichst wenig Aufmerksamkeit erregen. Es ist nicht unser Ziel, alle Dienstmädchen zu beeindrucken.«

Der Straßenjunge machte ein entrüstetes Gesicht. »He, hältst du mich für einen Weiberhelden?«

»Muss ich wirklich darauf antworten?«, hielt Jonan entgegen.

»Frechheit«, brummte Pitlit. »Ich habe doch jetzt Suri, die auf mich wartet. Denke ich jedenfalls.« Er überlegte kurz. »Meinst du, die Dienstmädchen sind hübsch?«

»Man sagt den francianischen Frauen nach, ausgesprochen apart zu sein«, erklärte Jonan in tiefem Ernst, bevor er Pitlit verschwörerisch zugrinste.

»Dann werde ich wohl oder übel das Opfer bringen, all ihre Aufmerksamkeit auf mich zu lenken, wenn es nötig wird, damit du heimlich deine Carya retten kannst.«

»Diese Heldentat wird nicht vergessen werden, mein Freund – nein, mein Bruder.« Jonan deutete eine dankbare Verbeugung an. »Aber mal ernsthaft, Pitlit. Wir halten uns zurück. Je weniger Leute sich nachher an uns erinnern, desto besser.«

Pitlit winkte bloß müde ab. »Ich habe den Großteil meines Lebens als Dieb auf der Straße gelebt. Keine Sorge, ich weiß, wie man mit der Menge verschmilzt. Was das angeht, sollten wir übrigens unsere Tarnung noch mal überdenken.«

»Wieso?«, fragte Jonan.

»Weil wir behaupten, aus einer Stadt in Francia zu sein, aber beide kaum Francianisch sprechen.«

Für einen Moment spürte Jonan Panik in sich aufsteigen. Pitlit hatte recht. Ihre ganze Maskerade war zum Scheitern verurteilt, denn welche Lügen sie den Bewohnern von Château Lune auch auftischen wollten, sie würden sie ihnen in gebrochenem Francianisch und mit hörbarem Akzent auftischen. Gleich darauf kam ihm eine Idee, und er entspannte sich. »Wir behaupten einfach, dass wir Flüchtlinge aus den Grenzlanden sind. Wir haben früher in Genovia gelebt.«

»Weißt du, wie es in Genovia aussieht?«, wollte Pitlit wissen.

»Nein, aber im Schloss weiß das doch auch keiner.«

Der Junge sah ihn nur zweifelnd an.

»Also schön, dann kommen wir eben aus Firanza.«

»Livorno«, schlug Pitlit vor. »Das kennen wir beide.«

»Einverstanden.« Zufrieden, dass sie das geklärt hatten, lehnte Jonan sich auf der Sitzbank zurück. Er hoffte nur, dass sie nicht noch etwas anderes Wichtiges übersehen hatten.

Eigentlich hatte Carya gedacht, sie habe alles, was Château Lune an Pracht zu bieten hatte, bereits gesehen. Diese Einschätzung musste sie zurücknehmen, als sie an diesem Abend den Ballsaal des Schlosses betrat. Der lang gestreckte Raum war von gewaltigen Ausmaßen, bestimmt achtzig Meter lang, zehn Meter breit und ebenso hoch. Die eine Seite des Saals wies mit mindestens fünfzehn riesigen Fenstern auf den Park hinaus, die gegenüberliegende Wand wurde durch symmetrisch zu den Fenstern liegende Spiegel ausgefüllt. Silberne Stuckarbeiten und grandiose Deckengemälde zierten den Raum, und ein Dutzend mächtiger Kristalllüster erhellten ihn. Das Licht der Kerzen spiegelte sich in den Glasflächen, den Spiegeln und Zierelementen, sodass ein atemberaubendes Lichterspiel entstand, so als stünde man unter einem wundervollen Sternenzelt.

Als Carya eintraf, hatte sich bereits eine beachtliche Zahl von

Höflingen und Gästen eingefunden. Jeder, der im Schloss – und in den umliegenden Landstrichen – Rang und Namen hatte, schien zugegen zu sein. Im vorderen Bereich des Saals standen die Menschen beisammen und unterhielten sich. Im mittleren wurde zur Musik eines achtköpfigen Orchesters getanzt. Im hinteren Teil stand der Thron des Mondkaisers, auf dem der Mann mit der Silbermaske saß und huldvoll auf seine Untertanen hinabschaute. Einige Minister leisteten ihm Gesellschaft, darunter Julianne Factice, die interessanterweise an diesem Abend ein Kleid mit schwarzer Schärpe gewählt hatte.

Anscheinend setzte sich die Feier auch in den Nachbarräumen fort, denn Carya sah mehrere Leute durch eine Tür wenige Meter zu ihrer Rechten verschwinden, derweil zwei Männer mit gefüllten Gläsern daraus hervorkamen.

Langsam schritt Carya durch die Menge und sah sich um. Pompöse Kleider und geckenhafte Uniformen umgaben sie, wo sie auch hinblickte. Schwindelerregend hohe Haartürme, grell geschminkte Gesichter, affektiertes Lachen und hochnäsige Mienen tauchten schlaglichtartig in dem bunten Getümmel auf. Irgendwie fühlte Carya sich unangenehm fremd in diesem Treiben, und es bewies ihr auch, wie wenige Menschen sie am Hof bislang kennengelernt hatte. Und unter denen, die sie kannte, waren zwei, vor denen sie sich verstecken musste, einer, den man umgebracht hatte, eine, die Carya an den Kragen wollte, und einer, der fragwürdige Intrigen spann. *Was für ein netter Freundeskreis*, dachte sie. *Schlimmer als an der Akademie des Lichts.*

Im Grunde gab es nur einen Menschen bei Hofe, mit dem sie gerne verkehrte, und das war Prinz Alexandre. Esabelles Geschichten über seine Eskapaden hatten dem Bild, das Carya von ihm hatte, zwar einen leichten Makel zugefügt. Doch andererseits war Carya hier zur Nachsicht bereit. Mit einer Frau wie Aurelie jahrelang verlobt zu sein, war sicher nicht einfach. Außerdem war Alexandre ein junger Mann, und junge Männer konnten sich weiblichen Reizen einfach nicht entziehen. Und zu guter Letzt wollte sie ja gar nichts von dem Prinzen, also störte es sie nicht, wenn er den Hofdamen und Dienerinnen schöne Augen machte, solange er ihr gegenüber so charmant blieb, wie sie ihn kennengelernt hatte.

In der Ferne erspähte Carya die Sondergesandte Arida und Paladin Julion Alecander. Arida unterhielt sich angeregt mit einem hageren Höfling. Der Paladin stand stumm daneben und wirkte etwa so fehl am Platze, wie Carya sich auch fühlte. Wäre Alecander nicht bedauerlicherweise ihr Feind gewesen, hätte sie diesen Zug an ihm sympathisch gefunden.

Cartagena konnte Carya nicht entdecken. Der Botschafter, für den dieser Ball letztlich ausgerichtet worden war, schien noch nicht eingetroffen zu sein, was ihr ungewöhnlich vorkam. Natürlich war es denkbar, dass er sich in einem der Nachbarräume aufhielt – oder er heckte in diesem Augenblick etwas aus. Dazu passte, dass auch Minister Justeneau fehlte. *Er wird doch nicht etwa versuchen, den Ball zu sprengen?*, ging es Carya erschrocken durch den Sinn. Gleich darauf schalt sie sich eine Närrin. Cartagena war nur *ein* Mann. Wenn er etwas ausrichten wollte, musste er heimlich handeln.

»Mademoiselle Carya«, vernahm sie eine Stimme neben sich.

Als sie sich umdrehte, spürte sie, wie sich ein Lächeln auf ihrem Gesicht ausbreitete. »Prinz Alexandre, wie schön Euch zu sehen.«

»Das müssten meine Worte sein«, erwiderte der Prinz. »Eure Anwesenheit verleiht diesem Ball erst seinen Grund und diesem Raum seinen Glanz.«

Carya konnte nicht anders. Sie musste lachen. »Übt Ihr eigentlich lange für Eure Komplimente?«, fragte sie neckend.

Der Prinz beugte sich zu ihr hinunter. »An diesem habe ich drei Stunden gefeilt«, raunte er ihr ins Ohr. »Aber verratet es nicht weiter.«

Sie lachte erneut. »Bestimmt nicht.« Es war erstaunlich, wie schnell sich alles ändern konnte, sobald Alexandre in ihrer Nähe war. Plötzlich spielte es keine Rolle mehr, ob die Frauen um sie herum gekünstelt kicherten oder die Männer große Gesten zu leeren Worten machten. Es störte sie nicht länger, dass sie kaum jemanden kannte. Und selbst die Trauer um Magister Milan, die noch immer ihren Geist umwölkte, wurde etwas gelindert. »Kommt«, forderte sie den Prinzen auf, »lasst uns den Tanz einlösen, den ich Euch versprochen habe.«

Unbehelligt passierten sie das erste Tor von Château Lune und danach auch das zweite. Die Wachen ließen die Kutsche nur kurz anhalten, warfen einen Blick ins Innere und wechselten zwei Worte mit dem Kutscher, bevor sie sie durchwinkten. Jonan spürte, wie sich der harte Knoten in seiner Magengrube ein wenig lockerte. Offensichtlich hatte de Funès sie korrekt angekündigt, sodass niemand Verdacht schöpfte.

Als sie auf den inneren Schlosshof fuhren, musste Jonan gegen seinen Willen zugeben, dass er beeindruckt war. Der Reichtum des Mondkaisers schien sogar noch den des Lux Dei in den Schatten zu stellen. Und auch die Panzeranzüge, die die Elitegardisten des Kaisers trugen, mussten sich hinter denen der Purpurgarde nicht verstecken – ganz im Gegenteil. Weil Jonan für die Tribunalpalastgarde gearbeitet hatte, war er noch nie einem francianischen Soldaten in Vollpanzerung im Feld begegnet, und in diesem Moment war er froh, dass er nun keine Gelegenheit mehr dazu haben würde.

»Schau dir das an«, flüsterte Pitlit, der sich die Nase an der Scheibe der Kutschkabine plattdrückte. »Sogar die Zaunpfähle sind aus Silber. Und die Regenrinnen – oder was immer das für ein Zeug oben an den Dachrändern ist. Das ist so irre.«

»Wir dürfen nicht zu beeindruckt aussehen, wenn wir gleich aussteigen«, warnte ihn Jonan. »Immerhin kommen wir aus der Gegend. Wir waren bestimmt schon mal hier.«

»Ist klar«, gab der Straßenjunge zurück. »Darum staune ich ja jetzt, damit ich gleich ganz locker sein kann.«

Die Kutsche hielt an, und ein Diener in Livree öffnete ihnen die Tür. »Messieurs, willkommen auf Château Lune.«

»Danke schön, Bursche«, näselte Pitlit und stakste übertrieben steif die Treppe hinunter.

Jonan verkniff sich einen Seufzer. Er folgte ihm und nickte dem Diener zu. »Danke«, brummte er.

»Wenn Sie mir bitte folgen würden. Der Ball findet im Spiegelsaal statt.« Ohne auf eine Antwort zu warten, drehte sich der Diener um.

Lautlos warf Jonan Pitlit einen tadelnden Blick zu.

Der hob ebenso stumm und in einer fragenden Geste die Arme.

Jonan imitierte seine hochnäsige Miene und seine Lippen formten: »Danke schön, Bursche.« Er schüttelte den Kopf.

Pitlit grinste bloß.

In perfekter Harmonie glitten sie über die Tanzfläche dahin. Alexandre führte, und Carya gab ihm nach. Ihr Kopf fühlte sich seltsam leicht an, so als wäre das Geschehen um sie herum nicht real: die Musik, die tausendfach gespiegelten Lichter, die

Menschen in ihren absurden Kostümen und ganz hinten am Ende des Raums der einsame Mann mit der Silbermaske. Nur Alexandre schien wirklich zu sein; seine Präsenz, seine Nähe drängte sich ihr übermächtig auf. Ihr Herz klopfte wie verrückt, und ihr war, als müsse ihr Gesicht glühen.

Was geschieht nur mit mir?, dachte sie, während sie in seine tiefblauen Augen hinter der silbernen Halbmaske blickte. Ein Gefühl wie dieses hatte sie verspürt, als Jonan und sie sich auf der Dachterrasse im Dorf der Ausgestoßenen das erste Mal geküsst hatten. War sie im Begriff, sich in den Prinzen zu verlieben?

Diese Erkenntnis ließ sie zurückschrecken. *Licht Gottes, das darf nicht sein!* Sie kamen aus dem Takt, Alexandre ließ sie verwirrt los, und Carya zog sich rasch einen Schritt zurück.

»Was habt Ihr?«, wollte der Prinz wissen. »Ist alles in Ordnung mit Euch?«

»Ja …«, stammelte Carya. »Nein … Ich weiß es nicht.«

»Gesprochen wie eine wahre Frau«, spöttelte Alexandre. »Nein, ernsthaft, Ihr wirkt wie vor den Kopf gestoßen. Habe ich etwas Falsches gemacht?«

»Im Gegenteil«, sagte Carya leise. »Ihr macht alles richtig. Genau das ist das Problem. Bitte entschuldigt mich.« Sie floh von der Tanzfläche und in den Nachbarraum, wo das Büffet aufgebaut war. Doch auch hier waren ihr zu viele Menschen, also huschte sie durch die nächste offen stehende Tür und erreichte unvermittelt einen abgedunkelten Raum, in dem eine Art Altar errichtet worden war. Auf einem Tisch lag ein dunkles Tuch, auf dem ein Porträt von Magister Milan stand. Daneben brannten zwei hohe Kerzen. Blumen in schlanken Vasen und versiegelte Schriftrollen rahmten das Bild ein. Es war ein Gedenkraum für den Hofastrologen. Niemand außer ihr hielt sich im Augenblick darin auf.

Erschüttert sank Carya vor dem Bild des Magisters auf die Knie. Sie hatte einen großen Fehler gemacht, als sie sich auf Alexandre eingelassen hatte. Aurelie hatte sie gewarnt, hatte ihr befohlen, sich von ihm fernzuhalten. Doch Aurelie war nie das Problem gewesen. Caryas eigene Gefühle waren es. Sie war so kurz davor gewesen, alles, was sich zwischen Jonan und ihr in Wochen entwickelt hatte, zu verraten. Und wofür? Für einen Mann, der gut aussah, sich charmant auszudrücken wusste, unfassbar reich war und virtuos tanzen konnte. *Hör auf!*, schrie es in ihr. *Hör einfach auf!*

Kapitel 32

Carya.« Auf einmal stand Alexandre hinter ihr, bot ihr die Hand und zog sie auf die Beine. »Was ist nur los mit Euch? Ihr lasst mich einfach auf der Tanzfläche stehen und stürzt theatralisch aus dem Raum? Das würde zu Aurelie passen, aber doch nicht zu Euch.«

»Verzeiht«, sagte Carya. Sie warf einen Blick über die Schulter des Prinzen. Der Raum war noch immer leer. Niemand beachtete sie. Die wenigen Menschen, die sie durch die Tür im Nachbarzimmer sehen konnte, schenkten all ihre Aufmerksamkeit den Speisen auf dem Büffet. »Hört, Eure Hoheit …«

»Alexandre«, unterbrach er sie. »Wenn wir zu zweit sind, bestehe ich darauf, dass Ihr mich … dass du mich bloß Alexandre nennst.«

Du … Jetzt waren sie einander also schon so nah. Sie musste aufpassen, dass sie auf dem glatten Eis, auf dem sie sich gerade bewegte, nicht ins Straucheln geriet. Es könnte der falsche Mann sein, in dessen Arme sie fiel.

»Alexandre«, wiederholte sie dennoch, um ihm zumindest diese Freude zu machen. »Ich … ich habe einen Fehler begangen, und es tut mir schrecklich leid.«

»Welchen Fehler?«

»Ich habe Euren … *deinen* netten Worten gelauscht, ich habe mich an deiner wundervollen Gesellschaft erfreut, und ich fürchte, dass ich … also …« Sie brach ab und spürte, wie ihr heiß wurde. Glücklicherweise konnte man im Halbdunkel des Raums die Röte, die ihr im Gesicht stehen musste, nicht gut sehen. Es war aber auch knifflig. Wie sollte sie dem Prinzen beichten, dass sie sich unter Umständen so ein klein wenig in ihn verliebt hatte? Diese Gefühle waren nicht nur völlig unangebracht, denn Alexandre war Aurelie versprochen, und beide würden in Kürze heiraten. Sie konnten auch kaum mehr Bestand haben als ein Strohfeuer, das kurz und hell loderte, wenn man es entzündete, aber danach sofort wieder erlosch. Sie liebte Jonan! Er war der einzige Mann in ihrem Leben. Alexandre und sie würden keine Zukunft haben. Vermutlich empfand er ohnehin nichts für sie, sondern suchte einfach nach einem weiteren hübschen Ding, mit dem er sich vergnügen konnte. *Autsch, jetzt wirst du unfair.*

»Carya …« Alexandre legte ihr die Hände auf die bloßen Schultern. Obwohl er dünne, silberne Handschuhe trug, spürte sie seine Wärme auf ihrer Haut. »Du brauchst kein Wort mehr zu sagen. Ich weiß genau, was du empfindest, denn mir geht es genauso. Zwischen uns beiden existiert ein ganz besonderes Band, nicht wahr? Ich habe es schon gespürt, als wir uns am Abend deiner Ankunft auf dem Korridor begegnet sind. Da lag plötzlich etwas in der Luft, eine Spannung, die nur entsteht, wenn sich zwei gefunden haben, die einfach füreinander bestimmt sind.«

»Alexandre, ich …«

»Es ist in Ordnung, Carya, nein, mehr noch, es ist gut so. Es gibt Momente im Leben zweier Menschen, in denen eine höhere Macht eingreift, ihre Herzen berührt und ihnen die Augen öffnet.

So ein Moment war unser Zusammentreffen vor zwei Tagen. Ja, mir ist bewusst, dass ich Aurelie versprochen bin. Eine Weile dachte ich auch wirklich, dass sie die Frau meiner Träume sei. Doch etwas hat sich verändert, ich vermag gar nicht zu sagen, was. Sie wurde bitter und mein Traumbild schal. Ich begann rastlos zu werden, zu suchen, doch ohne zu wissen, wonach. Jetzt ist mir alles klar. Ich habe nach dir gesucht! Carya …« Der Griff seiner Hände wurde fester, der Blick in seinen im Kerzenschein funkelnden Augen drängender. »… ich liebe dich.«

Fassungslos schüttelte Carya den Kopf. Ihre Knie wurden weich, und sie musste sich an Alexandres Armen festhalten, um nicht zu wanken. »Nein, Alexandre, das geht nicht. Das ist nicht richtig. Aurelie bringt mich um, wenn sie von uns erfährt. Und was ist mit Cartagena, der noch immer Anspruch auf mich erhebt?« *Und was ist mit Jonan?* Diesen Teil sprach sie nicht laut aus.

»Keine Sorge, Carya. Ich bin der Sohn des Mondkaisers. Sein Wort ist Gesetz, und damit ist es das meine auch. Wenn ich mich von Aurelie lossage, kann sie dir nichts anhaben. Und Cartagena mag ein Mann sein, dem sich mein Vater eng verbunden fühlt, aber letztlich ist auch er nur ein Botschafter und steht damit weit unter mir. Er wird sich fügen, wenn ich es ihm befehle. Es gibt keine Hindernisse, Carya, keine, die ich für uns nicht aus dem Weg räumen würde.«

»Ich kann es trotzdem nicht«, flüsterte Carya. Sie fühlte sich ganz elend. Wahrscheinlich hätte jedes andere Mädchen im Palast alles gegeben, um in diesem Moment an ihrer Stelle zu sein, um sich an ihrer statt die Liebesschwüre des Prinzen anzuhören. Aber sie musste an Jonan denken, der irgendwo dort draußen in der Nacht von Paris war und nach ihr suchte.

»Junge, Junge«, staunte Pitlit, als sie hinter dem Diener den großen Ballsaal betraten. »Eins muss man diesem Mondkaiser lassen. Der weiß, wie man ordentlich feiert.«

Jonan musste ihm beipflichten. Auf diese Opulenz gab es eigentlich nur zwei mögliche Reaktionen. Entweder erstarrte man vor Ehrfurcht und bewunderte den Glanz dieses Festes, oder es wurde einem schlecht bei dem Gedanken, wie gut es sich die francianische Elite gehen ließ, während wenige Kilometer entfernt Kinder in einer baufälligen Kirche hausten und desertierte Soldaten den einzigen Schutz der Menschen vor psychopathischen Banden darstellten. *Aber warum sollte es am Hof des Mondkaisers anders sein als in den Reihen des Lux Dei?*, dachte er.

Andererseits war er nicht gekommen, um ein Urteil über die Hofgesellschaft von Château Lune zu sprechen. Er suchte nach Carya. Und wenn sie sich wirklich frei im Schloss bewegen konnte, musste sie hier irgendwo sein. »Los, Pitlit«, sagte er. »Schauen wir uns mal um.«

»Ich nehme mir die Tanzfläche vor«, erwiderte der Straßenjunge eifrig.

»Na gut, dann werde ich sehen, was sich in den benachbarten Räumen befindet«, sagte Jonan. »Wir treffen uns gleich wieder hier.«

Während Pitlit sich begeistert in die Menge stürzte, schob sich Jonan am Rand des Raums entlang auf eine Tür zur Rechten zu. Eine kleine Gruppe Höflinge, die Teller mit Häppchen trugen, kamen ihm daraus entgegen. Er wollte gerade in den nächsten Raum eintreten, als urplötzlich die riesige Gestalt eines Mannes daraus auftauchte, den Jonan aus seiner Zeit in Arcadion nur zu gut kannte. *Julion Alecander!*

Jonan stoppte, als sei er soeben mit voller Wucht gegen eine

Wand gelaufen. Ein Adrenalinstoß jagte durch seinen Körper. In seinem Geist rasten die Gedanken. Sollte er sich umdrehen und wegrennen? Sollte er vorher angreifen und versuchen, Alecander auszuschalten, um seinen Vorsprung zu erhöhen? Nein, beides war Wahnsinn. Er entschied sich für die dritte Lösung: nichts tun. »Paladin Alecander«, grüßte er den Mann tonlos, der ihn, obwohl Jonan alles andere als klein war, noch um einen halben Kopf überragte.

Auf dem Gesicht Julion Alecanders blitzten Überraschung und Erkennen auf. Im nächsten Augenblick hatte er sich wieder vollkommen unter Kontrolle, und seine Miene war so steinern wie immer. »Templer Estarto«, antwortete er.

»Ich bin kein Templer mehr«, erinnerte ihn Jonan – überflüssigerweise, denn das wusste Alecander sicher.

Dessen Antwort verblüffte ihn. »Ein Templer zu sein, bedeutet mehr, als nur eine Uniform zu tragen. Es ist eine Frage des Mutes und der Aufrichtigkeit.« Mit diesen Worten ging der Paladin an Jonan vorbei und ließ ihn stehen. Er nahm ihn nicht als Dieb und Hochverräter fest. Er schlug ihn auch nicht spontan nieder, weil Jonan das Bild der Truppe besudelt hatte. Nein, er ließ ihn einfach stehen.

Wortlos starrte Jonan ihm nach. *Was genau ist hier eben passiert?*, fragte er sich, bevor er durch die Tür schritt.

»Carya«, sagte der Prinz mit sanftem, aber beharrlichen Drängen. »Warum sträubst du dich gegen deine Gefühle? Ich bedeute dir doch etwas, das kannst du nicht leugnen.«

»Ich … ja, irgendwie schon, aber …«

»Kein *aber*.« Die Hände des Prinzen wanderten auf ihren Rücken, und er zog sie an sich. Bevor Carya sich versah, berührten seine Lippen die ihren, und er küsste sie mit der Leidenschaft eines Mannes, der vom Leben alles forderte und gewohnt war, es auch zu bekommen.

Unwillkürlich versteifte sich Carya. Der zweifellos größere Teil von ihr war empört über diesen forschen Vorstoß, über dieses Einreißen aller Mauern zwischen ihnen. Sie hatten beide andere Partner, und was Alexandre hier tat, geziemte sich einfach nicht. Doch ein kleiner Teil schmolz unter seinem Ansturm dahin. Sein Kuss elektrisierte sie, sein Geruch war betörend wie Blütenduft in einer warmen Sommernacht. Mit jeder Sekunde, die verstrich, wurden alle Zweifel, alle Vorbehalte unbedeutender. Sie wollte ihn von sich stoßen. Stattdessen schlang sie ihre Arme um seinen Hals. Eine Gier nach brennender, bedingungsloser Liebe, die sie viel zu lange gezügelt hatte, brach sich Bahn und wurde von Alexandre erwidert. Beinahe hungrig erwiderte sie seine Küsse.

Wie vom Donner gerührt stand Jonan im Türrahmen und blickte in den dämmrigen Raum neben dem Büffetzimmer. Bis gerade eben hatte er noch gedacht, dass ihn nach der Begegnung mit Julion Alecander an diesem Abend nichts mehr würde schocken können. Er hatte sich geirrt.

Sein Verstand weigerte sich, das Bild anzuerkennen, das seine Augen ihm übermittelten. Das war nicht möglich. Das konnte nicht sein. Es war nicht Carya, die dort in einem atemberaubenden blauen Kleid und mit kunstvoll geflochtener Frisur in den Armen eines schlanken uniformierten Mannes lag. Es war nicht Carya, die ihre Arme um seinen Hals geschlungen hatte und ihn mit geschlossenen Augen und mit einer Leidenschaft küsste, die keinerlei Spielraum für Interpretationen ließ.

Jonan hatte schon viel erlebt – darunter Dinge, die manchen Menschen vor Entsetzen das Bewusstsein geraubt hätten –, aber er hatte alles irgendwie durchgestanden. Dieser Verrat hingegen ließ ihn wanken. Er hatte das Gefühl, als sei die Welt aus den Angeln gehoben worden und kippe nun zur Seite weg. Instinktiv streckte er einen Arm aus, um sich am Türrahmen festzuhalten.

Deswegen bin ich nicht hergekommen, durchfuhr es ihn. *Dafür habe ich nicht unser halbes Hab und Gut weggetauscht, mich beinahe zu Tode prügeln lassen und Pitlit eine grausame Nacht lang an eine sadistische Bande verloren.*

Bei dem Gedanken daran, was der Straßenjunge hatte erleiden müssen, nur weil sie die Pistolen auf dem Schwarzmarkt besorgt hatten, die ihnen den Weg nach Château Lune ebnen sollten, erwachte Zorn in ihm. Es war ein kraftvoller Zorn, der jede Unsicherheit auslöschte und von einer Sekunde zur nächsten Bewegung in ihn brachte. Entschieden stieß er sich vom Türrahmen ab und wandte sich zum Gehen.

In diesem Moment öffnete Carya die Augen. Für den Bruchteil einer Sekunde kreuzten sich ihre Blicke. Es war möglich, dass Erkennen und Entsetzen in ihren Augen aufflackerten. Ganz sicher war Jonan sich nicht. Und er hielt auch nicht in der Bewegung inne, um es herauszufinden. Vielmehr drehte er sich vollständig weg und stürmte davon. Er wollte sich jetzt weder mit Carya auseinandersetzen noch mit ihrem francianischen Liebhaber. Dem hätte er zwar am liebsten einen Faustschlag ins Gesicht verpasst, aber das konnte er sich in seiner gegenwärtigen Lage nicht leisten. Also blieb ihm nur, von diesem elenden Ball zu fliehen und sich irgendwo an einen ruhigen Ort zurückzuziehen. Er musste nachdenken.

Jonan! Carya glaubte, ihren Augen nicht zu trauen. Der Mann im Türrahmen trug zwar die Kleidung eines francianischen Höflings, aber es handelte sich dennoch eindeutig um Jonan, und er sah zu, wie sie und Alexandre …

Ruckartig wandte Jonan sich um und stürzte außer Sicht. Gleichzeitig erwachte Carya aus ihrem Rausch der Leidenschaft. Es war, als habe jemand einen riesigen Eimer Wasser über einem Lagerfeuer geleert. Von einer Sekunde zur nächsten erloschen die Flammen, und die letzte Glut wurde von Bestürzung erstickt, als ihr klar wurde, wie absolut schändlich sie sich hier aufführte.

Jonan hatte ihr das Leben gerettet – erst in der Gasse hinter ihrem Elternhaus in Arcadion, dann auf dem Quirinalsplatz. Er war bei ihr gewesen, als sie nach der Festnahme ihrer Eltern durch die Inquisition allein und verängstigt gewesen war. Er hatte sie bei dem Versuch, Edoardo und Andetta Diodato zu retten, unterstützt, war mit ihr in die Wildnis gegangen, um nach ihrer Kapsel zu suchen, und in den letzten Wochen hatte er sie bis ins ferne Paris begleitet. Seine Fürsorge kannte keine Grenzen, seine Treue war unerschütterlich. Er war der beste Mann, den Carya jemals kennengelernt hatte, und sie liebte ihn mit jeder Faser ihres Körpers; nicht mehr schwärmerisch und sprunghaft wie ein junges Mädchen – das sie im Grunde ja noch war –, sondern bereits wie eine Frau einen Mann liebt, mit dem sie alles teilen wollte, bis ans Ende ihrer Tage.

Diese Liebe, von der sie wusste, dass Jonan sie auf seine ruhige, abgeklärte Art erwiderte, hatte sie gerade verraten. Und das aus Gründen, die sie genau genommen selbst nicht begreifen konnte.

Abrupt stieß sie Alexandre von sich. »Nein!«, keuchte sie. »Das dürfen wir nicht.«

»Carya, was …?«

Doch sie ließ ihn gar nicht erst zu Wort kommen. Sie wollte nicht erneut unter seinen Zauber geraten. Daher wirbelte sie herum und stürzte aufgescheucht wie ein Reh beim Knall eines Jagdgewehrs aus dem Raum. Der Prinz rief ihr noch etwas nach, aber sie hörte gar nicht mehr hin. Sie drängte sich an den Gästen vorbei, die sich am Büffet bedienten, und durch den Hauptsaal zur Tür. Dabei stieß sie beinahe mit Cartagena zusammen, der gemeinsam mit einem Höfling den Ballsaal betrat.

»Carya?«, fragte der Botschafter verblüfft.

»Nicht jetzt«, presste sie nur hervor, während sie sich an ihm vorbeischob. Sie floh den Gang hinunter, über die Treppe ins Erdgeschoss und von dort zu einer Tür, die sie in den nächtlichen Garten führte. Sie wollte jetzt niemanden sehen, und erst recht nicht von Alexandre gefunden werden, der vermutlich schon seine Diener nach ihr ausschickte, um sie zurückzuholen.

Während sie, das hell erleuchtete Gebäude im Rücken, über den hinteren Schlossplatz auf den Park zurannte, vernahm sie plötzlich schnelle Schritte. »Carya, warte!«, rief jemand hinter ihr. »So warte doch.« Im ersten Moment war sie versucht, noch schneller zu rennen. Dann fiel ihr auf, dass ihr Verfolger sie auf Arcadisch angerufen hatte. Und sie erkannte auch die Stimme. Es war Pitlit.

Sie erreichte das steinerne Geländer, das die Grenze zwischen dem Schlossplatz und dem tiefer gelegenen Park bildete, und hielt an. Als sie sich umdrehte, sah sie den Straßenjungen, der sie schon beinahe erreicht hatte. Er musste ihre Flucht beobachtet haben und ihr sofort nachgelaufen sein. Genau wie Jonan hatte er Kleider an, die ihm offensichtlich nicht gehörten und ihn wie einen jungen francianischen Adligen aussehen ließen.

»Carya«, rief er noch einmal, bevor er heran war und sie mit einer stürmischen Umarmung beinahe von den Füßen holte. »Da bist du ja.« Er ließ sie los und grinste. »Wir haben doch gewusst, dass dich diese Mistkerle zum Palast entführt haben. Und hier sind wir, um dich zu retten. Tadaa!« Er sah sich wie suchend um. »Jonan ist noch irgendwo oben im Schloss. Keine Ahnung, wo der sich herumtreibt. Er …«

»Ich habe ihn schon gesehen, Pitlit«, unterbrach ihn Carya.

»Ehrlich?« Der Straßenjunge machte ein verdutztes Gesicht. »Aber wo … ich meine, wieso … also, warum rennst du dann alleine in den Park, als sei die Inquisition des Lux Dei hinter dir her?«

Seufzend ließ sich Carya gegen das steinerne Geländer sinken. »Weil ich Mist gebaut habe, riesigen Mist, um die Wahrheit zu sagen.«

»Ach so?« Pitlit gesellte sich zu ihr und setzte sich mit einem Hopser neben ihr auf das Geländer, den Rücken dem Park zugewandt. Dass es hinter ihm mehrere Meter in die Tiefe ging, schien ihn nicht im Geringsten zu stören. »Erzähl schon. Kann doch nicht so schlimm sein. Ich meine, wir halten schließlich zusammen, egal, was kommt, oder?«

Carya warf Pitlit ein schmerzvolles Lächeln zu. »Ich weiß es nicht. Ich kann es nur hoffen.« Stockend beichtete sie dem Jungen, was zwischen Alexandre und ihr vorgefallen war. Und weil sie gerade dabei war, berichtete sie ihm auch von den übrigen Ereignissen, die sich in den vergangenen zwei Tagen seit ihrer Trennung in Orly zugetragen hatten.

Zu ihrer Überraschung unterbrach Pitlit sie nur zwei- oder dreimal. Die meiste Zeit lauschte er stumm, wobei sich seine Miene zusehends verdüsterte. »Was für eine verrückte Geschichte«, meinte er, als sie geendet hatte. »Intrigen, Morde, Liebeswirren … Wenn wir jemals nach Hause kommen, erinnere mich daran, dass ich zu jemandem gehe, der das alles aufschreibt. Da wird bestimmt ein tolles Abenteuerbuch draus.«

»Sehr lustig«, murmelte Carya.

Pitlit rutschte ein wenig auf dem Hosenboden hin und her, so als versuche er, auf der Steinbalustrade eine bequemere Sitzposition zu finden. »Na schön, dann mal ernsthaft: Wieso hast du dich bloß auf diesen Prinzen eingelassen? Ich meine, abgesehen davon, dass er gut aussieht, charmant ist und seinem Vater all das hier gehört.« Er vollführte eine ausladende Geste mit den Armen.

»Ganz ehrlich? Ich kann es dir nicht sagen, Pitlit.« Carya kaute nachdenklich auf ihrer Unterlippe. »Es ist, als gäbe es ein unsichtbares Band, das mich zu ihm hingezogen hat. Je häufiger wir uns sahen, desto stärker wurde diese Verbindung.«

»Das nennt man ›sich verlieben‹, oder?«, warf Pitlit ein.

»Aber eben das ergibt keinen Sinn! Schau mal: Bevor ich Alexandre kennenlernte, war ich vollkommen glücklich. Ich liebe Jonan, und er liebt mich. Es gab keine Risse, unsere Gefühle füreinander wurden nur von Tag zu Tag stärker. Und Alexandre ist verlobt und soll in vier Monaten heiraten. Man sollte denken, dass ihn das auch nicht unbedingt empfänglich für eine spontane Liebe auf den ersten Blick macht.«

»Also, wenn diese Aurelie wirklich so eine Schlange ist, wie du sie mir beschrieben hast, kann ich zumindest den Prinzen verstehen«, antwortete Pitlit. »Ich würde auch alles daransetzen, schnell noch eine andere zu finden, bevor ich die Frau heiraten muss.«

»Du meinst, das ist der einzige Grund dafür, dass er mich umworben hat?«, fragte Carya zweifelnd.

»Kann doch sein.«

»Das glaube ich nicht. Wenn er Aurelie wirklich loswerden wollte, hätte er das auch früher schon gekonnt. Der Palast ist voller junger Frauen. Er brauchte nicht auf eine dahergelaufene Herumtreiberin wie mich zu warten.«

»Auch wieder wahr«, gab Pitlit zu. Er warf ihr einen schrägen Blick zu. »Und was hast du jetzt vor?«

Mit düsterer Miene richtete Carya den Blick auf das nahe Schloss. »Ich muss Jonan finden und versuchen, ihm zu erklären, was geschehen ist. Ich wollte nicht, dass wir uns auf diese Weise wiedersehen. Hoffentlich verzeiht er mir. Und wir müssen uns Cartagena vornehmen. Ich kann es nicht beweisen, aber ich bin sicher, dass er in den Mord an Magister Milan verstrickt ist. Außerdem weiß er mehr, als er preisgibt.«

»Und er will eine Revolte starten – oder so«, fügte Pitlit hinzu.

»Genau. Aber sag mal: Wie ist es euch eigentlich ergangen? Wo kommt ihr auf einmal her, und was sind das für Kleider?«

»Das erzähle ich dir auf dem Weg zurück«, erwiderte der Straßenjunge. Mit einem entschlossenen Satz sprang er von der Balustrade. »Wir haben einiges zu tun.«

»Guten Abend.«

Jonan blickte von seinem Platz auf der Marmorbank auf. Er hatte sich in einen der Flure im Nordflügel des Palasts geflüchtet, der um diese Uhrzeit menschenleer war. Zumindest hatte Jonan das angenommen.

Nun stand auf einmal diese Frau neben der Säule, die sich am Eingang des hohen und breiten Korridors erhob. Sie trug ein elegantes Kleid in Weiß und Gold, das gut zu ihren platinblonden Haaren und der auffällig hellen Haut passte. »Sie sind nicht auf dem Ball?«, fragte sie.

»Nein«, erwiderte er. »Mir ist im Augenblick nicht nach Tanzen – und nicht nach Menschen.«

»Das kann ich gut verstehen«, sagte die Frau. »Mir geht es genauso.« Darauf, dass Jonans Worte auch sie mit einschließen mochten, ging sie nicht ein. Langsam kam sie näher. »Darf ich mich ein wenig zu Ihnen gesellen? Zu zweit lässt sich das Leid der Welt einfacher ertragen als allein.« Ihre Stimme war weich und verheißungsvoll, eine Stimme, der man im Dunkeln lauschen wollte, wie sie einem Liebesschwüre ins Ohr hauchte.

»Ich bin wirklich nicht sehr unterhaltsam im Moment«, warnte Jonan sie.

»Das macht nichts, ich bin genügsam«, gab sie zurück und ließ sich in einer anmutigen Bewegung neben ihm nieder. Ein dezenter Duft von Parfüm umwehte sie, leicht und lockend zugleich, genau wie seine Trägerin.

Allerdings war Jonan absolut nicht in der Stimmung für einen Flirt. Überhaupt fragte er sich, was eine Frau wie sie während eines Balls in den öden Nordflügel führte. War sie ihm nachgegangen? Und wenn ja, wieso? Er war eben erst auf dem Fest eingetroffen, gesellschaftlich ein Niemand und sah in den geliehenen Kleidern nun auch nicht wie ein Mann aus, dem die Herzen aller Mädchen zuflogen. Abgesehen davon lag da noch etwas in ihrer Stimme, ein Akzent, den sie sorgsam zu verbergen suchte. Stammte sie aus Arcadion?

Er runzelte die Stirn und warf ihr einen forschenden Blick zu. »Also schön«, brummte er, unhöflicher vielleicht als nötig. »Wir wissen beide, dass wir hier nicht zufällig zusammensitzen. Wer sind Sie, und was wollen Sie von mir?«

Das unschuldige Lächeln verschwand aus ihrem Gesicht, und ihr kalkuliert reizvoll ausgestelltes Dekolleté senkte sich ein wenig.

»Ich hatte gehofft, dass Sie ein wenig charmanter sein würden«, erwiderte sie mit einem Anflug von Enttäuschung auf der Miene. Sie sprach nun Arcadisch, was Jonans Verdacht bestätigte, dass sie ihn gezielt aufgesucht hatte.

»Das tut mir leid«, sagte er kurz angebunden.

»Das muss es nicht«, gab seine Begleiterin zurück. »Ich werde nur dafür bezahlt, Sie aufzuspüren, alles Weitere ist mein Privatvergnügen. Mein Name ist Neve Arida. Großinquisitor Aidalon schickt mich.«

Kapitel 33

»Was sagen Sie?« Jonan sprang von seinem Platz auf. Obwohl Arida offensichtlich keine Waffen am Leib trug, fühlte er sich auf einmal ungeschützt ohne sein Messer und sein Gewehr.

Gewiss war sie nicht allein gekommen, sonst hätte sie nicht so freimütig ihren Auftraggeber preisgegeben. Oder aber sie verfügte über Fähigkeiten, Menschen auszuschalten, die sich hinter ihrer Fassade aus weicher, makelloser Haut und fließendem, glänzendem Stoff perfekt verbargen.

»Beruhigen Sie sich, Jonan.« Ein spöttisches Lächeln kräuselte Aridas Lippen. »Ich bin keine Kopfgeldjägerin, die hergekommen ist, um Sie der Gerechtigkeit zuzuführen. Was Sie sich in Arcadion geleistet haben, schert mich nicht. Und Aidalon ist auch nur mein Auftraggeber, weil Sie Teil eines Geschäfts sind, das Ihr Vater mit der Inquisition abgeschlossen hat.«

»Was für eines Geschäfts, wenn ich fragen darf?«

Arida erhob sich ebenfalls von der Bank. »Sie dürfen alles fragen, Jonan«, erklärte sie mit einem Blick, der zu besagen schien, dass sie durchaus bereit sei, auch Nachforschungen pikanterer Natur zu erlauben. »Aber«, schränkte sie ein, »Sie müssen nicht alles wissen. Es genügt, zu sagen, dass meine Reise nach Francia unter anderem dem Zweck diente, Sie zu finden und nach Hause, in die Arme Ihres liebenden Vaters, zu geleiten.«

Irgendwie fiel es Jonan schwer, den letzten Teil zu glauben. Er hatte damit gerechnet, dass sich Stadtrat Lucian Estarto öffentlich von seinem missratenen Sohn lossagen würde, um allen Schaden, den Jonans Taten seinem Ruf zugefügt hatten, von sich abzuwenden. Dass er sich stattdessen auf einen Pakt mit dem Teufel Aidalon einließ, um Jonan zurückzuholen, war ganz und gar untypisch für ihn.

Andererseits war Jonan der einzige Erbe, den Estarto hatte, und wenn all sein Wirken nicht umsonst gewesen sein sollte, musste er diesen um jeden Preis retten. *Und du willst mich nicht nur vor der Inquisition retten*, dachte Jonan, *sondern auch vor mir selbst, nicht wahr, Vater?* Deshalb sollte er nach Arcadion und in den Schoß der Familie zurückkehren. Damit er den rechten Weg wiederfand. Der Zeitpunkt hätte nicht günstiger sein können. Zum ersten Mal, seit er Arcadion verlassen hatte, fragte Jonan sich, was er hier draußen eigentlich trieb.

»Wie haben Sie mich gefunden?«, wollte er wissen.

»Aidalon gab mir einen Satz Koordinaten, die zu einem Ort im Süden von Paris führten. Ich weiß nicht, woher er sie hatte.«

Das war Loraldis Werk, dachte Jonan verbittert. Der Inquisitor hatte Carya während ihrer Gefangenschaft im Tribunalpalast gefoltert, um mehr über sie herauszubekommen. Das hatte sie ihm erzählt. Ob sie ihm dabei die Koordinaten aus der Kapsel verraten hatte, war sie sich jedoch nie sicher gewesen. Jetzt wussten sie es.

»Na schön«, knurrte er. »Und was machen Sie, wenn ich nicht mitkommen möchte?«

Arida zuckte mit den Schultern. »Ich kann Sie nicht dazu zwingen, das ist wahr.«

Das nahm er ihr nicht so ganz ab, aber er sagte nichts.

»Sie sollten es sich jedoch gut überlegen, ob Sie diese einmalige Gelegenheit verstreichen lassen wollen. So, wie ich das in den letzten Tagen beobachtet habe, hat sich der Hauptgrund für Ihr Fehlverhalten, dieses Mädchen Carya, von Ihnen abgewandt.«

Unvermittelt packte Jonan Arida an den Oberarmen. »Was haben Sie beobachtet?«

Sie warf einen missbilligenden Blick auf seine Hände. Ein wenig verlegen ließ Jonan sie wieder sinken und ging auf Armeslänge Abstand. »Ich bin mir nicht sicher, ob ich die richtige Person bin, um Ihnen das zu erzählen«, sagte Arida. »Sie könnten glauben, ich versuche Sie zu beeinflussen, indem ich gemeine Lügen erzähle. Andererseits lässt sich jedes meiner Worte leicht durch andere Anwesende bei Hofe bestätigen. Der Prinz und Carya sind sich in den letzten zwei Tagen ziemlich nahegekommen.«

»Der Prinz?«, echote Jonan. »Dieser Kerl, in dessen Armen sie lag, ist der Sohn des Mondkaisers?«

»Ich fürchte, ja«, bestätigte die Agentin Aidalons. »Es ist eine Schande, zumal Alexandre so ein verwöhntes Adelssöhnchen ist. Schöne Worte findet er jederzeit, das muss ich zugeben. Aber er ist ein Schwächling. Nicht so wie Sie.« Arida ließ ihre Augen über Jonans Körper gleiten. Er glaubte förmlich sehen zu können, wie sie ihn im Geiste auszog.

»Lassen Sie das«, knurrte er unwillig. »Wenn ich mit Ihnen gehe, dann bestimmt nicht, weil Sie mich becirct haben.«

»Schade«, entgegnete Arida. »Mir scheint, dass wir da beide etwas verpassen. So eine Fahrt durch die Einöde von Francia ist doch schrecklich langweilig. Dabei könnte sie ein außergewöhnliches Erlebnis werden, wenn Sie es nur zulassen würden.« Sie trat näher und strich ihm mit einem Finger über die Brust. »Denken

Sie darüber nach. Meine Arbeit hier auf Château Lune ist beinahe getan. Übermorgen in aller Frühe reise ich ab. Wenn Sie mich begleiten wollen, dürfte es sich für Sie lohnen – in mehrfacher Hinsicht. Lassen Sie mich wissen, wie Sie sich entschieden haben.« Gemächlich entfernte sie sich, wobei sie Jonan einen reizvollen Blick auf den tiefen Rückenausschnitt ihres Kleides gewährte. »Und sollten Sie Lust darauf verspüren, sich einen Vorgeschmack auf das zu holen, womit wir uns auf der Rückreise die Zeit vertreiben könnten …«, fügte sie hinzu, ohne sich umzudrehen. »Mein Gemach ist das zweite auf der rechten Seite, wenn man in den großen Korridor im ersten Stock des Südflügels einbiegt.«

»Bleiben Sie nicht die ganze Nacht wegen *mir* auf«, riet Jonan ihr.

Sie schenkte ihm über die Schulter hinweg ein keckes Lächeln. »Wir werden sehen.«

Carya und Pitlit kehrten ins Schloss zurück, um nach Jonan zu suchen. Um den Ballsaal machten sie dabei allerdings einen weiten Bogen. Zum einen glaubte Carya nicht, dass er sich dort aufhielt, zum anderen wollte sie Alexandre heute Abend kein zweites Mal in die Arme laufen – nicht einmal im übertragenen Sinne.

Der vierte Diener, den sie befragten, wusste zu berichten, dass Jonan ein Zimmer im Erdgeschoss des Südflügels erhalten hatte, dort, wo Kurzzeitgäste zu nächtigen pflegten. Sie begaben sich zu dem Raum, und Pitlit klopfte an. »Jonan, bist du da?«

»Komm rein«, erklang dessen Stimme aus dem Inneren.

Der Straßenjunge warf Carya einen raschen Blick zu. »Ich gehe vielleicht besser vor und kundschafte die Lage aus.«

»Nein«, entschied Carya. »Ich habe einen Fehler gemacht. Dafür muss ich nun geradestehen.« Mit einem tiefen Atemzug richtete sie ihren Blick auf die Tür. Sie hatte Angst vor dem, was als Nächstes folgen würde. Es war der erste richtige Streit, den sie mit Jonan hatte. Bislang waren sie stets zu sehr damit beschäftigt gewesen zu überleben, um Gelegenheit zu haben, Beziehungsprobleme zu entwickeln. Nun war es also so weit. Carya hoffte, dass Schmerz und Eifersucht keinen Teil von Jonan zutage förderten, den sie lieber nicht kennenlernen wollte.

»Weißt du was?«, sagte Pitlit plötzlich. Er deutete auf eine Stuhlgruppe, die an der gegenüberliegenden Wand stand. »Ich glaube, ich warte lieber auf dem Flur, bis ihr euch geeinigt habt. Das müsst ihr unter euch aushandeln. Da würde ich nur stören.«

»Ist gut«, gab Carya zurück. Sie drückte die Klinke hinunter, schob die Tür gerade so weit auf, dass sie eintreten konnte, und schlüpfte hindurch.

In dem kleinen Raum, der dahinter lag, stand Jonan vor dem Spiegel und zog sich gerade das Hemd aus. Seine Jacke hing bereits über einem Stuhl neben ihm. Als er die Tür hörte, drehte er sich, das Hemd noch in der Hand, um. »Pitlit, ich habe mir überlegt …« Er brach ab und erstarrte, als er Carya erkannte. »Carya«, brachte er hervor.

»Hallo, Jonan«, begrüßte sie ihn und schloss vorsichtig die Tür hinter sich.

Rasch streifte Jonan das Hemd wieder über, eine einigermaßen absurde Geste, denn natürlich hatte Carya ihn schon mit nacktem Oberkörper gesehen. Vielleicht wollte er ihr den Anblick seines grün und blau geprügelten Körpers ersparen. »Was machst du denn hier?«, fragte er.

Verlegen stand sie im Eingang. »Ist das nicht klar? Ich möchte mit dir über das reden, was du gesehen zu haben glaubst.«

»Was gibt es da zu reden?«, fragte er barsch. Er lehnte sich an die Waschkommode und verschränkte die Arme vor der Brust. »Der Prinz und du, ihr habt euch in den letzten beiden Tagen offenbar sehr gut kennengelernt. Das wurde mir schon berichtet. Bist du gekommen, um mir zu sagen, dass du lieber die zukünftige Kaiserin von Francia werden möchtest, als mit mir durchs Land zu ziehen?«

»Was für ein Unsinn! Jonan, genau das Gegenteil ist der Fall. Ich bin hier, weil ich mich entschuldigen will. Da ist nichts zwischen mir und dem Prinzen. Also gut, das stimmt nicht ganz. Wir sind uns zufällig vorgestern Abend auf dem Flur begegnet, und seitdem hat er mir nachgestellt. Erst habe ich es gar nicht begriffen. Er war nett und höflich, also war ich es auch. Schließlich wollte ich Alexandre nicht verärgern, indem ich ihn abweise. Das wäre mir am Hof seines Vaters doch etwas gefährlich erschienen. Und dann ...« Carya zuckte mit den Achseln. »Irgendwie ist das Ganze in eine falsche Richtung gelaufen. Er hat meine Freundlichkeit als Interesse missverstanden und fing auf dem Ball heute Abend plötzlich von Liebe und dergleichem an. Und ... ich weiß auch nicht. Er hat mich überrumpelt. Es war ein ganz seltsames Gefühl. Ich liebe ihn nicht. Genauso wenig will ich mein Leben an einem Ort wie Château Lune verbringen. Das musst du mir glauben, denn es ist die Wahrheit.«

»Wenn das so ist, wieso hast du dich dann in seine Arme geworfen?«, fragte Jonan.

»Ich habe mich nicht in seine Arme geworfen«, entgegnete Carya ein wenig gereizt. »Der Kuss ging von ihm aus.«

»Aber du hast dich nicht dagegen gewehrt.«

»Nein, ich ... wie soll ich dir das erklären? Ich wollte das alles eigentlich nicht. Wenn du mich eine Minute davor gefragt hättest, ob ich den Prinzen küssen möchte, hätte ich entrüstet abgelehnt. Und trotzdem … es war beinahe wie ein unbewusster Zwang, wie bei zwei Magneten, die sich immer stärker anziehen, wenn man sie zusammenschiebt. Sie müssen sich nicht kennen, sie müssen sich nicht mögen, aber wenn man sie nebeneinanderlegt, zieht es sie zueinander.«

»Du bist kein Stück Metall, Carya«, versetzte Jonan. »Du bist ein Mensch, und nur du bestimmst dein Handeln.« Er hielt inne und blickte sie dann bestürzt an.

Carya erwiderte seinen Blick mit zusammengepressten Lippen. Nein, sie bestimmte ihr Handeln *nicht* immer. Das wusste sie, und das schien auch Jonan soeben einzufallen. Es gab da etwas in ihr, das gelegentlich die normale Carya zurückdrängte und sowohl Fähigkeiten als auch Wesenszüge zutage förderte, die sie gelinde gesagt erschreckten. Bislang hatte sich dieser Teil von ihr nur in Stresssituationen, im Kampf auf Leben und Tod gezeigt. Aber jetzt, wo sie darüber nachdachte, fragte sie sich, ob nicht auch ihre geradezu widernatürlich starken Gefühle für Alexandre diesem Unbekannten in ihrem Inneren zu verdanken waren.

Jonan seufzte und rieb sich mit der Hand übers Gesicht. »Also schön. Es war nur ein Ausrutscher, und du wolltest es nicht.« Er sah sie an. »Ich nehme deine Entschuldigung an. Aber jetzt würde ich gerne schlafen gehen. Ich habe einen ziemlich harten Tag hinter mir. Pitlit hat dir wahrscheinlich schon erzählt, was bei uns so los war. Deshalb lass uns morgen weitersprechen.«

Das war alles? Entschuldigung akzeptiert und gute Nacht? Das klang in Caryas Ohren noch nicht nach einer Versöhnung. »Jonan …«, begann sie.

»Carya«, unterbrach er sie. »Es ist in Ordnung, wirklich. Nur bin auch ich kein Stück Metall. Dieses Bild von euch beiden auf dem Ball prallt nicht einfach an meiner eisernen Hülle ab. Ich brauche etwas Zeit, um darüber nachzudenken. Aber ich glaube dir, wenn du sagst, es täte dir leid.« Seine Miene wurde etwas weicher. »Danke, dass du gekommen bist.«

Carya nickte bloß. Was blieb ihr auch anderes übrig? Sie wollte sich Jonan nicht aufdrängen. Stumm öffnete sie die Tür. Doch dann drehte sie sich noch einmal um. »Jonan?«

»Hm?«

»Ich liebe dich. Nur dich. Bitte vergiss das nie.«

Er schenkte ihr ein Lächeln, wenn auch eins, in dem ein Hauch von Bittersüße mitschwang. »Ich liebe dich auch, Carya.«

Mehr sagte er nicht. Also ging sie.

Eine Stunde später lag Jonan im Bett – und konnte nicht schlafen. Er hatte ein schlechtes Gewissen, weil er Carya gegenüber nicht gerade freundlich gewesen war. Natürlich schwelte nach wie vor Wut in ihm, weil er diesen Moment, als er Carya in enger Umschlungenheit mit dem Prinzen vorgefunden hatte, einfach nicht aus seinem Kopf herausbekam. Er wollte ihr glauben, dass etwas sie dazu getrieben hatte, dass sie nicht ganz sie selbst gewesen war. Alles andere hätte auch nicht zu der Carya gepasst, die er nun schon seit mehreren Wochen fast ständig um sich gehabt hatte. Andererseits stellte sich natürlich immer drängender die Frage, wie viel von Caryas Wesen er noch nicht kannte – und mochte es nur deshalb sein, weil es ihr selbst unbekannt war.

»Jonan?«, nuschelte Pitlit im Nachbarbett in sein Kopfkissen.

»Hm?«

»Geh zu Carya rüber, wenn du wegen ihr nicht schlafen kannst. Dann kann ich es wenigstens.«

»Entschuldige, ich wollte dich nicht wach halten.« Ihm war gar nicht bewusst gewesen, wie oft er sich auf seiner Matratze hin und her gedreht hatte. »Ich bin jetzt still«, fügte er hinzu und legte sich auf den Rücken.

Fünf Sekunden später schlug er die Decke zurück und stand auf. »Nein, du hast recht. Ich muss noch einmal Carya sehen. Sie wollte sich mit mir versöhnen, und ich habe sie abgewiesen. Das war unangebracht. So sollten wir beide nicht die Nacht verbringen müssen. Ich werde zu ihr gehen und ihr sagen, dass nichts jemals zwischen uns kommen wird, kein liebestoller Prinz und keine seltsame Kraft, die von ihr Besitz zu ergreifen droht.«

»Ja, mach das«, murmelte Pitlit, der offensichtlich nur mit einem Ohr zugehört hatte.

Schnell zog sich Jonan im Dunkeln an, dann ging er zur Tür und trat auf den Flur hinaus.

Auch Carya wälzte sich in dieser Nacht ruhelos in ihren Laken herum. Das Gespräch mit Jonan war zwar nicht so schlimm verlaufen, wie sie befürchtet hatte, aber auch keineswegs so versöhnlich, wie sie es insgeheim gehofft hatte. Wieso brauchte Jonan Zeit, um nachzudenken? Worüber wollte er nachdenken? Darüber, ob er die zarte Pflanze ihrer Liebe endgültig abtöten sollte, der sie bereits einen kräftigen Fußtritt verpasst hatte? *Bitte nicht*, betete sie stumm.

Sie hatte nicht flehen oder jammern wollen wie ein junges Ding, das ihren Freund mit verheultem Gesicht und versagender Stimme davon abhalten wollte, mit einem anderen Mädchen anzubandeln. Das wäre ihr kindisch vorgekommen, und auch ihr Stolz hatte sie davon abgehalten. Ein einfacher Kuss war ein solches Theater wirklich nicht wert. Doch nun fragte sie sich angsterfüllt, ob sie Jonan womöglich nicht deutlich genug gesagt hatte, wie sehr sie ihn liebte und wie wichtig er ihr war. Sie wollte ihn nicht verlieren! Nicht wegen einer Angelegenheit, die im Grunde nichts bedeutet hatte, auch wenn das für ihn in dem Augenblick vermutlich anders ausgesehen hatte.

Mit einem Ruck stieß sie die Decke beiseite und schwang sich aus dem Bett. Sie würde noch einmal zu Jonan gehen. Sie würde Pitlit aus dem Zimmer schicken und danach mit Jonan reden, ihm all das sagen, was sie für ihn empfand. Er musste erkennen, dass es keinen Grund gab, über irgendetwas zu grübeln.

Sie entzündete eine Kerze, schlüpfte aus dem Nachthemd und zog das Untergewand an. Sie würde sich schön machen für Jonan, nur ein wenig, damit er merkte, wie ernst es ihr war. Das blaue Kleid würde ihn sicher verzaubern. *Halt nein, damit hat er mich auf dem Ball in den Armen des Prinzen gesehen*, fiel Carya ein. *Vielleicht sollte ich lieber meine einfachen Sachen – den Rock und die Bluse – tragen, um unsere Verbundenheit zu betonen.*

Sie wollte das Untergewand schon wieder ausziehen, als plötzlich hinter ihr ohne Vorankündigung vorsichtig die Zimmertür geöffnet wurde. *Jonan!*, dachte sie und fuhr herum. Doch er war es nicht. »Alexandre?«

Der Prinz trug noch immer das uniformartige Kostüm, das er auf dem Ball angehabt hatte. Er führte eine Öllampe mit sich, die den Raum noch etwas mehr erhellte, und ein Geruch von Alkohol umwehte ihn. Offenkundig hatte er sich, nachdem er von Carya stehen gelassen worden war, den Weinbeständen seines Vaters – oder sogar geistvolleren Getränken – hingegeben. Und nun war er in der Stimmung, einen weiteren Anlauf mit ihr zu wagen. Das zumindest las Carya in seinen fiebrig glänzenden Augen, deren Blick gierig über ihren Körper glitt.

Sie wich zum Bett zurück und hüllte sich in die Überdecke. »Eure Hoheit, was wollt Ihr in meinem Zimmer?«

»Ach, komm schon, Carya, hör auf«, erwiderte Alexandre, und seine Stimme klang etwas träge vom Alkohol. »Du weißt genau, was ich will. Also spiel nicht die Unschuld vom Lande.« Er stellte die Öllampe auf die Kommode und kam näher.

»Bitte, Alexandre, du bist betrunken«, versuchte Carya es auf andere Weise, während sie abwehrend eine Hand hob. Mit der anderen hielt sie ihren provisorischen Umhang über der Brust zu. »Mach nichts, was du nachher bereuen würdest. Nimm die Lampe und geh in deine Gemächer, um dich auszuschlafen. Wir unterhalten uns morgen.«

»Ich möchte nicht schlafen, und ich will mich nicht unterhalten«, entgegnete der Prinz stur. »Ich will dich, Carya, mit jeder Faser meines Körpers.« Er hatte sie nun erreicht, packte sie an den Oberarmen und versuchte, sie in Richtung des Betts zu drängen. »Du bist alles, wonach ich mich sehne. Dein Abbild brennt in meinem Geist und lässt mich nicht mehr los. Ich muss dich haben, um jeden Preis.«

»Alexandre, nein!« Carya ließ die Überdecke los, um sich seiner besser erwehren zu können. Die Decke fiel zu Boden und legte sich um ihre Beine. »Du bist betrunken und redest wirr. Lass mich bitte. Ich will dir nicht wehtun.«

»Mir wehtun?« Er lachte laut auf. »Ich bin der Sohn des Mondkaisers, und du bist niemand. Eine kleine Streunerin, die von einem schmierigen Botschafter an den Hof gebracht wurde. Also warum wehrst du dich und drohst mir sogar? Du solltest dankbar sein, dass ich dich zu der Frau an meiner Seite machen werde.«

»Ich will aber nicht die Frau an deiner Seite sein«, presste Carya hervor. »Ich liebe dich nicht, hörst du? Es war ein Fehler, dass ich mich auf dich eingelassen habe. Ich wollte höflich sein, und dann bin ich dir einen Moment lang erlegen. Aber ich liebe einen anderen. Und das wird sich auch niemals ändern.«

»Na gut«, fauchte Alexandre. »Dann wirst du eben nicht die Frau, mit der ich den Thron und alle Reichtümer Francias teile. Verbringen wir halt nur diese Nacht miteinander. Mir soll es recht sein. Und jetzt hör auf dich zu wehren, sonst lasse ich dich in den tiefsten Keller des Schlosses sperren.« Mit Gewalt warf er sie aufs Bett, wobei der linke Träger ihres Untergewandes riss und einen Teil ihrer Brust entblößte.

Doch das nahm Carya schon gar nicht mehr bewusst wahr. Ihr zweites Ich übernahm die Kontrolle, und sie rollte schwungvoll über die Bettdecke ab, nur um auf der anderen Seite des Betts wieder auf den Füßen zu landen. Sie spreizte leicht die Beine, verlagerte ihren Körperschwerpunkt und hob abwehrbereit die Fäuste.

Alexandre gluckste. »Was soll das denn?«, fragte er.

»Komm nicht näher«, warnte Carya ihn. In Gedanken ging sie die rasche Abfolge von Schlägen durch, die sie benötigte, um den Prinzen erst zu lähmen und dann zu töten. *Licht Gottes!*, durchfuhr es sie, als ihr klar wurde, was sie da tat. *Nein, nein, alles, nur das nicht!* Sie durfte ihm kein Haar krümmen. Damit würde sie sich selbst, Jonan und Pitlit zum Tode verurteilen. Sie musste sich beherrschen, musste zur Not ertragen, was immer er ihr antun wollte, aber sie durfte nicht zulassen, dass die Kriegerin in ihr völlig die Kontrolle übernahm. Ihre Fäuste fingen an zu zittern. »Geh weg! Lass mich in Ruhe!«, schrie sie.

»He, jetzt beruhige dich mal wieder«, knurrte Alexandre unwillig.

In diesem Moment wurde die Tür aufgerissen, und Jonan stürmte herein. »Carya, was ist los?« Mit einem Blick erfasste er die Lage, verstand sie – zumindest in Teilen – völlig falsch, packte den Prinzen an der Schulter, riss ihn herum und versetzte ihm einen kräftigen Faustschlag ins Gesicht.

Alexandre wurde herumgeschleudert und wäre Carya mit blutender Unterlippe beinahe in die Arme gestürzt. Sie stieß einen erschrockenen Schrei aus. Doch er fing sich am Bett ab und hing einen Moment benommen dort, wie ein Seemann nach durchzechter Nacht. Dann verzerrte sich sein Gesicht zu einer wutentbrannten Grimasse, er wirbelte herum und warf sich auf Jonan.

Krachend fielen die beiden in den stoffbespannten Holzrahmen, der Caryas Waschecke vom Raum trennte. Mit lautem Scheppern fielen die leere Waschschüssel und die Kanne mit Wasser dahinter zu Boden. Alexandre verpasste Jonan einen Kopfstoß. Der rammte dem Prinzen die Faust in die Seite.

»Jonan! Alexandre! Hört auf!«, rief Carya, ohne allerdings viel zu erreichen. Die beiden Kontrahenten hatten sich halb ineinander verkeilt und tauschten keuchend und ächzend Schläge aus. Carya hätte angenommen, dass Jonans Ausbildung zum Templer ihm einen Vorteil verliehen hätte, aber dem war nicht so, und gleich darauf erinnerte sie sich, auch Alexandre im Kreis von Soldaten gesehen zu haben. Also besaß auch er zumindest grundlegende Erfahrungen im Kampf Mann gegen Mann.

Schließlich gelang es Jonan dennoch, sich von Alexandre zu lösen. Kraftvoll schleuderte er ihn von sich, sodass dieser gegen den Türrahmen knallte. Grunzend schüttelte Alexandre den Kopf. Seine Frisur war derangiert, sein Hemdkragen aufgerissen, und Blut verschmierte sein Kinn. Trotzdem funkelten Wut und ungebrochene Kampfbereitschaft in seinen Augen, als er den Blick wieder hob. »Was sind Sie denn für ein Irrer?«, fauchte er. »Platzen hier rein und greifen mich an. Haben Sie eine Ahnung, wen Sie vor sich haben?«

»Ich bin Caryas Freund«, antwortete Jonan mit geballten Fäusten. »Und ich weiß genau, wer Sie sind, Hoheit.«

»Das ist gut«, entgegnete Alexandre giftig. »Dann wissen Sie sicher auch, welche Strafe auf einen Angriff auf den Sohn des Mondkaisers steht.«

Die bereits von Jonan halb geöffnete Tür wurde ganz aufgestoßen, und drei Gardisten drängten herein, zweifellos alarmiert von Caryas Geschrei und dem nachfolgenden Tumult. Hinter ihnen, auf dem Flur tauchten ein paar Diener und Höflinge auf und reckten die Hälse.

Als Alexandre sah, dass er nun Publikum hatte, veränderte sich seine Haltung. Er straffte sich und wischte sich das Blut von der Unterlippe. »Wachen, nehmt diesen Mann fest. Er hat mich angegriffen und wollte mich töten. Dafür soll er aufs Schafott!«

»Nein!«, rief Carya entsetzt. Sie wollte zu Jonan laufen, doch einer der Gardisten hielt sie zurück. Die anderen beiden nahmen Jonan in ihre Mitte.

Caryas Gedanken rasten. Ein Schlag gegen die Kehle des Mannes vor ihr. Seine Pistole ziehen. Die beiden anderen Gardisten in den Kopf schießen. Dann Alexandre als Geisel nehmen und eine Kutsche erpressen.

»Carya, nein!«, unterbrach Jonans Ruf ihre Fluchtpläne, als hätte er ihre Gedanken gelesen. Er wurde bereits aus dem Raum gezerrt, wehrte sich aber, um ihr eine letzte Warnung zuzurufen. »Tu es nicht, Carya. Es muss eine andere Lösung geben, hörst du? Finde eine Lösung, bei der keine Unschuldigen sterben müssen. Ich vertraue dir!«

Kapitel 34

Am liebsten wäre Carya sofort losgestürmt, um gegen das Unrecht vorzugehen, das Jonan getroffen hatte. Aber Alexandre unterband dieses Bestreben, indem er sie bis zum Morgen unter Stubenarrest stellte – damit sie sich wieder etwas beruhigen konnte und keine Dummheiten anstellte, wie er sich ausdrückte.

»Alexandre!«, rief sie ihm nach, als er zur Tür ging. »Das darfst du mir nicht antun. Ich flehe dich an. Lass Jonan am Leben!«

»Ihm wird nichts geschehen«, erwiderte der Prinz kühl. »Bis zu seinem Prozess.« Dann fiel die Tür ins Schloss, und ein Schlüssel wurde herumgedreht. Sie war eingesperrt.

Verzweifelt warf sie sich in ihrem zerrissenen Untergewand aufs Bett. Tränen der Wut und der Hilflosigkeit strömten über ihr Gesicht und tränkten ihr Kissen. All ihre Fähigkeiten halfen ihr in diesem Moment nicht weiter. Denn selbst wenn sie die Tür aufgebrochen oder sich durch das Fenster an der Fassade hinunter davongestohlen hätte, wäre sie damit keinen Schritt weiter gewesen. Sie wusste nicht, wo man Jonan eingesperrt hatte, und sie konnte sich schließlich nicht von Wache zu Wache durchfragen, bis sie jemanden fand, der ihr zu sagen vermochte, wo der Gefangene einsaß.

Sie brauchte Hilfe, und zwar von jemandem, der genug Einfluss im Palast besaß, um Jonans Leben auch gegen den Widerstand von Alexandre zu retten. Vom Prinzen brauchte Carya keine Gnade mehr zu erwarten. Sie hatte ihn nun drei Mal abgewiesen, das erste Mal durch ihre Flucht von der Tanzfläche, das zweite Mal nach dem unerwartet leidenschaftlichen Kuss und zuletzt – und das sehr deutlich – hier in ihrem Gemach. Eventuell kam er noch zur Besinnung, wenn erst der Alkohol aus seinem Blut verschwunden war und sein Zorn darüber, von Jonan geschlagen worden zu sein, etwas verrauchte. Möglicherweise hatte der Wein aber auch Alexandres wahres Wesen offenbart, und hinter der Fassade aus schönen Worten und strahlendem Lächeln steckte ein elender Mistkerl, der sie nur hatte verführen wollen. In dem Fall konnte sie auf ihn nicht zählen.

Schlaf fand Carya in dieser Nacht so gut wie keinen. Immer wieder musste sie an die letzten Stunden denken und daran, wie katastrophal sich ihr Wiedersehen mit Jonan und Pitlit entwickelt hatte. Sie hoffte, dass dem Straßenjungen nichts geschehen war. Ob er von den Vorfällen unterrichtet worden war? Oder schlummerte er friedlich in dem Zimmer, das er sich mit Jonan teilte, und würde sich erst am nächsten Morgen wundern, warum im anderen Bett keiner lag?

Ihre Gedanken zogen weitere Kreise. Jonan und Pitlit hatten sich illegal in den Palast eingeschlichen, so viel hatte Pitlit ihr während ihres Gesprächs draußen im Park verraten. Würde dies nun zusätzliche Folgen für Jonan haben? Drohte Pitlit Gefahr? Und wie sah es mit diesem Minister de Funès aus, der ihnen geholfen hatte? Immerhin waren die beiden in seiner Kutsche an den Hof gekommen.

Oh, Jonan, wie konntest du nur so leichtsinnig sein, dich mit Alexandre anzulegen?, dachte Carya. Sein Eingreifen war ehrenhaft gewesen, aber auch ein wenig übereilt. Der Zorn auf den Prinzen, dem er mittlerweile offenbar alle Schuld an Caryas Verführung beim Ball zuschrieb, hatte seine Faust geleitet, und das konnte sie verstehen. Aber hätte er doch nur ein bisschen nachgedacht, Beherrschung geübt und den Prinzen allein mit Worten gestoppt. Dann wäre aus einer bloß peinlichen Situation keine lebensgefährliche geworden.

Als der Himmel am Horizont bereits heller wurde, übermannte Carya schließlich doch die Müdigkeit, und sie fiel in einen traumlosen Schlaf. Bei ihrem Erwachen stellte sie fest, dass es dem Sonnenstand vor dem Fenster zufolge bereits fast Mittag sein musste. Sie wusch sich rasch und zog Bluse, Rock und Schuhe aus Arcadion an. Zum einen spiegelte sich darin ihr persönlicher Protest gegen die Art, wie man mit ihr und ihren Freunden im Palast umging. Zum anderen war ihr gutes Untergewand ohnehin kaputt und musste erst repariert werden, bevor sie es wieder unter einem der geliehenen Kleider tragen konnte.

Als sie die Türklinke ihres Zimmers hinunterdrückte, stellte sie erfreut fest, dass sie nicht mehr eingeschlossen war. Allerdings saß ein Diener auf einem Stuhl vor ihrer Tür, genau wie am ersten Morgen auf Château Lune. »Stehe ich noch unter Arrest?«, erkundigte sie sich bei ihm.

»Nein, Mademoiselle«, antwortete er.

»Gut, dann lassen Sie doch bitte mein Unterkleid hier richten.« Sie hielt ihm das Gewand hin. »Ich werde jetzt etwas essen gehen, wenn es genehm ist.«

»Natürlich, Mademoiselle.«

So, wie sie angezogen war, eilte sie los, und es kümmerte sie auch nicht weiter, dass sie für ihre Kleidung einige verwirrte

Blicke erntete. Als sie den Speiseraum erreichte, wappnete sie sich innerlich, bevor sie brüsk hineinmarschierte, womit sie sogleich die Aufmerksamkeit aller knapp zwanzig Anwesenden auf sich zog. Um nicht miterleben zu müssen, wie die Tuschelei einsetzte, ging sie nur zum Büffet hinüber, füllte sich einen Teller mit Speisen und verließ den Raum anschließend wieder. Sie lief zum Zimmer von Jonan und Pitlit, in der Hoffnung, dort auf den Straßenjungen zu treffen.

Vor der Tür stand ein Gardist. Caryas Herz macht einen Hüpfer in ihrer Brust. Hatte man Jonan in seinem Zimmer eingesperrt? *Oder haben sie bloß Pitlit hier festgesetzt?* »Verzeihung, was machen Sie hier?«, fragte sie den Wachmann.

»Ich sorge dafür, dass dieser Junge bleibt, wo er ist«, gab dieser mürrisch zurück.

»Sie meinen Pitlit?«

»Wenn er so heißt, dann ja.«

»Darf ich zu ihm? Ich habe etwas zu essen für ihn.« Sie hielt ihm den Teller hin.

Der Wachmann musterte sie schräg. »Sie sind das Mädchen, dessen Freund wir gestern festgenommen haben, weil er den Prinzen verprügelt hat, oder?«

»Äh … ja.«

Ein kurzes Grinsen blitzte unter dem Schnurrbart des Soldaten auf. »Na gut. Aber machen Sie schnell.« Er schloss die Tür auf, und Carya schlüpfte hindurch.

»He, Carya, wo kommst du denn her?« Pitlit, der missmutig auf seinem Bett gesessen hatte, sprang auf und blickte ihr neugierig entgegen.

»Ich bin gerade damit beschäftigt, Jonan und dir die Haut zu retten«, erklärte Carya.

»Du bist nicht eingesperrt?«

»Ich war es, aber nur zeitweise. Im Grunde kann man mir nichts vorwerfen. Deshalb darf ich mich wohl frei bewegen. Wie lange das so bleibt, weiß ich nicht. Aber ich gedenke, die Zeit zu nutzen. Hier, iss erst mal.« Sie stellte Pitlit den Teller hin und nahm sich auch selbst etwas, um ihren knurrenden Magen zu beruhigen.

Der Straßenjunge ließ sich nicht zweimal bitten und griff ordentlich zu. »Was ist denn überhaupt passiert?«, fragte Pitlit mit vollem Mund. »Ich stehe heute Morgen auf und will raus, da ist auf einmal so ein Kerl in Uniform vor meiner Tür postiert und sagt: Kein Durchgang. Bloß, warum ich hier festgesetzt wurde, wollte mir keiner verraten. Ich wollte schon durchs Fenster abhauen, aber das kann man gar nicht richtig aufmachen. Ist irgendwie abgesperrt. Und mitten am Tag wollte ich auch keine Gewalt anwenden.«

In raschen Worten schilderte Carya dem Jungen, was vorgefallen war. Als sie Pitlit erzählte, wie Jonan Alexandre eine Abreibung verpasst hatte, hellte sich die Miene des Jungen auf. »Das geschieht diesem maskierten Schmierenprinzen recht«, tönte er. »Wäre ich vorbeigekommen, hätte ich ihm auch meine Faust vorgestellt. Faust – Prinz, Prinz – Faust, bamm!« Grinsend schlug er sich mit der geballten Rechten in die flache Linke.

»Tja, leider wird Jonan dieser Spaß aber den Kopf kosten, wenn mir nicht schnell etwas einfällt. Er wurde von Gardisten abgeführt, und Alexandre will ihn tot sehen.«

»Autsch. Was für ein schlechter Verlierer. Und was hast du nun vor?«

»Ich werde mich an Cartagena wenden«, antwortete Carya. »Er hat die Macht, mir zu helfen. Und ich hoffe, dass ich ihn dazu überreden kann, sie zu nutzen.«

»Willst du ihn erpressen mit … du weißt schon?« Sie hatte Pitlit von dem mitgehörten Gespräch zwischen dem Botschafter und Julianne Factice erzählt.

»Nein, ich glaube, das kann ich nicht. Wenn ich ihm drohe, seine Intrigenspiele preiszugeben, bringt er mich sicher um. Und Jonan und dich gleich mit. Nein, ich muss ihn anders überzeugen. Wie, das weiß ich auch noch nicht.« Sie klopfte Pitlit aufmunternd auf die Schulter. »Ich muss weiter. Halte durch.«

»Keine Sorge«, sagte Pitlit. »Ich bleibe hier, drehe Däumchen und warte auf meine Rettung durch die holde Maid. Und sollte mir jemand ans Leder wollen, habe ich auch noch die eine oder andere Überraschung in der Hinterhand.« Er grinste vielsagend.

Carya fragte nicht, was er damit meinte.

Als Carya sich kurz darauf ein Stockwerk höher Cartagenas Gemächern näherte, ging gerade die Tür auf und der Botschafter trat auf den Flur. Sie dankte ihrem Glück in diesem Fall. Wäre sie eine Minute später gekommen, hätte sie ihn verpasst und vermutlich einmal mehr den ganzen Tag vergeblich gesucht.

»Signore Cartagena«, rief sie ihn an. »Warten Sie bitte einen Moment.«

»Carya«, begrüßte er sie, und seine Miene, die eben noch vollkommen neutral gewesen war, wurde ernst. »Gut, dass Sie mich aufsuchen. Wir müssen reden. Bitte, kommen Sie herein.« Er öffnete die Tür wieder, und sie gingen in seine Gemächer. Nichts hatte sich dort seit Caryas letztem Besuch verändert. Im Grunde hatte sie das auch nicht erwartet.

Während der Botschafter zu der Sesselgruppe hinüberging, die in der rechten Zimmerecke stand, warf er ihr einen missbilligenden Blick zu. »Weshalb kleiden Sie sich wie ein Dienstmädchen?«, wollte er wissen. »Mittlerweile verfügen Sie doch sogar über zwei Kleider.«

»Aber nur ein passendes Untergewand«, erklärte Carya trotzig. »Und das muss genäht werden.«

»Sie haben wirklich ein Problem mit Ihrer Garderobe«, bemerkte Cartagena kopfschüttelnd.

»Château Lune ist gefährlicher, als ich dachte – für Kleidungsstücke«, erwiderte Carya spitz.

»Sie hätten sich ein anderes bringen lassen können, um ... Ach was, vergessen wir das. Ihr Aufzug ist wirklich nur ein kleines Ärgernis im Vergleich zu dem deutlich größeren der letzten Nacht.« Der Botschafter setzte sich auf einen der drei rot gepolsterten Sessel und gebot Carya, ebenfalls Platz zu nehmen.

»Dann wissen Sie also bereits davon?«, fragte sie, als sie der Aufforderung nachkam.

»Das Palastgeflüster hat mir einen groben Überblick verschafft: Ein junger Gast des Balls, der Sohn eines Stadtrats aus Évry, wie es heißt, soll Sie auf Ihrem Zimmer belästigt haben. Prinz Alexandre kam dort auf dem Weg zu einem Freund zufällig vorbei, hörte Ihre Hilferufe und griff ein. Es kam zu einer Rangelei, die mit der Festnahme des Lüstlings endete.«

»Was?«, entfuhr es Carya entrüstet. »Das erzählt man sich im Palast? Das ist von vorne bis hinten gelogen.«

»Es ist die offizielle Version der Geschehnisse«, verbesserte Cartagena sie. »Dass sie der Wahrheit entspricht, glaubt kaum jemand, der schon länger im Palast weilt. Die meisten Gerüchte, die natürlich niemand gehört oder weiterverbreitet haben will, besagen, dass der Prinz im Südflügel war, weil er zu Ihnen wollte. Man hat Sie beim Ball miteinander tanzen sehen. Und auch der

Zwischenfall beim Frühstück vor zwei Tagen hat sich herumgesprochen, als es wegen Ihnen zum Streit zwischen Alexandre und Aurelie kam. Das alles ist eine gefährliche Entwicklung, vor der ich Sie dringend warnen muss.«

Carya schnaubte. »Und dabei ist das noch nicht mal die Hälfte von dem, was passiert ist.«

Mit ernster Miene lehnte sich der Botschafter in seinem Sessel zurück und faltete die Hände vor der Brust. »Verraten Sie mir, was geschehen ist. Deshalb sind Sie doch hier, oder?«

»Ja, das stimmt. Ich brauche Ihre Hilfe. Der Festgenommene war kein Kaufmannssohn aus Évry, sondern Jonan, einer meiner beiden Gefährten, von denen ich in Orly getrennt wurde. Der zweite heißt Pitlit, ein dreizehnjähriger Junge, der im Moment unter Stubenarrest steht. Und natürlich war es nicht Jonan, der mich bedrängt hat, sondern Alexandre. Er macht mir schon seit Tagen Avancen. Beim Ball habe ich ihn abgewehrt, aber als ich schlafen gehen wollte, suchte er mich betrunken in meinem Zimmer auf und … nun ja, er wollte mich zwingen, das Bett mit ihm zu teilen. Glücklicherweise kam Jonan hinzu. Doch dann fingen die beiden an, sich zu prügeln, und die Wachen tauchten auf. Nun sitzt Jonan im Gefängnis und soll – wenn es nach dem Prinzen geht – zum Tode verurteilt werden.« Carya beugte sich auf ihrem Sessel vor und sah Cartagena flehend an. »Bitte, Signore, Sie müssen das verhindern. Sie haben die Macht dazu. Jonan ist unschuldig. Er wollte mir nur helfen.«

»Ich weiß nicht, ob ich das kann. Den Prinzen anzugreifen, ist ein schweres Vergehen, ganz gleich, ob man im Recht oder Unrecht war.« Carya wollte etwas einwenden, doch Cartagena hob abwehrend die Hand. »Warten Sie. Ich habe nicht gesagt, dass ich es nicht versuchen werde. Aber dafür brauche ich alle

Informationen, die ich bekommen kann. Sie müssen vollständig ehrlich zu mir sein.«

»Fragen Sie, was Sie wissen müssen«, antwortete Carya.

»Warum sind Jonan und Pitlit in den Palast gekommen?«

»Sie wollten mich nur finden. Das war der einzige Grund. Weil ich mit einem kaiserlichen Motorwagen weggebracht wurde, nahmen sie an, ich sei auf dem Schloss.«

»Und wer hat ihnen dabei geholfen? Diese Politikersohn-aus-Évry-Geschichte haben sie in der Trümmerzone doch nicht allein ausgeheckt.«

»Ein Minister namens de Funès. Er ist mit jemandem in der Trümmerzone befreundet, dem er noch einen Gefallen schuldete, oder so. Und der hat ihn gebeten, Jonan und Pitlit mit falschen Identitäten auszustatten. Genauer weiß ich das auch nicht.«

»Und jetzt die wichtigste Frage.« Cartagena beugte sich vor und maß Carya mit einem scharfen Blick. »Haben Sie schon irgendetwas über Ihre Vergangenheit herausgefunden? Sie haben, wie ich mitbekam, einige Nachforschungen über das Schloss und seine Bewohner angestellt.«

»Was hat das mit der Schuld und Unschuld von Jonan zu tun?«, wollte Carya wissen.

»Alles. Wenn Sie etwas mit Château Lune verbindet, könnte das für Sie sprechen. Schließlich muss ich den Kaiser davon überzeugen, dass Sie alle keine Bedrohung für ihn darstellen.«

Beinahe hätte Carya laut aufgelacht. Der Mann, der im Geheimen gegen den Kaiser intrigierte, wollte diesen davon überzeugen, dass sie, die noch immer nicht völlig ausschließen konnte, nicht vielleicht sogar die Tochter seiner Majestät zu sein, keine Bedrohung darstellte. Bedauerlicherweise war die Situation zu ernst, als dass Carya sie mit Humor nehmen konnte. »Wir wollen dem Mondkaiser nicht schaden. Was für ein absurder Gedanke. Wie sollten wir? Er ist der Kaiser von Francia. Die besten Soldaten, die das Land zu bieten hat, beschützen ihn. Außerdem gibt es auch überhaupt keinen Grund dafür. Aber um Ihre Frage zu beantworten: Nein, noch bin ich der Lösung des Rätsels meiner Vergangenheit nicht wirklich nähergekommen. Wir müssen Jonans Veteidigung ohne diesen möglichen Trumpf angehen.«

Cartagena nickte ernst. »Na schön. Ich glaube Ihnen. Und ich werde mein Bestes geben, Ihnen zu helfen. Das verspreche ich Ihnen.«

Die Tür von Jonans Zelle ging auf, und Jonan wappnete sich. Kamen nun seine Häscher, um ihn zu holen? Oder hatte Carya es geschafft, Gnade beim Mondkaiser zu erwirken? »Jonan Estarto«, sagte der leicht gerüstete Gardist, der im Türrahmen stand. »Sie können gehen.«

»Wirklich? Vielen Dank.« In einer Mischung aus Unglauben und Erleichterung erhob er sich von der Pritsche, auf der er die vergangene Nacht und sicher den halben folgenden Tag abwechselnd gelegen und gesessen hatte. Etwas anderes hatte er in dem kahlen Raum auch nicht machen können, der neben der schmalen Liege nichts zu bieten hatte, außer einer frei stehenden Toilette und einem winzigen, vergitterten Fenster hoch über seinem Kopf, durch das etwas Licht ins Innere fiel.

»Danken Sie nicht mir. Danken Sie der Frau, die es ermöglicht hat.« Der Wachmann trat zur Seite und ließ Jonan durch.

In der freudigen Erwartung, Carya auf dem Kellerflur vorzufinden, verließ Jonan die Zelle. Doch er sah sich einer Überraschung gegenüber. Nicht Carya hatte ihn befreit – sondern Neve Arida.

»Guten Morgen, Jonan«, sagte sie mit einem spöttischen Lächeln. »Ob Sie gut geschlafen haben, brauche ich wohl nicht zu fragen.«

»Was machen Sie denn hier?«

»Eine selten dumme Frage, finden Sie nicht?« Sie trat auf ihn zu und hakte sich selbstbewusst bei ihm unter. Während der Gardist die Zelle wieder verschloss, zog sie ihn den schmalen Gang hinab. »Ich rette Ihnen die Haut, falls Sie das noch nicht bemerkt haben. Dieser kleine, verzogene Prinz wollte schon die Guillotine im Schlosshof aufstellen.«

»Und wie haben Sie …?«

»Ich habe eine Audienz beim Mondkaiser erwirkt und politische Konsequenzen für den Fall angedroht, dass der Sohn eines Stadtrats von Arcadion wegen einer Lappalie hingerichtet wird. Da wir in den letzten Wochen sehr hart an einer Allianz zwischen Francia und dem Lux Dei gearbeitet haben, wäre es eine Schande gewesen, wenn der Kaiser nicht darauf eingegangen wäre. Glücklicherweise ist er ein Mann mit mehr Weitsicht als sein Sohn – oder als Sie, was das betrifft.« Irgendwie machte Arida auf Jonan den Eindruck, als müsse sie sich zurückhalten, um nicht laut zu werden. Sie musste ein enormes Risiko eingegangen sein, als sie Jonans Leben in die Waagschale einer so heiklen Angelegenheit wie dieser Bündnisvereinbarung geworfen hatte.

Dennoch wollte er den Vorwurf nicht auf sich sitzen lassen. »Mit Verlaub, aber was hätte ich Ihrer Meinung nach machen sollen? Zusehen und applaudieren, während der Prinz sich an der Frau vergeht, die ich liebe?«

»Sie hätten ihn mit Worten zurückhalten können. Licht Gottes, alleine Ihre Anwesenheit hätte die Lage entschärft. Der Prinz war betrunken und nicht ganz bei sich. Schon ein entschiedenes Wort hätte ihn zur Vernunft bringen können. Aber Ihnen fiel nichts Besseres ein, als sich zu prügeln.« Sie schüttelte den Kopf. »Männer.«

Jonan seufzte. »Es tut mir leid, in Ordnung? Ich hatte gestern einen wirklich schlechten Tag, und da kam mir der Prinz anscheinend gerade recht, um ein wenig Dampf abzulassen. Was kann ich tun, um die Wogen zu glätten?«

»Ich sage Ihnen, was Sie tun *müssen*: Sie gehen jetzt auf Ihr Zimmer. Und dort bleiben Sie bis morgen früh. Sie werden nicht hinausgehen und auch keinen Besuch empfangen. Für die Bewohner von Château Lune gibt es Sie ab jetzt nicht mehr. Morgen früh komme ich und hole Sie ab. Dann reisen wir gemeinsam zurück nach Arcadion. Widersetzen Sie sich, kann ich für nichts garantieren. Sie sind in Francia nicht mehr willkommen. Und so gerne ich den Lohn von Aidalon und Ihrem Vater für Ihre gesunde Heimkehr kassieren möchte, ich werde kein zweites Mal meinen Hals und den Bündnisvertrag für Sie riskieren. Habe ich mich klar ausgedrückt?«

»Ziemlich klar«, erwiderte Jonan mit düsterer Miene. So hatte er sich seine Rettung wirklich nicht vorgestellt.

Ein kräftiges Klopfen an der Tür unterbrach das Gespräch von Carya und Cartagena. »Ja, bitte?«, rief der Botschafter.

Ein uniformierter Mann mit kurzen schwarzen Haaren und sorgsam getrimmtem Bart kam herein. Ein weiterer Gardist, der kaum älter als Carya sein konnte, blieb im Türrahmen stehen. »Lieutenant Gaspard, Monsieur Ambassadeur«, stellte sich der Schwarzhaarige vor. »Man sagte mir, dass Mademoiselle Carya Diodato bei Euch weilt.«

»Das ist richtig«, erwiderte Cartagena mit hörbarer Verwirrung in der Stimme. »Hier sitzt sie. Wir unterhalten uns gerade. Was können wir für Sie tun, Lieutenant?«

»Ich bitte um Verzeihung, Monsieur Ambassadeur, aber auf Befehl des Kaisers muss ich Mademoiselle verhaften.«

»Mich verhaften?« Erschrocken stand Carya auf, und auch Cartagena kam auf die Beine.

»Und auf Ihr Zimmer geleiten, wo Sie bis zu Ihrer Verhandlung eingesperrt werden.«

Schon wieder!, durchfuhr es Carya.

»Da muss ein Irrtum vorliegen, Lieutenant. Was wirft man meiner Begleiterin vor?«

»Das mutwillige Nachstellen und Verführen von Prinz Alexandre, dem Thronerben von Francia, mit der arglistigen Absicht, seine Versprochene, Comtesse Aurelie zu verdrängen und ihren Platz an seiner Seite einzunehmen.«

»*Ich* soll Alexandre verführt haben?«, entfuhr es Carya. »Das ist doch lächerlich. Botschafter, sagen Sie dem Lieutenant, dass das lächerlich ist. Ich habe Ihnen eben erzählt, wie es abgelaufen ist.« Hilfesuchend sah sie Cartagena an.

In den Augen des Botschafters irrlichterten Überraschung und Sorge. Im nächsten Moment verschloss sich seine Miene. »Ich habe keine Ahnung, wovon Sie sprechen, meine Liebe«, sagte er unterkühlt. »Ich höre von diesen Vorgängen das erste Mal.« Seine Stimme wurde schärfer. »Ist da denn etwas Wahres dran? Haben Sie etwa auch mich nur ausgenutzt und mir Ihre Liebe vorgegaukelt, damit ich Sie in den Palast bringe?«

»Nein, ich … Soll das ein Witz …«

»Wie schändlich von Ihnen!«, unterbrach sie Cartagena polternd. »Ich bin über alle Maßen entsetzt. Mir fehlen die Worte, um auszudrücken, welche Schmach ich empfinde, wenn ich daran denke, wie gut ich zu Ihnen war, seit Sie mich auf dem Weg nach Paris baten, mich begleiten zu dürfen. Lieutenant! Fort mit dieser Heuchlerin. Sperren Sie sie ein. Sie soll nicht länger meine Gemächer mit ihrer Anwesenheit beschmutzen.«

Fassungslos starrte Carya ihn an. Sie suchte nach irgendeinem Zeichen auf seinem Gesicht, dass er nur Theater spielte, dass seine Worte ein Trick, eine Strategie waren, um ihr später besser helfen zu können. Doch seine Miene war steinern. Nichts als Zorn und Verachtung ließen sich daraus ablesen.

Carya schaute zu den Gardisten hinüber. Es waren zwei Männer, vielleicht ein dritter auf dem Korridor. Sie konnte sie überwältigen und zu fliehen versuchen. Bloß ließ sie damit Jonan und Pitlit im Stich. Außerdem würde das nur den Beweis für ihre Schuld liefern. *Ich habe gegen Großinquisitor Aidalon und sechs seiner Schergen einen moralischen Sieg vor Gericht errungen*, dachte sie grimmig. *Der Kaiser und seine Lakaien sollen mich kennenlernen.*

Abgesehen davon hatte sie noch eine Trumpfkarte in der Hand. Sie hatte das Gespräch von Cartagena und Julianne Factice mitgehört. Wenn es zur Anklage gegen sie kam und sie vor den Kaiser geführt wurde, würde sie ihm die Wahrheit über den Botschafter mitteilen. »Das werden Sie bereuen«, zischte sie Cartagena zu, als sie sich von dem Wachmann abführen ließ.

Draußen auf dem Flur wurde sie von Aurelie und zweien ihrer Hofdamen empfangen. Mit höhnischem Lächeln beobachtete Alexandres Versprochene, wie die Wachen Carya in die Mitte nahmen. »Ich habe dir doch gesagt, halte dich von Alexandre fern«, sagte Aurelie in beinahe perfektem Arcadisch, vermutlich, damit die Männer sie nicht verstanden. »Jetzt wirst du meine Rache spüren, Dirne. Das hier ist gerade erst der Anfang.«

Kapitel 35

He, Jonan, da bist du ja wieder.« Pitlit lag auf seinem Bett, die Decke im Rücken zusammengerollt und die Beine angewinkelt. Träge grüßend hob er die Hand. Es sah aus, als langweile er sich halb zu Tode. Offenbar hatte man ihn von gestern Nacht bis zur jetzigen Mittagsstunde ebenfalls eingesperrt. »Bitte sag mir, dass nun alles gut wird.«

»Nicht so ganz«, brummte Jonan, während sich in seinem Rücken die Zimmertür wieder schloss und der Schlüssel herumgedreht wurde. »Man hat uns rausgeworfen.«

»Verstehe ich nicht«, sagte Pitlit. Er schob einen leeren Teller, auf dem noch ein alter Apfelrest und ein paar Brotkrumen lagen, zur Seite und schwang die Beine vom Bett. »Müssen wir das Schloss verlassen?«

»Nicht nur das: Wir müssen ganz aus Francia verschwinden. Wir gelten ab jetzt als unerwünschte Personen. Morgen fährt unser Motorwagen. Und an der Motorhaube flattert der Wimpel der dreistrahligen Sonne.«

»O Kacke«, murmelte Pitlit. »Heißt das, wir kommen vom Regen in die Traufe?«

»Ich hoffe nicht. Die Sondergesandte Arida, die für meine Freilassung verantwortlich war, behauptet, mein Vater hätte sie bezahlt, um mich heimzuholen. Das spricht nicht dafür, dass wir gleich auf dem Volksplatz hinterm Stadttor erschossen werden. Abgesehen davon ist die Fahrt von Paris nach Arcadion weit. Da kann viel passieren. Gäste können verloren gehen, wenn du verstehst, was ich meine.«

»Diese Aussicht gefällt mir schon besser, also jedenfalls solange wir dafür verantwortlich sind, dass die Gäste – sprich: wir – verloren gehen.«

»Versteht sich von selbst.«

»Hast du was von Carya gesehen oder gehört?«.

»Nein, seit gestern Nacht nicht mehr«, antwortete Jonan.

»Vor ein paar Stunden war sie hier und hat mir alles erzählt, was passiert ist. Danach wollte sie zu diesem Kerl, Cartagena, und bei ihm für uns um Gnade bitten.«

Jonan machte ein finsteres Gesicht. »Das scheint nicht ganz geklappt zu haben. Entweder war sie nicht schnell genug …«

»… oder sie hat neuen Ärger gekriegt«, vollendete Pitlit seine geheime Befürchtung. »Diese Hofgesellschaft ist schlimmer als das Ödland von Arcadion.«

»Wem sagst du das.« Mürrisch ging Jonan zum Fenster hinüber und zog den Vorhang ein wenig zur Seite. Er blickte auf den weitläufigen Platz mit den Wasserbecken und verschlungenen Zierhecken, der an den Südflügel von Château Lune grenzte. Zu dieser Stunde war dort kaum jemand unterwegs. Es war sicher nicht schwer, mit einem Stuhl die Scheiben und Holme des bodentiefen Fensters zu zerschlagen. Krach würde es machen, keine Frage. Aber diese Fluchtmöglichkeit blieb ihnen, wenn es nötig wurde. Allerdings hieß das dann, Carya zurücklassen. Und das stand nach all der Mühen, die sie auf sich genommen hatten, um sie zu finden, außer Frage.

Auf einmal tauchte um die Ecke des Mittelbaus eine Gruppe Reiter in Soldatenuniformen auf. In flottem Trab ritten die Männer an der Südfassade des Gebäudes vorbei. Jonan kniff die Augen zusammen. Unter ihnen befand sich auch Prinz Alexandre. Seine silberne Halbmaske war deutlich zu erkennen. Auf den Rücken hatten die Männer Gewehre geschnallt. Zwei von ihnen lachten, der Rest wirkte eher grimmig.

Jonans Magen krampfte sich schmerzhaft zusammen, als ihm klar wurde, was er da sah: die Soldaten, die nach Paris in die Trümmerzone ritten, um dort auf Menschenjagd zu gehen. Und Prinz Alexandre war unter ihnen, nein, er führte sie sogar an. *Hat er erfahren, dass ich verschont wurde, und will seine Wut jetzt an jemand anderem auslassen?*

Die Gardisten würden sich wundern. Diesmal würden Bonasses Kinder zurückschießen. Vor Jonans geistigem Auge stieg das Bild eines blutigen Straßenkampfes auf. Männer und Kinder starben. Der Tod herrschte noch schlimmer als zuvor, denn mit den Revolvern mussten die Schützlinge von Géants Bruder glauben, dass sie gegen ihre Peiniger eine Chance hatten – was natürlich Unsinn war. Ausgebildete Soldaten mit Pferden und Gewehren konnte man vielleicht erschrecken, wenn man sie mit Revolvern beschoss, vielleicht konnte man auch ein paar von ihnen verletzen oder gar töten. Aber besiegen konnten die Kinder sie nicht. Das hielt Jonan für ausgeschlossen.

Verdammt, ich muss etwas tun, erkannte er. Er wusste, was geschehen würde, und mit diesem Wissen konnte er nicht bloß tatenlos dasitzen und Däumchen drehen.

»Was ist los?«, wollte Pitlit wissen, der Jonans Unruhe bemerkt hatte.

»Unser feiner Prinz und seine Freunde sind auf dem Weg nach

Paris – zu einer weiteren Runde Schießübungen auf lebende Ziele.«

»Echt?« Der Junge drängte sich ans Fenster, aber er kam zu spät. Die Reiter waren durch einen Torbogen verschwunden, der sie unter dem Südflügel hindurch zum äußeren Schlosshof und von dort zur Straße nach Osten bringen würde. »Diese Mistkerle. Hätten wir schon bei unserer ersten Begegnung auf der Handelsstraße gewusst, was die im Schilde führen, hätten wir sie aus dem Busch heraus abknallen können. Damit wäre uns viel Ärger erspart geblieben.«

Jonan sagte nichts dazu. Zwar pflichtete er Pitlit im Grunde bei, aber ein kaltblütiger Mord aus dem Hinterhalt war etwas, das er niemals zustande bringen würde. Es war nicht nur feige, sondern auch schlichtweg falsch. Man sollte seine Probleme nicht durch Töten lösen, wenn es irgendeine andere Option gab.

Mit einem Ruck drehte er sich um und lief zur Tür. »He, Wache! Aufmachen! Bitte! Es ist wichtig.«

Er rechnete es den Gardisten des Mondkaisers hoch an, dass sie ihn nicht einfach ignorierten, sondern tatsächlich den Schlüssel im Schloss herumdrehten und die Tür einen Spaltbreit öffneten. »Was gibt es?«, knurrte der Mann, dessen Gesicht dahinter auftauchte.

»Ich muss mit dem Mondkaiser sprechen. Es ist eine Angelegenheit von höchster Dringlichkeit.«

Der Gardist gluckste. »Schon klar. Jetzt, wo du es sagst: Ich spüre auch ein gewisses Bedürfnis, seine Majestät auf einen Plausch zu treffen. In beiden Fällen gilt leider: Daraus wird nix.«

Er wollte die Tür schon wieder schließen, doch Jonan hielt ihn auf. »Halt, nein. Bitte warten Sie. Es geht um Leben und Tod, ich schwöre es Ihnen. Prinz Alexandre ist im Begriff, sich in höchste Gefahr zu begeben.«

»Und wie kommst du darauf?«

Immerhin etwas, dachte Jonan. Er hatte die Neugierde – oder die Sorge – des Wachmanns geweckt. »Hören Sie, ich habe gerade gesehen, wie der Prinz mit einigen Gardisten losgeritten ist. Ich weiß, dass er nach Paris will, um dort … um sich zu vergnügen. Aber ich komme gerade von dort. Und ich weiß zufällig, dass sich in den letzten Tagen eine antiroyalistische Bewegung gebildet hat. Sie geht gegen kaiserliche Soldaten vor, die sich in die Trümmerzone wagen.«

»Davon habe ich noch nie etwas gehört«, knurrte der Gardist.

»Es gibt sie ja auch erst seit ein paar Tagen, Licht Gottes noch mal! Ich habe mit eigenen Augen gesehen, wie diese Leute Waffen auf einem Schwarzmarkt gekauft haben, und gehört, wie sie sich dabei unterhalten haben.«

»Und warum haben Sie das nicht gestern schon gemeldet?«

»Weil ich es in all dem Trubel vergessen habe. Eben, als ich die Reiter sah, ist es mir wieder eingefallen. He …« Er breitete beschwörend die Arme aus. »Sage ich die Wahrheit, retten wir durch schnelles Handeln dem Prinzen das Leben und Sie erhalten einen Orden. Lüge ich, macht sich eine zweite Gruppe unnötig auf den Weg, meldet das nach der Rückkehr, und ich bekomme den Ärger. Was haben Sie also zu verlieren, wenn Sie mich zum Kaiser bringen?«

»Meinen Kopf, wenn er in der falschen Stimmung ist.«

»Dann lassen Sie mich mit jemand anderem sprechen. Mit … mit Paladin Julion Alecander. Er kennt mich. Wir haben früher zusammen gedient.« Das stimmte zwar nur im weitesten Sinne, aber Jonan war in diesem Moment bereit, die Wahrheit ein wenig freier auszulegen.

Der Wachmann seufzte. »Also schön, ich werde sehen, was ich tun kann.«

»Ich danke Ihnen. Und beeilen Sie sich. Wenn der Prinz erst Paris erreicht hat, weiß ich nicht, was passieren wird.«

»Ja, ja, ich habe verstanden.« Die Tür schloss sich wieder.

»Vielleicht haben wir Glück«, meldete sich Pitlit, der sich wieder aufs Bett geworfen hatte, zu Wort. »Der Wachmann trödelt, der Prinz erreicht die Gegend um den Invalidendom und wird dort von Kylian oder Mathis oder wie sie alle heißen umgepustet.«

»Hör auf, so zu reden, Pitlit«, ermahnte Jonan ihn. »Niemand soll *umgepustet* werden. Nicht, wenn ich es verhindern kann.«

»Du bist einfach zu redlich«, brummte der Straßenjunge.

»Mag sein. Aber ich habe auch einiges wiedergutzumachen.« Dabei dachte Jonan an sein Jahr in der Tribunalpalastgarde und die Gräueltaten, an denen er als Schwarzer Templer beteiligt gewesen war. *Ich kann besser sein, als ich es früher war*, sagte er sich. *Und heute beweise ich es einmal mehr.*

Die nächsten Minuten zogen sich dahin. Man konnte das Gefühl bekommen, die Zeit habe sich gegen sie verschworen. Es juckte Jonan in den Fingern, erneut gegen die Tür zu hämmern und um Eile zu bitten. Aber was nutzte es? Den Wachmann, den es betraf, erreichte sein Ruf ohnehin nicht.

Nach einer knappen Viertelstunde rumorte es erneut im Türschloss, und der Wachmann winkte Jonan hinaus. »Kommen Sie.«

»Und ich?«, fragte Pitlit und sprang eifrig vom Bett.

»Du nicht«, sagte der Gardist und machte die Tür wieder zu. Er wirkte ein wenig nervös, was sich nicht zuletzt darin zeigte, dass er vergaß, den Schlüssel im Schloss herumzudrehen, bevor er ihn herauszog. Jonan hielt es nicht für notwendig, ihn auf den Fehler hinzuweisen.

Sie gingen den Korridor hinunter und begaben sich über die Treppe in den ersten Stock. Dort bogen sie in den Mittelbau ein. Der Wachmann räusperte sich. »Ich habe den Paladin nicht gefunden. Allerdings kam mir seine Majestät auf dem Flur entgegen. Ich bat für einen Moment um des Kaisers Gehör, und er willigte ein. Um es kurz zu machen: Er wird Sie empfangen. Sie haben fünf Minuten. Machen Sie das Beste daraus. Und da sind wir schon.«

Sie erreichten eine prunkvoll verzierte Tür, vor der sich zwei leicht gerüstete Ehrengardisten postiert hatten. Mit unbewegten Mienen und ohne auch nur mit der Wimper zu zucken, ließen sie Jonan und den Wachmann passieren.

Der Raum dahinter entpuppte sich als ein kleiner Privatsalon mit Blick auf den Innenhof des Schlosses. Ein paar Sessel und niedrige Tischchen waren auf einem riesigen Teppich gruppiert. An den Wänden standen einige Sockel mit den Büsten Jonan unbekannter Männer. Ansonsten war der Raum leer. Es gab nichts, womit man sich hätte beschäftigen können, wenn man nicht bloß in die Luft starren wollte. Weder Obst noch Wein oder Wasser standen bereit. Im Kamin brannte auch kein Feuer. Wie es aussah, hatte der Mondkaiser diesen Raum spontan ausgewählt, um Jonan zu empfangen.

Der Kaiser stand am Fenster und wandte ihnen, während er auf den Hof schaute, den Rücken zu. Wie schon am gestrigen Abend war er in prachtvolles Blau und Silber gewandet. Der Schnitt seiner Kleidung hatte etwas Soldatisches. Jonan fühlte sich an die Feldherren erinnert, deren Gemälde im Ehrensaal der Templerakademie hingen. Das nährte in ihm die Hoffnung, dass der

Kaiser bei aller nötigen Zurschaustellung von Glanz und Gloria im Kern ein pragmatisches Wesen hatte und man vernünftig mit ihm reden konnte.

Abgesehen vom Herrscher von Francia befanden sich noch drei Männer und eine Frau im Raum, die sein Gefolge zu sein schienen. Die Frau mit dem blauvioletten Kleid glaubte Jonan gestern auf dem Ball gesehen zu haben. Ganz sicher war er sich aber nicht.

»Eure Majestät«, meldete sich der Wachmann zu Wort.

Der Mondkaiser drehte sich zu ihnen um, was Jonans Begleiter zu einer tiefen Verbeugung veranlasste. Jonan verbeugte sich ebenfalls. Respekt zu erweisen schadete nicht, wenn man als unwillkommene Person ein Anliegen vorzutragen hatte.

»Sie wollten mich sprechen?«, sagte der Mondkaiser. Seine Silbermaske ließ keinerlei Ausdruck zu. Nur in der geschminkten Mundpartie gab es Bewegung. Seine Augen waren von einem intensiven Blau, das beinahe unnatürlich wirkte.

»Ja, Eure Majestät«, antwortete Jonan. Er warf einen Blick auf die Höflinge. »Wenn Ihr es erlaubt: unter vier Augen.«

Zwei der Höflinge schauten etwas pikiert ob dieser Bitte. Der Mondkaiser musterte Jonan kurz. Dann hob er die Hand und machte eine winkende Geste. Ohne ein Widerwort verließen alle Anwesenden den Raum. Jonan musste zugeben, dass ihn diese wortlose Machtdemonstration beeindruckte. »Drei Minuten«, sagte der Kaiser, ob zu dem Diener, der soeben die Tür schloss oder zu Jonan, vermochte dieser nicht zu sagen.

»Es geht um Euren Sohn, Majestät«, begann er, um keine Zeit zu verlieren. »Ich …«

»Sie haben ihn niedergeschlagen, nicht wahr?«, unterbrach ihn der Kaiser.

Jonan schluckte. Darüber wollte er mit dem Herrscher von Francia eigentlich lieber nicht sprechen. Die Worte Paladin Alecanders kamen ihm in den Kopf: *Ein Templer zu sein, bedeutet mehr, als nur eine Uniform zu tragen. Es ist eine Frage des Mutes und der Aufrichtigkeit.* Er straffte die Schultern. »Ja, Eure Majestät. Ich konnte nicht anders. Er hat sich Carya, der Frau, die ich liebe, gegenüber absolut schändlich verhalten. Ich sage das in dem vollen Wissen, dass Ihr mich für so eine Frechheit jederzeit töten lassen könntet. Aber es ist die Wahrheit.«

»Ich weiß«, erwiderte der Mondkaiser zu Jonans Verblüffung. Mit bedächtigen Schritten kam er näher. Seine stechend blauen Augen schienen direkt in Jonans Innerstes zu blicken. Es war ein unangenehmes und unheimliches Gefühl, das dazu verlockte, die Augen niederzuschlagen. Aber Jonan widerstand ihm. »Ich verurteile Sie nicht«, fuhr der Kaiser fort. »Im Gegenteil, ich beglückwünsche Sie. Es gibt nicht viele, die den Mut hätten, meinem Sohn die Stirn zu bieten, ganz gleich, wie er sich aufführt.«

»Man könnte es statt Mut auch Dummheit nennen«, erwiderte Jonan, der sich verwirrt fragte, auf was für ein Gespräch er sich hier eingelassen hatte.

»Dummheit wäre es gewesen, wenn Sie nicht gewusst hätten, wen Sie herausfordern«, erklärte der Kaiser. »Aber Sie wussten es, oder?«

»Ja.«

»Dann war es Mut – und den weiß ich zu schätzen, auch wenn ich Ihre Tat offiziell verurteilen muss. Noch zwei Minuten.«

»Ich … äh …« Der abrupte Wechsel brachte Jonan ins Schlingern. Er räusperte sich. »Eure Majestät, ich sah Euren Sohn vor zwanzig Minuten mit einigen Soldatenkameraden losreiten. Ist Euch bekannt, wohin sie unterwegs sind?«

»Mein Sohn reitet auf Patrouille entlang der Grenzen zur Wildnis«, sagte der Mondkaiser. »Es entspannt ihn, wenn er die Dinge bei Hofe für einen Augenblick vergessen möchte.«

Mit einem tiefen Atemholen schüttelte Jonan den Kopf. Er lehnte sich hier sehr weit aus dem Fenster. Aber es musste sein, wenn er Leben retten wollte. »Das ist so nicht ganz richtig, Eure Majestät.«

»Wie meinen Sie das?« Die Augen des Mondkaisers verengten sich.

»Euer Sohn und seine Männer reiten nach Paris, in die Trümmerzone. Ich habe ihn vor ein paar Tagen auf dem Weg dorthin getroffen. Dort gehen sie auf die Jagd – und ich fürchte, es sind Menschen, die sie jagen, Straßenkinder, um genau zu sein.«

Der Mondkaiser trat so nah an ihn heran, dass Jonan nicht einmal mehr den Arm hätte ausstrecken müssen, um ihn zu berühren. »Das sind sehr gefährliche Anschuldigungen«, sagte er leise.

»Ich weiß. Deshalb wollte ich sie auch Euch alleine vortragen.«

»Welche Beweise haben Sie dafür?«

»Keine, fürchte ich. Nur die Klage eines Mannes, der in der Trümmerzone lebt und sich dort um diese Kinder kümmert. Pitlit und ich waren für kurze Zeit seine Gäste, und er schilderte uns die Gräueltaten, die Soldaten in der Uniform des Hofes in den Straßen anrichten. Warum hätte er mir das erzählen sollen, wenn es nicht stimmen würde?«

»Vielleicht aus Verbitterung.«

»Vielleicht. Doch ich komme nicht nur zu Euch, um schlecht über Euren Sohn zu sprechen. Genau genommen möchte ich sein Leben retten. Denn seit gestern sind die Straßenkinder bewaffnet. Sie werden zurückschießen, wenn die Soldaten sie angreifen.«

»Und das wissen Sie, weil …?« Der Kaiser ließ die Frage in der Luft hängen.

»… ich ihnen diese Waffen beschafft habe«, antwortete Jonan. »Ich hatte Mitleid und wollte ihnen helfen. Natürlich wusste ich zu dem Zeitpunkt noch nicht, dass Euer Sohn unter den Menschenjägern ist. Nicht, dass das etwas geändert hätte.«

»Es scheint Ihnen Spaß zu machen, mit jedem Wort auf Messers Schneide zu tanzen«, stellte der Mondkaiser fest. »Aber ich spüre, dass Sie die Wahrheit sagen.« Mit einem Ruck wandte er sich ab und ging wieder zum Fenster hinüber.

Hinter Jonan wurde die Tür geöffnet. »Eure Majestät, die drei Minuten sind …«

»Raus!«, befahl der Kaiser mit unerwartet schneidender Stimme.

Die Tür wurde wieder geschlossen.

Einen Moment lang senkte sich Schweigen über den Raum. »Dieses Verhalten meines Sohnes …«, sagte der Mondkaiser, ohne sich zu Jonan umzudrehen. »Es ist abscheulich und eines Erben des Throns von Francia nicht würdig. Aber Alexandre suchte schon immer Genuss und Nervenkitzel in gleichem Maße. Es ist seine Schwäche. Über seine Frauengeschichten kann ich hinwegsehen. Ein junger Mann muss seine Erfahrungen sammeln. Aber dies hier geht zu weit.« Er wandte sich wieder zu Jonan um. »Niemand darf davon erfahren, hören Sie? Was in diesem Raum gesprochen wurde, bleibt in diesem Raum. Bekomme ich Wind davon, dass Sie dem zuwiderhandeln, lasse ich Sie hinrichten, ganz egal, ob mir das den Unwillen des Lux Dei einbringt oder nicht.«

»Ich verstehe«, sagte Jonan. Mit nicht weniger hatte er gerechnet.

»Was die Lage in diesem Moment angeht: Wissen Sie, wo in Paris er sich herumtreibt?«

»Nicht genau, aber ich habe eine ungefähre Vorstellung davon.«

»Dann halten Sie ihn für mich auf.«

Jonan blickte den Mondkaiser überrascht an. »Wie soll ich das anstellen? Er wird mich doch sicher erschießen, sobald er mich nur sieht.«

»Nicht, wenn Sie einen der Motorwagen des Hofs nehmen«, erwiderte der Kaiser.

»Und wird das genügen, um ihn davon zu überzeugen, dass ich in Eurem Namen spreche?«

»*Das* hier wird ihn überzeugen.« Der Mondkaiser zog einen Ring von seinem behandschuhten Finger und reichte ihn Jonan. Es handelte sich um einen Siegelring, dessen ovale Oberseite aus einem schwarzen Edelstein bestand, in den das silberne Rund eines Mondes eingearbeitet worden war. Ein sichelförmiger Teil bestand aus hellerem, beinahe weißlichem Metall. Das Wappen des Mondkaisers.

Nachdenklich drehte Jonan den Ring in seinen Händen. »Ich fühle mich geehrt, dass Ihr mich mit dieser heiklen Angelegenheit betraut. Aber warum? Bin ich nicht ein Fremder und Eindringling bei Hofe?«

»Das sind Sie«, sagte der Mondkaiser. »Doch ist es das Vorrecht des Kaisers, auch Fremden und Eindringlingen zu vertrauen. Zumal Sie einen Fürsprecher von einigem Einfluss besitzen. Und ich rede nicht von Madame Arida.«

Er klatschte laut in die Hände, um die Höflinge wieder hereinzurufen. »Und nun gehen Sie«, sagte er zu Jonan. »Nehmen Sie Capitaine Rochefort mit, einen meiner beiden Leibwächter vorne an der Tür. Er wird Sie sicher nach Paris bringen. Retten Sie diese Kinder, Templer Estarto. Und holen Sie meinen Sohn zurück.«

Kapitel 36

Carya stand am Fenster ihres Zimmers und schaute auf den dunkler werdenden Park hinaus. Eigentlich war es noch viel zu früh am Tag, um dunkel zu werden, aber am Horizont türmten sich schiefergraue Wolkenberge auf, die den kurz zuvor noch blauen Himmel mehr und mehr verschlangen. Ein kalter Wind pfiff durch die Ritzen des alten Fensters. Es würde Regen geben.

Mittlerweile hasste sie dieses Schloss. Sie hasste es nicht nur, weil es voller Lügen und Intrigen war, sondern auch und vor allem aufgrund seiner Ausmaße. So leicht es ihr gefallen wäre, durch das Fenster zu fliehen, sie hätte Jonan und Pitlit aufgeben müssen, weil sie einfach nicht wusste, wo man sie festhielt. Vielleicht saßen sie in ihrem Zimmer im Erdgeschoss oder sie waren in einem Keller in einem der Wirtschaftsgebäude am Osteingang der Anlage untergebracht. Die Truppen des Mondkaisers waren geschickt darin, ihre Gefangenen zu trennen und ihnen so den Ausbruch zu erschweren. Aber vermutlich handelten sie nicht einmal absichtlich so.

Eigentlich hatte Carya bis zur Gerichtsverhandlung ausharren wollen, um dort ihre Trümpfe auszuspielen. Doch je länger sie darüber nachdachte, desto weniger hielt sie das für eine gute

Idee. Sie hatte einmal zu lange gewartet, bevor sie zur Flucht angesetzt hatte. Den Fehler wollte sie nicht wiederholen. Zumal sich nun alle gegen sie verschworen hatten: Prinz Alexandre aus verschmähter Liebe, Aurelie aus glühender Eifersucht und Cartagena, um seinen eigenen Hals zu retten. Aurelie hatte sie bereits eine Dirne genannt, womit die Stoßrichtung der Anklage kaum Fragen offen ließ. Man würde sie als Intrigantin brandmarken, die sich den Thron zu erschleichen versuchte. Und wer wusste schon, welche Strafe in Francia auf so etwas stand. Mit Glück landete sie für lange Zeit in einem finsteren Kerkerloch.

Also gut, dachte Carya. *Schritt eins: Ich verschwinde hier. Schritt zwei: Ich suche Pitlit und Jonan. Schritt drei: Ich knöpfe mir Cartagena vor.*

Sie ging zum Bett hinüber und zog ihren Beutel darunter hervor. Kleidung, Regencape, Wolldecke. Mehr besaß sie nicht. Die Kette mit dem Schlüssel ihrer Kapsel hängte sie sich um den Hals. Die verbliebene Goldmünze schob sie in die Tasche der Hose, die sie danach statt des Rockes anzog. Bei einer Flucht war die Hose praktischer.

An ihrem ersten Tag im Schloss hatte Carya sich auf ihrem Parkspaziergang die Fassade angeschaut. Direkt unter ihrem Fenster lag ein schmales Sims, das sich nach links und rechts über die ganze Länge des Gebäudes zog, wobei es sich an den Ecken und in der Mitte des Bauwerks verbreiterte, weil sich darunter die säulengeschmückten Balkone der ein Stockwerk tiefer liegenden Gemächer der wichtigeren Gäste befanden. Dort hinunterzuklettern stellte eine ziemlich Herausforderung dar, der sie sich lieber nicht stellen wollte, wenn es nicht unbedingt nötig war.

Zum Glück gab es noch einen anderen Weg. Oberhalb des Fensters verlief eine steinerne Balustrade. Wenn es ihr gelang, sich auf dem Sims zu dem breiteren Teil vorzuarbeiten, konnte sie dort auf die Statuen klettern und mit deren Hilfe die Balustrade erreichen. War sie erst auf dem Dach, würde sie sich eine Regenrinne auf der anderen Seite des Bauwerks suchen und dort den Abstieg wagen.

Oder ich knacke doch das Türschloss und versuche mein Glück durchs Innere von Château Lune. Aber wer weiß, wie weit sich schon herumgesprochen hat, dass die Verführerin des Prinzen unter Arrest gestellt wurde. Wie man es drehte und wendete, leicht würde ihre Flucht nicht sein. Es war zum Verrücktwerden.

Sie hatte soeben entschieden, den Weg übers Dach zu wählen und mit den ersten Regentropfen, wenn sich alle Parkspaziergänger in den Palast flohen, ihr Vorhaben in die Tat umzusetzen, als sich plötzlich jemand am Zimmertürschloss zu schaffen machte. Ein Schlüssel, der nicht recht passen wollte, wurde herumgedreht. Dann ging die Tür auf, und Cartagena stahl sich in den Raum.

Beim Anblick des Mannes, der ihr eben erst in den Rücken gefallen war, kochte Zorn in Carya hoch. »Sie!«, fauchte sie. »Sie wagen es, mich aufzusuchen? Ich könnte Sie umbringen!«

»Ja, vermutlich«, pflichtete der Botschafter ihr bei. »Deshalb hielt ich es für sinnvoller, nicht ohne Schutz zu kommen.« Er zog eine schwarze Pistole von einer Bauart hervor, die Carya noch nie gesehen hatte. Der Lauf war ungewöhnlich lang und bestand aus einem fast zwei Finger durchmessenden Zylinder. Cartagena richtete die Waffe auf Carya.

Ein Adrenalinstoß jagte durch ihren Körper. Instinktiv wich sie zwei Schritte zurück. »Was soll das?«, fragte sie. »Wollen Sie mich erschießen?«

Der Botschafter schnaubte. »Nur wenn es sein muss. Aber ich täte es sehr ungern, denn ich brauche dich noch.«

Carya fiel auf, dass er auf einmal jede Höflichkeitsform in der Anrede unterließ. Doch das war gegenwärtig ihr geringstes Problem. »Wofür?«, fragte sie. »Was für ein Spiel spielen Sie diesmal?«

»Das wirst du früh genug erfahren. Und nun zieh dein blaues Kleid, die Schuhe und das Medaillon an, die ich dir geschenkt habe. Die Gardisten kommen in ein paar Minuten, um dich zur Gerichtsverhandlung abzuholen. Da sollst du hübsch aussehen.« Er zog ein frisches Untergewand aus seiner Jacke und warf es ihr mit der linken Hand zu. Gleichzeitig wedelte er auffordernd mit der Pistole.

Wären Blicke Dolche, hätte Carya Cartagena in diesem Moment aufgespießt. So viel zu ihren Fluchtplänen. »Warum tun Sie mir das an?«, fragte sie, als sie hinter den provisorisch geflickten Wandschirm trat und sich umzuziehen begann.

»Falsch!«, zischte Cartagena. »Warum tust du *mir* das an? Ich hatte alles zeitlich so schön geplant. Heute Nacht sollte es zum Anschlag auf den Mondkaiser kommen. Alle Hinweise hätten auf die Sondergesandte gedeutet. Alexandre, aufbrausend wie immer, hätte sie umbringen lassen. Und vorbei wäre es mit dem Frieden zwischen Arcadion und Francia gewesen.«

»Und was betrifft mich das, wenn Sie den Mondkaiser erschießen wollen?«

»Nicht ich hätte ihn umgebracht, *du* hättest es getan!«

Auf einmal wurde Carya eiskalt, und es lag nicht daran, dass sie noch nicht in ihr Kleid geschlüpft war und bloß im Untergewand dastand. »Nein«, widersprach sie. Ihre Stimme klang erstickt. Ihre Kehle war wie zugeschnürt. »Das würde ich niemals tun.«

»Natürlich würdest du«, knurrte Cartagena. »Genau, wie du ohne zu zögern Magister Milan umgebracht hast.«

Carya begann zu zittern. Entsetzen kroch wie ein hungriges

Ungeheuer aus einer finsteren Grube ihres Bewusstseins. Also hatte sie in jener Nacht keine Vision erlebt. Es war tatsächlich sie gewesen, die einem Schatten gleich die Palastkorridore unsicher gemacht hatte, in der Absicht, einen Mann umzubringen, der immer nur freundlich zu ihr gewesen war. »Aber wie ist das möglich?«, flüsterte sie fassungslos. »Und warum Milan? Er gehörte doch, wie Sie, zu dieser … Erdenwacht. Hatte es etwas mit der Notiz zu tun, die er mir zugespielt hat? Er behauptete zu wissen, wer ich wirklich sei. Aber bevor er es mir am Morgen im Park verraten konnte, kam er ums Leben.«

Cartagena verzog die Miene zu einem humorlosen Lächeln. »Oh, sehr gut. Da ereilte ihn der Tod ja keine Minute zu früh. Denn, ja, es hatte damit zu tun, dass er dir zu schnell zu viel verraten wollte. Es war noch nicht alles bereit für den großen Moment. Womöglich wärst du sogar weggelaufen, nachdem Milan dir alles gesagt hätte.«

»Was hätte er mir denn gesagt?« Carya, die sich mittlerweile umgezogen hatte, trat hinter dem Wandschirm hervor und machte drohend einen Schritt auf den Botschafter zu.

Der hob warnend die Pistole. »Vorsicht, Mädchen. Ein Schritt näher, und ich schieße. Wenn alles gut läuft, muss keiner von uns sterben.«

»Hier läuft gar nichts, wenn Sie mir nicht langsam die Wahrheit sagen. Schon vom ersten Abend an wussten Sie mehr, als Sie bereit waren, zuzugeben, nicht wahr?«

In Cartagenas Gesicht arbeitete es, dann zuckte er mit den Schultern. »Was soll's. Du wirst ohnehin gleich alles wieder vergessen haben.« Er nickte. »Ja, ich wusste mehr. Ich hatte bereits so ein seltsames Gefühl, als ich dich in Orly auflas. Dieses Gefühl wurde zur Gewissheit, als du mir von dem vor zehn Jahren abgestürzten Raketenflugzeug erzählt hast. Du warst das Mädchen, das wir damals verloren haben.«

»Verloren?«, echote Carya. »Ich habe zur Erdenwacht gehört?«

Cartagena gluckste. »*Gehören* ist der richtige Ausdruck. Ja, du gehörtest der Erdenwacht. Wir haben dich erschaffen, dich ›programmiert‹. Du bist eine Invitro, Carya, gezüchtet, um die perfekte Attentäterin zu sein.«

Der Motor des gepanzerten Transporters brüllte auf, als Capitaine Rochefort das Gaspedal durchtrat. In einer Geschwindigkeit, die Jonan so noch nie erlebt hatte, raste das Fahrzeug über die breite Handelsstraße den Ruinen von Paris entgegen. Ohne zu verlangsamen walzten die mächtigen Räder über Unebenheiten und kleinere Trümmerstücke hinweg. Die silbernen Zierelemente auf der Motorhaube glänzten und reflektierten in einem Kaleidoskop aus Farben die vorbeihuschenden Mauern und Bäume am Straßenrand.

Rochefort, ein bulliger Mann mit raspelkurzem Haar, warf einen unwilligen Blick in den Rückspiegel. »Das sieht hässlich aus«, brummte er.

Jonan folgte seinem Beispiel und sah nach draußen. Er musste ihm recht geben. Vor ihnen, über den Dächern von Paris, schien noch die Sonne. Doch in ihrem Rücken schob sich eine gewaltige Wolkenlawine von Westen nach Osten, die das Land unter sich verdunkelte. Château Lune und seine Gärten hatte sie bereits unter sich begraben. Jonan glaubte, feine Schleier in der Luft zu sehen, die Regenschauer darstellten.

»Vielleicht finden wir seine Hoheit, bevor diese Sintflut über uns hinwegspült«, meinte Jonan.

»Was ist eine Sintflut?«, wollte Rochefort wissen.

»Viel Wasser, das einst vom Himmel kam, um alle sündigen Menschen zu ertränken.«

Der Capitaine lachte humorlos. »In dem Fall dürfte vom Hofstaat auf dem Schloss nicht viel übrig bleiben.«

»Ist es wirklich so schlimm?«, wollte Jonan wissen.

Rochefort warf ihm nur einen vielsagenden Blick zu.

Jonan richtete seine Aufmerksamkeit wieder auf die Straße. Ihr Weg führte sie durch eine Art Stadtwald, der im Laufe der Jahre zu einem wahren Dschungel geworden war. Die Bäume standen so dicht beisammen, dass sie am Straßenrand eine Mauer bildeten, die undurchdringlich für Fahrzeuge und für Pferde zu sein schien. Also mussten Alexandre und seine Männer irgendwo vor ihnen sein, auch wenn von der Gruppe jede Spur fehlte.

Direkt voraus tauchte ein Tunnel auf, der die sechs Spuren der Handelsstraße verschluckte. »Hinter dem Tunnel erreichen wir die Trümmerzone«, verkündete Rochefort. »Mir wäre es lieb, wenn Sie in den Waffenturm im Heck gehen würden. Nur zur Sicherheit. Es gibt einige Verrückte dort draußen.«

»Ich weiß«, bestätigte Jonan. Er stand auf und schob sich durch den Mittelteil des Fahrzeugs zu der Leiter, die zu einer Metallluke im Dach führte. Diese ließ sich aufklappen und einrasten, sodass aus der Luke eine Lehne wurde und zusammen mit einem ausklappbaren Polsterstück ein Schützensitz. Kalter Fahrtwind pfiff Jonan um die Nase, als er den an der Rückwand des Fahrzeugs herabhängenden Lauf des Maschinengewehrs in die Waagerechte schwang und ebenfalls arretierte. »Ich fahre rückwärts!«, brüllte er zu Rochefort hinunter.

»Unterhalb des Gewehrs sind zwei Pedale, damit können Sie den Turm nach links und rechts schwenken«, schrie der Capitaine zurück.

Jonan versuchte es, und mit einem Surren drehte sich der Waffenturm nach vorne. Der Fahrtwind wurde stärker, und Jonan kauerte sich hinter die Metallverkleidung in Deckung. Er warf einen prüfenden Blick zum Himmel. Noch rasten sie vor den Wolkenbergen her, aber irgendwann würden diese sie einholen, und dann würde es hier draußen doppelt ungemütlich werden. *Alexandre, wo steckst du, du Bastard?*

Im nächsten Moment fuhren sie in den Tunnel hinein und rasten im Dunkeln dahin. Rochefort schaltete die starken Scheinwerfer an und enthüllte eine lang gezogene Röhre aus glattem Kunststein, deren Boden mit Abfall und altem Laub übersät war.

Im Licht der Lampen glaubte Jonan auf der Straße etwas zu erkennen. »He, Rochefort, halten Sie mal an!«

Der Capitaine gehorchte, und Jonan schwang die Beine über das Schanzkleid des Waffenturms, um außen am Wagen hinunterzurutschen. Er lief ein paar Schritte den Tunnel zurück und ging in die Hocke. Vor ihm lag Pferdekot. Und er wirkte noch ziemlich frisch. Zufrieden nickte Jonan. »Wir sind auf dem richtigen Weg«, erklärte er Rochefort, als er wieder in den Wagen stieg.

Wie vom Donner gerührt stand Carya da. »Eine Künstliche?«, hauchte sie. »Aber das kann nicht sein. Ich habe einen Bauchnabel.«

»Ach Gott, die alte Geschichte mit dem Bauchnabel.« Cartagena schüttelte beinahe erheitert den Kopf. »Wir leben fast fünfzig Jahre nach dem Sternenfall, Carya. Es gibt längst Techniken, Invitros ohne diesen offensichtlichen Makel zu züchten – zumindest wenn man über die richtige Ausrüstung verfügt. In deinem Fall waren wir sogar besonders darauf bedacht, dich wie einen Menschen aussehen zu lassen, denn du solltest unerkannt unter ihnen leben.«

Carya kniff die Augen zusammen. Langsam fielen die Puzzlesteine des gewaltigen Mosaiks ihrer unbekannten Vergangenheit an ihren Platz. Die futuristische Kapsel, in der ihr Vater sie gefunden hatte, der Umstand, dass sie fast nie krank geworden war, die unfassbaren Fähigkeiten, die sich plötzlich aktiviert hatten – vermutlich durch den Schock der Ereignisse in der Richtkammer –, und schließlich ihr Gefühl, schon einmal Francianisch gelernt zu haben: Das alles waren Folgen des Plans der Erdenwacht gewesen. »Ich sollte also für die Erdenwacht nach Paris gehen, um dort am Hof des Mondkaisers aufgenommen zu werden?«

»Richtig«, bestätigte Cartagena.

»Und dann sollte ich den Mondkaiser umbringen? Mit sechs Jahren?«

»Wenn es nötig geworden wäre: ja. Aber eigentlich sah unsere Zielsetzung anders aus. Du solltest von Magister Milan, den wir ein paar Jahre zuvor am Hof als Agenten untergebracht hatten, in die feine Gesellschaft eingeführt werden. Dann solltest du dem Prinzen vorgestellt und mit ihm verlobt werden, um an seiner Seite zu regieren. Der Kaiser war damit einverstanden. Genau genommen hatte er ›die perfekte Frau‹ für seinen Sohn bei uns bestellt. Natürlich wusste er nicht, dass wir eine Extraprogrammierung eingefügt haben, sollte es nötig werden, die Kaiserin in eine Killerin zu verwandeln.«

Die perfekte Frau, hallten die Worte Cartagenas in Caryas Kopf nach. Jetzt konnte sie sich auch endlich diese seltsame Anziehung erklären, die Alexandre auf sie ausübte. Man hatte sie so geschaffen, dass sie ihn attraktiv finden würde. Und dass er ihr verfallen musste. Es war erschreckend, wie trefflich der Plan von Cartagenas

Leuten auch Jahre später noch aufgegangen war. Hätte Carya nicht zuvor Jonan kennengelernt und sich in ihn verliebt, wäre sie sofort bereit gewesen, Alexandres neue Frau zu werden und Aurelie vom Thron zu stoßen.

»Aurelie …«, murmelte sie. Plötzlich sah sie auch die Versprochene Alexandres, die ihr selbst so ähnlich sah wie eine Schwester, mit anderen Augen.

»Tja«, brummte Cartagena. »Das war unser zweiter Versuch, nachdem dein Raketenflugzeug aus unerklärlichen Gründen auf dem Flug nach Paris verschwand. Wir standen ein wenig unter Zeitdruck, weswegen sie uns nicht ganz so gut gelungen ist. Ihr mangelt es an vielen deiner Gaben. Und ihr Geist erwies sich als … sagen wir mal: instabil. Sie hat dem lieben Magister, der sich um sie kümmern sollte, ziemlich viel Ärger bereitet. Ich kann mir gut vorstellen, wie erfreut er war, seine *echte* Aurelie, dich, eines Tages bei Hofe zu treffen.«

»Woher wusste er, wer ich bin?«

»Oh, wir haben vor deiner Erschaffung Entwicklungsstadien simuliert. Um zu schauen, ob du zu der Frau werden würdest, die wir haben wollten. Und da Milan nicht unwesentlich an diesem Projekt beteiligt war, kannte er dein Aussehen natürlich. Ich bezweifle trotzdem, dass er dich auf der Stelle erkannt hat. Genau wie ich, wird er sich wohl zuerst rückversichert haben. Es ist beinahe tragisch. Milan war für dich sicher das, was bei einer Invitro einem Vater am nächsten kommt. Er hat geholfen, dich zu erschaffen. Er war dabei, als du programmiert wurdest. Ich weiß noch, wie zögerlich er damals war. Wir haben dir ziemlich viel zugemutet – das mussten wir. Es hat ihm nie gefallen.«

Carya kam die Vision in den Sinn, die sie während ihrer Folterung durch Inquisitor Loraldi erlebt hatte. Da waren zwei Männer gewesen, Schatten nur in einem Raum aus weißem Licht. *Keine Angst, Kind*, hatte der eine zu ihr gesagt. Es hatte beinahe liebevoll geklungen.

Ich habe meinen Vater umgebracht, dachte Carya voller Schrecken. *Gnädiges Licht Gottes, Cartagena hat mich dazu gebracht, meinen Vater zu töten.*

Eine nie gekannte Wut auf diesen Mann, der so selbstgerecht mit seiner Pistole vor ihr stand, brandete in ihr auf. Die Kriegerin, nein, die Attentäterin, übernahm die Kontrolle über ihr Handeln, und diesmal hieß Carya sie mit Freuden willkommen.

Mit einem Schrei warf sie sich Cartagena entgegen, und es war ihr gleichgültig, ob er auf sie schoss oder nicht. Sie würde ihn töten, bevor er sie töten konnte. Dessen war sie sich sicher.

Doch er drückte nicht ab. Er machte überhaupt keine Anstalten, sich zu wehren. Stattdessen sagte er nur ein Wort: »Nemesis.«

Mehr und mehr begann sich die Straße zu verzweigen, und damit vervielfachten sich die möglichen Wege, die Alexandre und seine Männer genommen haben konnten. »Was machen wir?«, fragte Rochefort. »Einholen werden wir seine Hoheit jetzt wohl nicht mehr. Er könnte überall entlanggeritten sein.«

Zähneknirschend musste Jonan dem Capitaine recht geben. Obwohl sie alles an Tempo aus dem Wagen herausgeholt hatten, waren sie einfach zu langsam gewesen. Der Aufenthalt im Schloss hatte zu lange gedauert, möglicherweise nur fünf Minuten, aber diese fünf Minuten hatten Alexandre und seinen Leuten genügend Vorsprung verschafft, sodass sie jetzt in der Ruinenlandschaft verschwunden waren.

Jonan wünschte sich, dass er den Navigator bei sich hätte, um nach wahrscheinlichen Wegen zu suchen, aber der lag gut verpackt bei Bonasse im Invalidendom. *Der Invalidendom*, dachte er. Alexandres Jagdgebiet musste in dieser Gegend liegen, denn es war kaum anzunehmen, dass sich Bonasses Kinder mehr als ein paar Kilometer von ihrem Heim entfernten. »Wir müssen weiter nach Nordosten«, entschied er. »An den Rand des großen Kraters. Südlich davon, dort wo dieser riesige Metallturm aufragt, sollten sie irgendwo sein. Am besten fahren wir am Flussufer entlang. Dann müssten wir automatisch dorthin gelangen.«

»Haben wir überhaupt eine Chance, den Prinzen zu finden?« Rochefort warf Jonan einen zweifelnden Blick zu, während er den Wagen über eine Rampe hinunter zum Flussufer lenkte. »Diese Trümmerwüste ist riesig.«

»Uns bleibt keine andere Wahl, als es zu versuchen. Leben hängen davon ab – auch seins.«

»Dann hoffe ich, dass Sie eine gehörige Portion Glück mit an Bord gebracht haben.«

Jonan machte ein finsteres Gesicht. »Spätestens wenn das Schießen beginnt, haben wir eine Spur.«

Kapitel 37

Die Welt versank wie in einem Traum. Der Schatten, der eben noch Cartagena gewesen war, trat furchtlos an sie heran, und er gab ihr Befehle – Befehle, die im nächsten Augenblick in ihrem Inneren zu dem festen Willen reiften, genau so zu handeln. Carya versuchte, sich dagegen zu wehren, den Schlag zu Ende zu führen, den sie soeben gegen den Botschafter hatte ausführen wollen. Aber ihr Körper verweigerte ihr den Dienst.

Seelenruhig warf Cartagena das Magazin der Pistole aus, prüfte den Ladestand und schob es dann in den Griff zurück. Er reichte ihr die Waffe. *Töte ihn!*, schrie Carya in Gedanken. Doch statt abzudrücken, steckte sie die Waffe durch einen verborgenen Schlitz in den weiten Falten ihres blauen Kleides in ein Oberschenkelholster. Sie erinnerte sich nicht mehr daran, es überhaupt angelegt zu haben. Dann streifte sie die silberblauen Handschuhe über, die der Botschafter ihr gab. In den Handflächen befanden sich zierliche Metallgeflechte, deren Sinn sich ihr auf den ersten Blick nicht erschloss.

»Viel Erfolg, Aurelie Eins«, flüsterte Cartagena ihr zu, bevor er den Raum verließ.

Carya vermochte nicht zu sagen, wie lange sie wartend dagestanden hatte. Irgendwie hatte sie das Gefühl, als überspringe ihr Geist eine unbestimmte Zeitspanne, in der sie einfach nicht existierte. Und so hatte sie kaum dreimal geblinzelt, als sich die Tür erneut öffnete und zwei Gardisten im Türrahmen standen.

»Mademoiselle Diodato, bitte begleiten Sie uns«, sagte der eine.

Verschwindet, ich werde euch ermorden, rief Carya ihnen zu. »Natürlich«, sagte sie artig.

Mit vor dem Bauch gefalteten Händen folgte sie den beiden Männern durch die Korridore des Schlosses, ein flüchtiges Phantom in der Hülle eines Automaten. Alles um sie herum erschien ihr überdeutlich und trotzdem verschwommen. Es war, als wären ihre Sinne enorm geschärft – so, wie sie es aus Momenten, in denen sie zur Kriegerin geworden war, kannte. Doch ihr Bewusstsein blendete gleichzeitig alles Wahrgenommene, was keine Bedeutung hatte, aus. Das Gefühl war äußerst befremdlich. *Wie in einem Traum*, ging es ihr durch den Kopf, *in dem man auch alles mitbekommt, ohne es konkret zu erfassen.*

Plötzlich standen sie vor einem Portal. Es handelte sich um eine hohe Doppelflügeltür mit kostbaren Silberbeschlägen. Auf beiden Türflügeln prangte das Symbol des Mondkaisers, die helle Sichel auf dunklerem Silberrund vor schwarzem Marmor. Das musste ihr Ziel sein. Mit einem kaum merklichen Krümmen der Daumen legte Carya die Schalter um, die für eine Aktivierung der Elektroschocker sorgten, die in die Handschuhe eingearbeitet waren.

Einer der Gardisten griff nach der Türklinke, doch Carya war schneller. Sie hob die Hand und berührte ihn am Hals. Es kribbelte auf ihrer Haut, als die elektrische Ladung aus den im Handschuhschaft verborgenen Energiezellen in die Schockspule floss.

Mit einem Knistern entlud sie sich, und der Mann fiel ihr in die Arme.

»He!«, entfuhr es seinem Kameraden. Seine Rechte fuhr zum Holster mit dem Revolver an seinem Gürtel. Caryas Linke zuckte vor und hielt ihn fest, während sie, erneut mit der Rechten die Schockspule zündete. Auch ihre zweites Opfer ging ohne einen Laut zu Boden.

Sie deaktivierte die Schocker und zog die Pistole. Am Kolben befand sich eine winzige Plakette, die die dreistrahlige Sonne und das Templerkreuz zeigte. Eine Waffe aus den Arsenalen der Templer von Arcadion, aber technisch ganz eindeutig aus der Zeit vor dem Sternenfall. Es war eine gute Waffe: schnell, beinahe lautlos und zielgenau. Das, was sie jetzt brauchte.

Kraftvoll schob sie das Portal auf. Noch während sich die Türflügel mit dunklem Knarren behäbig öffneten, trat sie hindurch. Mit einem Blick erfasste Carya die Lage. Sie befand sich in einem Audienzsaal, nicht riesig, aber doch geräumig. Zur Linken öffnete sich eine der bekannten Fensterfronten des Schlosses, die zum Park hinauswies, über dem ein regelrechter Wolkenbruch niederging. Rechts hing ein übergroßes Schlachtengemälde an der Wand.

An der Stirnseite des Raums, vielleicht ein Dutzend Meter von ihr entfernt, saß der Mondkaiser auf einem erhöht aufgestellten Thron. Zu seinen Füßen waren an zwei schräg angeordneten Tischen einige Männer und Frauen gruppiert, die offenbar in dem Verfahren gegen Carya auf die eine oder andere Weise das Wort ergreifen sollten. Links vom Mondkaiser sah Carya Aurelie mit zweien ihrer Hofdamen und dem Diener aus dem Frühstücksraum. Zur Rechten des Kaisers saßen Julianne Factice, Minister Justeneau, der Lieutenant, der Jonan abgeführt hatte, und zu

Caryas Überraschung die Sondergesandte Arida. Cartagena fehlte ebenso wie Prinz Alexandre.

Das alles nahm sie binnen einer Sekunde wahr, und während sich Carya noch über das Fehlen des Prinzen wunderte, trat die Attentäterin bereits in Aktion. Mit einer fließenden Bewegung zog sie den hinterm Rücken verborgenen Arm mit der Pistole hervor und schoss dem Wachgardisten, der links von der Tür stand, in den Kopf. Blitzschnell winkelte sie den Arm an und richtete so die Waffe kopfüber auf den Gardisten zur Rechten. Er starb noch in der gleichen Sekunde.

Ein Aufschrei ging durch die Versammelten. Ein paar machten Anstalten, aufzuspringen. »Keiner rührt sich«, befahl Carya und richtete den langen Lauf der Pistole auf die Gruppe. Der Lieutenant wollte heldenhaft nach seiner Waffe greifen. Caryas Kugel traf ihn direkt zwischen die Augen. Blut spritzte auf das Schlachtengemälde in seinem Rücken, bevor er auf seinem Stuhl zusammensackte. Eine der Hofdamen fiel in Ohnmacht. Der Rest erstarrte in der Bewegung.

»Was hat das zu bedeuten?«, fragte der Mondkaiser mit herrischer Stimme.

Carya antwortete nicht, sondern ging mit entschlossenen Schritten bis zur Mitte des Raumes. So hatte sie noch immer alle Anwesenden im Blickfeld, aber war dem Kaiser nahe genug, dass sie ihm durch eins der Augenlöcher seiner Maske hätte schießen können. Sie zog den Lauf der Pistole ein wenig nach rechts.

Dann drückte sie ab.

Der Schuss hallte durch die leeren Straßen von Paris. Danach ein zweiter und ein dritter. Über das Brummen des Motors und den stärker werdenden Wind des nahenden Unwetters waren die

Schüsse kaum zu hören, doch Jonan, der nur darauf gelauscht hatte, bemerkte sie trotzdem. »Ich höre Waffenfeuer«, brüllte er zu Rochefort in den Wagen hinein.

»Von wo?«, wollte der Capitaine wissen.

Jonan sah sich suchend um, konnte allerdings nichts entdecken. »Keine Ahnung. Haben Sie ein Fernglas?«

»Ja, unter dem Beifahrersitz. Kommen Sie und holen Sie es sich.«

Während Jonan der Aufforderung nachkam, lenkte der Capitaine ihren Wagen die Uferstraße links von der Seine entlang. Der rechts vom Fluss verlaufende Weg wäre zwar näher liegend gewesen, weil sie so keine Brücke hätten überqueren müssen, um zurück in Bonasses Gebiet zu gelangen. Bloß hatten einige Krater in der Promenade die Fahrt dort unmöglich gemacht, sodass sie ans andere Flussufer gewechselt waren.

Auch hier fiel ihnen das Vorwärtskommen nicht leicht. Sie waren gezwungen, langsamer zu fahren, weil viel mehr Hindernisse auf der Fahrbahn lagen. Aufgegebene Motorwagen, Müllbehälter, herabgestürzte Äste und zerborstene Straßenlaternen behinderten sie. Außerdem mussten sie höllisch aufpassen, um nicht in eines der riesigen Schlaglöcher zu fahren.

Weitere Schüsse peitschten, nun etwas lauter. Sie bewegten sich eindeutig auf die Quelle der Geräusche zu. Aus einer Ahnung heraus richtete Jonan den Blick auf das absurd hoch in den Himmel aufragende Metallungetüm, das unweit des Flussufers stand. Durch das Fernglas glaubte er, winzige Gestalten im Gerüst des Turms umherturnen zu sehen.

»Verflucht, was machen die da?«, murmelte er. »Rochefort!«, rief er ins Wageninnere. »Wir müssen über den Fluss zu diesem Metallturm hinüber. Dort wird gekämpft. Schnell! Sonst erwischt es noch jemanden, bevor wir eingreifen können.«

»Geht klar«, bestätigte der Capitaine und gab Gas. Metall schepperte, und Jonan wurde ordentlich durchgeschüttelt, als der gepanzerte Motorwagen durch alle Hindernisse hindurchzufahren begann, die nicht größer waren als er selbst.

Licht Gottes, ich bitte dich, lass mich nicht zu spät kommen, betete Jonan.

Weitere Schüsse waren die einzige Antwort, die er bekam.

Die Kugel schlug unmittelbar neben dem Kopf des Mondkaisers in die Lehne des Throns ein. Holz splitterte, und er zuckte leicht zusammen. *Nein!*, schrie Carya im Geiste und warf sich innerlich mit aller Macht gegen die Barrieren, die sie von der bewussten Kontrolle über ihren Körper abhielten.

Sie richtete den Lauf der Waffe etwas zur Seite, und ihr Finger krümmte sich erneut um den Abzug. Aber sie zog ihn nicht durch. Carya starrte in die stechenden, intensiv blauen Augen des Mondkaisers und fing an zu zittern.

»Tun Sie es nicht«, sagte er leise und beschwörend. »Sie müssen mich nicht töten.«

»Nein ...«, presste Carya zwischen zusammengebissenen Zähnen hervor. »Will nicht ...« Das Zittern ihres Arms verstärkte sich, und sie legte zusätzlich die linke Hand an die Waffe. Sie spürte, wie ihr der Schweiß auf die Stirn trat. Carya kämpfte gegen sich selbst, gegen die erbarmungslose Konditionierung, der die Erdenwacht sie unterzogen hatte und die gegenwärtig nur ein Ziel kannte: den Kaiser um jeden Preis zu töten.

»Hören Sie auf meine Stimme«, sprach der Mondkaiser. »Sie wollen mich nicht umbringen. Ich sehe Ihren Konflikt. Legen Sie die Waffe nieder.«

»Majestät ...«, setzte Aurelie an, doch der Kaiser brachte sie mit einer entschiedenen Geste zum Schweigen. Die ganze Zeit hielt er Caryas Blick mit seinen Augen gefangen.

»Ich … will … nicht«, ächzte Carya. Ihre Arme begannen sich langsam zu senken. Sie kämpfte um jeden Zentimeter, und sie merkte, dass ihr die Präsenz des Kaisers half, weiterzumachen. Mehr und mehr wurde ihr scheinbarer Wille wieder zu Befehlen eines Schattens namens Cartagena, den sie hasste und der ihr wahrer Feind war. Das Gespräch mit ihm, das sie schon beinahe vergessen hatte, kehrte in ihre Erinnerung zurück, und das ganze Ausmaß seiner Intrige wurde ihr bewusst.

Ein heißer Zorn durchflutete sie und verlieh ihr neue Stärke, sodass sie die Attentäterin zurückzudrängen vermochte. Ihr Blick klärte sich, ihr Geist wurde weiter und größer. Es war ein Gefühl, wie wenn man nach einem schlimmen Drogenrausch wieder nüchtern wurde.

»Nein!«, rief plötzlich ein Mann neben ihr. Es handelte sich um Justeneau. »Tun Sie es! Schießen Sie. Sonst bringe ich Sie um.« Unvermittelt hielt er ein silbernes Kästchen mit einem Knopf in der Hand, auf den er den Daumen legte.

»Was haben Sie da?«, fragte Neve Arida scharf.

»Einen Funkauslöser«, antwortete Justeneau, ohne seinen Blick von Carya abzuwenden. »Er zündet den Sprengsatz in Mademoiselle Diodatos Medaillon. Also schießen Sie – oder ich jage Sie in die Luft.«

»Das ist Hochverrat«, warnte ihn der Mondkaiser.

»Es ist ein notwendiger Verrat«, fauchte Justeneau. »Oder glaubt Ihr, dass wir tatenlos zusehen, wie Ihr ein Bündnis mit unserem Erzfeind, dem Lux Dei, eingeht?«

»Entschuldigen Sie mich«, sagte Factice. Sie warf Carya einen prüfenden Blick zu, als wolle sie sich versichern, dass sie nicht mehr blindlings drauflosschießen würde. Dann erhob sie sich und ging langsam zur Tür. Mit bedächtigen Handgriffen schloss sie sie von innen, damit auf dem Korridor niemand mitbekam, was geschah.

»Ihr also auch, Julianne?«, entfuhr es dem Kaiser fassungslos. »Ich habe Euch persönlich unterstützt.«

»Es tut mir leid, Majestät«, sagte die Ministerin. »Ich bin eine Invitro. Was Ihr tut, ist falsch. Der Lux Dei ist bis ins tiefste Mark verdorben. Ich habe es Euch in Freundschaft zu sagen versucht. Aber Ihr habt nicht auf mich gehört. Also musste ich zu anderen Mitteln greifen. Euer Sohn wird sicher verständiger sein, wenn er erst erfährt, dass eine Attentäterin aus Arcadion Euch ermordet hat.«

Plötzlich wünschte sich Carya, sie wäre nicht so früh schon wieder sie selbst geworden. Binnen Sekunden war die Situation vollkommen außer Kontrolle geraten. Damit hatte sie nicht gerechnet. Und sie wusste nun nicht mehr, was sie tun sollte.

Eigentlich hatte sie erwartet, dass zumindest Aurelie sich auf die Seite des Vaters ihres zukünftigen Mannes schlagen würde. Doch die Versprochene Alexandres schwieg nur und schaute drein, als hätte sie Entsetzen gelähmt. Aber irrte Carya oder lag da ein kaum wahrnehmbares Funkeln von Zufriedenheit in ihren Augen? Gehörte Aurelie etwa ebenfalls zu den Verschwörern? Oder sah sie nur Alexandre in ihre Arme zurückeilen, wenn sie ihm schluchzend mitteilte, dass die teuflische Hexe Carya aus Arcadion seinen Vater ermordet hatte?

»Wie es aussieht, bin ich die einzige Kaisertreue in diesem Raum«, stellte Arida trocken fest. »Und das, obwohl ich dieses Land nicht mal besonders mag.« Bevor jemand darauf reagieren konnte, stand sie auf. Aus dem weiten Ärmel ihres figurbetonten Gewandes schnellte ein winziger Revolver in ihre Hand, den sie mit kühler Miene auf Justeneau richtete. »Drücken Sie den Knopf.«

»Was?« Erschrocken blickte er auf die kleine, aber bösartig glänzende Waffe, die auf seine Stirn zielte.

»Drücken Sie den Knopf, der den Sprengsatz auslöst. Sofort.«

»He«, rief Carya. »Das Medaillon liegt um meinen Hals. Wollen Sie mich umbringen?«

Ein dünnes Lächeln umspielte Aridas Lippen. »Ja, das will ich. Deswegen bin ich hier. Dies hier ist nicht der Augenblick meiner Wahl, aber besser jetzt, als nachdem Sie den Kaiser getötet haben. Übrigens soll ich schöne Grüße von Großinquisitor Aidalon ausrichten, Carya Diodato aus Arcadion, Hochverräterin am Orden des Lux Dei.«

Caryas Kehle wurde staubtrocken. Die Sondergesandte – oder wohl eher Agentin des Tribunalpalasts – hatte es gewusst. Sie hatte die ganze Zeit gewusst, wer Carya war, und nur auf den Moment gewartet, um zuzuschlagen. Caryas Blick huschte zu Justeneau, dessen ruhige Hand zu zittern begonnen hatte und der seinerseits zwischen ihr, Arida und dem Kaiser hin und her schaute. »Schießen Sie!«, forderte der Minister Carya auf.

»Töten Sie Carya!«, zischte Arida Justeneau an.

In diesem Moment wurde schwungvoll die linke Flügeltür aufgerissen, traf Julianne Factice und ließ sie mit einem erschrockenen Aufkeuchen seitlich zu Boden stürzen. Im Türrahmen stand Pitlit, seinen silbern glänzenden Revolver in der Hand, der in Richtung Arida und Justeneau zielte. »Hier tötet niemand niemanden, würde ich vorschlagen«, sagte er grimmig.

Über eine breite Brücke fuhren sie direkt auf den Turm zu. Erst jetzt aus der Nähe erkannte Jonan, wie gewaltig dieses Monument aus Eisenträgern war, das lange vor dem Sternenfall errichtet worden war. Es erhob sich unfassbar hoch in den Himmel und ragte aus dem zertrümmerten Leib von Paris empor wie der verrostete mahnende Zeigefinger der Stadt selbst.

Obwohl es wegen der Wolken mittlerweile merklich dunkler geworden war und der Wind kräftig auffrischte, sah und hörte Jonan ganz deutlich, dass am Boden des Turms, zwischen seinen vier gewaltigen Stützpfeilern, geschossen wurde, und ebenso auf einer Plattform in gut fünfzig Metern Höhe.

Jonan fluchte. Er hatte keine Ahnung, wie sich dieser Zwischenfall entwickelt haben mochte. Entweder hatten einige der älteren Kinder von Bonasse den Turm gestürmt, nachdem sie durch die Jagdgesellschaft aufs Korn genommen worden waren. Oder sie hatten Alexandre und seine Leute hierhergelockt, um ihnen auf dem freien Gelände unterhalb des Turms, das so gut wie keine Deckung bot, eine Falle zu stellen.

So oder so hatte Jonan ein Problem. Er würde sich die Kehle wund schreien können, bevor alle Beteiligten die Kampfhandlungen einstellen würden. »He, Capitaine«, rief er zu Rochefort hinunter.

»Ich sehe es. Die haben sich überall auf dem Turm verteilt«, kam die Antwort.

»Richtig. Deshalb meine Frage: Haben Sie an diesem Wagen einen Lautsprecher?« Angriffstransporter der Templer besaßen so etwas, damit der Zenturio seine Männer von hinten führen oder seine Feinde zum Niederlegen der Waffen auffordern konnte. Andererseits war der Wagen des Mondkaisers eher ein ziviles als ein militärisches Fahrzeug, ungeachtet des Kanonenturms.

»Tut mir leid, nein«, erwiderte Rochefort erwartungsgemäß. »Ich kann hupen, wenn Sie möchten.«

Jonan sondierte mit seinem Fernglas die Lage. In den Überresten eines alten Kiosks hatten sich zwei der Soldaten des Kaisers verschanzt. Ein verendetes Pferd lag einige Meter weiter auf dem Steinboden. Hinter einem Gebüsch am nordwestlichen Stützpfeiler versteckte sich ein vielleicht zehnjähriges Mädchen, aber da es keine Waffe zu haben schien und auch nicht verwundet aussah, ließ Jonan es einstweilen außer Acht. »Dieses Fahrzeug ist kugelsicher, oder?«, vergewisserte er sich.

»Alles, was aus Revolvern und normalen Gewehrläufen stammt, halten wir aus«, antwortete Rochefort. »Wenn die schwereres Gerät haben, wird es gefährlich.«

»Haben sie nicht«, beruhigte Jonan ihn. Er klappte das Gewehr in Parkstellung und legte die Sitzfläche um. Dann zog er sich ins Innere des Motorwagens zurück und schloss die Metallluke. Den Waffenstand würden sie im Moment nicht brauchen. Er gesellte sich nach vorne zu Rochefort. »In Ordnung, so machen wir es: Wir geben jetzt ein Signal mit der Hupe und fahren mit dem Wagen direkt ins Auge des Sturms. Dort nehmen wir die zwei Soldaten auf. Dann schauen wir weiter.«

»Wie Sie wünschen«, erwiderte der Capitaine und lenkte den Wagen direkt auf den metallenen Titanen zu.

»Pitlit?«, fragte Carya überrascht.

»Wer ist das denn?«, knurrte Justeneau.

»Ich bin der Junge, den Sie in Orly beinahe gefasst hätten«, erklärte Pitlit und marschierte selbstzufrieden näher. »Aber eben nur beinahe. Ich habe mich ins Schloss geschlichen, um Carya zu finden. Und dann wurde ich in dieses Zimmer eingesperrt. Nur, wie sage ich immer wieder gerne: So leicht lässt sich ein echter Straßenjunge nicht festsetzen. Ich …«

Hinter ihm tauchte Factice auf, die weiße Büste eines unbekannten Adligen in den Händen und diese zum Schlag erhoben.

»Pitlit, pass auf!«, rief Carya erschrocken.

Auf einmal ging alles sehr schnell. Wie ein Tiger, der aus dem Nichts seine Beute anspringt, war die Attentäterin wieder in ihr, diesmal aber unter ihrer Kontrolle. Caryas Sinne schärften sich, alles Geschehen verlangsamte sich, als müsse es gegen einen enormen Widerstand ankämpfen. Carya sah, wie Factice' Arme durch die Luft auf Pitlit niederfuhren, die Büste als stumpfen Prügel in den schlanken Händen. Unendlich langsam, aber doch schnell genug, drehte Pitlit sich zur Seite, die Miene in einer Grimasse der Verblüffung erstarrt. Als ihn die Statue an der linken Schulter traf, drückte er instinktiv ab. Der Schuss peitschte ohrenbetäubend laut durch den Raum. Er verfehlte Arida um Haaresbreite, die ihrerseits aus nächster Nähe auf Justeneau feuerte und seinen Schädelinhalt über das Mobiliar verspritzte. Noch im Fallen drückte der sterbende Minister auf den Knopf – doch Carya hatte sich die Kette mit dem Medaillon bereits vom Hals gerissen und schleuderte das Kleinod zielsicher auf Justeneau und Arida, während sie sich gleichzeitig zu Boden fallen ließ, um selbst weniger Angriffsfläche zu bieten. Das Medaillon explodierte keinen Meter von den beiden entfernt in der Luft und perforierte Gesicht, Hals und Dekolleté der Sondergesandten mit nadelspitzen Metall- und Glassplittern. Gurgelnd fiel sie zu Boden.

Eine Sekunde später war alles bereits vorbei. Justeneau und Arida waren tot. Der Mondkaiser hatte sich neben seinem massiven Thron in Deckung geworfen. Aurelie, ihre verbliebene Hofdame und der Diener waren unter ihren Tisch gekrochen. Nun erhoben sie sich langsam. Auch der Mondkaiser stand auf. Sein Blick suchte Caryas. Sie nickte ihm zu. Es war vorbei.

Totenstille herrschte im Raum. Man hätte eine Stecknadel fallen hören. Dann fing Aurelie an zu schreien, und sie hörte gar nicht mehr auf.

Kapitel 38

Mit lautstarkem Hupen, das ihnen die Aufmerksamkeit aller Kämpfenden auch über das Schießen und das Rauschen der Windböen hinweg sichern sollte, rasten Jonan und Rochefort mitten in den Kampf hinein. Sie mussten durch einen halb verrotteten Zaun brechen und einen Grünstreifen durchpflügen, um ihr Ziel zu erreichen. Alle Zufahrtswege waren mit massiven Metallpfosten versperrt, die auch ihrem Fahrzeug vermutlich widerstanden hätten. Während sie zwischen den beiden westlichen Pfeilern hindurchbrausten, wurden sie mit zwei Kugeln begrüßt, die gegen das Dach des Motorwagens knallten. Im nächsten Moment hatten sie die Kioskruine erreicht, und Rochefort trat hart auf die Bremse.

Jonan riss die Beifahrertür auf. »Kommt rein!«, rief er den beiden Männern zu, die dort hinter den Resten einer Theke kauerten.

Der eine Soldat hängte sein Gewehr über die Schulter und schlang dem anderen einen Arm um den Rücken, um ihn zu stützen. Der schien sich einen Treffer am Bein zugezogen zu haben. Geduckt sprang Jonan nach draußen und öffnete die Tür zum Fond, um den Männern beim Einsteigen behilflich zu sein. Dabei huschte sein Blick über die vielfach verstrebten Pfeiler des

Turms, um nach irgendwelchen kindlichen Heckenschützen Ausschau zu halten, die sie aufs Korn nehmen mochten. Er konnte keine ausmachen.

Als die Männer eingestiegen waren, schlug er die Tür zu und brachte sich selbst wieder im gepanzerten Inneren des Motorwagens in Sicherheit. »Bericht!«, befahl er. »Wie viele von Ihnen sind noch da draußen und wo halten sie sich auf?«

»Wer sind Sie?«, fragte der eine Gardist verwirrt, als er Jonans Zivilkleidung bemerkte.

»Der Mann hat ›Bericht‹ gesagt, Soldat!«, brüllte ihn Rochefort vom Lenkrad aus an. »Wir haben uns nicht von Château Lune bis hierher durchgekämpft, um zu diskutieren!«

»Jawohl, Capitaine«, bestätigte der Mann erschrocken. »Verzeihung, Capitaine.« Er wandte sich an Jonan. »Wir waren zu siebt, Monsieur. Seine Hoheit, Prinz Alexandre, und sechs von uns. Wir gerieten in eine Falle, die uns diese Straßengören gestellt hatten. Seydoux und zwei Pferde wurden erschossen, Flamand hier bekam eine Kugel ins Bein. Seine Hoheit befahl mir, mit ihm unten die Stellung zu halten. Dann ist er mit Darmon, Arnaud und Renier los, um die feigen Attentäter zu stellen. Er ist da oben.« Der namenlose Gardist deutete zu der Plattform, die hoch über ihnen aufragte und auf der nach wie vor geschossen wurde.

»Und die übrigen Pferde?«, fragte Rochefort.

»Laufen hier irgendwo herum«, antwortete der Gardist. »Wir haben sie verscheucht, damit sie nicht zufällig getroffen werden.«

Der Capitaine nickte zufrieden. Dann sah er Jonan grimmig an. »Was nun?«

»Wir müssen die dort oben irgendwie dazu bringen, das Kämpfen einzustellen«, gab Jonan zurück.

»Und wie? Die hören Sie nie, wenn Sie denen etwas zurufen.«

»Lassen Sie es mich wenigstens versuchen.« Er stieg aus dem Wagen und formte die Hände zu einem Trichter. »He!«, schrie er aus Leibeskräften. »Hört auf zu kämpfen. Im Namen des Mondkaisers, dessen Siegel ich trage, befehle ich euch, aufzuhören. Und ihr auch, Kinder. Ich bin es, Jonan, der Freund von Bonasse. Legt die Waffen nieder.«

Weder während seiner Ansprache noch danach änderte sich etwas an den Schüssen auf der Plattform. Keiner hörte ihn. Jonan fluchte. Er war gezwungen, selbst auf den Turm zu steigen, um Alexandre von den wehrhaften Straßenkindern zu trennen. *Warum mache ich das eigentlich?*, fragte er sich wütend. Aber natürlich kannte er die Antwort. Er wollte Leben retten. Und er musste dem Kaiser beweisen, dass er besser war, als dessen Sohn es behauptete.

Jonan atmete tief durch. »Capitaine, ich gehe da rauf.«

»Sie sind verrückt«, gab Rochefort zurück.

»Ja, ich weiß. Ich verlange von keinem von Ihnen, dass er mitkommt. Aber es wäre mir sicher eine Hilfe, um die anderen Gardisten zum Einlenken zu bringen.«

»Ich melde mich freiwillig, Monsieur«, sagte der unverletzte der geretteten Soldaten. »Es sind meine Kameraden.«

»Ich danke Ihnen. In dem Fall sollten Sie, Capitaine, beim Wagen bleiben und alle einsammeln, die wir runterschicken.«

»Worauf Sie sich verlassen können.«

Gefolgt von dem Gardisten verließ Jonan den Wagen. Der Wind zwang ihn, die Augen zusammenzukneifen, als er versuchte, die Entfernung zu den verschiedenen Stützpfeilern abzuschätzen. Der im Südosten schien am nächsten zu liegen. Er wandte sich zu seinem Begleiter um. »Wie heißen Sie?«

»Poirot, Monsieur.«

»Dort hinüber, Poirot.« Jonan deutete auf ihr Ziel.

»Ich bin direkt hinter Ihnen.«

»Dann los!« So schnell er konnte, rannte Jonan auf den Pfeiler zu. Dabei befürchtete er nicht nur, von den aufgekratzten Straßenkindern aufs Korn genommen zu werden, sondern auch Alexandres Interesse geweckt zu haben. Der Prinz war sicher nicht gut auf ihn zu sprechen. Er mochte mit dem Gedanken spielen, Jonan einen bedauerlichen Unfall erleiden zu lassen. Jonan hoffte, dass ihn das Siegel des Mondkaisers davor bewahren würde. Und dass er den Prinzen dazu bringen konnte, von diesem Wahnsinn hier abzulassen.

Sie erreichten den riesenhaften Metallpfeiler und tauchten in das Gewirr aus quer verlaufenden Streben ein. Eine schmale Treppe führte im Zickzack aufwärts. Der Gitterzaun, der Aufsteigende vor einem versehentlichen Abstürzen bewahren sollte, war vollkommen durchgerostet.

»Haben Sie keine Waffe mitgebracht?«, meldete sich Poirot in seinem Rücken verwundert zu Wort.

»Nein«, gab Jonan zurück. »Das würde alles nur noch schlimmer machen. Und es ist so schon schlimm genug.«

Als hätte der Himmel auf dieses Stichwort gewartet, öffnete er plötzlich seine Schleusen. Wassermassen, die Jonans bereits befürchtete Sintflut vorwegzunehmen schienen, stürzten aus den dunklen Wolken auf sie herab, und die Metallstrebenkonstruktion des Turmes bot leider nur sehr unzureichenden Schutz davor.

Jonan fluchte unterdrückt, aber er stürmte weiter. Immer noch wurde geschossen, obwohl die Hitzigkeit des Kampfes dank der kühlenden Fluten spürbar nachließ. Möglicherweise begann jetzt die Phase des Belauerns, des Suchens nach dem Feind, um mit den wenigen verbliebenen Kugeln noch das Beste anzustellen.

Keuchend nahm Jonan den nächsten Treppenabsatz. Er war nicht untrainiert, aber mehr als fünfzig Höhenmeter im Eiltempo zu überwinden, stellte auch für ihn eine nicht ganz alltägliche sportliche Herausforderung dar. *Eine schöne Ausrede*, dachte er. *Du hast dich in den letzten Wochen, seit du aus Arcadion geflohen bist, gehen lassen. So und nicht anders sieht es aus.* Doch so gerne er dagegen etwas unternommen hätte: In der Wildnis gab es gerade genug zu essen, um das Überleben zu sichern. Um ein rigoroses Trainingsprogramm durchzustehen, brauchte es mehr. Beinahe hätte er über seine eigenen Gedanken gelacht. *Als hätte ich keine anderen Probleme.*

Endlich erreichten sie die Plattform, und Jonan sah sich unvermittelt einem etwa vierzehnjährigen Jungen gegenüber, der ihm einen der von Jonan selbst ertauschten Revolver ins Gesicht hielt.

»Nicht schießen«, rief Jonan und hob die Hände. »Mathis, nicht wahr?«

Der Junge nickte mit verkniffener Miene.

»Ich bin es, Jonan, der zusammen mit Pitlit bei euch zu Gast war.«

»Was wollen Sie hier?«, fragte Mathis.

»Diesem Kampf ein Ende bereiten. Ich habe mit dem Kaiser gesprochen. Schau: Hier ist sein Siegel.« Er zeigte dem Jungen den Ring. »Er ist nicht erfreut über das, was seine Soldaten treiben. Ich habe Befehl, alle zurückzuholen. Und sie werden auch nicht wiederkommen. Also hört auf zu schießen.«

»Nein! Sie wollten Alice umbringen«, erwiderte Mathis finster. »Und sie haben Jean-Luc erschossen. Und Louma. Wir müssen uns rächen.«

»Ihr hattet eure Rache, in Ordnung? Ein Soldat ist tot, ein anderer schwer verletzt. Sie haben es begriffen. Es muss jetzt enden.«

»Nein«, beharrte der Junge mit kindlichem Trotz. »Kylian sagt, alle müssen sterben.«

»Du kleiner Scheißer!«, entfuhr es Poirot hinter Jonan. »Er hat gesagt, ihr sollt die Waffen …«

Mathis zuckte zusammen und schoss. Die Kugel flog so nah an Jonans Arm vorbei, dass er den scharfen Luftzug spürte. Poirot ächzte schmerzerfüllt und taumelte nach hinten. »Licht Gottes!«, fauchte Jonan. Blitzschnell schoss seine Hand vor und entriss dem erschrockenen Jungen die Pistole. Mit einem kraftvollen Wurf schleuderte er sie durch das Sicherheitsgitter hinaus in den strömenden Regen. »Ich habe doch gesagt, es muss jetzt enden.«

Er drehte sich zu Poirot um. Der hing kurzatmig zwischen zwei gekreuzten Metallstreben und starrte fassungslos auf einen roten Fleck, der sich auf der Brust seiner Uniformjacke ausbreitete. »Das wollte ich nicht«, murmelte er. »So sollte es nicht … Tut mir leid … Ich …« Er hob den Blick und sah Jonan aus glasigen Augen an. Sein Mund öffnete sich, als wollte er noch etwas sagen. Doch es kam bloß noch ein schwacher Lufthauch heraus.

Jonan schloss kurz die Augen. »Verdammt …« Wütend schlug er mit der Faust gegen die Strebe. Er wandte sich wieder Mathis zu. »Bist du jetzt glücklich? Geht es dir besser? Da, schau dir an, was deine ›Rache‹ angerichtet hat. Schau es dir genau an. Ich will, dass du das dein ganzes Leben nicht mehr vergisst!«

»Entschuldigung«, jammerte Mathis. Er verzog das Gesicht und fing an zu schluchzen. »Er hat seinen Revolver gezogen. Ich hatte Angst. Da, sehen Sie.« Er deutete mit einem schmutzigen Finger auf Poirot, und zu Jonans Überraschung hatte der wirklich in seiner halb geöffneten Hand einen Revolver hängen. Wie es aussah, hatte er Jonans Worten mit Waffengewalt Nachdruck verleihen wollen. *Dieser Idiot,* dachte Jonan. *Er hätte nicht sterben müssen.* Er nahm die Waffe an sich, entlud sie und warf sie ebenfalls in die Dunkelheit.

»Komm mit«, sagte er zu dem Jungen. »Du hilfst mir jetzt, die anderen zur Vernunft zu bringen. Bevor hier oben alle tot sind.«

Wie um seine düsteren Worte zu untermalen, grollte Donner in den Wolken über ihren Köpfen.

»Sei still!«, fauchte Carya Aurelie an, noch immer vom Adrenalin in ihrem Körper so aufgepeitscht, dass sie vergaß, irgendeine Form von Respekt zu zeigen.

Tatsächlich klappte die junge Frau den Mund zu und stützte sich dann in einem Anfall von Schwäche auf ihre Hofdame. Pitlit hielt mit seinem Revolver Factice in Schach. Der Speiseraumdiener fächelte der ohnmächtig gewordenen Begleiterin von Aurelie Luft zu. Der Mondkaiser stand neben dem Thron und überblickte die Lage, die so weit unter Kontrolle zu sein schien.

Was Carya die Gelegenheit gab, sich um eine ganz bestimmte Sache zu kümmern. »Pitlit«, sagte sie. »Du hältst hier die Stellung.«

»Wo wollen Sie hin?«, verlangte der Kaiser zu wissen.

»Ich halte Cartagena auf, bevor er sich absetzt«, erwiderte Carya, während sie sich umdrehte und zur Tür lief. »Er ist der Drahtzieher hinter all dem.«

Bevor der Mondkaiser ihr befehlen konnte, zu bleiben, floh sie aus dem Raum. Sie musste sich beeilen, wenn sie nicht von den zweifellos nahenden Schlosswachen aufgehalten werden wollte. An ihren Händen klebte Blut. Sie hatte mindestens zwei Gardisten erschossen und einen Lieutenant, ganz zu schweigen vom Mord an der Sondergesandten Arida – wobei das eher aus Notwehr geschehen war.

Dennoch hatte der Mondkaiser alles Recht, sie festsetzen zu lassen und zu verurteilen. Aber bevor das geschah, wollte sie sich bei dem Mann »bedanken«, der ihr den Ärger der letzten Tage, ja im Grunde ihres ganzen Lebens eingebrockt hatte.

Eine Invitro, eine Künstliche, gezüchtet, um einem Prinzen zu gefallen und um seinen Vater zu ermorden, sollte es nötig werden. Die Gedanken hämmerten auf Caryas Geist ein wie Faustschläge eines Preisboxers. Noch im Laufen spürte sie, wie sich die Welt um sie zu drehen begann. Sie wankte, blieb stehen und stützte sich an einer Marmorsäule ab. Im nächsten Augenblick rebellierte ihr Magen, und sie übergab sich auf den blank gewienerten Parkettboden. Und gleich darauf ein zweites Mal.

Licht Gottes … Sie spuckte bitter schmeckende Galle aus. Mit dem Ärmel wischte sie sich den Mund ab. Dann lehnte sie sich rücklings gegen die Säule, schloss die Augen und holte zwei, drei Mal tief Luft. *Ich habe drei Unschuldige erschossen. Ich bin eine Mörderin. Und ich kann nichts dagegen tun, denn ich wurde so geschaffen. Wieso haben Sie mir das angetan, Cartagena? Wieso bloß?* Diese Frage wollte sie ihm selbst stellen, bevor sie entschied, ob sie ihn der Gerechtigkeit des Mondkaisers übergeben oder ihre Seele mit einem weiteren Toten beladen wollte.

Am Gangende tauchten zwei Gardisten auf. »Mademoiselle Carya, bleiben Sie stehen, sonst …«

Sie ließ sie den Satz nicht beenden, sondern hob ihre Pistole und schoss auf eine Vase direkt neben den beiden Männern, die daraufhin in tausend Splitter zerbarst. Mit erschrockener Miene sprangen die Männer zur Seite und hinter einer Zierpflanze in Deckung. »Lassen Sie mich in Ruhe!«, warnte Carya sie. »Ich ergebe mich … in zehn Minuten. Bis dahin: Gehen Sie mir aus dem Weg.«

Sie wartete die Antwort der Gardisten nicht ab, sondern wirbelte herum und rannte weiter. Einem vorbeistolzierenden Diener stahl sie einen Kelch mit Wein vom Silbertablett. Damit spülte sie sich den Mund aus, nur um den Wein anschließend in das Gefäß zurückzuspucken und dieses auf einem Beistelltisch neben zwei Sesseln abzustellen. Sie erreichte den Südflügel und eilte den Korridor hinunter zu Cartagenas Gemächern.

Ohne zu klopfen öffnete sie die Tür, die Lippen entschlossen zusammengepresst, die Rechte mit der Pistole erhoben. Als sie den Salon betrat, der an den Eingangsbereich angrenzte, saß Cartagena auf einem der Stühle mit den hohen Lehnen vor einem späten Mittagessen. Er schien gerade bei der Vorspeise, einer Suppe, zu sein. Die gebratene Ente lag jedenfalls noch unangetastet vor ihm auf dem Tablett, ebenso die Kartoffeln und das Gemüse.

»Sie wollten mich umbringen, Sie Mistkerl«, fauchte Carya ihn ohne jede Begrüßung an. Mit schnellen Schritten hatte sie das Zimmer durchquert und hielt ihm die Pistolenmündung ins Gesicht.

Erst da fiel ihr auf, dass Cartagenas Hände schlaff neben dem Suppenteller lagen. Sein ganzer Körper schien ohne jede Kraft zu sein. Der Mund stand offen, und rötlicher Speichel besudelte seinen Bart. Seine Augen starrten ihr trübe entgegen. Als er sie sah, verzogen sich seine Lippen unendlich langsam zu einem zynischen Lächeln. »Habe … einen Feind … übersehen. Schande … über … mich.« Er lachte heiser, ein Lachen, das in ein Husten überging.

Dann brachen seine Augen – und er sagte nichts mehr.

Fassungslos starrte Carya ihn an. »He«, sagte sie und stieß ihn mit der Mündung der Pistole an. »Sie dürfen jetzt nicht einfach sterben! Hören Sie? Das ist nicht fair. Ich hatte noch Fragen an Sie. Cartagena?«

Aber der Botschafter regte sich nicht mehr. Carya überprüfte seinen Atem und den Puls. Sie spürte nichts. Er war tot. Jemand hatte ihn vergiftet.

Eine seltsame Ernüchterung breitete sich in Carya aus. Damit hatte sie nicht gerechnet. Ihr fiel auf, dass Cartagena seinen Ring mit dem Symbol der Erdenwacht nicht mehr trug. Und als sie sich endlich aus ihrer Erstarrung zu lösen vermochte und rasch umsah, bemerkte sie außerdem, dass auch die schwarze Mappe mit dem messingfarbenen Schloss fehlte. Genau genommen war Cartagenas ganzes Gepäck auf einmal fort. *Was ist hier geschehen?*, fragte sich Carya.

»Hallo?«, schrie Jonan in den Regen hinein, der durch die offene Eisenkonstruktion prasselte. »Jetzt ist der Nächste von euch tot. Reicht es nicht langsam?« Vorsichtig schritt er auf der Plattform umher. Die vielen Metallstreben, mehrere aufgegebene Gastronomiebereiche und eine tiefer gelegte Promenade, die sich um den Mittelteil zog, machten das Gelände gefährlich unübersichtlich. In der Mitte klaffte ein gewaltiges, quadratisches Loch, durch das man auf den zerstörten Kiosk und den gepanzerten Wagen hinunterschauen konnte. Beide waren klein wie Spielzeug.

Auf der anderen Flussseite zuckte Wetterleuchten in den Wolken, und Donner grollte. Das Unwetter wurde immer heftiger. Es wurde Zeit, von hier zu verschwinden. »Habt ihr gehört?«, fragte Jonan daher laut.

»Wer ist da?«, drang von irgendwoher eine Männerstimme, die er nicht kannte.

»Hier spricht Jonan Estarto, ich komme im Auftrag seiner Majestät. Zum Beweis trage ich seinen Siegelring bei mir. Hier ist er.« Er hob den Ring hoch über den Kopf, auch wenn er nicht glaubte, dass ihn jemand aus der Ferne erkennen konnte. »Ich habe Befehl, alle Soldaten nach Château Lune zurückzuholen. Alles Schießen hat sofort aufzuhören.«

Einer spontanen Eingebung folgend, fuhr er fort: »Der Mondkaiser weiß von euren Taten, und er wird jeden, der sich widersetzt, hinrichten lassen. Ergebt ihr euch und kommt mit mir, fällt das Urteil milder aus. Also legt die Waffen nieder.« Er riskierte, sich mit der erfundenen Geschichte den Zorn des Kaisers zuzuziehen, doch wenn er damit durchkam, heiligte der Zweck sicher die Mittel.

Ein saftiger Fluch war zu vernehmen. »In Ordnung«, rief der Mann. »Ich komme raus. Nicht schießen, hört ihr?«

Jonan stieß seinen jungen Begleiter an. »Sag du es ihnen.«

»Äh … Leute, macht, was Monsieur Jonan sagt«, übernahm Mathis. »Bevor wir alle draufgehen! Bonasse wird uns eh den Hintern versohlen, wenn er hört, was wir gemacht haben.«

»Du willst uns doch nicht an Bonasse verpfeifen, Mathis, oder?«, antwortete ihm ein anderer Junge. Jonan folgte der Stimme und sah ihn auf dem Dach des direkt benachbarten Gastronomiebetriebs liegen. Es handelte sich um Amineau, und auch er hatte einen von Jonans Revolvern bei sich.

»Nein, Amineau«, gab Jonan anstelle des Jungen zurück. »Niemand verpfeift euch. Zieht einfach nur friedlich ab. Ich regle den Rest.«

Der Junge musterte ihn zweifelnd, doch er nickte.

»Also schön«, rief Jonan und drehte sich dabei im Kreis, um die übrigen Zuhörer zu erreichen. Das Schießen hatte mittlerweile völlig aufgehört. Er nahm das als gutes Zeichen. »Amineau möchte auch Frieden. Wer ist noch bereit dazu?«

»Ich«, vernahm er eine Mädchenstimme. »Ich habe mir den Kopf gestoßen. Es blutet und tut ziemlich weh. Ich will nur nach Hause.«

»Gardist Renier hier«, drang es von der Promenade her. »Ich bin ebenfalls bereit, zum Schloss zurückzukehren.«

»Verräter!«, schrie jemand. Aus einer Mulde zwischen zwei Metallstreben tauchte Kylian auf. Er humpelte, und sein rechter Arm hing schlaff herunter. Blut besudelte sein nasses und schmutziges Hemd. Doch ungeachtet seiner Verletzungen glomm in seinen Augen heller Zorn, den er zuerst auf Mathis und Amineau richtete und danach auf Jonan – genau wie den Revolver, den er in seiner linken, gesunden Hand hielt. »Sie sollten nicht hier sein«, sagte er an Jonan gewandt. »Warum sind Sie aufgetaucht? Wir hätten die Mistkerle besiegt, die Jean-Luc und Louma gejagt und wie Tiere erlegt haben.«

»Genau, Jonan«, erklang eine weitere Stimme aus dem Gewirr der Metallstreben. Als Jonan den Kopf hob, erblickte er den Prinzen. Uniform und Silberschärpe waren schmutzig und sein Haar zerzaust, aber seine Maske saß noch immer makellos und er hatte sein Gewehr im Anschlag. Unversöhnliche Abscheu lag auf seinen Zügen, als er die Waffe auf Jonan richtete. »Verraten Sie es mir doch auch mal: Warum müssen Sie sich überall einmischen? Alles lief wundervoll zwischen Carya und mir, bis Sie aufgetaucht sind.«

»Nur in Eurer Fantasie, Hoheit«, erwiderte Jonan grimmig. »Abgesehen davon hat das hier absolut nichts mit Euch, Carya und mir zu tun. Und wenn doch, umso schlimmer.« Er wandte sich an Mathis und Amineau. »Verschwindet, Kinder. Ihr alle. Geht zu Bonasse, und wenn ihr verwundet seid, bittet ihn, mit

Godard Kontakt aufzunehmen. Bei ihm gibt es einen Arzt. Ich komme für die Behandlungen auf.«

Die beiden Jungs nickten und machten sich eilig aus dem Staub. Wie es aussah, fanden sie Kylians Rachefeldzug nicht mehr so gut, wie vor einer Stunde noch.

»Das gilt auch für dich«, fügte Jonan etwas lauter hinzu und blickte Kylian an.

Doch der hatte seinen Revolver auf Alexandre gerichtet und starrte diesen hasserfüllt an. »Sie sind der Anführer der Schlächter. Ich erkenne Sie an der Maske!«

»Richtig, du kleiner Straßenköter.« Der Prinz erwiderte Kylians Drohung, indem er mit seinem Gewehr nun auf ihn zielte. »Und ich kann auch dich erschießen, denn du bist ein Nichts. Niemand kümmert es, ob du lebst oder stirbst. Wenn du allerdings mich umbringst, wird eine Armee über euch kommen, und sie wird dich und all deine kleinen stinkenden Freunde ausräuchern. Überleg dir gut, was du tust.«

Erneut wetterleuchtete und donnerte es über ihnen.

Neben Jonan tauchte ein hagerer Mann in Uniform auf, Gardist Renier, wie Jonan annahm. Er hielt sein Gewehr locker in der Hand und blickte unschlüssig auf die Szenerie. Offenbar konnte er sich nicht entscheiden, ob er seinem Prinzen helfen oder sich dem Befehl des Gesandten des Kaisers beugen sollte, die Waffen zu strecken.

Kylian blinzelte gegen den fallenden Regen an. Seine Hand zitterte. Er schien mit sich zu ringen. Sollte er seinem Zorn nachgeben oder nicht?

Die Lippen Alexandres umspielte ein grausames Lächeln. »Das gibt dir zu denken, nicht wahr?«, tönte er von oben aus den Streben herab. »Tötest du mich und lieferst damit all deine Freunde dem Zorn meines Vaters aus? Oder läufst du weg wie ein feiger Hund und kannst niemals wieder in den Spiegel schauen – oh verzeih, bei euch gibt es ja keine Spiegel. Was hältst du davon? Ich gebe dir eine Entscheidungshilfe.« Blitzschnell zog er den Lauf zur Seite. »He, Kleine!«, schrie er.

Ein Mädchen von vielleicht dreizehn Jahren, die sich gerade zwischen zweien der Gastronomiebereiche davonschleichen wollte, erstarrte und wandte sich um. Ihre Stirn blutete, und über die linke Wange zog sich ein dunkler Schmutzstreifen.

»Nein!«, schrie Jonan, als er erkannte, was Alexandre vorhatte. Der Prinz musste völlig den Verstand verloren haben. Was wollte er erreichen? Dass er von einem ängstlichen, wütenden Jugendlichen erschossen wurde?

So schnell, dass niemand reagieren konnte, hatte er dem Gardisten Renier das Gewehr entrissen, es angelegt und zielte nun auf den Prinzen, dann auf Kylian und wieder auf den Prinzen. »Jetzt reicht es endgültig. Ihr seid doch alle nicht mehr ganz richtig im Kopf. Ich schwöre es euch, dem Nächsten, der schießt, verpasse ich eine Kugel. Und ich wette, sowohl Bonasse als auch seine Majestät würden es verstehen.«

Überrascht hielt Alexandre inne. »Das wagt Ihr nicht.«

»O doch, das wage ich. Und im Gegensatz zu dem Jungen bin ich ein Soldat des Templerordens. Ich treffe Euch also garantiert, Hoheit.« Er richtete das Wort erneut an Kylian. »Und du steckst jetzt endlich den verdammten Revolver ein, und dann nimmst du die Kleine und bringst sie nach Hause, damit eure Wunden versorgt werden. Bonasse hat nicht jahrelang darum gekämpft, euch ein halbwegs ordentliches Leben zu ermöglichen, nur damit ihr es für einen absurden Rachefeldzug wegwerft. Also los.« Er machte eine auffordernde Bewegung mit dem Gewehr.

»Ich kann nicht mehr zu Bonasse zurück«, sagte Kylian mit einer Schicksalsergebenheit, die Jonan einen Schauer über den Rücken jagte. »Ich habe zu viel Mist gebaut.« Er spannte den Hahn des Revolvers.

Alexandre zog den Gewehrlauf zurück auf den Jungen.

»Kylian!«, kreischte das Mädchen.

»Tut es nicht«, brüllte Jonan.

In diesem Augenblick schlug der Blitz in den Turm ein.

Kapitel 39

Verwirrt und nachdenklich verließ Carya Cartagenas Gemächer. Mit seinem Tod war das Kapitel ihrer Selbstfindung eigentlich abgeschlossen. Sie hatte alles erfahren, was sie wissen wollte. Sie kannte nun das Geheimnis ihrer Herkunft, die Art und den Grund ihrer unheimlichen Fähigkeiten. Und trotzdem verspürte sie kein Gefühl von Befriedigung. Etwas fehlte noch. *Die Erdenwacht*, ging es ihr durch den Kopf. Diese rätselhafte Gruppierung, zu der sowohl Magister Milan als auch Cartagena gehört hatten. Sie wollte wissen, was es damit auf sich hatte.

Leider waren alle, die ihr mehr darüber hätten verraten können, ums Leben gekommen. Sie besaß keinerlei Anhaltspunkte, außer dem Symbol eines stilisierten Globus und der Tatsache, dass die Erdenwacht über ein Raketenflugzeug verfügte, dessen Pilot womöglich irgendwo in einem Versteck darauf wartete, Cartagena wieder abzuholen, sobald dieser sich bei ihm meldete. Allerdings wusste Carya nicht, wie sie mit diesem Mann Kontakt aufnehmen konnte. Oder mit der Erdenwacht generell.

Auf einmal kam ihr ein Gedanke. »Der schwarze Apparat …«, murmelte sie. »In der Weltkugel von Magister Milan.« Carya verfiel in Laufschritt. Obwohl sie keine Ahnung hatte, wie man den eigentümlichen Kasten bediente und ob er wirklich dazu gedacht war, mit den Hintermännern von Milan und Cartagena in Verbindung zu treten, versetzte es sie in Aufregung, zu wissen, dass sie wenigstens noch eine Spur hatte.

Sie eilte zu Milans Zimmer, vor dem sich um diese Uhrzeit niemand aufhielt. Der Magister befand sich aufgebahrt in einem Kellerraum des Schlosses und sollte morgen oder übermorgen beerdigt werden. Und bevor seine Gemächer nicht ausgeräumt waren und sein Erbe verteilt war, wurden sie auch von niemandem beansprucht.

Umso überraschter war sie, dass sie, als sie prüfend die Klinke hinunterdrückte, die Tür nicht verschlossen vorfand. Sie hatte bereits damit gerechnet, das Schloss knacken zu müssen. Ihr Gefahrensinn schlug an und veranlasste Carya, erneut die Pistole zu ziehen. Vorsichtig trat sie in das Zimmer. Auch hier war jemand eingedrungen. Sie sah es sofort. Der Globus war geöffnet – und der schwarze Apparat fehlte!

»Keine falsche Bewegung«, raunte ihr eine Männerstimme ins Ohr, und die kalte Mündung einer Waffe legte sich an ihre Schläfe.

Carya erstarrte, doch dann riskierte sie es, in Zeitlupe den Kopf zu drehen. »Paladin Alecander?«, hauchte sie, als sie den hünenhaften Mann erkannte, der nun auf ihre Stirn zielte. Seine Waffe war von genau der gleichen Bauart wie die, die Cartagena ihr gegeben hatte: zielsicher, tödlich und vor allem so gut wie lautlos. Als sie Alecander musterte, fiel ihr der Seesack auf, den er auf dem Rücken trug. Er beulte sich auffällig, als befände sich ein eckiger Gegenstand darin. »Was macht Ihr hier?«, wagte sie zu fragen.

»Ich räume auf«, sagte Alecander. »Jemand muss es schließlich tun.«

Caryas Augen weiteten sich. »Ihr … ihr gehört auch dazu?«

Er gab nicht einmal vor, nicht zu verstehen, was sie meinte. »Ja. Aber ich diene nicht der gleichen Sache wie Cartagena.«

»Habt Ihr ihn umgebracht?«

Der Paladin nickte knapp. »Er ist zu weit gegangen. Es musste sein. Und jetzt muss ich gehen. Es hat viel zu viel Aufregung in diesem Schloss gegeben.« Er senkte seine Waffe und steckte sie in ein verborgenes Holster unter seiner Uniformjacke.

Als er sich abwenden wollte, berührte Carya ihn am Arm. »Wartet«, bat sie. »Signora Arida ist tot. Sie war eine Agentin, geschickt von Großinquisitor Aidalon. Ihr Auftrag war es, mich umzubringen. Wusstet Ihr das?«

»Nein. Sie wurde mir als Sondergesandte vorgestellt, die Bündnisverhandlungen führen würde. Ich argwöhnte zwar, dass etwas nicht stimmte, weil der nächste Besuch in Francia ursprünglich erst in einem Monat und dann erneut unter Leitung des Großinquisitors stattfinden sollte. Aber es gelang mir nicht, genug über sie herauszufinden, um ihr auf die Schliche zu kommen. Bist du für Neve Aridas Ableben verantwortlich?« Der Paladin stellte die Frage ohne jeden Vorwurf in der Stimme.

»Ja«, antwortete Carya leise. »Es war Notwehr. Ich konnte nicht anders.« Sie blickte Julion Alecander an. So nah wie in diesem Moment war sie ihm noch nie gewesen. Er hatte erstaunlich grüne Augen. »Ich habe noch eine Frage«, sagte sie.

»Stell sie, aber rasch. Wir dürfen nicht zu lange hier verweilen.«

»Wisst Ihr, wer ich bin, Signore?«

Alecander schwieg einen Augenblick lang. »Ja. Ich habe es heute früh erfahren, als ich Kontakt mit … meinen Leuten aufgenommen habe – wobei ich zugeben muss, dass ich schon eine

Weile über dich nachgedacht habe. Deine Flucht aus Arcadion war spektakulär. Und dein Dossier, das ich auf der Fahrt von Arcadion hierher gelesen habe, enthielt einige interessante Details über ein Raketenflugzeug und gewisse Koordinaten.«

»Warum habt Ihr nicht früher das Gespräch mit mir gesucht?«, wollte Carya wissen.

»Weil ich zunächst Rücksprache halten musste. Und das ist mir erst heute früh gelungen. Es tut mir leid, Carya, dass du ausgerechnet an einen Mann wie Cartagena geraten musstest.«

Ein Kloß bildete sich in Caryas Kehle. Sie schluckte ihn mühsam herunter. »Wenn Ihr also jetzt … ich meine, nun da Ihr mit Euren Leuten gesprochen habt … könnt Ihr mir sagen, was es mit der Erdenwacht auf sich hat?«

»Nein«, sagte der Paladin ernst. »Das kann ich nicht. Und wenn ich dir einen Rat geben darf: Forsche nicht weiter nach. Lass all das hinter dir. Fang ein schönes neues Leben an. Du weißt jetzt, wer du bist. Du wirst lernen, damit umzugehen. Zerstöre nicht, was du hast, indem du dich in die Belange der Erdenwacht einmischst. Die werden dich töten.« Er wollte sich erneut abwenden, doch wieder hielt Carya ihn auf.

»Signore Alecander.«

»Was noch?«, fragte er unwillig.

Eine beinahe unmenschliche Ruhe überkam sie. Ohne eine bewusste Entscheidung ihrerseits hatten seine Worte aus vager Neugierde den festen Willen gemacht, die ganze Wahrheit aufzudecken. Und sie war bereit, ein kalkuliertes Risiko einzugehen. »Dann tötet mich«, sagte sie. »Machen wir es kurz, und bringen wir es hinter uns. Denn ich werde jetzt nicht aufhören. Ich habe für die Erdenwacht gemordet und gelitten. Ich bin ihr Geschöpf, und sie schuldet mir was.«

In Alecanders Gesicht regte sich kein Muskel, doch sie konnte in seinen Augen sehen, wie es in ihm arbeitete. Schließlich sackten seine Schultern leicht nach unten, und er nickte ergeben. »Begib dich in die Schwarze Zone«, sagte er. »Dort findest du alle Antworten. Leb wohl, Carya. Und viel Glück.«

Mit diesen Worten verschwand er, und diesmal versuchte Carya nicht noch einmal, ihn aufzuhalten.

Als Carya zum Audienzsaal zurückkehrte, wurde sie von den zwei Gardisten abgefangen, die ihr zuvor nachgelaufen waren. »Mademoiselle Diodato?«, richtete der eine unsicher das Wort an sie.

»Jetzt dürfen Sie mich festnehmen«, beantwortete sie seine unausgesprochene Frage. Sie reichte ihm die Pistole und streckte ihm die Arme hin, damit er ihr Handschellen anlegen konnte.

»Danke«, sagte er etwas linkisch. »Das wird nicht nötig sein.« Er deutete auf ihre Arme, woraufhin Carya sie wieder sinken ließ. »Folgen Sie uns bitte.«

Gemeinsam legten sie den Rest des Weges zu der Kammer zurück, in der sich eben die Ereignisse überschlagen hatten. Mittlerweile war der Raum voller Gardisten, während sich einige Schaulustige am Rand drängten. Pitlit stand etwas verloren in einer Ecke. Aber zumindest hatte man ihn nicht verhaftet. Sogar seinen Revolver trug er noch, allerdings steckte er nun in seinem Hosenbund. Der Mondkaiser unterhielt sich mit einem Höfling und einem uniformierten Mann, dessen Schulterklappen ihn als hohen Offizier auswiesen. Unterdessen wurden die Leichen der drei Getöteten auf Bahren davongetragen.

Julianne Factice befand sich nicht mehr im Raum. Vermutlich war sie bereits abgeführt worden. Und auch Aurelie und ihre

Hofdamen suchten Caryas Augen vergeblich. Vielleicht hatten sich die Frauen zurückgezogen, um sich von dem Schock zu erholen.

Der Mondkaiser hob einen behandschuhten Arm und winkte Carya näher. Ungefragt schloss Pitlit sich ihr an. »Hast du Cartagena erwischt?«, fragte er sie flüsternd.

Carya schüttelte den Kopf. »Es war jemand schneller. Ich erzähle dir alles später.«

»Mademoiselle Diodato«, sprach sie der Kaiser an. »Dies hier sind Minister de Funès, mein neuer Minister für innere Angelegenheiten, und Général Valeureux. Ihnen beiden werden Sie nun ohne jede Auslassung schildern, was Sie an meinen Hof geführt hat und in welcher Beziehung Sie zu Botschafter Cartagena, Minister Justeneau, Ministerin Factice, der Sondergesandten Arida und meinem Sohn Alexandre standen. Daraufhin werden beide mir Bericht erstatten, und ich werde mir ein Urteil bilden.«

»Ich habe Euch das Leben gerettet«, erinnerte ihn Carya, auch wenn ihr bewusst war, dass das aus dem Mund der Frau, die ihn beinahe ermordet hätte, seltsam klingen musste. »Und eine Intrige aufgedeckt, die das Bündnis zwischen Francia und dem Lux Dei zerstören sollte.«

»Diese Umstände werde ich in mein Urteil einbeziehen.«

»Was ist mit Jonan und Pitlit, meinen Freunden?«

»Auch über sie werde ich nachdenken.«

Carya runzelte die Stirn. Ihr war klar, dass ihre nächsten Worte respektlos gegenüber dem Herrscher von Francia klingen würden, aber sie war des schönen Scheins mittlerweile überdrüssig. »Ich hoffe, Ihr habt nicht vor, uns wieder einzusperren oder gar hinrichten zu lassen, nur weil wir …«

»Kein Wort mehr«, unterbrach sie der Kaiser. »Nicht hier. Und, nein, es wird niemand mehr sterben, wenn es sich vermeiden lässt. Es gab bereits genug Tote.«

»Wo ist Jonan überhaupt?«, wollte Pitlit wissen. »Wenn ich mich nicht täusche, wollte er mit dem Paladin sprechen.«

»Er sprach mit mir«, antwortete der Kaiser. »Und das war gut so. Gegenwärtig befindet er sich auf einer sehr speziellen Mission für mich. Er wird bald zurückkehren – hoffe ich.«

Die nächsten Stunden verbrachten Carya und Pitlit mit de Funès und Valeureux. Während der General sehr nüchtern seine Fragen stellte, wirkte der Minister wie ein Mann von einigem Verständnis. Carya hatte das Gefühl, dass er ein gutes Herz besaß, und da Pitlit ihr von ihm erzählt hatte, konnte sie sich gut vorstellen, wie er heimlich aus dem Palast schlich, um Straßenkinder mit Lebensmitteln zu versorgen.

Sie tischte den beiden Männern eine detailreiche Geschichte darüber auf, dass sie in ihrer Heimat Arcadion an ihrem sechzehnten Geburtstag erfahren habe, nur die Ziehtochter ihrer Eltern zu sein, die sie in der Wildnis gefunden hatten. Die Suche nach ihren richtigen Eltern habe sie nach Paris geführt. Dort sei sie Cartagena begegnet, der ihr angeboten habe, ihr zu helfen. Im übrigen Teil ihrer Erzählung hielt sie sich mehr an die Wahrheit, denn sie sah keinen Anlass, die Machenschaften von Cartagena, Justeneau und der Sondergesandten Arida geheim zu halten.

Was sie über Magister Milan herausgefunden hatte, verschwieg sie allerdings ebenso wie ihr letztes Gespräch mit Paladin Alecander. Außerdem versuchte sie, die Beteiligung von Julianne Factice ein wenig herunterzuspielen. Irgendwie mochte sie die Invitro-Frau, und nach dem belauschten Gespräch zwischen ihr und Cartagena bezweifelte sie, dass diese von den Plänen des

Botschafters Carya betreffend gewusst hatte. Außerdem gehörte auch Carya nun zu der gefährdeten und unterdrückten Gruppe der Künstlichen, und sie wollte Factice, die ihrer Meinung nach nicht aus Machtgier, sondern aus verzweifelter Notwendigkeit gegen das Bündnis mit dem Lux Dei angekämpft hatte, nicht schaden.

Schließlich wurden Pitlit und sie entlassen und durften etwas zu essen zu sich nehmen, bevor man sie zurück in Caryas Gemach geleitete, wo sie warten sollten, bis der Mondkaiser sie rufen ließ.

»He, dein Zimmer ist viel schöner als unseres«, bemerkte Pitlit, als sich die Tür hinter ihnen schloss. Er ging zu dem großen Bett hinüber und prüfte die Matratze.

»Es war trotzdem ein Gefängnis«, sagte Carya. »Am Anfang ohne Gitter, am Ende mit.« Sie trat ans Fenster und schaute auf den Park hinaus. Das Unwetter war weitergezogen, doch die Wolken waren geblieben, und alle Bäume und Sträucher glänzten vor Nässe. Diener schritten bereits die Wege entlang und entzündeten die Laternen für die Nacht. Für sie war es ein Abend wie jeder andere. Für einen Großteil der Höflinge auch. Es gab ein wenig mehr zu tuscheln in diesen Stunden. Der Tod eines Ministers, einer Diplomatin und dreier Gardisten war kein ganz alltägliches Ereignis, auch auf Château Lune nicht. Dennoch würde sich nichts ändern. Die Intrigen, die Liebeleien und das Buhlen um die Gunst des Herrschers würden einfach weitergehen.

»Du siehst aus, als wolltest du lieber heute als morgen hier abhauen«, stellte Pitlit fest.

Carya wandte sich vom Fenster ab. »Das ist auch so«, bestätigte sie ihm. »Ich habe alles erfahren, was ich hier in Erfahrung bringen konnte. Und kaum etwas davon war gut.«

»Hast du deshalb versucht, den Kaiser umzubringen? Ich meine, die Geschichte, dass Cartagena dir Drogen gegeben hat, um dich zur willigen Killerin zu machen, mag diesen General und Minister de Funès überzeugt haben, aber das war doch Unfug. Du warst wieder in diesem Kampfrausch, wie im Dorf der Ausgestoßenen und in der Straße von Gibral-Taar, als du das Schiff der Spaniarden gesprengt hast.« Der Straßenjunge setzte sich aufs Bett und hopste mit dem Hintern prüfend darauf herum. »Mann, das ist echt weich. Darf ich heute Nacht bei dir schlafen?« Er grinste sie breit an.

»Vergiss es«, erwiderte Carya, aber sie musste doch ein wenig lächeln. Sie kannte niemanden, der wie Pitlit die Kunst beherrschte, im einen Moment noch ernst zu sein und im nächsten vollkommen albern. »Rutsch mal zur Seite«, bat sie ihn.

Der Junge gehorchte, und sie setzte sich zu ihm auf die Bettkante. »Du hast recht«, gestand sie ihm mit vertraulich gesenkter Stimme. »Es war Unfug. Aber ich konnte den beiden auch nicht die Wahrheit sagen.«

»Und die lautet?«, fragte Pitlit.

Prüfend musterte Carya ihn. Er wirkte jetzt wieder sehr gefasst, ja beinahe erwachsen. »Also schön«, sagte sie. »Du sollst es wissen.« Und so erzählte Carya ihm von dem Zusammenstoß mit Cartagena und dem Gespräch mit Julion Alecander in den Gemächern von Magister Milan.

Als sie fertig war, starrte Pitlit sie so entgeistert an, als sehe er sie zum ersten Mal. »Wenn wir jemals nach Hause kommen«, murmelte er tonlos, »erinnere mich daran …«

»Ja, schon klar«, unterbrach ihn Carya. »Schreiber aufsuchen. Abenteuerbuch. Ganz ehrlich? Langsam spiele ich selbst mit dem Gedanken.«

Die Uhr auf dem Korridor vor ihrem Zimmer schlug gerade zur achten Stunde, als sie von den Gardisten wieder abgeholt wurden. »Wohin gehen wir?«, wollte Pitlit wissen.

»Der Mondkaiser wird sein Urteil sprechen«, antwortete der eine Gardist.

Sie begaben sich ins Erdgeschoss. Statt jedoch den Korridor hinunterzulaufen, in dem sich Jonans und Pitlits Zimmer befand, bogen sie ab und betraten durch eine Doppeltür einen breiteren Gang mit hoher, gewölbter Decke, der sich einmal quer durch den Südflügel zu erstrecken schien. Etwa auf halber Höhe öffneten ihre Begleiter ein Portal zur Linken, und durch einen weiteren Gang und zwei Türen erreichten sie schließlich einen großen, annähernd quadratischen Saal.

Dem Erscheinen nach handelte es sich um einen Versammlungssaal, der aber auch als Gerichtsraum dienen konnte. Wie bei einem Amphitheater zogen sich Stuhlreihen entlang dreier Wände, die in Stufen bis hinunter zu einem Halbrund führten, auf dem ein Podest aus Marmor stand. Auf diesem erhob sich, über eine breite Treppe erreichbar, ein eindrucksvoller, im Augenblick noch leerer Thron, der von einem prächtigen blausilbernen Baldachin beschirmt wurde. Königsblaue Banner mit dem Wappen des Mondkaisers flankierten ihn zu beiden Seiten, und eine Abordnung Elitegardisten in Vollpanzerung hielt um das Podest stumme Wacht.

Wenngleich der Mondkaiser selbst noch fehlte, hatte sich das Publikum bereits in Scharen eingefunden. Während sie von den Gardisten einen abschüssigen Gang hinunter zu dem Podest geführt wurden, fühlte sich Carya unangenehm an ihr Erlebnis in der Richtkammer in Arcadion erinnert. Der einzige Unterschied lag letztlich nur darin, dass sie statt sieben Richtern nur einem gegenüberstehen würde, doch dafür einem, der mehr Macht in sich vereinte als Großinquisitor Aidalon und all seine Lakaien zusammengenommen.

Carya ließ ihren Blick über die Menge schweifen. Es handelte sich um die üblichen Höflinge. Vermutlich war dieses Spektakel für sie nicht mehr als kurzweilige Abendunterhaltung, genau wie der gestrige Ball. Rechts unten im Raum gab es eine Art Loge, in der Carya Alexandre, Aurelie, Minister de Funès, Général Valeureux und ein paar weitere Berater des Kaisers erblickte. Der Prinz wirkte ein wenig mitgenommen. Ein Verband zierte seinen Kopf, den er mehr schlecht als recht mit einer staatsmännisch wirkenden Perücke zu kaschieren versuchte. Er machte ein Gesicht, als habe er ein unfreiwilliges Bad in einer Jauchegrube genommen. Aurelie passte sich der Miene ihres Versprochenen vortrefflich an. *Irgendwie geben sie doch ein schönes Paar ab*, dachte Carya, *ein schrecklich schönes.*

Und noch jemanden entdeckte sie, als sie das Halbrund erreichten. Er saß vorne auf einem der Stühle, die für die Angeklagten reserviert waren. »Jonan!«

Er hob den Kopf und schaute zu ihr hinüber. »Carya.« Jonan stand auf und schloss sie in die Arme. »Ich bin so erleichtert, dich wohlauf zu sehen«, sagte er. »Mir wurde berichtet, was sich während meiner Abwesenheit zugetragen hat. Geht es dir gut?«

»Ja.« Sie nickte und zwang sich zu einem beruhigenden Lächeln. »Alles in Ordnung soweit. Aber ich habe dir viel zu erzählen. Nachher.«

»Ja, nachher«, stimmte er ihr leise zu.

»Der Kaiser hat gesagt, du warst auf einer Spezialmission?«, warf Pitlit ein, während sie alle Platz nahmen.

»So kann man es nennen.« Jonan grinste. Verschwörerisch beugte er sich zu ihnen hinüber. »Ich war in der Trümmerzone und habe den Prinzen aus einer Falle gerettet, die ihm Bonasses Kinder gestellt hatten.«

»Oh.« Feixend schielte der Straßenjunge an Jonan vorbei zu Alexandre. »Das wird ihm nicht geschmeckt haben. Erst eure Schlägerei und jetzt das.«

»Das hat es in der Tat nicht. Am liebsten hätte er mich umgebracht.«

»Aber du hast ihm einen Strich durch die Rechnung gemacht.« Pitlit knuffte Jonan in die Seite.

Der schüttelte den Kopf. »Nicht ich. Ein Blitzschlag.«

»Wie bitte?«, mischte Carya sich ein.

»Später«, raunte Jonan ihr zu und machte eine Geste zur Seite. Dort tauchte soeben Julianne Factice auf, die von einem Gardisten zu einem freien Stuhl neben den ihren geführt wurde. Schweigend setzte sie sich. Sie war erneut in ein geschmackvolles Gewand gekleidet, allerdings fehlte diesem der Glanz ihrer üblichen Garderobe. Anscheinend hielt sie eine gewisse Demut für angebracht, angesichts der Tatsache, dass sie hier als Angeklagte auftrat, nicht als Klägerin, wie noch wenige Stunden zuvor.

So dreht sich das Rad des Schicksals manchmal schneller, als man denkt, ging es Carya durch den Kopf. *Eben noch ein Herr, jetzt ein Sklave. Eben noch ein Mensch, jetzt eine* … Sie konnte es noch immer nicht fassen, dass sie eine Invitro sein sollte. Vielleicht hatte Cartagena sie ja belogen. Dass er log, wenn er den Mund aufmachte, hatte er immer wieder bewiesen. *Lass das*, schalt sie sich. Ihre plötzlich erwachten Fähigkeiten, ihre Kenntnisse des Francianischen, die spielend leichte Manipulierbarkeit durch den Botschafter – all das sprach dafür, dass Cartagena hinsichtlich ihrer Herkunft die Wahrheit gesagt hatte.

Eine Fanfare riss Carya aus ihren Gedanken. Sie sah sich um, konnte die Quelle der Musik aber nicht entdecken. Im nächsten Moment wurde ihre Aufmerksamkeit auf das vordere Halbrund des Saals gelenkt, an dessen Rand sie saß. Eine Tür in der rückwärtigen Wand öffnete sich, und der Mondkaiser schritt, von einer Art Herold und zwei Wachen begleitet, in den Raum.

Kapitel 40

Mit einem Rauschen von Stoff erhoben sich alle Anwesenden, um dem Kaiser Ehre zu erweisen. Carya, Jonan und Pitlit schlossen sich der Menge an. Während die Wachen an der Tür stehen blieben, stellte sich der Herold auf die Stufen des Podests. Der Kaiser selbst nahm auf dem Thron Platz. In seiner mächtigen Zeremonienrobe, mit der Maske und der Perücke sah er kaum noch wie ein Wesen aus Fleisch und Blut aus. Wie hatte Cartagena es ausgedrückt? Der Mondkaiser hatte sich selbst vom Menschen zur Legende erhoben. In Momenten wie diesen erkannte Carya, was damit gemeint war.

Der Kaiser vollführte eine knappe Geste, und das Publikum setzte sich wieder. »Höret, Volk von Francia«, rief der Herold, kaum dass Ruhe im Saal eingekehrt war. Er hielt ein Schriftstück in der Hand, von dem er ablas. »Der Mondkaiser wird Urteil sprechen. Über Julianne Factice, ehemalige Ministerin bei Hofe, und über Carya Diodato, Jonan Estarto und den Jungen Pitlit, Gäste auf Château Lune. Der Anlass ist folgender: In den heutigen Nachmittagsstunden kam es zu einem Anschlag auf seine Majestät, durchgeführt von einem Zirkel aus Verschwörern, die das bevorstehende Bündnis der Krone mit dem Orden des Lux Dei verhindern wollten. Der Drahtzieher der Intrige war Ambassadeur Haron Cartagena, Botschafter der Ostallianz. Zu seinen Mitverschwörern zählten Minister Armand Justeneau und Ministerin Julianne Factice. Ihr Werkzeug war Carya Diodato. Minister Justeneau wurde während des gescheiterten Anschlags getötet, ebenso Botschafter Cartagena. Beide werden verbrannt, und ihre Asche wird in der Trümmerzone verstreut. Es soll künftig kein Bildnis und keine ehrenvolle Erinnerung mehr an sie geben.«

Beifälliges Gemurmel begleitete diese Worte. Anscheinend hatten weder der Minister noch der Botschafter viele Freunde bei Hofe besessen.

»Während des Zwischenfalls wurde außerdem die Sondergesandte des Lux Dei Neve Arida getötet. Die Delegation aus Arcadion unter der Leitung von Paladin Julion Alecander hat sich daher umgehend auf den Rückweg gemacht, damit ihr Leichnam in der Heimat beigesetzt werden kann. Seine Majestät bedauert dieses Opfer zutiefst und hofft, dass das Bündnis mit unseren Freunden in Arcadion deswegen nicht beschädigt wird.«

Carya runzelte die Stirn. Irgendwie war es seltsam, dass hier der Kaiser sprach, ohne auch nur ein Wort selbst zu sagen. Stumm und reglos wie eine Statue saß er auf seinem Thron und ließ den Herold reden. Aber auch das musste ein Teil seiner eigenen Inszenierung sein, denn niemand sonst wunderte sich darüber.

»Des Weiteren kamen während des Zwischenfalls drei Soldaten der kaiserlichen Garde zu Tode. Ihnen wird ein Ehrenbegräbnis auf dem Soldatenfriedhof zuteil.« Der Herold hielt kurz inne und wechselte auf die nächste Seite seiner Textvorlage. »Kommen wir nun zur Urteilsverkündung.«

Das geht hier ja noch schneller als in Arcadion, dachte Carya verblüfft. Dort bekam man zumindest einen Schauprozess zugestanden. Aber mit einem Kaiser wurde offenbar nicht diskutiert.

Der Herold richtete den Blick auf die neben Carya sitzende Ministerin. »Julianne Factice, angeklagt des Hochverrats gegen die Krone, wird hiermit zum Tode durch Enthauptung verurteilt.«

Ein Raunen ging durch das Publikum. Für Caryas Ohren klang es so, als freuten sich einige schon jetzt auf das Spektakel. Sie warf Factice einen verstohlenen Seitenblick zu. Die Invitro saß mit steifem Rücken auf ihrem Stuhl, ihre Miene war eine ausdruckslose Maske. So sah man also aus, wenn man dem Tod gefasst ins Auge blickte.

»Angesichts der jahrelangen Treue zur Krone und der herausragenden Arbeit im Dienste Francias«, fuhr der Herold indessen fort, »wird diese Strafe in lebenslange Verbannung umgewandelt.« Erneutes Gemurmel setzte ein, über das der Mann jedoch einfach mit erhobener Stimme hinwegrief. »Die Angeklagte wird aller Rechte und Privilegien enthoben. Alle Besitztümer werden gepfändet. Nur in ein Büßergewand gekleidet und mit einem Laib Brot und einer Flasche Wasser wird sie in die Wildnis geschickt. Eine Rückkehr nach Château Lune oder in den Bereich seiner Liegenschaften wird mit dem Tod geahndet.«

Da die Unruhe im Publikum nicht verebben wollte, gab der Mondkaiser seinen Wachen ein Zeichen, woraufhin diese ihre Gewehrkolben auf den Marmor schlugen, bis erneut Stille im Saal eingekehrt war.

»Pitlit«, wandte sich der Herold überraschend zuerst an den Straßenjungen. »Auf das widerrechtliche Eindringen ins Kaiserschloss, ohne Diebstahl oder sonstige negative Folgen für Hof und Hofstaat, stehen zehn Peitschenhiebe auf den blanken Rücken.«

»Vergiss es«, brummte Pitlit leise. »Ich hab genug eingesteckt in den letzten Tagen.«

»Angesichts des tapferen und uneigennützigen Eingreifens zum Schutz der Krone wird diese Strafe jedoch vollkommen ausgesetzt. Stattdessen wird ein Lohn in noch festzusetzender Summe an Silbermünzen ausgehändigt. Das Gleiche gilt für Jonan Estarto, dessen Einsatz das Leben seiner Hoheit Prinz Alexandre gerettet hat.«

Überrascht schauten Carya, Jonan und Pitlit sich an. Damit hatten sie nicht gerechnet. »So gefällt mir eine Gerichtsverhandlung«, stellte Jonan fest.

»Und Alexandre sieht aus, als würde er vor Wut gleich platzen«, freute sich Pitlit.

»Es ist noch nicht vorbei«, gab Carya zu bedenken. Nun war sie an der Reihe, und sie hatte vorsätzlich und ohne angegriffen worden zu sein gemordet, sogar mehrfach. Der Gedanke daran drehte ihr noch immer den Magen um.

»Carya Diodato.« Der Herold wollte soeben fortfahren, doch in diesem Augenblick erhob sich der Mondkaiser und ließ ihn abbrechen. Der Kaiser trat einen Schritt auf die Stufen zu, die von seinem Thronpodest hinunter zum Saalboden führten. »Carya Diodato«, ergriff er selbst das Wort, und Carya lief ein Schauer über den Rücken, als ihr klar wurde, wie ungewöhnlich diese Geste war. »Ihr Auftauchen in diesem Palast hat Dinge in Bewegung gesetzt, deren Folgen im Guten wie im Bösen noch nicht einmal annähernd abzuschätzen sind. Trotzdem soll keine Anklage erhoben werden. Denn durch Sie wurde vieles aufgedeckt, was bei Hofe im Argen lag. Eine Intrige wurde beendet, deren Erfolg ganz Francia ins Chaos hätte stürzen können. Dafür werden wir Ihnen immer dankbar sein. Wenn Sie dieses Haus morgen verlassen, dann mit unserem Segen. Das ist unser Urteil, und so soll es vollstreckt werden.«

Er warf Carya einen letzten Blick aus seinen intensiv blauen Augen zu, bevor er sich abwandte und mit würdevollen Schritten den Raum verließ. Hinter ihnen erhob sich das Publikum.

»Das war dann wohl unsere Verabschiedung«, meinte Jonan. »Viel deutlicher hätte er nicht werden können.«

Carya nickte. »Offenbar möchte der Kaiser uns loswerden.« Angesichts der Geschehnisse der letzten Tage konnte sie ihm das nicht verübeln.

Ein Wachmann trat neben Julianne Factice, um sie abzuführen.

»Oh, einen Augenblick«, rief Jonan.

Der Gardist und die ehemalige Ministerin verharrten und drehten sich ihm fragend zu.

»Ich habe hier noch etwas für Sie, Madame Factice«, sagte Jonan. Er griff in seine Jackentasche und holte einen ziemlich zerknitterten Brief hervor. »Es tut mir leid. Er hat etwas gelitten. Ich hätte ihn Ihnen auch schon früher übergeben, aber … nun ja, Sie wissen ja, wie sich die Dinge heute überschlagen haben.«

»Wer schickt mir das?«, fragte Factice und drehte verwirrt den unbeschrifteten Umschlag in den Händen.

»Ein Mann namens Godard, Madame«, antwortete Jonan. »Er lebt mit ein paar Kameraden in der Trümmerzone. Wenn ich es richtig verstanden habe, war er früher Soldat bei Hofe.«

Bei der Erwähnung des Namens weiteten sich die Augen der ehemaligen Ministerin leicht. Sie gab sich Mühe, es zu verbergen, aber Carya glaubte, eine gewisse Anspannung, ja Aufregung in ihrer Haltung auszumachen.

Factice riss den Umschlag auf und entnahm den Brief. Er schien ziemlich kurz zu sein, denn sie warf nur einen schnellen Blick darauf, bevor sie das Blatt Papier senkte. Beinahe erschüttert starrte sie einen Moment ins Leere. Dann blinzelte sie mehrfach, als müsse sie plötzliche Tränen zurückhalten. »Danke«, presste sie hervor und schenkte Jonan ein Lächeln. »Bitte entschuldigen Sie mich jetzt.«

»Was stand in dem Brief?«, fragte Carya Jonan.

Der schüttelte nur den Kopf. »Ich habe keine Ahnung.« Er sah Pitlit und sie an. »Nun sind wir also frei und können gehen, wohin wir wollen. Machen wir einen Spaziergang durch den Park? Dort können wir uns ungestörter unterhalten.«

»Einverstanden«, sagte Carya.

Pitlit kratzte sich am Kopf. »Och, wisst ihr was? Ich streife lieber noch ein wenig durch den Palast. Um mich von all den wundervollen Orten zu verabschieden, die ich gar nicht richtig kennenlernen durfte.«

Carya und Jonan wechselten einen raschen Blick. Es war eindeutig, warum er dieses Angebot unterbreitete. Sie wussten die Geste zu schätzen. »Viel Spaß«, sagte Jonan. »Aber bring uns nicht kurz vor unserer Abreise noch in Schwierigkeiten.«

»He, mich erwartet ein Beutel voll Silbermünzen«, gab Pitlit zurück. »Das ist schon in Ordnung. Ich bin nicht gierig.«

Carya und Jonan verließen den Palast und schlenderten an den zwei großen Wasserbecken vorbei, um über eine breite Treppe einen prächtigen Springbrunnen zu erreichen. Im Dunkeln waren die gewaltigen Dimensionen des Parks kaum zu ermessen. Und obwohl überall Laternen zum abendlichen Flanieren einluden, war kaum jemand zu sehen. Die Luft war nach dem Unwetter noch zu kühl und der Boden zu feucht für einen unbeschwerten Aufenthalt im Freien.

Carya machte das nichts aus. Sie war froh, draußen zu sein und etwas Abstand zu diesem Bauwerk gewinnen zu können, in dessen Gemächern sich in den letzten Stunden ihr ganzes Leben grundlegend verändert hatte. Pitlit war schon eingeweiht. Aber das Gespräch mit Jonan stand noch aus. Jetzt schien ein guter Moment zu sein. »Jonan …«, begann sie.

»Carya, warte«, unterbrach er sie. »Ich muss dir zuerst noch etwas sagen.«

Schulterzuckend ließ sie ihm den Vortritt.

Er blieb stehen und spielte etwas verlegen mit seinen Händen, als wisse er nicht, was er mit ihnen anstellen sollte. »Ich habe mich gestern Abend dir gegenüber mies benommen. Du hast mich aufgesucht, um dich zu entschuldigen, und ich war so abweisend. Es tut mir leid. Das war nicht angebracht. Ich war einfach noch …« Er gestikulierte vage. »Ich hatte noch dieses Bild im Kopf, verstehst du?«

»Du brauchst dich nicht zu entschuldigen«, gab Carya zurück. »Ich kann mir vorstellen, wie du dich gefühlt haben musst. Und wenn man bedenkt, als was für ein Schwein sich der Prinz entpuppt hat.« Sie verzog das Gesicht. »Ich kann kaum fassen, dass ich ihn zuvor wirklich nett fand.«

»Wirklich nett?«, echote Jonan.

Carya schaute ihn ernst an. »Ein Teil von mir hat ihn gemocht, ja. Aber bevor du jetzt wieder das Falsche denkst: Ich habe es selbst nicht verstanden. Ich liebe dich! Nur dich, Jonan! Und du hast mir in all den Wochen, die wir uns kennen, nie den geringsten Anlass gegeben, an dir zu zweifeln. Also wie konnte ich unter Alexandres Bann fallen?«

»Ist das eine rhetorische Frage?« Jonan versuchte sich in einem ironischen Lächeln.

»Mittlerweile schon«, antwortete Carya. »Botschafter Cartagena hat mir die Antwort darauf gegeben. Und auf all meine anderen Fragen.«

»Der Botschafter?«

»Ja.«

»Erzähl … also, wenn du drüber reden möchtest.«

»Natürlich sollst du es erfahren.« Sie nahmen ihren Spaziergang wieder auf und schlenderten an den hohen Hecken vorbei in Richtung See. Derweil wiederholte Carya, was sie zuvor schon Pitlit berichtet hatte. Sie holte sogar noch weiter aus, denn sie wollte, dass Jonan alles erfuhr, was ihr in den letzten Tagen auf Château Lune widerfahren war.

Als sie fertig war, hatten sie den See im westlichen Teil des Parks erreicht. Es handelte sich um ein riesiges, künstlich angelegtes Gewässer in Form eines Kreuzes, wie Carya von Gemälden im Schloss wusste. Jetzt im Dunkeln war das selbstverständlich nicht zu erkennen. Ein Diener hatte einige Kerzen in Holzblüten gestellt, und diese schwammen nun auf dem schwarzen Wasser wie funkelnde Seerosen. An einem nahen Steg waren einige Boote vertäut. An lauen Sommerabenden konnte man damit auf den See hinausrudern. Es war eine romantische Vorstellung.

»Sag was«, bat sie Jonan, als sie am Ufer stehen blieben.

Er fuhr sich mit der Hand durchs Haar. »Puh, das muss ich erst einmal verdauen. Eine Invitro, gezüchtet von einer ominösen Erdenwacht, um den Prinzen zu verführen und den Kaiser zu töten. Das hört man nicht alle Tage. Aber wenigstens sehe ich jetzt einiges klarer.« Er grinste schief.

»Und … was bedeutet das jetzt für uns?«, fragte Carya unsicher. Denn darum ging es doch die ganze Zeit: die Irrungen und Wirrungen der vergangenen vierundzwanzig Stunden zu überwinden und endlich wieder vereint zu sein, und das nicht nur physisch, sondern auch im Geiste und im Herzen.

»Das bedeutet …« Jonan zögerte. Dann brach sich plötzlich ein verschämtes Lächeln seine Bahn, und er schüttelte, wie über sich selbst entrüstet, den Kopf. »Ich versaue es gerade schon wieder, kannst du dir das vorstellen? Ich bin manchmal einfach nicht gut mit Worten. Hat sich ja auch in der Trümmerzone gezeigt, als erst ein Blitz einschlagen musste, um Alexandre und die Kinder zu trennen.«

»Das musst du mir auch noch erzählen«, sagte Carya.

»Stimmt. Aber nicht jetzt. Komm her.« Er trat auf sie zu und schloss sie in die Arme.

Carya hatte das Gefühl, als sei eine riesige Last von ihren Schultern genommen. Eine berauschende Mischung aus Erleichterung und Glück brandete durch ihren Körper, als sie ihre Arme ihrerseits um Jonan schlang und ihn fest an sich drückte.

»Ich liebe dich«, flüsterte er ihr ins Ohr. »Ich liebe dich mehr als alles andere im Leben. Und es ist mir egal, ob dein Leben im Mutterleib oder in einem Tank begann. Du bist keine Maschine und keine Marionette, die nach der Pfeife von Männern wie Cartagena tanzt. Das hast du bewiesen, als du im Audienzsaal den Bann gebrochen hast, der dich zwingen sollte, den Mondkaiser zu töten.«

»Danke«, flüsterte Carya an seine Brust geschmiegt. »Ich wünschte trotzdem, ich wäre einfach normal.«

»Du magst dieses Erbe in dir tragen, das Gefahren birgt. Aber nun, da wir das wissen, können wir damit umgehen. Und es birgt auch Möglichkeiten, wie die Vergangenheit gezeigt hat. Deine Fähigkeiten haben schon viel Gutes bewirkt – in Arcadion, im Dorf der Ausgestoßenen, auf der Fahrt übers Meer. Also fühle dich nicht schlecht wegen dem, was du erfahren hast. Es macht dich zu keinem geringeren Menschen. Sondern zu einem, in dem mehr steckt, als auf den ersten Blick zu erkennen ist.«

»Dann hast du keine Angst, dass ich wieder unter den Bann irgendeines Mannes geraten könnte, der meine Gaben missbrauchen will?«, fragte Carya. »Du hast keine Angst vor der Killerin, die seit meiner Kindheit in mir steckt?«

Jonan bog den Kopf etwas zurück, um sie anschauen zu können. »Vielleicht ein klitzekleines bisschen«, gestand er. Um seine Mundwinkel zuckte es verräterisch, als er fortfuhr. »Aber ich mag gefährliche Frauen.«

»Tatsächlich?«

»Absolut«, erklärte er im Brustton der Überzeugung. »Was wäre das für ein Leben, wenn man nicht damit rechnen müsste, von seiner Angebeteten aus heiterem Himmel in einen Kampf auf Leben und Tod verwickelt zu werden?«

»Das ist nicht witzig«, murrte Carya.

»Ja, ich weiß. Verzeih.« Er zog sie wieder in eine innige Umarmung.

Eine Weile standen sie eng umschlungen und schweigend am Seeufer. Ein schwacher Wind wehte durch den Park und brachte die Blätter der hohen Bäume zum Flüstern. Die Lichterblüten glitten lautlos übers Wasser. Irgendwo sang sich ein einsamer Vogel in den Schlaf. Carya wünschte sich, die Zeit würde in diesem Augenblick verharren.

Sie hob den Kopf und sah Jonan an. Er erwiderte den Blick voller Zärtlichkeit. Wie von selbst suchten sich ihre Lippen, fanden sich und verschmolzen zu einem leidenschaftlichen Kuss. Selbst durch ihr Kleid und sein Hemd hindurch spürte Carya die Wärme seines Körpers, und diese Empfindung löste ein Verlangen nach ihm aus, dem sie sich nicht länger verschließen wollte. Jonan und sie gehörten zusammen – für immer. Es gab keinen Grund mehr, ihrer Liebe irgendwelche Zügel anzulegen.

»Jonan«, flüsterte sie, als sich ihre Lippen voneinander lösten.

»Ja?«, fragte er.

»Ich möchte diese Nacht mit dir verbringen.«

»Du meinst …«

»Ja, genau das.«

»Bist du dir sicher?«

Carya nickte. »Das bin ich. Und bevor du nachhakst: Nein, es spricht nicht der Schock der letzten Stunden aus mir, und ich stehe auch nicht unter erneutem Bann. Nun ja, höchstens unter deinem. Aber das ist in Ordnung.«

Jonan hob die Hand und strich ihr liebevoll über die Wange. Sie konnte ihm ansehen, dass er sich diese Nacht genauso wünschte wie sie. »Dann lass uns auf dein Zimmer gehen«, sagte er, »und bis zum Morgengrauen die Welt und was gewesen ist und was sein wird aussperren. Nichts soll mehr eine Rolle spielen. Nur du und ich.«

Er nahm sie bei der Hand, und gemeinsam gingen sie zum Schloss zurück.

Epilog

Als Jonan am nächsten Morgen die Augen aufschlug, war Carya bereits wach. Sie lag neben ihm in den Laken und schaute ihn an. »Hallo«, begrüßte er sie.

»Hallo«, sagte sie sanft. Ihr langes Haar fiel als loser Zopf über ihre nackte Schulter, und ihre Haut sah im ersten Licht des neuen Tages weich und samtig aus. Sie war wunderschön.

»Bist du schon lange wach?«

»Erst ein paar Minuten. Ich wollte dich nicht wecken.«

»Das hast du nicht.«

Ihre Nachtruhe war sehr kurz gewesen, aber Jonan fühlte sich so glücklich und voller Tatendrang wie noch nie. Er bedauerte, dass sie dieses große und sündhaft bequeme Bett bald verlassen mussten. Doch die Erinnerung daran und an die Stunden, die er gemeinsam mit Carya darin verbracht hatte, würde ihn von jetzt an immer begleiten – dessen war er sich sicher.

»Wir müssen los«, sagte Carya.

»Müssen wir?« Jonan konnte nicht verhindern, dass eine leichte Enttäuschung in seiner Stimme mitschwang. Er hatte gehofft, dass ihnen ein wenig mehr Zeit blieb.

Aber Carya nickte. »Ja. Ich möchte das Schloss verlassen haben, bevor irgendetwas passieren kann, das unser Glück wieder trübt.

Jetzt ist alles wundervoll, aber schon der nächste Gast, der an die Tür klopft, kann alles zerstören.«

Es klopfte an der Tür.

Jonan und Carya sahen sich an. »Nicht im Ernst, oder?«, brummte Jonan.

»Wer ist da?«, fragte Carya.

»Ich bin's, Pitlit«, drang die Stimme des Straßenjungen durch die Tür. »Tut mir leid, dass ich euch so früh störe, aber ein Diener hat mich eben geweckt. Er sagte, unsere Kutsche stünde im Hof bereit. Keine Ahnung, wo die herkommt. Aber ich dachte, ich gebe euch lieber Bescheid.«

Erneut wechselten Jonan und Carya einen Blick, diesmal offen verblüfft. »Du bist anscheinend nicht die Einzige, die will, dass wir so bald wie möglich das Schloss verlassen«, murmelte Jonan.

Carya beugte sich zu ihm hinüber. Ihr Haar kitzelte ihn am Hals. »Wie ich dir gesagt habe«, flüsterte sie, bevor sie ihm einen Kuss gab. »Schon der nächste Gast, der an die Tür klopft, kann alles zerstören.«

»Ich hasse dieses Schloss.«

»Hallo? Habt ihr mich gehört?«, drang Pitlits Stimme vom Flur her.

»Ja, danke, Pitlit. Wir kommen gleich runter«, erwiderte Carya.

»In Ordnung.«

Sie standen auf, wuschen sich rasch und kleideten sich an. Carya entschied sich für ihre Reisekleidung, das einfache Hemd und die feste Hose. Den Rest ihrer Sachen stopfte sie in ihren Beutel. Die feinen Kleider, die Cartagena ihr besorgt hatte, ließ sie da. So schön sie waren, sie stellten auf der Reise nur unnötigen Ballast dar – denn wie oft gab es in der Wildnis schon Anlass, ein Abendkleid zu tragen?

Hand in Hand liefen sie durch die Korridore hinunter zum Innenhof von Château Lune. Pitlit, der sie dort erwartete, verdrehte die Augen. »Ehrlich, muss das sein? Ihr habt mich schon die ganze Nacht alleine gelassen. Ich brauche wirklich nicht noch einen Hinweis darauf, was ihr getrieben habt.«

Grinsend ließ Jonan Carya los, was diese bereitwillig geschehen ließ. Sie hatten die letzten acht Stunden kaum die Hände voneinander lassen können. Sie mussten es nicht übertreiben.

Einige Schritte von Pitlit entfernt stand tatsächlich eine angespannte Kutsche. Jonan erkannte sie wieder. Sie gehörte Minister de Funès. Als sie hinübergingen, tippte sich der Kutscher grüßend an die Mütze. »Madame, Messieurs, mir wurde aufgetragen, Sie in die Trümmerzone zu bringen, zu Bonasse.«

»Wie aufmerksam«, sagte Jonan. »Danken Sie dem Minister von uns.«

»Danken Sie ihm selbst«, sagte der Kutscher. »Dort kommt er.« Er nickte in Richtung des Mittelbaus, und tatsächlich öffnete sich dort gerade eine Tür, aus der Minister de Funès in Begleitung von Julianne Factice auftauchte. Die ehemalige Ministerin war, wie angedroht, in ein langes, graues, unförmiges Gewand gekleidet und trug nur eine kleine Tasche bei sich, in der sich wohl Brot und Wasser befanden.

»Guten Morgen«, grüßte der Minister.

»Minister de Funès«, erwiderte Jonan den Gruß. »Vielen Dank für den Transport hinüber in die Stadt.«

»Keine Ursache. Tun Sie mir nur den Gefallen und nehmen Sie Madame Factice mit.«

»Wohin möchten Sie, Madame?«, fragte Jonan.

»Wenn Sie mich zu Godard bringen könnten, wäre ich Ihnen sehr dankbar.«

»Zum Markt? Ja, das ist machbar. Ich hoffe nur, dass Sie keinen Schock erleiden. Die Menschen dort – Godard und seine Männer eingeschlossen – leben sehr ärmlich. Und es herrschen raue Sitten.«

Ein klägliches Lächeln huschte über ihr Gesicht. »Ich habe nicht immer in einem Palast gewohnt. Ich werde mich wieder daran gewöhnen, einfach zu leben. Was bleibt mir auch anderes übrig?«

»Hier«, mischte sich de Funès ein und reichte Jonan und Pitlit jeweils eine Geldbörse. »Der Kaiser hat Ihnen einen Lohn versprochen, und Sie sollen ihn bekommen. Ich habe außerdem noch ein paar Lebensmittel in die Kutsche packen lassen. Reste vom gestrigen Abendessen. Bringen Sie sie bitte Bonasse und grüßen Sie ihn von mir.«

»Danke, Minister, das werden wir.«

Sie verabschiedeten sich und stiegen ein. Als sich ihr Gefährt in Bewegung setzte, warf Jonan einen letzten Blick auf Château Lune. Er kniff die Augen zusammen. Irrte er sich, oder stand da ein Mann in einem prunkvollen Mantel hinter dem Fenster im ersten Stock des Mittelbaus? Nein, es war tatsächlich so. Der Mann zog den Vorhang einen Moment beiseite und hob zum Abschied grüßend die Hand. Gleich darauf ließ er ihn wieder zurückfallen, und seine Gestalt verschmolz mit der Dunkelheit des dahinter liegenden Zimmers.

Jonan zog den Kopf in die Kutsche zurück und starrte fassungslos ins Leere. War das möglich? Oder hatten ihm seine Sinne einen Streich gespielt?

»Alles in Ordnung, Jonan?«, erkundigte sich Carya.

»Ja … äh … ich denke schon«, erwiderte er.

»Du wirkst, als hättest du einen Geist gesehen.«

»Das habe ich auch – so irgendwie jedenfalls.«

Carya zog die Augenbrauen zusammen. »Wie meinst du das?«

»Am Fenster eben …« Jonan deutete hinter sich in die Luft. »Ich glaube, der Mondkaiser hat uns nachgewunken.«

»Na und? Vielleicht wollte er sich nur persönlich davon überzeugen, dass wir verschwinden.« Carya zuckte mit den Achseln.

»Er trug keine Maske.«

»Oh … und du bist sicher, dass es der Kaiser war?«

»Jedenfalls trug er ein sehr kostbares Gewand.«

»Und?«, mischte sich Pitlit ein. »Wie sah er aus?«

Jonan schüttelte den Kopf. Das war einfach verrückt.

»Nun sag schon.«

»Er sah aus wie Enzo und Luceno.«

Während sie Paris entgegenfuhren, sprach zunächst keiner von ihnen ein Wort. Sie alle hingen ihren Gedanken nach. Irgendwann bemerkte Jonan, wie Pitlit mit dem Griff seines silbernen Revolvers spielte, der in seinem Hosenbund steckte. »Du hast ihn also tatsächlich in den Palast geschmuggelt«, stellte er fest. »Gegen den Willen von de Funès.«

Pitlit grinste ihn an. »Hast du mir nicht gesagt, ich solle ein Schurke bleiben?«

»Wann soll ich das denn gesagt haben?«, wollte Jonan wissen.

»Als wir von Bonasse losgefahren sind.«

»Hm. Ich kann nicht ganz bei mir gewesen sein.«

»Sei dankbar, dass ich die Waffe hatte. Nur so konnte ich schnell eingreifen, als ich mitbekam, dass Carya in Schwierigkeiten steckte.«

»Wie hast du mich eigentlich gefunden?«, mischte sich Carya ein. »Du bist so unerwartet aufgetaucht – nicht, dass ich unglücklich darüber gewesen wäre.«

»Es war reiner Zufall«, gestand Pitlit. »Nachdem der Wachmann vergessen hatte, die Tür zu verriegeln, habe ich ein paar Minuten gewartet und bin dann geflüchtet. Und während ich durchs Schloss geschlichen bin, sind mir die am Boden liegenden Gardisten aufgefallen. Ich war neugierig und habe durch das Schlüsselloch gelugt und dabei mitbekommen, was vor sich ging. Es wäre ja auch alles gut gewesen, wenn die da mir nicht eins übergezogen hätte.« Er deutete auf Factice.

Die ehemalige Ministerin schlug die Augen nieder. »Ich habe nur ungern so gehandelt«, sagte sie leise. »Aber ich musste es tun. Ich gebe zu, dass unsere Methoden – vor allem Cartagenas, der auch mich getäuscht hat – falsch waren. An die Richtigkeit unserer Motive glaube ich allerdings noch immer. Nun, da wir gescheitert sind, wird furchtbares Leid über alle Länder kommen. Denkt an meine Worte.«

»Hm«, brummte Jonan. »Hoffentlich liegen Sie falsch.«

Sie fuhren zuerst zu Bonasse, weil das näher lag. Dort richtete Jonan die Grüße aus und übergab die mitgebrachten Vorräte. »Wie geht es den Kindern?«, fragte er, während Pitlit und er sich aus ihren Höflingskleidern schälten und ihre alten Sachen wieder anzogen.

»So weit gut, danke«, erwiderte Géants Bruder, der sie trotz der frühen Stunde bereits in voller Rüstung empfing, womit er sich einen misstrauischen Blick von Julianne Factice einhandelte. »Ich konnte die meisten Wunden versorgen. Wegen Kylians Arm mussten wir zum Markt. Er behauptete, du würdest für seine Behandlung aufkommen?«

»Das habe ich gesagt, ja«, bestätigte Jonan.

»Dann schuldest du jetzt dem Doc dort etwas.«

»Ich werde ihn bezahlen.«

»Danke. Das weiß ich zu schätzen.« Bonasse schüttelte ungläubig den Kopf. »Das war eine heikle Angelegenheit gestern am Turm. Kylian hat mir erzählt, dass der Blitz eingeschlagen ist, während ihr oben wart.«

»Wofür ich dankbar bin«, sagte Jonan. »Der Prinz und er hätten sich sonst vermutlich gegenseitig erschossen. So hat uns höhere Gewalt dazu gezwungen, eine kleine Denkpause einzulegen. Und als wir wieder alle Sinne beisammenhatten, war Kylian bereit, zu verschwinden, und der Prinz nicht mehr in der Lage, etwas dagegen zu unternehmen.«

»Ist er tot?«

»Nein, er war nur eine Weile bewusstlos. Weil er in den Metallstreben des Turms gesessen hatte, als der Blitz uns erwischte, hat es ihn am schlimmsten getroffen. Aber nicht lebensgefährlich. Dem Licht Gottes sei Dank. Es sind gestern genug Menschen gestorben.«

»Du hast den Kindern auch gesagt, der Kaiser würde solche Jagden zukünftig unterbinden?«

»Das stimmt. Seine Majestät wusste nichts davon. Es handelte sich um ein perverses Privatvergnügen unseres missratenen Prinzen. Aber dem wurde nun ein Riegel vorgeschoben. Zumindest hat mir das der Kaiser nach meiner Rückkehr versprochen, und ich halte ihn für einen Mann, der zu seinem Wort steht.«

»Dann danke ich dir erneut.« Bonasse legte ihm die gepanzerte Rechte auf die Schulter. »Ich bin froh, dass wir uns begegnet sind, Jonan Estarto. Viel Glück auf deiner weiteren Reise.«

»He, Bonasse«, rief Pitlit. »Bevor wir gehen, habe ich noch etwas für Sie.« Er griff in seine Jackentasche und beförderte einen kostbar aussehenden Ring zutage. »Wir hatten doch versprochen, Ihnen ein Geschenk mitzubringen. Hier, bitte.«

»Pitlit, wann und wo hast du den wieder geklaut?«, fragte Jonan ihn scharf.

»Vom Finger des toten Ministers, bevor er weggebracht wurde«, antwortete der Junge leichthin. »Er brauchte ihn eh nicht mehr.«

»Du hast Glück gehabt, dass das keiner bemerkt hat.«

»Das war kein Glück. Ich bin einfach gut«, feixte Pitlit.

Sie ließen sich von de Funès' Kutscher noch bis zum Ufer der Seine bringen. Dort stiegen sie aus, um die letzten zwei Kilometer zum Markt zu Fuß zu gehen. Jonan wollte nicht, dass jemand im Schloss erfuhr, wo sich der Schwarzmarkt befand, der Godard und seinen Männern Zuflucht bot. Als sie dort eintrafen, herrschte in den Gängen noch gähnende Leere. Es war viel zu früh am Morgen für den Schlag von Menschen, der hier für gewöhnlich seine Geschäfte abwickelte.

Als sie sich den Quartieren der Marktwache näherten, stießen sie auf einen der Männer in den schwarzen Totenkopf-Lederjacken, der auf einem Stuhl saß und sich eine Zigarette drehte. Der ehemalige Soldat musterte sie kritisch, bevor er Jonan ansprach. »Dich kenne ich doch.«

»Ja, ich war vor zwei Tagen zu Gast bei Godard«, antwortete Jonan. »Ist er da?«

»Wo soll er sonst sein? Aber ich glaube, er pennt noch.«

»Können Sie ihn bitte wecken? Es ist wichtig.«

»Nein«, ging Factice dazwischen. »Das ist nicht nötig. Ich kann hier auf ihn warten, bis er aufwacht.«

»Was ist denn los?«, knurrte eine verschlafene Stimme im Eingang, hinter dem die Marktwache ihre Quartiere eingerichtet hatte. Es war Godard, der dort in ungeschnürten Stiefeln, schmutziger Armeehose und einem Unterhemd stand. Seine Haare waren noch vom Schlaf völlig wirr, aber er hatte bereits einen Zigarrenstumpen zwischen den Lippen. Der fiel ihm aus dem Mund, als er Factice erblickte. »Da soll mich doch … Julianne, bist du's wirklich?«

»Ja, Jac.«

»Was … was zum Teufel machst du hier?« Godard ging in die Hocke und hob seinen Stumpen auf. Er wischte ihn kurz am Unterhemd ab, machte Anstalten, ihn wieder in den Mund zu stecken, ließ ihn dann aber stattdessen in die Beintasche seiner Armeehose fallen. »Hast du meine Nachricht bekommen?«

»Das habe ich, Jac. Und …« Sie stockte. »Danke, dass du mir verzeihst. Ich wollte nicht, dass es so kam, wie es gekommen ist. Aber damals konnte ich nicht anders handeln.«

»Ist lange her das alles. Ich dachte, es wäre Zeit, es hinter mir zu lassen. Aber ich hätte nicht im Traum erwartet, dass du kurz darauf vor meiner Haustür stehen würdest.«

»Ich wurde verbannt. Es … es war ein schicksalhafter Zusammenfall der Ereignisse, würde ich sagen.« Factice schluckte und sah ihn ernst an. »Darf ich bleiben, Jac? Es muss nicht für immer sein, nur für den Moment. Ich weiß nicht, wo ich sonst hin soll.«

»Ja … äh … ja, klar.« Er warf seinem Untergebenen einen finsteren Blick zu. »Was glotzt du denn so blöd, Barbarat? Lass mal Bewegung in deine Füße kommen und besorg uns was zum Frühstück. Wir haben Gäste, und die haben sicher Hunger.«

»Geht klar, Commandant.«

Carya, Jonan und Pitlit blieben noch zum Essen. Danach beglich Jonan die Schulden für Kylians Behandlung. Schließlich trennten sie sich auch von Godard und Julianne Factice. Obwohl sie einen kurzen Augenblick lang Feinde gewesen waren, wünschte Carya der Invitro alles Gute, denn im Grunde einte sie mittlerweile mehr als sie entzweite, auch wenn die ehemalige Ministerin das nicht wissen konnte.

Da auf dem Schwarzmarkt immer noch nicht genug los war, um sinnvoll die eigenen Vorräte aufzustocken und nützliche Ausrüstung zu erwerben, verließen sie Les Halles und spazierten den halben Kilometer bis zum Ufer der Seine hinunter. Dort wollten sie die nächsten zwei Stunden verbringen und Pläne schmieden. In einem zerstörten Bistro fanden sie drei einfache Holzstühle, die sie eine Steintreppe hinunter zur Flusspromenade trugen. Dort setzten sie sich hin, die Beine auf die Metallbalustrade gelegt, und schauten auf den träge dahinströmenden Fluss hinaus.

»Wenn wir ein Boot hätten und uns einfach den Fluss hinuntertreiben ließen, kämen wir irgendwann dort raus, wo Kapitän Denning uns an Land gebracht hat«, sinnierte Jonan.

»Ob er seine Fahrt wohl gut beendet hat?«, fragte sich Pitlit.

»Tja, wer weiß. Es wäre doch lustig, wenn er genau zur richtigen Zeit wieder auf dem Rückweg ins Mittlere Meer wäre, um uns an der Küste aufzunehmen.«

»Noch einmal durch die Straße von Gibral-Taar?«, warf Carya ein. »Nein, danke. Darauf kann ich verzichten.«

Jonan bedachte sie mit einem nachdenklichen Blick. »Welcher Weg schwebt dir vor? Wohin gehen wir jetzt, nachdem du alles über deine Vergangenheit erfahren hast?«

»Nach Hause, oder?«, meinte Pitlit. »Also zu Caryas Eltern nach Bolonara. Und dann müssen wir die Ausgestoßenen suchen, damit ich Suri wiedersehen kann.«

Carya starrte auf die braunen, dahinströmenden Fluten und schwieg. Jonans Frage war ebenso berechtigt wie Pitlits Vorschlag sinnvoll. Julion Alecander hatte ihr praktisch dasselbe geraten.

Forsche nicht weiter nach, hallte seine Stimme in ihrem Bewusstsein wider. *Lass all das hinter dir. Fang ein schönes neues Leben an. Du weißt jetzt, wer du bist. Du wirst lernen, damit umzugehen.*

Das würde sie mit Sicherheit. Dennoch wusste sie nicht, ob sie jemals wirklich ihren Frieden finden würde, wenn sie jetzt aufhörte. Ihre Finger wanderten zu dem silbernen Kapselschlüssel, der an seiner Kette um ihren Hals hing. In dieser einen Nacht in Arcadion, die alles verändert hatte, als Tobyn und Rajael gestorben und ihre Eltern festgenommen worden waren, hatte sie begonnen, einen Weg zu beschreiten, der noch immer nicht zu Ende gegangen war. Eine wichtige Etappe war genommen, das stand außer Frage. Doch ein letztes Rätsel galt es zu ergründen.

Zerstöre nicht, was du hast, indem du dich in die Belange der Erdenwacht einmischst, glaubte sie Julion Alecanders mahnende Stimme zu hören. Sie brachte sie zum Schweigen.

»Carya?«, holte Jonan sie ins Hier und Jetzt zurück. »Was denkst du?«

»Cartagena sagte, eine Organisation namens Erdenwacht habe mich erschaffen«, erwiderte sie langsam. »Magister Milan wusste etwas darüber, aber er starb mit seinem Wissen. Cartagena ebenso. Der Einzige, der mir etwas darüber hätte erzählen können, war Paladin Alecander. Und der warnte mich bloß, von dieser Organisation Abstand zu halten. Aber das kann ich nicht. Ich muss wissen, wer diese Menschen sind, die mich … gemacht haben. Ich möchte meine wahren Eltern – also die anderen neben Milan – kennenlernen und sie fragen, was sie sich dabei gedacht haben.«

»Wenn ich mich recht entsinne, sagte Alecander dir, dass du dazu in die Schwarze Zone müsstest«, merkte Jonan an.

»Ja, das stimmt.«

»Dir ist schon klar, dass von dort noch nie jemand zurückgekehrt ist? Dagegen ist der Ausflug nach Paris ein Spaziergang gewesen. Wir haben keine Ahnung, was uns dort erwartet – und die Wahrscheinlichkeit ist hoch, dass es der Tod ist.«

Carya sah ihn ernst an. »Also würdest du nicht mitgehen, wenn ich den Weg dorthin einschlage?«

»Das habe ich nicht gesagt«, gab Jonan zurück. »Ich würde dich überallhin begleiten, das weißt du. Ich möchte dich nur warnen. Es könnte sehr gefährlich werden.«

»Ich weiß.« Sie schenkte ihm ein verschwörerisches Lächeln. »Dann ist es ja nur gut, dass wir ein Extemplersoldat, eine gezüchtete Killerin und ein Straßenjunge sind, der Waffen sogar an den Hof des Mondkaisers schmuggeln kann. Die sollen sich bloß vorsehen in der Schwarzen Zone.«

»Oje, jetzt wird sie größenwahnsinnig«, murmelte Jonan, aber ein Lächeln begleitete seine Worte. Er blickte zu Pitlit hinüber. »Wie sieht es mit dir aus, tolldreister Schmuggler?«

»Ihr fragt mich ernsthaft, ob ich mit euch auf eine Reise zu einem der unheimlichsten Orte der Welt gehen will, um dort wahrscheinlich draufzugehen oder in die Hände einer üblen Geheimorganisation zu geraten?« Der Straßenjunge starrte sie entgeistert an.

»So ungefähr, ja.«

»Klar, warum nicht?«, erklärte Pitlit grinsend. »Suri wartet sicher auch noch ein paar Wochen länger auf mich.«

»Dann ist es wohl beschlossen«, sagte Jonan.

»Ja, es ist beschlossen«, bekräftigte Carya. Sie betete, dass sie mit dieser Entscheidung nicht den größten Fehler ihres Lebens begangen hatte.

LARA ADRIAN • BELLA ANDRE • ILONA ANDREWS • ALFRED BEKKER • AMBER BENSON • ANNETTE BLAIR SCOTT BOWEN • JACQUELINE CAREY • KRESLEY COLE • SUSAN CRANDALL • MARY JANICE DAVIDSON JOCELYNN DRAKE • JENNIFER FALLON • JACQUELYN FRANK • ANDREA GUNSCHERA • TATE HALLAWAY GEMMA HALLIDAY • LORI HANDELAND • MOLLY HARPER • RACHEL HAWKINS • BARB & J.C. HENDEE WOLFGANG HOHLBEIN • IAN HOLT • TANYA HUFF • STACIA KANE • JULIE KENNER • JACKIE KESSLER CAITLIN KITTREDGE • JEANINE KROCK • VICTORIA LAURIE • JENS LOSSAU • KATIE MACALISTER • SEANAN MCGUIRE • SHANNON MCKENNA • RICHELLE MEAD • ELISABETH NAUGHTON • CHLOE NEILL • PAMELA PALMER • BERND PERPLIES • MICHELLE RAVEN • KIMBERLY RAYE • LISA MARIE RICE • LINDA ROBERTSON STEPHANIE ROWE • DIANA ROWLAND • LILITH SAINTCROW • R.A. SALVATORE • LYNSAY SANDS • JENS SCHUMACHER • GESA SCHWARTZ • ULRIKE SCHWEIKERT • ALISON SINCLAIR • NALINI SINGH • ROXANNE ST. CLAIRE • DACRE STOKER • LYNN VIEHL • CHRISTIAN VON ASTER • EILEEN WILKS • CAY WINTER • LARA ADRIAN • BELLA ANDRE • ILONA ANDREWS • ALFRED BEKKER • AMBER BENSON • ANNETTE BLAIR SCOTT BOWEN • JACQUELINE CAREY • KRESLEY COLE • SUSAN CRANDALL • MARY JANICE DAVIDSON JOCELYNN DRAKE • JENNIFER FALLON • JACQUELYN FRANK • ANDREA GUNSCHERA • TATE HALLAWAY GEMMA HALLIDAY • LORI HANDELAND • MOLLY HARPER • RACHEL HAWKINS • BARB & J.C. HENDEE WOLFGANG HOHLBEIN • IAN HOLT • TANYA HUFF • STACIA KANE • JULIE KENNER • JACKIE KESSLER CAITLIN KITTREDGE • JEANINE KROCK • VICTORIA LAURIE • JENS LOSSAU • KATIE MACALISTER • SEANAN MCGUIRE • SHANNON MCKENNA

• RICHELLE MEAD • ELISABETH NAUGHTON • CHLOE NEILL • PAMELA PALMER • BERND PERPLIES • MICHELLE RAVEN • KIMBERLY RAYE • LISA MARIE RICE • LINDA ROBERTSON STEPHANIE ROWE • DIANA ROWLAND • LILITH SAINTCROW • R.A. SALVATORE • LYNSAY SANDS • JENS SCHUMACHER • GESA SCHWARTZ • ULRIKE SCHWEIKERT • ALISON SINCLAIR • NALINI SINGH • ROXANNE ST. CLAIRE • DACRE STOKER • LYNN VIEHL • CHRISTIAN VON ASTER • EILEEN WILKS • CAY WINTER • LARA ADRIAN • BELLA ANDRE • ILONA ANDREWS • ALFRED BEKKER • AMBER BENSON • ANNETTE BLAIR SCOTT BOWEN • JACQUELINE CAREY • KRESLEY COLE • SUSAN CRANDALL • MARY JANICE DAVIDSON JOCELYNN DRAKE • JENNIFER FALLON • JACQUELYN FRANK • ANDREA GUNSCHERA • TATE HALLAWAY GEMMA HALLIDAY • LORI HANDELAND • MOLLY HARPER • RACHEL HAWKINS • BARB & J.C. HENDEE WOLFGANG HOHLBEIN • IAN HOLT • TANYA HUFF • STACIA KANE • JULIE KENNER • JACKIE KESSLER CAITLIN KITTREDGE • JEANINE KROCK • VICTORIA LAURIE • JENS LOSSAU • KATIE MACALISTER • SEANAN MCGUIRE • SHANNON MCKENNA • RICHELLE MEAD • ELISABETH NAUGHTON • CHLOE NEILL • PAMELA PALMER • BERND PERPLIES • MICHELLE RAVEN • KIMBERLY RAYE • LISA MARIE RICE • LINDA ROBERTSON STEPHANIE ROWE • DIANA ROWLAND • LILITH SAINTCROW • R.A. SALVATORE • LYNSAY SANDS • JENS SCHUMACHER • GESA SCHWARTZ • ULRIKE SCHWEIKERT • ALISON SINCLAIR • NALINI SINGH • ROXANNE ST. CLAIRE • DACRE STOKER • LYNN VIEHL • CHRISTIAN VON ASTER • EILEEN WILKS • CAY WINTER • LARA ADRIAN • BELLA ANDRE • ILONA ANDREWS • ALFRED BEKKER • AMBER BENSON • ANNETTE BLAIR SCOTT BOWEN • JACQUELINE CAREY • KRESLEY COLE • SUSAN CRANDALL • MARY JANICE DAVIDSON JOCELYNN DRAKE • JENNIFER FALLON • JACQUELYN FRANK • ANDREA GUNSCHERA • TATE HALLAWAY GEMMA HALLIDAY • LORI HANDELAND • MOLLY HARPER • RACHEL HAWKINS • BARB & J.C. HENDEE WOLFGANG HOHLBEIN • IAN HOLT • TANYA HUFF • STACIA KANE • JULIE KENNER • JACKIE KESSLER CAITLIN KITTREDGE • JEANINE KROCK • VICTORIA LAURIE • JENS LOSSAU • KATIE MACALISTER • SEANAN MCGUIRE • SHANNON MCKENNA • RICHELLE MEAD • ELISABETH NAUGHTON • CHLOE NEILL • PAMELA PALMER • BERND PERPLIES